SUPER TASCABILI

Di Giorgio Faletti
nel catalogo Baldini Castoldi Dalai *editore*
potete leggere:

Io uccido

Niente di vero tranne gli occhi

Giorgio Faletti

Fuori da un evidente destino

Baldini Castoldi Dalai
Editori dal 1897

www.bcdeditore.it   e-mail: info@bcdeditore.it

2ª EDIZIONE

© 2006, 2007 Baldini Castoldi Dalai *editore* S.p.A. - Milano
ISBN 978-88-6073-165-4

A Michela e Carlo,
che sono dove sto.

I hope to God
you will not ask me
to go to any other country
except my own.

Io spero in Dio
che non mi chiederete
di andare in nessun altro paese
tranne il mio.

Barboncito
Capo Navajo
maggio 1868

La terra non ha memoria.

Il vento si nutre di polvere e cespugli rotolati e dell'orgoglio di impronte cancellate e nuvole disperse. Ora che la mia gente di quelle stesse nuvole è fatta e con quelle stesse orme ha camminato, non c'è altro da attendere ancora. Non sarà Kokopelli, il suonatore dal morbido flauto, sulla schiena accasciato quando il suo spirito ci abbandona alla carestia che uccide. Non sarà Orge dai denti digrignati, né Soyal dal muto triangolo in bocca, né Nangosohu che ha in faccia la stella del mattino. Nessuno di questi dimenticati spiriti tornerà a riportarci l'orgoglio abbattuto, i sensi sopiti, la battaglia perduta perché mai combattuta.

Nessuno.

Sarà il dormiente generato dal sonno e dalla paura che ci condurrà sull'antico sentiero, il guerriero ardente unico figlio di questa terra che da sempre non ha memoria.

Eppure, da sempre, ricorda.

At tsé yęę dąą

L'inizio

L'unico suono della città era il fischio del treno.

Da sempre, sulla ferrovia che tagliava in due Flagstaff col suo colpo di scimitarra, passavano diverse volte al giorno i treni merci della Amtrack. Le locomotive sfioravano la stazione in mattoni rossi con il loro cauto passo di rotaia e nella fatica del viaggio sembravano animali in ansia solo per la strada da fare, senza nessuna cura per quello che si trascinavano dietro. Erano lunghe litanie di vagoni, che parevano arrivare dal niente e che nello stesso posto sembravano diretti, con il loro carico di container dai colori slavati e coperti di scritte bianche.

A volte tutti portavano il logo della China Shipping.

Quella scritta esotica creava allo sguardo e alla mente l'immagine di posti altrove, di gente al di là del mare che in quella cittadina nel centro dell'Arizona, sole rosso d'estate e freddo bianco di neve l'inverno, erano parte della conoscenza di tutti e dell'esperienza di nessuno.

Il tempo di capire che era soltanto un'illusione e i treni già se ne andavano con la sequenza di un rosario. Sferragliavano lenti e indolenti verso est, si perdevano alla vista costeggiando per un tratto la vecchia Route 66 e lasciandosi alle spalle solo quel fischio acuto come saluto e avvertimento.

A Caleb Kelso pareva di poterlo sentire anche da lì, mentre all'altezza della Snowplay Area abbandonava la Fort Valley Road per svoltare a destra e imboccare la striscia essiccata della Gravel Highway, la strada sterrata che sasso dopo sasso saliva verso nord come una screpolatura della terra, fino a diventare la ferita rossa e insanguinata del Grand Canyon. Il Ford Bronco che guidava si adattò di malavoglia al nuovo percorso, con un cigolio di sospensioni e un risuonare di giunture medievali e di chiavi inglesi nella cassetta degli attrezzi fissata sul pavimento tra i due sedili. Caleb era affezionato a quel vecchio pick-up, che aveva sulla carrozzeria tante macchie di stucco da renderlo più mimetico della tuta che indossava.

Volente o nolente, quello era il solo mezzo di locomozione che riuscisse a permettersi alla luce delle sue finanze attuali. Era costretto a rappezzarlo da sé come poteva, a mano a mano che qualche parte della carrozzeria o del motore abbandonava il mondo precario delle auto in circolazione. Necessità e virtù saldate tra di loro, che viaggiavano sulle stesse quattro ruote col viatico di una targa dell'Arizona.

Le cose se ne andavano e non c'era verso di fermarle. Solo di cambiarle, se uno aveva la possibilità.

E lui ce l'aveva, Cristo santo se ce l'aveva.

Caleb Kelso, a differenza di tanti altri, aveva un progetto.

Questa, secondo lui, era l'unica cosa che contava davvero nella vita. Avere un progetto, per quanto velleitario potesse sembrare. La storia era piena di episodi del genere. Quello che a molti era sembrato un semplice sogno di pazzi visionari, per quei pochi che ci avevano veramente creduto era diventato un grido di vittoria.

Era solo questione di tempo e prima o poi anche lui avrebbe raggiunto il risultato a cui stava lavorando da anni. In un momento avrebbe cancellato tutta la fatica, tutte le notti bianche e tutto il denaro speso, ma soprattutto le derisioni e le risatine di scherno alle sue spalle. Una volta aveva letto da qualche parte che la grandezza di un uomo si misura da quanti stupidi gli danno addosso. Allora quelli che lo prendevano in giro si sarebbero mangiati il fegato, condito con la stessa merda che gli avevano sparso addosso. Sarebbero piovuti gloria e milioni di dollari e il suo nome sarebbe finito nella lettera K di tutte le enciclopedie del mondo.

Kelso, Caleb Jonas. Nato a Flagstaff, Arizona, il 23 luglio 1960, l'uomo che era riuscito a...

Scosse la testa e allungò una mano per accendere la radio come se con lo stesso gesto potesse accendere la sua sorte futura. L'unico risultato che ottenne fu la voce delle Dixie Chicks che chiedevano a un cow-boy di riportarle a casa e di amarle per sempre. In quel momento della vita per Caleb il concetto di casa e di amore era feroce e acuminato come il coltello Bowie che aveva appeso alla cintura.

La sua casa stava letteralmente cadendo a pezzi e in quanto all'amore...

Ebbe una rapida visione dei capelli biondi di Charyl che gli fluttuavano come alghe sulla pancia mentre gli faceva un pompino.

Charyl.

Spense l'ondata di calore allo stomaco e la radio con la stessa rabbia schiumosa e ricacciò la canzone a galleggiare muta nell'etere da cui l'aveva evocata.

Distolse un attimo lo sguardo dalla strada e da tutte le visioni che la costeggiavano con il loro filo spinato. Di fianco a lui, il suo cane Silent Joe stava accucciato sul sedile del passeggero e guardava fuori dal finestrino con aria indifferente.

Allungò una mano a carezzargli la testa. Silent Joe si voltò per un istante con occhio sospettoso e poi tornò a girare la testa dall'altra parte, come se fosse molto più interessato alla sua immagine riflessa nel vetro.

A Caleb piaceva quel cane. Aveva carattere da vendere. O se non altro aveva un carattere molto simile al suo, commerciabile o meno che fosse. Per questo lo faceva sedere in cabina accanto a lui e non lo costringeva sul cassone dietro come facevano tutti gli altri cacciatori, che se ne andavano in giro con mezzi addobbati di teste canine che spuntavano dalle sponde e che avevano l'espressione di condannati a morte su una tradotta. Per poi disperdersi nei boschi abbaiando come forsennati quando i loro padroni scendevano dalle macchine, si mettevano in spalla i Remington o i Winchester e iniziava la caccia.

Silent Joe non abbaiava mai. Non l'aveva fatto nemmeno quando era un cucciolo tutto zampe e con addosso una quantità di pelle tre taglie superiore alla sua. Per questo motivo al suo nome originale, Joe, si era ben presto aggiunta la qualifica di silenzioso, che lui si portava appuntata al petto con noncuranza come un'onorificenza. Se ne andava in giro senza parere con la sua andatura dinoccolata al limite della disarticolazione, al punto che guardandolo correre Caleb spesso aveva pensato che i movimenti, più che coordinarli, li sorteggiasse. Ma era il compagno ideale per la caccia con l'arco, quella che Caleb preferiva su ogni altra al mondo, una caccia fatta di appostamenti, immobilità, silenzio e cura del vento, per impedire di essere fiutati dalle prede. Un cervo, se stava sottovento, riusciva a sentire l'odore di un uomo o di un cane a una distanza di ottocento iarde e in pochi minuti quella distanza farla diventare di otto miglia.

Non poteva dire che Silent Joe fosse veramente il suo cane, perché quell'animale dava l'idea di appartenere solo a se stesso. Ma era in fondo l'unico vero amico su cui potesse contare, per la commozione di tutte le nonne che ricamavano «Home, sweet home» sulle loro tovagliette di lino.

Quasi avesse capito che stava pensando bene di lui, il cane si voltò a guardarlo.

«Giornata dura, eh See-Jay? Ho l'impressione che oggi avresti preferito restartene in casa a ronfare sul tappeto, piuttosto che uscire all'alba. Mi sbaglio?»

Come ad avvalorare la tesi del suo autista, il cane girò la testa e si esibì in uno sbadiglio che mise in mostra la lingua rosa e i denti bianchi e forti.

«Okay, ho capito. Vediamo se c'è qualcosa che possa rendere più accettabile questo inizio di giornata.»

Caleb scese con la mano a prendere un pezzo di carne secca da un pacchetto di Country Jerky Strips che teneva nella tasca della portiera. Lo allungò verso la bocca del cane. Silent Joe non si avventò come avrebbe fatto qualunque altro esponente della stirpe canina, pura che fosse o mescolata dal caso e dai calori come la sua.

Accostò la bocca alla mano tesa e prese con delicatezza la carne tra i denti, per iniziare subito dopo a masticarla con la calma di un buongustaio e la riconoscenza di Bruto. Caleb aveva pensato spesso con un sorriso che se Giulio Cesare fosse stato un cane, a tradirlo sarebbe stato Silent Joe. Tutto quello che faceva dava la netta impressione di farlo a proprio uso e consumo, per la pura soddisfazione del suo ego di meticcio. Non c'era verso di fargli accettare del cibo come premio. Tutto quello che gli veniva dato pareva essere per lui un atto dovuto, un inevitabile riconoscimento del fatto che esisteva.

Mentre la carne spariva nello stomaco di Silent Joe e si apprestava a diventare un ennesimo mezzo per picchettare il suo territorio, Caleb aprì il finestrino e lasciò entrare l'aria fresca. L'autunno, ancora invisibile sugli alberi, era già nell'aria di fine settembre con un vago odore di neve e di foglie macerate. Durante la notte precedente, nubi da pioggia se n'erano scese con il buio dalle pendici dei San Francisco Peaks, con tutto il loro campionario di tuoni e lampi a evocare il ricordo infantile di teste sotto le coperte. Il terreno della strada davanti a lui portava ancora le tracce grigie del temporale. Le pozzanghere sembravano monete lucide appoggiate al suolo, piene com'erano di pezzi di cielo dell'alba. Allo specchietto retrovisore non c'erano le scie di polvere o i sassi rotolati delle sue scorribande precedenti, quando era risalito per quella strada con la stessa vecchia auto e lo stesso intento di caccia.

Silenzioso l'uomo e silenzioso il cane, con il solo sottofondo del motore e delle lamentele della carrozzeria, proseguirono per la strada costeggiata da pioppi tremuli e grandi tronchi di ponderosa fino a raggiungere una biforcazione. Sullo sfondo scuro dei pini, alla luce dei fari mescolata con i primi chiarori, si trovarono di fronte un cartello turistico. Un pittore che sapeva il fatto suo aveva raffigurato un cow-boy a cavallo appoggiato alla sella in posa elegante e che con la mano sinistra indicava la strada che proseguiva nel bosco verso destra. Il viso sorridente e le scritte sotto la figura assicuravano chiunque si fosse trovato a passare da quelle parti che nella direzione indicata si poteva raggiungere il Cielo Alto Mountain Ranch.

Caleb seguì quel consiglio disegnato senza rallentare, accettando e correggendo con il volante la leggera sbandata in sovrasterzo del furgone. Per nulla sorpreso, Silent Joe mantenne l'equilibrio bilanciandosi sul sedile, come se quel tipo di guida disinvolta fosse pratica abituale del suo compagno di viaggio.

Dopo nemmeno un miglio, la strada piegava leggermente a sinistra, obbligando Caleb a costeggiare per un tratto un'alta palizzata realizzata con assi di legno, fino a raggiungere l'ingresso principale del Ranch. L'entrata era sormontata da una ruvida insegna in legno bianco e turchese con una scritta a caratteri neri. Come nella tradizione dei corral, era appesa a un palo sorretto da due montanti con dei tratti di catena. Caleb la superò e si diresse senza esitazioni verso l'area di parcheggio di sinistra, quella riservata al personale.

Il Cielo Alto Mountain Ranch era stato costruito su un appezzamento di terreno che originariamente si estendeva per mezzo milione di acri alle pendici dell'Humphrey's Peak, la montagna più alta di tutta l'Arizona. Riproduceva in modo attendibile un villaggio della vecchia frontiera. Nella zona immediatamente sopra le aree di sosta delimitate da una seconda staccionata alta a sufficienza da nascondere le auto alla vista, c'era una serie di cottage costruiti in legno dall'aria molto spartana. Le camere erano disposte a semicerchio intorno a un largo spiazzo, dove gli ospiti del villaggio si radunavano per i barbecue all'aria aperta e per i discutibili concerti di musica country che venivano offerti con una certa frequenza.

Il grande edificio in tronchi che costituiva la Club House divideva praticamente in due il campo.

Dalla parte opposta a quella in cui Caleb si trovava, appoggiata su una piccola altura sulla destra della Club House c'era una serie di hogan, le tipiche abitazioni a cupola delle popolazioni Navajos, costruite con il fango e posizionate lì a scopo puramente decorativo ed evocativo. Sulla spianata sottostante, un'altra serie di alloggi per i clienti del Ranch. Erano piccole strutture in adobe, addossate una all'altra ed erette nel più o meno puro stile architettonico degli indiani Pueblo.

In fondo, nascosti alla vista da un'altra palizzata, le stalle, i magazzini e i depositi con i calessi, i carri Conestoga e le diligenze della Wells Fargo con cui venivano scarrozzati gli ospiti del villaggio durante le approssimative rievocazioni che costituivano parte delle attrazioni del Ranch. Su tutto aleggiava un'aria di finta nostalgia, il senso di un tempo passato da poco e nemmeno troppo eroico che si cercava a tutti i costi di contrabbandare per storia.

Caleb fermò il furgone di fianco a una Mazda che portava sulla carrozzeria chiazze di polvere e pioggia. Scese lasciando la portiera aperta dalla sua parte per far uscire Silent Joe. Il cane si muoveva a suo agio su quello che doveva essere per lui un terreno conosciuto, e non appena fu all'aria aperta si diresse con sicurezza verso il suo albero preferito. Alzò la zampa e iniziò con tranquillità a pisciare, guardando verso il padrone con occhio di chi avrebbe piacere di non essere spiato in un simile momento di intimità.

Dalla parte posteriore del Ford, Caleb tirò fuori il suo PSE Fire Flight, un arco da caccia un po' vecchio ma che a suo tempo era stato accolto dagli arcieri di tutto il mondo come un'autentica rivoluzione. Era un'arma da un'ottantina di libbre, molto stabile, demoltiplicata a mezzo carrucole in modo da ridurre del sessanta per cento la forza necessaria per superare il picco, il momento di massima trazione. Ed era in grado di inchiodare un uomo a una pianta passandolo da parte a parte e lasciando spuntare un tratto di freccia abbastanza solido da appenderci la giacca.

Prese dal sedile anche la faretra piena di dardi in alluminio dalle punte corazzate a quattro alette e controllò che fossero coperte dal loro cono di protezione in plastica. Non aveva nessuna voglia di piantarsene una nel fianco o da qualunque altra parte, se per caso fosse scivolato e caduto. Quelli erano incidenti che facevano ridere tutti, da quelle parti.

Una volta avevano assistito un cacciatore di fuori, uno di quelli che arrivavano sui loro Hummer neri pieni di cromature e le loro giacche nuove fiammanti, convinti che il film *Rambo 2* fosse la Bibbia dei tiratori con l'arco. Quando lo avevano portato al pronto soccorso con una freccia infilata nel culo, i dottori non riuscivano a trattenere il sorriso mentre lo medicavano.

Caleb non voleva fare la stessa fine.

Dio solo sapeva quanto poco avesse bisogno di nuove feroci commiserazioni da parte della gente.

Si stava sistemando lo zaino sulle spalle quando dietro di lui sentì un passo sulla ghiaia. Si girò e si trovò davanti il viso sorridente di Bill Freihart. Era un uomo di mezza età, alto e corpulento, gran bevitore di birra e grande mangiatore di carne. La sua pancia, ma soprattutto una miriade di capillari frantumati sulle guance, lo confermavano senza ombra di dubbio. A quell'ora non aveva ancora indosso lo Stetson, il poncho e il cinturone con la Colt Frontier appesa al fianco, che era in pratica la sua divisa quando stava al Ranch. Tutti quelli che ci lavoravano erano costretti ad andare in giro vestiti come caricature di personaggi della frontiera. Nessuno ne era entusiasta in modo particolare, ma era lavoro e se c'era un cattivo gioco era d'obbligo opporci un buon viso.

Caleb non si stupì eccessivamente di trovare Bill già sveglio. Era il responsabile delle attività del complesso, che comprendevano oltre alle cene in stile bivacco e agli spettacoli anche escursioni a piedi e a cavallo e gite in elicottero in direzione del Grand Canyon. Probabilmente aveva già controllato i cavalli nelle stalle e la colazione che veniva distribuita alla Club House, assicurandosi che tutto fosse pronto per il risveglio degli ospiti che ancora dormivano nelle loro stanze odorose di legno.

Bill smise di tormentare con il suo peso la ghiaia sotto gli stivali e si fermò all'altezza del muso del Bronco.

«C'è in giro da qualche parte un cervo che deve preoccuparsi di riuscire a raggiungere l'ora del tè?»

Caleb scosse la testa, con un'espressione che toglieva ogni possibilità in quel senso alla sua battuta di caccia.

«No di certo. Per fare le cose nel modo migliore a quest'ora avrei dovuto già essere appostato da tempo.»

Caleb indicò con la mano Silent Joe che intanto aveva concluso le sue evoluzioni fisiologiche e li aveva raggiunti. Stava annusando i calzoni di Bill con un leggero movimento di coda, che nel suo caso poteva essere assimilato a uno scodinzolare festoso. L'uomo si chinò a grattarlo dietro l'orecchio.

«Mi faccio un giro tanto per far sgranchire Silent Joe. Se riesco a vedere un cotton-tail è già un grosso risultato.»

Mentre finiva di prendere la sua roba dal furgone, Caleb indicò con la testa il gruppo di cottage oltre la palizzata.

«Come va?»

Bill si strinse nelle spalle.

«Siamo pieni. I turisti fanno a cazzotti per venire qui a dormire male e mangiare peggio. Ma sai com'è...»

«Già. Il vecchio Far West funziona sempre. Mai nessuno ci ha rimesso speculando sul cattivo gusto della gente.»

«E tu? Come va il campeggio?»

Caleb fece finta di controllare qualche cosa nella faretra per rispondere senza dover guardare in faccia il suo amico

«In malora. Ormai la gente ha necessità che io non riesco più a soddisfare. Se ne arrivano con le loro grandi roulotte e quegli enormi RV bianchi e vogliono l'acqua, la corrente e la tv via cavo e tutte le comodità della terra. Sembra impossibile che siano proprio i campeggiatori a richiederle...»

Bill abbassò leggermente la voce e si rifugiò in un tono confidenziale.

«E a soldi come stai?»

Caleb lo guardò con un mezzo sorriso che voleva esprimere stupore e che riuscì solo a essere una smorfia amara.

«Soldi? Vuoi dire quelle cose verdi che qualcuno chiama dollari? Quelli sono finiti da tempo. Ho dovuto interrompere il mio lavoro per una plateale mancanza di fondi.»

«Prima o poi cambierà. Ma almeno tu potresti...»

Caleb lo bloccò con un gesto della mano. Bill era un amico dal quale accettava aiuti e consigli ma in quel momento non aveva voglia di un mattiniero sermone su quello che avrebbe o non avrebbe dovuto fare. Era una discussione che avevano già affrontato diverse volte in diverse sedi e Caleb sospettava che la fiducia del suo amico nei confronti del progetto a cui stava lavorando non fosse di molto superiore a quella dei suoi detrattori.

«Tutto quello che posso fare è tenere duro. E quando ce l'avrò fatta sarai il primo a stupirti. Ti ricordi di Steven Hausler?»

Rassegnato, Bill si infilò in una risposta che aveva già dato molte altre volte.

«Sì, mi ricordo benissimo di lui.»

Steven Hausler era stato per anni un professore di chimica senza occupazione che si era adattato a tutti i lavori possibili e immaginabili per tirare avanti. Non poteva permettersi una macchina e tutti erano abituati a vederlo girare per Flagstaff pedalando su una vecchia bicicletta con il manubrio da corsa, con due mollette da bucato a stringere i pantaloni per impedire che finissero in mezzo agli ingranaggi. Tutti sapevano che nel seminterrato di casa sua teneva un piccolo laboratorio nel quale trafficava non appena aveva un momento libero e qualche dollaro da investirci. Un giorno era entrato all'Hunter Trade Post, il negozio di articoli per caccia e pesca sulla Columbus. Aveva chiesto e ottenuto da Daniel Bourdet, il proprietario, una piccola somma di denaro in prestito. Con quella somma aveva brevettato una proteina che era diventata oggetto di largo consumo da parte delle principali industrie farmaceutiche e per la quale percepiva delle royaltie principesche. Quando Steven Hausler aveva comperato la sua prima Porsche, aveva fatto dorare la vecchia bicicletta che adesso faceva parte dell'arredamento della sua casa in Florida.

Caleb tagliò la conversazione sollevando la testa verso il chiarore che stava salendo da est, oltre le pendici della montagna.

«Bene, è meglio che vada se voglio sperare di combinare qualcosa. Buona giornata, Bill.»

Quel saluto frettoloso aveva tutta l'aria di una fuga.

Bill Freihart, in piedi vicino al muso di un vecchio pick-up che avrebbe considerato una mano di vernice come l'avvento del Messia, rimase a osservare il suo amico che si allontanava, con l'espressione rassegnata di chi guarda un malato incurabile.

«Buona giornata anche a te. Occhio alla bussola.»

Caleb fece un gesto rassicurante con la testa e si addentrò nel bosco, preceduto da Silent Joe. Poco oltre la radura in cui erano parcheggiate le macchine, sul tronco di un pioppo c'era una vecchia incisione. Con mano ferma un non meglio identificato Cliff aveva consegnato all'eternità il suo amore per Jane, intagliando sulla corteccia i loro nomi circondati da un cuore. Tutte le volte che passava di lì, Caleb non poteva fare a meno di immaginare la faccia di Cliff. Quel giorno decise che era un ragioniere di Albuquerque con il parrucchino e la cravatta dal nodo finto e che ormai da tempo aveva scoperto che la sua Jane era in realtà una puttana che se la faceva con qualcun altro.

Come Charyl...

Quasi senza accorgersene, allungò il passo, nell'illusione di lasciare i suoi poveri pensieri inchiodati al tronco insieme a quella scritta.

Procedettero in silenzio, l'uomo e il cane, nel sentore umido del sottobosco, inseguendo le lusinghe del primo sole che filtrava fra i rami, sorpresi ogni volta dalla luce e dallo spazio delle piccole radure che senza preavviso si aprivano sul loro cammino.

Caleb amava quel paesaggio. A poche decine di miglia da lì l'ambiente cambiava completamente, arrivavano i ginepri e la salvia selvatica che poco per volta si ritiravano fino a diventare il deserto delle meraviglie, con i suoi colori affumicati e la sua vegetazione risicata.

Ma dove si trovava Caleb era un paradiso di umori, odori, profumo di pini e senso d'acqua.

Dopo circa un'ora di cammino, Caleb decise di fare una sosta. Si sedette sulla parte di un masso non ricoperta da muschi, appoggiò l'arco e la faretra al tronco di un pino e tirò fuori dallo zaino la borraccia. Silent Joe si era già dissetato abbondantemente in un ruscello che avevano appena guadato. Dopo aver bevuto, prese il pacchetto di tabacco e le cartine e iniziò ad arrotolarsi una sigaretta. Non si curò che l'odore del fumo potesse mettere in allarme un'eventuale preda. Il vento tirava nella direzione giusta e sapeva di potersi permettere quella piccola concessione al vizio. Poco prima, in uno slargo pieno di pozzanghere, avevano trovato delle impronte e degli escrementi di cervo ancora caldi. Silent Joe li aveva annusati e poi aveva sollevato il muso verso Caleb con l'aria soddisfatta di chi sa il fatto suo. Aveva preso con decisione un sentiero e l'uomo lo aveva seguito.

Caleb aveva da tempo imparato a conoscere le reazioni di quello strano animale che solo davanti ad altre persone e in sua assenza osava definire «il mio cane». Sapeva che Silent Joe sapeva quello che stavano cercando e per una specie di tacito accordo lasciava a lui l'iniziativa.

Mentre finiva di fumare, uno scoiattolo senza paura corse su un ramo e si sporse a considerare gli intrusi. Poi si ritirò, soddisfatto della ricognizione o allontanato dalla convinzione che non ne avrebbe ricavato cibo.

Caleb gettò a terra la sigaretta schiacciandola con cura sotto le suole delle scarpe da caccia in gore-tex, alte fin sopra la caviglia. Il sentore di fumo residuo si perse nell'aria e rimasero solo profumo e silenzio e quei pochi versi di animali che in realtà del silenzio facevano parte.

Silent Joe lo guardava impaziente, ritto sul sentiero che si perdeva in un leggero controluce, muovendo alternativamente la testa verso di lui e verso la direzione in cui intendeva procedere. Caleb si alzò, si rimise lo zaino e la faretra sulle spalle e recuperò l'arco.

Come prima, si fidò e seguì le intenzioni del cane, lasciando che lo guidasse.

Stavano camminando da circa un quarto d'ora, quando gli arrivò alle narici un odore di legno bruciato. Rimase sorpreso e si guardò intorno per qualche istante, perplesso. Una combustione spontanea gli sembrava improbabile, vista la stagione ma soprattutto l'acqua della notte precedente. Allo stesso modo escluse il bivacco di un cacciatore, a meno che non fosse un idiota irresponsabile. Era vietato accendere fuochi nella foresta, per una serie di motivi facilmente comprensibili.

Da quelle parti la foresta era un mezzo di sostentamento turistico, per non parlare dei Navajos che consideravano l'Humphrey's Peak una montagna sacra. Qualunque violazione della legge in tal senso poteva portare a conseguenze poco piacevoli, come multe salatissime e in certi casi anche l'arresto.

Caleb chiamò Silent Joe che lo seguì di malavoglia, prendendo quella deviazione come un'inutile perdita di tempo. Superarono con difficoltà un groviglio di tronchi che stavano macerando seminascosti nel terreno e poco dopo si trovarono in una radura che si stendeva in discesa sulla costa della montagna. Il suolo era roccioso e lasciava poco spazio alla vegetazione del sottobosco. Caleb capì subito da dove arrivava l'odore di bruciato che aveva sentito poco prima.

In alto alla loro sinistra, un pino di discrete dimensioni era riverso a terra, spaccato letteralmente in due nel senso della lunghezza, con il tronco annerito e le radici quasi del tutto esposte all'aria. Poco sopra, spostata sulla destra di una decina di metri rispetto alla posizione del tronco, c'era un'apertura nel terreno che, dal suo punto di osservazione, sembrava l'ingresso di una caverna.

Caleb conosceva bene quelle zone e sapeva benissimo che non c'era nessuna grotta segnalata né sulle carte topografiche né dalla memoria di chicchessia. Ipotizzò che durante il temporale della notte prima un fulmine avesse colpito l'albero e lo avesse scalzato con violenza dal terreno. La frana che ne era seguita aveva messo allo scoperto qualcosa che era stato fino a ora celato da una cortina di massi.

Ecco la potenza dei fulmini...

Caleb non poté fare a meno di sentirsi eccitato. Aveva davanti agli occhi una specie di segno divino, un incentivo a continuare la ricerca su quello che inseguiva da tempo. Ma non solo. Se per caso quella era una caverna sul genere della Kartchner, poteva essere la sua fortuna. I due ragazzi studenti di speleologia che avevano scoperto quel miracolo della natura nelle vicinanze di Tucson erano passati alla storia.

E grazie a questo, come spesso succede, anche alla cassa.

Caleb si mosse per raggiungere l'apertura nella roccia. Silent Joe lo precedette veloce, senza preavviso, quasi volesse arrogarsi il diritto del primo ingresso di un essere vivente in quell'antro. Sordo a ogni richiamo, dopo un rapido, bizzarro e agile percorso saltando da un masso all'altro sparì oltre la soglia, inghiottito alla vista dall'oscurità.

Caleb affrettò il passo, incespicando e masticando una bestemmia tra i denti. Se nel frattempo un orso o un puma o un serpente velenoso avessero preso possesso della caverna, sarebbe stata dura per Silent Joe far accettare quell'intrusione al nuovo inquilino.

Aveva raggiunto il tronco semicarbonizzato steso sulla roccia e stava cercando di scavalcarlo, quando il muso di Silent Joe sbucò dalla caverna. Caleb vide che teneva qualcosa tra i denti. Da quella distanza gli sembrò un pezzo di legno, un ramo forse. Con la sua andatura da clown, venne ciondolando verso di lui e posò ai suoi piedi quello che teneva in bocca. Si accucciò sulle zampe posteriori e rimase in attesa, indifferente come sempre, lasciando tuttavia all'uomo il compito di valutare appieno il valore di questa sua nuova impresa.

L'atteggiamento del cane era strano. Non aveva mai fatto, nemmeno una volta, il gioco del bastone. Ogni tentativo era stato invariabilmente frustrato. Ogni volta che Caleb gliene aveva lanciato uno, Silent Joe aveva alzato la testa verso di lui con aria di sufficienza, quasi offeso, come se si ritenesse un essere troppo intelligente per un giochino così stupido.

Caleb si accucciò per osservare ciò che Silent Joe aveva trovato. Rimase un istante perplesso, poi d'istinto il suo sguardo corse verso la spaccatura buia tra le rocce e gli alberi.

Subito dopo, quasi controvoglia, si costrinse a riportare lo sguardo su quello che il cane aveva abbandonato sulla roccia e sugli aghi di pino spostati dal vento. Non era un ramo e neppure il resto di qualche bestia selvatica. Caleb Kelso conosceva troppo bene l'anatomia degli animali che popolavano la Coconino National Forest per avere dubbi.

Appoggiato sul terreno umido davanti ai suoi piedi, grigio e mummificato con la cura che solo il tempo sa osservare, c'era un osso umano.

2

Un falco volava alto nel cielo sopra Flagstaff, figlio della terra e dell'azzurro. Caleb si fermò e rimase per un attimo a guardarlo, finché non virò verso ovest e divenne un punto lontano. Infine il controluce impietoso del pomeriggio lo cancellò dalla vista. Per la prima volta nella sua vita, osservando il veleggiare di un uccello non ne invidiava la leggerezza, l'eleganza, la libertà che ogni colpo d'ala dichiarava a un mondo fermo immobile sotto. Caleb aveva rispetto per la magica maestosità del volo e per questo non aveva mai cacciato un uccello in vita sua. Ora, in qualche modo, si sentiva sollevato alla stessa altezza di quel falco e nello stesso modo libero.

Con un sorriso, riprese il cammino.

Lo zaino pesava parecchio ma era un peso che Caleb quasi non sentiva. A quelle condizioni, avrebbe potuto e voluto sopportarne uno dieci volte superiore, tale da fargli sprofondare le scarpe nel terreno fino a metà caviglia. Sarebbe riuscito a proseguire fino alla fine del mondo senza sentire per nulla il carico di quello che portava sulle spalle. Anzi, era convinto che privo di quella zavorra sarebbe levitato a mezz'aria, tanto si sentiva eccitato, leggero e felice. Silent Joe procedeva pochi passi davanti a lui, con la sua andatura da cartone animato, fermandosi ogni tanto per girare la testa a guardarlo, come se avesse bisogno di accertarsi continuamente di essere seguito. Caleb si chiese se il cane avesse intuito o no l'eccitazione del suo compagno di caccia. Di certo aveva fiutato e riconosciuto la strada di casa e con ogni probabilità nel suo immaginario canino c'erano in quel momento acqua fresca e una grossa ciotola piena di cibo.

Uscirono dalla macchia a poco meno di mezzo miglio dagli alberi che delimitavano il lato nord della sua proprietà. Da quel punto, lo sguardo poteva abbracciare l'intero patrimonio di Caleb. Si intravedèva la strada sterrata che saliva dalla Highway 89 e che portava alla casa e a quelle che erano ormai le vestigia del campeggio The Oak. Davanti alla costruzione principale, un edificio in legno a due piani il cui disperato bisogno di ristrutturazione si poteva percepire anche da lì, leggermente spostata sulla destra spiccava l'enorme quercia secolare che dava il nome alla proprietà e alla sua disgraziata attività commerciale. Oltre l'albero, ancora più a destra, le macchie di vegetazione in mezzo alle quali erano predisposte le piazzole di sosta per i camper e le roulotte, con gli attacchi per l'acqua e la corrente. Sulla sinistra, un recinto per cavalli desolatamente vuoto servito da una piccola stalla e, poco oltre, una solida costruzione in tronchi dalle finestre strette e chiuse da inferriate.

Caleb rimase un attimo a considerare tutto quello che gli restava nella vita. Solo il giorno prima aveva preso in considerazione l'eventualità di mettere in vendita The Oak. Adesso che lo zaino lo rassicurava con il suo peso e il sole splendeva e il cielo era azzurro come solo il cielo dell'Arizona sa essere, di vendere non se ne parlava nemmeno.

Sistemò meglio le cinghie sul petto e iniziò la discesa verso casa

Dopo la scoperta della caverna e del suo contenuto, aveva deciso di abbandonare la macchina al Cielo Alto, tagliare verso est e rientrare a piedi. Erano parecchie ore di cammino, ma aveva preferito evitare ogni possibile commento su un ritorno così anticipato rispetto a quanto si era proposto. Per non parlare di cosa sarebbe successo se qualcuno si fosse reso conto di quello che trasportava. A proposito del furgone abbandonato al Ranch non c'era problema, nessuno si sarebbe preoccupato o stupito più di tanto. Era già accaduto diverse volte in precedenza che, inseguendo un cervo o un alce, si era trovato talmente spostato dal punto di partenza da preferire il ritorno a piedi, salendo poi a recuperare il Bronco la mattina successiva.

Mentre sbucava nel cortile dal retro della casa, sullo spiazzo coperto di ghiaia arrivò un enorme Mercedes con una carrozzeria che pareva realizzata in alluminio e che portava le insegne della El Paso RV Rentals. Caleb trattenne il desiderio di sputare per terra. Con quello che spendevano i turisti in una settimana per il noleggio di mausolei ambulanti come quello, lui di solito ci viveva un mese. Gente di città, a cui bastava mettersi in testa un cappello a tesa larga e un paio di stivali ai piedi per sentirsi erede di un mondo che non esisteva più.

Mai nessuno ci ha rimesso speculando sul cattivo gusto della gente...

Solo la mattina precedente, Caleb sarebbe andato verso i nuovi venuti col suo miglior sorriso, pronto a stendere passatoie rosse e a suonare trombe per accoglierli. E pronto a qualsiasi altra accondiscendenza per farli rimanere.

Oggi no.

Oggi, grazie a qualunque dio ne avesse merito, era tutto diverso...

Il camper si fermò alla sua altezza. La frenata sollevò una piccola nuvola di polvere che proseguì indifferente la sua corsa, portata dal vento.

L'uomo alla guida scese e osservò con un punto interrogativo negli occhi quella specie di Robin Hood male in arnese che indossava una tuta mimetica e portava in giro arco e frecce. Mentre si avvicinava a lui, Caleb ebbe la netta sensazione che quel tipo si aspettasse di sentirlo puzzare.

«È qui il campeggio The Oak?»

Un refolo d'aria fece stormire le fronde e la grande quercia che Caleb aveva alle spalle rispose al posto suo. Guardò con aria dolcissima l'uomo in piedi davanti a lui.

«Sì, giovanotto. Che posso fare per lei?»

«Cercavamo un posto dove passare un paio di notti mentre ci diamo uno sguardo in giro. Avete la tv via cavo?»

Nel frattempo quella che doveva essere la moglie, una brunetta formosa e con un naso vistosamente rifatto, era scesa a sua volta e si era data un'occhiata intorno. A giudicare dall'espressione del viso, l'esame non doveva averla soddisfatta. Si avvicinò al marito con l'aria schifata con cui probabilmente parlava alla sua donna delle pulizie.

«Ma che dici, Norman, hai visto in che stato è questo posto? Secondo me qui la tv via cavo non la conoscono nemmeno.»

Caleb rispose con voce che non alterava di molto il suo tono precedente.

«In effetti no, ma conosciamo un ottimo posto dove potete andare a prendervelo nel culo. E mentre succede vi riprendono anche con la tv via cavo.»

L'uomo ebbe nello sguardo un lampo istintivo di reazione ma vide la mano di Caleb scendere quasi senza parere verso l'impugnatura del grosso Bowie che portava alla cintura. La moglie si avvicinò e, rimanendo al riparo del corpo del marito, gli appoggiò una mano sul braccio.

«Vieni, andiamocene, Norman. Credo proprio che abbiamo sbagliato posto.»

Caleb pensò con un sorriso interiore che la sua voce piena di sussiego ma leggermente sopra tono sarebbe bastata da sola a dare l'allarme a Fort Apache. Norman inghiottì un groppo di saliva e passò un braccio protettivo sulle spalle della moglie. Cercò di dare alle parole tutta la fermezza che in quel momento riusciva a recuperare dalla sua agitazione.

«Credo anch'io.»

«Allora è l'unica cosa in cui crediamo tutti e tre.»

L'avallo di Caleb faceva da viatico e da saluto allo stesso tempo. I due arretrarono senza dargli le spalle, quasi temessero di sentirsi arrivare una freccia nella schiena. Caleb rimase in piedi nel sole a osservarli mentre salivano sul camper con una calma un po' troppo plateale per essere autentica e chiudevano le portiere come se fossero le saracinesche blindate di Fort Knox. L'uomo al volante avviò il motore e si mosse con una velocità che lasciò dietro di sé ghiaia smossa, gas di scarico, disprezzo e sollievo.

31

Caleb si girò verso il cane. Silent Joe era rimasto per tutto il tempo seduto a terra a osservare la scena con aria indifferente, caninamente curioso ma neutrale di fronte alle vicende umane.

«Divertente, no See-Jay? Che vadano a fasi fottere loro e tutti i campeggiatori del pianeta. Ora non abbiamo più bisogno di quei cazzoni.»

Raggiunse il ballatoio in legno davanti alla casa e appoggiò l'arco e la faretra con le frecce al montante della tettoia. Nonostante dovesse allontanarsi di pochi passi, non ebbe la forza di lasciare lo zaino incustodito. Se lo tenne sulle spalle mentre raggiungeva il recinto all'ombra della quercia delimitato da una rete metallica, dov'era piazzata l'abitazione di Silent Joe. Caleb aveva sempre pensato, vista la natura del suo cane, che definirla cuccia sarebbe stato parecchio riduttivo.

Silent Joe lo seguì con la calma del cliente che in un ristorante segue il maître che lo sta accompagnando al tavolo. Attese senza calorose manifestazioni di impazienza che Caleb aprisse un sacco di Wild Dog Friskies e gliene versasse una generosa razione nella ciotola. Quando Caleb ebbe finito e si fece di lato, tuffò il muso nel recipiente e iniziò il suo pasto con colonna sonora di mascelle e biscotti sgranocchiati.

«Tieni, vecchio mio. Da domani, se vuoi, bistecche e champagne anche per te.»

Il cane, senza smettere di mangiare, alzò per un attimo lo sguardo verso di lui mostrando il bianco degli occhi. Tradotta in termini umani, la sua espressione diffidente era quella di chi si affretta a finire l'uovo di oggi per timore che sparisca all'improvviso come la gallina di ieri e di domani.

«Non ci credi? Ti ricrederai, faccia di pelliccia. Adesso siamo tutti ricchi. Tutti. Anche le tue pulci.»

Lasciò il cane al suo cibo e ritornò verso la casa. Raccolse l'arco e la faretra e fece i tre gradini che salivano alla porta d'ingresso. Il legno cigolò una specie di benvenuto preoccupato sotto il suo peso. Caleb aprì la porta che non chiudeva mai a chiave. La sua indigenza cronica era un fatto ormai talmente acquisito che nessun ladro si sarebbe sognato di cercare qualcosa da rubare proprio a casa sua.

Superata la soglia, si trovò subito nel piccolo atrio da cui partiva la scala che portava al piano superiore. Percorse il breve corridoio lasciandosi la rampa alle spalle e piegò a sinistra, per raggiungere la cucina, affacciata sul retro. Quando ci entrò, riuscì a non farsi coinvolgere dallo spettacolo desolante che apparve ai suoi occhi. L'intonaco dei muri era scrostato e macchiato dal tempo e i mobili in legno non avevano un aspetto migliore. Il frigorifero apparteneva a una generazione per la quale il freezer era un perfetto sconosciuto e il fornello era talmente vecchio che nessuno si sarebbe stupito di trovarci davanti la moglie del generale Custer con il grembiule e un mestolo in mano. L'acquaio era pieno di piatti sporchi e allo stesso modo il ripiano di fianco, ingombro di tegami e scatolette, era testimone di pasti frettolosi consumati in solitudine.

Lasciò a terra l'arco e la faretra, appoggiò lo zaino sul tavolo e finalmente lo aprì con mano non del tutto ferma. A fatica estrasse un grosso involto fatto con una vecchia coperta indiana, così sudicia e lacera da lasciare intuire a malapena i colori originari. Aveva faticato parecchio a fare quella specie di rudimentale pacco perché il tessuto era vecchio e corroso dall'umidità e tendeva a lacerarsi.

Svolse lentamente il viluppo e portò alla luce l'oggetto che conteneva. Tolse lo zaino dal tavolo per lasciare la sua scoperta unica protagonista del ripiano di legno. Si sedette con una lentezza da rituale su una sedia di fronte. Come nelle migliori tradizioni dei luoghi comuni, un raggio di tramonto del sole entrò dalla finestra e strappò un riflesso nuovo dall'oro vecchio e reso opaco dal tempo. Caleb sorrise con lo stesso riflesso e si trattenne a fatica dall'urlare di gioia.

Ancora non riusciva a credere alla sua fortuna

Cristo santo, quanto poteva valere quell'affare?

Centomila? Duecentocinquantamila dollari?

A giudicare dal peso, già solo a fonderlo ci si sarebbe potuto ricavare una bella carrettata di soldi. Ma non era il semplice valore dell'oro con cui era realizzato che attizzava l'esaltazione di Caleb. Prestando fede alle scritte incise sulla superficie doveva essere antico parecchio. C'erano dei segni che parevano geroglifici. Caleb non ne capiva molto ma potevano essere Maya. Oppure Aztechi o Incas. O qualunque altro cazzo fossero, bastava che valessero dei soldi. In quel caos benedetto, ipotizzare mezzo milione di dollari poteva non essere un azzardo. Caleb schizzò dalla sedia come se di colpo fosse diventata rovente.

Cristo santo, mezzo milione di dollari!

Con quella cifra poteva permettersi di continuare le sue ricerche e anche Charyl...

Si avvicinò al telefono, sollevò la cornetta e pregò che non gli avessero ancora tagliato la linea. Non pagava le bollette da tempo immemorabile e si aspettava la chiusura delle comunicazioni da un momento all'altro. Accolse il segnale di connessione come un segno compiacente del destino. Compose un numero e rimase in attesa, col cuore mosso in petto all'idea di sentire la voce della donna che amava.

Mentre all'altro capo del telefono gli squilli invadevano l'appartamento che conosceva così bene, a Caleb venne in mente senza preavviso la sera del loro primo incontro.

Aveva conosciuto Charyl più di un anno prima, quando era sceso con gli Skulker Skunks per un concerto a Phoenix. Aveva accompagnato la country band dei suoi amici che andavano a suonare all'Así Es la Vida, un ristorante messicano con musica dal vivo che stava alla periferia della città. Dopo il sound check del pomeriggio, aveva mangiato e riso con i ragazzi e, quando loro erano saliti sul palco, era rimasto seduto al tavolo, sorseggiando una Bud e tenendo d'occhio il locale che a poco a poco si stava popolando di gente.

Gli Skunks erano abbastanza popolari da quelle parti e in breve si era creata parecchia confusione. Nel casino generale, Ca leb aveva notato una ragazza bionda che indossava un paio di jeans e una maglietta rossa e che portava un cappello nero da cow-boy. Se ne stava seduta da sola su uno sgabello al bancone del bar. Gli dava le spalle, indifferente alla musica, il capo chino come se stesse esaminando con attenzione il liquido nel bicchiere che teneva tra le mani. Quando aveva rialzato la testa, Caleb era riuscito a vedere il suo viso riflesso nello specchio ed era rimasto folgorato. Era con ogni probabilità più vicina ai trenta che non ai venti ma, anche con la riproduzione approssimativa dello specchio del bar, aveva un volto da adolescente che ispirava al tempo stesso sensualità e tenerezza. Quasi avesse sentito la fissità dello sguardo di Caleb su di lei, si era girata e i loro occhi si erano incrociati.

Caleb si era smarrito per un istante in quegli occhi chiari. Poi, contrariamente a quello che era il suo comportamento abituale in frangenti simili, aveva preso la sua birra e si era alzato per andare a raggiungerla.

Quando si era seduto sullo sgabello di fianco al suo, la ragazza aveva sollevato pigramente la testa a guardarlo. Subito dopo era tornata a fissare con attenzione il suo bicchiere.

Caleb si era proposto con voce più emozionata di quanto avrebbe voluto.

«Ciao. Sono Caleb.»

La ragazza gli aveva parlato con tono senza espressione, dal quale affiorava solo un leggero accento di noia.

«Salve. Io sono Charyl. Duecento dollari.»

«Cosa?»

Charyl aveva fatto ruotare lo sgabello e si era posta con il corpo nella sua direzione. Caleb non era riuscito a impedire che il suo sguardo scendesse a esaminare i seni sodi e i capezzoli che tendevano il tessuto leggero della maglietta.

Charyl aveva sorriso ma lui non se ne era accorto.

«Non vuoi certo raccontarmi che ti sei seduto qui perché hai scoperto di colpo che sono la donna della tua vita e la madre ideale dei tuoi figli? Se ti va di vedere la mia camera da letto sono duecento dollari. Quattrocento se vuoi vedere il sole sorgere dalle mie finestre.»

Caleb si era sentito in imbarazzo e aveva distolto lo sguardo. Gli occhi di Charyl lo avevano inseguito nello specchio.

«Che c'è, Caleb? Hai perso la parola o hai perso il portafoglio?»

Era la prima volta nella sua vita che si trovava a parlare con una puttana, se pure del livello fisico di Charyl. E si trovava spiazzato dall'attrazione innaturale che quella donna seduta sullo sgabello accanto al suo esercitava su di lui.

Aveva maledetto la casualità del destino. Quattrocento dollari era esattamente la cifra che aveva nel portafoglio. Se l'era portata appresso perché il giorno dopo doveva andare alla El&El Equipment, una ditta di forniture elettriche ed elettroniche dove aveva ordinato del materiale che gli serviva per le sue ricerche.

Stavolta era toccato a lui osservare per un istante la bottiglietta di birra che teneva appoggiata sul bancone.

Poco dopo, con la netta sensazione che stava facendo una stronzata, si era girato verso Charyl con un sorriso che cercava disperatamente di essere disinvolto.

«Nell'offerta è compreso anche un caffè al mattino?»

«Certo. Anche le uova strapazzate, se vuoi.»

Caleb aveva annuito con un cenno del capo.

«Okay. Andata. Adesso quello che dovevo dire io l'ho detto. D'ora in poi conduci tu la giostra.»

Senza parlare Charyl aveva sancito il contratto alzandosi e dirigendosi verso la porta del locale. Caleb l'aveva seguita, percorrendo dietro a lei quel tragitto lastricato di buone intenzioni che porta dritto verso la porta dell'inferno.

Dalla mattina in cui si era svegliato in quel grande letto nell'appartamento di lei a Scottsdale, non aveva avuto più pace. Non aveva più nemmeno un dollaro in tasca ed era tornato a Flagstaff con l'autostop, senza riuscire a cancellare dalla mente la notte appena trascorsa con il corpo di Charyl a disposizione. Dopodiché, la sua vita era diventata una rovente attesa, costellata dalle diapositive di Charyl fra le braccia di altri uomini. Ogni volta che riusciva a raggranellare i soldi necessari, si faceva prestare la Toyota di Bill Freihart e scendeva da lei in città, ogni volta giurando a se stesso che era l'ultima e maledicendosi nello stesso tempo perché sapeva benissimo che non avrebbe mantenuto il giuramento.

A mano a mano che la loro relazione proseguiva, Charyl aveva iniziato a non trattarlo come un cliente comune. Facevano l'amore come due amanti, senza inibizioni e senza limiti di tenerezza prima e dopo. Lei aveva persino accettato di fare l'amore con Caleb senza preservativo, ma quando, dopo una serie di incontri, lui le aveva confessato di amarla, si era come rabbuiata, si era alzata di colpo dal letto avvolgendosi il lenzuolo attorno al corpo ed era sparita in bagno. Poco dopo era tornata, gli occhi rossi come se avesse pianto.

Si era seduta sul letto tenendo il lenzuolo come uno scudo sul petto.

«Non è così che funziona, Caleb.»

«Non è così che funziona cosa?»

«La vita. Una puttana resta sempre una puttana, per te come per chiunque altro.»

«Potresti smettere…»

Lei aveva sollevato lo sguardo e Caleb si era perso per la centesima volta nei suoi occhi.

«Per fare che? Mettermi con uno spiantato peggio di me? L'ho già fatta la vita grama, Caleb. Non intendo ritrovarmi un'altra volta con il culo per terra.»

«Ma tu cosa provi per me?»

Charyl si era stesa sul letto di fianco a lui, sempre tenendo il lenzuolo stretto come una barriera. Caleb non era riuscito a capire se per difendersi da lui o da se stessa.

«Quello che provo per te è un fatto personale. Con il mio lavoro mi ci guadagno da vivere. E questo è un fatto pratico.»

«Ma un giorno io...»

Charyl si era girata e gli aveva appoggiato la mano sulle labbra.

«So dei tuoi progetti e sono certa che un giorno o l'altro riuscirai a realizzarli. Quando quel giorno arriverà, potremo cercare di far coincidere i fatti personali con quelli pratici. Fino ad allora, se vuoi occupare il mio letto saranno sempre duecento dollari, quattrocento se vuoi vedere sorgere l'alba dalle mie finestre.»

Poi aveva aperto il lenzuolo, si era avvinghiata a lui e aveva fatto l'amore con un'intensità e un trasporto che avevano travolto Caleb.

E adesso finalm...

«Pronto.»

La voce di Charyl lo tirò fuori dalla galleria di immagini che gli popolavano la mente e lo riportò all'euforia del presente.

«Ciao, Charyl. Sono Caleb. Sei sola?»

«Sì.»

Caleb sapeva che se anche fosse stata con qualcuno non glielo avrebbe detto.

«Ho una notizia clamorosa.»

«Vale a dire?»

«Soldi, amore mio. Una grossa, bella, gonfia, tronfia valigia piena di soldi.»

Dall'altra parte ci fu un attimo di silenzio.

«Stai scherzando?»

«Ti sembra che potrei scherzare su un argomento come questo? Dammi un paio di giorni e poi scendo a Scottsdale a dimostrarti che non è una favola. E prepara i bagagli che ce ne andiamo per qualche giorno a Vegas a fare fol...»

Clic.

Il telefono ammutolì di colpo. Caleb rimase un attimo in piedi nel disastro della sua cucina, reggendo in mano la cornetta di un telefono che non dava più segni di vita. Proprio adesso la compagnia dei telefoni doveva accorgersi che non aveva pagato le ultime bollette. Solo il giorno precedente avrebbe fracassato l'apparecchio dalla rabbia. Ora il viso e il corpo di Charyl erano così vicini che se chiudeva gli occhi poteva quasi sentire il suo profumo.

Quando quel giorno arriverà, potremo cercare di far coincidere i fatti personali con quelli pratici...

E adesso quel giorno era arrivato, finalmente.

Si girò e si accostò al tavolo. Riavvolse il suo bottino nella vecchia sudicia preziosa coperta e tenendolo sottobraccio uscì di casa. Realizzandone di nuovo il peso, aggiunse esultanza a esultanza.

Appena fuori, fece girare lo sguardo per controllare che non ci fosse nessuno nei paraggi. Poi scese i gradini e piegò a sinistra. Costeggiando il lato destro della costruzione, si diresse verso la parte posteriore della casa. Le vecchie tavole di legno e le finestre fuori asse erano tutte scrostate e avrebbero avuto bisogno di una sistemata e di una bella mano di vernice.

Caleb, questa volta, non se ne curò più di tanto.

Imboccò di buon passo il sentiero che saliva verso il recinto che un tempo aveva custodito dei cavalli. Lo superò senza degnarlo di un'occhiata. C'era in giro la sensazione che si prova in una casa deserta, abbandonata. Quando aveva venduto l'ultimo cavallo, Burrito, aveva provato una stretta al cuore e un senso di perdita senza recupero. Le impronte degli zoccoli rimaste sul terreno, nella sua malinconia di uomo solo erano come calze rimaste appese in bagno in un appartamento lasciato per sempre da una donna.

Si trovò di colpo a fischiettare mentre si avvicinava alla solida costruzione in tronchi che dalla piccola altura dominava quella parte della proprietà. Nell'ora che preparava il tramonto, il cielo era di un azzurro addirittura arrogante. Era finalmente il colore dei giorni felici, dell'avvenire non più cupo, degli occhi di Charyl.

La pesante porta in legno era bloccata da due catenacci imprigionati da robusti lucchetti con la combinazione. Caleb appoggiò il suo fardello a terra e iniziò a manovrare le rotelle delle chiusure. I meccanismi scattarono uno dopo l'altro e Caleb tirò verso l'esterno il battente. La porta accettò di aprirsi solo in cambio di uno sforzo non indifferente. Spingendolo a fatica con un piede, trasferì all'interno il suo carico. Richiuse la porta e fece scattare tutte le chiusure che da dentro negavano l'acceso a chiunque. Tanta ossessione per le serrature poteva sembrare eccessiva, ma Caleb sopportava volentieri di sentirsi un poco maniaco.

C'era gente che avrebbe ucciso per venire in possesso della sua scoperta, quando ci fosse riuscito. Già sentiva di esserci vicino e adesso, con i soldi che poteva avere a disposizione grazie alla vendita del suo bottino, era certo che ce l'avrebbe fatta...

Accese la luce e si trovò davanti lo spettacolo familiare del suo laboratorio.

Nell'aria aleggiava un leggero sentore di ozono. La grande stanza era completamente zeppa di apparecchiature elettriche ed elettroniche. C'erano dappertutto grossi cavi di alta tensione che entravano e uscivano da alternatori realizzati in materiale ceramico, resistenze collegate ad amperometri a loro volta collegati a strane bobine di cavi in rame avvolte intorno a enormi rocchetti di legno. Un altro grosso cavo, ricoperto di isolante nero, scendeva dal capace parafulmine montato sul tetto a congiungersi al resto dei macchinari.

Tutta quell'attrezzatura sarebbe stata un mistero per la maggior parte della gente.

Per lui, rappresentava il sogno di una vita.

Quello a cui stava lavorando era un progetto talmente ambizioso e importante da avere in ballo una posta enorme. Si trattava di un accumulatore in grado di immagazzinare l'energia dei fulmini. Ogni volta che una scarica elettrica screziava il cielo con la sua luce e il suo crepitio, sprigionava energia sufficiente a illuminare per diverso tempo una città come New York. C'erano nell'aria, a ogni temporale, milioni di volt che non aspettavano altro che qualcuno riuscisse a prenderli e a chiuderli dentro la sua cassetta magica. Erano kilowatt e kilowatt di energia pulita e gratis che avrebbe potuto soddisfare la fame cronica di elettricità che attanagliava il mondo. E chiunque sarebbe stato disposto a pagare milioni di dollari per essere lui a servire quel pasto.

Non gli importava se il temporale della notte prima aveva rappresentato l'ennesimo fallimento. Caleb sapeva che un giorno se li sarebbe trovati tutti di fronte, a pendere dalle sue labbra, pronti a sbranarsi pur di avere in mano il suo quaderno di appunti.

Allora avrebbe avuto in un colpo solo tutte le rivalse del mondo.

Si riscosse e riprese da terra il suo prezioso reperto. Doveva nasconderlo, almeno fino a quando non avesse trovato un esperto fidato per valutarlo e un compratore in grado di pagare il suo valore. Di andare alla banca e metterlo al sicuro nel caveau non se ne parlava nemmeno. Caleb Kelso, lo spiantato, il morto di fame, l'oggetto della derisione di tutti che prendeva una cassetta di sicurezza…

La cosa avrebbe insospettito persino i figli neonati dei poliziotti di Flagstaff. E lui non voleva certo destare sospetti che avrebbero potuto mettere i bastoni tra le ruote della macchina che stava mettendo in movimento.

Si diresse verso il lato sinistro del laboratorio. Si fermò davanti al coperchio in legno di una botola rettangolare che si apriva nel pavimento, per sua scelta e necessità lasciato grezzo. Lo sollevò con una certa fatica, rivelando un vano scavato nella nuda terra e i gradini di una scala che scendeva nel buio. Accese un interruttore attaccato a una trave e la luce mostrò una stanza quadrata, il soffitto puntellato con robuste travi di legno e le pareti coperte di scaffali ingombri di ogni tipo di utensile, attrezzatura e materiale elettrico.

Nonostante la ruvidità del luogo, tutto era disposto con un ordine scrupoloso.

Facendo attenzione a non inciampare e rompersi l'osso del collo, Caleb scese con calma gli scalini di legno. Quando si trovò al piano di sotto, si portò davanti a uno scaffale sulla sinistra della scala e iniziò a percorrere con la mano libera la parte inferio re di un ripiano. Trovò una scanalatura, ci infilò le dita e tirò verso l'esterno.

Si udì uno scatto secco e il lato destro dello scaffale si scostò leggermente dal muro. Caleb aprì la porta segreta facendola girare senza rumore sui cardini bene oliati, rivelando oltre la barriera una seconda minuscola stanza. Mentre entrava per depositare il suo carico sul pavimento, Caleb benedisse l'anima previdente di Jonathan Kelso, il suo vecchio. Non si fidava delle banche e aveva costruito in tutta segretezza la loro personale cassaforte nel magazzino degli attrezzi. Era rimasta inutilizzata per tanti anni ma adesso tornava di colpo d'attualità per custodire la cosa più pregiata che Caleb avesse mai posseduto.

Mentre usciva e richiudeva lo scaffale sul suo prezioso contenuto, accadde una cosa che lo sorprese.

Fuori, Silent Joe prese ad abbaiare furiosamente.

Caleb salì incuriosito i pochi gradini che uscivano dal sotterraneo e si avvicinò a una finestra protetta dall'inferriata.

Silent Joe sembrava impazzito. Si muoveva avanti e indietro nel suo recinto, latrando e ringhiando come un forsennato, i denti bianchi e feroci scoperti verso un punto imprecisato. Poi, di colpo, tutta quella sua frenesia parve calmarsi come per un ordine imperioso e divenne un ringhio basso e continuo che si trasformò subito dopo nel guaito di un cucciolo. Infine, mise la coda in mezzo alle gambe, si rifugiò dietro al suo piccolo casotto, si sedette a terra e iniziò a ululare.

Affacciato alla finestra sudicia del suo laboratorio, Caleb avvertì qualcosa nello stomaco farsi di ghiaccio. Nella sua vita non aveva mai sentito un suono così lacerante. L'ululato disperato di quel cane che non abbaiava mai era la voce stessa del terrore.

Non fece a tempo a chiedersi chi o che cosa avesse spaventato in quel modo Silent Joe. In quel preciso istante sentì un fruscio alle sue spalle. Si girò di scatto, più sorpreso che preoccupato. Quello che vide gli fissò la pelle d'oca su tutto il corpo in modo talmente violento da fargli pensare che qualcosa, dentro di lui, stesse cercando di uscire per mettersi in salvo. Poi, tutto si svolse con la rapidità del lampo. Un altro fruscio, un movimento soffice e veloce, e improvviso agli occhi il colore nero. Tuttavia Caleb ebbe ancora il tempo di provare un dolore immenso, una frazione di secondo prima di morire.

T'àa nák'ǫ

Tre ritorni

3

Arrivando da ovest, il pilota fece compiere all'elicottero un'ampia virata prima di iniziare la discesa verso l'aeroporto di Flagstaff. Di fronte, sullo sfondo del cielo che scontornava i San Francisco Peaks, volava alto un falco. Jim Mackenzie, seduto sul sedile del passeggero, rimase a osservarlo un istante. A New York, dove abitava adesso, non c'erano molte occasioni di vederne uno volare. Lo seguì con gli occhi finché si perse alla vista, inghiottito dall'immenso azzurro di cui anche lui, in quel momento, faceva parte. Si riscosse e tornò a far correre lo sguardo più in basso, sul panorama familiare percorso dall'ombra dell'elicottero. Sotto di loro scorrevano le eleganti abitazioni di Forest Highlands, disposte come carri in carovana intorno al campo da golf a diciotto buche di esclusiva proprietà dei fortunati che potevano permettersi una casa nel comprensorio. Poco sotto, appoggiato alla parte opposta della stessa collina, stava il Katchina Village, tutta un'altra storia.

Niente prato inglese, niente vetrate, niente domestici, niente Bmw o Porsche o Volvo nel cortile. Niente muri di cinta e niente sbarre con guardiani al cancello d'ingresso.

E soprattutto, niente happy end alla fine del film.

Jim conosceva bene la gente che viveva a Forest Highlands. Ci era stato molte volte, in passato, prima che il caso e la fortuna gli permettessero di andarsene dall'Arizona e da Flagstaff senza nemmeno voltarsi indietro. Un tempo ci abitava un uomo che era stato il suo migliore amico. O perlomeno lo era stato fino a quando la vita non li aveva messi di fronte alla realtà.

Lui era molto ricco e Jim invece...

I ragazzi forse sono tutti uguali ma non lo restano quando diventano uomini.

O forse quell'«invece» riguardava aspetti della vita che per gli esseri umani sono sempre molto difficili da trattare.

La voce del pilota nella cuffia lo riscosse dai suoi pensieri.

«Vuoi atterrare tu? Vediamo se sei ancora capace di pilotare un elicottero?»

Jim si girò verso il ragazzone biondo seduto ai comandi e fece cenno di no con la testa. Indicò la cloche che l'altro teneva fra le mani con un'espressione definitiva.

«Che io sia ancora in grado di pilotare un elicottero è da discutere. Il fatto che tu non sia mai stato capace di farlo è una verità assoluta. È meglio se continui a fare un poco di pratica.»

«Grande capo, osserva la perfezione e roditi il fegato. Straccerai il tuo brevetto dopo questo atterraggio.»

Per tutta risposta, Jim diede una plateale stretta alle cinture che lo assicuravano al sedile e spinse i Ray-Ban con le lenti a specchio contro la radice del naso. Nonostante le sue dichiarazioni, mentre scendevano contenne a fatica il desiderio di afferrare i comandi e compiere lui stesso la manovra di atterraggio. Non gli capitava sovente di viaggiare su un elicottero senza esserne il pilota.

Il Bell 407 si appoggiò al suolo con un leggero dondolio. Travis Logan era sempre stato un ottimo pilota. Jim lo conosceva fin dai tempi in cui entrambi prestavano servizio presso il Grand Canyon West Airport, la stazione gestita dagli indiani Hualapai, su a Quartermaster. Ogni giorno facevano decine di voli per assicurare ai turisti il giro panoramico sul Grand Canyon. Dopo quello spettacolo mozzafiato li lasciavano in basso, alla base del loro tour operator in riva al Colorado, per completare l'esperienza con un percorso di rafting sulle acque del fiume. Era una routine quotidiana senza eccessive impennate ma si trattava in ogni caso del sogno realizzato di Jim Mackenzie. Fin da quando era un ragazzo aveva desiderato volare. Adesso pilotava un elicottero tutte le volte che voleva ed era felice.

O almeno per un po' lo aveva creduto.

Jim sganciò le cinture di sicurezza, tolse la cuffia dalla testa e si girò per prendere la sacca dal sedile posteriore. Tese la mano verso il pilota.

«Grazie per il passaggio.»

Travis gli diede un cinque di saluto.

«Non c'è di che, muso rosso. Comunque, nel caso remoto che qualcuno ti chiedesse qualcosa, noi oggi non ci siamo visti.»

Jim aprì il portello e scese, trascinandosi la sacca. Richiuse controllando bene la serratura e ricambiò con il pollice alzato l'ultimo saluto di Travis, una mano agitata e una figura confusa nel riflesso del finestrino in plexiglas.

Quando era arrivato a Las Vegas da New York con il volo del mattino, aveva chiamato il numero della Sky Range Tour, la sua vecchia compagnia per la quale Travis lavorava tuttora. Aveva chiesto di lui e, quando glielo avevano passato, aveva accettato come inevitabile il caloroso benvenuto del collega di un tempo.

«Cristo santo, non credo alle mie orecchie. Jim Mackenzie che di sua spontanea volontà accetta di parlare con dei comuni mortali. Da dove chiami, ma soprattutto perché chiami?»

Non aveva ritenuto opportuno rivelare a Travis il vero motivo del suo ritorno, per cui si era adeguato, anche se non ne aveva affatto voglia, al modo di fare scanzonato del vecchio amico.

«Sono qui a Vegas, inutile persona. Se apri la finestra dell'ufficio ci salto dentro. E mi serve un passaggio fino a Flagstaff, nel caso che uno di voi vada da quelle parti.»

Succedeva sovente che tra piloti si facessero quella specie di favori. La compagnia ufficialmente non sapeva o faceva finta di non sapere, bastava che tutto restasse entro i limiti di un buon servizio. Quel mattino, Jim era stato fortunato. Proprio nel pomeriggio Travis doveva salire a Quartermaster per portare un elicottero in sostituzione di un altro. Una deviazione fino a Flagstaff non gli avrebbe comportato nessun problema. Gli aveva dato appuntamento all'eliporto che era la base della Sky Range e adesso Jim si trovava lì, con il naso in aria, a osservare nel vento fasullo delle pale l'elicottero che decollava, finché l'aria non tornò calma e l'apparecchio divenne un punto lontano.

Falchi e uomini a contendersi il cielo.

Loro a pieno diritto, noi con la costante paura che il cielo ci tradisca...

Con un gesto del capo, cancellò come molesto questo pensiero. Poi si gettò la sacca sulle spalle e percorse la pista in asfalto verso l'uscita dell'aeroporto. Secondo le regole, Travis era atterrato nel settore dell'aerostazione riservato all'aviazione privata. Mentre camminava in direzione dell'edificio che rappresentava il Flagstaff Pulliam Airport, di fianco a lui scorrevano due lunghe file di larghe tettoie, piccoli hangar all'aperto dove sostavano al riparo dalle intemperie gli aeroplani dei piloti della zona. Erano perlopiù Cessna o Piper a due e quattro posti. Incrociò due uomini di mezza età con degli Stetson in testa che si stavano avvicinando a un elegante Cessna Millennium, un modello ad ala alta, un giocattolo da quattrocentomila dollari. I due portavano in mano delle valigie e stavano ridendo e chiacchierando a un livello di voce parecchio superiore alla norma. Mentre lo superavano sentì la parola «Bellagio» pronunciata con euforia.

Jim sorrise. Il Bellagio era uno dei più lussuosi hotel e casinò di Las Vegas, una perfetta riproduzione di uno scorcio del lago di Como, in Italia. Probabilmente i due se ne stavano andando in Nevada per un periodo di sex-craps-and rock'n roll, anche se a giudicare dal loro aspetto con ogni probabilità del rock non gliene fregava niente.

Vegas era un posto in cui ogni piede trovava la sua scarpa e viceversa. Anche quello più grande entrava in quella più stretta. Bastava avere a disposizione il lubrificante giusto.

Il denaro.

Jim non aveva mai avuto l'ossessione per i soldi. Per lui non rappresentavano potere, conquista, una vita sprofondata nel lusso. Erano tuttavia il solo modo che conosceva per potersi comperare la libertà. E per lui la libertà a un certo punto aveva significato andarsene da lì, da quella vita immobile che finiva alle nove di sera, dalle canzoni piene di selle e cow-boy, dai vestiti che sapevano del fumo dei barbecue, dalla polvere del deserto che esaltava i turisti e impestava l'esistenza di chi era costretto a viverci.

Si era reso conto che da sempre era stata quella la sua prigione. Ma lui era riuscito a uscirne e ora viveva a New York, pilotava l'elicottero privato di un uomo d'affari nel cielo di Manhattan e guidava per le strade una Porsche Cayman S nuova di zecca.

Raggiunse il terminal e superò la porta a vetri. Dentro, aria condizionata a palla e penombra. Mentre attraversava l'androne, si tolse gli occhiali e li infilò nel taschino della camicia Ralph Lauren. Alla sua destra c'era una fila di persone in coda per il check-in. Un bambino sui cinque anni, che stava in piedi di fianco alla madre, alzò la testa e lo guardò in viso. La sua bocca compose una O di stupore e subito dopo indicò Jim con il dito. La sua voce aveva il tono squillante della meraviglia infantile.

«Mamma, guarda, quell'uomo ha un occhio verde.»

La madre, una donna alta e bella con gli stessi occhi e capelli scuri del figlio, si voltò di scatto e si chinò verso il bambino.

«Dickie, non sta bene indicare le persone con il dito. E tanto meno strillare a questo modo in mezzo alla gente.»

Dopo aver rimproverato il figlio, la donna girò lo sguardo verso Jim. Si trovò di fronte un uomo sui trentacinque anni dal fisico atletico, con un viso abbronzato dai lineamenti perfetti e lunghi capelli neri.

«Mi scusi, io…»

La parola le rallentò in gola per un istante. Gli occhi che stava fissando erano una di quelle bizzarrie della natura che a volte hanno un effetto deleterio sull'aspetto fisico di una persona, ma nel caso che si trovava di fronte riuscivano solo a essere estremamente affascinanti. Jim Mackenzie aveva fin dalla nascita l'occhio sinistro nero e l'occhio destro di un verde azzurro che ricordava l'acqua di certi mari tropicali.

La donna si rialzò vestita di un leggero imbarazzo. La sua espressione di colpo fu diversa, forse senza che lei nemmeno se ne accorgesse. La luce nello sguardo era quella di una persona messa di colpo di fronte a un tentativo di ipnosi.

«Le chiedo perdono, ma Dickie è un bambino così vivace e a volte…»

«Non è un problema, signora. Vero, Dickie?»

Sorrise al bambino senza curarsi troppo della madre. Il bambino recuperò la sua sicurezza e ricambiò il sorriso. Jim si sentì autorizzato ad andarsene. Si allontanò sentendo alle sue spalle la spinta acuminata degli occhi della donna. Un gioco vecchio come il mondo ma per qualcuno ancora piacevole da giocare.

Jim era abituato ormai da tempo all'effetto che faceva sulle rappresentanti dell'altro sesso. Da quando se ne era reso conto, era stata la sua arma, una piccola rivalsa di fronte alla sua condizione di ragazzo nato e cresciuto ai bordi di una riserva Navajo, da un padre bianco e una donna appartenente alla più numerosa etnia degli indiani d'America.

Qualcuno da qualche parte aveva detto che gli occhi sono lo specchio dell'anima. Forse, nel suo caso ci aveva azzeccato in pieno. Il suo sguardo era in sostanza il riflesso della sua esistenza. Si sentiva da sempre una figura scomposta, che camminava al centro del fiume senza nutrire un vero interesse per una qualunque delle due rive. Da entrambe si sentiva attratto e nello stesso tempo rifiutato, senza appartenere veramente a nessuna delle due.

Un uomo che non era bianco e non era rosso, un uomo nel quale nemmeno gli occhi riuscivano a essere dello stesso colore.

Spinse la porta a vetri che dava all'esterno e lasciò quei suoi pensieri al fresco e alla penombra dell'edificio.

Fuori ritrovò il sole e Charles Owl Begay.

Il vecchio Navajo era in piedi di fianco a un Voyager bianco che portava sulla fiancata il logo del Cielo Alto Mountain Ranch.

Quando lo vide, il viso attraversato dalle rughe del tempo e delle intemperie non cambiò di molto la sua espressione.

Solo gli occhi scuri e infossati rivelavano il piacere di rivederlo.

«Bentornato a casa, *Táá' Hastiin*.»

Jim sorrise sentendo il suo nome indiano pronunciato dal vecchio con il suono gutturale e aspirato della parlata Navajo. In realtà da tempo tra i *Diné*, come i Navajos chiamavano se stessi, era scomparsa da tempo l'abitudine di avere un nome indiano come in passato. Ora non c'erano più falchi o aquile oppure orsi da chiamare in causa. Appellativi come Acqua-che-scorre o Pioggia-in-faccia o Cavallo Pazzo appartenevano ormai alla letteratura, alla cinematografia, alla fantasia di qualche bambino o alla curiosità invadente di qualche turista.

Nel suo caso le cose erano andate in modo un po' diverso. Il giorno in cui era nato, suo nonno lo aveva levato dalle braccia della madre e lo aveva osservato a lungo. Poi lo aveva tenuto per un istante sospeso davanti a sé come per un'offerta a chissà quale degli antichi dèi e aveva predetto che in quel bambino ci sarebbero stati tre uomini. Un uomo buono, un uomo forte e un uomo coraggioso. Jim si chiedeva spesso se il vecchio capo non fosse rimasto deluso. In ogni caso, la profezia forse non si era avverata ma il nome era rimasto.

Táá' Hastiin.

Tre Uomini.

Jim abbracciò l'uomo in piedi davanti a lui e rispose nella stessa lingua.

«*Yá'át'ééh, bidá'í.*»

Bidá'í era una parola che nel complicato linguaggio dei Navajos indicava lo zio materno. Ed era il modo in cui Jim aveva chiamato fin da bambino il vecchio amico che aveva aiutato suo nonno ad allevarlo. Un gruppo di persone anziane che stavano scendendo da un pullman per entrare nella hall dell'aeroporto, sentendoli parlare, li guardarono con curiosità. Anche a questo Jim era abituato. Tuttavia, se fosse rimasto lì, sarebbe restato per sempre una persona dalla difficile collocazione, uno che la gente di fuori avrebbe guardato come si guarda un pesce in un acquario. Per contro, nel posto in cui abitava adesso, la sua ascendenza indiana aggiungeva un che di esotica diversità agli occhi di quella stessa gente.

«Hai fatto buon viaggio?»

«Sì. Il volo da New York fino a Vegas è stato buono. Poi ho scroccato un passaggio a uno dei ragazzi che stanno su a Quartermaster.»

«*Ayóó tó adhdleehí* Molto bene.»

Il vecchio rispose mentre faceva scorrere il portello laterale del Voyager. Jim gettò la sacca sul sedile posteriore, aprì la portiera e si sedette sul sedile di fianco al volante. Nel frattempo Charlie era passato dall'altra parte per mettersi alla guida. Quella per Jim era decisamente la giornata in cui sentirsi passeggero.

Charlie avviò il motore e lasciò il parcheggio senza accendere l'aria condizionata. In silenzio imboccarono l'uscita che portava sulla Highway 17, la larga autostrada a tre corsie per ogni senso di marcia che saliva dritta in direzione nord, verso Flagstaff. Il vecchio guidava senza fretta, vittima e artefice del leggero imbarazzo che si portavano nell'abitacolo.

A parte il motivo che l'aveva condotto in città, a Jim sembrava che non avessero oramai molto da dirsi. O meglio, avrebbero potuto dirsi un sacco di cose se solo avessero avuto la capacità di trovare un linguaggio che li unisse ancora di più della lingua Navajo. Sapeva benissimo che Charlie non apprezzava le sue scelte e trovava inutile parlargli della sua vita cittadina, a migliaia di miglia da lì. Era un mondo talmente diverso che la distanza fra la terra e la luna non avrebbe espresso in modo adeguato il concetto.

Charlie amava la terra e Jim amava il cielo. Charlie amava la distesa sterminata che si apriva ai suoi occhi mentre percorreva il deserto e Jim amava i canyon che si aprivano tra i grattacieli.

Charlie aveva scelto di restare e Jim aveva scelto di andare via.

Tirò fuori gli occhiali dal taschino e se li mise. Dietro a quello schermo ambrato decise di essere lui rompere il silenzio.

«Come è successo?»

«Nel modo che tutti gli uomini sognano. Mentre dormiva è arrivato qualcuno e se l'è portato via. Decidi tu chi.»

«Ha sofferto?»

«I medici hanno detto di no.»

Jim ricadde per qualche istante nel silenzio senza remissione che aveva invaso la macchina fino a poco prima. Sentiva una cosa strana agli occhi e in gola. Aveva un nome preciso, ma lui per il momento preferiva non dargliene nessuno.

Si riprese ma la sua voce non era più la stessa

«Ha avuto gli onori che meritava?»

«Certo. Da Window Rock è venuto il Presidente e poi a uno a uno tutti quelli del Consiglio. La stampa gli ha dedicato molto spazio. Hanno parlato bene di lui e di tutte le cose che ha fatto nella vita. Lo hanno trattato come un eroe.»

«Lo era.»

«Sì. Ha lasciato dietro di sé un buon ricordo.»

Mentre parlavano il paesaggio, di nuovo familiare a mano a mano che scorrevano le miglia, passava proiettato sul vetro di fianco a Jim, nella stessa maniera in cui prima era sfilato sotto l'elicottero dove viaggiava. Rivedendo i luoghi della sua adolescenza, poco per volta si trovò davanti il tempo trascorso, una superficie increspata da cui riaffioravano frammenti di memoria, sensazioni, gesti, visi, parole.

Alcuni da ricordare per sempre. Altri da dimenticare nello stesso modo assoluto.

La voce di Charlie lo riportò dov'era e dove stavano andando.

«Anche Alan è tornato.»

Jim non riuscì a rispondere in fretta come avrebbe voluto. Era certo che quella pausa infinitesimale non era sfuggita al vecchio.

«Non lo sapevo.»

Jim sperò che quell'uomo saggio seduto al volante non sentisse la vibrazione della menzogna nella sua voce. Se anche l'aveva percepita, il vecchio non ne diede segno.

«Ha avuto la Navy Cross al valore militare.»

«Questo l'ho sentito.»

E aveva sentito anche una stretta al cuore e come un dolore dentro, quando aveva letto sui giornali il prezzo che gli era costata. Non lo disse perché non aveva niente in cambio da offrire al senso dell'onore di Charlie Owl Begay, membro della nazione antica dei Navajos.

Nel frattempo, durante il loro scarno dialogo intervallato da un silenzio peggiore delle parole, l'autostrada era diventata la 89A. Seguendone la traccia infossata nella periferia, poco dopo entrarono in città. Jim guardava il paesaggio cittadino che aveva sostituito quello della campagna senza alcuna emozione, come se non fosse mai vissuto in quel posto.

Cose vecchie, cose nuove.

Un locale, un bar, un negozio di oggetti indiani fatti a Taiwan, un centro commerciale sormontato da un'enorme quanto inevitabile insegna luminosa. Flagstaff rinnovava il trucco ma Jim sapeva che nel profondo dell'anima rimaneva sempre la stessa. Lo leggeva sulle facce della gente, lo avvertiva incrociando le altre macchine, la maggior parte delle quali erano pick-up o SUV dalle grandi ruote sovradimensionate.

Non sarebbe mai riuscito a vivere di nuovo lì, adesso.

Lasciarono sulla sinistra la Humphrey Street dove c'era la sua vecchia scuola e passarono a uno a uno i semafori davanti alla stazione, dove di certo stava per passare o era appena passato un treno. Poco oltre l'edificio che recava l'insegna della storica Route 66, dalla parte opposta della strada, il negozio di strumenti musicali era stato completamente ristrutturato. A sua memoria, rappresentava il punto di incontro di tutti i musicisti della zona. A giudicare dall'aspetto florido, con ogni probabilità lo era ancora. Un tempo ci aveva comperato una chitarra, dando fondo a tutti i suoi risparmi per regalare a una ragazza che amava la Martin che lei sognava da sempre.

Era stato tanto tempo prima.

Forse quella donna suonava ancora ma lui non aveva mai più sentito una sola nota di quella chitarra.

O il desiderio di regalare una qualsiasi cosa a qualcuno.

Proseguirono senza parole, come se la vista di quei luoghi comuni a tutti e due, invece di unirli, riuscisse a scavare ancora di più il solco che li divideva.

Adesso, schierate lungo la strada, erano collocate le tante attività commerciali che raffiguravano in qualche modo l'aspetto della parte est della città. Il Voyager superò lo svincolo della Country Club Road che portava all'esclusivo campo da golf dove, quando era poco più che un adolescente, aveva lavorato come caddy. E dove alcune signore che venivano da fuori gli avevano insegnato quale appeal potesse avere ai loro occhi normali un bel ragazzo mezzo indiano con un occhio nero e uno verde…

Quando Charlie arrivò in prossimità di un basso edificio bianco rallentò, mise la freccia, si portò al centro della strada per svoltare a sinistra e raggiunse il parcheggio a lato dell'ingresso principale sul quale campeggiava la scritta «Grant Funeral Service».

Scesero dalla macchina. Quasi subito un uomo vestito di scuro uscì da una porta a vetri mascherata all'interno da anonime tende di colore chiaro.

«Buongiorno, signor Begay.»

Salutò Charlie con un cenno del capo e porse la mano a Jim. Mentre la stringeva, la trovò calda e asciutta.

«Bentornato, signor Mackenzie. Sono Tim Grant, il titolare. Le faccio le mie più sentite condoglianze. La giudico una grande perdita, non solo per il popolo Navajo.»

Jim ringraziò chinando leggermente la testa. Nonostante il lavoro che faceva, Grant era un uomo dritto e dallo sguardo fermo, che emanava un senso di vitalità molto forte, mitigato a fatica dal suo atteggiamento professionale. Forse nessuno di quelli che venivano in contatto con lui, visto il momento, aveva modo di accorgersene. E probabilmente il signor Grant faceva di tutto per adeguarsi allo stato d'animo dei suoi clienti.

«Se volete seguirmi...»

Li precedette all'interno, un vasto atrio dai muri bianchi con diverse porte davanti e ai lati e addossati ai muri pochi mobili in legno scuro molto sobri.

«Da questa parte, prego.»

Li guidò attraverso una porta che si apriva nella parete di sinistra. Si trovarono in una stanza immersa nella penombra, senza alcun tipo di insegna religiosa alle pareti. Al centro, su un tavolo stretto e lungo coperto da una tovaglia bianca di lino, c'era un grosso vaso in ottone con un coperchio istoriato.

«Abbiamo seguito alla lettera le istruzioni del signor Begay, che ci ha trasmesso la volontà espressa a suo tempo dal defunto. Dopo la veglia funebre e la visita alla camera ardente, il corpo è stato cremato.»

Il signor Grant si avvicinò al tavolo e prese l'urna come se, invece che di metallo, fosse fatta di un materiale estremamente fragile.

«Prego, signor Mackenzie.»

Jim lo vide muoversi verso di lui e deporre con la stessa delicatezza il vaso nelle sue mani.

Sotto lo sguardo impassibile di Charlie, Jim strinse senza accorgersene le mascelle. Viveva dall'altra parte del mondo e da tempo, per sua scelta, quel posto non rappresentava più nulla per lui. Eppure adesso che ci era tornato, di colpo tutte le sue certezze sembravano fatte della stessa cenere che l'urna conteneva. Era tutto ciò che rimaneva di Richard Tenachee, Grande Capo della Nazione Navajo, membro del Consiglio delle Tribù, un uomo che era stato suo nonno e nello stesso tempo suo padre e fino a un certo punto anche uno dei suoi migliori amici.

Rimase in piedi al centro della stanza, sentendosi stupido e inutile. Reggeva in mano quell'oggetto lucido e freddo al tatto che rappresentava la maggior parte del suo passato. Sentiva dentro un groviglio di parole eppure non riusciva a dirne nemmeno una.

4

Quando il cellulare svegliò Jim, sotto di lui c'era un letto sconosciuto e intorno penombra e un vago sentore di fumo. Per un istante fece fatica a riconoscere nel profumo morbido del legno il posto in cui si trovava. Recuperò la memoria con lo stesso senso di fastidio con cui recuperò il telefono sul tavolino di fianco al letto.

«Pronto.»

Dall'altra parte una voce di donna. Una voce che arrivava di lontano e che dal tono pareva impaurita dal viaggio.

«Jim, sono Emily. Sei sveglio?»

«Sì.»

La sua voce impastata smentiva il significato di quel monosillabo secco.

Guardò l'orologio. Le otto. Fece rapidamente un calcolo sull'ora di New York. Doveva essere caduto il mondo perché Emily fosse già sveglia a quell'ora.

«Che c'è?»

Il suo taglio secco e telegrafico cadde nel vuoto.

«Ti ho chiamato perché devo dirti una cosa.»

Jim si mise a sedere sul letto. Senza motivo provava un piccolo senso di disagio. O forse il motivo c'era e stava per scoprirlo.

«Dimmi.»

«Gliel'ho detto, Jim. Gli ho detto tutto.»

Un breve rintocco di freddo e di allarme. Per un istante Jim sperò che quelle parole rappresentassero un semplice espediente, un'azione emotiva in cerca di una reazione che fosse frutto della stessa emozione. Non poteva credere che quella ragazza arrivasse davvero a un simile punto di incoscienza. La sua voce che saliva di tono tradì la sua meraviglia.

«Hai detto che cosa a chi?»

«Di noi. A Lincoln.»

Solo in quel momento Jim Mackenzie riuscì a cogliere nelle parole di Emily l'incrinatura del pianto. E qualcosa che si agitava dietro e che ne accentuava il tremore. La paura che segue ogni istante di impulsivo coraggio.

Ci fu un breve silenzio, poi la voce della ragazza arrivò come se avesse fatto a piedi le miglia che li separavano.

«Non hai nulla da dire?»

Il silenzio che ebbe come risposta fu un poco più lungo e molto più esplicito.

«La sola cosa da dire è che hai fatto una grossa stupidaggine, Emily. Una grossa stupidaggine davvero.»

«Non ce la facevo più ad andare avanti in quel modo. Io ti amo, Jim. E anche tu hai detto che mi amavi...»

Le loro parole erano adesso la resa senza condizioni e la fuga senza attenuanti.

«In certi momenti si dicono tante cose, Emily. Alcune appartengono alla realtà, altre alla finzione. Mi dispiace che tu non abbia capito quali appartenevano all'una o all'altra.»

«Jim, io...»

Emily si interruppe mentre si rifugiava nel silenzio e nel pianto. Ci furono alcuni rumori sommessi e subito dopo subentrò la voce di un uomo. Jim conosceva benissimo quella voce e non si stupì di trovarla ferma e dritta nonostante la situazione.

«Sono Lincoln. Bella giornata, vero?»

Jim fu costretto per l'ennesima volta a constatare la freddezza e l'autocontrollo di quell'uomo. Tuttavia, al momento ne avrebbe fatto volentieri a meno.

«Sai benissimo che non lo sarà.»

«Lo spero per te. Spero che tu sappia provare ancora un briciolo di vergogna per trovare pessima questa e altre giornate che verranno. Per molto tempo.»

L'uomo all'altro capo del telefono si concesse una pausa e si accese una sigaretta. Jim sentì a distanza il fruscio del fumo che gli usciva dalla bocca.

«Ho voluto questa piccola e ignobile conversazione solo perché Emily si rendesse conto di che razza di uomo sei e per chi ha buttato la sua vita alle ortiche.»

«Non credo serva a molto dirti che mi dispiace.»

«Se è una domanda, contiene all'interno la risposta. Se è un'affermazione, consentimi di essere scettico sulla sua sincerità.»

«Allora non penso ci sia altro da dire.»

«No, al contrario. Ci sarebbe molto da dire. Ma non sono sicuro che valga la pena di investire altro tempo e altre parole in un discorso con te.»

Jim chiuse gli occhi. Nel limbo grigiastro delle palpebre gli apparve nitida la figura dell'uomo con cui stava parlando. Lincoln Roundtree, il boss della AMS International, il colosso americano impegnato praticamente in tutti i settori dell'imprenditoria e della finanza mondiale. Alto e forte nonostante i suoi cinquantasei anni e i suoi miliardi di dollari.

«La cosa finisce qui solo per un motivo. Un giorno mi hai salvato la vita. Adesso io ti restituisco il favore. Ora siamo pari.»

Altra pausa. Altri fruscii di fumo a rincorrersi nei fili invisibili del telefono.

«Non ti auguro del male. Qualunque cosa ti augurassi sarebbe ben poca cosa rispetto a quello che riuscirai a farti da solo. Mi spiace solo di non esserci, quel giorno.»

Il rumore della comunicazione interrotta ripristinò in tutti i sensi lo spazio e la distanza. Jim rimase un istante a osservare il telefono, come se non fosse sicuro che la conversazione era davvero finita. Quando lo richiuse, lo scatto del Motorola fu un colpo di lama a tagliare via del tutto un pezzo della sua vita.

Aveva conosciuto Lincoln Roundtree sei anni prima, quando

era ancora un pilota della Sky Range. Era atterrato al Grand Canyon West Airport con il suo jet personale, un Falcon bianco nuovo di zecca con le insegne blu della AMS, preceduto con clamore e trepidazione dall'annuncio del suo arrivo. Lincoln era amico personale del proprietario della Sky e Norbert Straits, il direttore della sede di Las Vegas, era salito fino a Quartermaster per accoglierlo di persona.

Era sceso dall'aereo seguito da uno stuolo di segretari e collaboratori. Dalla pista si era avvicinato a piedi all'edificio principale, una bizzarra e bassa costruzione dipinta in due tonalità di un agghiacciante rosa. Nella deferenza generale, Jim era rimasto in piedi accanto all'ingresso, appoggiato alla parete di lamiera, come indifferente a tutto quel trambusto.

Lincoln Roundtree aveva osservato incuriosito quell'uomo dalla pelle e dai lunghi capelli scuri che indossava la divisa dei piloti e se ne stava con aria indolente ritto di fianco alla porta.

L'uomo da diversi miliardi di dollari si era avvicinato a lui.

«Sei indiano?»

«A metà. Decida lei la metà che preferisce.»

«Come ti chiami?»

«Jim Mackenzie, Navajo del Clan del Sale.»

«Sei bravo come pilota?»

«Non so se sono bravo. So che sono il migliore.»

Jim si era tolto gli occhiali e aveva puntato sull'uomo davanti a lui i suoi strani occhi di due differenti colori. Lincoln non aveva mostrato il minimo segno di sorpresa. Solo, aveva accennato un lieve sorriso.

«Come faccio a crederti se nemmeno i tuoi occhi dicono la stessa cosa?»

Jim si era stretto nelle spalle.

«Anche qui dipende da lei. Scelga l'occhio che le piace di più e creda a quello.»

Lincoln Roundtree aveva assentito con un cenno del capo e il suo sorriso si era per un attimo accentuato. Poi si era voltato e aveva seguito Norbert Straits all'interno senza aggiungere parola. Poco dopo, Jim non si era stupito più di tanto quando il direttore lo aveva assegnato alla guida dell'elicottero che avrebbe dovuto accompagnare il loro importante ospite per un tour sul Canyon e in seguito lasciarlo in basso per un percorso di rafting sulle acque del Colorado.

Purtroppo il denaro compra molto ma non tutto. Mentre erano in volo, il tempo era cambiato. Nonostante fosse stato sconsigliato dal proseguire l'escursione, Lincoln aveva voluto lo stesso avventurarsi sulle acque del fiume. E qui lo aveva colto uno dei più violenti temporali che la storia di quelle parti ricordasse. Il gommone si era rovesciato e Lincoln Roundtree si era trovato naufrago su un isolotto con una gamba spezzata e l'arteria femorale recisa. La guida che lo aveva portato in salvo gli aveva stretto l'arto con una cintura e tamponato la perdita di sangue, ma nonostante questo accorgimento necessitava di un ricovero immediato.

La lingua di terra dove stava Roundtree era troppo piccola per consentire l'atterraggio. D'altro canto le condizioni del tempo erano tali che nessun elicottero sembrava in grado di volare e nessun pilota intenzionato a farlo.

Quando aveva sentito via radio quello che stava succedendo, Jim aveva preso l'elicottero attrezzato per i soccorsi e, ballando la danza che il vento gli imponeva, era sceso fino a una quota tale da permettere di calare una barella e di portare a bordo l'uomo infortunato e la guida. Poi c'era stata una corsa tra lampi e scossoni fino all'ospedale di Flagstaff, dove i medici gli avevano fermato l'emorragia e salvato la vita.

Una settimana dopo, Jim era stato convocato nella stanza d'ospedale dove Lincoln Roundtree giaceva in un letto con la gamba destra avvolta in una vistosa ingessatura e una flebo infilata in un braccio. Al suo ingresso, aveva sollevato il viso da alcuni rapporti che stava leggendo. Jim aveva pensato che la macchina che produceva il denaro doveva essere manovrata in ogni condizione, perché non poteva e non doveva fermarsi mai. Quando se l'era trovato di fronte, l'uomo steso nel letto gli aveva parlato come se la loro ultima conversazione fosse avvenuta pochi istanti prima.

«E così avevi ragione.»

«Riguardo a che?»

«Che sei il migliore.»

Jim aveva vinto a fatica l'imbarazzo che provava ogni volta di fronte ai complimenti, a parte quelli che si faceva da solo.

«Ci provo. A volte ci riesco.»

«Bene. Io nella mia vita ho sempre cercato di avere il meglio. In tutti i sensi. Se ti va, mi piacerebbe che tu diventassi il mio pilota personale.»

Senza riflettere troppo, Jim aveva accettato. Qualunque diventasse la sua vita futura, gli bastava che fosse via da lì. Lo aveva seguito in giro per tutto il mondo per cinque anni, finché nella vita del suo datore di lavoro non era entrata dalla porta principale la giovane, bellissima e impulsiva Emily Cooper. Quando gli occhi di quella ragazza si erano posati su di lui per la prima volta, Jim aveva sentito subito odore di guai. Sei mesi dopo, nel giorno libero di Jim, Emily si era presentata a sorpresa a casa sua..

Si accorse di aver trattenuto il fiato durante lo svolgersi dei ricordi. Lasciò con un sospiro che l'aria che teneva ferma nei polmoni ritrovasse il suo posto nel mondo. Qualsiasi cosa avessero rappresentato per lui Lincoln Roundtree e la sua sprovveduta compagna, adesso appartenevano al passato.

Si allungò e prese i jeans da una sedia accanto al letto. Li indossò e a piedi nudi andò ad aprire la finestra. Fuori l'aria era fresca e il profumo dei pini la faceva da padrone. Lo accolse alla vista uno scorcio del Cielo Alto Mountain Ranch, in piena attività mentre il sole da dietro l'Humphrey's Peak saliva a rapprendere le ombre.

Nella grazia aggressiva di quel paesaggio si muovevano persone che avevano fatto parte della sua vita insieme ad altre che non aveva mai visto prima e che non avrebbe rivisto mai più. Tutti compresi nella stessa finzione, vecchia da contarne i cerchi come ai tronchi degli alberi. Lui, Emily, Lincoln Roundtree, Alan, il vecchio Charles Owl Begay, con il contorno di tutta quella gente colorata e piena della sua turistica nostalgia.

La sola persona di cui gli fosse mai importato qualcosa era suo nonno. E forse era la persona che aveva deluso di più. Qualunque cosa avrebbe potuto essere e non era stata, era ormai un pensiero da portare appeso alle spalle. Adesso tutto quello che rimaneva di Richard Tenachee era qualche pugno di cenere in un'urna di ottone. Suo nonno non aveva mai aderito in modo specifico a un qualsiasi credo religioso. Le cose che lo circondavano, la terra, il fiume, gli alberi, parevano avere un'anima sufficiente per dialogare senza intermediari con il suo bisogno d'infinito. La sua vita era stata tutta una dimostrazione in quel senso. Se c'era un dio da qualche parte disposto a garantire un paradiso, indiano o no che fosse, certamente Richard Tenachee in quel momento stava tra le sue braccia. Tuttavia Jim sapeva bene l'ultima cosa che poteva fare su questa terra per il vecchio capo indiano.

Gli venne in mente una battuta di un vecchio film.

Fra cento anni di tutto questo non parlerà più nessuno...

Cento anni passano in fretta, per gli alberi e le montagne. Cento anni, a volte, sono due uomini morti. Lasciò la finestra e andò in bagno a fare una doccia. Quando finì di radersi, rimase un istante con i suoi patetici occhi di due colori a osservare un viso straniero nello specchio. Si sorprese a mormorare una frase nella lingua Navajo alla sua immagine riflessa.

Yá'at'ééh abíní, Táá' Hastiin...

Buongiorno, Tre Uomini.

Scosse la testa. Alla fine aveva ragione Lincoln. Non era una bella giornata.

Uscì dal bagno con i capelli ancora umidi e andò a prendere nella sacca una camicia pulita. Mentre finiva di vestirsi pensò che sarebbe stato bello se anche uno solo degli uomini che erano dentro di lui gli fosse piaciuto.

5

Jim uscì con la sacca in spalla dal cottage in cui aveva trascorso la notte e attraversò lo spiazzo sterrato in leggera salita che portava verso la Club House. Si fermò per lasciar passare un gruppo di turisti vocianti ed entusiasti che stavano uscendo dalle stalle per un'escursione a cavallo. Jim li osservò mentre sfilavano davanti a lui. Conosceva bene quel tipo di persone. Al primo sguardo si rivelavano per quello che erano. Gente di città che con ogni probabilità il giorno dopo avrebbe portato in giro con il sorriso sulle labbra schiene e gambe irrigidite dai sobbalzi sulla sella. E una volta a casa avrebbero raccontato ridendo e dandosi delle pacche sulle ginocchia le scoregge dei cavalli. Una signora dalla pelle chiara e dal girovita disinvolto lanciò un'occhiata curiosa e piena d'appetito verso quell'uomo alto e bruno che stava in piedi al centro della spianata, ma venne riportata alla realtà dall'indifferenza di Jim e da un movimento brusco della sua cavalcatura, che la costrinse a rivolgere tutta l'attenzione al mantenimento di un equilibrio all'apparenza piuttosto precario.

Quando la sera prima avevano ritirato le ceneri di suo nonno all'impresa di pompe funebri, lui e Charlie erano saliti con il loro malinconico bagaglio fino al Ranch. Il piccolo spazio del veicolo era impregnato di una presenza quasi tangibile che non riuscivano a ignorare. Avevano fatto il viaggio senza scambiare una parola, perché il ricordo che si portavano dietro e dentro non ne sentiva il bisogno.

Il lodge era al completo, ma Bill Freihart era riuscito a inventargli l'ospitalità di una notte in un cottage i cui occupanti avevano subito un ritardo imprevisto e sarebbero arrivati solo il giorno successivo. Charlie lavorava lì da qualche tempo e aveva una sua piccola stanza sul retro delle scuderie, nel reparto riservato al personale. Da quanto riusciva a ricordare, il vecchio non aveva mai posseduto nulla di suo. La sua vita pareva fatta di piccoli lavori randagi e di sguardi senza parole. Era completamente disinteressato a qualunque forma di proprietà, come se il possesso non fosse per lui un incentivo, ma una specie di prigione.

Non aveva casa, non aveva famiglia, non aveva nulla. L'assenza di ogni legame era la sua religione.

L'uomo che possiede una cosa poi ne vorrà due e poi tre e poi tutte le cose che ci sono sulla terra. E avrà in cambio solo la sua condanna, perché nessuno può possedere tutto il mondo...

A volte spariva per lunghi periodi. Suo nonno diceva che era un uomo dello spirito e andava nel deserto a parlare con la sua anima. Jim era un bambino e non aveva capito bene che cosa intendesse il suo vecchio, ma ricordava di aver pensato che se corrispondeva a verità, quelli erano i discorsi più lunghi che Charles Owl Begay avesse fatto mai con chiunque.

A parte Richard Tenachee, il suo amico di sempre.

Da che aveva memoria li ricordava così, seduti su due sedie dalla tela semisfondata davanti alla roulotte arrugginita parcheggiata sulla strada di Leup in cui suo nonno viveva. Due teste sollevate nel controluce a guardare il tramonto dietro le montagne e a fumare certe corte pipe fatte con le pannocchie di mais mentre si raccontavano di tutte le cose che c'erano intorno a loro e di quelle che non c'erano più.

Jim entrò nella sala dove si radunavano i clienti per i pasti che non venivano consumati all'aperto. Era un grande salone con le pareti e il pavimento in pesanti doghe di legno. Sull'unico muro intonacato erano appese delle riproduzioni di avvisi di taglia dell'epoca. Jim fu costretto a notare che la vita di William Bonney, alias Billy the Kid, valeva nominalmente molto meno di una settimana di vacanza al Cielo Alto Mountain Ranch.

C'era nell'aria odore di pane caldo, uova strapazzate e pancetta abbrustolita. Sul fondo del locale, un cuoco con un grosso sombrero in testa stava preparando dietro a un bancone le frittelle. Alcuni ragazzini lo osservavano in punta di piedi, con i piatti in mano, in attesa del loro turno.

«Ciao, uomo di New York. Dormito bene?»

Jim si voltò. La testa di Roland, il figlio di Bill, spuntava dalla porta della cucina. Biondo, abbronzato, con un naso leggermente camuso, era il ritratto sputato di Linda, sua madre.

«Come una marmotta. Nonostante il silenzio.»

«Se ti fermi ancora, stanotte vengo a girare col furgone intorno al tuo cottage, così ti sentirai a casa. Vuoi qualcosa da mangiare?»

«Perché con il tuo cibo vuoi rovinare in pochi istanti quello che ho faticosamente costruito in una notte intera? Tuo padre è di sopra?»

Roland indicò la scala con lo strofinaccio che teneva in mano.

«Sì. Segui il tuo misero umorismo da stronzo e lo troverai seduto al computer. Li riconoscerai perché la macchina è quella con la faccia intelligente. Sta cercando con ogni mezzo di ingarbugliare quanto di buono con i conti ha fatto mia madre ieri sera.»

Jim salì la scala dai gradini cigolanti sulla parete di destra e quando si affacciò nell'ufficio di Bill Freihart lo trovò al telefono. Rimase sulla soglia a proiettare un'ombra sul legno del pavimento. Un nodo divelto divenne un buco al centro del cuore.

Aspettò che l'uomo seduto alla scrivania avesse finito la conversazione.

«Sì signor Wells. Gli ho parlato ieri sera. Per me non ci sono problemi, non ho prenotazioni per questa mattina. Ma ovviamente volevo sentire lei prima di…»

Dall'altra parte ci fu un'interruzione. Poi l'ombra di Jim e la percezione della sua presenza fecero fare a Bill un mezzo giro sulla poltrona.

«È qui davanti a me, in questo momento.»

Fece un cenno di assenso con il capo, come se la persona dall'altra parte potesse vederlo.

«Okay, glielo passo.»

Bill tese verso Jim il telefono. Jim si avvicinò alla scrivania e rimase in piedi di fianco al monitor del pc aperto sul sito web del Ranch. Accostò con cautela la cornetta all'orecchio. Anche se completamente diversa, la voce che lo accolse era nella sua mente molto simile a quella di Lincoln Roundtree.

Tutte e due appartenevano al passato.

«Ciao, Jim. Sono Cohen Wells.»

«Buongiorno, Cohen, come va?»

«Bene, anche se diventa sempre più una guerra far quadrare la vita e i bilanci.»

«Ho sentito in giro che adesso è lei il proprietario del Ranch.»

«Già, sembrerebbe di sì. Ho dei grossi progetti su quel posto. Vedremo. Il confine tra un pazzo visionario e un ispirato uomo d'affari è molto sottile e indefinito.»

Il concetto lasciava adito a pochi dubbi. Ma Jim faceva fatica a vedere il signor Cohen Wells come un pazzo visionario.

«Ho saputo di tuo nonno. Mi dispiace molto. Era un grande uomo.»

Fra cento anni di tutto questo non parlera più nessuno.

«Sì, era un grande uomo. Uno dei migliori.»

«Già. Brutta storia. O bella, se consideri che tutti ce ne dobbiamo andare. Almeno non ha sofferto un'agonia in qualche letto d'ospedale con dei tubi attaccati alle braccia.»

Lasciò un istante a Jim per permettergli di metabolizzare quanto aveva appena affermato.

«Mi ha detto Bill che hai intenzione di noleggiare il nostro elicottero per la mattinata.»

«Sì. Ho una cosa da fare per mio nonno.»

Cohen Wells non chiese cosa dovesse ancora fare Jim Mackenzie per il povero Richard Tenachee e Jim non ritenne opportuno dire altro. Sapevano tutti e due che, qualunque cosa facesse, la stava facendo troppo tardi.

«Per me nessun problema. Se ricordo bene eri il miglior pilota che si sia visto da queste parti. Spero che tu non abbia cambiato attitudine standotene in città.»

«Qualcuno dice di no, ma lei lo sa, la gente è cattiva e chiacchiera molto.»

«Va bene, prendilo pure.»

«Per quanto riguarda il pagamento, io...»

«Per adesso non ti preoccupare. Conti di fermarti un poco prima di ritornare a New York?»

Non ritenne opportuno dirgli che non c'era più nessuna New York, almeno non nei termini in cui era abituato. Questo, prima o poi, avrebbe rappresentato un problema. Non aveva molti soldi da parte. Di lì a poco sarebbe stato il caso di guardarsi in giro e cercare un lavoro.

La cosa finisce qui solo per un motivo. Un giorno mi hai salvato la vita...

Ma forse in quel momento la Grande Mela non era il posto più indicato.

«Passa da me alla banca. Magari domani, se trovi il tempo. Non mi dispiacerebbe scambiare due chiacchiere con te prima che tu te ne vada.»

Una pausa. Più lunga del previsto. Il silenzio quasi aromatico delle cose dolorose. Poi una voce che quel dolore lo trasmetteva senza rimedio.

«Hai sentito di Alan? Sai che è a casa?»

«Sì, ho letto di lui. Mi hanno detto che è tornato accolto come un eroe.»

«Gli eroi sono tutti morti, Jim. O nelle condizioni di mio figlio.»

Jim attese. Sapeva che non era finita.

«Pensi che sia passato tempo a sufficienza per cancellare tutto quello che è successo tra di voi?»

«Il tempo è una brutta bestia, signor Wells. A volte confonde la memoria, a volte si limita a schivarla per lasciarla intatta.»

«Io sono sicuro che dovreste cercare di vedervi.»

«Non so che dire. Forse.»

Cohen Wells capì che per il momento non poteva pretendere di più.

«Okay, prenditi quel dannato elicottero e fai quello che devi fare. Ripassami Bill.»

Jim tese il telefono a Freihart e aspettò la fine della telefonata nel corridoio, guardando fuori dalla finestra le attività del campo. Una piccola carovana di fuoristrada neri con la scritta «Cielo Alto Adventures» si stava dirigendo verso la meta di un'escursione, quale che fosse. Un altro viaggio attraverso la meraviglia stupita della natura e la malinconia senza cura che le tracce degli uomini riuscivano a infondere. Quando stava con Lincoln, prima che Emily arrivasse a complicare le cose, Jim aveva viaggiato parecchio. Aveva avuto, come tutti, gli occhi compresi di fronte alla maestà del passato che si respirava in Europa o in Asia.

Ripensando a quello che succedeva nel Sud-Ovest, aveva sorriso davanti ai loro sforzi arrancanti per costruirsene uno. Qui mura vecchie di duecento anni venivano messe sotto i riflettori e vendute come reliquie di civiltà antiche. In Italia o in Francia, mura vecchie di duecento anni venivano smantellate da una ruspa per farci un parcheggio.

Né meglio, né peggio. Solo diverso.

Anche suo nonno, saltuariamente, aveva lavorato al Ranch. Quando aveva bisogno di denaro o si sentiva solo e aveva piacere di stare un po' con Charlie. Ogni tanto, in occasione di festività particolari, venivano organizzate delle rievocazioni storiche, molto poco fedeli ma molto spettacolari agli occhi dei turisti. Fra cavalli, spari e costumi colorati, riuscivano quasi a mascherare il viso annoiato di chi era costretto a partecipare a quella specie di carnevale.

Quando Bill finì la sua telefonata con Cohen Wells, scesero insieme nel salone. Uscirono sul ballatoio esterno e rimasero a osservare il campo, adesso quasi deserto. Il cuoco aveva mollato il sombrero e si era trasferito all'aperto a preparare la brace e la cucina per il pasto di mezzogiorno.

Bill si mise al suo fianco, alto e grosso, solido, affidabile, amico di chiunque volesse essere suo amico.

«Quando tornerai a New York?»

Jim si strinse nelle spalle.

«Ho tutto il tempo che voglio. Non ho più un lavoro in quella città.»

Bill non chiese spiegazioni. Se non ne venivano di spontanee, un motivo forse c'era.

«Com'è che si dice? Nessun impegno, bell'impegno.»

Gli occhi di Jim erano due presenze invisibili dietro lo schermo degli occhiali polarizzati.

«Già, un bell'impegno.»

«Potresti fermarti qui.»

A Jim sembrava che quella conversazione non fosse altro che la prosecuzione di quella avuta poco prima con Cohen Wells.

«Vedremo.»

Il loro imbarazzo fu sciolto dall'apparizione di Charlie. Videro la sua figura asciutta uscire da uno degli hogan eretti in alto alla loro destra, reggendo tra le mani l'urna funeraria di Richard Tenachee. Aveva chiesto a Jim di passare l'ultima notte con lui da solo, vegliando quello che restava del suo vecchio amico. Steso nel letto e nell'oscurità, finché era rimasto sveglio, Jim se l'era immaginato in quell'anacronistica casa di fango, seduto con le gambe incrociate a comporre sul terreno figure rituali con le sue sabbie colorate, agitando amuleti e intonando a mezza voce un'antica nenia di saluto ai guerrieri. C'era in Charlie il senso tranquillo dell'appartenenza alla gente e ai luoghi in cui era nato. Forse anche al passato, che nel suo concetto di tradizione era solo un pezzo di presente lasciato per un lasso di tempo alle spalle e da ritrovare nel futuro. Così, il cerchio del tempo si chiudeva e diventava una fede.

Nonostante l'età, Charles Owl Begay era ancora capace di credere

Ed era proprio ciò che Jim non era mai riuscito a fare.

Il vecchio vide i due uomini scendere i quattro scalini del ballatoio e lasciare la Club House per imboccare il sentiero che saliva verso di lui. Li attese reggendo come un regalo il vaso di ottone. Quando arrivarono alla sua altezza, lo consegnò a Jim con un atteggiamento che rendeva onore alla vita e al ricordo dell'uomo che conteneva.

«Tieni. Tuo nonno è pronto.»

Charlie lo guardò, racchiuso nella sua anatomia dai fianchi un poco alti che i Navajos si portavano come marchio dalla notte dei tempi. Jim sentiva che i discorsi che il vecchio avrebbe voluto fargli premevano intrappolati da qualche parte. Forse non era ancora il tempo di quelle parole o forse quel tempo non sarebbe arrivato mai.

«Vuoi venire anche tu, *bidá'í*? Lui avrebbe avuto piacere.»

Charlie non rispose usando la lingua Navajo perché anche Bill capisse. Era un uomo che aveva forza e coraggio a sufficienza per ammettere la sua paura.

«No, non ho molta dimestichezza con gli elicotteri. Se la natura non mi ha dato ali, forse non è il mio destino volare. E poi questo è un viaggio che devi fare da solo. Solo con il tuo *bichei*, tuo nonno.»

«Sei sicuro?»

«*Doo át'éhé da*. Va tutto bene, Jim. Vai.»

Salirono uno dietro l'altro, come in un corteo funebre, verso la piazzola di sosta dell'elicottero. Mentre si avvicinavano giunse alle loro orecchie il fischio del rotore che si avviava. Il pilota era stato avvertito del loro arrivo e aveva iniziato la fase di riscaldamento del motore.

Uscirono dalla vegetazione e Jim si trovò davanti un Bell 407 blu elettrico che luccicava al sole. Una macchina che sapeva di nuovo e di cielo e di nuvole intorno. Jim si disse che Cohen Wells non aveva badato a spese. Forse aveva davvero dei grandi progetti per il Cielo Alto Mountain Ranch.

Il pilota, un uomo bruno e di media statura sui quaranta che non conosceva, quando lo vide gli tenne aperto lo sportello.

«Tutto okay. È un gioiello appena sfornato dalla fabbrica. Puoi partire quando vuoi.»

Jim lo ringraziò battendogli una pacca sulle spalle e salì a bordo, appoggiando l'urna sul sedile del passeggero. Allacciò le cinture e con gesti sicuri effettuò i controlli di rigore prima del decollo.

Mentre i tre uomini si allontanavano, Jim chiuse lo sportello. Incrociò per un istante gli occhi di Charlie. Le parole non dette adesso erano tutte racchiuse nello sguardo.

Impugnò la cloche e tirò con delicatezza verso l'alto il variatore di passo. Mentre l'elicottero prendeva quota lo vide sotto di lui, confuso nell'ombra del velivolo, i lunghi capelli grigi fermati alle tempie da una bandana rossa che si muovevano a nascondergli il viso, i vestiti svolazzanti nel vento che scomponeva la polvere e che sparì con la sua figura mentre prendeva quota.

Jim fece compiere una leggera virata al 407 e puntò in direzione nord. Sintonizzò la radio sulla frequenza 1610 mhz, quella del notiziario del Grand Canyon. Dalle parti del Rainbow Bridge stavano bruciando dei residui ed era previsto un po' di fumo, non tale da compromettere la visibilità e in ogni caso in una zona che non avrebbe sorvolato.

Si lasciò sulla sinistra la Kaibab National Forest. Si tenne alla quota minima consentita e proseguì senza pensare a niente, godendo delle minuscole scosse provocate da leggere turbolenze, volando con il piacere di volare, come sempre aveva fatto. Aveva cercato questo da sempre e pensava che per sempre lo avrebbe voluto. Subito dopo il distacco dal suolo arrivavano per lui la pace, la totalità e l'appartenenza.

Questo era forse il motivo per cui Charlie lo aveva lasciato da solo nel viaggio su quella sua macchina volante. Sapeva che era quella la sua fede, la sua chiusura nel cerchio del tempo.

Dopo mezz'ora scarsa di volo, arrivò in vista della sua meta. Il Colorado, scendendo verso sud, si attardava in un ghirigoro che il tempo aveva scavato tra le rocce e che per la sua forma a U aveva preso il nome di Horseshoe Bend.

L'elicottero si piegò docilmente ai suoi voleri e Jim lo portò ad atterrare sulla lingua di roccia intorno alla quale si dipanava l'ansa del fiume. Slacciò le cinture, aprì il portello e prese il vaso dal sedile di fianco a lui.

Lasciò l'elicottero alle sue spalle, alle prese con il *fut-za fut-za fut-za fut-za* delle pale che rallentavano gradatamente i loro giri. Dall'altra parte del canyon, un gruppo di turisti aveva notato l'atterraggio e tutti guardavano incuriositi quella figura arrivata dal cielo che adesso stava in piedi sull'orlo dello strapiombo.

Nonostante l'abitudine, lo spettacolo che Jim si trovò a osservare a circa mezzo miglio sotto di lui gli fece mancare il fiato.

Galleggiando come una canoa sull'acqua del fiume, iniziò a scorrere il ricordo.

Jim aveva passato molto tempo con il nonno. Suo padre, Loren Mackenzie, era un comico da rodeo e sovente era in viaggio. Quando sua madre lo accompagnava, Jim si trasferiva dal nonno materno nella sua casa ancorata come una barca senz'acqua tra i cespugli stentati della riserva. Un giorno, quando era poco più che un bambino, durante uno di questi periodi, il nonno lo aveva svegliato al mattino presto. Jim aveva aperto gli occhi, accolto da un buon profumo di pane fritto. Dopo la colazione, il nonno lo aveva chiamato fuori e lo aveva portato al suo vecchio furgone. Non rammentava la marca del mezzo, solo lo stato miserando in cui era. Jim ricordava da sempre nella vita di quell'uomo solo cose lise, vecchie, di seconda mano. Aveva osservato lui e Charlie caricare sul piano del camioncino una vecchia canoa di legno dalle doghe consunte che portava la figura sbiadita di Kokopelli, il suonatore di flauto della mitologia Navajo, dipinta in turchese sulla prua.

Bichei aveva aperto la porta del passeggero.

«Sali.»

«Dove andiamo?»

«Sul fiume.»

Per il nonno il fiume era solo il Colorado. Quando parlava di altri fiumi li chiamava per nome. Ma quando diceva «il fiume» poteva essere solo quello.

Jim si era seduto al centro del sedile, con Charlie alla guida e il
nonno accanto. Nel ringhio stentato del motorino d'avviamento,
Charlie aveva rivolto una domanda con la sua voce calma.

«Pensi che sia il modo migliore?»

«Sì. Le cose che strisciano sono i rifiuti della terra.»

Erano rimasti in silenzio per quasi tutto il viaggio. Jim sentiva
che c'era qualcosa di indefinito nell'aria, nella complicità e nel non
dialogo tra quei due uomini silenziosi che lo accompagnavano in una
gita fuori programma. Erano saliti a nord, verso Page. Poco sotto la
diga, erano scesi per una strada sterrata sulla riva del Colorado. Avevano messo in acqua la canoa e Charlie se n'era andato, per scendere ad aspettarli più a sud, all'altezza del Marble Canyon. Lento e indolente, comandato dall'acqua del fiume, era iniziato il loro percorso. Suo nonno era seduto a poppa e manovrava la pagaia esclusivamente per obbligare quel guscio di noce a seguire la corrente. Jim
stava a prua, con una mano toccava l'acqua e con il naso alzato guardava le pareti di roccia incombere su di loro.

Forse era felice.

La piccola imbarcazione aveva navigato tranquilla fra le sponde
di arenaria rossa accese dal sole, finché non avevano raggiunto
l'Horseshoe Bend. Qui, il fiume aveva il colore che solo la fantasio-
sa maestria della natura e i sogni di un uomo riescono a dare. E tutto intorno a loro c'erano sculture fatte d'acqua e di vento, rocce in-
tagliate e smussate dal lavoro certosino dei millenni.

Il vecchio capo aveva indicato con le dita le cime sopra di loro.

«Un tempo quelli che noi chiamiamo gli antichi, il Popolo Sacro, aveva qui un posto dedicato alle prove di forza di coloro che
aspiravano a essere uomini. Un giovane doveva scalare a mani nu-

de queste rocce dal fiume fino alla cima per poter diventare un guerriero.»

Jim conosceva l'esistenza degli anziani, i padri che nel mito avevano generato ogni etnia successiva. Gli Anasazi, i Kisani e infine la gente Navajo alla quale gli dèi avevano regalato la Dinehtah, la terra in cui vivere, racchiusa fra le quattro Montagne Sacre.

Quelle vicende avevano un piccolo posto nella storia certa ma uno spazio ben più grande nella leggenda.

Suo nonno aveva proseguito con la stessa voce calma.

«Oggi anche tu devi superare una prova, Táá' Hastiin. Purtroppo a volte non è possibile scegliere il momento in cui combattere. Possiamo solo farlo con coraggio quando ci viene chiesto.»

Quel giorno e in quel luogo, scivolando sull'acqua in una canoa con il suo vecchio nonno indiano, Jim aveva saputo che i suoi genitori erano morti.

Un soffio di vento lo riportò al posto e al tempo in cui era e alla consapevolezza di quello che era venuto a fare. Quell'uomo che ai suoi giorni aveva visto la guerra e che l'aveva vinta, da quel momento in poi era diventato tutta la sua famiglia. Gli aveva insegnato tutto quello che sapeva e soprattutto quante cose ci sono da sapere, prima di poter arrivare in cima alle rocce scalandole a mani nude. Gli aveva insegnato che la morte era l'unica certezza che era dato possedere, una certezza che stava appoggiata come un grande uccello bianco sulla spalla di ogni uomo.

E adesso stava volando in alto da qualche parte, con le ali di quella sola certezza.

Jim dovette combattere con le lacrime mentre svitava il coperchio dell'urna.

«Avrei voluto fosse tutto diverso fra di noi. Perdonami, *bichei*.»

Jim Mackenzie si sorprese a intonare a mezza voce una vecchia litania funebre del popolo Navajo, quando capovolse il vaso di ottone e consegnò le ceneri di suo nonno al vento e all'eternità.

6

Quando Jim arrivò al campeggio The Oak, condusse il Bronco sul terreno crepitante di ghiaia fino davanti all'ingresso della casa. Spense il motore e rimase un attimo in ascolto. Per prima cosa si stupì della totale assenza di suoni. Gli echi dell'arteria trafficata che si era appena lasciato alle spalle quando aveva imboccato la strada che portava al campeggio parevano non avere la forza necessaria per salire fino a lì.

Il silenzio era assurdo e assoluto.

Scese dal pick-up lasciando la portiera aperta e si diede uno sguardo in giro. Le piazzole di sosta erano deserte. Nessun campeggiatore era ospite in quel momento di The Oak e da quello che si poteva vedere della struttura turistica la cosa era facilmente comprensibile. Su tutto spirava un'aria di abbandono e di sudiciume, ancora più accentuata da alcune piccole riparazioni che ottenevano il solo risultato di evidenziare lo stato di totale decadimento dell'insieme. Niente a che vedere con la curata ruvidezza del Cielo Alto, spartano e comodo nello stesso tempo.

Jim si stupì che Caleb, se era in casa, non fosse uscito sul ballatoio a vedere chi era arrivato. Quel motore faceva un tale casino che sarebbe stato difficile a chiunque non sentirlo, a meno che non stesse ascoltando a tutto volume un disco degli AC/DC. O magari il padrone di casa stava sotto la doccia, coperto dal rumore dell'acqua, anche se la sensazione che traspariva da quel posto non era molto collegabile al concetto di pulizia.

Quando era tornato dal suo giro all'Horseshoe Bend, dopo essere atterrato al Ranch Jim aveva riconsegnato il Bell 407 al suo legittimo pilota ed era rientrato verso il centro del complesso scegliendo il sentiero che scendeva verso sud e attraversava il parcheggio del personale. Passando davanti alla fila eterogenea di macchine allineate ci aveva trovato in fondo quel vecchio Bronco sgangherato dall'aria familiare.

In quel momento, un grosso SUV che portava sulla mascherina il marchio GMC aveva imboccato il vialetto che dalla strada portava al parcheggio. Sulla macchina c'erano Bill Freihart e suo figlio e una coppia che dall'aria Jim classificò come un'ennesima rappresentanza della categoria dei turisti. Erano scesi e lo avevano trovato mentre osservava con aria perplessa quel vecchio catorcio.

Jim si era rivolto a Bill, mentre Roland accompagnava i due ospiti verso il campo.

«Non dirmi che questo ammasso di ferraglia è di Caleb.»

«Proprio lui.»

«Non pensavo fosse ancora in vita.»

«Lui o il furgone?»

Con una smorfia, Jim si era stretto nelle spalle, l'ovvio dipinto in faccia.

«Tutti e due. Per quanto riguarda questo reperto, basta guardarlo. La vernice che lo tiene insieme dovrebbe avere il premio Nobel per la pace. Per quanto riguarda lui, continuando a scherzare con i fulmini, beccarsi una scarica da restarci secco non è difficile. È qui in giro?»

Bill indicò con la testa la montagna.

«No, è salito su ieri, con Silent Joe, il suo cane. E se li vedi insieme capisci che quell'animale non poteva essere che il suo. Difficile dire chi dei due sia il più squinternato. Aveva l'arco e le frecce e ha detto che voleva dare uno sguardo qui intorno.»

Jim non aveva potuto impedire a una piccola preoccupazione di far capolino tra le nuvole.

«Forse si è perso.»

Mentre parlavano, Bill aveva scaricato dall'auto un frigo portatile.

«No. Quella testa matta conosce questi posti come le sue tasche. Che per inciso continuano a essere vuote. Succede che si comporti così. Arriva, lascia il furgone e poi seguendo le tracce di un cervo si sposta sull'altro versante, per cui gli resta più comodo scendere a casa direttamente che non tornare a piedi fino a qui. Poi scrocca un passaggio a qualcuno e sale a riprenderselo. Il giorno dopo di solito, anche se a volte lo ha lasciato nel parcheggio per qualche tempo. Ti va una Coors?»

Jim aveva preso al volo la lattina che Bill gli aveva lanciato e si erano seduti lì, su una panchetta di legno, a bere le loro birre in silenzio. Jim non riusciva a cancellare dalla mente lo spettacolo dell'Horseshoe Bend e le ceneri di un uomo che amava trasportate dal vento e che tornavano a far parte della terra da cui, secondo le antiche credenze, era venuto. Bill lo aveva capito dalla sua espressione e non aveva chiesto niente. Poi Jim era uscito dai suoi pensieri e aveva indicato il pick-up di Caleb.

«Vorrei scendere a Flagstaff, nel pomeriggio. Magari glielo posso portare io.»

Bill gli aveva dato il numero di Caleb e Jim lo aveva chiamato con il cellulare. Una voce impersonale lo aveva avvertito che il numero selezionato non era attivo.

«Qui mi dice che il numero è inesistente. Ti risulta che lo abbia cambiato?»

«No. È più probabile che gli abbiano tagliato il telefono.»

«Se la passa così male?»

«Passarsela male è un eufemismo, riferito alla situazione economica attuale di Caleb.»

Questo era stato l'ultimo lapidario commento, e adesso che Jim aveva modo di vedere di persona com'era ridotto The Oak, capiva che Bill non aveva per niente esagerato.

Suonò il clacson e come unico risultato ebbe in cambio una breve interruzione del silenzio.

E uno strano, leggero gemito alle sue spalle.

Jim si girò e si diresse verso il recinto delimitato da una griglia metallica che conteneva una grande cuccia in legno. A prima vista sembrava vuoto, ma costeggiando la recinzione vide che dietro alla casupola era sdraiato un grosso cane nero e marrone. Si accorse della sua presenza e alzò uno sguardo timoroso senza sollevare la testa, mostrando il bianco degli occhi. Doveva essere Silent Joe, il cane di cui gli aveva parlato Bill. Di fianco a lui c'erano due ciotole, una colma d'acqua e un'altra mezza piena di biscotti. Aveva l'aria terrorizzata ed era talmente appiattito al suolo da far pensare che avesse scavato il terreno sotto di sé per uniformarsi meglio. Jim si chiese che cosa potesse averlo spaventato al punto di non fargli finire il pasto. Cercò di tranquillizzarlo mentre si dirigeva verso la porta a maglia di rete del recinto.

«Buono, Silent Joe. Non c'è niente da aver paura.»

Quando sentì pronunciare il suo nome e lo vide avvicinarsi, il cane iniziò a tremare. Jim non aveva mai avuto problemi nel trattare con gli animali. Con l'istinto ancestrale che tutte le bestie si trascinano come bagaglio conoscitivo, di solito sentivano che il suo atteggiamento verso di loro non rappresentava un pericolo. Tuttavia sapeva altrettanto bene che, quando si ritenevano minacciati, erano capaci di reazioni imprevedibili, e non aveva nessuna intenzione di finire al pronto soccorso con il segno dei denti di quel cane addosso. Denti che a giudicare dalla stazza dovevano essere grandi e forti.

Gli parlò con voce calma e senza fissarlo negli occhi, che nel linguaggio degli animali rappresenta un atto di sfida.

«Adesso è tutto a posto. Non c'è problema. È tutto okay.»

Quando aprì la porta per entrare nel recinto, tese per prima cosa la mano verso il cane, per dargli modo di annusarlo a suo piacere. Il cane si sottrasse a quel tentativo di approccio. Scattando come una saetta, si rialzò e imboccò l'apertura verso la libertà in modo talmente rapido che se Jim non si fosse scansato con tempismo perfetto lo avrebbe fatto cadere. Correndo in maniera stranamente agile per la sua buffa andatura, arrivò fino al furgone e con un balzo fu sul sedile, andando subito a sistemarsi dalla parte del passeggero. Jim decise che per il momento, se quello era il posto in cui Silent Joe si sentiva al sicuro, ci poteva anche stare.

Si disinteressò del cane e si diresse verso la casa.

«Caleb, ci sei? Ehi, Caleb...»

Nessuna risposta.

Salì i gradini e raggiunse il ballatoio. Provando la porta d'ingresso si accorse che era aperta. Rotolando giù da chissà dove, gli arrivò addosso un senso strano, avvolto di ombre scure, come se stesse percorrendo un canyon in cui va calando la notte.

Si decise ed entrò in casa. Lo accolse il fresco delle vecchie costruzioni e un odore leggermente rancido di finestre poco aperte, muri mai intonacati e salnitro nato nel buio e nell'umidità. Fece una rapida perquisizione di tutte le stanze. Dalla cucina sommersa di piatti e residui di cibo al salotto con le poltrone in pelle dall'aria mesozoica fino alle camere da letto al piano di sopra. Tutto all'interno era una replica conforme di quanto si poteva trovare all'aperto.

C'erano polvere e sudiciume e letti sfatti e mosche ma di Caleb nessuna traccia.

Si ritrovò nel cortile con una sorprendente sensazione di sollievo. Si disse che negli ultimi anni aveva fatto troppa bella vita vivendo all'ombra di Lincoln Roundtree e ricordò a se stesso che ambienti come quello avevano fatto per molto tempo parte del suo vissuto abituale.

Si costrinse a tornare con il pensiero al motivo della sua presenza a The Oak. Per Caleb non c'era ragione di preoccuparsi, perché era uno che sapeva badare a se stesso. L'ipotesi di un incidente sulle montagne era poco probabile. Senz'altro c'era la possibilità che Caleb fosse ferito o, peggio ancora, morto da qualche parte sul fondo di uno strapiombo. In quella eventualità, tuttavia, il cane non se ne sarebbe andato ma nel novantanove per cento dei casi si sarebbe accucciato vicino al corpo del padrone, almeno fino a quando la fame non lo avesse spinto a muoversi.

E poi Silent Joe era troppo terrorizzato per avallare una teoria del genere.

Tornò sul piazzale e si diresse verso la parte posteriore della casa. L'unica ipotesi che voleva percorrere in quel momento era che Caleb fosse nel suo laboratorio, a inseguire la chimera che lo affascinava da anni e per la quale si stava rovinando. Quello strano uomo che cacciava tutto ciò che correva sulla terra ma che amava tutto ciò che volava libero nel cielo era una delle poche persone a cui Jim fosse realmente affezionato. Era lui che gli aveva insegnato ad amare la bellezza e la maestosità del volo, ed era stato il primo essere umano al quale aveva confidato il suo desiderio di diventare un pilota di elicotteri. Non gli interessava che fosse una specie di pazzo sognatore che aveva nel DNA la predestinazione a perdere. Jim aveva fatto un'altra scelta, quella di avere il più possibile il più in fretta possibile, e non capiva l'ostinazione di Caleb verso la sua utopia elettrica. Ma non capire non vuol dire necessariamente non accettare.

Mentre passava di fianco al Bronco, Silent Joe sollevò la testa e gli lanciò dal finestrino uno sguardo apprensivo, ma non accennò a scendere dal suo rifugio a quattro ruote per fare gli onori di casa. Jim svoltò l'angolo dell'edificio e si incamminò per il vialetto che saliva al laboratorio. Intanto che si avvicinava, tese l'orecchio per sentire se da quell'altra costruzione arrivassero dei rumori tali da aver coperto quelli del suo arrivo.

Anche in questo caso ebbe in cambio solo silenzio.

Il sole aveva iniziato la sua parabola discendente e Jim camminava seguendo i passi della sua ombra finché non la trovò proiettata sul pesante portone di legno. I battenti erano sbarrati da diverse serrature ma non se ne sorprese più di tanto. Conosceva la mania di Caleb per la sicurezza relativa ai suoi studi, mania che si dissolveva completamente quando riguardava la casa e il resto dei suoi averi.

Batté più volte con forza il pugno contro il legno, al punto da indolenzire la mano.

«Ehi, sei qui, cacciatore di fulmini? Sono Jim Mackenzie.»

Attese per qualche istante una risposta che non venne. E intanto quel senso di costrizione che aveva provato prima, ansia mista a penombra, si ripresentò. Fece un profondo respiro e recuperò la lucidità. Jim si avvicinò a una finestra protetta da pesanti inferriate. Era piuttosto alta e nonostante il suo metro e ottantacinque di statura non arrivava a vedere all'interno. Senza saperne bene il motivo, si aggrappò alle sbarre e con la forza delle braccia si issò fino ad avere la possibilità di far arrivare lo sguardo nel laboratorio.

Quello che si trovò davanti agli occhi era uno scenario perlomeno bizzarro.

C'erano tonnellate di macchinari dei quali non conosceva né il nome né l'uso ma che secondo le intenzioni di Caleb erano quelli che avrebbero dovuto procurargli fama e ricchezza. Il materiale era aumentato a dismisura da quando Jim c'era stato l'ultima volta. Il suo amico doveva avere investito migliaia di dollari e una parte di tempo senza contropartita per poter avere a disposizione quanto gli serviva per quelle sue ricerche. E aveva avuto in cambio solo una casa fatiscente, un furgone che cadeva a pezzi, un sacco di delusioni e la derisione di tutti quelli che gli stavano intorno.

Stava per lasciarsi cadere a terra quando vide qualcosa al suolo sulla sinistra, poco discosto dalla finestra, vicino all'ingresso. Con uno sforzo fece passare il braccio destro intorno a una sbarra in modo da potersi sorreggere e con la mano libera pulì il vetro sudicio per aver modo di osservare meglio. La posizione del sole con il suo riflesso gli disturbava la vista, ma quello che intuiva steso a terra pareva proprio il corpo di un uomo vestito con una tuta mimetica. Era prono e aveva il braccio destro ripiegato in una posizione innaturale a coprire la testa. Non riusciva a vederlo in viso ma dalla corporatura e soprattutto dalla sua presenza nel laboratorio sprangato non poteva che essere Caleb.

Jim batté il vetro.

«Caleb! Ehi, Caleb!»

Dato che l'uomo a terra non accennava alcun movimento, Jim si lasciò cadere al suolo e tornò di corsa davanti al portone. Si rese conto che era davvero troppo pesante e troppo blindato per poter pensare di forzare in qualche modo le serrature. C'era solo una cosa da fare. Si lanciò di corsa lungo la discesa e raggiunse il cortile della casa. Si avvicinò al pick-up e aprì la portiera dalla parte del cane.

«Coraggio, bello, scendi che c'è da farsi male, adesso.»

Come se avesse capito la gravità della situazione, Silent Joe abbandonò senza fare storie il sedile e raggiunse con pochi balzi il ballatoio davanti alla casa. Da lì rimase a osservare Jim che passava dall'altra parte, si metteva al volante e avviava il motore.

A questo punto, Jim allacciò una cintura di sicurezza che aveva visto giorni migliori sperando che la robustezza fosse superiore all'aspetto e premette sull'acceleratore, facendo quasi girare il mezzo su se stesso e sparando ghiaia tutto intorno. Si diresse con la massima velocità che gli era consentita verso il portone del laboratorio.

Si aggrappò con forza al volante al punto che temette si potesse spezzare.

Vide i battenti di legno avvicinarsi veloci finché non divennero doghe e le doghe divennero nodi e il muso del furgone divenne un ariete che sfondava la porta con un rumore di lamiere contorte e ferri divelti e schegge di legno che saltavano e volavano intorno a quel massacro.

La violenza dell'urto fece uscire il parabrezza dalla sua sede e il vetro fu proiettato in avanti, ridotto a una ragnatela. Jim lo avrebbe seguito se non fosse stato per la cintura di sicurezza che, nonostante l'apparenza, aveva fatto il suo lavoro.

Riuscì ad aprire con qualche difficoltà la portiera e si lanciò verso l'apertura che l'urto aveva spalancato nel portone. Non appena si trovò all'interno ebbe la conferma che quanto aveva in parte intravisto e in parte immaginato dalla finestra corrispondeva allo spettacolo che aveva effettivamente di fronte.

Caleb Kelso era a terra con la faccia nella polvere, il braccio destro piegato all'altezza della spalla con un angolo anomalo a coprire la testa. Jim non aveva conoscenze mediche specifiche, ma dall'aspetto non sembrava vittima di una scarica elettrica, come i macchinari che li circondavano avrebbe fatto sospettare. A parte quella bizzarra posizione disarticolata del braccio, il corpo sembrava intatto, come se si fosse lasciato cadere a terra svenuto.

Facendo forza con le braccia girò il corpo fino a fargli assumere una posizione quasi supina. E intanto dovette combattere con una terribile sensazione di disagio. Aveva partecipato in passato a diverse operazioni di soccorso e gli era già capitato di dover rimuovere e trasportare dei morti. Questa volta quello che accadde fu del tutto assurdo. Il cadavere si era girato ruotando quasi sul busto mentre le gambe avevano mantenuto la posizione precedente. Dalla sensazione che ne aveva ricavato toccandolo e dalla posa che il corpo aveva assunto quando lo aveva voltato, gli era sembrato che fosse completamente privo di ossa, come una grande bambola di pezza a cui qualcuno avesse dato per qualche tempo l'illusione di essere un uomo.

E poi il viso di Caleb.

Storto, urlante senza voce, sanguinante senza sangue, sporco di polvere e con gli occhi spalancati e senza vista che parevano rifiutare l'ultimo terribile spettacolo che gli si era presentato davanti.

Jim si disse che, qualunque cosa avesse visto Caleb Kelso prima di morire, era l'orrore puro.

Nel silenzio tornato assoluto, in qualche punto alle sue spalle, Silent Joe iniziò a ululare.

7

Jim era seduto di nuovo in attesa sugli scalini davanti alla casa. Di fronte a lui il sole era un ricordo rosso oltre il bordo delle montagne, sfumato nel blu cobalto del cielo della sera. Fece un profondo respiro. In nessun altro luogo c'era quell'intensità cromatica, capace di passare senza sussulti dalla commedia al dramma, che si guardasse il mondo dal basso o dall'alto. Sarebbe stato il posto più bello della terra se da tutte e due le prospettive non si fossero visti anche degli uomini. Così, Jim era immobile davanti al tramonto e al suo continuo cambio di fondale e cercava di ignorare quello che stava succedendo a pochi passi da lui. C'erano tutti gli elementi della ferocia: le macchine della polizia con i lampeggianti accesi, gli agenti in divisa, il furgone della Scientifica, l'ambulanza con i portelli posteriori spalancati. Dal laboratorio arrivavano i riflessi delle luci allo xeno posizionate per illuminare la scena di quella strana morte.

Dopo la scoperta del corpo di Caleb, aveva chiamato il 911 e per quanto poteva era rimasto tranquillo ad aspettare. Al loro arrivo, aveva guidato i poliziotti fino al laboratorio dove stavano i resti del suo amico e poi era venuto a sedersi lì, ripassando nella parte visuale della mente le immagini di quello che era accaduto, in attesa delle domande a cui avrebbe dovuto rispondere.

Silent Joe si era calmato e adesso stava sdraiato sul legno tiepido al suo fianco, contento del contatto rassicurante con il corpo di un uomo. Jim si era reso conto che le sue carezze e la presenza di un punto di riferimento avevano il potere di tranquillizzarlo.

Da dietro l'angolo della casa sbucò senza preavviso la figura di un uomo. Era di media statura, bruno, il viso abbronzato dal sole e dalla natura. Indossava una giacca di camoscio e un paio di calzoni sportivi. Il detective Robert Beaudysin era un suo coetaneo e Jim lo conosceva fin dal tempo delle superiori. Aveva anche lui una piccola parte di sangue indiano nelle vene per via paterna. Secondo la tradizione Navajo, in caso di matrimoni misti, era da sempre l'origine della madre che determinava la tribù di appartenenza. Questo valeva a pieno titolo per quanto riguardava Jim, che era di discendenza diretta. Robert era a tutti gli effetti un bianco, l'equivalente di un lontano parente, anche se parlava abbastanza bene la lingua dei *Diné*.

Quando era arrivato a The Oak e lo aveva trovato sulla porta del laboratorio, lo aveva guardato con aria interrogativa, come se avesse bisogno di qualche secondo per richiamare il suo viso dalla memoria e ricondurlo al presente. Con ogni probabilità era l'ultima persona che si sarebbe aspettato di vedere ad attenderlo in quel posto. Di fianco al cadavere di una morte così complicata, perdipiù. Poi lo aveva salutato e ignorato in modo sbrigativo, gli occhi che già percorrevano la scena in cui giaceva scomposto contro natura il corpo di quello che era stato un uomo.

Adesso, la prima parte della strada, la più immediata, era stata percorsa. Restava l'altra, la più difficile. Si avvicinò con calma e Jim fu sorpreso di scoprire nella sua voce un leggero imbarazzo.

«Ignoravo che fossi tornato.»

«Eppure sei un poliziotto. Dovresti sapere tutto.»

Robert si sedette sui gradini accanto a Jim e si concesse una piccola amarezza da sconfitto.

«Come poliziotto sarei felice di sapere anche solo la metà di quanto mi serve.»

«Brutta faccenda, vero?»

Il poliziotto che odiava non sapere lasciò trascorrere qualche istante prima di rispondere.

«A prima vista molto brutta. E ho il sospetto che andando ad approfondire possa solo peggiorare.»

Jim lo guardò con attenzione. Il tempo passato non lo aveva cambiato di molto. Sotto un certo profilo, erano tutti e due degli uomini realizzati. Ognuno faceva quello che aveva sempre desiderato fare. Ne avevano parlato spesso tra di loro. Jim pilotava gli elicotteri e Robert si muoveva vigile sulla scena di un crimine per cercare con ostinazione di sapere e di capire chi e quando, forse chiedendosi ogni volta perché. Come unico pegno pagato agli anni, notò sul viso del suo vecchio compagno di scuola delle rughe che non ricordava. Si domandò quante fossero provocate dall'età e quante dal suo lavoro. Che puntale arrivò a presentare il conto.

«Ti va di fare due chiacchiere?»

Jim si strinse nelle spalle.

«Ho un'alternativa?»

«Vista la situazione, credo proprio di no.»

Robert estrasse del tabacco e delle cartine e prima di servirsi li tese a Jim. Quando lui rifiutò con un gesto della mano, iniziò con calma ad arrotolarsi una sigaretta. L'accese e prima di continuare si concesse una boccata che divenne brace rossa e poi fumo e poi niente nell'aria della sera.

«Dimmi tutto.»

«C'è poco da dire, Bob. Sono arrivato qui dal Ranch per riportare il furgone a Caleb, ho cercato in giro e non ho trovato nessuno. Sono salito al laboratorio e da una finestra l'ho visto steso per terra. La porta era sprangata e allora l'ho sfondata usando il pick-up come ariete. Quando mi sono reso conto che era morto, vi ho chiamati.»

«Da quanto tempo non lo vedevi?»

«Cinque anni, più o meno.»

Alla loro sinistra, due portantini seguiti dal medico legale scesero sorreggendo una barella sulla quale c'era un corpo coperto da un telo bianco. Silent Joe emise un leggero guaito ma non si mosse. Jim strinse le mascelle. Quello che stava passando era tutto ciò che restava di una persona che era stata importante nella sua vita.

Due nella stessa giornata...

Due persone che adesso erano in volo sulle ali di un grande uccello bianco. Ma se era vero che la morte è l'unica certezza, qualcuno o qualcosa l'aveva ricordato a Caleb Kelso senza il minimo accenno di pietà.

Jim distolse lo sguardo mentre il cadavere veniva infilato nell'ambulanza. Quel gesto istintivo gli rammentò suo malgrado che, da sempre, quando una persona aveva avuto bisogno del suo aiuto, lui stava guardando da un'altra parte. I lamenti della sirena in allontanamento cancellarono quel pensiero e il suono rimase per aria come un commento funebre nel silenzio di The Oak.

Fra cento anni di tutto questo non parlerà più nessuno...

Ma per il momento quegli anni erano ancora un lontano progetto del tempo. Se avesse potuto sentire il suo pensiero, Robert avrebbe detto che bisognava parlare e combattere tutto quello che succedeva per evitare che succedesse di nuovo, senza curarsi di gente che non era ancora nemmeno nata.

Così, fu Jim a porre una domanda.

«Avete trovato qualcosa?»

Robert scosse la testa.

«No, fino a ora. La Scientifica sta facendo i rilievi di routine, ma dalle loro facce credo non ci sia da aspettarsi niente di buono. Poi tu hai leggermente inquinato la scena e dunque...»

Prevenne con un gesto della mano le obiezioni di Jim.

«Non ti sto rimproverando. Anch'io mi sarei comportato nello stesso modo. Piuttosto, non hai visto o notato nulla di strano arrivando qui?»

Jim fece un gesto vago.

«Niente e tutto. In realtà non ne ho avuto neanche il tempo. Posso solo dirti per certo che il cane era terrorizzato.»

Robert assimilò quel dato assentendo con la testa e ripetendolo a se stesso a fil di labbra, come per memorizzarlo meglio su un suo taccuino mentale.

«E come mai secondo te?»

Quasi avesse capito che stavano parlando di lui, Silent Joe sollevò il muso e lo appoggiò sulle gambe di Jim muovendo gli occhi nocciola verso l'alto, come per cercare scusa e protezione. Jim gli passò una lenta carezza sulla testa.

«Non ne ho la più pallida idea. Solo nei fumetti della Marvel gli indiani riescono a parlare con gli animali.»

«Lo avevi mai visto prima questo cane?»

«No.»

«Da come ti si è attaccato subito, non direi.»

Mentre discorrevano, Dave Lombardi, il medico legale, che era rimasto sul piazzale a osservare la partenza dell'ambulanza come se ne fosse il diretto responsabile, si era girato e ora stava arrivando verso di loro. Jim lo conosceva perché era la persona da cui aveva fatto ogni anno la visita d'obbligo richiesta ai piloti di elicotteri per il rinnovo del brevetto. Sapeva che era un grande appassionato di cavalli e che ne aveva un certo numero nella sua casa a ovest di Flagstaff, a Camino de Los Vientos. Era alto, asciutto e si muoveva con sicurezza. Dall'aspetto fisico e dall'abbigliamento, un perfetto cittadino del Marlboro Country. Indossava stivali, un paio di jeans e un giubbetto dello stesso tessuto. Probabilmente era stato chiamato mentre stava montando uno dei suoi splendidi animali.

Perplesso per la presenza di Jim, Lombardi rivolse a Robert uno sguardo interrogativo.

«Posso parlare?»

«Certo, non ci sono problemi. Jim ha visto tutto quello che c'era da vedere. Cosa mi dici?»

«Che *io* non ho mai visto una cosa del genere.»

«In che senso?»

«Le ossa del cadavere, comprese quelle del cranio, sono in gran parte fratturate, come se lo avessero messo sotto una pressa. Qualunque cosa lo abbia ucciso, doveva avere una forza terribile.»

«L'assassino non potrebbe avergliele spezzate a una a una?»

Il coroner era stato prudente nella sua esposizione. Le parole di Robert invece erano chiare. Quel qualcosa, secondo lui, corrispondeva a qualcuno.

«E con che cosa?»

«Con una spranga di ferro o roba del genere.»

Lombardi scosse la testa.

«Lo escludo. Si vedrebbero i segni dei colpi. Anche se avessero infierito su di lui dopo la morte ci sarebbero delle tracce più che evidenti.»

Robert pose una domanda di cui sapeva benissimo la risposta.

«Può essere qualcosa che ha a che vedere con le ricerche di Caleb?»

«Ti riferisci ai macchinari che ci sono in quella specie di laboratorio? Quell'uomo non ha affatto i sintomi di uno che ha preso una scarica elettrica, per quanto forte possa essere.»

«Riesci a dirmi, grossomodo, l'ora della morte?»

«Direi ventiquattr'ore fa, mezz'ora più mezz'ora meno.»

Lombardi rimase a fissare per un attimo il suolo con aria pensierosa, come se non fosse del tutto certo dell'opportunità di dire quello che stava per dire.

«Se ho capito bene, il cadavere era nel laboratorio chiuso dall'interno, senza alcuna traccia di effrazione.»

«Esatto.»

Il medico abbozzò un sorriso amaro e incredulo che disegnò una ruga al lato del suo viso.

«Non so se ti possa interessare, ma sei nel centro esatto di un classico della letteratura.»

«In che senso?»

«Il mistero della stanza chiusa. Una persona uccisa in una camera sigillata dall'interno e senza segni di scasso. Addirittura paradigmatico per ogni autore di thriller.»

«Solo che io non scrivo romanzi e questa non è una storia inventata.»

«Purtroppo a volte la realtà batte i romanzi di diverse lunghezze e lascia a ognuno le sue gatte da pelare. Dal canto mio, posso solo dirti che per la prima volta nella mia vita sono impaziente di fare un'autopsia.»

Erano solo degli uomini e per questo rimase per un istante nell'aria l'imbarazzo che le cose ignote lasciano. Poi Dave Lombardi se ne andò a cercare di scoprire qualcosa di più e Jim e Robert rimasero soli. Jim si chiese perché Robert avesse permesso al medico di parlare delle sue considerazioni relative all'omicidio di Caleb in presenza di un estraneo alle indagini. Per quanto ne sapeva, le inchieste di polizia si svolgevano all'insegna della massima riservatezza. Non arrivò a darsi una risposta, perché per il momento il poliziotto aveva terminato la sua parte ufficiale e tornò a essere un vecchio amico.

«Come ti va la vita lontano da qui?»

Jim sapeva bene a cosa si riferiva. Lui, per molti da quelle parti, era uno che ce l'aveva fatta. Stava a New York e nell'immaginario collettivo questo era sinonimo di successo e bella vita. Robert non sapeva di Lincoln Roundtree e di Emily e che qualunque macchina guidi dopo un mese torna a essere una macchina come tutte le altre. La vita dappertutto era solo un fatto di costumi e scenografie.

Indicò con la testa l'ultimo barbaglio di sole oltre le montagne.

«Mi va come a tutti. Piena di albe e tramonti.»

Nel frattempo Robert girò la testa verso sinistra ed ebbe una piccola smorfia di disappunto.

«Breve la vita felice. È arrivata la stampa.»

Jim si ritenne fortunato per questo diversivo che gli dava la possibilità di non aggiungere altro. Mentre parlavano, dalla strada sterrata era arrivato un grosso Ford Expedition, annunciato dalla luce smozzicata dei fari tra gli alberi. Era stato fermato dagli agenti allo sbarramento realizzato mettendo a lisca di pesce due macchine della polizia. Ne era scesa una persona che si era fatta largo tra le proteste di due poliziotti e adesso stava salendo verso di loro.

Jim vide che si trattava di una donna. Era alta e snella e dall'abbigliamento sembrava fosse stata sorpresa dagli avvenimenti mentre era a cavallo insieme a Dave Lombardi. Jim la osservò con attenzione intanto che si avvicinava. Aveva i capelli lunghi e mossi, di un colore rosso ramato che risaltava nel controluce dei fari, e un viso dai lineamenti sottili che si stava disegnando a mano a mano che diminuiva la distanza. Jim non ebbe bisogno che arrivasse alla sua altezza per sapere chi era. L'aveva riconosciuta non appena era scesa dalla macchina e si era avviata su per la leggera salita che portava alla casa. Si avvicinò a lui con la sua andatura leggera e il passo pieno d'echi che solo i ricordi riescono a camminare.

Si chiamava April Thompson ed era stata la sua donna, un tempo. In una notte d'estate, stesi sul cassone del furgone di Richard Tenachee, avvolti in un sacco a pelo sotto le stelle, con il suo fiato caldo di donna eccitata lei gli aveva sussurrato che lo amava. Jim ricordava benissimo quella notte, quelle stelle e quelle parole. Per un poco aveva perfino pensato che lei e quel momento fossero più belli della libertà. Ma lui era quello che era, allora come adesso. Presto, si era fatto trasportare di nuovo da una delle sue macchine volanti e ancora una volta, quando aveva avuto bisogno di lui, lei lo aveva sorpreso a guardare da un'altra parte.

8

Adesso il buio era quello della strada, completo e ricco di fari alle spalle e di fronte. Sulla Highway 89, mentre scendevano verso Flagstaff, Jim stava seduto su uno scomodo sedile di spine di fianco ad April. Per quanto cercasse di mostrarsi adeguato alla situazione, non riusciva a impedirsi, ogni tanto, di girare lo sguardo verso di lei e osservare il suo profilo disegnato dalle luci mentre guidava. Non era molto cambiata e, se lo aveva fatto, era stato in meglio. Più matura, più sicura, più donna. Aveva dei lineamenti decisi, vagamente androgini, punteggiati di leggere lentiggini intorno al naso che l'esposizione al sole di solito accentuava. Era il tipo di bellezza che non faceva pensare a una casa, ma a degli spazi immensi. Gli occhi azzurri erano di una sfumatura che talvolta le lacrime riuscivano a trasformare nel colore del cielo delle giornate limpide.

Questo Jim lo ricordava bene e sapeva altrettanto bene che nemmeno April aveva dimenticato.

Ancora una volta, il suo istinto da fuggitivo lo fece guardare dall'altra parte. Alla loro sinistra sfilavano sicure di sé le luci del Mall, il nuovo centro commerciale appena costruito. Il passato e il presente stavano giocando a scacchi e usavano come pedine gli occupanti di quella macchina. Loro due erano stati qualcosa, un tempo. Come spesso succede nelle vicende umane, avevano rappresentato l'uno per l'altra quel tanto sufficiente a trasformarli adesso in due sconosciuti.

Fu April a rompere il silenzio e parlò senza voltarsi a guardarlo.

«Nemmeno nella penombra riescono a essere dello stesso colore.»

«Che cosa?»

«I tuoi occhi. È bizzarro come un'anomalia così evidente possa essere tanto affascinante. Penso che le donne di New York stiano letteralmente impazzendo per te.»

Non era una domanda, era una constatazione. E dal tono della voce Jim si rese conto che in quelle parole non c'era il minimo accenno di corteggiamento e nemmeno la piccola rivalsa di una donna ferita. Era molto oltre. Era la distaccata dichiarazione di una totale assenza di stima nei suoi confronti.

Quando era arrivata a casa di Caleb, non si era per nulla stupita di trovarlo lì. Jim non sapeva fino a che punto il suo ritorno a Flagstaff si potesse considerare una notizia. Se lo era, la reazione di April alla sua presenza stava a significare che per lei era una notizia vecchia o di nessuna importanza.

Li aveva salutati semplicemente pronunciando i loro nomi.

Robert aveva assunto un'espressione ufficiale. Il fatto che in città praticamente tutti si conoscessero e sovente si trovassero a bere una birra insieme non escludeva che, nei momenti canonici, ognuno dovesse muoversi con addosso i panni che il ruolo gli imponeva.

«Ciao, April, come va al "Chronicles"?»

«Le solite cose. Perlopiù si tratta di routine. Non in questo caso, sembra. Che mi dici, Bob?»

Il detective si era stretto nelle spalle.

«Suvvia, April, lo sai che non posso dirti niente. Non ora, almeno.»

«Visto che siamo a casa di Caleb Kelso, possiamo ipotizzare che il morto sia lui?»

Conciliante, Robert Beaudysin aveva assentito con un cenno del capo.

«Lo hai detto tu. Visto che siamo a casa sua, possiamo ipotizzare che il morto sia lui.»

April aveva fissato gli occhi che non avevano nessuna voglia di farsi fissare.

«Sapevano tutti quello che Caleb faceva nel suo laboratorio. Si tratta di un incidente legato alle sue ricerche o qualcosa d'altro?»

Quel «qualcosa d'altro» era rimasto sospeso per qualche istante con il suo significato minaccioso, prima che il poliziotto emettesse il suo lapidario comunicato ufficiale.

«Diciamo che il capo della polizia deciderà di fare una conferenza stampa dove verranno diffuse tutte le informazioni che possono essere diffuse. E tu sarai la prima a sapere quando e dove. Ora se vuoi scusarmi…»

Robert Beaudysin, il poliziotto che non sapeva, si era alzato e li aveva lasciati soli. Mentre se ne andava, aveva lanciato a Jim uno sguardo molto significativo. Jim aveva capito perché Robert aveva permesso che Dave Lombardi parlasse davanti a lui. Poteva essere considerata fiducia oppure no, a seconda dei punti di vista. Prima era un uomo che ne sapeva poco, adesso era un uomo che sapeva tutto. Se qualcosa fosse uscito, ci sarebbe stato un preciso responsabile.

April si era rivolta a lui e la confidenza passata era stata cancellata dal tempo e dalla determinazione di chi fa un lavoro e cerca di farlo bene.

«E *tu* che mi dici?»

Jim aveva ancora negli occhi lo sguardo del poliziotto. E non voleva grane, né adesso né mai.

«Poco più di quello che ha detto Bob. Sono venuto a trovare Caleb e invece di trovarlo vivo l'ho trovato morto.»

«Tutto qui?»

«Tutto qui.»

«E non hai visto o sentito niente di strano?»

Certo che ho visto qualcosa di strano. Ho visto il cadavere di un mio amico ridotto a una bambola di stracci e un cane terrorizzato. E a pensarci bene, forse lo ero anch'io…

«No, niente di particolare.»

In quel momento per la strada era sopraggiunto un furgone scuro con il logo bianco di Channel 2, una stazione televisiva locale. Gli agenti lo avevano fermato di fianco al SUV di April. Gli occupanti erano scesi e avevano scaricato tutte le loro mercanzie e montato rapidamente delle luci. Un cronista si era messo con la casa alle spalle e aveva iniziato a trasmettere davanti a una telecamera sorretta da un operatore. Era un ragazzo giovane con una giacca sportiva e l'aria determinata che forse parlava ai telespettatori sognando le grandi reti nazionali. Mentre erano in onda, Robert era arrivato alla loro altezza e il reporter si era avvicinato veloce reggendo il microfono come una fiaccola olimpica. Il poliziotto aveva cercato di scansarlo e Jim e April erano riusciti a vedere dalla loro posizione la sua mimica, che nel frenetico teatrino dei media significava ovunque «no comment».

Jim si era alzato in piedi. Silent Joe subito lo aveva imitato ed era rimasto a fissarlo incerto, guardandolo dritto in viso con i suoi occhi nocciola.

«E adesso che ne faccio di te?»

Il cane si era prodotto in un leggero mugolio e aveva avuto con il corpo un rapido gesto impaziente. Continuando a guardarlo fisso, leccandosi le labbra con la lingua rosea.

April aveva accennato un sorriso.

«Questo era il cane di Caleb, mi pare.»

«Già.»

«Se non sbaglio, si è appena scelto un nuovo padrone.»

Jim era rimasto allo stesso tempo interdetto e divertito, quando aveva capito che quella donna e quel cane avevano in pratica deciso per lui.

«Sembrerebbe di sì.»

Aveva allungato una mano e l'aveva appoggiata sulla testa di Silent Joe che aveva accettato quel gesto socchiudendo gli occhi, come per la tacita ratifica di un accordo.

April aveva infilato le mani nella tasca della giacca e ne aveva estratto le chiavi della macchina.

«Mi sembra di capire che hai bisogno di un passaggio.»

«Pensavo di tornare in città con Bob. Ma visti i suoi impegni, mi pare un'ipotesi poco percorribile.»

«Io rientro al giornale, a Flagstaff. Se vuoi ti posso accompagnare dove ti fa comodo.»

Jim aveva accettato l'offerta di April e adesso la 89 era tornata a essere la Route 66, la vecchia strada storica che attraversava il cuore della città. Passarono il semaforo all'incrocio con la Switzer Canyon Drive e tornarono a far parte di quella comunità che si apprestava a vivere le luci della sera. A poche miglia da lì un uomo era morto e forse un altro l'aveva ucciso ma si trattava solo di un'ordinaria storia di violenza tra esseri umani e non faceva grande notizia. L'aria era ancora calda e le strade erano ancora un bel posto dove stare. C'erano in giro un sacco di ragazzi, vestiti nei modi più bizzarri, a ricordare a tutti che Flagstaff era pur sempre una città universitaria e che la gioventù ha per sua natura più diritti che doveri.

«Dove ti porto?»

Quasi a ricordargli la sua presenza, Silent Joe si mosse per cercare una posizione più comoda. Non appena l'ebbe trovata, si accucciò sul pianale con un leggero sbuffo da foca.

Jim indicò con un sorriso e un gesto della mano la parte posteriore della macchina.

«A questo punto, visto che la famiglia si è allargata, pensavo di chiedere a Raquel e Joe se hanno una camera e una cuccia per qualche giorno.»

Nonostante sembrasse poco disposta a farlo, anche April sorrise.

Poco prima del semaforo successivo, April girò a destra sulla Elden Street e subito dopo si fermò davanti all'Aspen Inn, un grazioso bed&breakfast in una zona residenziale della periferia. Jim conosceva da tempo i proprietari, Raquel e Joe Sanchez. Erano persone che si facevano ricordare. Sempre sorridenti, amavano il loro lavoro, i figli, la gente e gli animali. Jim sperava che trovassero una sistemazione per quei viandanti con sei zampe in due capitati all'improvviso.

April fermò il motore e rimase per un istante a fissare la semioscurità oltre il parabrezza prima di dare voce al suo pensiero.

«Tuo nonno era un grande uomo.»

Jim non disse niente e attese.

«Mi è dispiaciuto molto quando ho saputo. Ho voluto scrivere io il pezzo che parlava di lui e di quello che era stato, in occasione della sua morte.»

«Ti ringrazio.»

April fece un gesto vago. Jim la ringraziò anche mentalmente di non aver aggiunto che l'aveva fatto solo per il suo vecchio e non certo per lui, se l'aveva pensato.

«Charlie stava in piedi di fianco al letto dove avevano composto il corpo e sembrava scolpito nella pietra. Non lo ha lasciato un attimo. Credo che avrebbe volentieri dato la vita per tuo nonno.»

April fece una pausa. Quando proseguì, il suo tono di voce era impercettibilmente più basso.

«E anche per te.»

Jim ripensò al viso di Charles Owl Begay mentre dall'alto dell'elicottero lo vedeva sparire e diventare un puntino mosso dal vento delle pale. Pensò alle loro parole che stavano come sotto sale e non riuscì a non provare rammarico per tutto quello che era stato. E un grigio senso di colpa per quello che non era riuscito a essere per lui e per Richard Tenachee.

«Lo so. Siamo stati insieme, ieri. Ho passato la notte al Ranch. Non abbiamo parlato molto, ma Charlie è uno che si esprime meglio con i silenzi che con le parole.»

April si girò verso di lui e colse lo spunto per cambiare un discorso che sembrava penoso per tutti e due.

«Hai visto com'è cambiato il Ranch?»

«Ho visto. Sembra una cosa seria. Ho parlato al telefono con Cohen Wells. So che adesso è lui il proprietario.»

«Qualcuno dice che lo sia sempre stato. Solo che adesso ha deciso di uscire allo scoperto.»

Jim si voltò e vide la testa di Silent Joe spuntare nella penombra oltre il bordo del sedile posteriore. Lo studiò per un attimo e poi tornò ad accucciarsi. Jim pensò con ironia che era il suo cane da nemmeno un'ora e già aveva assimilato la tendenza a guardare da un'altra parte.

«Cohen è molto ambizioso per quanto riguarda il futuro del Cielo Alto Mountain Ranch. Lo vuole ampliare ancora di più e farlo diventare una struttura turistica ancora più significativa degli Old Tucson Studios. Una piccola città che possa ospitare molti turisti e grandi spettacoli. Se è il caso anche set cinematografici per la produzione di western. Ma soprattutto ha intenzione di collegarlo con l'Arizona Snowbowl per trasformarlo in una stazione sciistica invernale con tutte le carte in regola. Per realizzare questo devono installare sull'Humphrey's Peak delle macchine per la produzione della neve artificiale. Wells ha alle spalle dei grossi investitori e pare anche parecchia gente a Washington. Poco per volta sta portando dalla sua parte tutte le persone che contano. Con il denaro o con altri mezzi…»

«Ad esempio?»

«Randy Coleman, il presidente della Camera di Commercio. Preston Dourette, il deputato. Colbert Gibson, il sindaco.»

«Gibson non era il direttore della First Flag Savings Bank, la banca di Cohen?»

«Hai già dato la risposta su chi lo ha messo sulla poltrona di sindaco. Non si soffia nemmeno il naso se non glielo dice il suo benefattore.»

«Non può non esserci un problema, in tutta questa storia.»

«E infatti c'è. Il problema è che i Navajos non sono d'accordo. Per loro i San Francisco Peaks sono e restano delle montagne sacre. Sembra ci sia per aria un ricorso alla legge. Ma credo che Wells stia lavorando anche in questa direzione.»

Jim notò che, riferendosi ai nativi, April aveva detto *per loro* e non *per voi*. Lo aveva infine escluso da qualcosa che aveva sempre cercato di fuggire. Si sentì di colpo a disagio ed era una sensazione vecchia, che credeva di aver dimenticato. La penombra aveva tuttavia mascherato la sua espressione e dato un altro significato al suo silenzio.

April continuò il suo racconto dei fatti.

«Tuo nonno era una persona che godeva di grande considerazione all'interno del Consiglio delle Tribù di Window Rock. E James Corbett, il Presidente della Nazione, teneva in gran conto il suo parere. Ed era un parere fortemente contrario. La sua uscita di scena non ha cambiato molto le cose, anche se ha un poco indebolito l'opposizione.»

Jim sapeva bene quello che Richard Tenachee rappresentava per il Popolo degli Uomini. Durante il secondo conflitto mondiale era stato un eroe di guerra. Faceva parte di quella schiera di persone meglio conosciute come *Codetalkers*, gli indiani impegnati nelle comunicazioni per trasmettere ordini e informazioni via radio. Era stato elaborato un codice basato sulla lingua Navajo, che era per sua natura così difficile da rendere impossibile ogni decodificazione.

Quando era bambino, nonostante le sue richieste, il nonno non aveva mai voluto raccontargli le sue storie di guerra.

La guerra è la cosa più stupida che gli uomini possano fare, diceva.

Jim aveva realizzato in seguito che il racconto era stato semplicemente rimandato al momento in cui fosse diventato un uomo e avesse avuto gli strumenti per capire. Ma non appena era cresciuto a sufficienza, la sua testa era in volo sugli elicotteri e non aveva più trovato il tempo per sentirlo.

«Mio nonno era un grande uomo ma era anche un conservatore.»

«Qualunque cosa fosse, era una persona che sapeva battersi per quello in cui credeva. E lo ha dimostrato in tutta la sua vita.»

April rimase un attimo in silenzio. Quando parlò di nuovo, c'era un'inflessione nella sua voce che Jim non riuscì a decifrare.

«Aveva mantenuto un grande affetto per me. E io per lui. L'ultima volta che l'ho visto è stato poco prima che morisse, quando gli ho portato a conoscere mio figlio.»

«Non sapevo avessi un figlio. Non sapevo nemmeno che ti eri sposata.»

La ragazza scosse leggermente il capo e per un istante i capelli ramati sembrarono vivi, intorno al suo viso.

«Ci sono tante cose che non sai, Jim. Sei stato via troppo tempo, e anche mentre eri qui avevi la testa da un'altra parte.»

Il momento dopo, Jim la sorprese a sorridere senza allegria, come se avesse seguito un suo rapido percorso mentale.

«È bizzarro quello che sta capitando.»

«Che intendi dire?»

«Hai sentito di Alan?»

La guerra è la cosa più stupida che gli uomini possano fare...

«Sì. Ho seguito la sua storia.»

April tornò a guardare fuori, come se nel buio fosse nascosta la spiegazione a tutte le cose.

«Ecco cosa intendo dire. Voi due siete stati lontani per anni e adesso vedi che succede. È straordinario come il caso si preoccupi di ricomporre certi quadri. E riesce sempre a mettere un pizzico di ironia anche nelle vicende più drammatiche.»

Jim rimase in silenzio. Senza un motivo preciso, sapeva che non era finita.

«Anche Swan Gillespie sta tornando a casa. Viene qui a girare un film.»

Jim sperò che la penombra e la sua pelle scura avessero ancora una volta mascherato il riflesso della vampata che aveva sentito allo stomaco. Ma non erano farfalle, era un volo di corvi.

«Non lo sapevo. È una vita che non la vedo e non la sento.»

April allungò una mano e aprì la portiera dalla sua parte.

«Forse ci sono troppe persone che non hai visto o sentito per una vita.»

Scese lanciando alla luce di un lampione un riflesso d'oro rosso dai suoi capelli. Jim fu contento che considerasse chiuso l'argomento. Uscì anche lui dal SUV e raggiunse il portellone posteriore. Quando lo aprì, Silent Joe balzò fuori e prese possesso del terreno stiracchiandosi e sbadigliando, come dopo un lungo viaggio. Si diede uno sguardo in giro e poi, con la sua strana camminata indolente, andò deciso a delimitare il territorio innaffiando l'angolo di una piccola costruzione che era la sede di un'agenzia immobiliare. Mentre lo osservava, Jim pensò che non si sarebbe stupito se quel cane, dopo il trasporto in macchina, gli avesse chiesto di fumare una sigaretta.

Sentì la presenza di April accanto. Si girò e se la trovò di fronte.

«Ecco fatto. Spero che tu e il tuo cane troviate una ciotola di zuppa calda e un letto per la notte.»

«Grazie.»

«Non c'è di che. Ti fermerai molto?»

«Devo vedere Cohen Wells, domattina. Ha detto che mi vuole incontrare, non so bene perché.»

April si fece seria e lo fissò dritto negli occhi. Jim ebbe l'impressione che stesse fissando lui ma che, in realtà, nella sua mente, stesse vedendo altre immagini. Riuscì a non distogliere lo sguardo.

«Vedi Jim, tu sei una persona intelligente. Molto intelligente. Lo sei sempre stato ma purtroppo ti accontenti di essere solo una persona furba. Vedrai che lo scoprirai subito che cosa vuole da te il padrone della città. Ma c'è una cosa che *lui* non sa...»

«Vale a dire?»

«In ogni caso, non ti fermerai molto. Tu sei un uomo per il quale l'unica regola valida è quella dell'altrove. Bentornato a casa, Jim Mackenzie. E buona serata.»

April gli girò le spalle e gli lasciò negli occhi l'impressione luccicante di una lacrima. L'uomo e il suo cane rimasero in mezzo alla strada a vedere quella strana ragazza salire in macchina e allontanarsi, finché le luci posteriori non divennero il piccolo bagliore degli stop, prima di girare a sinistra sulla Birch Street e sparire alla vista.

«Vieni, Silent Joe. Andiamo a procurarci un tetto.»

Attraversarono la strada e si avviarono senza fretta verso la casa. Le finestre erano illuminate e la facciata in doghe di legno era inappuntabile nella sua vernice grigio chiaro. Salì la breve scala sentendo le unghie del cane battere il loro tip tap sul legno. Si trovò davanti alla porta d'ingresso, il vetro mascherato da tendine all'interno.

Suonò il campanello.

La regola dell'altrove.

Mentre aspettava che la porta si aprisse, Jim capì quello che April aveva voluto intendere con quella frase. Aveva ragione. Era stato via per molto tempo, e anche quando stava ancora lì, il suo pensiero in effetti era già oltre. Forse quella che un tempo era stata la sua donna lo conosceva meglio di quanto lui non conoscesse se stesso. Era una definizione acuta, la sintesi perfetta della sua inquietudine. Quando stava con Lincoln Roundtree, lo seguiva in quasi tutti gli angoli del mondo. In seguito, aveva visto gli altri per conto suo. Ma in ogni posto in cui era stato, aveva provato ogni volta il desiderio di essere da un'altra parte.

E anche ora.

Dá á'hi jí gǫ́

La guerra

9

La cameriera appoggiò il vassoio sul letto e controllò che le gambe di metallo che lo sorreggevano fossero bene aperte e in piano sulla coperta.

«Ecco fatto. Ha bisogno d'altro, signor Wells?»

Alan Wells guardò con aria sospetta quel carico di vettovaglie che sarebbe bastato da solo per la prima colazione di una famiglia di tre persone. Poi sorrise conciliante alla donna dai capelli grigi in piedi di fianco al letto.

«Shirley, sei con noi da quando ero poco più che un bambino. Se non ricordo male mi hai anche lasciato andare qualche scappellotto, una volta o due. Da quando in qua per te sono diventato il signor Wells?»

«Adesso non è il caso di sindacare quello che dico o che non dico. Piuttosto mangi quella colazione, prima che mi ricordi che lei è sempre Alan e non mi venga voglia di darle di nuovo qualche scappellotto.»

L'uomo steso nel letto si arrese con un gesto plateale, Alan o signor Wells che fosse.

«Va bene, va bene. Ai tuoi ordini. Però secondo me tu hai visto troppe volte *Via col vento*.»

Prese un bicchiere di succo d'arancia e lo portò alle labbra. L'anziana governante di casa Wells rimase accanto al letto ancora qualche istante, come per sincerarsi che effettivamente facesse onore al cibo sul vassoio. Alan sentiva i suoi occhi fissi su di sé mentre attaccava il piatto di uova strapazzate. Poi la donna si girò di scatto e si avviò verso la porta. Nonostante il gesto rapido, con la coda dell'occhio Alan l'aveva sorpresa di nuovo con gli occhi lucidi, cosa che succedeva in pratica ogni volta che entrava nella sua camera. Prima di uscire, la vide di spalle infilare una mano in tasca e asciugarsi con un fazzoletto cercando di non farsi notare.

Quando ci arrivò, aprì la porta e rimase un attimo sulla soglia.

«E si ricordi che tra un'ora arriva il fisioterapista per la seduta.»

Prima che potesse andarsene Alan la chiamò, per dare una parvenza di lieto fine alla loro piccola commedia.

«Shirley...»

«Sì, signor Wells?»

Le sorrise.

«Va tutto bene, non c'è da preoccuparsi. È tutto okay.»

La donna fece un cenno con il capo e richiuse la porta senza aggiungere altro. Sapevano bene tutti e due che quella era una bugia, che non c'era nulla che andasse bene, a parte il coraggio che ognuno stava trovando da qualche parte per affrontare quella situazione.

Ma certe cose a volte vanno dette, se non altro per fissare un obiettivo comune.

Infilò in bocca un pezzo di pane tostato e una forchettata di uova. Con sua sorpresa si accorse di avere fame.

La notte era stata tranquilla e non aveva avuto dolori. Non molti almeno. In confronto alle due settimane precedenti rappresentava un grosso passo avanti. Un passo di secoli rispetto a quello che aveva dovuto sopportare da parecchi mesi a quella parte.

La televisione accesa attrasse la sua attenzione. Allungò il braccio sul letto, prese il telecomando e alzò il volume del programma sintonizzato sul canale Headline News della CNN. Sullo schermo al plasma fissato alla parete scorrevano secche e crude le immagini di un reportage dall'Iraq. Tre soldati italiani erano morti in un attentato a Nassiriya, mentre svolgevano un normale lavoro di pattuglia.

Alan aveva praticato parecchio il settore dove operava il contingente italiano. All'inizio era stata una zona tranquilla. Gli italiani non erano parte diretta in causa ma fornivano truppe di supporto per compiti ausiliari e di controllo del territorio. Ma poi anche quell'area si era trasformata, come tutte le altre, in zona di guerra.

Nonostante la chiamassero una missione di pace, in realtà era un conflitto a tutti gli effetti.

Guardò con un senso di disagio le immagini di repertorio miste alla cronaca del nuovo attentato. Alan Wells conosceva a fondo quello che stava vedendo. Fino a pochi mesi prima era stato uno di quei soldati che si muovevano indossando un casco e una divisa mimetica chiara dall'altra parte del mondo. Sapeva bene come andavano le cose. La prassi era la solita. Si avvicinava qualcuno e non si poteva mai essere certi da chi proveniva il pericolo, perché gli esseri umani non ce l'hanno scritta in faccia l'intenzione di morire. A volte era poco più che un ragazzo, uno tra i tanti che venivano a chiedere sigarette o altra roba del genere. E subito dopo un'esplosione e poi restava l'inferno, con brandelli di carne dappertutto e sangue e uomini a terra che urlavano.

Quelli che potevano ancora farlo.

Alan abbassò lo sguardo sulle sue gambe, sotto la coperta.

Oltre il piano del vassoio, il rigonfio si interrompeva quasi subito, poco prima di quelle che un tempo erano state le sue ginocchia.

Certe abitudini sono dure da perdere. Il corpo a volte ci tradisce non solo dimenticando, ma anche conservando intatte le sue memorie...

Ancora adesso, a volte, aveva sensazioni innaturali. Sentiva caldo o freddo oppure sentiva il prurito a un arto che non c'era più. Ed era stato un miglioramento rispetto ai momenti in cui le sue gambe inesistenti gli lanciavano dolori come se una tenaglia gliele stesse scarnificando.

Riflesso dell'arto fantasma, lo aveva definito dentro di sé.

Quando alzò di nuovo lo sguardo sul televisore, il servizio sull'Iraq era finito. E sapeva che in quel preciso istante bare di ragazzi avvolte in una bandiera erano in viaggio verso casa.

Gli tornarono alla mente le parole di un vecchio indiano che aveva conosciuto e frequentato a suo tempo e al quale aveva voluto bene come a uno della sua famiglia.

La guerra è la cosa più stupida che gli uomini possano fare...

Aveva ragione. Aveva tanto più ragione in quanto, al momento in cui il suo Paese glielo aveva chiesto, in guerra c'era andato lo stesso. Era diventato un eroe della seconda guerra mondiale e solo adesso Alan capiva quanto fosse stato difficile da portare quel peso. Anche il tenente dei marines Alan Wells, quando si era trovato nella necessità, aveva fatto quello che sentiva di dover fare. Era un soldato e arrivato a Tikrit aveva cercato di fare al meglio il suo lavoro. E il suo lavoro aveva richiesto, in una determinata circostanza, che lui rischiasse la propria vita per salvare quella degli uomini affidati alla sua responsabilità.

L'aveva rischiata e c'era riuscito e quegli uomini adesso erano salvi. Per quella volta, nessuna bara e nessuna bandiera in viaggio verso casa e verso dei funerali di Stato. Come prezzo aveva lasciato al vento del deserto molti litri del suo sangue, su quella terra rossa e sabbiosa che se l'era bevuto come acqua per un assetato senza nemmeno mutare troppo il suo colore.

E soprattutto ci aveva lasciato le sue gambe, dal ginocchio in giù.

In cambio lo avevano chiamato «eroe» e gli avevano dato una medaglia.

Due gambe, una medaglia.

Mezza medaglia per gamba. Non era stato un buon affare?

Ma in guerra qual è un buon affare?

Anaa'.

La guerra, come la chiamavano i Navajos. Anche loro, a suo tempo, erano stati visitati da missioni definite di pace, quando forse non avevano nessuna necessità e nessuna voglia di ricevere quelle visite. Quando la colonizzazione si era estesa a macchia d'olio verso l'Ovest, aveva avuto la sua giustificazione e di conseguenza il suo slogan. Dall'Est era arrivata una moltitudine di gente, attirata dalla promessa di una nuova vita e dal miraggio di terre fertili e miniere di metalli preziosi. Si erano mossi sulle ali di quello che la propaganda aveva definito un diritto inalienabile, «Un evidente destino». Ma era il destino dei bianchi e nessuno aveva pensato di includerci i pellerossa. Secondo la logica circolare del tempo, tutto arrivava a ripetersi. Alan pensava che in realtà la storia fosse, nella sua sostanza, di una noia mortale. L'unico punto di interesse era studiare in nome di quali nuove e fantasiose giustificazioni gli uomini commettessero da sempre le stesse barbarie.

Sollevò lo sguardo.

Dall'altra parte di quella stanza che era il campione di una casa a Forest Highlands, appoggiate al piano di legno di una cassapanca c'erano due protesi ortopediche nuove di zecca, mirabili nella loro perfezione e agghiaccianti nel loro significato. Suo padre come sempre non aveva badato a spese e aveva preteso per lui quanto c'era di meglio al mondo in quel campo. Da tre settimane aveva iniziato a fare pratica. A giorni alterni uno specialista consigliato dalla ditta che produceva quel tipo di tutori saliva da Phoenix per insegnargli a usarle correttamente. Era un complesso gioco di equilibri e distribuzione dei pesi sugli snodi che sostituivano artificialmente le giunture di un arto vero e proprio. Gli avevano assicurato che con l'esercizio sarebbe riuscito a muoversi in modo normale e che c'era gente che faceva sport in quelle condizioni. Addirittura gli avevano mostrato il filmato di un atleta con un arto sintetico che aveva corso i cento metri in un tempo che sarebbe già stato un buon risultato per un uomo in possesso di tutte e due le gambe.

Per il momento aveva avuto solo dolore e delusioni e tentativi di cadute fermati al volo dall'assistente, quando aveva cercato di mollare le stampelle e muovere alcuni passi senza l'ausilio di alcun sostegno. Ma stringeva i denti e andava avanti, come in passato e come sempre.

Il telefono sul tavolino accanto al letto si mise a suonare. Sollevò il cordless dalla forcella e attivò la comunicazione.

«Sì.»

La voce di suo padre emerse dalla linea, un po' meno decisa rispetto al suo solito standard.

«Ciao, Alan, sono io. Tutto a posto?»

«Sì, tutto a posto.»

«È già arrivato il terapista?»

«No. Non ancora.»

«Bene. Tieni duro, ragazzo. So che ce la farai.»

«Certo che ce la farò.»

Un attimo di pausa, come se suo padre stesse cercando parole che faceva fatica a trovare.

«Senti, pensavo a una cosa…»

Alan si disse che Cohen Wells non pensava *mai* a una cosa. Anche se ne diceva una sola, erano cento quelle che in realtà aveva in testa. Si pentì subito di questo pensiero. Suo padre, a parte tutto, si era dimostrato sinceramente addolorato per la sua situazione.

Dall'altra parte, Cohen proseguì per la sua strada, per quanto tortuosa d'imbarazzo fosse.

«Mi sono detto che dopo l'allenamento potresti salire in macchina con l'autista e farti accompagnare qui, in ufficio. Ormai con le stampelle ti muovi alla perfezione. Qui ti vedrebbero tutti con un piacere infinito. Magari uscire un poco e incontrare gente ti potrebbe fare bene…»

Alan aveva cercato di non far entrare nel microfono il suo sospiro.

«Va bene. Adesso vedo che cosa mi sento di fare.»

«Molto bene. Ci vediamo dopo, allora.»

«Certo. Ci vediamo dopo.»

A qualunque ora fosse quel dopo.

Chiuse la comunicazione e abbandonò l'apparecchio sulla radica del tavolino. Finì l'ultimo sorso di caffè e appoggiò la tazza sul piano del vassoio. Nel contenitore posto sul lato sinistro c'erano dei giornali.

Li prese e li esaminò.

114

C'era una copia del «New York Times», di «USA Today», dell'«Arizona Daily Sun» e del «Flag Staff Chronicles», il giornale locale.

Scelse quest'ultimo e iniziò a sfogliarlo.

La prima pagina era occupata per metà da un articolo di April Thompson. Dopo il suo ritorno, gli aveva telefonato per chiedergli con delicatezza un'intervista e con la stessa delicatezza aveva capito le ragioni del suo rifiuto. In quel frangente aveva scoperto che era diventata una cronista e ne era stato contento per lei. Aveva sempre desiderato esserlo e infine ce l'aveva fatta. Il ricordo fu attraversato dall'immagine dei suoi capelli ramati e dei suoi occhi azzurri. Lesse con curiosità il pezzo. Riguardava un omicidio commesso poco lontano dalla città, un delitto dai contorni non ancora definiti e a proposito del quale erano attese comunicazioni ufficiali da parte degli organi di polizia in una prossima conferenza stampa. Non avendo notizie precise sui fatti, l'articolo si dilungava abilmente sulla personalità della vittima, descritta come un uomo bizzarro e fantasioso ma dalla personalità complessa. In questo modo, in un nero su bianco accompagnato da una foto poco attendibile, Alan venne a sapere della morte di Caleb Kelso.

Lo conosceva per interposta persona e gli era sempre sembrato un buon diavolo.

Quella notizia lo mise stranamente di malumore e preparò il terreno a quella successiva.

In basso a destra, con un rimando alla pagina degli spettacoli, c'era un articolo che riguardava Swan Gillespie, accompagnato da una sua foto a colori. Neanche la stampa approssimativa del quotidiano riusciva a togliere nulla alla sua bellezza. Rimase per un attimo a guardare quel rettangolo colorato come se da un istante all'altro la persona che riproduceva dovesse animarsi e parlargli.

Poi, seguendo una volontà che scopriva non sua, si trovò a leggere l'articolo.

Giorgio Faletti

IL CIGNO TORNA AL NIDO

Swan Gillespie torna a casa. Come tutti sanno, la popolare attrice partì dalla natia Flagstaff diversi anni fa alla volta di Los Angeles, in cerca di successo a Hollywood. E possiamo proprio dire che mai ricerca fu più fortunata. Dopo gli esordi incerti con i primi ruoli minori, oggi come oggi, con alle spalle una serie di film molto premiati dal box office, viene considerata una delle punte di diamante dell'industria cinematografica americana. Per lei, una brillante carriera tutta in discesa che l'ha portata in pochi anni a essere una star su scala mondiale. Tuttavia la perla che ancora manca alla collana di trionfi della nostra concittadina è, per sua stessa ammissione, una nomination all'Academy Award. Forse per questo si è affidata alle cure del regista Simon Whitaker e dello sceneggiatore Oliver Klowsky, che complessivamente di Oscar ne hanno già vinti cinque. La Nine Muses Entertainment ha annunciato a questo proposito il film dal titolo provvisorio *Nothing More Than a Fairy Tale* basato su un fatto realmente accaduto in questa zona e che viene ricordato come «Il massacro di Flat Fields». Nel cast, che comprende oltre alla Gillespie anche...

Alan chiuse il giornale e lo lasciò cadere sul letto al suo fianco. Il cuore gli batteva nel petto appena un poco più veloce di quanto non si sarebbe aspettato. E di quanto non sarebbe stato opportuno.

Swan.

Si lasciò andare indietro e si appoggiò al cuscino. Chiuse gli occhi.

Quel giorno, era entrato nell'ufficio di suo padre, nella sede della First Flag Savings Bank, all'angolo tra la Humphrey e la Columbus Avenue. Cohen Wells era al telefono, ma gli aveva fatto cenno di entrare e aveva indicato la poltrona in pelle davanti alla scrivania. Alan si era piazzato nel posto dei visitatori e mentre il padre terminava la telefonata aveva fatto girare lo sguardo per la stanza.

Era stato tante altre volte in quell'ufficio arredato in sobrio legno scuro, ma forse era la prima occasione che aveva di vederlo veramente. Prima di quel giorno era stato un posto che gli aveva sempre messo soggezione, il tempio di Cohen Wells, il padrone della banca, uno degli uomini più ricchi e più potenti della zona.

In funzione sua, per anni era stato costretto a cercare di essere il primo dappertutto. A scuola, nello sport, nella vita sociale di quella piccola cittadina per la quale, nonostante gli sforzi che facesse, lui non era Alan Wells ma sempre e soltanto il figlio di Cohen Wells.

Da che ricordava, aveva visto il suo futuro tratteggiato da quella ossessionante e sorridente figura di genitore che il giorno del suo diciottesimo compleanno gli aveva regalato una lucida Porsche rossa, non perché pensava che gli piacesse, ma solo perché pensava che fosse la macchina giusta per portare in giro suo figlio.

Suo padre aveva concluso la telefonata in modo brusco, e dopo aver appoggiato il telefono gli aveva sorriso con un accenno di complicità.

«Questi di Washington credono di potersi dimenticare i loro impegni, una volta eletti. Ma è il caso che qualcuno ogni tanto gli ricordi che devono guadagnarsi il loro stipendio.»

Nonostante si trovasse di fronte a suo figlio, o forse proprio per quel motivo, Cohen Wells non era riuscito a esimersi da quella piccola dimostrazione di forza.

Poi gli aveva di nuovo sorriso e, per l'affetto che portava negli occhi, Alan gli aveva concesso, come sempre, il beneficio della buonafede. Questo tuttavia non avrebbe cambiato il corso delle cose. Era venuto lì con uno scopo ben preciso e niente lo avrebbe convinto a cambiare strada.

«Bene, ragazzo. Molto bene. Cosa posso fare per te?»

Non aveva nemmeno atteso la risposta.

«No, prima di tutto ti dico io cosa posso fare per te. Ho una piccola sorpresa...»

Con aria apparentemente distratta, si era alzato ed era andato alla finestra. Aveva scostato le liste delle veneziane per guardare fuori.

«Ora che hai finito l'università, penso che vorrai riposarti ma soprattutto divertirti un poco.»

Si era girato e lo aveva guardato con occhi ammiccanti.

«Avevo pensato a un viaggio in Europa. Sei mesi in giro per Spagna, Francia, Italia, Grecia e o in qualunque diavolo di posto ti interessi andare, per far vedere a queste europee di che pasta è fatto un giovanotto dell'Arizona. E poi, quando torni, ho un'altra sorpresa, questa volta un po' più grande...»

Era tornato a sedersi e lo aveva guardato con aria solenne.

«Ho mandato il tuo curriculum scolastico a un mio amico alla Berkeley University. Sei stato accettato per l'Economy Master dell'anno prossimo. Dopo, quando tornerai qui, potresti iniziare...»

«No.»

Cohen Wells lo aveva fissato come se una volontà aliena si fosse impossessata del corpo di suo figlio.

«Come hai detto, prego?»

«Hai sentito benissimo, papà. Ho detto no.»

«Bene, se non ti va l'Europa puoi scegliere tu un posto dove...»

«Non è all'Europa che sto dicendo no. Sto dicendo no a tutto.»

Cohen Wells si era appoggiato allo schienale della poltrona, accettandone la leggera flessione. Aveva socchiuso gli occhi.

«È per quella ragazza, vero? Quella Swan.»

«Swan non c'entra niente. Se non fosse stata lei, sarebbe stata un'altra.»

«Quella non è la donna giusta per te.»

Alan aveva sorriso. Che loro due avessero preso a frequentarsi, per Cohen Wells era stato all'inizio un motivo di orgoglio. Alla sua ambizione era sembrato naturale che la più bella ragazza della contea fosse, attraverso Alan, di proprietà della famiglia. Tutte le cose belle hanno un prezzo, in un modo o nell'altro. Ma ora suo figlio sta-

va sovvertendo il pronostico e Swan Gillespie, da oggetto di sfoggio, era diventata motivo di preoccupazione.

«Non so se sia la donna giusta per me. So solo che voglio deciderlo con la mia testa.»

Aveva guardato in faccia il padre con aria di sfida.

«Ho intenzione di sposarla.»

Suo padre aveva fatto un gesto di sufficienza ma le parole gli erano uscite sibilanti dalla bocca.

«Quella non vuole sposare te. Vuole solo sposare i tuoi soldi.»

Lui aveva fatto la smorfia di chi vede avverarsi una previsione scontata.

«Sapevo che lo avresti detto. E sapevo che in fondo è questo che pensi di me. Non credi, nonostante tutto, che possa avere qualcosa per quello che sono. Io devo avere il meglio non perché lo merito io, ma perché pensi di meritarlo tu.»

Si era alzato in piedi e, per una volta, aveva dominato suo padre dall'alto.

«Rassegnati, papà. Non andrò in Europa. Non frequenterò il tuo stupido Master. E sposerò Swan Gillespie.»

«Queste sono le idee che ti ha messo in testa quella puttanella. È riuscita a dividere un padre dal figlio. Lei e quell'altro tuo amico, Jim Mackenzie, quell'indiano bastardo mezzosangue.»

Indifferente a questa sfuriata, si era avviato verso la porta.

Lo aveva raggiunto alle spalle il furente anatema di suo padre.

«Alan, non riuscirai mai a combinare niente da solo.»

Si era bloccato e si era girato con un sorriso.

«Forse. Ma sono curioso di scoprirlo.»

«Alan, se esci da questa stanza te ne pentirai. Non vedrai più un centesimo da me.»

Aveva messo le mani in tasca e aveva tirato fuori le chiavi della macchina. Le aveva lanciate a quell'uomo che ora stava in piedi dietro alla sua scrivania di uomo potente e di genitore senza più potere.

«Ecco. Tieni pure la macchina. Questa è la prima occasione che

*ho di dirtelo, ma non mi è piaciuta mai nemmeno un istante. Quat-
tro passi mi faranno bene.»*

*Era uscito da quell'edificio con una sensazione di benessere.
Aveva percorso tutta la Humphrey Street fino al centro fischiettan-
do e camminando spedito sulle gambe che adesso non aveva più.*

Riaprì gli occhi e recuperò il suo tempo. Ricordare quel giorno gli faceva male, anche se non si era pentito di quella scelta. Dopo era successo quel che era successo e lui se n'era andato. Era entrato all'Accademia Militare e da allora non aveva più visto nessuno. Jim, Swan, April Thompson, Alan Wells. Tutte carte che la vita aveva mescolato e distribuito a caso e che loro erano stati costretti a giocare. Per tanto tempo si era chiesto chi avesse vinto e
chi avesse perso. Ora quella curiosità gli era passata. L'unica cosa
sicura era che, per tanto tempo da che aveva parlato a Swan l'ultima volta, aveva vissuto come se ogni cosa che diceva, ogni cosa
che faceva, ogni cosa che vedeva, lei fosse lì a dividerla con lui.

Prese il giornale e lo girò al contrario, perché non voleva che
la foto di Swan Gillespie lo vedesse piangere.

10

«Se mi scusate l'espressione, non me ne frega un cazzo.»

Cohen Wells si alzò di scatto dalla poltrona.

Le persone sparse per il suo ufficio ebbero un leggero sobbalzo. Erano tutti abituati ai suoi scatti d'ira, ma il ricorso al turpiloquio denotava che Cohen Wells era proprio fuori dalla grazia di Dio.

«Non è possibile fermare un progetto come questo per quattro stronzate da bigotti.»

Tornò a sedersi. L'ira si calmò di colpo. Ai presenti diede per un attimo la bizzarra impressione di un bambino troppo cresciuto che teneva il broncio. Ma nel caso di Cohen Wells, era un'impressione assolutamente fuori luogo e da non inquinare con i toni della simpatia. Il suo non era un capriccio e tutti sapevano di che cosa fosse capace quell'uomo nel momento in cui qualcosa o qualcuno si frapponeva tra lui e i suoi progetti.

Rosalynd Stream, autorevole membro del Bureau for Indians Affairs, a disagio, si pulì un granello di polvere inesistente sul bavero della giacca che indossava. Era seduta su una poltrona con i braccioli all'angolo sinistro della stanza, vicino alla porta che dava accesso alla sala riunioni.

«Cohen, non sono stronzate e nella fattispecie non sono stronzate da bigotti. È una cosa molto, molto più seria. Mi stupisco che tu non voglia rendertene conto.»

Dalla sua scrivania Wells la guardò come se lei, sporgendosi da un ramo, gli avesse proposto di mangiare una mela.

«Rosalynd, mi devi solo dire da che parte stai.»

«Sto dalla tua, ma non per questo ho intenzione di gettarmi in una botte dalle cascate del Niagara. Ci sono delle leggi da rispettare, che non possono essere aggirate. Noi tutti abbiamo delle posizioni di privilegio, ma questo presenta anche dei limiti ben precisi, oltre che dei vantaggi.»

Colbert Gibson, il sindaco, se ne stava in silenzio, in piedi accanto alla finestra, gettando ogni tanto qualche occhiata distratta al traffico praticamente inesistente giù in strada. Era molto più preoccupato che il tono di voce di Cohen Wells desse modo alle segretarie di intuire il significato di quella riunione che non di ciò che si stava trattando.

Come se avesse intuito il suo pensiero, il banchiere rientrò nei termini di una conversazione civile.

«Io credo che i Navajos siano stati ben trattati dagli Stati Uniti d'America. Ne ho le scatole piene di sentire quattro intellettuali da strapazzo che continuano a cambiargli il pannolone ripetendo quanto sono stati sfortunati e quanto è stato cattivo l'uomo bianco. A Washington quando parli dei nativi gli si rizzano i capelli in testa e non c'è nessuno che si sbilanci a prendere una qualsiasi decisione. Eppure sappiamo tutti benissimo che se non fosse stato per noi sarebbero ancora in giro a lasciare giù tracce di toboga e a procurarsi il pranzo e la cena con arco e frecce.»

Randy Coleman, il diplomatico presidente della Camera di Commercio che fino a quel momento era stato in silenzio guardandosi intorno come se il discorso non lo interessasse, fece sentire a sorpresa la sua voce.

«Non è così semplice, Cohen.»

Il banchiere si appoggiò allo schienale della poltrona. Diede la parola al suo interlocutore con un gesto di sfida.

«E allora spiegamelo tu com'è.»

Coleman si alzò in piedi e iniziò a passeggiare nella stanza, parlando come se fosse solo. A Wells questo di solito dava fastidio, ma non disse nulla. Randy era una persona brillante e a tratti molto acuta nelle sue intuizioni. In genere diceva cose assennate, però aveva quel bizzarro vezzo di farlo stando in movimento.

«Non possiamo sapere come sarebbe questo Paese se non ci fosse stata la colonizzazione. Possiamo solo constatare com'è. I quattro intellettuali di cui parli hanno avuto una grossa influenza sull'opinione pubblica mondiale e i sensi di colpa non si possono eliminare semplicemente spargendo insetticida.»

«Da quando in qua ci siamo preoccupati dell'opinione pubblica mondiale?»

Coleman si strinse nelle spalle, come si fa di fronte a una domanda ovvia.

«Mai. Ma erano tutti casi in cui potevamo giustificare il nostro comportamento come reazione a una minaccia. I Navajos non lo sono. Qui lo possiamo dire. Non lo sono mai stati.»

Una pausa. Poi una concessione segreta, che avrebbe negato davanti a chiunque di avere mai fatto.

«O meglio, lo sono stati di fronte alle mire che abbiamo sempre avuto nei confronti delle loro terre.»

Coleman si riprese e continuò la sua disamina a uso e consumo di Cohen Wells.

«Di chiunque sia il merito o la colpa, i Navajos non vanno più in giro con arco e frecce. Sono uno Stato nello Stato. C'è gente che ha studiato, gente che sa cosa succede nel mondo e che non si compera più con uno specchietto o con quattro coperte. Adesso hanno imparato la lezione. Le coperte le producono loro e le vendono al prezzo di tappeti persiani. E hanno all'interno della riserva abbastanza risorse da sfruttare. Hanno uranio, rame, petrolio, carbone...»

Wells lo interruppe masticando per l'ennesima volta un boccone amaro che non ne voleva sapere di essere inghiottito. Pur sapendo che non si trattava di una novità, lo sputò lo stesso sul tavolo.

«È questo che mi fa andare in bestia. Estraggono il carbone trapanando la madre terra senza ritegno e lo trasportano in una pipe-line alimentata ad acqua lunga diverse decine di miglia. Adesso non vorrete dirmi che l'acqua che ci serve per alimentare gli impianti per la neve artificiale abbia un'incidenza maggiore rispetto a quella che viene impiegata tutti i giorni per le loro attività?»

Coleman spiegò paziente al bambino il motivo per cui doveva mangiare i cereali e le verdure.

«Si tratta di due cose differenti. Quella è vita, economia, lavoro. Non possiamo interferire più di tanto con il carattere sacro dei Peaks. I Navajos lo difendono a spada tratta e lo faranno a oltranza. Bisogna muoversi con cautela. Un attacco frontale potrebbe portare a una situazione di stallo che si risolverebbe solo dopo anni. La loro determinazione è cresciuta col tempo, insieme alla capacità di vivere il presente.»

Fece una concessione al malumore di Wells e troncò sul nascere ogni tentativo di obiezione.

«Certo che hanno i loro problemi. Chi non li ha? C'è stata in passato una certa inclinazione verso l'alcolismo, che in parte persiste. Anche una forte propensione al suicidio. Cose che sono indici di un malessere endemico e diffuso. All'interno del Consiglio delle Tribù ci sono senz'altro delle divisioni, ma all'occorrenza possono contare su un supporto mediatico senza precedenti. Sono l'etnia più numerosa dei nativi d'America e una delle più conosciute al mondo. Libri, fumetti, film western hanno da sempre parlato di loro. Sono una parte dell'immaginario collettivo, il che li rende molto più forti di quanto il loro numero e la loro collocazione politica lascino supporre.»

«Randy, credi che io sia un idiota? Queste cose le sapevo già. Io voglio solo far diventare questa zona un angolo di paradiso.»

«Per loro questa zona lo è già, un angolo di paradiso. Nel senso letterale del termine. Sarebbe come chiedere a un cristiano di impiantare uno ski-lift sul Golgota.»

«Ma ci sarebbero tonnellate di vantaggi anche per loro.»

«Probabilmente la vita che conducono li rende refrattari alla lusinga del denaro.»

Wells ebbe un nuovo scatto d'ira. Il tono della voce tornò a livelli di guardia.

«Ma per l'amor di Dio. Basta andare a fare un giro per la riserva. Ci sono posti che gridano vendetta al cospetto del cielo. Leupp, Kayenta, perfino a Window Rock si respira la miseria e chiunque incontri ha dipinta in faccia la desolazione. Nessuno può avere desiderio di vivere in quelle condizioni.»

«Quelle condizioni, quali che siano, sono il frutto dell'autodeterminazione. Hanno superato prove, in passato, che da parte nostra sono state crudeli al limite del genocidio. A parte gli episodi definiti "di guerra", come quella faccenda di Bosque Redondo, ci sono alle spalle dei fatti che storicamente rasentano addirittura la presa per il culo. La Lunga Marcia o il campo di concentramento di Fort Defiance, quando invece di coperte e indumenti per proteggersi dal freddo si videro inviare da Washington giacche di velluto con il collo alto e stivaletti da donna. Vuoi che prosegua?»

«Quelle sono cose del passato, che non si possono ripetere.»

«Saranno anche cose del passato, ma gli uomini di oggi se le ricordano benissimo. Fanno parte della loro storia, anche abbastanza recente. E come sai, il gatto che si è scottato ha paura anche dell'acqua fredda.»

Cohen Wells rimase seduto per un istante, pensieroso, massaggiandosi il mento con la mano. Poi diede con un gesto la parola alla rappresentante del Bureau.

«Rosalynd?»

Prima di rispondere la donna si sistemò una gonna che non ne aveva nessun bisogno.

«Che vuoi che ti dica? Tutto si può ottenere. Ma ha ragione Randy. Bisogna procedere con i piedi di piombo. Un passo avventato e ci potremmo trovare in una situazione di muro contro muro da cui non si esce più.»

Coleman ritenne opportuno concludere con una nota positiva.

«Siamo fortunati che Richard Tenachee non rappresenti più il simbolo di questa disputa. Con la sua scomparsa, il fronte degli oppositori ha perso parecchia forza e inizia a presentare qualche incrinatura. Vedrai che poco per volta riusciremo a farle diventare delle falle. In un modo o nell'altro.»

Il banchiere assentì, non del tutto convinto. D'altro canto Coleman si sarebbe stupito del contrario. Poi alzò verso i presenti una faccia decisa. E non solo nei confronti dei suoi avversari.

«Molto bene. Ora che ho ascoltato tutte le teorie disfattiste, mi aspetto da voi a breve delle proposte costruttive. Diciamo che sono stufo di sentire motivi per cui non si può fare. Portatemi delle ragioni che ci autorizzino ad agire in senso opposto. È la cosa che mi aspetto da voi, un cambio di quello che voi avete già ottenuto da me…»

Queste parole dichiaravano finita la riunione. Ma erano anche una sottolineatura precisa della posizione subordinata dei suoi interlocutori rispetto a lui.

Rassegnato, Coleman salutò e si avviò verso la porta. Rosalynd Stream si alzò con evidente sollievo dalla poltrona, raccolse la borsetta e lo seguì. Il sindaco si mosse sulla loro scia, contento di non essere stato costretto dagli eventi a prendere la parola.

Era già quasi sulla porta, quando la voce di Wells lo bloccò.

«Tu no, Colbert, c'è una cosa che vorrei discutere con te un attimo.»

Era questo che il sindaco temeva. E quello che temeva purtroppo era arrivato.

Chiuse la porta alle spalle degli altri due, che lo videro sparire oltre il battente senza nessuna invidia. Attese con una certa apprensione di dover dare l'ennesima delusione a Cohen Wells. Il quale fece esattamente la domanda che si aspettava.

«Ci sono novità?»

Gibson scosse la testa.

«Nessuna. Ho cercato negli archivi della città ma l'esito è stato negativo. Da parte mia cercherò di insabbiare tutto più che posso. I documenti non ci sono e la pratica è vecchissima. Forse negli archivi statali di Washington…»

Wells lo interruppe con un gesto deciso.

«Per Washington non ti scaldare il sangue. Ho chi se ne sta occupando. Piuttosto, sull'altro fronte?»

«Abbiamo perquisito la casa da cima a fondo e non abbiamo trovato nulla. Il documento di proprietà, se esiste davvero, potrebbe essere da qualunque altra parte. In una cassetta di sicurezza, per esempio.»

«No. Questo lo puoi escludere. Il nostro eroe era più un tipo da soldi sotto il materasso. Per ogni evenienza ho fatto delle ricerche e non risulta nessuna cassetta di sicurezza a quel nominativo né a nome di nessun'altra persona che gli poteva essere vicina.»

Una pausa di riflessione, poi Wells si convinse di essere nel giusto.

«No, quel maledetto pezzo di carta è da qualche parte. E bisogna trovarlo. Perquisite di nuovo la casa, con più calma. Sicuramente è sfuggito qualcosa.»

Gibson abbassò senza accorgersene la voce.

«Il tipo che di solito consegna i pacchi per conto nostro in questo momento si trova in prigione.»

«Lo so. Quel coglione si è fatto beccare in uno dei suoi ingorghi ormonali. Sapevo che prima o poi sarebbe successo. Ho già provveduto a fornirgli un avvocato ma solo per tenerlo buono. Credo che stavolta ce lo siamo giocati.»

«Non vorrei che quel pazzo si decidesse ad aprire i registri. Magari per avere clemenza dai giudici.»

«Non lo farà. È pazzo ma non è stupido. Sa che in un caso del genere eviterebbe una pena di morte solo per firmarne un'altra.»

Il sindaco detestava l'argomento di quella discussione. Avrebbe voluto essere da qualunque altra parte, anche nel famoso barile alle cascate del Niagara di cui aveva parlato Rosalynd poco prima.

«C'è altra gente che si può interpellare, di qui o di fuori. Ragazzi discreti, fidati, che per un migliaio di dollari sono disposti a muoversi senza fare troppe domande.»

«Uhm. Meglio uno di fuori. Comunque stiano le cose, abbiamo già rischiato fin troppo con quel Jed Cross.»

«Il nipote di Tenachee sospetta qualcosa?»

«Chi, Jim? Figurati. Lui pensa solo alle donne, ai soldi e agli elicotteri. Non c'è il minimo problema da quella parte, come da nessun'altra. Dave Lombardi ha fatto un buon lavoro. In ogni caso vedrò Jim tra poco e cercherò in qualche modo di capire meglio. So io come prenderlo...»

Wells si alzò dalla poltrona, il viso atteggiato all'incredulità per l'enormità degli eventi.

«Non riesco a credere che tutto questo sia successo davvero. Mi sembra una storia da pazzi.»

Ripeté per la centesima volta cose che tutti e due già sapevano. Colbert Gibson cercò di non permettere alla noia di dipingersi sul proprio viso.

«A suo tempo, chi se ne è occupato è riuscito, ungendo le ruote giuste, a far includere nel suo atto di proprietà anche quell'appezzamento. Un movimento perfetto. E poi si presenta quel vecchio rincoglionito con le sue storie assurde. Ma se assurde non sono e salta fuori un avente diritto con un titolo legittimo di proprietà, sono fregato.»

«Potrebbe anche non capitare. Quel documento noi non l'abbiamo mai visto. Potrebbe anche essere stato un bluff.»

«Colbert, a volte mi stupisco di te. Qui non siamo a un campionato di poker. Qui si fa sul serio. Se è un bluff, non ho intenzione di verificarlo rimettendoci milioni di dollari. Ci staresti tu con una forbice intorno ai coglioni con la paura di sentirla da un momento all'altro fare *zac!*?»

Il sindaco cercò di gettare acqua sul fuoco.

«Comunque, appena lo troveremo, se esiste veramente, sarà tutto risolto. Abbiamo in mano la possibilità di falsificare in modo perfetto qualsiasi carta, ma in mancanza del documento originale non è possibile proprio fare nulla. Dobbiamo riportare dei dati che sono essenziali. Poi basterà un fiammifero e tutto sarà finito.»

Il banchiere sorrise compiaciuto, come si fa di solito per i buoni propositi dei boy-scout.

«Quando quel giorno arriverà, concederò a te l'onore di ac
cendere il fiammifero. E nello stesso fuoco bruceremo quel documento e anche le prove che per anni hai messo le mani nei soldi
nelle casse della mia banca.»

La sua espressione si fece di colpo minacciosa, nel momento
esatto in cui accentuava quel sorriso.

«In attesa di quel giorno, niente scherzi, Colbert. È inutile che
io ti ricordi che non sono per niente una persona sportiva. Se io fi-
nisco nel calderone, a bollire insieme a me vi ci trascino tutti quanti. E tu sarai quello col culo più vicino alla fiamma. Mi sono spiegato?»

Nella mente di Gibson passò una visione esaltante, una scena
in cui lui infilava con tutta la forza di cui era capace un cazzotto al
centro del sorriso odioso di Cohen Wells.

La visione svanì alla luce della ragione di stato.

«Perfettamente.»

Wells lo congedò con voce distratta. Il suo pensiero era già da
un'altra parte.

«È tutto, per oggi. Tienimi al corrente ma niente telefono. Vieni a riferire a voce.»

Quando era entrato in quell'ufficio, Colbert Gibson, l'attraente sindaco della ridente cittadina di Flagstaff, aveva il sospetto che
Cohen Wells fosse un delinquente senza scrupoli e uno dei più forsennati pezzi di merda che avessero mai calcato la crosta terrestre.

Era passata poco più di un'ora e mentre apriva la porta per andarsene ne aveva la certezza assoluta.

11

Jim uscì dall'ingresso dell'Aspen Inn, scese la breve scala in legno e si diresse verso il garage costruito a lato dell'edificio principale, dove Silent Joe aveva passato la notte. Come aveva preventivato, dopo aver sentito tutta la storia, per i suoi amici non era stato un problema accogliere anche il cane. Lo avevano piazzato nel box che in quel momento era libero e Silent Joe si era adattato senza problemi alla nuova sistemazione. Aveva gironzolato un poco per quell'ambiente estraneo, muovendosi sulle zampe come se fossero molle e annusando dappertutto per focalizzare i suoi punti di riferimento. In base alle rilevazioni effettuate, aveva accolto come sua una vecchia brandina per animali presa a prestito da un vicino. Poi aveva accettato l'acqua e il cibo che gli avevano messo davanti non come un pasto ma come un diritto divino e si era accucciato in attesa degli eventi.

Uscendo dal garage, Jim aveva pensato che quel cane era la personificazione della monarchia assoluta.

Tirò verso l'alto la saracinesca del mattino dopo, curioso di ciò che si sarebbe trovato davanti agli occhi. Quello che vide, invece, sembrava il fermo immagine della sera prima. Silent Joe era sdraiato sul suo giaciglio nella stessa identica posizione in cui lo aveva lasciato e lo guardò avvicinarsi con gli stessi occhi tranquilli. Sul pavimento di cemento non c'erano tracce di sue esternazioni fisiche. Unico elemento discrepante era la ciotola del cibo, che adesso era vuota e così lucida da sembrare appena uscita dalla lavastoviglie.

Si avvicinò sapendo che non ci sarebbero state sorprese. La sera precedente si era stupito e continuava a esserlo dalla naturalezza con cui quell'animale lo aveva eletto a nuovo padrone, obbedendo ai suoi ordini come se li capisse non solo dal tono della voce, ma nella struttura stessa delle parole.

«Ciao, Silent Joe. Dormito bene?»

Un lieve cenno con la coda.

«Devo dedurre che significa sì?»

Per tutta risposta il cane si sollevò sulle zampe anteriori, poi si alzò del tutto e sbadigliando fece un inchino che sarebbe stato perfetto per una preghiera rivolta alla Mecca. Quindi si diresse verso l'esterno. Jim lo accompagnò nel pezzetto di giardino sul retro, dove con molta eleganza si liberò dei suoi fardelli interiori, liquidi e solidi.

Poi tornò verso Jim e si sedette a guardarlo, con un'espressione canina che tradotta in termini umani voleva dire inequivocabilmente: «E adesso che si fa?»

Passò una carezza su quella brillante testa d'animale.

«Non vorrei deluderti, amico mio, ma temo che dovrai aspettarmi qui. Dove vado io purtroppo i cani non sono ammessi.»

Ritornò verso il box e Silent Joe lo seguì senza fare storie, come se avesse capito le sue parole. Gli indicò l'interno e il cane docile si adeguò all'ordine. Quando richiuse la saracinesca, stava di nuovo accucciato sulla sua brandina e lo guardava, già in attesa.

Jim uscì in strada e a piedi si diresse verso il centro della città. Imboccò la Birch Avenue e proseguì spedito, sentendosi dopo tanto tempo un turista a casa sua. Passò davanti alla County Court House con tutti i suoi diritti e i suoi doveri e se la lasciò alle spalle, come aveva sempre fatto con tutte le cose della sua vita. C'erano intorno molti negozi nuovi, di quelli che nascono e muoiono a ogni stagione in tutte le località turistiche. E c'era un sole splendente, che creava ombre nette, precise. A poche iarde alla sua sinistra c'era l'Uptown Billiards, dove aveva fatto correre bilie colorate su un tappeto verde in compagnia di amici che adesso, forse, non erano nemmeno più conoscenti.

Pensò che l'amicizia è come l'amore. Non la si può riprodurre a comando.

Ma quando passa, o quando la distruggiamo, lascia un grande senso di vuoto...

Si trovò di fianco, come un compagno di strada non gradito, il senso del tempo trascorso. Mentre passava davanti alla stazione degli autobus, ricordò quante volte, da ragazzo, aveva desiderato di prenderne uno verso una destinazione qualunque, purché fosse lontano da lì.

E subito gli tornarono in mente le parole di April quando lo aveva accompagnato, la sera precedente.

Tu sei un uomo per il quale l'unica regola valida è quella dell'altrove...

A quel tempo non poteva ancora sapere che quell'altrove in realtà non era una conquista, ma una condanna.

Jim «Tre Uomini» Mackenzie era certo che non si torna indietro. E quando lo si fa, è solo per contare i morti. Lui ne aveva contati due in un giorno solo e non era stato facile. Ripensò alla figura di Richard Tenachee, con il viso bruno segnato dalle rughe e il corpo secco e dritto e solido come il legno stagionato, nonostante l'età. Nella sua mente a questa immagine si sovrappose subito dopo quella del corpo di Caleb Kelso, steso a terra nel posto in cui coltivava le sue illusioni, fatto a pezzi con estrema cura e nessuna pietà da chi lo aveva ucciso.

Dalla loro morte aveva ereditato quell'amarezza che si portava dentro.

E un cane.

Si lasciò alle spalle gli autobus e qualunque promessa di libertà, che nessun luogo e nessun mezzo di trasporto riuscivano mai a mantenere.

Svoltò a destra, sulla Humphrey Street, e salì verso l'incrocio dove stava la First Flag Savings Bank. Si chiese che cosa mai avesse da dirgli di così importante Cohen Wells. Conosceva abbastanza bene quell'uomo e sapeva che il suo approccio alle cose era sempre molto più morbido delle sue vere intenzioni. In passato, già una volta lo aveva incontrato, *per fare quattro chiacchiere*, come aveva detto lui. Ed erano state quattro chiacchiere che in qualche modo avevano cambiato le vite di quattro persone.

Mentre camminava, incrociò una ragazza in tuta sportiva che faceva jogging. L'aveva vista arrivare e aveva tirato fuori i Ray-Ban dalla camicia e li aveva indossati. Per quel giorno non aveva voglia di sguardi stupiti per i suoi occhi di due colori. Aveva permesso al mondo di dedicare troppa attenzione a quel particolare.

La ragazza, una bionda con i capelli corti e un bel corpo su un viso banale, lo passò senza nemmeno degnarlo. Un tempo, di fronte a un fatto del genere, i vecchi amici avrebbero riso e lo avrebbero preso in giro dicendo che stava perdendo dei colpi.

Ora, nel caso, quegli amici avevano molte più cose e molto più gravi da rinfacciargli.

Arrivò davanti alla porta della banca, un basso edificio d'epoca che Wells aveva a suo tempo comperato e recuperato mantenendo inalterati i tratti architettonici. Spinse la porta a vetri ed entrò, accolto dall'odore caratteristico delle banche. All'interno era tutta un'altra storia. Per la ristrutturazione non avevano badato a spese. C'era dappertutto il segno del buon gusto ma anche della ricchezza, con qualche piccolo cedimento verso lo sfarzo. Però, trattandosi della banca di Cohen Wells, lo si poteva ritenere un peccato veniale. Poco oltre l'ingresso, sulla destra, c'era il banco in cristallo e legno della reception. Quando Jim lo raggiunse, l'uomo che ci stava seduto gli rivolse uno smagliante sorriso.

«Buongiorno, signore. Come posso aiutarla?»

«Buongiorno. Sono Jim Mackenzie. Ho un appuntamento con il signor Wells.»

«Un attimo.»

L'addetto prese il telefono e schiacciò il tasto che corrispondeva a un interno.

«Il signor Mackenzie per il signor Wells.»

Ricevette una risposta affermativa, che sottolineò con un cenno del capo.

Posò il telefono e gli indicò una scala alla sua destra, all'angolo estremo del salone dal pavimento in marmo.

«Prego, signore. Al piano superiore. La segretaria del signor Wells la accoglierà.»

Non c'erano molti clienti nella banca, in quel momento. Sentendosi osservato, Jim passò lungo una fila di sportelli e imboccò la scala con gradini dello stesso marmo del pavimento. Mentre saliva, incrociò la figura elegante di Colbert Gibson che stava scendendo. Teneva il viso rivolto verso il basso, come se controllasse a ogni passo dove metteva i piedi. Per quel poco che dava a vedere, aveva un'aria piuttosto contrariata. Jim lo ricordava come il rappresentativo direttore della banca, ma adesso la ragione di stato lo aveva fatto crescere e sedeva sulla poltrona di sindaco. Facendo bene attenzione a non ingarbugliarsi con i fili, gli avevano detto...

Sul pianerottolo in cima alle due rampe, trovò Cohen Wells in persona che lo attendeva.

Era leggermente ingrassato rispetto a un tempo, ma aveva l'aspetto sano di chi, nonostante il lavoro, trascorreva parecchie ore all'aria aperta. Non era un bell'uomo ma ispirava un senso di forza e vitalità incontenibile. Quando il banchiere lo vide il suo volto si illuminò. Se per sincerità o per convenienza, con quell'uomo non era dato sapere.

«Jim, che piacere vederti. Ti trovo in splendida forma.»

Gli strinse la mano con vigore, come si conveniva a un ricco uomo d'affari dell'Arizona.

«Ti va un caffè?»

«Sì, penso che un caffè andrebbe bene.»

Il banchiere si rivolse verso l'ufficio delle segretarie, che si apriva sulla sinistra.

«Mary, due caffè per favore. Con tutti gli annessi e connessi. E che non sia della nostra macchina. Manda qualcuno a prendere due espressi come si deve allo Starbucks.»

Entrarono nella stanza del capo. Jim si guardò intorno. Non era cambiata molto da quando c'era entrato l'ultima volta, parecchi anni prima. Alcuni mobili erano diversi, la scrivania adesso era un'enorme Bolton autentica e le tinte alle pareti erano più morbide. Ma era e restava nella sostanza perfettamente in linea con quello che ci si aspettava dal luogo di lavoro di un uomo di potere.

Cohen gli indicò una poltrona in pelle davanti alla scrivania.

«Siediti. È ancora calda del culo del sindaco.»

Da come scendeva le scale, aveva l'aria di uno a cui nel culo avevano appena infilato un manico di scopa...

Jim sorrise e si sedette. Sperò che Wells scambiasse quell'espressione per una risposta alla sua battuta e all'accoglienza cordiale.

«Signor Wells, vorrei prima di tutto sistemare quella faccenda del noleggio dell'elicottero...»

Il banchiere lo interruppe e minimizzò la faccenda con un gesto delle mani.

«Per quello c'è tempo. Non starci a pensare per ora.»

Si appoggiò alla scrivania con gli avambracci e si sporse verso Jim.

«Piuttosto dimmi di te. Ti stai trovando bene a New York? So che ti sei piazzato alla grande con Lincoln Roundtree.»

Jim scosse la testa e si guardò distratto la punta delle scarpe.

«Non c'è più nessuna New York e nessun Lincoln Roundtree. Ho mollato tutto.»

Wells rimase un attimo pensieroso, come se stesse riflettendo su quello che aveva appena sentito.

Quando gli parlò di nuovo aveva un viso aperto a tutte le possibilità.

«Se dispiace a te, dispiace anche a me. In caso contrario, per quello che ho da proporti, questo potrebbe essere perfetto. Come si dice, non va mai male a qualcuno senza che vada bene a qualcun altro...»

Sorrise a quell'estratto di saggezza popolare. Ma subito dopo tornò serio e compreso di quello che stava dicendo.

«Penso che noi due possiamo darci una mano a vicenda. Hai dormito al Ranch e hai visto com'è diventato. È una struttura stupenda, ma sta lavorando al quindici per cento rispetto a quello che potrebbe dare. Ho dei grossi progetti in testa per quel posto, investimenti per milioni di dollari.»

Jim pensò che Cohen con ogni probabilità aveva già fatto quel discorso decine di volte. Lo ammirò per l'entusiasmo genuino che provava per quel progetto. Oppure era solo la fase uno, quella in cui esaltava il suo pubblico, prima di arrivare al sodo.

«L'Humphrey's Peak può diventare una stazione sciistica invernale di primo piano, come e meglio di Aspen, appoggiata alla struttura alberghiera nella quale ho intenzione di trasformare il Cielo Alto Mountain Ranch. E d'estate può diventare un piccolo paradiso d'avventure per i turisti. Escursioni in elicottero, rafting sul Colorado, pesca, percorsi in fuoristrada o a piedi. Ho in mente spettacoli da far invidia ai colossal di Hollywood. In quest'ottica, sono già in contatto con quelli del Cirque du Soleil per studiare una serie di show ispirati al vecchio West.»

Ecco ora la fase due, quella in cui preveniva le obiezioni.

«Questa non è un'aspirazione esclusivamente *pro domo mea*. Se tutto si realizzerà, sicuramente al Ranch arriverà una bella quantità di denaro. Ma non solo lì. Sarà un vantaggio per l'intera zona. Svecchierà quest'aria di provincia che ci sta soffocando tutti quanti. Questa città ha molte frecce al suo arco e mi farebbe piacere che ognuna arrivasse a colpire il bersaglio.»

Jim aveva il sospetto che quell'arco e quelle frecce, se non addirittura il bersaglio, fossero di esclusiva proprietà di Cohen Wells. Tuttavia non disse niente, perché era curioso di conoscere la fase successiva.

Si limitò a formulare la domanda consequenziale.

«E in tutto questo io cosa c'entro?»

«C'entri, perché se mi segui io farò di te un uomo ricco.»

Jim pensò che questa era la parte più interessante del discorso. Era la fase tre, quella in cui le giacche blu si procuravano delle guide indiane. Suo malgrado fu costretto a ricordare di nuovo le parole di April Thompson.

Vedrai che lo scoprirai subito che cosa vuole da te il padrone della città...

Quella ragazza invece che fare la giornalista avrebbe dovuto aprire un negozio di profezie.

«Vedi, attualmente ci sono alcuni ostacoli da superare e delle divergenze da appianare, come sempre succede in questi casi. Qualche ruota da ungere, qualche autorizzazione che si fa aspettare. Ma il vero intoppo è rappresentato dai Navajos. Non sono affatto d'accordo su questo progetto. Come sai, i San Francisco Peaks sono delle montagne sacre e il Consiglio delle Tribù non ci sente molto bene da quest'orecchio. E Richard Tenachee era la punta di diamante di questo iceberg.»

Un attimo di riflessione, come per seguire un ricordo.

«Ho avuto in passato dei contrasti con tuo nonno. A volte molto accesi ma sempre improntati al massimo rispetto. Il tuo vecchio sapeva la stima che avevo per lui, anche se le nostre opinioni non collimavano.»

Guardò Jim negli occhi, cercando una conferma.

«Ora purtroppo lui non c'è più e tutti noi dobbiamo guardare avanti.»

Il re è morto, viva il re. E ora Jim stava aspettando la fase quattro, la motivazione del soldato prima della battaglia. L'esaltazione della sua forza e la promessa di un ricco bottino a vittoria ottenuta.

«Tu sei un ragazzo brillante. Guidi gli elicotteri, hai studiato, hai viaggiato, conosci il mondo. Sei una persona che vive il suo tempo. Sei il nipote di una grossa personalità all'interno della Nazione. A Window Rock ti conoscono tutti e, grazie alla considerazione che avevano per tuo nonno, in automatico hanno la stessa considerazione riflessa per te. Valuta anche il fatto che io ho molte entrature all'interno del Consiglio e del Bureau for Indian Affairs. Se ci giochiamo bene le nostre carte, non è difficile pensare che, in un futuro, tu possa aspirare a diventare Presidente. Hai ogni requisito necessario. Sei un Navajo a tutti gli effetti ma sei anche mezzo bianco, l'uomo ideale per intrecciare relazioni nuove tra questi due mondi. Per il momento, mi basta che tu stia dalla mia parte e faccia in qualche modo valere il prestigio che l'essere il nipote di Richard Tenachee ti ha messo tra le mani.»

Il tono si fece complice. Dalla quattro si passò direttamente alla fase cinque. Il ricordo *dei bei vecchi tempi*.

«In fondo siamo già stati in affari tu e io, in passato. E sai che di me ti puoi fidare.»

Jim rimase un attimo a riflettere. Di molte delle cose che gli aveva detto Cohen Wells non gli importava assolutamente nulla. Ma in attesa di trovare qualcosa o qualcuno di cui gli importasse, era un modo per portare a casa qualche soldo.

Forse molti.

«Hai un posto dove stare? Una macchina?»

«C'è la vecchia casa di mio nonno, poco fuori East Flagstaff. Ma non so in che condizioni sia. Per ora sono all'Aspen Inn.»

«Bene. Ascolta cosa ti propongo, per l'immediato. Avrai una sistemazione indipendente in attesa di trovare un posto tuo. Ti farò dare una macchina della banca e depositerò cinquantamila dollari su un conto corrente a tuo nome. Prenditi qualche giorno, una settimana, diciamo. Datti uno sguardo in giro e vedi di ambientarti di nuovo da queste parti. Poi se ti va posso affidarti l'elicottero del Ranch. Per adesso è solo uno ma diventerà a breve una piccola flotta. E gestirla potrebbe essere il tuo incarico, insieme a tutto il resto.»

«Per quel resto, come mi devo comportare?»

«Te lo dirò io al momento opportuno.»

L'espressione di Cohen significava una cosa sola. Aveva puntualizzato che il solo e unico punto di riferimento era lui. Jim sentì i fili attaccarsi alle sue gambe e alle sue braccia.

Ma erano fili d'oro, e questo bastava a far cadere molte perplessità.

«E Alan?»

«Lui è l'altra faccia della medaglia. È un cittadino americano, un soldato che ha versato il sangue per il suo Paese, è stato decorato. È un eroe che ha pagato un duro prezzo per il suo eroismo. È una figura importante da avere dalla nostra parte.»

Jim riuscì con difficoltà a rimanere impassibile. Cohen Wells riusciva a trarre beneficio anche dalla disgrazia di suo figlio.

Sicuramente non gliela avrebbe mai augurata.

Sicuramente pensava che se avesse seguito i suoi consigli tutto questo non sarebbe successo.

Forse aveva pianto.

Ma adesso che era un fatto compiuto, perché non utilizzarlo al meglio?

Jim non riusciva a credere a quelle parole. Non riusciva a credere nemmeno a se stesso, a capire quando sarebbe finita quella bulimia di autodistruzione che si trascinava appresso. Ma in fondo anche lui, nei confronti di Alan, non si era comportato molto meglio...

«Potrebbe capitare di incontrarlo. Sarebbe piuttosto imbarazzante, per lui e per me.»

Wells capì che quelle erano le ultime, deboli resistenze. Le spazzò via, come faceva sempre.

«Con Alan me la vedo io. L'importante è che tu mi assicuri che lui non sa nulla dei nostri accordi passati.»

Jim scosse la testa.

«Lo sapevamo solo lei e io, e *io* non gli ho detto nulla. Da quel giorno non gli ho più parlato.»

«Molto bene.»

Gli tese la mano sul piano della scrivania. Jim si alzò e la strinse. I cinquantamila dollari sul conto compensavano ampiamente il fatto che Cohen Wells fosse rimasto seduto.

«Benvenuto nella corsa all'oro, Jim Mackenzie.»

In quel momento bussarono alla porta. Il banchiere pensò che fosse la segretaria con quello che aveva richiesto.

«Ci vorrebbe un brindisi ma penso che per oggi ci possiamo accontentare di un buon caffè. Avanti.»

La porta si aprì. Mentre un uomo in divisa da autista la teneva ferma, una persona si fece avanti nel riquadro, spostandosi a fatica con un paio di stampelle in alluminio.

Dopo tanti anni, davanti a lui c'era Alan Wells.

Jim sentì dentro un tuffo di rimorso e di pena e si maledisse per questo. Del ragazzo di un tempo non era rimasto più niente e dell'uomo che era diventato forse meno ancora. Fisicamente era il ritratto sputato di suo padre parecchi anni prima. Ma era magro e aveva un'aria sofferente e negli occhi portava tutte le cose che aveva dovuto sopportare.

Ci fu un attimo di quelli in cui la vita pare sospesa e il tempo prendersi una pausa. Per un secondo interminabile rimasero tutti immobili, come se quella stanza fosse diventata un blocco di plexiglas e loro fossero i manichini in una vetrina a tre dimensioni.

Poi Jim si riscosse. Sperò che la sua voce fosse più ferma di quanto non lo fosse lui, dentro di sé.

«Ciao, Alan.»

Il suo vecchio amico non sembrò sorpreso. Lo guardò per un attimo perplesso, come se facesse fatica a richiamare il suo viso dalla memoria e collegarlo a un nome.

Poi sorrise e parlò con una voce che non gli ricordava.

«Ciao, Jim. Sono contento di vederti.»

Mentre Jim si avvicinava per stringergli la mano, si rese conto definitivamente di una cosa che fino a quel momento aveva solo sospettato.

Per tutta la vita aveva desiderato essere Alan Wells.

12

La strada che saliva al Cielo Alto Mountain Ranch era la medesima del giorno prima. Ma l'uomo che la percorreva in quel momento non era più lo stesso. Per Jim Mackenzie quella striscia di
terra e sassi non apparteneva più al passato, non era un semplice tragitto fra gli alberi piantonato da ricordi scuri come cipres-
si. Adesso era di nuovo parte del suo presente e lui era di nuovo invischiato fino al collo in tutto quello che aveva sempre desiderato fuggire. Per non pensarci, si costringeva a credere che
allo stato attuale delle cose era la sola opportunità di lavoro che
aveva.

La tariffa è quella di sempre. Trenta denari.

Un lieve rigurgito di acido accompagnò questo pensiero, come
se il suo corpo fosse in sintonia perfetta con il suo cattivo umore.
Aprì il finestrino del Dodge Ram nuovo di zecca che stava guidando e sputò fuori un grumo di saliva che aveva il sapore del fie-
le. Silent Joe, accucciato sul sedile al suo fianco, girò la testa verso di lui, come seccato per la folata d'aria che era entrata a sorpresa dal vetro aperto.

Jim si trovò di fronte a due occhi accusatori. Di nuovo fu costretto a constatare l'incredibile capacità che aveva quel cane di
comunicare il suo stato d'animo con una semplice occhiata. O di
far credere a tutti di averne uno. Anche se non era nella condizione di spirito più adatta, si ritrovò suo malgrado a sorridere di fronte a quel muto rimprovero.

«Va bene, va bene, chiudo. Era solo per un momento.»

Alzò il finestrino e sedò sul nascere quella piccola rimostranza. Jim non era uscito indenne dall'incontro con Alan e anche il suo nuovo compagno ne stava facendo le spese.

Per tutto il tempo che aveva trascorso nell'ufficio di Cohen Wells era rimasto sulla sua poltrona come sul letto di chiodi di un fachiro. Quando Alan era entrato, muovendosi a fatica sulle protesi con l'aiuto innaturale delle stampelle, l'imbarazzo tra quelle quattro mura era diventato subito una presenza quasi tangibile. Erano stati attimi spessi, vischiosi, di quelli che il tempo riserva solo alle sue occasioni migliori. Dopo che Alan si era seduto, Jim aveva cercato con ostinazione di non guardargli le gambe, e invece, per quanti sforzi facesse, il suo sguardo sempre lì andava a cadere. E ogni volta provava una stretta al cuore che a poco a poco era diventata un malessere quasi fisico.

L'unica alternativa era guardare Alan dritto in viso, e questo non forniva una sensazione migliore. In quel volto c'era una marea di ricordi e di notti passate a rimpiangere ciò che era successo e a chiedersi se ne era valsa davvero la pena. La cosa che stupiva di più Jim e lo aveva fatto sentire ancora più colpevole era la totale assenza di risentimento nei suoi confronti. Quello che era stato tra di loro, all'apparenza sembrava passato senza lasciare traccia alcuna. Alan aveva i suoi occhi puliti di sempre, gli stessi che ricordava, occhi che erano tutti e due dello stesso colore. Sul viso magro adesso c'erano delle rughe che raccontavano meglio delle parole la sua storia. Ed era una di quelle che nessun uomo avrebbe anche solo voluto sentire.

Era un soldato sopravvissuto alla guerra.

Come suo nonno, era tornato dopo aver pagato i suoi prezzi ed era stato celebrato come un eroe.

E lui, in un modo o nell'altro, li aveva traditi entrambi.

Cohen Wells, per contro, sembrava del tutto presente a se stesso. Jim aveva pensato che quell'uomo era in pratica un buco nero umano e traeva la sua forza migliore dalle energie negative. Aveva riflettuto su quei due uomini così differenti tra di loro che in un frangente scomodo come quello avevano avuto la stessa reazione. Tutti e due avevano reagito con vigore a un momento di imbarazzo, ma con diverse motivazioni. Alan perché era un uomo di una forza non comune e suo padre perché era dotato di una capacità ancora meno comune di piegare ogni situazione al suo tornaconto.

Il banchiere aveva sorriso a suo figlio che ancora cercava la posizione ottimale sulla sedia.

«Sono contento che tu sia venuto, figliolo. C'è una novità. A quanto pare siamo riusciti ad accaparrarci il miglior pilota di elicotteri che si sia mai visto da queste parti. Da oggi Jim lavorerà per noi, su a Cielo Alto.»

A Jim non era sfuggito l'uso del plurale, in quella frase. Era la conferma che tutto ciò che avveniva in quella stanza non era un fatto personale, ma che ogni cosa veniva decisa in funzione del «noi». Era una grossa concessione alla persona e alle capacità di Alan, la dichiarazione obsoleta di un padre orgoglioso che diceva al figlio la frase di rito: tutto quello che vedi un giorno sarà tuo. Sicuramente quel dettaglio non era sfuggito nemmeno ad Alan. Ma, con altrettanta certezza, la sua mente in quel momento doveva essere presa in misura maggiore da quello che non avrebbe avuto mai più, piuttosto che da quello che avrebbe avuto un giorno.

Aveva assentito, senza entusiasmo ma anche senza avversione.

«Molto bene. Sono contento che anche Jim sia tornato a casa.»

Jim aveva ancora in mente le parole di Cohen Wells, dette in quella stanza poco prima che suo figlio arrivasse.

È un eroe che ha pagato un duro prezzo per il suo eroismo. È una figura importante da avere dalla nostra parte…

E mentre se le sentiva risuonare nella testa avrebbe voluto alzarsi e raccontare tutto ad Alan, spiegargli quanto suo padre e quel Jim Mackenzie a cui aveva appena dato il bentornato a casa fossero due esseri spregevoli. Per quello che era successo in passato e quello che sarebbe successo ancora.

Invece non si era alzato e non aveva detto niente.

Come sempre, aveva girato la testa da un'altra parte.

E adesso quel nulla di fatto era diventato acido solforico nel suo stomaco e nella sua bocca.

Arrivò al bivio contrassegnato dal cartellone pubblicitario del Ranch. Il cow-boy gli indicò la strada con il suo sorriso dipinto che sarebbe durato finché il colore avesse tenuto. Poi ci sarebbe stato un altro pittore e un altro sorriso, fino alla fine dei tempi. Raggiunse il villaggio e poco dopo fu nel parcheggio dei dipendenti, dove in piedi ad attenderlo trovò la figura imponente di Bill Freihart, nel suo improbabile abbigliamento western.

Quando Jim aprì la portiera e scese, Bill si avvicinò alla macchina, mentre Silent Joe scattava subito a raggiungere una pianta per liberarsi. Seguì con lo sguardo il buffo animale che si sceglieva un albero come una cravatta.

«Mamma mia, ma quanto piscia quel cane.»

«Già. Credo che se gli dessimo da bere qualche birra potrebbero utilizzarlo per spegnere gli incendi.»

Bill sorrise alla battuta, senza troppa convinzione. Si guardò la punta degli stivali impolverati. Sembrava un grosso bambino sorpreso con le mani nelle tasche dei pantaloni del padre.

«E così adesso sei dei nostri.»

Jim fece un gesto noncurante con la mano.

Se mi segui io farò di te un uomo ricco...

«Sembrerebbe di sì.»

«Molto bene. Vieni, che quelli sembrano avere il pepe al culo. Sai com'è la gente di Hollywood.»

Jim sentì di nuovo in bocca l'acido solforico che tornava a esigere il suo tributo.

«Gente di Hollywood?»

«Sì. Quelli del film. Sono venuti per i sopralluoghi e alloggiano qui. Non ti ha detto niente Cohen?»

«Sì. Ma non mi aveva parlato di gente di Hollywood.»

Con addosso una leggera inquietudine, Jim seguì Bill verso la Club House.

Poco dopo l'arrivo di Alan nell'ufficio del padre, era giunta una telefonata. Cohen aveva sollevato il telefono e dalle sue parole Jim aveva capito che all'altro capo c'era Bill Freihart. Lo aveva ascoltato mentre esponeva un suo problema e subito lo aveva tranquillizzato, promettendo che se ne sarebbe occupato lui. Poi si era rivolto a Jim con un sorriso disarmante. C'erano delle persone su al Ranch, gente importante, che aveva intenzione di utilizzare l'elicottero per un'escursione. Il pilota in quel momento non era disponibile.

Non era per caso possibile che Jim...?

In quel frangente avrebbe accettato di tutto pur di avere una scusa per andarsene da lì. Ma come sempre la fretta aveva prodotto dei gattini ciechi. E Jim in qualche modo sentiva che presto se li sarebbe trovati di fronte.

Quando lui e Bill furono nel cortile del Ranch, due uomini erano in piedi sul ballatoio davanti all'ingresso principale della Club House. Erano in evidente attesa e mentre si avvicinava Jim ebbe modo di osservarli.

Uno era giovane, più o meno della sua età, alto e magro. Lo aveva visto una volta alla televisione ricevere dalle mani di Cameron Diaz l'Oscar come autore della miglior sceneggiatura originale. Aveva i capelli ricci e degli occhialini cerchiati di metallo che sul suo viso ricordavano il Bob Dylan di *Knockin' on Heaven's Door*.

L'altro era più maturo e Jim lo conosceva molto bene. Non lo aveva mai incontrato prima ma aveva visto la sua foto su diverse riviste e una volta «Life» gli aveva dedicato una copertina come uomo dell'anno. D'altronde in America e nel resto del mondo chi non conosceva Simon Whitaker, il regista e produttore che aveva fatto la fortuna della Nine Muses Entertainment, al punto di portarla a essere uno dei colossi della cinematografia mondiale? Aveva prodotto e diretto alcuni dei maggiori successi al box office degli ultimi dieci anni. Ma la cosa che lo aveva trascinato sulle copertine di tutte le riviste di gossip del pianeta era la sua recente relazione con una delle più belle donne di tutti i tempi, Swan Gillespie.

«Ti presento Oliver Klowsky e il signor Simon Whitaker della Nine Muses.»

Mentre stringeva loro la mano, il produttore lo squadrò dall'alto in basso. Per Jim vederlo da vicino e trovarlo antipatico furono due istanti che in pratica coincisero.

«Questo giovanotto è Jim Mackenzie, il pilota che stavamo aspettando.»

«Mi sembra un po' troppo giovane.»

«Per mio nonno, a ottant'anni, anche uno di sessanta era giovane.»

Jim si tolse gli occhiali con gesto di sfida. Non appena i suoi occhi emersero da sotto i Ray-Ban, Klowsky non riuscì a trattenere un moto di sorpresa.

«Cristo santo, ma che razza di occhi sono questi? Jim, tu hai una faccia da cinema che fa paura. Non hai mai pensato di fare l'attore?»

«Non credo, Oliver. A Jim il cinema non interessa. Per lui contano solo gli elicotteri.»

La voce era arrivata da qualche parte alle loro spalle a sedare quel momento di tensione. Solo per crearne un altro. Jim la conosceva molto bene e da molto tempo. Si girò verso la porta. Dalla penombra della soglia emerse una figura di donna e la bellezza quasi innaturale di Swan Gillespie gli esplose in viso.

Con il tempo era maturata e si era fatta più discreta, sinuosa, senza il clamore sfacciato e la rumorosità solare dell'adolescenza. Era ancora un fatto di immagine e gambe lunghe e seni perfetti, ma adesso Swan portava addosso la sua pelle ambrata con la grazia di una regina. Gli occhi scuri che erano capaci di infiammare il mondo quando lo guardavano da uno schermo cinematografico non portavano tracce dell'irrequietezza di un tempo. C'era solo un fondo lontano di malinconia che Jim pensò fosse dovuto alla difficoltà di gestire con disinvoltura quel ritorno a casa.

Era partita da Flagstaff che era una delle tante belle ragazze che sognano di far carriera nel cinema. Ora per lei, come in ogni favola che si rispetti, quel sogno era diventato realtà. Tornava nella sua città sulle ali non di una vittoria, ma di un autentico trionfo.

Era una che ce l'aveva fatta, una Cenerentola per la quale non esisteva la mezzanotte.

Jim pensò che in fondo loro due erano uguali.

Entrambi avevano realizzato i loro sogni di ragazzi. Si chiese se uguali lo erano del tutto e se anche lei avesse qualche visita di Alan Wells in certi brutti sogni durante la notte. A volte anche quando si aggirava per il letto senza riuscire a trovare sonno.

«Ciao, Swan, come stai?»

«Io bene. E tu, *Táá' Hastiin*?»

Jim con un gesto vago delle braccia sottolineò l'evidenza.

«Come vedi. Ho qualche anno in più ma a parte questo niente è cambiato. Ancora pilota elicotteri.»

E ho qualche Alan Wells ed Emily Cooper e Lincoln Roundtree di troppo alle spalle...

Poco discosto, Oliver Klowsky non si perdeva una parola di quel dialogo. Lo sentì rivolgere a bassa voce una domanda a Bill.

«*Táá' Hastiin?*»

«Jim è un Navajo per parte di madre. È il suo nome indiano. Significa Tre Uomini.»

«Tutto questo è fantastico. Il ragazzo non smette di stupire...»

Silent Joe si fece strada fra il gruppo e la sua testa sbucò al fianco di Jim. Si sedette e guardò Swan con aria impudente, come se volesse ammirarla e farsi ammirare nello stesso tempo. Lei sorrise e quel sorriso sembrò per un istante bloccare come in un fermo immagine quel momento.

«Quello è il tuo cane?»

La mano di Jim scese in una rapida carezza sulla testa di Silent Joe.

«Direi di sì, anche se sono certo che lui preferisce pensare che io sono il suo umano.»

La voce di Simon Whitaker arrivò a ricordare a tutti che il tempo è denaro, senza eccezioni temporali né geografiche.

«Pensavo che dovessimo fare un giro in elicottero.»

Jim si infilò gli occhiali e rientrò nel suo ruolo e nel motivo della loro presenza al Cielo Alto Mountain Ranch.

Rispose al produttore con la stessa voce secca.

«Senz'altro. Se volete seguirmi...»

Fece strada al gruppo verso la postazione in cui li attendeva l'elicottero. Mentre salivano alla pista di decollo, Klowsky si mise al suo fianco. Era un creativo e come tale sembrava eccitato all'idea di acquisire dei dati.

«Devo spiegarti che cosa ci serve vedere.»

«Penso sarebbe opportuno.»

«Conosci la storia che viene chiamata "Il massacro di Flat Fields"?»

«Chi non la conosce da queste parti?»

«Abbiamo intenzione di girare un film su quella vicenda. C'è una componente di mistero che è molto stimolante dal punto di vista cinematografico. Vorremmo vedere i posti in cui è successo.»

«Volete fare un giro anche su al Canyon?»

La voce sgarbata di Whitaker si intromise.

«Non siamo turisti e non siamo in vacanza. Il Canyon lo vedremo un'altra volta, se sarà necessario.»

Jim si girò a guardarlo. Da che si erano mossi, l'aveva volutamente ignorato ma non gli era sfuggito il braccio appoggiato con ostentazione sulle spalle di Swan. Era il tipo da picchetti e con quel gesto ne aveva appena messa una serie intorno alla sua ragazza.

Swan Gillespie era proprietà privata.

Sua, per l'esattezza.

Raggiunsero in silenzio la pista contrassegnata con una grande croce bianca, al centro della quale era appoggiato il Bell 407, ancora più colorato e lucido del giorno prima. In piedi accanto al bordo in cemento, li attendeva Charlie.

Ignorò completamente gli ospiti e si rivolse a Jim utilizzando la lingua Navajo.

«Questa gente porterà dei problemi.»

«Credi?»

«Quella donna li ha sempre creati. Perché questa volta dovrebbe essere diverso?»

«Stai tranquillo. È passato tanto tempo e siamo tutti diversi. Questa volta non succederà niente.»

Charlie chinò la testa. Non sembrava per niente soddisfatto di questa profezia. Ma la sua filosofia da sempre era il silenzio e si adeguò anche stavolta.

Klowsky sembrava affascinato dal suono della lingua che parlavano. Si lasciò sfuggire un commento da sceneggiatore.

«Accidenti. Tutto questo è uno sballo. È un peccato che Nicolas Cage abbia già fatto quel pessimo film sui *Codetalkers*, altrimenti ci sarebbe modo di sviluppare una storia fantastica.»

Jim riprese a parlare inglese e si rivolse a Silent Joe. Gli indicò il vecchio in piedi davanti a loro.

«Devo andare in un posto dove non puoi venire. Rimani qui con Charlie. Io torno presto.»

Il cane girò la testa verso l'elicottero e poi la sollevò verso l'uomo che Jim gli aveva indicato. Subito dopo gli si sedette di fianco. Probabilmente nemmeno lui amava gli elicotteri e in un istante aveva fatto la sua scelta.

Aiutarono i componenti del gruppo ad accomodarsi sul velivolo e poi anche Jim si sedette al posto del pilota. Mentre effettuava i controlli in attesa che il motore si scaldasse, si trovò a pensare a tutta la successione degli avvenimenti di quelle ultime ore.

La sua vita di nuovo cambiata, per l'ennesima volta, quando credeva di aver trovato un posto definitivo dove stare. L'urna con le ceneri di suo nonno, il vecchio Charlie Begay che ancora lo guardava attraverso il plexiglas della carlinga senza dargli modo di capire cosa stesse pensando. E l'incontro con April e poi con Alan e infine con Swan. Adesso tutti erano presenti. Quadri ricomposti, persone lontane che tornavano a incontrarsi guidate per mano da qualcuno che elaborava storie molto più complicate di quelle che scriveva Oliver Klowsky. E Caleb Kelso, ucciso da chissà chi e trasformato in un pupazzo nel suo laboratorio mentre inseguiva i suoi sogni di gloria...

Il motore era ormai in temperatura e Jim si girò per controllare che i passeggeri avessero allacciato le cinture di sicurezza e indossassero tutti le cuffie.

«Mi sentite?»

«Forte e chiaro.»

Klowsky stava seduto di fianco e fece un segno con il pollice alzato. Da dietro arrivarono le conferme di Swan e del suo fidanzato, che guardava fuori dal finestrino con aria di sufficienza. Jim sperò dentro di sé che avesse paura di volare e rimpianse di non avere lui come unico passeggero. Gli avrebbe fatto cagare lamette da barba.

«Okay. Andiamo.»

Jim tirò verso l'alto il variatore di passo e l'elicottero si sollevò con grazia meccanica dal suolo. Salì manovrando con abilità la cloche e lo tenne sospeso esattamente al centro della pista. Poi fece una virata dolce a destra e condusse la macchina a sorvolare il villaggio.

«Qui, dove adesso sorge il Ranch, c'era la casa dei Lovecraft. Era un coppia con due figli ed erano venuti da Pittsburgh sulla scia delle migrazioni di fine Ottocento, una decina di anni prima che Flagstaff fosse raggiunta dalla ferrovia. Il loro figlio maschio aveva sposato la figlia di un capo Navajo dell'epoca, Eldero, che viveva con il suo gruppo in un appezzamento di terreno confinante con quello dei Lovecraft.»

Mentre continuava a raccontare, lasciò sotto e poi dietro di loro il Ranch e spinse l'elicottero in direzione nord-ovest.

«Non si sa cosa sia successo esattamente. Le autorità dell'epoca parlarono di una faida improvvisa tra le due famiglie. L'ipotesi più accreditata fu che il ragazzo maltrattasse la moglie indiana e che lei fosse fuggita dal padre dopo essere stata picchiata per l'ennesima volta. Fatto sta che i *Diné* di Eldero...»

Klowsky lo interruppe.

«I... cosa?»

«I *Diné*. È il modo in cui i Navajos chiamano se stessi nella loro lingua.»

D'istinto Jim aveva parlato della sua gente come se lui non ne facesse parte. Si chiese se Swan avesse colto questo dettaglio. Ma lei non disse nulla e lo sceneggiatore non aveva altre domande, per cui si ritenne autorizzato a proseguire il racconto.

«Eldero e i suoi, approfittando di un momento in cui gli uomini erano assenti, attaccarono la fattoria e uccisero la madre e la sorella del ragazzo. Quando lui e suo padre tornarono a casa e si accorsero di quanto era successo, salirono al campo di Eldero, nel posto chiamato Flat Fields, e uccisero tutti quelli che trovarono nel piccolo villaggio. Non ebbero difficoltà a farlo. Anche se erano solo in due, erano bene armati e avevano di fronte perlopiù donne e bambini e qualche guerriero stanco delle scorrerie e delle lotte con i mercanti di schiavi del New Messico. Anche i due Lovecraft morirono durante lo scontro, esattamente qui...»

Jim indicò con la mano libera il vasto pianoro che si apriva sotto di loro, un incidente piatto nel saliscendi delle montagne. C'era erba verde e senza dubbio era un tratto di buon pascolo. Ma non c'era traccia di un precedente insediamento indiano.

Whitaker fece sentire per la prima volta la sua voce.

«Non è rimasto più nulla del villaggio.»

«Gli hogan non sono fatti per durare. Qui niente ha questa caratteristica.»

Continuò a sorvolare la zona, mentre Klowsky prendeva delle fotografie.

«Questa è la sintesi dei fatti, come li ricostruirono gli inquirenti dell'epoca. È solo rimasto un punto oscuro.»

Fece una pausa, come se stesse riflettendo su quello che stava per dire.

«I corpi di Eldero e di sua figlia Thalena non furono trovati fra i cadaveri di Flat Fields. E di loro non si sentì mai più parlare.»

13

Jim si ritrovò da solo con Silent Joe nel parcheggio del personale.

Al suo ritorno dalla ricognizione a Flat Fields aveva trovato Charlie e il cane ad attenderlo al fianco della pista d'atterraggio, come se non si fossero mai mossi. Quando l'aveva visto scendere dal velivolo, aveva manifestato la sua gioia con alcuni vaghi movimenti della coda, il che nei suoi parametri di festeggiamento equivaleva a una specie di canino Carnevale di Rio.

Erano tornati tutti verso il campo e il gruppo si era sciolto. Swan e Whitaker si erano diretti verso il loro bungalow e Klowsky aveva monopolizzato Charlie per rivolgergli alcune domande. Da come era assatanato di novità, Jim aveva pensato che il suo povero *bidá'i* non se la sarebbe cavata a buon mercato. Ma infine aveva sorriso dentro di sé pensando alla faccia dello sceneggiatore di fronte alle sicure risposte a monosillabi del vecchio. Dopo un breve rendiconto a Bill sui tempi del volo e uno scambio di idee sulle modalità del suo lavoro al Ranch, Jim si era avviato a recuperare l'auto per tornare in città.

Con tutti i pensieri del mondo che si affollavano nella sua testa.

Quando posò la mano sulla maniglia del Ram, Silent Joe si sedette a terra e lo guardò, con l'aria annoiata del nobile inglese in attesa che l'autista gli apra la portiera. Jim spalancò platealmente lo sportello dell'auto che, su ordine di Wells, aveva avuto in consegna dal funzionario della banca. C'erano molti altri mezzi disponibili ma Jim aveva scelto quel pick-up in funzione della nuova presenza nella sua vita di un compagno a quattro zampe.

Non appena l'aveva visto, Silent Joe l'aveva subito dichiarato di suo gradimento con una vivace innaffiata dei pneumatici posteriori. Evidentemente lo reputava una bella variazione di status rispetto al vecchio furgone scrostato di Caleb. Ora, il suo compiacimento per il mezzo di trasporto sembrava immutato. Ci mise meno di un attimo per saltare al posto di guida e accomodarsi sul sedile del passeggero.

«Vedo che non consideri nemmeno di lontano l'eventualità di salire sul cassone, come tutti gli altri cani.»

Fermo al suo posto, Silent Joe starnutì.

Jim ne dedusse che, nella sua gestualità del momento, quello doveva essere un no.

La voce di Swan arrivò inattesa da un punto vicino e lo sorprese.

«Sei diventato l'indiano che parla con gli animali?»

Girò la testa e se la trovò di fianco, sul sentiero che dal campo scendeva al parcheggio. La guardò percorrere con calma i pochi passi che li separavano e, mentre camminava, sembrò che il mondo intero si arrendesse alla sua presenza.

Jim indicò con la testa Silent Joe e fece il punto della situazione.

«Per parlare con questo cane bisogna prima chiedere un appuntamento al suo avvocato.»

«Dove vivo io ci sono persone di cui *questo cane* potrebbe essere l'avvocato...»

Swan sorrise senza sfarzo, da donna e non da attrice. Jim si sentì in imbarazzo. Dopo il suo enorme successo, non aveva previsto di trovarla tanto naturale, e soprattutto non aveva previsto per loro due un momento così riservato.

«Il tuo fidanzato ti permette di andare in giro da sola?»

Swan fece un gesto vago che denunciava abitudine.

«Oh, Simon si è attaccato al telefono e al computer. Sta controllando dei dati che arrivano da Los Angeles. Ne avrà almeno per un'ora.»

Abbassò leggermente la voce e lo guardò negli occhi.

«Non ti piace, vero?»

«Nella lingua Navajo il termine "nocivo" in pratica non viene usato quasi mai. Di solito viene sostituito dalla definizione "non va bene per me".»

«Non è una brutta persona. Solo vive in un mondo difficile e ha dovuto imparare ad adeguarsi. Sai quella vecchia battuta del gioco che quando si fa duro…»

«E tu? Quanto sei diventata dura per poter giocare?»

Jim l'aveva interrotta per provocarla. Non gli piaceva quell'uomo e in quel momento non gli piaceva lei che cercava di presentarglielo sotto una luce favorevole.

Swan sorrise ancora. Jim capì che quel sorriso era per lui, la malinconia che c'era dentro era riservata a se stessa.

«Forse troppo e forse non a sufficienza.»

Poi cambiò argomento e cambiò tono. Fuggì dal mondo dell'è per concedersi una visita al mondo del possibile. Forse solo per vedere se ogni tanto le due cose potevano coincidere.

«Ero in giro per il Ranch e ti ho visto uscire dalla Club House. Ti ho seguito. Volevo scambiare due chiacchiere con te, da sola.»

Da parte sua, Jim non ne aveva alcuna voglia. Incontrare lei e Alan nello stesso giorno era una cosa che forse superava le sue forze. Insieme rappresentavano il cento per cento del suo senso di colpa. Non sarebbe cambiato niente se anche l'avesse diviso con lei.

D'istinto, per trarsi d'impaccio le aveva rivolto la stessa domanda di un pomeriggio di molti anni prima.

«Come sta tua madre?»

«Oh, lei sta bene. Ha ancora la lavanderia. Ho cercato di convincerla a venire a stare con me. Ho cercato di convincerla a smettere di lavorare. Ma non c'è verso…»

Senza accorgersene, lei aveva risposto a quella domanda quasi con le stesse parole.

«Conosco il tipo. Mio nonno apparteneva alla stessa categoria.»

«Charlie mi ha detto di lui. Mi dispiace molto.»

Jim sentì qualcosa dentro di sé diventare di pietra.

«È la vita. Finisce sempre nello stesso modo, anche per i nativi.»

La sola certezza è un grande uccello bianco. Ma Richard Tenachee di certezze ne ha avute due. La morte e l'assenza di suo nipote...

Swan capì dal silenzio di Jim che stava vedendo dei fantasmi. Ne approfittò per parlare dei suoi.

«Ho saputo che Alan è tornato a casa.»

Jim fece solo un breve cenno affermativo con la testa. Adesso tutto il suo corpo gli sembrava di pietra.

«Come sta?»

Swan lo guardò per un attimo negli occhi. Poi, una volta tanto, Jim vide un'altra persona girare la testa da un'altra parte.

E si chiese perché tutti e due non avessero fatto la stessa cosa tanti anni prima.

Non c'era molto traffico, quel giorno. Era un pomeriggio d'estate e il caldo teneva la gente lontano dalle macchine e dalla strada, confinata all'ombra delle pergole e nel fresco dei bar. Jim era completamente solo sulla Kingman Street, una piccola via sotto il Lowell Observatory. Era appoggiato al muro color sabbia di una bassa costruzione. Si era piazzato nel cono d'ombra di una tettoia, nascosto alla vista dall'ingombro di un furgone rosso. Se ne stava lì, in attesa, ripensando a quanto era appena successo. Fino a mezz'ora prima era ancora nell'ufficio di Cohen Wells e aveva tuttora le parole di quell'uomo che gli ronzavano nelle orecchie. E idee confuse che gli rimbalzavano nella testa.

Poi, Swan era uscita dalla lavanderia della madre. Teneva la testa bassa e sembrava pensierosa. Nonostante in strada non ci fosse nessuno, lei non l'aveva visto avvicinarsi e se l'era trovato di fianco senza preavviso.

Aveva avuto un sobbalzo quando le aveva appoggiato una mano sul braccio. Si era girata di scatto. Jim aveva notato un leggero velo di sudore sul suo viso e aveva sentito un vago odore di detersivo per il lavaggio a secco provenire dai suoi vestiti.

Poi il suo sorriso, che poteva far dimenticare qualunque sudore e l'odore di qualunque detersivo.

«*Gesù santo, Jim. Mi vuoi far prendere un infarto?*»

«*Scusa.*»

«*A volte ti dimentichi quanto sapete essere silenziosi voi indiani.*»

Jim era imbarazzato e non si era adeguato allo scherzo. Non sapeva che dire e allora aveva detto la prima cosa che gli era venuta in mente.

«*Come sta tua madre?*»

Dall'espressione di lei, aveva capito di aver toccato un brutto tasto. Il viso le si era indurito e una piccola fiamma ribelle si era accesa nei suoi occhi.

«*Oh, lei sta bene. Ha la lavanderia. Il suo mondo inizia lì e non va oltre il filo di un ferro da stiro. Ho cercato di convincerla che per me è diverso. Ma non c'è verso...*»

Jim aveva capito che c'era appena stata una discussione molto più calda di quel pomeriggio d'estate. L'ennesima, per quel che ne sapeva.

«*Vuoi parlarne?*»

Si era fermata di scatto e l'aveva fronteggiato. Stava parlando con lui come se stesse ancora discutendo con sua madre.

«*E che c'è da dire che non le abbia già detto mille volte?*»

Si era girata e aveva ripreso a camminare.

«*Sono mesi che cerco di convincerla che per la mia vita io voglio qualcosa di diverso. Che non posso sopportare l'idea che sia tutto qui. Un marito, dei figli, una piscina gonfiabile dietro casa e un barbecue la domenica. E arrivare a quarant'anni con la sensazione di essere morta da almeno dieci.*»

«*Se sposi Alan non avrai questi problemi.*»

«*Oh, sì che ce li avrei. Credi che cambierebbe qualcosa? Uscirei da una gabbia solo per entrare in un'altra. Sarei solo e sempre la moglie di Alan Wells che a sua volta sarà solo e sempre il figlio di Cohen Wells.*»

Una pausa. Un attimo e un secolo.

«*E poi dovrei continuare a vivere in questa città. E non credo di poter continuare a farlo.*»

«*Ma tu lo ami?*»

Swan lo aveva guardato come se non capisse la lingua in cui era stata formulata quella domanda. Poi gli aveva dato una risposta che era in realtà un'altra domanda. E valeva per tutti e due.

«*Ho ventitré anni. Secondo te, che cosa ne so dell'amore?*»

Poi aveva archiviato quella parentesi ed era tornata preda della sua determinazione.

«*Io so che posso farcela, Jim. Posso diventare qualcuno. Lo sento. So che ne ho la capacità. E voglio andare via da qui per dimostrarlo.*»

Jim riusciva a capirla. Era la stessa ansia che sentiva agitare dentro di sé. E quel giorno Cohen Wells, forse, aveva trovato la soluzione.

Per tutti e due.

«*Quanto ti serve per poter andare via?*»

Swan aveva risposto senza incertezze, come se quel conto lo avesse già fatto molte volte.

«*Diecimila dollari.*»

«*È la stessa cifra che serve a me.*»

«*Per fare cosa?*»

«*Il corso di pilotaggio e il brevetto per l'elicottero costano ventimila dollari. Ne ho diecimila. Per metterli insieme ci ho impiegato degli anni e di questo passo mi ci vorrà una vita per realizzare il resto.*»

«*Puoi chiedere un prestito.*»

«*Secondo te chi darebbe un prestito di diecimila dollari a uno mezzo bianco e mezzo Navajo che non ha niente da dare in garanzia? Tanto varrebbe scrivere una lettera a Babbo Natale.*»

Aveva fatto una pausa. Si era guardato le All Stars vecchie di anni che portava ai piedi.

Aveva detto le parole seguenti come Giuda un giorno aveva dato un bacio.

«*Se ti interessano davvero quei soldi, li ho trovati. Sia i miei che i tuoi.*»

«*Stai scherzando?*»

«*No, non sto scherzando. Sono appena uscito dall'ufficio del padre di Alan.*»

Swan era rimasta in silenzio.

«*Mi ha fatto una proposta.*»

«*Quale?*»

«*Oh, un'autentica carognata. Ma l'ha valutata ventimila dollari.*»

Lei lo aveva incalzato.

«*Quale?*»

«*Lui non sopporta il fatto che Alan abbia deciso di sposarti. Glielo ha detto proprio stamattina. Hanno litigato. Wells dice che se lo fa, da lui non avrà più una lira.*»

«*E che c'entra questo con te e con me?*»

«*Aspetta. Wells mi ha detto un sacco di cose. Che mi aveva tenuto d'occhio in tutti questi anni e che sapeva che io avevo molto successo con le ragazze. Allora gli ho chiesto che cosa si aspettava da me...*»

«*E lui che ha detto?*»

Swan aveva fatto la domanda col tono di chi immagina la risposta ma stenta a crederci fino in fondo.

«*Vuole che io seduca la ragazza che gli sta portando via suo figlio. Che gliela tolga dai piedi, in un modo o nell'altro. E questo per lui vale ventimila dollari.*»

Jim ormai aveva lanciato il cavallo al galoppo e sembrava che questo gli avesse preso la mano. Continuò di getto, senza riuscire a fermarsi.

«*Noi due siamo troppo uguali perché qualcosa sia possibile tra noi. Abbiamo troppa fame per poterci accontentare della realtà che ci circonda. L'unico modo che ho per realizzare i miei progetti è dividerli con te.*»

Non aveva aggiunto la cosa più importante. Che avrebbero diviso insieme al denaro anche lo specchio del giorno dopo.

159

Swan era rimasta a lungo in silenzio. Jim era convinto di averle visto passare con un lampo negli occhi quanta libertà si sarebbe potuta comperare con quei soldi.

Quanta vita, come e dove voleva.

Aveva abbassato la voce, già complice.

«Che cosa avevi pensato di fare?»

Erano rimasti a parlare per il resto del pomeriggio e verso sera avevano deciso come comportarsi. Si erano lasciati senza guardarsi in faccia e Jim non aveva avuto il coraggio di confessarle che senza di lei non avrebbe avuto la forza di fare niente.

Si erano visti ancora una volta, il tempo sufficiente per distruggere Alan.

Poi, per dieci anni, mai più.

A distanza di tempo, il ricordo di quella conversazione era una presenza che non sapevano dimenticare. A volte potevano fare finta che niente fosse successo. Potevano vivere separati per tutta la vita e avere successo e cercare di scordare ciò che era capitato.

Ma non ora. Non nel momento in cui dopo tanto tempo erano di nuovo l'uno di fronte all'altra e si guardavano negli occhi e quello che vedevano era solo un riflesso di quello che ognuno aveva dentro di sé.

Swan considerò la lunga pausa di Jim come un'assenza. Ripeté la domanda.

«Come sta Alan?»

Senza accorgersene, Jim scosse la testa, come se fosse governata suo malgrado da estranei pensieri.

Come sta Alan? Come può stare un uomo con cui tutti hanno fatto a gara a chi gli portava via di più? Come può stare un uomo solo che tutte le sere appoggia le sue gambe contro un muro?

Per una volta espose senza sforzo quello che pensava davvero.

«È un grande uomo, Swan. Lo è sempre stato. Era già un grande uomo quando era solo un ragazzo. Potrebbero farlo a pezzi piccoli come francobolli e ognuno di quei pezzi sarebbe migliore di qualsiasi persona che io conosca.»

Fece una pausa che era silenzio e una lama piantata nel cuore nello stesso tempo.

«Compresi noi due.»

Jim vide l'acqua arrivare da lontano negli occhi di Swan.

Era in viaggio per la pena che si portava dentro da anni. Era per la perdita dell'innocenza, per il momento in cui si rinuncia ai sogni per diventare un qualunque essere umano costretto a confrontarsi con i risultati dei suoi errori. Era per la beffa del tempo, che non dava una seconda occasione.

Swan si avvicinò e gli appoggiò la fronte sulla spalla.

La sua voce era dolore allo stato puro.

«Oh, Jim. Che cosa abbiamo fatto. Che cosa abbiamo fatto…»

La voce le si spezzò in gola e iniziò a piangere.

Jim «Tre Uomini» Mackenzie, Navajo del Clan del Sale, mise le braccia intorno alle spalle di Swan Gillespie e la tenne stretta contro di sé, sentendo quell'acqua di rimpianto uscire dai suoi occhi e scendere tiepida e salata a bagnargli la camicia.

La ascoltò piangere e le fu grato che lei sapesse ancora farlo, e avrebbe fatto qualsiasi cosa purché quelle lacrime fossero sufficienti per tutti e due.

14

«C'è qualcosa che non mi convince, in tutto questo. Caleb Kelso è stato trovato morto in casa sua e la polizia nasconde qualcosa. Secondo me è stato assassinato. E in qualche modo strano, perdipiù. Altrimenti non ci sarebbe tutto questo riserbo.»

April Thompson era nell'ufficio di Corinna Raygons, la direttrice del «Flag Staff Chronicles». La donna, seduta su una poltroncina in legno che avrebbe fatto la felicità di Norman Rockwell, la stava guardando divertita e intanto sorseggiava il suo Earl Grey. Oltre il bordo della tazza, la osservava mentre si aggirava per la stanza, accalorata per la discussione. Come sempre sentiva un moto di tenerezza di fronte alla fisicità della sua cronista ribelle.

Quando era arrivata da Santa Fe per dirigere quel piccolo quotidiano di provincia e si era trovata nell'organico quella bella ragazza dai capelli color mogano, in un primo tempo l'aveva catalogata in fretta e furia come la solita appariscente in carriera, ansiosa di dimostrare al mondo di possedere qualcos'altro oltre al fisico che si portava in giro. Con la nemmeno troppo nascosta aspirazione di mettere la firma su qualsiasi cosa apparisse sulle pagine di un quotidiano a tiratura nazionale, fossero pure gli annunci mortuari. E aveva capito che April, in qualche modo, l'aveva percepito. Poi, con l'andare del tempo, dopo un periodo passato a studiarsi e a prendere le misure l'una dell'altra, Corinna si era convinta che aveva a che fare con una donna determinata e ambiziosa, ma per nulla attratta dalle lusinghe della carriera non importa dove e non importa a che costo. Amava il lavoro che faceva ed era affamata soprattutto di verità. Era un archetipo della figura del giornalista, qualcosa che non esisteva più, un approccio con quel lavoro che con l'andare del tempo aveva perso sempre più consistenza fino a diventare uno stereotipo senza significato.

Una sera si erano incontrate per caso al Satura, un ristorante giapponese sulla Yale Street dove stava cenando da sola, come sempre succedeva da quando era arrivata a Flagstaff. Sua sorella Alexandra, che viveva in città dove era la protagonista di uno studio dentistico, aveva la sua famiglia e Corinna non sempre se la sentiva di rappresentare il ruolo della zia single e della cognata intrusa. April era amica dei proprietari ed era entrata per un saluto rapido e un bicchiere di vino rosso. Dal suo sgabello l'aveva vista e si era avvicinata. Corinna l'aveva invitata a sedere e avevano iniziato a parlare. Si erano trovate a sorpresa molto vicine. Avevano bevuto insieme qualche altro bicchiere di vino e la serata era finita con due donne leggermente brille sedute in un'auto a raccontarsi le loro storie.

Corinna aveva trovato in lei la carica che aveva perso e l'avvenenza che non aveva mai avuto. Si riteneva una donna troppo intelligente e troppo anziana per averne invidia, per cui a poco a poco erano iniziate la simpatia e l'ammirazione che erano infine diventate affetto.

Adesso aveva intenzione di proporre al consiglio d'amministrazione di chiamare April Thompson a succederle alla guida del giornale, quando fosse andata in pensione. Per ora, era ancora una cronista nell'ufficio della sua direttrice, coinvolta dall'emozione di una notizia in cui credere.

Parlava e si muoveva ma in realtà stava pensando a voce alta.

«Di solito, da queste parti i casi di omicidio non hanno dietro una grossa storia. Risse, accoltellamenti tra ubriachi, regolamenti di conti alla spicciola per motivi di interesse, un uomo che pesta troppo duramente la moglie fino ad ammazzarla. È successo anche il contrario, che sia stata la moglie a picchiare troppo duramente il marito.»

Sapevano tutte e due che i casi importanti, di quelli che facevano vincere un premio Pulitzer, a Flagstaff e dintorni erano abbastanza rari. Ma Corinna si fidava dell'intuito della sua collaboratrice e se riteneva che dietro la morte di quel Caleb Kelso ci fosse qualcosa di grosso c'erano serie probabilità che avesse ragione.

Cercò di argomentare, per stimolare la concentrazione e la creatività di April.

«Se veramente si tratta di un caso di omicidio, è normale che ci sia un segreto istruttorio.»

«Certo. Però la polizia di qui ha sempre avuto un occhio di riguardo per la stampa locale. C'è un senso di campanilismo nei confronti del resto del mondo che in ogni situazione ha privilegiato i rapporti tra noi e le autorità rispetto ai media di fuori.»

Fece una pausa come se faticasse a convincersi della situazione.

«In questo caso, dappertutto trovo porte sbarrate. Anche le mie fonti personali all'interno della polizia si sono cucite la bocca e non c'è verso di far saltare i punti.»

Fece una smorfia e atteggiò le mani al nulla di fatto.

«Hanno annunciato per domani mattina una conferenza stampa. Naturalmente ci andrò, ma vedrai che sarà la solita menata. Dieci minuti a base di no comment e vi faremo sapere e stiamo-indagando-lasciateci-lavorare. E poi tutti a casa.»

Si sedette sull'unica poltroncina imbottita di fronte alla scrivania. C'erano un pensiero e una piccola ruga fissi al centro della sua fronte. Corinna ebbe l'impressione che l'umore fosse cambiato impercettibilmente.

«L'unico aggancio che ho è la presenza di un testimone. È uno che conosco e questo all'apparenza dovrebbe facilitare le cose. Ma Jim Mackenzie è furbo come un gatto ed è un osso duro. Non credo che vorrà parlare e mettersi contro la polizia di Flagstaff. Di solito è uno che non vuole grane e cerca sempre la strada più facile.»

A Corinna non era sfuggita la sottile amarezza che aveva fatto calare il tono di voce di April. Posò con attenzione la tazza sulla scrivania, come se tutte e due fossero fragilissime. Guardò April negli occhi, sperando che non corresse a nasconderli.

«Stiamo parlando di *quel* Jim Mackenzie?»

Invece April li nascose.

«Sì. Non so di preciso cosa ci faccia qui, ma sicuramente troverà modo di fare danni.»

«Fai attenzione. Mi pare che nel tuo caso di danni ne abbia fatti a sufficienza.»

«Oh, stai tranquilla. Quella è una storia vecchia. Era già morta quando credevo che fosse viva, figurati ora.»

Ma April Thompson amava troppo la verità per riuscire a mascherarla. Quella frase, se fosse stata scritta invece che pronunciata, avrebbe avuto in fondo i puntini di sospensione. Corinna decise di cambiare argomento, per concederle un'apertura nell'angolo in cui la conversazione l'aveva cacciata.

«Bene. Per il caso Kelso aspettiamo sviluppi. Torneremo a ragionarci dopo la conferenza stampa. Nel frattempo ci sono delle persone famose, qui a Flagstaff. E tu sai a chi mi riferisco. Tutte e due hanno alle spalle storie che interessano alla gente. Sarebbe bello che Alan Wells e Swan Gillespie fossero intervistati da qualcuno che li conosce bene e che in passato ha fatto parte della loro vita. E soprattutto sarebbe un delitto lasciare che qualcun altro ci arrivasse per primo.»

Corinna Raygons era una donna d'esperienza e una buona amica. Ma era anche e pur sempre la direttrice di un quotidiano e aveva delle persone a cui rendere conto dello stipendio che percepiva a fine mese. April questo lo aveva sempre presente e non comprometteva per nulla il rapporto tra loro.

Per cui anche questa volta comprese le sue motivazioni.

«Okay. Vedrò cosa posso fare, anche se credo che sarà molto difficile, sia per l'uno che per l'altra.»

Si alzò dalla poltrona. Si salutarono e April uscì dall'ufficio. Chiuse alle sue spalle la porta a vetri e rimase un attimo in piedi, come se non fosse del tutto sicura della direzione da prendere. Si lasciò guidare dai suoi pensieri e percorse il breve corridoio. In fondo prese a destra e raggiunse la grande sala che divideva con altri due cronisti. Senza guardare nessuno si sedette alla sua scrivania. Era riuscita a ottenere da Corinna il privilegio di essere separata dagli altri da una bassa fila di scaffali, in una parvenza di ufficio privato. Era stata una piccola concessione di stima per quella ragazza che aveva un dichiarato bisogno di intimità per poter svolgere al meglio il suo lavoro.

Mai come adesso gliene era grata.

Spostò alcuni fogli e allineò il portamatite e il pad del mouse sul piano, come per ristabilire un ordine di cui aveva estremo bisogno in quel momento. Sapeva che quei gesti non sarebbero bastati a calmare la sua agitazione, ma erano pur sempre un modo per tenere impegnate le mani.

Nonostante l'amicizia, le spiaceva di aver permesso a Corinna di leggerle dentro con tanta facilità. Per la prima volta nella sua vita non era sicura che fare la giornalista fosse stata la scelta migliore. Da che aveva rivisto Jim, non era certa di averne fatta mai nemmeno una.

Ma forse la sua direttrice aveva ragione. Se serviva una terapia d'urto, quella era senz'altro la maniera giusta per ottenerla. O perlomeno per rendersi conto di non aver perso per strada la determinazione e il coraggio.

Interviste realizzate da qualcuno che in passato ha fatto parte della loro vita...

Swan Gillespie. Alan Wells.

Eccome se avevano fatto parte della loro vita.

Alan si era presentato senza preavviso a casa sua. Era sola, quella sera. I suoi erano partiti per un viaggio e lei aveva ringraziato il cielo per averle concesso quel breve periodo di solitudine. Era un momento in cui aveva bisogno di essere staccata da tutto, per prendere delle decisioni importanti, di quelle senza ritorno, quelle che cambiano per sempre la vita delle persone. Aveva sentito suonare il campanello mentre la radio trasmetteva Stand by Your Man, *un vecchio pezzo di Tammy Wynette. Stai vicino al tuo uomo. Le era sembrato perlomeno beffardo, quel brano in quel particolare momento. Era andata ad aprire con la segreta speranza di trovare Jim sulla soglia. Invece, per la sua delusione, si era trovata di fronte Alan. Gli voleva bene, era la persona più bella che conoscesse, quella con cui si confrontava quando aveva bisogno di aiuto. Era il suo migliore amico. Ma era anche il migliore amico di Jim e quella sera avrebbe avuto bisogno di lui come dell'aria che respirava.*

Poi aveva visto lo stato in cui era Alan e si era preoccupata.

«Santo cielo. Sembra che hai visto il diavolo. Che succede?»

«Posso entrare?»

Sembrava molto alterato. Era spettinato e aveva gli occhi rossi e si capiva che aveva pianto. Standogli accanto, aveva il fiato che puzzava un poco di alcol.

«Certo che puoi entrare.»

Era rimasto nel vestibolo, rigirando tra le mani un cappello da baseball che teneva in mano. Alan Wells, uno dei ragazzi più ricchi della zona, era ancora uno di quei tipi che, quando entravano in una casa che non era la loro, si toglievano il cappello.

«Vuoi qualcosa da bere?»

«No, grazie. Ho già bevuto un paio di birre prima di venire qui.»

L'aveva seguita in salotto ed era andato subito a spegnere la radio. Poi aveva aggiunto il suo silenzio al silenzio della stanza.

«Allora, vuoi dirmi che succede?»

Si era girato e April gli aveva scoperto gli occhi lucidi.

«È molto semplice. Si tratta di Jim e Swan. Stanno insieme.»

«Cosa vuol dire "stanno insieme"?»

«Scopano, se preferisci l'espressione.»

La cosa era talmente grossa che in un'altra occasione April si sarebbe messa a ridere. Questa volta, invece, di fronte all'espressione inesorabile di Alan, si era sentita morire.

«Ma cosa dici? Sei impazzito?»

«Li ho visti, April.»

«*Dove?*»

Alan si era seduto su una sedia. Si era appoggiato con il gomito al tavolo e si era passato una mano tra i capelli. Aveva iniziato a parlare senza guardarla in faccia. April aveva capito che non si trattava di mancanza di coraggio, ma solo del pudore di fronte alla sofferenza che le avrebbe provocato.

«*Stavo scendendo dalla Country Club Drive. Mi sono fermato al semaforo e ho visto il furgone di Jim davanti al Wispering Wings Motel. E proprio mentre passavo di lì li ho visti uscire da una camera.*»

«*E che hai fatto?*»

Alan l'aveva guardata. Nei suoi occhi c'era la fine di un sogno. E la certezza che per lungo tempo nessun altro sarebbe potuto arrivare a sostituirlo.

«*Non lo so che cosa ho fatto. Ho fermato la macchina e non ho avuto la forza di reagire. Non li ho nemmeno visti andare via. Forse sono morto, in quel momento. Forse adesso stai parlando con il mio fantasma.*»

E tu stai parlando con il mio, aveva pensato lei.

April aveva sentito il suo piccolo mondo di ragazza crollarle definitivamente addosso. Non era certa di aver la forza per rimuovere le macerie e al loro posto costruirci una donna. Si era seduta al tavolo di fronte ad Alan. Lui le aveva preso una mano e l'aveva tenuta nella sua. Solido, distrutto, dolente, amico.

Aveva lasciato che le lacrime le scorressero liberamente sulle guance, senza nessuna vergogna.

«*Jim è al corrente delle tue condizioni?*»

«*No, avevo intenzione di parlargliene domani. Ma questo cambia completamente le cose. Adesso tutto è molto più difficile.*»

«*Cosa conti di fare?*»

April, come sempre, aveva detto la verità, perché non era capace di fare altro.

«*Non lo so. Davvero non lo so.*»

Dopo quella sera, April aveva visto Jim Mackenzie ancora una

volta. Giusto il tempo per avere in cambio il sospetto di avergli permesso di distruggere la propria vita.
Poi, per dieci anni, mai più.

Lo squillo del telefono arrivò volando per la stanza come un salvagente a tirarla fuori da quei pensieri. Prese il cellulare dalla scrivania e attivò la comunicazione.

Arrivò la voce eccitata di Seymour, suo figlio. Nove anni di incontenibile e perenne entusiasmo.

«Ciao, mamma. Oggi è successa una cosa fantastica.»

«Da aggiungere alla cosa fantastica che è successa ieri, immagino.»

«Oh no, questa è molto più fantastica. Carel ha finito la barca e domani sale a Lake Powell per provarla. Ci possiamo andare anche noi?»

Un attimo di pausa prima di tirare la stoccata finale.

«Sì, ti prego, mamma. Ti prego, ti prego, ti prego con sopra lo zucchero.»

Era un vecchio scherzo tra loro di quando Seymour era più piccino. Adesso era cresciuto ma aveva imparato a estrarlo dalla manica come un autentico baro quando voleva intenerirla.

April si mise a ridere, come sempre quando succedeva. Rispose senza troppa convinzione.

«Ho da lavorare, domani mattina.»

«Certo, non c'è problema. Ti accompagno. Aspetto in macchina come l'altra volta e poi partiamo per il lago. Tanto Carel con la barca a rimorchio sarà molto più lento di noi. Possiamo arrivare insieme.»

«Okay. Ne parliamo ancora stasera.»

Ma nel suo tono era implicito che avrebbe detto sì. E Seymour l'aveva capito.

«Grazie, grazie, grazie con sopra lo zucchero, mamma.»

«Sei un gran delinquente ma ti voglio bene.»

«Anch'io. Sei la numero uno.»

Chiuse la comunicazione e rimase a fissare il display del telefono come se ci fosse riflesso il viso sorridente di suo figlio.

Carel Thorens era un loro vicino che nel garage della sua villetta aveva iniziato l'assemblaggio di una piccola barca che aveva comperato in kit. Seymour aveva partecipato attivamente alla costruzione di quella che avevano battezzato *The Lost Ark* e il momento del varo era finalmente arrivato.

Il viso di Carel si sovrappose a quello di suo figlio.

Era l'unico proprietario della Coconino Real Estate, era single, non aveva problemi di denaro, adorava Seymour ed era innamorato di lei. Nel caos generale non era nemmeno un brutto uomo. Era il prototipo del compatto ragazzo americano senza vizi e senza acuti ma dal quale era difficile arrivassero brutte sorprese. Sarebbe stata per lei la persona giusta a cui appoggiarsi e a cui lasciare finalmente tutte le preoccupazioni.

Qualche volta lo faceva. Piena di un sottile senso di colpa, ma lo faceva. Gli lasciava la custodia della casa quando andavano in vacanza. Gli lasciava Seymour quando non aveva la possibilità di accudirlo. Questo sembrava riempire di gioia sia lui che il bambino. Il fatto la tranquillizzava un poco e le permetteva di non chiedersi troppe volte se non fosse un comportamento scorretto da parte sua approfittare dei sentimenti di quel ragazzo, che fino a ora non le aveva chiesto o proposto nulla.

Restava col fiato sospeso in attesa di quel momento. Non tanto perché non sapeva le parole con cui Carel le avrebbe detto che l'amava, ma perché non sapeva quelle che avrebbe offerto lei come risposta. Si era detta più di una volta che quella sarebbe stata la scelta giusta. Se lo era ripetuto ogni giorno, fino a due giorni prima.

Poi, era successa una cosa che non si aspettava.

Una persona che non avrebbe pensato di rivedere mai più era rientrata a sorpresa nella sua vita. Quando se l'era trovata di fronte, a casa di Caleb, aveva sentito una vampata percorrerla da cima a piedi come un soffio di fornace e aveva pregato tutti i santi del

Paradiso che dal di fuori non trasparisse niente del marasma che aveva dentro.

Le tornarono in mente le parole e il tono preoccupato di Corinna.

Stiamo parlando di quel *Jim Mackenzie?*

Mise le braccia sul piano della scrivania e ci appoggiò il viso, contenta di essere sola.

Sì, era proprio lui il Jim Mackenzie di cui stavano parlando.

Jim Mackenzie, l'uomo infido con gli occhi di due colori.

Jim Mackenzie, che in una volta sola aveva tradito lei e il suo migliore amico.

Jim Mackenzie, che se ne era andato da Flagstaff senza nemmeno voltarsi indietro.

Jim Mackenzie, il padre di suo figlio.

15

La notte era passata senza fare prigionieri.

Jim si era girato e rigirato nel letto finché non aveva deciso che era un brutto posto. Dopo l'incontro con Swan gli era arrivata addosso a tradimento una mala sensazione. Non era abituato a vivere di bilanci e da quando era tornato a Flagstaff era stato costretto a farne più di uno. Aveva vissuto tutta la vita pensando di non avere una coscienza e di colpo aveva scoperto di possederne una. Senza accendere la luce, si alzò e a piedi nudi si mosse dalla camera da letto fino alla cucina. Grazie ai buoni auspici di Cohen Wells aveva ottenuto in affitto a un prezzo umano quel bilocale della Comfi Cottages sulla Beal Road. Quando ci erano sbarcati, Silent Joe era sceso dal furgone e con la sua andatura da cartone animato aveva annusato, esplorato, considerato, innaffiato.

Infine, aveva accettato.

Avevano avuto in eredità dai vicini dei Sanchez la brandina e Jim l'aveva piazzata presso la porta posteriore della cucina, quella che dava sul piccolo giardino sul retro. L'ultima occhiata che il cane gli aveva lanciato sembrava significare che tutti quei cambi di casa non erano il top delle sue aspirazioni. Che non era zingaro come il suo aspetto gitano poteva far sembrare. Tuttavia aveva concesso uno sbadiglio come compromesso e si era predisposto per la notte.

Quando Jim raggiunse il frigorifero e lo aprì, la luce desolata che veniva dallo sportello fotografò la sua realtà. Un uomo dal fisico atletico e i capelli lunghi e gli occhi di due colori cerchiati dalle stesse occhiaie. Solo come un cane e con un cane in una casa che non era la sua. L'interno del frigo presentava la stessa desolazione che Jim sentiva dentro in quel momento. Prese una bottiglia d'acqua fresca e bevve un lungo sorso.

Silent Joe si alzò dal suo giaciglio agitando pigramente la coda. Jim non si fece illusioni sulla solidarietà di quell'animale. Sapeva che quello che l'aveva mosso non era un moto di partecipazione ma la semplice speranza di uno spuntino notturno fuori programma.

Aprì la porta e lo fece entrare.

Accese la luce e gli versò nella ciotola del cibo per cani che aveva comperato al supermercato.

Mentre Silent Joe finiva la sua colazione, si vestì e poco dopo lui e il cane uscirono per strada nel primo grigiore dell'alba. L'aria era fresca e fu persuaso da un refolo di vento a tirare su il bavero del giubbotto. Camminò in mezzo alle villette addormentate, con poche luci appese sopra porte senza alcun invito, le mani nelle tasche in attesa che quel barlume all'orizzonte diventasse l'azzurro che conosceva e che amava.

Ci aveva volato per ore e non era mai riuscito a farne parte nemmeno per un minuto.

Silent Joe procedeva al suo fianco, senza ansie d'indipendenza o di esplorazione. Come se sentisse, come se capisse. Si teneva accanto a quella figura di uomo avvolta dalle luci di pochi sbiaditi lampioni, seguendolo alla ricerca di un posto che non era da nessuna parte, perché non era da nessuna parte dentro di lui.

La strada finiva con una casa sulla destra e una panchina di fronte. Jim si sedette sul legno umido e Silent Joe si accucciò a terra accanto a lui.

La sera prima, al Ranch, era rimasto solo nello stesso modo. Subito dopo che Swan era corsa via lasciando dietro di sé poche lacrime tiepide su una camicia e l'eco dei suoi singhiozzi. Charlie era uscito a sorpresa da dietro la palizzata che delimitava il parcheggio e si era materializzato al suo fianco. Jim si era chiesto che cosa avesse visto e che cosa avesse sentito. E che cosa sapeva, di quello che aveva visto e sentito.

Dalle sue parole, probabilmente tutto.

«Quella donna prova una pena che non è capace di vincere ma è capace di trasmettere agli altri. Lo ha già fatto e lo farà ancora.»

«La pena è sua e anche mia. La colpa non è mai di uno solo.»

«Lo so, Tre Uomini. Ma la tua colpa vera è quella di non voler ascoltare nemmeno uno degli uomini che sono in te.»

Charlie aveva fatto una pausa. Aveva cercato gli occhi di Jim, senza trovarli. Poi aveva cambiato completamente discorso, come se quello che aveva detto fosse già sufficiente per riflettere.

«Tuo nonno non aveva denaro ma possedeva cose preziose che adesso ti appartengono.»

«Vale a dire?»

«Le sue bambole Katchina. E altre essenze che non so.»

Le essenze erano per lui le poche cose che valeva la pena di possedere. Quelle che potevano completare l'anima di un uomo. Perlopiù non avevano nessun valore per gli altri esseri umani, a parte quelli come Charles Begay e Richard Tenachee.

Aveva aperto la portiera del furgone e aveva cercato di non mettere ansia nella sua voce.

«E dove sono?»

«Non so. A me ha solo detto di riferirti che esistono. E che sono nella cassaforte di famiglia. Ha detto che tu avresti capito…»

Se ne era andato senza spiegare altro. Come sempre, quando riteneva di aver parlato a sufficienza.

Jim si appoggiò alla panchina e allargò le braccia sullo schienale.

Un cardinale dal petto rosso saltellò sulla punta di un ramo. Era un uccello del deserto ma non era difficile trovarlo nelle città, a volte. Da piccolo, durante le loro escursioni tra ginepri e cespugli di ocotillo e salvia selvatica, giocava con Charlie a riconoscerli dai pyrruloxia, che avevano sulla testa una cresta piumata molto simile. Charlie gli aveva insegnato tanto, gli aveva dato dei vantaggi sui bambini di altre parti del mondo. Quando guardava i cartoni di Wile Coyote, sapeva che Road Runner esisteva davvero e com'era fatto. Non aveva bisogno di immaginare la prateria, perché c'era dentro. Non aveva bisogno di giocare agli indiani, perché lui *era* un indiano.

Aveva vissuto di questo a lungo, finché non aveva capito che essere un Navajo o un Hopi o un Hualapai non era un vantaggio, ma semplicemente l'essere depositario di una lunga eredità di soprusi.

E di una vita senza futuro stretta nei confini di una riserva.

Da quel momento aveva smesso di essere bambino, senza smettere di essere egoista.

Tu avresti capito dove sono...

Jim sapeva che il nonno possedeva un'ottima collezione di bambole Hopi, molto antiche e molto preziose. Le custodiva in un posto che non conosceva. Ogni tanto, quando a Window Rock c'era qualche cerimonia, le tirava fuori e venivano esposte in una teca nella sala del Consiglio. Le aveva viste da vicino qualche volta, tutte insieme, anche se non gli era permesso toccarle. Quelle figure colorate erano un piccolo esercito votivo di superstizioni e di cultura che il tempo aveva rappresentato e costruito attraverso la mano di gente scomparsa da anni. Il nonno indicava le bambole con un dito e spiegava. Mudhead, Bear, Navajo, Eototo, Eagle. Ogni piccola statua era una storia, ogni colore un sentimento, ogni viso un presagio o un ringraziamento.

Tu avresti capito dove sono...

E invece, ancora una volta, non capiva.

Tutto quello che possedeva era nascosto in un luogo sconosciuto che non sapeva ritrovare. E lo stava cercando da molto senza nemmeno intuire di che cosa si trattasse. Richard Tenachee se ne era andato e non poteva più insegnare nulla e le Katchina che i negozi vendevano venivano quasi tutte da Taiwan o dalla Cina.

Rimase seduto a pensare e non capire fino a quando il sole arrivò a sostituire con l'ombra il buio tra gli alberi. Ormai il mondo si era svegliato del tutto e lui non aveva ancora voglia di farne parte. Si alzò dalla panchina e rientrò a casa, seguito da Silent Joe che si era adeguato al silenzio e alla calma come se fosse parte anche del suo stato d'animo. Arrivò ad aprire la porta del cottage giusto in tempo per sentire il telefono squillare. Aveva appoggiato il cellulare in carica accanto a una lampada su un mobile vicino alla porta d'ingresso. Lo prese e attivò la comunicazione.

«Jim?»

«Sì.»

«Sono Robert. Ti ho svegliato?»

Beaudysin aveva la voce stanca. Probabilmente anche lui aveva passato la notte a pensare e non capire.

«No. Sai che gli indiani dormono con un occhio solo.»

Robert non rise alla battuta.

«Temo che mi dovrai sopportare ancora una volta.»

«Non c'è problema. Che devo fare?»

«Devi venire a firmare la deposizione. E vorrei fare ancora quattro chiacchiere con te. Hai visto mai che salti fuori qualche cosa.»

Jim cercò di alleggerire la sua frustrazione. Sperò che la buona azione servisse anche per la propria.

«Mi serve un avvocato?»

«No. Per il momento ritengo ancora che ti serva un buon psichiatra. Quando ti servirà un avvocato, lo capirai.»

«Da cosa?»

«Sentirai la mia voce che legge i tuoi diritti.»

C'erano tensione e stanchezza nelle sue parole. Jim comprese che il detective aveva accettato di scherzare per esorcizzarle.

«A che ora devo venire?»

«Abbiamo una conferenza stampa, stamattina. Penso che alle dieci sarà finita. Alle dieci e mezza sarebbe perfetto.»

«Okay. Ci sarò.»

Posò il ricevitore e andò a fare la doccia. Il cane lo seguì incuriosito fino al bagno, ma quando si accorse di che pratica si trattava se ne andò inorridito. Dopo, Jim si vestì e rimase a bighellonare per casa con il televisore acceso su Mtv, fingendo di ascoltare la musica e di fare colazione.

Poi, all'ora che ritenne opportuna, uscì per andare alla sede della Polizia.

Mentre attraversava lentamente Flagstaff diretto verso la Sawmill Road, si guardava intorno. Qualcosa era cambiato, qualcosa era rimasto uguale. I giovani che incrociava per strada alla guida delle loro auto erano bambini quando se ne era andato. I ragazzi che frequentavano l'università ai suoi tempi erano sparsi per il mondo, a popolarlo di figli e a gestire lavoro e divorzi. Qualcuno non c'era più e di qualcun altro restava meno ancora...

Quando raggiunse la sede della Polizia, il viaggio gli era sembrato interminabile.

Cercò di parcheggiare il Ram all'ombra degli alberi sul limitare del piazzale. Avrebbe dovuto lasciare Silent Joe in attesa sul furgone e non voleva correre il rischio di farlo arrostire al sole. Lo fece scendere e passeggiare un attimo, prima di mollarlo da solo. Era un cane molto pulito e di certo non avrebbe sporcato in macchina, ma una vescica piena è una vescica piena, sia per gli uomini che per gli animali.

Il cane accettò l'invito e iniziò a ciondolare per il parcheggio. Annusò un poco in giro e decise di fare il suo pit-stop sui pneumatici di una Honda. Poi si affiancò all'auto e rimase a fissare curioso qualcuno che stava all'interno.

Dalla macchina scese un bambino sui dieci anni. Indossava jeans, un paio di Nike e un giubbetto senza maniche su una maglietta dei Miami Dolphins. Dal berretto da baseball che portava in testa uscivano dei capelli lunghi e neri, lucidi sotto il sole.

«Ciao, cane. Da dove vieni?»

Silent Joe si sedette a terra e attese. Il bambino allungò la mano e iniziò ad accarezzargli la testa. Jim si avvicinò. Quel ragazzino non sembrava spaventato, ma le reazioni degli animali sono a volte imprevedibili e l'ultima cosa che gli serviva in quel momento era un genitore infuriato perché un cane gli aveva tenagliato il figlio.

«Silent Joe. Vieni qui, non dare fastidio alla gente.»

«No, non mi sta dando fastidio. È un bel cane e mi sembra molto buono.»

Jim arrivò vicino ai due ed ebbe modo di notare che il bambino era piuttosto alto per l'età che dimostrava. Aveva la carnagione e i capelli tipici dei nativi, ma quando alzò verso di lui il viso abbronzato, a sorpresa si trovò di fronte due limpidi occhi azzurri.

«Come mai si chiama Silent Joe?»

Jim fece un gesto vago e sorrise.

«Be', diciamo che non è un gran chiacchierone.»

Il cane si alzò e si mise tra di loro, come se volesse presentargli quel nuovo amico. Jim sapeva benissimo che in realtà voleva solo essere accarezzato sulla testa da tutti e due.

«Ti piacciono gli animali?»

«Certo. A casa ho una tartaruga e un furetto e un giorno avrò un cavallo tutto mio.»

«Uhm. Sarà di certo un gran bel cavallo.»

Si accucciò a terra. Silent Joe si appoggiò a lui con il corpo.

«Io sono Jim. Tu come ti chiami?»

«Seymour.»

«Bene, Seymour. Vieni, che ti insegno una cosa.»

Il bambino si inginocchiò di fianco a lui. Jim gli spiegò come doveva comportarsi.

«Se vuoi farti amico un cane, devi grattarlo dove lui da solo non riesce ad arrivare. I posti migliori sono qui, sopra la coda e sul petto. Prova.»

Seymour iniziò a passare le dita sullo sterno di Silent Joe. Il cane rimase impietrito ed estasiato, con la lingua di fuori. Sembrava che in vita sua mai avesse provato un piacere così sopraffino.

«Adesso prova a smettere di grattarlo.»

Il bambino allontanò la mano e immediatamente Silent Joe si fece avanti con il petto proteso, perché riprendesse quella pratica così gratificante.

«Visto che razza di gaglioffo?»

Seymour si mise a ridere.

In quel momento una voce di donna arrivò alle loro spalle, seguita da un'ombra al suolo.

«Che succede, Sey?»

Jim si alzò e si trovò di fronte il viso preoccupato di April Thompson. Quando realizzò che si trattava di lui, la vide rilassarsi e irrigidirsi insieme. Jim guardò di nuovo Seymour e vide che gli brillavano in viso gli stessi occhi di April. Iniziò senza motivo a provare un leggero senso di malessere.

«Vedo che tu e il tuo cane avete fatto conoscenza con mio figlio.»

«Seymour è tuo figlio?»

Il bambino si intromise ed evitò alla madre una risposta ovvia.

«Jim mi ha insegnato a diventare amico dei cani. Questo si chiama Silent Joe.»

«A volte vorrei poter chiamare anche te così. Adesso sali in macchina e allacciati le cinture, che si parte.»

«Corro. Ciao, Jim. Ciao, Silent Joe.»

Diede un'ultima carezza sulla testa del cane e si infilò in macchina. Jim e April lo seguirono con lo sguardo e attraverso il lunotto posteriore lo videro armeggiare con le cinture, nascosto dal poggiatesta del sedile.

Si guardarono. Seymour, nella sua esuberanza infantile, non si era accorto del loro imbarazzo.

«Scusa, è un bambino piuttosto espansivo. Troppo, a volte.»

«Mi sembra un gran bel soggetto. È intelligente e vivace. Quanti anni ha?»

«Oh, se è per questo anche troppo vivace.»

April non aveva risposto alla sua domanda. Jim cercò di uscire dal disagio che provava e la notte insonne non lo aiutava di certo. Decise di cambiare argomento, come se questo espediente potesse cambiare qualcosa tra di loro.

«Che ci fai qui?»

April fece un gesto vago.

«Sono venuta per un'inutile conferenza stampa sull'omicidio di Caleb. La polizia secondo me brancola nel buio e le dichiarazioni degli investigatori lo confermano. Sembra che non solo ignorino chi ma anche come…»

Fece una pausa e lo guardò, quasi volesse superare la barriera degli occhiali scuri.

Quando si era avvicinato a Seymour, Jim aveva tenuto su i Ray Ban. Non aveva voglia dell'ennesimo commento stupido di un bambino per la stranezza dei suoi occhi. Adesso era contento di averlo fatto.

«Tu non hai nient'altro da dirmi?»

«No. Quello che ho detto a te è quello che ho detto a Robert.»

Jim mentiva e sapeva che April lo sapeva. Ciò che in realtà aveva visto sarebbe stato un boccone molto saporito per ogni cronista di nera sulla faccia della terra. Ancora di più per una giornalista di un piccolo giornale locale.

Ma la sua vita era già troppo piena di grane per cercarne altre con la Polizia. Non era disposto a farlo nemmeno per la sua ragazza di un tempo. Nemmeno per quel suo figlio dagli occhi così azzurri e dai capelli troppo neri.

April si arrese. Forse pensò che era solo una delle tante volte che lo faceva, con lui.

«Okay. Come vuoi. Se cambi idea mi puoi trovare al giornale. Tu sai dov'è.»

Girò le spalle e si avviò verso la Honda. In piedi in mezzo al parcheggio, Jim la osservò salire in macchina, avviare il motore e allontanarsi. Dal vetro vide la mano agitata di Seymour e rispose al saluto. Non riusciva a togliersi dalla mente l'espressione di April quando aveva eluso la sua domanda sull'età del bambino.

Rimase qualche istante a pensare e immaginare, e quello che stava venendo fuori gli metteva addosso un leggero senso di freddo, innaturale nel sole del parcheggio.

Non ebbe modo di andare oltre. Silent Joe, di fianco a lui, iniziò un piccolo balletto frenetico. Jim sentiva le sue unghie picchiettare sonore l'asfalto. Lo guardò e vide che aveva iniziato a tremare.

«Che c'è? Che succede?»

Fece per accarezzarlo ma il cane partì di scatto e raggiunse il furgone. Saltò sul sedile del passeggero e rimase a guardare dal finestrino, continuando a tremare e mostrando il bianco degli occhi.

Poi, di colpo, iniziò a ululare.

16

Quei figli di puttana non hanno nessuna prova. Nessuna prova. Nessuna prova...

Jed Cross continuava a ripetere con rabbia queste parole dentro di sé, mentre fumava steso sulla sua branda in una cella del carcere di Flagstaff, al 951 della Sawmill Road. Il fumo della sigaretta che usciva dalla sua bocca veniva subito catturato dalla luce che entrava di taglio dalla piccola finestra posta in alto alle sue spalle. L'ombra prodotta dal montante tagliava in due quella specie di letto su cui lo obbligavano a dormire.

Metà in luce, metà in ombra.

Metà fumo, metà polvere.

Ogni volta che si muoveva sul letto, il pulviscolo che si sollevava contendeva al fumo i raggi di quel poco sole. Quella merda di coperta con il marchio delle prigioni di Stato dell'Arizona era in pratica un allevamento di acari. Gettò il mozzicone nel piccolo lavello alla sua sinistra e si mise a sedere sul letto. Fra poco avrebbe finito anche le sigarette e i suoi carcerieri non sembravano per niente intenzionati a concedergli un piccolo rifornimento.

Indossava ancora i vestiti con i quali lo avevano arrestato, un paio di calzoni di tela beige e una camicia di denim leggero. Da quando stava dentro quei bastardi non gli avevano concesso nemmeno una doccia. Aveva ai piedi un paio di calzini sudici e i suoi vecchi scarponcini di nabuk tutti consumati. Era senza lacci e gli avevano tolto pure la cintura.

Avrebbero anche potuto lasciarglieli, tanto non aveva nessuna intenzione di suicidarsi.

Né adesso né mai.

Lo avevano beccato a casa, la mattina presto, mentre dormiva. La sera precedente era stato con degli amici alla King Steak House sulla strada per Sidona, un posto dove si mangiava e si faceva anche della bella musica. Canzoni vere, con una melodia riconoscibile, cantate da una voce come si deve, non quella merda di rap che ormai si sentiva da tutte le parti. Era rientrato tardi e con in corpo qualche birra e qualche whisky di troppo e si era gettato sulle coperte senza nemmeno togliersi i vestiti.

Avevano sfondato la porta nella sua casa sulla Lynch Street ed erano entrati come delle furie. Lo avevano sollevato dal letto e girato e senza dargli nemmeno il tempo di aprire gli occhi si era trovato a faccia in giù con le braccia dietro la schiena. Aveva sentito lo scatto delle manette e non aveva nemmeno visto in faccia il poliziotto che gli leggeva i suoi diritti.

«Hai il diritto di restare in silenzio. Se rinunci a questo diritto tutto quello che dici...»

E voi avete il diritto di succhiarmi l'uccello, froci di merda, aveva pensato.

Poi era stata una corsa e poi una prassi che non sembrava avere fine. Le foto, le impronte, le domande di quei tronfi palloni gonfiati che si atteggiavano a sceriffi. E il suo silenzio, a cui aveva diritto e nel quale si era rifugiato con un'espressione di scherno come unica rivalsa verso il mondo che lo aveva gettato in galera come un animale.

Jed Cross non aveva paura. Era già stato in galera altre volte e in posti ben più duri di quello. Ci volevano altro che quattro poliziotti di provincia per piegarlo. Lo tenevano in isolamento solo per cercare di ammorbidirlo, ma lui conosceva le loro tecniche e aveva palle a sufficienza per ribaltare tutta la polizia del Sud-Ovest.

Io i coglioni li ho sotto, non come i poliziotti che stanno sempre insieme per averli almeno intorno.

Si rese conto di quello che aveva appena pensato e sorrise. Cristo santo, questa sì che era una battuta. Quando l'avesse detta ai ragazzi al bar di Jenny si sarebbero sbellicati dalle risate.

I coglioni intorno, troppo divertente.

Anche l'ora d'aria che dal giorno prima gli concedevano era in completa solitudine, in un cortile sterrato sul lato ovest del carcere, lontano da quello dove era concessa la temporanea libertà ai reclusi. Lui sapeva che il suo capo d'imputazione non era di quelli più graditi ai delinquenti comuni. Uno meno tosto avrebbe corso il rischio di non riportare in cella la pelle dopo un periodo nel cortile con gli altri detenuti, anche se il carcere di Flagstaff non era un istituto di detenzione federale e quelli che ci si trovavano erano di solito delle scartine. E lui aveva troppo marciapiede nelle scarpe per preoccuparsi di quelle mezze seghe. In ogni caso il problema non si poneva e tanto di guadagnato.

Nemmeno una prova. Nemmeno una piccola prova del cazzo.

Però...

Il ricordo di quello che era successo gli provocava ancora adesso, a parecchi giorni di distanza, un sottile brivido di piacere. Stava salendo verso Leupp, nel cuore della riserva indiana, e c'era quel ragazzino che faceva l'autostop, quella maledetta merdina Navajo con quel bel faccino e gli occhi brillanti come carbone.

Quanto poteva avere? Dieci, undici anni?

Aveva una pelle abbronzata che alla vista sembrava più liscia della seta. Mentre guidava, Jed aveva sentito l'ingombrante arrivo di un'erezione. Lui non voleva fargli del male, se solo quello stronzetto non si fosse messo a gridare quando aveva iniziato a toccarlo... Gli aveva anche promesso dei soldi ma non c'era stato verso. Duecento dollari, Gesù Cristo. Poi trecento. E quello aveva continuato a strillare come se lo scuoiassero vivo. Jed si era guardato intorno. Era pomeriggio inoltrato e aveva fermato la macchina in un posto isolato, dopo aver percorso una strada sterrata che costeggiava la cava di carbone, protetta alla vista dai mucchi di terra prodotti dagli scavi.

E allora lo aveva trascinato fuori dalla macchina e lo aveva colpito con un manrovescio così forte che dal naso era uscito uno schizzo di sangue come se fosse stato colpito da una pallottola. Lo aveva colpito di nuovo, meno forte. Non si muoveva quasi più e Jed lo aveva trascinato per un paio di metri e appoggiato sul cofano del Mitsubishi.

Poi gli aveva calato i jeans e…

quasi senza accorgersene le sue mani si erano strette intorno al collo del ragazzino e…

alla fine era stramazzato a terra col fiato corto e il ragazzino non respirava più.

Ancora adesso, mentre ci pensava, sentiva la sua eccitazione farsi calda nello stomaco e tendere la tela della patta dei calzoni. Un passo in avvicinamento nel corridoio gli impedì di sdraiarsi sul letto, aprire la lampo e approfittare di quell'esperienza, del ricordo e della fantasia. La figura di un poliziotto in divisa blu si affacciò alla porta, tagliata a segmenti dalle sbarre della cella.

Jed lo conosceva di vista. Lo aveva incontrato diverse volte con una birra in mano, uno dei tanti spettatori a una delle tante gare di biliardo al Jason's Pool and Bar, a Downtown. Era un ragazzo giovane, tendente alla calvizie e alla pinguedine, con una piega molle della bocca. Jed lo aveva catalogato immediatamente. Un topo da scrivania e non certo uno da centro dell'azione. Per quanto si potesse chiamare azione quel poco che arrivava a succedere da quelle parti.

«Cross, vieni, c'è una visita per te.»

«E chi cazzo è?»

«Il tuo avvocato.»

«Quel pezzo di merda. Era ora.»

Tese le mani verso la feritoia tra le sbarre attraverso la quale gli passavano il cibo e attese che l'agente gli fermasse i polsi con le manette. Poi si fece indietro e attese. Il poliziotto si rivolse verso qualcuno alla sua sinistra.

«Okay, puoi aprire.»

Una parte delle sbarre scattò e scivolando di lato andò a sovrapporsi a quella fissa. Tirava un'aria di grande efficienza in quel posto. Il carcere era stato costruito da poco e non avevano badato a spese. Avevano riunito nel medesimo edificio la prigione, la sede della polizia e l'ufficio dello Sceriffo della Contea. Mentre usciva dalla cella non poté fare a meno di sentirsi un po' Clint Eastwood in quella storia dell'evasione da Alcatraz.

Jed Cross prese a sinistra e si avviò per il corridoio, immerso in una solforosa dominante verdastra. C'erano delle luci al neon appese al soffitto e camminando vedeva l'ombra delle sue braccia trattenute dalle manette avvicinarsi e scomparire sotto i suoi piedi in attesa della prossima luce e della prossima ombra.

Sentiva come una presenza quasi tangibile l'ostilità del poliziotto che lo seguiva a due passi di distanza, la mano distrattamente appoggiata al calcio della pistola. Forse aspettava solo che lui facesse un passo falso per piantargli una pallottola nella testa e poi andare a raccontare agli amici, fra un tiro e l'altro di biliardo, che la sua testa era esplosa come una zucca e il suo cervello si era sparso sul pavimento in resina.

Jed Cross era troppo furbo e troppo malato nel cranio per cadere in quella trappola.

Non saranno colpi di testa, vecchio mio. Né tantomeno teste che scoppiano e cervelli che si spargono. Adesso un avvocato con i controcazzi mi tirerà fuori di qui e tu ce l'avrai nel tuo bel culo di poliziotto chiatto...

«A destra.»

Sorpassarono un cancello aperto e l'agente lo spinse piuttosto rudemente verso il corridoio che si apriva alla loro dritta. Jed perse l'equilibrio e incespicò. Recuperò la sua stabilità e, continuando a camminare, girò il capo verso la guardia. Cercò di comporre sul volto il sorriso più strafottente di cui era capace.

«Calma, giovanotto. Non vorrai che il prigioniero si faccia male e che il suo avvocato faccia causa alla Polizia. Ammetto che un po' di soldi non mi darebbero fastidio, in questo periodo.»

La guardia non rispose. Diede un'altra spinta al prigioniero, questa volta senza troppa convinzione.

Jed tornò a guardare davanti a sé e sorrise di nuovo.

Costeggiarono una lunga litania di porte chiuse finché, dove finiva il corridoio, si trovarono davanti a una porta di metallo dipinta con smalto verde. Da una piccola apertura nella parte superiore si intravedeva, deformata dall'approssimazione del vetro, la stanza dall'altra parte.

«Entra.»

Jed spinse il battente e si trovò in un grande vano, illuminato da finestre protette da sbarre che si aprivano sul lato sinistro. L'unico arredamento era rappresentato da alcuni tavoli di metallo con il piano in metacrilato verde acqua e poche sedie dello stesso materiale.

A uno di questi tavoli stava seduto un uomo. Jed rimase sorpreso. Si era aspettato di trovare il vecchio Theodore Felder e invece questo era un viso del tutto nuovo. Portava in testa un cappello chiaro con una fascia marrone e indossava un abito in lino beige stazzonato, piuttosto leggero per la stagione già inoltrata. Sotto aveva una camicia a righe, con il colletto cerchiato di stanchezza e la cravatta slacciata. Dalla giacca aperta si intuiva un paio di bretelle rosso scuro. Era piuttosto grosso e piuttosto sudato, con un ridicolo paio di occhiali di metallo che facevano assomigliare i suoi occhi a dei calzini in un oblò di una lavatrice. Quell'uomo diede a Jed Cross una sensazione di sudicio che faceva fatica a sopportare. Lui era un maniaco della pulizia e d'estate faceva anche tre o quattro docce al giorno. Gente grassa e unta come quel tipo gli faceva letteralmente schifo, laureata o no che fosse.

Si avvicinò al tavolo, mentre l'agente che lo aveva accompagnato si fermava accanto alla porta per garantire la privacy dell'avvocato con il suo cliente.

«E tu chi cazzo sei?»

L'uomo dagli occhi come calzini non si alzò e non tese la mano.

«Buongiorno, signor Cross. Mi chiamo Thomas Rittenhour e sono un avvocato.»

Il prigioniero rimase un istante a guardarlo con un'espressione beffarda sul viso. Poi tese verso il legale le mani avvolte nelle manette.

«Buongiorno, ha detto? Secondo lei lo è?»

L'avvocato Rittenhour fece finta di non aver sentito.

«Si accomodi, per favore.»

Per quanto poteva, con le mani strette dalle manette, Jed si sistemò meglio una sedia davanti al tavolo e si sedette.

«Che fine ha fatto il vecchio Theo?»

«L'avvocato Felder al momento è impegnato e non poteva occuparsi del caso.»

Rittenhour non aggiunse che quando aveva sentito il capo di imputazione, nonostante fosse abituato a trattare con gente della peggiore risma, Felder era inorridito e aveva fermamente rifiutato di occuparsi della faccenda.

E anche lui, se recentemente non avesse un poco esagerato con le scommesse, di certo non…

«Ho avuto l'incarico da alcune persone di occuparmi della sua difesa. Persone che, come è nella logica delle cose, non hanno piacere di apparire. Se capisce cosa intendo dire.»

«Non me ne frega un cazzo nemmeno se appare la Madonna, figurati loro. Tutto quello che voglio è uscire di qui il più in fretta possibile.»

«Ci proveremo. Ma prima devo darle una brutta notizia.»

«Spara.»

«Suo cugino Caleb è morto.»

«Pace all'anima sua. Quel coglione ha finito di rincorrere sogni e tempeste. Hai una sigaretta?»

Thomas Rittenhour, avvocato a Phoenix, non era un novellino e nemmeno un santo ma fu costretto suo malgrado a stupirsi.

Pace all'anima sua. Hai una sigaretta?

Quella successione gli sarebbe rimasta in testa a lungo, con i tempi perfetti con cui lo squallore mette in scena i suoi copioni.

Tirò fuori dalla tasca un pacchetto di Marlboro e lo posò sul piano del tavolo. Attese che il suo cliente se ne scegliesse una e poi fece scattare lo Zippo per farlo accendere. Mentre Jed Cross si chinava verso la fiammella, senza un motivo particolare Thomas Rittenhour ebbe la certezza che quell'uomo fosse pazzo.

Cercò di non pensarci e decise a malincuore di iniziare a fare il lavoro per il quale veniva pagato.

«Bene, veniamo a noi.»

«Sarebbe ora.»

«Signor Cross, lei e accusato di stupro e omicidio volontario ai danni di...»

Aprì un fascicolo che teneva davanti sul tavolo e controllò un documento che conteneva i capi d'accusa.

«...Johnson Nez, un bambino Navajo di undici anni. Il corpo è stato trovato sepolto nelle prossimità della cava di carbone, a una decina di miglia a ovest di Flagstaff. Che mi dice?»

Rittenhour aveva due figli, un maschio e una femmina, pressappoco dell'età della vittima. Solo il pensiero che ai suoi ragazzi potesse capitare quello di cui stava parlando, gli proiettava nella mente un'ombra scura.

«Che non sono stato io.»

E invece sei stato proprio tu, grande figlio di puttana. E se non fossi nella situazione economica in cui mi trovo ti lascerei con grande piacere in mano al boia.

Thomas Rittenhour si tolse gli occhiali e li pulì con un fazzoletto che aveva tirato fuori dalla tasca. Con lo stesso fazzoletto che recava traccia di operazioni di quel genere, tolse via un leggero velo di sudore dalla fronte.

«Purtroppo c'è un testimone. Un vecchio che stava pascolando delle pecore da quelle parti l'ha vista raccogliere il ragazzo che faceva l'autostop e salire in direzione di Leupp. Dopo circa un'ora asserisce di averla vista tornare indietro e che nel furgone lei era solo.»

Jed alzò la testa e lanciò verso il soffitto uno sbuffo di fumo.

«Ma quel vecchio rincoglionito ha visto *me* o semplicemente ha visto un pick-up come il mio? Le faccio notare che da queste parti di macchine di quel modello e di quel colore ce n'è un'infinità.»

L'avvocato Rittenhour capì immediatamente dove Cross voleva andare a parare.

«Questo può essere vero. Ma non credo che ce ne siano due dello stesso colore e con la stessa targa dell'Arizona.»

«Cazzate. Lei sa benissimo quanto me che una persona anziana non è attendibile sotto questo profilo. Può aver visto qualunque cosa.»

«C'è un altro problema. Anzi più di uno.»

«E quali sarebbero?»

«Durante la perquisizione a casa sua, nel suo pc sono stati trovati dei file e delle registrazioni di siti legati alla pedofilia e pornografia con minori. E lei ha alle spalle un paio di accuse per molestie.»

Jed Cross scosse le spalle come se tutta quella faccenda non lo riguardasse.

«Solo accuse e mai condanne. Questo conta.»

Tese verso l'uomo che aveva di fronte il mozzicone di sigaretta che teneva in mano. Poi lo lasciò cadere a terra e lo schiacciò sotto il piede.

«Se lei è un avvocato che vale poco più di questa cicca non dovrebbe fare fatica a smontare pezzo per pezzo tutte queste cazzate.»

Il problema non è se ci riesco. Il problema è se davvero *ci voglio provare…*

Come tutti gli avvocati, Thomas Rittenhour era un giocatore di poker, ma stavolta il bluff gli era riuscito davvero male. Questo pensiero passò sul suo viso in modo talmente evidente da farlo arrossire.

Jed Cross si chinò verso di lui. Sentì il suo alito cattivo e la sua malvagità filtrare densi attraverso i denti resi grigiastri dall'alcol e dal fumo.

«Ascoltami bene, avvocato. Non me ne frega un cazzo di quello che pensi di me. Pensa solo a tirami fuori di qui e poi vattene a fare in culo insieme a quelli della tua specie. E dillo, a... com'è che le hai chiamate?»

Rimase un attimo perplesso, fingendo di cercare nella recente memoria parole che ricordava benissimo.

«Ah sì, certo. Vai e dillo alle *persone che non hanno piacere di apparire* che se resto in gattabuia troppo a lungo la mia volontà potrebbe vacillare. Come sai volontà, memoria e bocca sono direttamente collegate. Non vorrei essere costretto ad aprire i registri e far *apparire* delle manette ai loro polsi come in un trucco di David Copperfield.»

«Non capisco cosa intende dire.»

Jed Cross si alzò dalla sedia.

«Non capiresti a cosa serve il tuo uccello nemmeno se te lo spiegasse una pornostar. Ma tirami fuori di galera altrimenti fra pochi giorni saranno in diversi a farmi compagnia, qui dentro.»

Fece una pausa.

«E fatti una doccia, grasso maiale.»

Jed Cross, imprigionato dalle sue manette e dalla sua follia, si girò e si diresse verso l'uscita.

Mentre lo guardava sparire oltre la porta seguito dal suo guardiano, l'unico pensiero che percorreva la mente di Thomas Rittenhour, avvocato a Phoenix, era la speranza che durante il periodo di detenzione quello psicopatico facesse qualche grande, enorme cazzata e che un poliziotto destinato a diventare santo gli cacciasse un proiettile in quella testa bacata che si portava sulle spalle.

E quando se lo fosse sentito raccontare, sapeva bene che cosa avrebbe detto.

Pace all'anima sua. Hai una sigaretta?

17

Jed Cross entrò sbattendo gli occhi nel sole del cortile.

Si guardò intorno un attimo, poi prese l'ultima sigaretta dal taschino della camicia e l'accese, senza preoccuparsi più di tanto. Sapeva bene che il discorso che aveva fatto all'avvocato prima di uscire dal parlatorio avrebbe messo il pepe al culo a qualcuno molto in alto, giù in città. Presto sarebbero arrivati buon cibo e sigarette e tutti i generi di assistenza che un carcerato poteva desiderare.

Jed era al corrente di come andavano le cose ma era necessario che anche gli altri non se lo scordassero. Nel caso, lui era sempre lì, pronto a rinfrescare le memorie accaldate.

Persone che non hanno piacere di apparire...

Jed sapeva benissimo di chi si trattava ed era gente che gli facevano venire voglia di vomitare. Erano quelli che si muovevano tra i comuni mortali con la puzza sotto il naso, come se il mondo fosse inadeguato ad accoglierli, trattando tutti come essere inferiori solo perché non guidavano una Porsche o una Jaguar o non abitavano nei quartieri residenziali e non mandavano i loro figli alle scuole che contano.

Poi, quando si presentava la necessità, quelli come lui diventavano comodi, anzi preziosi. Se non addirittura indispensabili per risolvere tanti piccoli problemi che nella gestione degli affari talvolta si presentavano. Il modo in cui venivano risolti non sembrava avere molta importanza, alla luce di un risultato positivo.

Nessuno voleva partecipare, nessuno voleva vedere, nessuno voleva anche soltanto *sapere*.

La puzza sotto il naso impediva loro di metterlo negli aspetti più disinvolti degli affari, quelli meno ufficiali, quelli che si portavano a termine nell'oscurità e con mezzi non solo sleali ma addirittura illegali.

Jed conosceva il suo ruolo, sapeva qual era la musica che menava la danza ed era disposto a ballare. Accettava senza battere ciglio il sussiego con cui veniva trattato alla luce dei dollari che portava a casa. Però quando era in difficoltà chiedeva il conforto di non essere solo sulla pista, anche se in quel momento si trovava lui sotto i riflettori. Voleva denaro e applausi e non gliene importava nulla che potessero essere solo privati.

Come adesso.

Gettò la sigaretta e la schiacciò sotto la suola degli scarponcini.

Mentre avanzava sulla terra battuta del cortile gli tornò alla mente quanto aveva detto Rittenhour a proposito di suo cugino Caleb.

Gli venne quasi da ridere.

E così quello sfigato alla fine ce l'aveva fatta a lasciarci la pelle. Non che gliene importasse più di tanto, in fondo. Fin da quando erano ragazzi Caleb era sempre stato una mezza tacca e lui, ogni volta che se n'era presentata l'occasione, lo aveva messo sotto, con un pretesto o un altro. Una volta, al tempo delle superiori, lo aveva sorpreso nel parco intorno al Lowell Observatory che stava baciando Laura Lee Merrin, una ragazza del liceo alla quale aveva fatto la corte e che a più riprese aveva dimostrato di preferirgli il cugino.

Lo aveva preso per un braccio e lo aveva picchiato fra le urla di quella troietta fino a che non era rimasto immobile a terra, il viso sporco del sangue che gli usciva dal naso. Dopo, crescendo, non si erano mai frequentati più di tanto. Jed detestava l'attaccamento di Caleb alla scuola e tutta quella sua ossessione per le materie scientifiche, la fisica in primo piano. D'altronde, anche tra le famiglie non correva buon sangue. Suo padre e soprattutto sua madre non erano mai riusciti a sopportare del tutto quello stupido Jonathan Kelso che era arrivato da fuori, aveva comperato The Oak e ne aveva fatto un campeggio. Infine, senza nessun entusiasmo da parte dei parenti, aveva sposato Mary, la sorella di lei.

Caleb era un povero sognatore e aveva dei progetti azzardati, superiori alle sue forze, sia nel lavoro che nell'amore.

Jed era venuto a sapere che quell'imbecille si era innamorato di una certa Charyl, una che faceva la puttana a Scottsdale. Questa cosa lo aveva fatto divertire addirittura più della sua ossessione per le ricerche sui fulmini. Si era immaginato Caleb in ginocchio con in mano un anello proteso verso una ragazza nuda che stava a quattro zampe su un letto, con un cliente tutto rosso in faccia che se la ingroppava da dietro.

Jed e i suoi amici avevano riso fino alle lacrime quando aveva raccontato questa cosa che gli era venuta in mente.

Poi, una volta che era a Phoenix, si era ricordato di quella faccenda di suo cugino e della puttana ed era riuscito, cercando su Internet, a rintracciare la ragazza. Quando l'aveva vista, era rimasto impressionato. Era davvero un bel bocconcino e aveva pensato che Caleb in fondo non doveva passarsela poi così male se poteva permettersi una ragazza come quella. Si era accordato con lei e se l'era scopata senza dirle nulla, godendo dell'amplesso e del gusto maligno di quell'incognito, sovrapponendo come in una dissolvenza cinematografica la faccia di lei a quella di Caleb Kelso, morto stecchito da qualche parte nella città di Flagstaff, forse folgorato dal suo stesso sogno.

E, poco o tanto che fosse, lui era l'unico erede.

Scosse la testa e questo fu, per quanto lo riguardava, l'unico servizio funebre che poteva concedere al cugino, con un *povero coglione* come sermone.

Avanzò nel cortile assolato. Dall'altra parte, il muro di cinta proiettava un'ombra rassicurante.

Sopra di lui, un agente stava in piedi sul bastione che delimitava a sinistra il cortile. Causa il controluce non riusciva a vederlo in faccia, ma intuiva la sua sagoma armata di un fucile a pompa stagliarsi contro il cielo azzurro. Si diresse verso la parte opposta dello spiazzo, per raggiungere l'angolo protetto dal sole. Camminando, arrivò all'ombra dell'agente con il suo ridicolo fucile proiettata sul terreno. Con un sorriso, ebbe cura di mettere un piede in corrispondenza della testa, pensando a come sarebbe stato piacevole farlo direttamente sulla sua persona.

Raggiunse il muro e si sedette a terra, appoggiando la schiena contro il cemento a vista e godendo della sensazione di fresco attraverso il tessuto leggero della camicia.

Si mise a riflettere.

Tutta quella storia non aveva senso.

Non molto, almeno.

Dopo il fatto alla cava di carbone, aveva pulito dalle impronte e lavato accuratamente con la canna dell'acqua l'interno del furgone. Poi aveva bruciato i vestiti che portava in quel momento. Prima di seppellirlo, aveva lavato con della benzina il corpo del ragazzino per far sparire ogni traccia di residui fisiologici che in ogni caso, pur nell'eccitazione del momento, aveva avuto cura di non lasciare.

Non ci sarebbero state storie di impronte digitali, DNA e tutte quelle altre merdate da *C.S.I.* che la polizia scientifica si portava dietro.

Per il materiale trovato nel suo computer non c'era problema. Erano solo poche foto, che al massimo avrebbero potuto metterlo in cattiva luce al processo ma che non costituivano da sole una prova determinante.

C'era soltanto la testimonianza di quel vecchio che diceva di averlo visto, ma Rittenhour o chi per lui non avrebbe avuto difficoltà a farla cadere. Ripensando alla figura gonfia e sudata di quell'uomo seduto in parlatorio, Jed ebbe un gesto di stizza. Quel tipo non sembrava nemmeno capace di far uscire il suo cazzo dalla patta, figuriamoci se era capace di tirare fuori un uomo di galera. Bene, se quella caricatura d'avvocato non fosse stato all'altezza, che i suoi amici della stanza dei bottoni si muovessero e aprissero i loro portafogli abbastanza da prendere tutti i maledetti cervelloni del Sud-Ovest, con le loro toghe e i loro cavilli e il loro *bla bla*.

Sapeva troppe cose ed era troppo forte in quel momento, perfino per loro.

Davvero, non c'era motivo di preoccuparsi.

Incrociò le mani dietro la testa e si mise a cantare con voce roca una canzone di Toby Keith. L'agente di custodia che stava sopra di lui si affacciò oltre il parapetto per controllare quello che stava facendo. Jed vide il movimento documentato dall'ombra al suolo e senza nemmeno voltarsi tolse la mano destra da dietro la testa ed espose verso l'alto il pugno con il dito medio in evidenza.

Controlla questo, stronzo.

Continuò a cantare e a pensare al suo squallido futuro, finché dall'altra parte del cortile qualcosa non attrasse la sua attenzione. C'era stato come un movimento, così leggero che non era riuscito a identificare ma che aveva avvertito con quella parte animale che gli uomini ancora conservano.

Ed ecco che successe di nuovo.

Smise di cantare e aguzzò lo sguardo.

In effetti c'era qualcosa che...

Si alzò in piedi e dall'alto del suo metro e ottantatré ebbe una visione migliore sul terreno del cortile.

Quello che vide gli fece letteralmente rizzare i peli sulle braccia.

Jed Cross era un uomo che non aveva paura di nulla. Era forte fisicamente e molto determinato e, da qualche parte dentro di lui, conservava nascosto il ragionevole dubbio di essere pazzo. Sapeva che poteva trovare una reazione adeguata a qualunque evenienza negativa arrivasse a minacciarlo, sia dagli uomini che dalle bestie.

Ma di certo il suo sangue freddo non era preparato ad affrontare quello che stava succedendo davanti ai suoi occhi.

Jed Cross perse completamente il controllo del suo corpo e della sua anima nera.

Si schiacciò contro il muro di cemento come se volesse entrare a farne parte e, mentre si liberava nei pantaloni, iniziò con tutto il fiato che aveva in gola a urlare.

18

Robert Beaudysin spinse la porta in metallo e passò a malincuore dalla penombra del corridoio alla luce del cortile della prigione. Di fronte a lui, all'angolo opposto dello slargo, c'era un capannello di gente che si affannava intorno a due corpi stesi a terra. C'erano il blu delle divise e i corsetti colorati dei paramedici e un bel po' di altra gente in borghese. Nel tramestio nevrotico delle persone che si agitavano, avanti-indietro-alto-basso, intravide una barella appoggiata per terra.

Si prese un attimo di tempo. Tirò fuori tabacco e cartine e si arrotolò una sigaretta. L'accese con il sospetto che quella, per molto tempo a venire, sarebbe stata l'ultima di una serie di sigarette se non serene almeno tranquille. Poco prima era seduto nel suo ufficio, alle prese con una delle peggiori crisi della sua vita e gli sembrava che per un investigatore qualunque altra situazione al mondo potesse essere preferibile a quella.

Adesso, senza sapere su che cosa si sarebbero posati i suoi occhi, aveva la netta sensazione di stare sull'orlo di una situazione nuova che avrebbe fatto sembrare quella precedente un posto invidiabile.

Fino a quel momento c'era un cadavere trovato con le ossa sbriciolate senza nemmeno un livido, con una modalità che era difficile catalogare in una maniera qualunque. Dave Lombardi, che aveva condotto l'autopsia, aveva confermato la diagnosi provvisoria enunciata a The Oak ma aveva aggiunto che davanti a un risultato autoptico del genere non si era mai trovato in tutta la sua vita.

E nemmeno lui.

Quella diagnosi per il medico legale aveva significato, in ogni caso, la fine del suo lavoro. Per chi doveva condurre l'indagine, invece, erano iniziate le grane. Il corpo era immerso nel buio del più classico dei rebus letterari. Chiuso in un ambiente sprangato dall'interno, niente tracce, niente impronte, nessun segno di effrazione.

Niente di niente.

Avevano sezionato in lungo e in largo la vita di Caleb Kelso, per quanto potesse esserci di misterioso nella vita di un uomo nato e cresciuto in una cittadina di sessantamila anime, in cui tutti si conoscevano e tutti sapevano tutto di tutti.

Anche qui il trionfo del niente. Niente denaro, niente nemici, praticamente niente amici, un campeggio dal bilancio fallimentare già in parte eroso da un'ipoteca e il sogno assurdo di diventare un giorno ricco e famoso.

Ma era poi così assurdo, quel sogno?

E d'altronde chi non sperava di diventarlo, prima o poi?

Il detective Robert Beaudysin si trovò a provare tenerezza per Caleb Kelso, per sé, per tutti.

Erano quelle le illusioni che ogni uomo si trascinava sulle spalle, senza accorgersi di trasportare un sacco bucato. Che diventava più pesante a mano a mano che il contenuto veniva perso lungo il cammino. Poi, un giorno, ci si accorgeva che il sacco era vuoto e che la vita era passata.

Ne aveva viste di storie, da poliziotto e da uomo, per permettersi ancora il lusso di essere sorpreso. C'era, in quella città e in altre simili sparse per quel territorio, una situazione di continua tensione. Per l'amor di Dio, nulla di conflittuale, di aperto. Ma quella era pur sempre e ancora una terra di frontiera, il confine tra gli uomini bianchi che vivevano il presente e braccavano il futuro e i Navajos, che quel futuro lo rifiutavano se non potevano viverlo alla luce del loro passato.

Forse non era così per tutti, ma lo era per molti.

E la voce del popolo era da sempre la voce di Dio, di qualunque colore fosse la sua divina pelle.

Lui aveva un briciolo di quel sangue nelle vene, non tanto da essere considerato un *Diné* a tutti gli effetti, ma abbastanza da capire le problematiche che si presentavano. Ed erano a sufficienza per richiedere l'attenzione e la cautela di tutte le forze di Polizia, statali o Navajos che fossero.

Durante quel poco prima, che adesso sembrava distante un anno fa, mentre era immerso in queste riflessioni, nel suo ufficio era entrato un agente. Era un ragazzo giovane, dall'aria sana di chi fa un lavoro che gli piace e che si muoveva con l'entusiasmo che solo la poca esperienza poteva generare.

Aveva aperto la porta deciso, senza bussare.

Lui aveva sollevato la testa dai reperti che stava studiando.

«Cole, ti perdono quest'ingresso da saloon solo se mi porti una buona notizia.»

«Mi scusi, detective. C'è una piccola novità.»

«In una situazione come questa anche una piccola novità può considerarsi un grosso risultato.»

L'agente Cole aveva appoggiato sulla scrivania un foglietto sul quale era scritto un appunto. Beaudysin aveva posato gli occhi sul piccolo rettangolo di carta giallo e ci aveva trovato un nome e un numero di telefono.

«Non so se possa esserlo. Però dai tabulati telefonici risulta che l'ultima telefonata effettuata dalla casa di quel Kelso, il giorno della morte, poco prima che la compagnia gli tagliasse i fili, è stata a questo numero. E questo è il nominativo a cui corrisponde.»

«E chi sarebbe questa...»

Aveva controllato il nome, scritto frettolosamente a matita con una grafia spigolosa.

«...Charyl Stewart?»

L'agente Cole si era stretto nelle spalle.

«Be', a quanto ci risulta è una prostituta. Abbiamo controllato. Sta a Scottsdale e a quanto pare Caleb Kelso la incontrava piuttosto di sovente. Ci risulta che fosse qualcosa di più di un semplice cliente. Bill Freihart, un amico della vittima che abbiamo sentito, ci ha detto che lui ne era innamorato.»

Robert Beaudysin aveva sperato, per uno di quei miracoli che nella realtà non succedono mai, che fosse davvero tutto così semplice. Una squallida e banale storia di passione, gelosia e violenza, quali che fossero i dettagli.

Tuttavia, qualcosa dentro di lui aveva costretto quella speranza a morire sul nascere. Alla luce di questa sensazione, non aveva messo in atto nessuna strategia. Aveva semplicemente sollevato il telefono e composto il numero. Dall'altra parte era emersa una voce di donna. Né curiosa né gentile. Solo rassegnata.

«Pronto.»

«La signorina Charyl Stewart?»

«Sì amore, che vuoi?»

Onde evitare perdite di tempo, aveva messo il carico pesante sul tono professionale di quella voce.

«Sono il detective Robert Beaudysin della polizia di Flagstaff.»

«Certo. E lei sta parlando con Sharon Stone.»

Prevedibile.

«Signorina, per risolvere le sue perplessità, cerchi sull'elenco il numero della polizia di Flagstaff e chieda di me. Se vuole le ripeto il mio nome.»

«Non fa niente. Le credo. Dica pure.»

«Conosce un certo Caleb Kelso?»

Il silenzio seguente aveva il significato colloso della diffidenza. Che da sempre generava prudenza.

«Sì. Il nome mi dice qualcosa. Perché?»

Aveva ignorato quella domanda.

«Signorina, sappiamo di lei e del signor Kelso, per cui penso ci possiamo evitare i giri intorno al cespuglio. È molto che non lo vede o non lo sente?»

«Non lo vedo da una decina di giorni. Ma l'ho sentito al telefono un paio di giorni fa.»

La risposta aveva confermato le indicazioni dei tabulati. La ragazza era sincera. Aveva avuto un piccolo rigurgito di speranza, quella dura a morire.

«Bene. E cosa vi siete detti?»

«Io ben poco. Ha parlato soprattutto lui. Mi è sembrato molto eccitato. Ha accennato a una grossa somma di denaro che aveva avuto o che doveva avere. Parlava di un viaggio a Vegas o qualcosa del genere. Poi è caduta la linea e da quel momento non l'ho più sentito.»

Per l'istinto che spinge un uomo a diventare un bravo poliziotto, le aveva creduto.

«E non ha aggiunto altro?»

«Quello che ho detto è quello che è successo.»

Una pausa. La voce era passata a un'apprensione desolata che lo aveva sorpreso. Era il tono di una persona che constata per l'ennesima volta che ogni cosa, nella vita, è destinata ad andarle male.

«Gli successo qualcosa, vero?»

Le aveva offerto il conforto della compassione, per quanto poteva servire.

«Sì, signorina. Mi dispiace. Non so bene quali fossero i suoi rapporti con Caleb Kelso, ma devo dirle che è stato trovato morto nella sua casa. Probabilmente assassinato.»

Dall'altra parte c'era stato il silenzio di chi non vuole concedere al mondo il lusso delle sue lacrime. O che non ne ha più da versare.

«Sarebbe importante per noi poterle parlare di persona, per cercare di fare luce sulle circostanze della scomparsa del signor Kelso.»

«Sì.»

Quel monosillabo sapeva di Kleenex tormentati e di groppi ricacciati in gola a viva forza.

«Le manderò una macchina a prenderla, se per lei va bene. Non è necessario che si porti un avvocato, ma se vuole farlo non c'è nessun problema.»

«D'accordo.»

Avevano attaccato il telefono contemporaneamente e lui era rimasto a osservare l'apparecchio, come se da un momento all'altro un suono di flauto lo dovesse far levitare seguendo le spire del filo come un serpente.

In quell'istante gli era sembrato di sentire da qualche parte l'eco di uno sparo, soffocato dalla distanza. Aveva dato la colpa alla tensione e al suo mestiere, che gli faceva sentire colpi d'arma da fuoco anche nello schiocco di una marmitta. Non ci aveva fatto molto caso ed era tornato con il pensiero alle parole di Charyl Stewart.

Una grossa somma di denaro. Che aveva avuto o che doveva avere...

Finalmente un indizio appartenente al genere umano, un barlume di traccia da seguire, qualcosa che un investigatore poteva cercare di trasformare in un movente, una modalità di esecuzione, un tentativo di depistaggio.

Non aveva avuto modo di andare oltre, perché poco dopo era rientrato Cole, di nuovo senza bussare.

«Giovanotto, penso proprio che dovresti iniz...»

L'agente lo aveva interrotto.

«Venga. Hanno chiamato dal carcere. Hanno detto che c'è qualcosa che dovrebbe vedere.»

Con un pessimo presentimento aveva seguito l'agente dall'altra parte del complesso, nella zona che ospitava la prigione cittadina.

E adesso il presentimento aveva una forma precisa. Un piccolo capannello di gente sul lato opposto di quel cortile.

Gettò la sigaretta e raggiunse il gruppo. Mentre si avvicinava, quelli più vicini a lui si aprirono per far passare una barella trasportata da due paramedici. Sopra c'era steso un agente, immobilizzato con delle cinghie. Aveva gli occhi chiusi ed era molto pallido, ma non presentava tracce di ferite evidenti. Un terzo infermiere li accompagnava tenendo in alto il flacone di una flebo che finiva nel braccio dell'uomo sulla barella.

«Che cos'ha?»

«Non lo sappiamo di preciso. Ha una gamba rotta ed è in stato di shock. Comunque sia non è in pericolo di vita.»

Lasciò andare i portantini e si portò al centro della scena. In quel momento arrivò alle sue spalle Dave Lombardi. Sicuramente doveva trovarsi da quelle parti, per essere presente con tale tempestività. Quello che videro lo videro insieme e insieme ebbero lo stesso scuro senso di angoscia.

A terra, parallelo rispetto al muro, c'era il corpo di un uomo. Sul petto aveva una chiazza di sangue che aveva inzuppato la camicia leggera. I brandelli di tessuto lasciavano capire che era stato un colpo di fucile a produrre quel disastro. Come a confermare quella tesi, a poca distanza c'era un fucile a pompa, di quelli in dotazione agli agenti di custodia.

Sul muro di cemento una lunga strisciata rossa lasciava immaginare che l'uomo si fosse appoggiato alla parete prima di cadere.

Lombardi si chinò sul corpo e gli mise una mano sulla gola. Beaudysin vide che il viso dell'uomo era stranamente deformato, come se le ossa del cranio si fossero scollate tra di loro e fossero scivolate in un'angolazione diversa da quella abituale. Non ebbe il tempo di formulare un'ipotesi perché il medico la tramutò subito in certezza. Fece esattamente quello che il detective Robert Beaudysin temeva avrebbe fatto. Prese il polso del cadavere e lo sollevò verso l'alto. Il braccio si piegò in modo innaturale all'altezza del gomito, come se all'interno non ci fossero più le ossa.

O non ci fossero mai state.

Sempre tenendo l'arto sospeso da terra, il medico si girò verso di lui e gli lanciò uno sguardo molto significativo. Tutti e due sapevano che anche il resto delle ossa del cadavere erano nella stessa condizione. Però fece lo stesso la domanda, perché era il suo mestiere accertarsi dei fatti.

«Medesima situazione?»

«Sembra di sì. E non sai quanto mi sento ignorante, in casi come questo.»

«In casi come questo, l'ignoranza è un lusso per difetto.»

Beaudysin si rivolse a un agente che aveva vicino.

«Chi li ha trovati?»

Un altro agente, un uomo di mezza età vicino alla pensione, si fece avanti.

«Sono stato io il primo ad arrivare.»

«Cosa è successo?»

«Non lo sappiamo. C'era un prigioniero fuori per l'ora d'aria e Matt Coban, il mio collega, lo stava sorvegliando dall'alto del muro di cinta. Io ero all'interno, quando ho sentito urlare. Poi il rumore di uno sparo. Sono corso da questa parte e li ho trovati così.»

«Così come?»

Indicò con la testa il cadavere.

«Be', lui era morto stecchito. Matt era qui sdraiato a terra con una gamba fuori uso. La mia prima impressione è che abbia sparato al prigioniero e che nel farlo sia caduto dal muro.»

Il detective sapeva bene, per esperienza personale, che sovente la prima impressione è anche quella giusta.

«Lui non ti ha detto nulla?»

«No. Quando sono arrivato a soccorrerlo, ha preso a dimenarsi come un pazzo. Sembrava terrorizzato. La gamba doveva fargli molto male, ma non pareva sentirlo. L'unica cosa che continuava a ripetere in continuazione è la parola "No". E aveva gli occhi di chi ha visto qualcosa di molto brutto.»

«Chi è il morto?»

«Jed Cross. Era...»

«Sì, so benissimo chi era.»

Accidenti, con quella deformazione in faccia lì per lì non lo aveva riconosciuto. Era un pessimo soggetto ed era stato arrestato con l'accusa di stupro e omicidio di minore. Ne stavano parlando tutti, da quelle parti. Uno psicopatico maniaco che si era macchiato di uno dei delitti più abietti fra quelli inventati dagli esseri umani. Non riuscì a provare pietà per quell'uomo spregevole. Per un motivo che non riusciva a spiegarsi, sapeva che la causa della morte non era il colpo di fucile che gli aveva squarciato il petto. Ma qualunque cosa lo avesse ucciso, sembrava fosse dotata di un suo esiziale senso di giustizia.

«C'è una traccia, un segno, qualcosa che possa aiutare a capire davvero come si sono svolti i fatti?»

«L'unica cosa strana è quella.»

L'agente, che forse in quel momento stava sognando la pensione come la Terra Promessa, indicò con la mano un punto alla loro sinistra.

Il detective girò la testa in quella direzione e in un primo tempo non riuscì a mettere a fuoco quello che l'agente intendeva. Quando fu in grado di farlo, a fatica si obbligò a credere ai suoi occhi.

Sul terreno c'erano delle tracce di piedi che partivano dal lato opposto del cortile in direzione del muro. Robert Beaudysin si avvicinò e si chinò a osservarle. Il tempo non sembrava passato. Generazioni di uomini rossi lo stavano guardando. Come tante volte prima di lui, un uomo con sangue indiano nelle vene si accucciava a terra per controllare delle impronte.

Posso solo dirti che il cane era terrorizzato...

Gli tornarono alla mente le parole di Jim Mackenzie, mentre sentiva i peli delle braccia e della nuca rizzarsi per l'elettricità. Era lì, fermo sotto il sole del pomeriggio, immerso nella civiltà, eppure non riusciva a non provare un senso di freddo che arrivava direttamente dall'ignoto oscuro che da sempre spaventava tutti gli esseri umani.

Quello che aveva di fronte era il segno del passo di un uomo adulto che camminava a piedi nudi. Impronte nette, precise, dai contorni ben definiti. Solo che invece di essere concave, stampate nella terra, erano al contrario. Nell'ottica capovolta del controsenso, spiccavano assurde in rilievo verso l'alto, come se qualcuno avesse camminato in quel cortile di terra battuta arrivando dalla parte sepolta del mondo.

19

Jim rimase ad aspettare più di un'ora e mezza prima di poter vedere Robert.

Dopo che April e Seymour se ne erano andati, era entrato nella sede della polizia e si era rivolto alla ragazza in borghese seduta nella sua guardiola. Le aveva offerto occhiali e non occhi. Ne aveva avuto in cambio una cortese ma distratta efficienza, che era il massimo che Jim arrivava a gestire in quel momento. Dopo una rapida consultazione telefonica, la ragazza lo aveva pregato di accomodarsi e di aspettare nella sala d'aspetto. Che presto sarebbe arrivato qualcuno a occuparsi di lui.

Era rimasto da solo per tutto il tempo, seduto su una sedia in plastica. Quell'attesa aveva per certi versi qualcosa di miracoloso, un atto dovuto al suo stupore. Era una pausa che gli serviva come l'acqua al deserto per fermarsi un istante a rifare dei conti che si ostinavano a risultare tutti sbagliati.

In poche ore la sua vita era stata capovolta. Provava la sensazione soffocante di annaspare sott'acqua, nel buio più profondo, senza il conforto di poter seguire le bolle per ritrovare la superficie. Il ritorno a casa aveva disintegrato tutte quelle che lui aveva per anni chiamato certezze. Ci sono dei confronti che la vita non promette di evitare, ma permette al massimo di rinviare. Così, le persone che avevano fatto parte della sua vita passata erano arrivate a una a una a reclamare il loro posto nel presente.

L'incontro con April lo aveva imbarazzato e, quando meno se l'aspettava, lo aveva messo di fronte alla figura sconosciuta del disagio. L'incontro con Alan lo aveva fatto sentire un vigliacco senza perdono. L'incontro con Swan gli aveva confermato che ognuno è solo nei suoi vestiti e nelle sue notti insonni.

Ma l'incontro con Seymour gli aveva lasciato dentro un'angoscia che pareva la somma di tutte le cattive sensazioni che mai aveva provato nella sua vita.

Gli arrivò addosso la certezza di aver attraversato la sua esistenza a tentoni, senza comprendere niente di quello che succedeva intorno a lui, così sicuro della sua interpretazione da escludere nel modo più assoluto che ce ne potessero essere altre, non solo più probabili ma addirittura possibili.

Jim Mackenzie aveva studiato, aveva viaggiato, pilotava gli elicotteri.

Tirare una leva e salire in alto era davvero una passione o solo un modo più sofisticato per fuggire?

Se aveva paura della risposta, aveva addirittura terrore della domanda.

Era così immerso in quei pensieri che quasi non si accorse del fermento che di colpo arrivò a movimentare quel momento sonnacchioso della Centrale. Con uno sfondo di agenti in fibrillazione, la figura di Robert Beaudysin si affacciò sulla soglia. Aveva una ruga di corruccio in mezzo alla fronte e la faccia di chi ha appena visto qualcosa che a un essere umano non dovrebbe essere dato vedere.

Jim fece per alzarsi dalla sedia ma il detective lo bloccò con un gesto della mano.

«Scusami, Jim. Sono nei casini. Aspettami qui, per favore. Appena mi libero ti vedo.»

Jim non ebbe nemmeno il tempo di completare il cenno di assenso che l'altro era già sparito. Si chiese quale sasso fosse caduto nell'acqua di quello stagno per avere come reazione un simile giro di cerchi.

Tornò ad appoggiarsi allo schienale in plastica della sedia, preparandosi a una lunga attesa. Circa mezz'ora dopo, un agente in divisa entrò nella sala accompagnando una bella ragazza dai capelli biondi.

«Ecco, signorina Stewart. Se vuole attendere qui... Il detective si scusa, ma c'è stata un'emergenza. La vedrà appena possibile.»

La ragazza bionda si sedette su una delle sedie alla sua sinistra e appoggiò la borsa su quella accanto. Accavallò le gambe, il viso già rassegnato all'attesa, come chiunque si trovasse prima o poi in quella stanza. Jim la guardò distratto ed ebbe in cambio lo stesso sguardo svagato. Era senz'altro una donna che un tempo in lui avrebbe destato attenzione, così come lui avrebbe fatto di tutto per attirare la sua. Ma ormai non c'erano più colpi da perdere né punti da guadagnare. Tutto era cambiato in modo tanto rapido, inaspettato, che i giochi di un tempo si rivelavano per quello che erano in effetti, degli inutili e frustranti tentativi di prolungare l'adolescenza.

Gli tornò in mente il viso di Seymour.

I lineamenti e gli occhi erano indiscutibilmente di April.

Ma quella carnagione e quei capelli, così lucidi e neri...

Quando le aveva chiesto l'età di suo figlio, lei aveva eluso nello stesso modo la domanda e il suo sguardo.

Rimase ancora a lungo seduto sulla sedia, in compagnia di una ragazza bionda e di pensieri senza sole e domande senza risposta, alzandosi e uscendo ogni tanto solamente per andare a controllare che Silent Joe nel furgone non avesse problemi. Nonostante i suoi inviti, ogni volta che gli aveva aperto la portiera il cane non aveva mai voluto scendere dal Ram.

Stava rientrando da una di queste missioni umanitarie quando trovò ad attenderlo sulla soglia della porta a vetri d'ingresso un ragazzo giovane che indossava la divisa scura della polizia di Flagstaff.

«Il signor Mackenzie?»

«Sono io.»

«Sono l'agente Cole. Se vuole seguirmi, l'accompagno dal detective.»

Jim seguì il ragazzo per diversi corridoi e per un tratto in ascensore, incrociando uomini con manette appese alla cintura e abbagli di sole tra le veneziane, finché non si trovò davanti ai vetri smerigliati della porta di un ufficio. Dall'altra parte arrivava il senso fresco della penombra. Si tolse gli occhiali e li infilò nel taschino della camicia. L'agente fece per impugnare la maniglia, poi ci ripensò e bussò con le nocche un paio di volte sul bordo di legno del battente.

«Avanti.»

La porta si aprì e Jim si trovò di fronte a una scrivania molto ordinata e a un uomo che di ordine aveva bisogno come dell'aria che respirava.

Robert gli indicò la sedia di fronte a lui.

«Vieni dentro, Jim. Siediti.»

«È incredibile quante sedie ci sono in una Centrale di Polizia.»

Robert abbozzò un sorriso tirato e congedò l'agente.

«Puoi andare, Cole. Non appena arrivano i rapporti, fammeli avere subito.»

«Molto bene, detective.»

Il ragazzo se ne andò chiudendosi silenzioso la porta alle spalle. Rimase il malessere che Jim aveva già avvertito la sera in cui a casa di Caleb aveva parlato all'amico. Quello che solo le cose che non si conoscono può dare.

«Che succede?»

Robert lo guardò come senza vederlo.

«È un casino, Jim. È davvero un grosso casino…»

Si riscosse e ritornò alla contingenza. O perlomeno, si impose di farlo.

«Va bene, veniamo a noi. Parliamo un attimo di quella sera a casa di Caleb. Ci hai pensato su? C'è qualcosa d'altro che puoi aggiungere a quello che mi hai riferito?»

«No. Assolutamente niente. Tutto quello che ricordo te l'ho detto.»

Il detective prese un foglio di appunti dal piano del tavolo. Jim non ricordava, al momento in cui si erano parlati, quella sera, di avergli visto annotare nulla. Probabilmente lo aveva fatto in un secondo tempo, seguendo un suo schema di lavoro.

«Mi hai detto che il cane era terrorizzato, quando hai trovato il corpo di Caleb.»

«Sì. Completamente terrorizzato. È strano...»

Jim si interruppe di colpo e il detective lo incalzò.

«Che cosa è strano?»

«Ma no, lascia perdere. È una cosa da niente.»

«Lascia decidere me se è una cosa da niente.»

Jim unì alle parole un'espressione incredula, come se quello che stava per dire fosse una cosa assolutamente risibile.

«È successo un paio d'ore fa, nel parcheggio. Il cane di colpo si è mostrato terrorizzato esattamente nello stesso modo. Si è messo a tremare come una foglia ed è saltato in macchina a razzo. Mentre ti aspettavo sono uscito un paio di volte a controllare come stava. Si è calmato ma non c'è stato verso di farlo scendere.»

Il detective Robert Beaudysin guardava Jim e rimaneva in silenzio. Sembrava stesse valutando le parole che aveva appena sentito e non sapesse bene come interpretarle e dove collocarle. C'era una tensione strana nell'aria, che non sembrava appartenere agli uomini. Jim la avvertì e cercò di sconfiggerla.

Minimizzò il tutto con un gesto delle spalle e sorrise.

«Probabilmente quell'animale ha necessità dello psichiatra che tu avevi proposto per me.»

Robert non accolse la battuta e restò ancora un poco in silenzio. Quando parlò, sembro farlo in contemporanea con una decisione appena presa.

«Jim, non so perché ti sto dicendo questo. Forse perché ti conosco, forse perché sei un tipo riservato e di quello che sai non è trapelato nulla sui giornali.»

Fece una pausa che aveva dentro un briciolo di autocommiserato realismo.

«O forse è solo perché in questo momento è l'unica alternativa che ho. L'unico piccolo aggancio, per quanto incredibile possa essere.»

Si alzò dalla scrivania e andò a prendere un bicchiere d'acqua dal distributore in un angolo. Parlò nel rumore delle bolle, mentre era di spalle, come se non guardare in faccia il suo interlocutore fosse in qualche modo uno scarico di responsabilità.

Per tutti e due.

«Ne è morto un altro.»

Jim si mosse a disagio sulla sedia.

«Cosa significa "ne è morto un altro"?»

«Esattamente quello che ho detto. Abbiamo trovato un'altra persona uccisa con le stesse identiche modalità di Caleb.»

Jim rimase in silenzio. Non era del tutto sicuro di voler sentire il resto.

«E questa volta la faccenda è ancora più ingarbugliata. Caleb stava in casa sua, nel laboratorio sprangato dall'interno, senza nessuna traccia di effrazione. Un bel casino, mi dirai. È vero. Tuttavia c'è sempre il sospetto, vago fin che vuoi, di un'eventualità che non è stata considerata, qualcosa di così sottile da sfuggire a molte analisi ma in definitiva non a tutte. Come succede di solito.»

Fece una pausa per bere un sorso d'acqua dal bicchiere di plastica.

«Questo nuovo caso è peggio. Conosci Jed Cross?»

«Chi, il cugino di Caleb? Quel pezzo di merda?»

«Proprio lui. Era in prigione. Arrestato perché sospettato dell'omicidio di un ragazzino Navajo a scopo di libidine. I sospetti in realtà erano una certezza che nemmeno l'avvocato del diavolo sarebbe riuscito a demolire. Il nuovo morto è lui.»

Attese un secondo per dare modo a Jim di assimilare i dati sconcertanti che gli stavano arrivando.

«È stato assassinato nel cortile del carcere, durante l'ora d'aria. Era solo, con una guardia che lo sorvegliava a vista dall'alto del muro di cinta. Nessuno piangerà per la sua fine, a parte la persona che deve scoprire chi lo ha fatto secco…»

Una smorfia per indicare che quella persona il detective Robert Beaudysin la vedeva ogni volta che si guardava allo specchio.

«Ma quello che conta davvero è l'assurdità della situazione.

Un uomo solo, sotto sorveglianza nel cortile di una prigione, uno dei posti più sicuri del mondo.»

«E cosa è successo?»

«Nebbia totale. Hanno sentito delle urla e uno sparo e quando sono arrivati Jed Cross era steso a terra con un colpo di fucile in pieno petto. Ma non è stato il colpo di fucile a ucciderlo. Aveva tutte le ossa dello scheletro frantumate. Esattamente come Caleb.»

Jim non riuscì a impedirsi di sollevare le sopracciglia.

«E la guardia cosa ha detto?»

«Non è stato in grado di riferire nulla. È caduto dal muro e ha una gamba rotta. Ed è in stato di shock. Sembra che qualcosa lo abbia spaventato al punto di farlo sragionare. Per adesso è sotto sedativi. Vedremo quando decideranno di svegliarlo. Ma da quanto mi ha riferito sul suo stato la guardia che lo ha soccorso per primo, non ho molte speranze in questo senso.»

Robert tornò a sedersi alla scrivania, come se avesse esaurito nello stesso momento gli argomenti e il sostegno delle gambe.

Jim lo guardò, senza capire bene ciò che il detective si aspettava da lui.

«E io che cosa c'entro?»

«Tu niente. C'entra il tuo cane.»

«Silent Joe? Vuoi dire che il mio cane ha ucciso quelle due persone? Ma sei impazzito?»

Jim lo guardò come se fosse certo che, dopo tante indecisioni, fosse in definitiva Robert quello che aveva davvero bisogno dello psichiatra.

«Non ti sto dicendo che li ha uccisi. Sto solo interpretando quello che tu mi hai appena confermato. Quando hai trovato Caleb, Silent Joe era presente e qualcosa lo aveva terrorizzato a morte. Ora, in occasione di quest'altro omicidio, è successo di nuovo...»

Si protese verso di lui oltre il bordo della scrivania come per dare maggior peso alle sue parole. O per trasferire parte della gravità di ciò che stava dicendo al suo vecchio amico.

«Jed Cross è stato ucciso nello stesso momento in cui Silent Joe nel parcheggio si è mostrato impaurito. Minuto più, minuto meno. Ed è successo a poco più di un centinaio di iarde da dove ti trovavi tu con il cane.»

Jim rimase un attimo a riflettere. Sapeva benissimo che un uomo che sta per affogare si aggrappa d'istinto anche a una mina, pur di sopravvivere. Ma le conclusioni a cui era arrivato Robert sembravano perlomeno pittoresche. Non poté fare a meno di restituire all'altro un'espressione perplessa.

«Mi stai chiedendo di setacciare il territorio con il cane al guinzaglio e non appena vedo che se la fa sotto dalla paura farvi un fischio?»

Il detective Beaudysin alzò un poco la voce. Sembrava esasperato dalla situazione in cui si trovava e arrabbiato per quello che la disperazione lo aveva portato a dire.

Con chi, Jim preferiva non saperlo.

«Non lo so nemmeno io che cosa ti chiedo. Lo so benissimo che sto dicendo davanti a te delle cose che davanti ad altri non confermerei neanche sotto tortura. Questo è tuttavia il solo elemento che i due omicidi hanno in comune, a parte la parentela tra Caleb e Jed.»

Fece una pausa e a Jim sembrò che cercasse di rientrare nel quadro delle vicende umane, in un mondo in cui le persone non vengono trovate con le ossa fracassate in un laboratorio chiuso dall'interno o nel cortile di una prigione.

Si rilassò e cercò di allontanare i suoi pensieri con un gesto secco della mano. Poi puntò gli occhi su Jim.

«Vedi a volte in che condizioni ci si trova, a fare questo lavoro? È come in guerra. Tutto pur di non cadere sotto i colpi del nemico. E se per caso stai pensando che non vorresti essere nei miei panni, sappi che nemmeno io vorrei esserci.»

Sospirò in segno di resa.

«Va bene, Tre Uomini. Sei libero, puoi andare. Vuoi che ti faccia accompagnare?»

«No. Penso di riuscire a trovare la strada da solo.»

Si alzò e in pochi passi fu vicino alla porta. Stava per impugnare la maniglia quando la voce di Robert lo fermò.

«Jim?»

Si girò a guardarlo.

«Ti sei mai sfracellato con l'elicottero?»

«No.»

«Bene. Se dici in giro una sola cosa di quelle che sono state dette oggi in questa stanza, farò in modo che un botto con l'elicottero contro una montagna ti sembri una soluzione preferibile.»

Jim non aveva nessun dubbio sulla fondatezza di quella previsione.

«E tieni gli occhi aperti...»

Jim sapeva benissimo a cosa voleva alludere. C'entrava lui e in qualche modo anche quello strano animale che la scienza catalogava in modo arbitrario fra i cani. Una follia, forse. Ma quante follie, con il tempo e con il successo, si erano rivelate infine geniali intuizioni?

«Messaggio ricevuto.»

Se ne andò dall'ufficio e percorse senza difficoltà la strada che gli prometteva l'uscita da quel posto soffocante. Attraversò l'atrio dove la ragazza della reception lo guardò stupita per il bisticcio dei suoi occhi. Mentre usciva lanciò uno sguardo di sfuggita verso la sala d'aspetto. Era vuota. Jim passò oltre e si ritrovò nella luce e nell'aria del parcheggio. Respirò e si sorprese stupito che tutt'intorno a lui il mondo fosse rimasto uguale a come lo aveva lasciato.

La ragazza bionda era fuori, a pochi passi da lui. Era uscita per fumare una sigaretta. Vedendola in piedi, era ancora più bella di come l'aveva giudicata a prima vista. Ma per ora aveva altro per la testa.

In quel momento la ragazza bionda si girò e i loro occhi si incrociarono.

Non mostrò alcuna sorpresa. Non lo vide come un fenomeno da baraccone o da camera da letto. Forse non lo vide e basta.

Jim si avviò per arrivare al furgone. Aveva fatto pochi metri quando la voce della ragazza bionda lo sorprese alle spalle. In contrasto con il suo aspetto delicato, portava un'inaspettata traccia di durezza.

«Mi scusi.»

Jim si girò. La ragazza aveva gettato la sigaretta e stava avanzando verso di lui.

«Lei è Jim Mackenzie?»

«Sì. Ci conosciamo?»

La ragazza bionda tese una mano asciutta e sicura.

«Mi chiamo Charyl Stewart. Sono…»

Si interruppe.

«Ero un'amica di Caleb. Lui mi ha parlato spesso di lei.»

Jim non chiese nemmeno da che particolare lo aveva riconosciuto.

«Caleb è morto.»

Charyl disse queste parole con un senso di ineluttabile nella voce. Era morto e non sarebbe tornato, mai più. Né per lei né per nessun altro.

Jim provò rispetto per quella desolazione. Per questo non chinò lo sguardo.

«Lo so. L'ho trovato io.»

«E come è successo?»

«Ci sono delle indagini in corso. Non posso dire niente.»

«Capisco.»

Charyl frugò nelle tasche della giacca leggera e tirò fuori un portasigarette di cuoio.

«So che per lei sono una perfetta sconosciuta. Ma Caleb aveva dell'affetto per lei. Ne aveva anche per me. E questo in qualche modo ci rende meno estranei.»

Da uno scomparto del portasigarette estrasse un biglietto da visita e lo tese a Jim.

«Questo è il mio numero. Mi fermerò in città per la notte. Le sarei…»

Si interruppe, forse perché si ricordò che attraverso un affetto comune erano meno estranei.

«Ti sarei molto grata se domattina, prima che io parta, tu mi accompagnassi a vedere dove abitava Caleb. Potrei chiederlo a chiunque altro, ma mi piacerebbe che fossi tu.»

Jim prese il cartoncino e lo infilò nel taschino della camicia, insieme agli occhiali. Fece un piccolo sorriso che sperò fosse confortante.

«Va bene. Ci sentiamo domattina, Charyl.»

Si avviò verso il furgone, lasciando una ragazza bionda in piedi in mezzo a un parcheggio, sola con i suoi occhi lucidi e la sua voce senza illusioni in un viso troppo dolce. Non vedeva un solo motivo per fare quello che Charyl gli aveva appena chiesto. Tuttavia, si disse che aveva fatto tante cose, in passato, senza spiegarsene il motivo.

Ed erano quasi tutte brutte azioni.

Ma quella ragazza bionda non lo sapeva e poteva essere un buon modo per iniziare qualcosa in una maniera diversa.

20

Jim fermò il Ram davanti al Wild Peaks Inn alle dieci e trenta.

Aveva telefonato a Charyl Stewart abbastanza presto, sorpreso di quello che stava facendo. La notte che aveva passato non era stata migliore di quella precedente. Silent Joe gli aveva fatto compagnia, senza contravvenire ai dettami del suo soprannome. Laconico per carattere e affamato per vocazione.

C'erano troppe cose che lo assalivano quando restava da solo e ce n'erano almeno altrettante quando si trovava a contatto con il resto del mondo. Jim non era preparato. Prima non si era verificato mai, né in un caso né nell'altro. Forse per questo aveva deciso di chiamare quella ragazza della quale non sapeva assolutamente nulla, se non che aveva condiviso con lui l'affetto di un uomo morto in un modo agghiacciante.

Aveva risposto in modo impersonale al secondo squillo.

«Pronto.»

«Charyl, sono Jim Mackenzie.»

Il tono della ragazza aveva virato al calore di una voce amica.

«Ciao, Jim. Speravo davvero tu mi chiamassi. Pensi che ce la farai ad accompagnarmi?»

«Sì. Se per te va bene, passo a prenderti verso le dieci e mezza.»

Un attimo di silenzio. Con gli occhi dell'immaginazione Jim l'aveva vista sollevare il polso per controllare l'ora.

«Perfetto. Sono al Wild Peaks Inn. Sai dov'è?»

«Non è quello sulla Route 66 all'angolo con la Fourth, a East Flagstaff?»

«Proprio quello.»

«Perfetto. A dopo, allora.»

Aveva chiuso la comunicazione chiedendosi perché aveva accettato e adesso era nel parcheggio del motel, sempre chiedendosi la stessa cosa. Puntuale come non era mai stato, senza averne nessuna convenienza. Prese il cellulare dal cruscotto e fece per comporre il numero di Charyl. La ragazza lo prevenne uscendo dalla porta della sua camera. Di colpo, quel piccolo panorama da centro commerciale ebbe un centro d'attrazione. Indossava la stessa giacca ma aveva cambiato i pantaloni e la camicia. I capelli biondi erano legati dietro la nuca da una coda di cavallo. Non era truccata e sembrava più giovane del giorno prima. Senza provare per lei nessun particolare interesse, Jim si disse tuttavia che la figura di quella donna pareva avere una vibrazione diversa, come se la sua apparenza avesse il sopravvento sulle altre immagini che la circondavano.

Mentre Charyl lo raggiungeva, Jim scese dal furgone e andò ad aprire la porta dal lato del passeggero. Silent Joe era seduto sul sedile e pareva guardare con attenzione un punto immaginario davanti a lui.

«Avanti, scendi. Oggi devi salire dietro.»

Il cane girò la testa e lo guardò come un nobile inglese guarda il proprio autista un attimo prima di licenziarlo. Subito dopo tornò a fissare lo spazio oltre il vetro e non fece il minimo accenno di spostarsi.

Un perfetto mercante con relative orecchie. Jim riuscì a non sorridere per non dargliela vinta.

«Dai, giovanotto. Mi hai capito benissimo. Una volta tanto farai il cane e non il turista.»

Silent Joe si decise. Si mosse lentamente, pieno di canino sussiego. Mentre saliva sul cassone la sua aria dolente pareva l'espressione di tutte le ingiustizie del mondo.

La voce di Charyl lo sorprese alle spalle. Ma non c'era traccia della durezza del giorno precedente.

«Non credo che il tuo cane mi amerà, per questo.»

«Il mio cane non ama nessuno oltre a se stesso. Sono convinto che nei suoi parametri sia una grande concessione permettere che io mi occupi di lui.»

Salirono sul pick-up e Jim avviò il motore. Non aveva ritenuto opportuno puntualizzare che quello era stato fino a pochi giorni prima il cane di Caleb. Era una precisazione di nessuna utilità, salvo girare coltelli in piaghe recenti.

Jim uscì dal parcheggio del Wild Peaks Inn. Prese a sinistra e si immise nel traffico della 89, che saliva verso nord e verso le promesse disattese del campeggio The Oak.

Procedettero per qualche minuto prima che Charyl si decidesse a rompere il silenzio.

«Caleb ti ha mai parlato di me?»

«No. Era molto tempo che non lo vedevo. Quasi cinque anni. Mi stupisco che invece lui ti abbia raccontato di me.»

«Oh, Caleb aveva molta stima nei tuoi confronti. Credo anche un poco d'invidia. Diceva che in un certo senso ti aveva insegnato lui a volare.»

Era vero. Attraverso Caleb aveva in un primo tempo imparato la maestria e l'eleganza e la libertà degli uccelli in volo. Poi aveva invidiato quel volo. Infine, quel volo era diventato una ragione di vita.

«Sì. È anche merito o colpa sua se sono diventato un pilota di elicotteri. E tu che fai nella vita?»

Charyl rimase un attimo sospesa tra quella domanda e la sua risposta. Poi si rassegnò al fatto che ognuno è volpe ed è braccato dai suoi personali segugi latranti.

«Prima o poi verresti a saperlo. Tanto vale che te lo dica io.»

Fece una pausa e guardò fuori dal finestrino, come se quello che stava per dire fosse scritto sul vetro.

«Sono una puttana.»

Jim fu sorpreso di tanta brutale sincerità, ma non disse niente. Le diede il tempo di riprendersi. Nessuna donna al mondo poteva confessare quello che Charyl gli aveva appena confidato senza necessitare di un attimo per se stessa.

Continuò a guidare e attese. Arrivò anche il resto della storia.

«Ho conosciuto Caleb in un locale a Phoenix, un paio di anni fa. All'inizio era solo un cliente, uno come tanti. Per me era una tariffa, una frase registrata. Duecento dollari se vuoi vedere la mia camera da letto, quattrocento se vuoi vedere il sole sorgere dalle mie finestre. Lui sembrava perennemente a secco, ma trovava non so come il denaro per continuare a frequentarci. Era buono, era gentile. Troppo gentile. Mi parlava dei suoi sogni, dei suoi progetti, delle sue speranze. Di quella stravagante faccenda dei fulmini. Un'assurdità senza futuro, forse. Ma sembrava crederci e in qualche modo ho iniziato a crederci anch'io.»

Fece un'altra pausa. Jim la guardò. Vide il gioco della tensione sulla sua mascella aggraziata.

«Poi un giorno mi ha detto che mi amava e che voleva sposarmi.»

Frugò nella tasca e tirò fuori il portasigarette. Un attimo di respiro per non sentire abbaiare i cani.

«Ti dà fastidio se fumo?»

Jim scosse solo la testa. Non voleva inquinare con la sua voce quel momento che apparteneva solo a Charyl. Lei accese una sigaretta. Le parole successive uscirono dalla sua bocca insieme al primo fumo.

«Era la prima volta che un uomo mi diceva quelle cose. Oh, era successo in precedenza. E forse in modi migliori. Ma nel suo caso le parole erano quelle di un uomo *sincero*. Lo sapevo. Glielo leggevo negli occhi. Ho visto e sofferto la menzogna a sufficienza, per non saper riconoscere la verità.»

Si fermò di nuovo. Jim si chiese se le stesse cose le avesse dette anche alla Polizia. Probabilmente sì. Forse cercando di mascherare per pudore il rimpianto e il dolore che portava sul viso e nella voce.

«Gli ho detto di no. In passato mi sono trovata troppe volte con il culo a terra, e non ho voglia di correre altri rischi. Ma da quella volta non ho più speso il denaro che mi dava quando ci incontravamo. È tutto su un libretto di risparmio, dollaro su dolla-ro. Non so perché l'ho fatto.»

Jim azzardò un'ipotesi.

«Forse perché anche tu lo amavi?»

«Forse perché anche io lo amavo...»

Charyl aveva abbassato la testa e ripetuto quasi sottovoce la domanda come risposta. Jim capì che cercava con ostinazione di illudersi, di farla restare solo un'ipotesi, per non dover ammettere di aver perso tutto un'altra volta. Poi la vide recuperare l'attimo e fu di nuovo sul furgone accanto a lui.

«Ha sofferto?»

«La polizia dice di no.»

La polizia non sa niente. E di questo men che meno...

«Quando ho saputo del fatto, ho creduto che fosse rimasto vit-tima dei suoi esperimenti con l'elettricità. Ma poi quel detective mi ha detto che non è stato così, anche se non ha aggiunto altro.»

Con la coda dell'occhio, Jim l'aveva vista girarsi a guardarlo. Era al centro di una storia oscura e sembrava aspettarsi da lui una luce che non poteva offrirle.

Ti sei mai sfracellato con l'elicottero?

Quando capì che da lui non sarebbe arrivato nessun chiari-mento, Charyl aprì il finestrino e gettò fuori il mozzicone della si-garetta.

«Ho sentito Caleb un paio di giorni prima che succedesse. Era euforico. Sembrava che avesse vinto la lotteria. Diceva che presto avrebbe avuto a disposizione molto denaro e che avrei potuto smettere di fare questa vita, se lo avessi voluto. Mi aveva proposto un fine settimana a Vegas.»

Jim rimase stupito. Robert non gli aveva detto niente. Era comprensibile dal suo punto di vista, ma era sorprendente se rife-rito a quanto Jim poteva sapere della vita di Caleb. Di solito lui e il denaro erano antitetici. Se i soldi erano il ghiaccio, Caleb era una piastra rovente. Si risolveva tutto piuttosto in fretta e in uno sbuffo di vapore.

«Non ti ha detto nient'altro?»

«No. È caduta la linea e dopo non mi ha più richiamato...»

Lasciò la frase in sospeso, per non dover dire che era morto prima di riuscire a farlo.

Jim rimase un attimo in silenzio a pensare. Che cosa poteva aver indotto in Caleb tanta euforia? Dove poteva aver trovato il denaro di cui aveva parlato a Charyl?

Sono nella cassaforte di famiglia. Ha detto che tu avresti capito.

Senza alcun nesso gli tornarono in mente le parole di Charlie, quando al Ranch avevano parlato delle cose di suo nonno. Le sue essenze, come le chiamava lui. Si ricordò che nel laboratorio di Caleb, in una botola scavata nel pavimento, esisteva uno scomparto segreto. Parecchio tempo prima, mentre erano a casa sua, lo aveva fatto vedere con ironia a Jim e al nonno dicendo che quella doveva essere la cassaforte di famiglia, se solo avesse avuto qualcosa da metterci dentro. Poteva mai essere che il vecchio Richard Tenachee, che conosceva gli uomini, avesse dato i suoi pochi averi in custodia a Caleb, nonostante tutto? E che Caleb, dopo la morte del nonno e la latitanza del nipote, avesse deciso di saltare il fosso e appropriarsi di quello che custodiva e che non gli apparteneva?

No, si disse. Non rientrava nell'indole del suo amico. Nessuno che avesse allevato un cane come Silent Joe poteva fare una cosa del genere, se è vero che gli animali prendono dai padroni. Non era nella natura di quello sciagurato sognatore, perdente fino al sacrificio, onesto fino al centro della terra.

Jim cercò di mettere sulla bilancia le teorie avverse. Caleb era disperato e innamorato. E un uomo in quelle condizioni poteva essere capace di tutto. La storia del mondo e quella sua personale erano piene di episodi a suffragio di questa tesi. Jim aveva bisogno di sapere. Non gli importava nulla del valore della presunta e inattesa eredità. Ma voleva poter pensare a Caleb con lo stesso rispetto che portava per i pochi averi di un vecchio capo indiano che era stato tutta la sua famiglia.

Li aveva delusi in tutto. Almeno questo lo doveva a tutti e due.

Era così assorto in questi pensieri che quasi saltò il bivio sulla sinistra che portava al campeggio. Frenò piuttosto bruscamente e nello specchietto vide la testa di Silent Joe attraversare il lunotto posteriore. Gli arrivò alle orecchie un fastidioso stridio di unghie sul pianale di metallo. Si fermò per dare la precedenza a un grosso articolato che scendeva verso Flagstaff. Mentre faceva la curva per immettersi sulla strada sterrata, Charyl si lasciò sfuggire un sorriso ironico.

«Guidi gli elicotteri nello stesso modo?»

«Scusami, ero distratto.»

Charyl non fece fatica a giustificare lo stato d'animo di Jim. Invece il muso del cane si affacciò al vetro alle sue spalle, atteggiato a un rimprovero muto ma evidente.

Proseguirono verso la casa, in silenzio. Ognuno aveva i suoi pensieri per quel breve viaggio, con il sottofondo delle ruote sulla ghiaia. Quando arrivarono in vista della grande quercia che aveva dato il nome alla proprietà, Jim vide che nel cortile di fronte alla costruzione principale era parcheggiata una macchina.

Jim fermò il Ram dalla parte opposta, sotto la quercia, accanto alle rete metallica che delimitava la vecchia cuccia di Silent Joe. Aprì la portiera e scese dal furgone. Alla vista dei luoghi familiari, il cane sul cassone aveva iniziato a dare qualche segno di impazienza. Jim passò sul lato posteriore e abbassò la sponda che gli permetteva di scendere.

Dopo un salto disarticolato come il suo incedere abituale, Silent Joe toccò terra e si diresse verso quello che un tempo doveva essere il suo albero preferito.

Mentre il cane ritrovava il suo habitat, Jim si diede uno sguardo in giro.

La casa era come la ricordava ma pareva che il senso di abbandono fosse ancora più evidente dopo la morte del proprietario. Il poco tempo passato pareva aver già sbiadito ogni cosa, come presto succede per i ricordi di nessun conto. C'era sopra a tutto un immaginario velo di polvere, che nella percezione di Jim dava un'anima dolente anche alle cose inanimate.

Si avvicinò alla macchina in sosta, una Volvo station wagon grigia. Sul parabrezza c'era un talloncino che la dichiarava senza remissione di proprietà della First Flag Savings Bank. Cercò un segno dell'occupante ma intorno non c'era nessuno. La sola traccia del passaggio di esseri umani erano i nastri gialli della polizia che sigillavano l'abitazione e il laboratorio e li dichiaravano scene di un crimine. E sulla strada l'impronta di un'ambulanza che se ne andava trasportando il corpo massacrato di un suo amico.

Dietro di sé sentì la ghiaia scricchiolare sotto gli stivali di Charyl. Poco dopo se la trovò al fianco. Il sole nel frattempo se n'era andato, smorzando i toni del verde e sostituendo le ombre con una luce monotona e grigia.

«È qui che viveva Caleb?»

«Sì. Come vedi, il posto dove stava riflette perfettamente la descrizione che ne hai fatto.»

La ragazza fece altri due passi incerti verso la casa. Stava vagando per chissà quali pensieri. Forse non aveva idea di quale fosse veramente la condizione economica di Caleb Kelso e lo stato in cui viveva. E adesso che li aveva constatati di persona, forse non sapeva nemmeno dare un nome a quello che stava provando.

Jim tornò verso il Ram e la lasciò sola, perché non poteva essere altro che così. Charyl Stewart aveva alle spalle una vita piena di promesse e di speranze perse lungo il cammino. La sua personale strada verso l'inferno non aveva nemmeno più il privilegio di essere lastricata di buone intenzioni. Sperò per lei che Caleb fosse un ricordo a cui aggrapparsi e non l'ennesimo rammarico per un'occasione sfumata.

Restarono così, in silenzio e immobili. Un uomo mezzo bianco e mezzo indiano, una prostituta e un cane. Tutti e tre, in qualche modo, erano appartenuti a quel posto e per lo stesso motivo quel posto apparteneva a loro. Grazie alla presenza ancora nell'aria di un pazzo squinternato che come tale li amava.

Ancora pochi istanti per loro e poi dall'angolo sinistro della casa uscì un uomo che indossava un completo grigio. Li vide e rimase un attimo interdetto. Poi si mosse nella loro direzione, con un passo affrettato di gambe troppo corte su un busto troppo lungo. Jim lo riconobbe. Lo aveva intravisto il giorno della sua visita a Cohen Wells, alla banca. Era il funzionario che stava in un ufficio alle spalle della reception. Quando Jim aveva chiesto del presidente, aveva appena sollevato gli occhi persi dietro lenti pesanti, da miope. Poi aveva sentito il suo sguardo sospingerlo alla schiena finché non aveva imboccato la scala.

Jim vide a sorpresa che era alto quasi quanto lui. Da lontano, la sproporzione del corpo lo faceva sembrare molto più piccolo.

«Buongiorno, signore. Sono Zachary Van Piese della First Flag Savings Bank. Posso chiedere il motivo della vostra presenza qui?»

Visto che il gioco di Zachary era l'ufficialità, Jim decise di affrontarlo sul suo terreno.

«Buongiorno a lei. Io sono Jim Mackenzie, responsabile della flotta aerea del Cielo Alto Mountain Ranch. In questa casa ci viveva uno dei miei migliori amici. Posso chiedere io il motivo della sua?»

Si tolse gli occhiali e fissò l'uomo negli occhi con la massima durezza di cui era capace. Vide il disagio disegnarsi sul viso dell'uomo con la precisione di un cerchio nel grano.

«Il signor Mackenzie? Ma certo. Mi scusi, non l'avevo riconosciuta.»

Le spalle del signor Van Piese si rilassarono. La parte acuta della sua voce si perse da qualche parte nella gola e tornò a parlare come un comune essere umano.

«Sono il perito immobiliare della First e sono qui per una stima della proprietà. Il signor Kelso aveva contratto un'ipoteca con noi e la banca vanta quindi un credito privilegiato. Dopo il suo decesso, in assenza di eredi o aventi diritto, questo posto sarà messo di sicuro all'asta. Visto l'ammontare del debito, si può dire che questo lotto è in pratica già di proprietà della banca.»

Di Cohen Wells, vorrai dire. La sua mano sulla città diventa ogni giorno più grande...

«Ecco perché mi sono preoccupato del vostro arrivo.»

Il primo impulso di Jim sarebbe stato quello di prendere per la giacca quell'avvoltoio per conto terzi e fargli fare a calci nel culo tutta la Route 66 fino a Oatman. Invece si avvicinò a lui e abbassò leggermente la voce, in modo confidenziale. Sperò per lui e per sé che non avesse il fiato cattivo.

«Signor Van Piese, la ragazza che è con me è la fidanzata di Caleb Kelso. Per una serie di motivi era lontana il giorno della sua morte e non ha potuto essere presente alle esequie. Mi ha chiesto il favore personale di accompagnarla qui, dove il suo uomo ha vissuto. Penso che voglia restare qualche istante da sola.»

Il viso di Van Piese si distese in un accenno di comprensione. Aveva stampato il falso cordoglio di alcuni impresari di pompe funebri.

«Capisco. Certo, non c'è nessun problema. Tanto avevo già terminato la mia rilevazione per la perizia.»

Quando sollevarono lo sguardo, Charyl non era più in vista. Probabilmente aveva girato l'angolo della casa e adesso stava guardando la montagna dal cortile sul retro o stava salendo verso il laboratorio.

La cassaforte di famiglia.

Jim ripensò al nascondiglio nascosto nella botola del pavimento e al suo contenuto. Purtroppo quel locale, come la casa del resto, era ancora sotto sequestro. Entrarci era illegale. Forzare i sigilli della polizia era uno scherzo che avrebbe potuto presentare delle conseguenze poco piacevoli. Non sapeva ancora cosa avrebbe fatto, ma di certo non avrebbe permesso che le cose di suo nonno diventassero di proprietà di una banca, First o Last che fosse.

E in quel momento accadde.

Preceduto da un lungo guaito, Silent Joe arrivò di corsa verso il Ram, si alzò sulle zampe posteriori e appoggiò quelle anteriori alla portiera chiusa. Iniziò a graffiare il metallo frenetico, come se volesse scavarci un buco per entrare nel furgone. Mentre si avvicinava di corsa, Jim sentiva il rumore delle unghie sulla lamiera e vedeva i solchi disegnarsi sulla vernice della carrozzeria.

«Fermo, Silent Joe. Che cosa ti succede?»

Il cane non gli prestò la minima attenzione. Quando capì che lo sportello non si sarebbe aperto, abbandonò il fianco del mezzo e corse verso la parte posteriore, dove c'era ancora la sponda abbassata. Saltò sul pianale con tanto impeto da scivolare con un tonfo sordo del corpo fin contro la parete della cabina di guida.

Ritrovò quasi subito il suo equilibrio. Allora alzò il muso al cielo e iniziò a ululare.

Una frazione di secondo dopo, da qualche punto dietro la casa, arrivarono le urla di Charyl. Erano grida acute, quasi disumane. Sembrava impossibile che un essere umano potesse avere dentro di sé la capacità di soffrire in quel modo, come se stesse provando tutto l'orrore e il dolore del mondo.

Jim sentì la pelle d'oca percorrergli il corpo come un soffio di vento freddo. E la paura gelare quel vento.

Ma si costrinse in qualche modo a reagire. Si rivolse a Van Piese, che stava girando intorno occhi ancora più impauriti di quelli del cane. Gli parlò secco, con la massima chiarezza di cui poteva disporre in quel frangente.

«Ha un cellulare?»

«Sì.»

«Allora non si muova da qui. Chiami subito la Polizia. Chieda del detective Beaudysin, gli dica il mio nome e gli chieda di correre a casa di Caleb. Mi ha capito bene?»

Le urla continuavano. Implacabili e innaturali. Van Piese non capiva e questo pareva aumentare il suo terrore.

«Sì.»

Jim quasi non sentì la risposta. Era già partito di corsa e si stava dirigendo verso l'angolo della casa.

Le urla continuavano.

Una nuvola scura stava passando nel cielo di The Oak, disegnando una lunga ombra nera sul terreno. Sembrava che stesse passando nel cielo di tutto il mondo e che il sole non sarebbe tornato mai più.

Jim arrivò all'angolo e lo superò, terrorizzato all'idea di quello che poteva trovare.

Il lato sinistro della casa era libero. Niente e nessuno.

Le urla cessarono di colpo.

Jim proseguì la sua corsa. Imprecando e sperando superò anche l'angolo successivo.

E qui la vide.

Stava riversa a terra, nella parte pianeggiante che costeggiava per un tratto il retro della costruzione prima che diventasse pendio e infine montagna. Era sdraiata sulla schiena, con la testa rivolta dalla parte opposta a quella da cui stava arrivando lui, una gamba accavallata sopra l'altra in un modo innaturale, come se avesse le ossa spezzate.

Jim rallentò la sua corsa e arrivò d'inerzia al punto in cui riusciva a vederla in viso.

La coda di cavallo si era disfatta e i capelli erano scesi in avanti a coprirle il volto. A Jim sembrò che i lineamenti si fossero come deformati, al pari delle ossa del cranio.

Senza bisogno di toccarla seppe che era morta.

Riuscì a superare la sua pietà che gli chiedeva di chinarsi e sollevarle i capelli e prendere tra le braccia quella ragazza troppo giovane per morire e troppo ferita per morire in quel modo. Ma la poca lucidità di cui disponeva gli suggeriva di non toccare nulla fino all'arrivo della Polizia. Cadde in ginocchio vicino al corpo di Charyl e si chinò fino ad appoggiare la fronte a terra. Rimase lì, a piangere senza lacrime e a maledire il mondo per quella morte senza senso, finché non sentì arrivare da lontano il lamento delle sirene.

Allora si riscosse e rialzò la testa.

Nel momento esatto in cui la prima divisa blu di un poliziotto sbucava da dietro la casa, ci fu il primo tuono.

Subito dopo, iniziò a piovere.

21

Il resto, se possibile, era stato un incubo ancora peggiore.

La pioggia scesa a dirotto, il cadavere sulla barella, il braccio piegato al gomito in modo innaturale che era scivolato da sotto il lenzuolo nonostante le cinghie di fermo, le luci dell'ambulanza, la sirena. Il viaggio fino alla Centrale scortato dalla macchina della Polizia, con Silent Joe finalmente placato accucciato al suo fianco. Il pensiero costante al viso deformato e al corpo frantumato di quella che in vita era stata una bella ragazza senza fortuna, le orecchie ancora percorse dal ricordo delle sue urla. Le ore passate a rispondere cento volte alle stesse domande.

No, non avevo mai visto Charyl Stewart prima di ieri pomeriggio.

Sì, sapevo che era una prostituta, me l'ha detto lei.

Sì, sapevo della sua relazione con Caleb Kelso.

No, non credo che fosse mai stata prima a The Oak.

Che cosa è successo? È la ventesima volta che lo dico. Quando l'ho sentita urlare, sono corso dietro la casa e lei...

Jim aveva ringraziato tutti i santi del Paradiso per aver trovato a The Oak quello stinto funzionario di banca, Zachary Van Piese. Gli aveva fornito un alibi che valeva la vita. Se fosse stato da solo, come avrebbe spiegato la sua presenza in compagnia del cadavere di una prostituta di Scottsdale, nello stesso posto in cui era già stato ucciso il suo uomo nello stesso modo?

Per tutto il tempo in cui aveva diviso l'ufficio con un altro poliziotto, Robert si era adeguato al flusso di domande che vorticavano come onde radio intorno alla figura seduta di Jim. Dopo la scoperta del nuovo omicidio, era scesa su di lui una specie di rassegnazione. Da un paio di occhiate che gli aveva lanciato, Jim aveva capito che avrebbe dato un mese di paga pur di trovarsi in privato con lui e chiedergli le cose che gli interessavano davvero. In uno dei pochi momenti in cui erano rimasti soli, il detective gli aveva rivolto una domanda secca che, come tale, una secca risposta aveva avuto.

«È successo di nuovo?»

«Sì.»

«Parliamone quando siamo solo noi due.»

Jim aveva capito il messaggio. Significava: non dire che sai. Significava: non dire che so. Per pura fortuna Van Piese, stordito dalle emozioni, aveva un poco confuso il succedersi degli eventi e scambiato il comportamento frenetico di Silent Joe per una reazione al violento temporale.

Jim non lo aveva contraddetto.

Verso la fine della sua deposizione, nell'ufficio di Robert era addirittura arrivato Donovan Cleese, il capo della polizia di Flagstaff. Era entrato nella stanza facendo con la mano il segno di continuare e si era seduto in un angolo. Aveva assistito senza aprire bocca al resto delle domande e delle risposte. Portava stampati sul viso i segni di quella che nei comunicati stampa veniva definita «una viva preoccupazione».

Jim aveva pensato che ne aveva tutti i motivi. Nella vivace ma innocua cittadina di Flagstaff erano morte tre persone, uccise in un modo barbaro dalla stessa mano. E visto che per le prime due non c'era verso di sapere che pesci pigliare, niente faceva presupporre che con questa terza vittima le cose potessero cambiare.

Ma la speranza è l'ultima dea e quindi eccolo lì, a pregarla in silenzio, anche lui in preda al suo piccolo terrore. Con lo spettro dell'FBI che da un momento all'altro poteva salire in forze dalla sede di Phoenix a reclamare la competenza per estromettere la polizia locale dal caso.

Dopo aver esaurito per l'ennesima volta gli argomenti, il calvario del botta e risposta per Jim era terminato. Nonostante la presenza del suo capo, Robert aveva deciso di accompagnarlo personalmente all'uscita. Non aveva nemmeno avuto bisogno di inventare una scusa. Di certo fuori dall'ingresso principale erano accampati i rappresentanti di tutti i media dello Stato. Se avessero capito che Jim era stato per la seconda volta presente sul luogo del delitto, per lui e per le indagini sarebbe finito quel minimo di riservatezza di cui tutti avevano bisogno per cercare di venirne a capo. Avevano atteso di essere abbastanza lontani dall'ufficio prima di iniziare il discorso, ma adesso che stavano scendendo scale e percorrendo corridoi diretti verso un'uscita secondaria, il detective Robert Beaudysin aveva infine la possibilità di parlare con il suo testimone principale a quattr'occhi.

«Allora?»

«Non so che dire, Bob. Questo fatto è incredibile.»

«Il cane, dici?»

«Sì. Stessa scena dell'altro giorno, al parcheggio. È saltato sul cassone del pick in preda a un autentico terrore. Poi ha iniziato a ululare e ti prego di credere che era un lamento da ghiacciare il sangue nelle vene. Subito dopo la ragazza si è messa a gridare. Il resto lo sai.»

«Tu che ne pensi?»

«Io? E cosa vuoi che ne pensi? Mi sembra tutto così assurdo. La ragazza è morta nello stesso modo degli altri due?»

«Uguale identico. Tutte le ossa fatte a pezzettini, come se fosse stata sotto una pressa.»

«Da quando l'ho sentita gridare a quando sono arrivato dove stava lei, saranno trascorsi al massimo trenta secondi. Che cosa può ridurre una persona in quel modo e sparire nel nulla in così poco tempo?»

«Non lo so. E purtroppo quel maledetto temporale ha cancellato ogni traccia.»

Robert aveva avuto un'esitazione. Jim ebbe l'impressione che il suo amico gli nascondesse qualcosa ma non gli sembrò il caso di insistere. Tutto ciò che desiderava era uscire di lì, respirare aria fresca, andare mille miglia lontano da quella città e scordare quello che era successo negli ultimi giorni.

Con il terrore che da un momento all'altro Silent Joe si mettesse ancora a ululare.

Arrivarono in fondo al corridoio che stavano percorrendo e si trovarono davanti a una porta di metallo. Una luce verdastra cadeva smorzata da piccole finestre in alto. C'era caldo e odore di cemento umido.

Robert si fermò davanti al battente. Era lui il poliziotto, e Jim si adeguò a questo suo ruolo.

«Dimmi che devo fare.»

«E come faccio a dirti cosa fare, se sono io che ho bisogno di qualcuno che lo dica a me?»

Robert aprì la porta. Fuori il temporale aveva lasciato in terra pozzanghere a riflettere un cielo azzurro, lavato a nuovo, pronto per il tramonto. Jim non si era reso conto che fosse passato così tanto tempo da quando era entrato in quell'edificio.

«Vai a casa, sbronzati e fatti una dormita. È quello che farei io, se potessi.»

«Ciao, Robert. Buona serata. E te la auguro veramente.»

Il detective fece solo un cenno con il capo a significare che l'aveva capito.

«Tieni d'occhio il tuo cane.»

Disse per la seconda volta queste parole che alla luce dei fatti suonavano più di minaccia che di consiglio. Poi sparì dietro il leggero cigolio della porta.

Jim si ritrovò da solo nel parcheggio secondario, quello riservato alle auto private del personale e alle auto di servizio. In una delle ultime corsie spuntava il tettuccio del suo furgone.

Si avviò in quella direzione cercando le chiavi in tasca.

Quando era sembrato chiaro che la sua presenza alla Centrale si sarebbe prolungata parecchio, un agente delle Unità Cinofile aveva accompagnato Silent Joe al cottage di Beal Road. Jim non aveva idea in che stato lo avrebbe trovato. Di solito, i suoi attacchi di panico non lasciavano traccia. Il suo comportamento tornava quello di sempre, indolente e possibilista, docile e autosufficiente. Ma quello non era un momento di certezze, specie con quell'animale così imprevedibile.

Arrivò al furgone e fu costretto a girarci intorno per arrivare al posto di guida. Superò senza guardarla la portiera graffiata dalla furia di Silent Joe, come se ignorando quel dettaglio fosse possibile ignorare tutto quello che stava succedendo.

Prima di salire, tirò fuori il cellulare dalla tasca e compose il numero del Ranch.

Rispose al secondo squillo la voce baritonale di Bill Freihart.

«Cielo Alto Mountain Ranch. Come posso aiutarla?»

«Ciao, Bill. sono Jim. Ho bisogno di parlare con Charlie. È a portata di voce, per caso?»

«Sei fortunato. È uscito un attimo fa. Dovrebbe ancora essere qui fuori.»

Jim attese, sentendo arrivare il rumore di passi da stivali sul pavimento di legno. Poco dopo arrivò nell'apparecchio, asciutta come sempre, la voce del suo vecchio *bida'i*.

«Sì.»

«Charlie, sono Jim. Ho bisogno di te per un lavoro. Ce la fai a essere in città per quando fa buio?»

«Non c'è problema.»

«Bene, allora. Ci vediamo verso le dieci a casa mia. Al 29 di Beal Road, all'angolo con la Fort Valley.»

«Va bene.»

Il vecchio chiuse la comunicazione. Aveva detto «va bene» e dunque alle dieci in punto sarebbe stato in attesa davanti alla porta del suo cottage. Jim spense il cellulare, chiedendosi se faceva bene a coinvolgere Charlie in quello che intendeva fare. Conoscendolo, arrivò alla conclusione che sarebbe stato molto più dispiaciuto se non gli avesse chiesto di andare con lui.

Salì sul Ram, avviò il motore e uscì lentamente dal parcheggio. Nello stesso modo percorse il tragitto fino a casa.

Si prese il tempo che non aveva mai voluto prendersi nella vita. Guidò piano, ripassando nella mente a una a una tutte le cose che erano successe nel giro di poche ore. Senza riuscire per questo ad azzardare un'ipotesi sulla sua vita futura.

Quando arrivò al cottage, appoggiata in attesa alla portiera della sua Honda c'era April Thompson.

Le ore passate a rispondere alle domande dei poliziotti gli sembrarono di colpo una realtà preferibile a quella. Non aveva ancora metabolizzato l'incontro del giorno precedente. Non era pronto ad affrontarne uno nuovo, come non era disposto ad affrontare un'altra notte insonne. Il nuovo omicidio aveva segnato una pausa. Era una cosa terribile per le sue modalità e inquietante per tutti gli interrogativi che aggiungeva a quelli che già c'erano. Ma si trattava di un fatto del quale era un semplice testimone. Era solo un uomo che aveva visto e che poteva riferire quello che sapeva, lasciando ad altri il compito di capire. Tutto il resto era la sua prigione. Ovunque si voltasse si trovava davanti a un muro e su ogni muro c'era un nome scritto sopra.

Alan, Swan, Cohen Wells, Caleb Kelso, Charles Begay e Richard Tenachee.

April.

Seymour...

Questa volta non era possibile girare la testa da un'altra parte, non era possibile fare finta che niente fosse successo. Come la povera Charyl Stewart, ci aveva provato a seminare i cani, ma ogni uomo lascia dietro di sé una traccia che non si può cancellare. Qualunque fantasma si fugga, non esiste velocità sufficiente a non farlo trovare in attesa proprio nel posto in cui si riteneva di essere al sicuro.

Fermò l'auto in coda alla Honda e scese. Lei si avvicinò camminando con indolenza, come se quel tragitto le costasse fatica per distanza e destinazione.

«Ciao, Jim.»

April scambiò l'espressione e il silenzio di Jim per sorpresa alla sua presenza.

«Sono una giornalista e sono di Flagstaff. Se vuoi, mi puoi fare anche credito di un briciolo di cervello. Pensavi davvero che non avrei scoperto dove stai?»

Jim cercò di essere fermo senza essere sgarbato.

«Cosa posso fare per te?»

«Che cosa può volere una giornalista? Una storia.»

«Che storia?»

«Una storia vera. Voglio che tu mi dica quello che sta succedendo.»

Jim fece fatica a non mettersi a ridere.

«Tu vuoi...? Avrei bisogno io di qualcuno che lo dica a me.»

April colse l'amarezza e la stanchezza nella sua voce. Gli concesse un attimo di pausa. Girò la testa a guardare l'ingresso del piccolo cottage.

«C'è qualche controindicazione al fatto che tu mi inviti a entrare?»

Jim non riuscì a trovare una scusa plausibile per non farlo. Sarebbe bastato dirle che era stanco, sarebbe bastato dirle che aveva bisogno di stare da solo, sarebbe bastato...

Sarebbe bastato dirle la verità. Che stare fra quattro mura con lei gli faceva paura.

«No, nessuna. Vieni, che devo vedere come sta il mio cane.»

Percorsero il breve vialetto d'ingresso, piastrelle di cemento tra due pezzi di prato. Jim aprì la porta e si fece da parte per cedere il passo ad April.

All'interno l'aria era pulita, segno che Silent Joe, nonostante la reclusione, non aveva perso il controllo del suo corpo. Preceduto da un ticchettare di unghie sul pavimento, venne a controllare senza fretta l'identità dei nuovi arrivati. Quando li vide non ebbe nessuna reazione, come se stesse vivendo un momento previsto e prevedibile.

April lo guardò con più simpatia di quanto le sue parole non concedessero.

«Non si può dire che sia un perfetto cane da guardia.»

«Nemmeno da difesa, se per questo. Penso che l'unico modo per farlo diventare pericoloso sia prenderlo in braccio e scaraventarlo in faccia a qualcuno.»

Indifferente a quei commenti poco lusinghieri nei suoi confronti, il cane girò le spalle e si mosse senza fretta per posizionarsi in attesa davanti alla porta della cucina che dava sul giardino. Jim andò ad aprire e lo fece uscire. Mentre il cane gironzolava fuori alla ricerca di un punto dove liberarsi, controllò che avesse acqua fresca da bere e gli versò nella ciotola una scatola di cibo per cani.

Poi tornò nel piccolo salone che faceva nello stesso tempo da zona giorno e da zona pranzo. April era rimasta in piedi, le mani nelle tasche dei jeans, guardandosi intorno. Jim cercò di prendere tempo.

«Ti va un caffè? È l'unica cosa che posso offrirti.»

April lo guardò come se stesse valutando l'opportunità di un caffè a quell'ora. Forse anche la capacità di Jim di farne uno decente.

«Vada per un caffè.»

«Non credo di avere del latte.»

«Stavo giusto pensando che senza latte sarebbe perfetto.»

Jim apprezzò il tentativo di attenuare un poco la tensione. O forse era solo una tecnica giornalistica per mettere a proprio agio una probabile fonte di informazioni.

Mentre stava presso l'acquaio e caricava il filtro nella macchinetta, April si affacciò sulla porta della cucina.

«Ti sei sistemato bene, vedo.»

Jim minimizzò con un gesto delle spalle.

«È solo una collocazione temporanea, in attesa di trovare qualcosa di mio.»

Lei gettò sul tavolo una considerazione con aria quasi distratta.

«So che lavori per Cohen Wells, adesso.»

Vedrai che lo scoprirai subito che cosa vuole da te il padrone della città...

Jim non si chiese nemmeno come l'avesse saputo. L'aveva detto lei poco prima. Era una giornalista ed era di Flagstaff. E le faceva credito di una buona dose di cervello.

«Sì, sono il pilota del Ranch e il responsabile della futura flotta aerea.»

«Oh, se per questo quell'uomo è in grado di comperare molte cose. E molte persone...»

Aveva fatto questa considerazione in tono morbido, senza calcare sulle parole. Quello che ne venne fuori non era sarcasmo, ma un accenno di commiserazione.

Jim reagì suo malgrado in un modo che avrebbe voluto evitare. Per stanchezza, per tensione, per senso di colpa. Ebbe uno scatto che gli fece finire su una mano il caffè bollente che stava versando nelle tazze. Una cadde a terra e si ruppe con un rumore secco, spargendo intorno cocci e liquido bollente. Soffocando un moccolo tra i denti, aprì il rubinetto e si affrettò a mettere la parte scottata sotto l'acqua corrente.

Poi si girò e la fronteggiò, prendendo da quel piccolo dolore la carica per affrontare l'argomento.

Si sorprese ad alzare la voce più di quel che avrebbe voluto.

«Insomma, April, che vuoi da me? Lo so che mi sono comportato male nei tuoi confronti. Lo so che mi sono comportato male nei confronti di tutti quelli che mi stavano intorno. E dire male è solo un eufemismo. Non potresti dirmi in faccia che sono un pezzo di merda che meriterebbe di morire cento volte, darmi due schiaffi e andartene sbattendo la porta?»

April non ebbe nessuna reazione. Si limitò a fissarlo per un attimo senza parlare. Jim si sorprese vedendo arrivare da chissà dove un sorriso sulle sue labbra. Si sorprese ancora di più vedendo che non c'era rimpianto, solo un malinconico tocco di tenerezza.

«No, Tre Uomini. No, sciagurato ragazzo che non vuole crescere. Quel tempo è finito. Sono passati troppi anni da quello stato d'animo. Non so quanti ponti tu e io abbiamo attraversato da allora, ma so quanta acqua c'è passata sotto. Io sono cambiata, ho dovuto farlo. A quell'epoca ero una ragazzina, ma adesso so che donna sono diventata. Purtroppo non so che uomo sei diventato tu.»

Jim la guardò per la prima volta con gli occhi dell'uomo che avrebbe voluto essere. Era fuggito da tutto così in fretta da non riuscire a memorizzare quanto fosse bella, in tutti i sensi. Si era liberato con tale violenza da quella che riteneva una prigione al punto di non accorgersi che forse April non era un carceriere, ma stava chiusa in cella insieme a lui.

Lei continuò con la stessa voce tranquilla che era nello stesso tempo una tranquilla lama di pugnale.

«Te lo ripeto, cosa voglio da te. Una storia. Voglio che tu mi dica che cosa sta succedendo in questa città, che cosa la polizia nasconde con tanto accanimento. Voglio che tu mi dica che cosa hai visto. Una volta tanto, voglio da te la verità. Me la devi.»

«Mi stai ricattando?»

April fece un gesto eloquente con le spalle.

«Perché no? Ti pare di meritare qualcosa di diverso?»

Jim cambiò di colpo argomento. Non riusciva più a difendersi, per cui cercò riparo nell'attacco.

Asciutto, imprevisto, acuminato.

«Di chi è figlio Seymour?»

Lei rimase un attimo impietrita. Poi senza rispondere uscì dalla cucina. Jim la seguì e la bloccò in mezzo al soggiorno. Le mise una mano sulla spalla e la costrinse a voltarsi. April con un gesto brusco si scosse di dosso la mano di Jim ma rimase ferma davanti a lui senza accennare più ad andarsene. Aveva gli occhi lucidi di lacrime e l'espressione di chi si stava odiando per questo.

Non le diede tregua.

«Di chi è figlio Seymour?»

«Mio!» gli urlò in faccia April.

Jim si avvicinò al punto di sentire il profumo del suo fiato. Aveva iniziato la caccia alla sincerità e adesso non poteva tornare indietro senza averla raggiunta, anche a costo di esserne ucciso. La prese per le braccia e iniziò a scuoterla.

«Adesso dimmela tu la verità. Di chi è figlio Seymour?»

Le lacrime scorrevano libere sulle guance di April a lavare via anni di solitudine, di giorni passati a combattere senza avere nessuno a cui mostrare le ferite, di notti passate cercando di individuare un futuro tra la nebbia del presente.

«Vuoi davvero sapere di chi è figlio Seymour?»

Si divincolò di nuovo e lo guardò con gli occhi della sfida, occhi azzurri nel bagno salato delle lacrime. Gli stessi che aveva regalato a suo figlio.

«È mio! È mio! È mio!»

Cedette di colpo. Le sue spalle si afflosciarono e la voce divenne un soffio. Si avvicinò di un passo e gli appoggiò la fronte sul petto, cercando un rifugio che le era stato negato per anni.

«È mio...»

Disse queste ultime parole soffocate dal tessuto della camicia. Jim la circondò con le braccia e la tenne contro di sé, il calore di quel corpo confuso con il suo.

Jim sentì qualcosa sciogliersi dentro. Non sapeva che cos'era, perché non l'aveva mai provato. Tutte le domande di sempre trovarono in un attimo una risposta. Non certa, ma possibile. La libertà che aveva inseguito andandosene, forse per averla avrebbe dovuto restare. E forse ogni volta che aveva aumentato lo spazio intorno a sé, sempre meno aveva respirato.

Rimase fermo in quel luogo di caccia al tempo e ai rimpianti, con il profumo dei capelli di April a riportare memoria e il suo solido corpo di donna a ricordargli di essere un uomo.

Quando la scostò da sé e la baciò nel sapore delle lacrime, per la prima volta nella sua vita Jim Mackenzie provò la sensazione di essere arrivato a casa.

22

Ancora oggi annegava nel ricordo.

Erano passati tanti anni e tanto sangue era stato versato. Sangue uscito dalle vene e sangue uscito dalle parole, di quelle che uccidono le persone in modo molto più doloroso delle armi. Tutto quello che sembrava essere andato in frantumi si stava poco per volta ricomponendo, per la magia e la bizzarria del caso. Con nuove forme e nuovi colori a ricordare che nulla può essere uguale. Quell'incontro a cui non era preparato, non in quel posto e non in quel momento, l'aveva lasciato con un senso di vuoto difficile da spiegare, quando invece un desiderio di rivalsa sarebbe stato molto più comprensibile. Nell'istante in cui si erano trovati di fronte e si erano guardati negli occhi era sembrato tutto così lontano, così inutile, così privo di senso. Nessun motivo per vincere, perché non c'era nessun motivo per combattere. L'unica emozione era stata il rimpianto. Non per quello che era stato, ma solo per quello che poteva essere.

Si chiese se sarebbe stata la stessa cosa anche con lei. Sapeva chi era adesso e sapeva dove stava. E conosceva il suo pensiero. Quelle poche miglia che li separavano non li rendevano per questo più vicini. Già una volta niente era stato possibile. Quello che si era aggiunto nel corso del tempo avrebbe solo potuto trasformare l'indifferenza in pietà.

E lui non voleva ass…

Il bastone si infilò in un piccolo avvallamento del terreno e sentì l'equilibrio farsi precario. Due braccia robuste che lo sostenevano per evitare che cadesse lo tolsero dai suoi pensieri.

«È stanco? Vuole che rientriamo in casa, signor Wells?»

Alan Wells si appoggiò al bastone e fece un cenno di diniego con la testa. Wendell, il fisioterapista che seguiva la sua riabilitazione e l'esercizio con le protesi, aveva deciso di abbandonare la palestra e di azzardare una passeggiata su un terreno un poco più accidentato. Si erano trasferiti all'esterno, nel prato davanti alla casa, all'ombra degli olmi.

Le cose non stavano andando bene e Alan iniziava a perdere la fiducia.

«Non credo che ce la farò mai.»

«Oh sì che ce la farà, invece.»

No che non ce la farò. Per il semplice motivo che non riesco a trovare una sola fottuta ragione per farlo...

Wendell gli sorrise, sicuro che le parole del suo paziente fossero dettate da un momento di scetticismo. Le aveva sentite altre volte da altre persone in quella stessa situazione.

«Signor Wells, conosce un pilota italiano che si chiama Alessandro Zanardi?»

Alan non seguiva molto l'automobilismo ma sapeva che aveva vinto un paio di campionati di monoposto in America.»

«Sì, l'ho sentito nominare.»

«Bene. Quel ragazzo ha avuto un problema come il suo. Ha perso tutte e due le gambe in un incidente durante una gara, in Germania.»

Fece una pausa a effetto e Alan fu costretto a convenire che Wendell era molto bravo a motivare le persone.

«In questo momento ha ripreso a correre. Con l'aiuto di protesi come le sue sta facendo un Campionato Turismo a livello mondiale.»

«E vince?»

Wendell fece un gesto con le spalle.

«Questo non ha importanza. Qualunque sia il suo piazzamento in gara, ha vinto comunque.»

Alan non disse niente. Wendell era un ragazzo sano e pieno

d'entusiasmo per natura e riusciva a trasmetterlo al suo lavoro. Riconosceva in lui la sincerità e un lodevole impegno umano e professionale per quella loro piccola impresa. Nonostante questo non riusciva a fare a meno di pensare che ogni volta, alla fine delle loro sedute, se ne tornava alla sua vita di sempre camminando su due gambe e Alan Wells restava un nome su un'agenda e una cartella clinica.

Il fisioterapista prese le stampelle che aveva appoggiato a un albero e gliele tese.

«Per oggi credo che basti. Abbia fiducia nella mia esperienza. Succederà tutto all'improvviso. Un mattino si sveglierà e si accorgerà che riesce a camminare senza problemi.»

Alan mise le stampelle sotto le ascelle e insieme si avviarono verso la casa. Lasciarono quello che familiarmente chiamavano giardino ma che era un parco a tutti gli effetti. Si allargava tutto intorno con un'estensione verso ovest che lo portava a confinare con la buca numero tre del campo di golf.

Wendell fece scivolare sulle guide la grande porta vetrata che portava al salone.

«Vuole che l'aiuti a fare un bagno?»

«No, non sono sudato. Sono a posto. Mi darà una mano stasera l'autista di mio padre.»

Jonas era una delle tante persone alle dipendenze dei Wells, una specie di tuttofare che tra i suoi molteplici meriti aveva anche quello di essere stato per un periodo infermiere presso il Flagstaff Medical Center.

«Molto bene, se non ha più bisogno di me, io vado.»

Alan rimase in piedi a guardare la Harley di Wendell che usciva dal retro della casa e spariva per il viale d'ingresso. Non aveva mai amato le motociclette, ma in quel momento stava pensando quanto gli sarebbe piaciuto poterne guidare una.

Shirley si materializzò al suo fianco.

«Ha bisogno di qualcosa, signor Wells?»

Alan fu costretto a sorridere, disarmato come sempre di fronte alla puntuale presenza della governante.

«Shirley, tu mi devi spiegare dove sta la telecamera.»

«Che telecamera?»

«Quella che mi riprende di continuo e ti avvisa quando rimango da solo. Non è possibile che tu sia così tempestiva senza ricorrere a un aiuto esterno. O devo pensare che ti affidi a qualche percezione extrasensoriale?»

Mosse qualche passo nella stanza. Le stampelle sul pavimento lasciavano segni subito assorbiti dalla moquette. Si diresse verso la parte opposta del salone, seguito dalla donna.

«Puoi andare e stare tranquilla. Vado nello studio a leggere la mia posta. Ti troverò a sorvegliarmi anche su Internet?»

Shirley fece un passo indietro e Alan ebbe il sospetto di avere un poco esagerato nello scherzo e di essere stato frainteso. Si girò a guardarla con un sorriso.

«Lo so che stai facendo tutto quello che ti è possibile per me. E forse anche qualche cosa di più. Ti ringrazio molto, Shirley. Non ho bisogno di nulla, davvero.»

«Molto bene, signor Wells.»

La governante se ne andò senza aggiungere altro. Alan proseguì la sua strada verso la parte della casa dove c'era lo studio. Si trovava a dover fare i conti con modalità di spostamento che erano molto diverse da quelle di un tempo. In più l'uso delle stampelle faceva di lui, oltre che un uomo senza gambe, anche un uomo senza mani. Pensò che avrebbe dovuto escogitare un espediente per poter trasportare dei piccoli oggetti senza essere costretto ogni volta a servirsi dell'aiuto di qualcuno. Infine raggiunse la stanza di lavoro di suo padre, che era perfettamente intonata al resto della casa. Un perfetto accostamento di mobili antichi e design più avanzato.

Raggiunse la scrivania con il piano in cristallo che era la vera protagonista della camera e dopo un poco di disagio con le stampelle e la poltrona riuscì a sistemarsi di fronte al monitor del computer. Mentre lo avviava si accorse che suo padre aveva dimenticato acceso il pc e che c'era una di quelle unità portatili per il salvataggio dei dati infilata in una delle porte USB.

Il contenuto apparve sullo schermo non appena si illuminò.

L'Alan Wells di qualche anno prima avrebbe chiuso il file senza degnarlo di uno sguardo. Ora le cose erano diverse. Con ogni probabilità quella sarebbe stata la sua vita futura: era l'erede in tutti i sensi di Cohen Wells, anche se non era quello che un giorno aveva scelto per sé.

La schermata era piena di cartelle con diverse denominazioni. Alan le aprì a una a una e le scorse velocemente. C'erano rapporti bancari di conti correnti presso istituti alle Isole Cayman, alle Barbados, in Irlanda e a Montecarlo, tutti con importi per qualche centinaia di milioni di dollari. C'erano copie scannerizzate di documenti di proprietà mobiliari e immobiliari e partecipazioni azionarie più o meno rilevanti in un numero imprecisato di aziende e società. Probabilmente gli originali stavano al sicuro in una cassetta di sicurezza da qualche parte.

Alan si sentì a disagio.

Si rese conto che si trattava dell'elenco completo delle attività di suo padre. E che non tutto quello che c'era archiviato avrebbe potuto essere mostrato con disinvoltura al fisco. Stava per chiudere la schermata quando notò una cartella con la dicitura «Cielo Alto Mountain Ranch».

Cliccò sull'icona e la cartella rivelò il suo contenuto. Era una serie di file riguardanti l'attività del Ranch. Uno era una mappa della zona in cui sorgeva il villaggio con tutta l'area della proprietà evidenziata in viola. All'interno, un poco spostata dal centro, c'era un'area molto più piccola, dalla forma grossolana di un rombo, realizzata in giallo. Su quest'area c'era una scritta in nero: «Flat Fields – Eldero 1868».

Strano. Da quel che gli risultava e dai discorsi di suo padre, quella zona doveva essere completamente di loro proprietà, compreso l'appezzamento di Flat Fields. La mappa era recente e non riusciva a spiegarsi i due diversi colori, né tantomeno la scritta con quella data risalente a oltre cent'anni prima e un nome che apparteneva molto più alla leggenda che alla storia.

Aprì un altro documento e a mano a mano che procedeva nella lettura sentiva il disagio aumentare dentro di sé. Era la copia di una confessione completa di Colbert Gibson che ammetteva di essersi appropriato in modo fraudolento e per uso personale di fondi della First Flag Savings Bank.

Per quel che ne sapeva, Colbert Gibson in quel momento era il sindaco di Flagstaff, ma la data del documento risaliva a un'epoca in cui era ancora il direttore della banca. Alan capì perché suo padre aveva caldeggiato a suo tempo l'elezione alla carica di sindaco di una persona dichiaratamente disonesta. Quell'uomo era completamente nelle sue mani. Sarebbe bastato rendere pubblico quel pezzo di carta per farlo finire in galera. E Gibson avrebbe fatto tutto quello che suo padre gli chiedeva purché non succedesse.

Il terzo file su cui ebbe modo di posare gli occhi era il certificato di un grosso prestito personale concesso in via privata da Cohen Wells un paio di anni prima a favore di una persona che non conosceva, un certo David Lombardi.

Alan non sapeva che fare. E soprattutto non sapeva che conclusioni trarre da quello che aveva appena letto. Era conscio del fatto che nel mondo degli affari per non essere divorati bisognasse in qualche modo essere disposti a divorare. Tuttavia quella era una metafora a uso e consumo del lessico popolare. La cosa cambiava parecchio quando ci si trovava di fronte ai resti di gente fatta a pezzi.

Spense il computer e aiutandosi con le stampelle si alzò dalla poltrona. Decise di lasciare la penna di memoria al suo posto. Di certo suo padre l'avrebbe vista al momento del ritorno a casa e l'avrebbe messa dove la custodiva di solito. Poteva pensare, se l'avesse tolta lui e infilata in un cassetto, che avesse letto quello che c'era sopra. E questa era una cosa che voleva evitare nel modo più assoluto.

Uscì dallo studio e con gli stessi tempi dilatati tornò nel salone.

Si sedette su un divano e con il telecomando fece scorrere le tende per difendersi dalla luce incandescente del tramonto.

Shirley si presentò a sorpresa mentre stava per accendere il televisore.

«Ha chiamato John, il custode alla sbarra d'ingresso. Era molto eccitato. C'è una visita per lei.»

«Una visita per me? Chi è?»

«Sul momento quel poveretto pensava che fosse uno scherzo. Quando si è reso conto che era proprio lei per poco non si è strozzato.»

«Ho capito, Shirley. Ma mi vuoi dire chi c'è?»

Alan sentiva le tempie pulsare. Sperava di non sentire quel nome. E invece Shirley lo disse.

«Swan Gillespie.»

Solo due parole che si persero nei tendaggi della stanza ma rimbalzarono nella mente di Alan come uno sparo tra le montagne. Il suo primo istinto fu quello di dire no. Di avvertire John o chiunque stava alla guardiola d'ingresso che non la facessero entrare né oggi né mai più.

O almeno fino a quando non gli fossero ricresciute le gambe.

Ma quell'impulso si placò subito. Non poteva scappare tutta la vita. Lo spettro di Swan Gillespie si sarebbe presentato ancora e per molto tempo, se non aveva il coraggio di affrontarlo e cancellarlo per sempre dal suo immaginario.

Ora.

«Digli pure che la faccia passare.»

Prima che Shirley avesse il tempo di uscire dalla stanza, la bloccò. Le indicò la poltrona a cui aveva appoggiato le grucce.

«E nascondi quelle maledette stampelle.»

Il tenente Alan Wells aveva affrontato la morte e mentre lo faceva aveva visto altri uomini morire. Aveva atteso, sdraiato sulla sabbia e sentendo il sangue e la vita abbandonarlo, che arrivassero i soccorsi, indeciso se urlare che facessero in fretta o pregare che non arrivassero mai.

Ma il tempo che trascorse aspettando che Swan Gillespie entrasse fu uno dei più difficili della sua vita. Troppi ricordi, troppe parole non dette, troppa rabbia non esplosa, troppo dolore cacciato a forza nel nulla per illudersi che non esistesse.

E tutto fu cancellato quando la porta si aprì e se la trovò davanti.

Swan Gillespie era una di quelle persone che avevano il dono di trasformare in un evento il loro ingresso in una stanza. Al contrario di quello che succede di solito con gli esseri umani, il tutto in lei superava il valore specifico dei singoli componenti. Era un viso, un corpo, uno sguardo, una voce, ma combinati dal caso con la stessa cura fortunata che genera le opere d'arte.

In passato, ogni volta che se l'era ritrovata davanti si era reso conto che, per quanti sforzi facesse, non riusciva mai a fissarla nella sua mente bella per quanto effettivamente era.

«Ciao, Swan.»

«Ciao, Alan.»

Fece due passi avanti nella stanza.

Indossava un semplice paio di calzoni di tela e una camicia sportiva portata fuori dai pantaloni. Sopra aveva un piumino leggero senza maniche. In mano reggeva un cappello floscio e un paio di occhiali scuri. Quando si rese conto di averli ancora con sé, li mostrò ad Alan, imbarazzata.

«Scusa, avrei dovuti lasciarli in macchina, ma questi sono diventati in pratica attrezzi del mestiere. A volte una faccia famosa può essere molto ingombrante.»

Alan lo sapeva bene. Capiva quello che intendeva dire. In un modo tragico e bizzarro loro due erano la perfetta antitesi. Lei era diventata famosa per le sue gambe, lui perché non le aveva più.

«Come stai?»

C'era nell'aria la ruggine del tempo trascorso e delle cose succcesse e quella perdita di confidenza che arriva, tra due persone che avevano creduto di amarsi, già un attimo dopo che le loro vite si sono divise.

«Bene.»

Swan indicò la stanza.

«È bello qui. È diverso da come lo ricordavo.»

«Già. Mia madre prima di andarsene con il suo nuovo marito ha fatto un buon lavoro. Ha sposato proprio l'architetto che ci ha rifatto la casa. Credo che in questo momento sia da qualche parte in giro per il mondo.»

Decise un tono leggero per evitare di dare altre spiegazioni.

«Non credo che le vicende edilizie di questa famiglia siano importanti. Tu lo sei molto di più. A questo punto credo di doverti dei complimenti. Continuo a leggere sui giornali dei tuoi successi. Flagstaff ti avrà accolto in modo trionfale.»

Swan minimizzò con un gesto vago della mano e chinò lo sguardo verso il pavimento.

«Oh, quello. Non è come credi. Come dicono i saggi o gli uomini banali, non è tutto oro quello che luccica. Quando ero qui non vedevo l'ora di andarmene. Ho solo scoperto che il mondo è uguale dappertutto. L'unico posto che cambia davvero è il posto dove sei nato. Forse non si dovrebbe tornarci mai.»

Quando sollevò gli occhi e lo guardò, Alan ci vide una pena trascinata per anni. Il presente a volte può essere un pessimo ambiente se arredato con i residui di un passato difficile da dimenticare.

«Ti sarai chiesto perché sono venuta qui, oggi.»

Alan cercò di sorridere.

«Credo che un saluto a un vecchio amico sia una buona spiegazione.»

Con un movimento fluido e naturale, Swan si sedette sul divano e appoggiò il cappello e gli occhiali sulla poltrona di fianco a lei.

«Sì, in effetti sono venuta a vedere come stavi. Ma anche per dirti alcune cose. Lo avrei dovuto fare tanto tempo fa e ancora di più dopo quello che ti è successo. Ma come sai il coraggio non è mai stato il mio forte.»

«Eppure per arrivare dove sei arrivata di coraggio ce n'è voluto.»

«Non era coraggio. Ero giovane e mi sono illusa anch'io che lo fosse, per un certo tempo. Poi ho capito che cos'era davvero.»

Alan attese in silenzio il seguito. In quel momento provava per lei la stessa compassione che provava per se stesso.

«Era disperazione.»

Swan lo fissò con un'espressione per cui un tempo avrebbe dato la vita pur di vedere una sola volta.

«Così, senza coraggio, sono riuscita a diventare solo una persona famosa. Tu invece sei un eroe.»

Gli eroi sono tutti morti. Anche quelli che ce l'hanno fatta a tornare...

«No, non lo sono.»

«Sì che lo sei. Lo sei sempre stato, anche se non lo sapevi.»

«Non è servito a molto.»

«Oh sì che è servito. È servito a quei ragazzi che hai salvato. È servito a te per diventare l'uomo che sei. È servito...»

Swan fece una pausa e ad Alan bastò quell'attimo per richiamare pensieri feroci.

L'uomo che sono...

Ci aveva pensato a lungo, steso di notte in un letto d'ospedale, con dei dolori lancinanti alle gambe, mentre fra le lacrime che gli scendevano dagli occhi guardava il soffitto senza vederlo. Se lo era chiesto più volte, per la sua vergogna di soldato. Si era chiesto se, alla luce di tutto quello che provava in quel momento, avrebbe preso la stessa decisione. Si era chiesto se ancora avrebbe avuto la determinazione di fare la scelta più rischiosa o non sarebbe rimasto al suo posto, al riparo, costretto dopo a fare i conti con la sua coscienza ma salvo, integro, intatto.

Vivo.

Si era chiesto mille volte se avrebbe avuto ancora la forza di rischiare la vita per quei ragazzi. E non era riuscito a trovare una sola volta una risposta qualunque.

Swan nascose la fine del suo difficile discorso in un soffio di voce.

«È servito a me per trovare il coraggio di venire qui.»

Alan rimase in silenzio. Attendeva il seguito con ansia e nello stesso tempo non poteva impedirsi di averne timore.

«In tutti questi anni mi sono accorta di aver vissuto le cose belle che mi sono successe con la sensazione di non averne pieno diritto, come se tutto fosse usurpato e da un momento all'altro dovesse arrivare qualcuno a chiedermi ragione della mia presenza e pretendere indietro tutto. Mi trovavo a vivere come avevo sempre desiderato, eppure...»

Lasciò in sospeso la frase e quella pausa era molto più esplicita delle parole non dette.

«Poi ho capito perché.»

Ancora una pausa, giusto il tempo di un sospiro. E di un'ultima, sfilacciata bandiera bianca.

«Quando si compiono delle brutte azioni bisogna avere la forza di dimenticarle. E io questa forza non l'ho mai trovata, anche se pensavo di esserne capace. Ecco perché sono qui oggi.»

Lo guardò negli occhi e Alan ci lesse la verità e un'attesa che durava da anni.

«Posso sperare che un giorno riuscirai a perdonarmi?»

Alan la guardò in silenzio per un tempo che a Swan sembrò interminabile. Quello era un momento che qualunque uomo avrebbe accettato come una manifestazione della giustizia divina.

Era lì, davanti a lui, senza difese. Poteva afferrare al volo quella possibilità e godere della sua rivincita. Poteva distruggerla con le parole. Ma nello stesso tempo poteva avere una risposta alle sue domande. In un istante risolse tutti i dubbi residui e capì che la risposta era sì. Messo nella stessa situazione si sarebbe comportato nello stesso modo e di nuovo avrebbe rischiato la vita per salvare quei ragazzi.

E non disse quelle parole.

«Certo. Ti ho già perdonato da tanto, Swan.»

Il tempo riprese a scorrere tra quelle mura e un piccolo sorriso sulle labbra di Swan aveva il significato di un incendio.

«Allora posso tornare, qualche volta?»

Alan si rese conto che durante tutta la loro conversazione gli occhi di Swan non erano mai caduti per un solo istante sulle sue gambe.

«Swan, va tutto bene. Eravamo ragazzi e abbiamo fatto degli errori. Tu, Jim, io. L'unico perdono che devi cercare è quello che viene da te stessa. Non c'è nulla per cui tu debba pagare. Non c'è nulla che ti obblighi a tornare.»

«Non basta il fatto che a me farebbe piacere?»

Alan chinò lo sguardo sulle protesi nascoste dai pantaloni della tuta, per aver modo di parlare senza avere il suo viso davanti agli occhi.

«Swan, guardiamo in faccia la realtà. Tu sei una donna che ha il mondo ai suoi piedi. Io sono un uomo che al posto dei suoi piedi ha dei pezzi di plastica e metallo. Che piacere può esserci nel frequentare una persona così?»

Alzò il viso e le sorrise senza rendersi conto che le parole, unite a quell'espressione, assumevano un significato crudele.

«Forse alla parola "piacere" si può sostituire la parola "pietà". E questa è l'ultima cosa di cui ho bisogno in questo momento.»

Swan aveva gli occhi lucidi. Fece un leggero cenno di assenso con la testa.

«Ho capito. È giusto.»

Si alzò dal divano. Alan ebbe una rapida visione dei suoi occhi pieni di lacrime, prima di vederli scomparire dietro gli occhiali scuri.

«Credo che a questo punto non mi resti che andare.»

Si avvicinò e gli posò un rapido bacio sulla guancia.

«Ciao, Alan.»

Quel bacio aveva il profumo che non si dimentica e una promessa di tenerezza che non era lecito provare.

«Ciao, Swan. Buona fortuna.»

Swan gli girò le spalle e pochi passi dopo era già scomparsa oltre la porta. Tutto quello che la sua presenza significava si dissolse nel nulla, come succedeva ogni volta che se ne andava. Alan rimase da solo nella luce del tramonto, in quella stanza che un attimo dopo che lei se ne era andata già gli sembrava immersa nell'oscurità.

23

«Perché non me l'hai detto?»

April lasciò per un istante il rifugio della sua spalla, senza allontanarsi troppo dal calore del suo corpo. Jim sentiva la rotondità di un seno premere contro il fianco e la pelle liscia delle gambe che sfioravano le sue. Rimase a guardarlo in silenzio, sdraiata nel letto accanto a lui ma di nuovo presente nel mondo.

Quando si erano baciati in piedi nel soggiorno, la tenerezza di quel bacio era stata subito aggredita dalla passione. Le lacrime si erano trasformate in unghie affilate. Le loro ferite erano diventate bocche e labbra. Si erano avvinghiati e i loro vestiti erano caduti come se fossero stati cuciti per quell'unico scopo, e Jim aveva ritrovato intatta nel ricordo quella pelle conosciuta e nello stesso tempo non aveva mai provato niente di simile.

Eppure lei era solo una donna e lui solo un uomo. Razza vecchia, storia di sempre.

Quella lotta di lingue e di seni e di mani e di pelle strusciata che chiamavano sesso l'aveva già provata mille volte per sé e per non sapeva chi in quel momento. Senza riuscire mai a darle un nome diverso. Senza nemmeno il desiderio di vincere la noia e provarci. Adesso, qualcosa l'aveva trasformata, ma Jim non aveva voglia di capire in che cosa. Voleva solo vivere quello che stava provando.

E per poterlo fare in pieno doveva sapere. Anche a costo di stare male.

Ripeté la domanda, per timore che April non avesse sentito.

«Perché non me l'hai detto?»

«Che cosa?»

«Di Seymour.»

La superficie liscia di quella pelle si allontanò, sostituita dal guscio ruvido della realtà. April si girò e si sporse dal letto per raccogliere la camicia da dove la fretta di essere nudi l'aveva fatta cadere. Jim indovinò il gioco dei muscoli sulla schiena abbronzata. Allungò una mano per accarezzarla, ma non fece a tempo. La testa di April riemerse in un movimento di capelli vivi e iniziò a infilarsi la camicia. Jim vide il suo seno sparire, bottone dopo bottone.

«Dirtelo sarebbe servito a qualcosa?»

Jim rimase in silenzio. Ci sarebbero voluti anni per quella risposta. E non aveva tutto quel tempo.

«Tu avevi solo voglia di fuggire. Quella stupida storia con Swan non c'entrava nulla. Il problema non era in lei, era in te. Sarebbe stato solo un mezzo per rallentare la tua fuga e nel frattempo saremmo stati due infelici, sia tu che io. Con serie probabilità di crearne un terzo.»

«E che hai fatto?»

April si sedette sul bordo del letto e iniziò a infilarsi i pantaloni.

«Quando ho saputo che ero incinta sono andata a Phoenix, da mia sorella. Avevo il diploma della Northern Arizona University e ho frequentato una scuola di giornalismo finché non è nato il bambino. Poi ho avuto un posto all'"Arizona Daily Sun" per un paio di anni. Mi sono fatta un piccolo nome. Quando mi si è presentata l'occasione, ho accettato l'offerta del "Chronicles" e sono tornata a Flagstaff.»

«Che cosa hai detto ai tuoi?»

«La verità. Che avevo amato un uomo che non meritava di vivere ma che non per questo il mio bambino meritava di morire. Con mia grande sorpresa hanno capito.»

«E cosa hai detto a Seymour?»

«Che non aveva un padre perché non è stato possibile. Col tempo credo che capirà.»

«E cosa hai detto alla gente?»

Jim si pentì subito di quest'ultima domanda. April scosse le spalle con noncuranza.

«Niente. È la mia vita. Riguarda solo me. Anche se so che questo non lo capiranno mai.»

La forza di quella donna colpì Jim più forte di qualsiasi pugno di qualsiasi uomo. Si stupì che fino a un certo punto lei lo avesse creduto alla sua altezza.

Spostò il discorso da un'altra parte, sapendo bene che ogni punto in cui cadevano le parole era comunque un punto doloroso.

«Com'è Seymour?»

«Uguale a te. Ha solo nove anni ma ha l'intelligenza e il fascino che sono certa avevi tu a quell'età. Sto facendo tutto il possibile perché li usi nel modo giusto. Compreso pregare.»

Jim rimase in silenzio, a testa china. April era in piedi in fondo al letto. Si stava liberando di tutti i suoi fantasmi. A volte bastava cederne la metà, per vederli sparire per intero.

«L'hai voluta tu la verità. Non sempre è un posto in cui ci si sente a proprio agio.»

Jim rialzò la testa e la guardò senza sapere che dire. Poi disse quello che sentiva, sperando fosse la cosa giusta.

«Ho bisogno di conoscerlo.»

April venne dalla sua parte e si sedette sulla sponda del letto. Gli prese il viso tra le mani e lo baciò lieve sulle labbra.

«No, Tre Uomini.»

«Ma io…»

Gli premette la mano sulla bocca per impedirgli di continuare. Jim vide negli occhi di quella donna tutto ciò per cui un uomo avrebbe dato la vita pur di meritare. E che tre uomini in uno solo non erano riusciti a fare.

April si alzò e rimase a guardarlo dall'alto, com'era giusto che fosse.

Sul suo viso c'erano ancora tenerezza e rimpianto.

«Questo non è un gioco, Jim. Questa è vita. E in questo campo non credo che tu sia un uomo che possa meritare fiducia. Non ti permetterò di rovinare tutto un'altra volta.»

Andò a sedersi su una poltrona a lato del letto, prese da terra gli stivali e se li infilò col gesto brusco di un addio.

In quel momento il campanello d'ingresso suonò. Jim d'istinto guardò l'orologio. Le dieci. Charlie era arrivato e aveva portato con sé il senso del tempo.

In quella casa era volato e per certi motivi fuori era passato troppo lento.

Jim si alzò dal letto e iniziò a vestirsi.

«È Charlie. Gli avevo dato un appuntamento qui. Me ne ero completamente dimenticato.»

La sua voce aveva dentro delle scuse che ad April non servivano.

«Non c'è problema. Tu hai visite e io devo andare.»

Jim capì il senso di quelle parole non dal significato, ma dal tono.

Tu hai la tua vita, io ho la mia. Si sfiorano ma non si uniscono. Non più...

April si alzò dalla poltrona e si avviò verso la porta, alla ricerca della giacca. Jim la fermò mentre stava per uscire dalla stanza.

«April.»

«Sì.»

«Ora non posso. Ma appena mi sarà possibile, ti prometto che avrai la tua storia.»

Lei gli sorrise e lo uccise.

«Ne ho già avuta una. E nonostante tutto, è stata la migliore storia del mondo.»

Se ne andò lasciandolo più vecchio e più solo di quanto poteva sopportare. Sentì dal soggiorno arrivare un *clac!* di porta aperta e voci sull'ingresso di casa e poi un *clac!* di porta chiusa e silenzio.

Quando Jim si affacciò infilandosi una maglietta, Charles Owl Begay stava in piedi in mezzo alla stanza.

«Ciao, Charlie. Grazie di essere venuto. Un attimo e sono pronto.»

Il vecchio rispose con un semplice gesto del capo. Jim rientrò in camera da letto per cercare le scarpe. Dal soggiorno arrivarono le parole del vecchio.

«Quella ragazza ha molta forza e molta musica dentro di sé. È una vera Donna Cangiante. L'uomo che la porta nella sua casa è un uomo fortunato.»

La Donna Cangiante era una vecchia leggenda Navajo, l'essenza della donna perfetta. Jim pensò che una donna di quel tipo non avrebbe scelto un essere senza colori come lui.

«Ne sono sicuro.»

Tornò da Charlie e si sottopose al giudizio del suo sguardo. Non aggiunse che non avrebbe mai più potuto essere quell'uomo.

Charlie lo capì lo stesso ma non disse altro.

Silent Joe uscì solo in quel momento dalla cucina, come se avesse intuito che in quella casa stavano succedendo delle cose più grandi di lui e dalle quali era escluso. O che quelle vicende umane erano troppo insignificanti e non valeva la pena di prestarci attenzione più di tanto.

Jim pensò che quel cane lo faceva divertire. Era il solo essere vivente in grado di ispirargli buonumore. Forse era anche l'unico essere vivente ad avere fiducia in lui.

«Resta qui, cane. Devo uscire di nuovo. Quando torno ti porto a piedi fino in Colorado.»

Silent Joe ritenne quella promessa una minaccia e non un premio. Rientrò in cucina con l'entusiasmo con cui si siede davanti al televisore lo spettatore di una partita della quale conosce già il risultato.

Jim prese un giubbetto di jeans da una sedia e uscì di casa, seguito da Charlie. Aveva lasciato la luce della cucina accesa, non tanto per il cane, ma per sé. Era solo un'illusione, ma sapeva che al suo ritorno gli avrebbe fatto piacere pensare che c'era qualcuno ad attenderlo.

Salirono sul Ram e Jim avviò il motore. Charlie non chiese dove stavano andando. Nella sua filosofia, se Jim gli aveva chiesto di andare con lui in qualche posto, c'era un motivo. Quale il motivo e quale il posto, lo avrebbe scoperto quando ci fossero arrivati.

Jim sapeva tutto questo, tuttavia sentì il dovere di avvertirlo che quello che stavano per fare era un'azione che poteva avere delle conseguenze spiacevoli per tutti e due.

«*Bidá'í*, so dove sono le essenze di mio nonno. Stiamo andando a prenderle.»

Charlie fece un cenno di assenso con la testa. La tesa del cappello gli disegnò un'ombra sul viso.

«Forse per averle dobbiamo fare una cosa contro la legge.»

Charlie conosceva bene la storia del Popolo. Sapeva di regole giuste e ingiuste, di soprusi e di promesse non mantenute. Di gente costretta a camminare e di gente costretta a restare immobile. Per lui, nessuna legge che privasse un uomo delle poche cose che valeva la pena di possedere poteva essere una legge giusta.

Indicò la strada davanti a loro con la mano e disse una sola parola.

«Andiamo.»

Uscirono dalle luci di città seguendo il flusso del traffico sulla 89, piuttosto rado a quell'ora. La gente stava nelle case o nei ristoranti e gli autisti dei camion nelle tavole calde alle prese con birra fresca e nachos e chili. C'erano in giro poche anime ostinate in cerca della notte o frettolose di sfuggirle. E anime dannate che fermavano il respiro agli esseri umani e facevano ululare i cani.

«Fai attenzione alla tua ombra, Tre Uomini.»

Charlie aveva rotto il silenzio d'improvviso. Aveva parlato quasi sottovoce e Jim non aveva capito il senso di quello che aveva detto.

«Che cosa intendi dire, *bidá'í*?»

Charlie parlò continuando a guardare la strada davanti a sé.

«Ogni uomo ha un fratello che è la sua copia esatta. È muto e cieco e sordo ma dice e vede e sente tutto, proprio come lui. Arriva nel giorno e scompare la notte, quando il buio lo risucchia sottoterra, nella sua vera casa. Ma basta accendere un fuoco e lui è di nuovo lì, a danzare alla luce delle fiamme, docile ai comandi e senza la possibilità di ribellarsi. Sta disteso a terra perché glielo ordina la luna, sta in piedi su una parete quando il sole glielo concede, sta attaccato ai suoi piedi perché non può andarsene. Mai.»

Girò la testa e lo guardò. Gli occhi erano una macchia sotto il buio del cappello.

«Quest'uomo è la tua ombra. È con te da quando sei nato. Quando perderai la vita, la perderà con te, senza averla vissuta mai.»

Fece una pausa e per la perplessità di Jim disse quello che era il suo pensiero.

«Cerca di essere te stesso e non la tua ombra o te ne andrai senza sapere che cosa è la vita.»

Jim rimase in silenzio. Quello era il discorso più lungo che Charlie gli aveva fatto da che lo conosceva. Si chiese di che cosa parlassero lui e suo nonno quando erano da soli, di quante cose non contaminate da macchine e cellulari e schermi di computer vivessero, di quali voli fossero capaci senza bisogno di elicotteri, di quali ricchezze senza necessità di denaro fossero in possesso.

E di quanto dolore provassero per lui. Non per quello che aveva fatto a loro ma per quello che stava facendo a se stesso.

Non disse nulla perché non ne era capace. Solo, staccò una mano dal volante e la appoggiò sul braccio del vecchio. E seppe senza una vera ragione di aver fatto la cosa giusta.

Poco prima del bivio per la casa di Caleb, Jim piegò sulla sinistra e fermò il furgone in una piazzola di sosta deserta.

Prese la torcia elettrica dallo scomparto dei guanti e un piede di porco dalla dotazione di attrezzi del Ram e scesero. Si avviarono tenendosi al riparo della linea degli alberi che costeggiavano la strada. C'era la possibilità remota che la polizia avesse lasciato sul posto qualcuno di guardia. Era possibile ma Jim non lo riteneva probabile. A The Oak erano stati commessi due delitti ma già in occasione del primo la zona e gli edifici erano stati ispezionati con cura meticolosa. Ancora di più in occasione del secondo. Non c'era niente da custodire, in quel posto. Niente che giustificasse la presenza di sentinelle.

Ma per maggiore tranquillità era meglio accertarsene, prima di entrare a capofitto in una spiacevole serie di guai.

Poco dopo tagliarono in diagonale finché non incrociarono la strada sterrata che saliva verso la casa di Caleb. Gli alberi ancora la proteggevano alla vista e non era possibile vedere se dalle finestre filtrasse qualche luce o ci fosse nei paraggi il segno di una presenza qualunque. Seguirono la strada per un tratto, tenendosi ancora entro la protezione dei pini. C'era un accenno di luna che spargeva intorno un chiarore da attenzione ai passi ma che toglieva il percorso dall'oscurità totale.

Quando furono a portata d'occhi, videro che la casa era buia. Jim si sentì rabbrividire nel cotone della giacca. Due persone erano morte in quel luogo, uccise in un modo agghiacciante. Si rallegrò per la presenza di Charlie. Forse da solo non avrebbe avuto il coraggio di tornarci.

Si avvicinarono ancora e si fermarono al riparo di un tronco. Dalla casa avvolta da quella luminosità di mezza luna non arrivava nessuna manifestazione di presenza umana.

Tagliarono per il lato estremo del cortile lasciandosi la costruzione principale alla sinistra e salirono verso il laboratorio. Camminavano con attenzione, cercando di non far scricchiolare la ghiaia sotto i piedi. Poi raggiunsero il prato e il sentiero che portava verso il basso edificio poco sopra e ogni rumore di passo cessò.

Quando arrivarono davanti alla porta, Jim fu costretto ad accendere per un attimo la torcia elettrica. Lui e Charlie fecero scudo con i loro corpi, in modo da far trapelare quel chiarore il meno possibile. Un istante fu sufficiente per vedere che la porta, dopo che Jim l'aveva sfondata con il camion, era stata ricostruita in modo approssimativo. La polizia confidava nei sigilli e nel deterrente dei delitti commessi in quel luogo per mantenere chiunque lontano. Le attrezzature di Caleb potevano far gola a molti, ma non erano trasportabili con un mezzo normale. Un andirivieni notturno di camion anche di piccola stazza non sarebbe passato inosservato.

Jim individuò il punto di minore resistenza e ci infilò la leva. Un colpo secco e un rumore che nel silenzio sembrò diffondersi con il fragore di uno sparo. Poi si aprì una fessura sufficiente a far passare il corpo di un uomo.

Scansando i nastri gialli posti dalla polizia a contrassegnare con le loro scritte nere la scena del crimine, entrarono nel laboratorio. Qui Jim fu di nuovo costretto ad accendere la torcia, per avere la possibilità di orientarsi. Lo fece ancora proteggendola con la mano, in modo da limitare il fascio di luce. Nella penombra senza sfumature, i macchinari e gli alternatori che Caleb aveva installato in quel locale apparivano minacciosi e poco reali nello stesso tempo, come le attrezzature del laboratorio di uno scienziato creatore di mostri nei film di Ed Wood. La botola era nel punto esatto dove la ricordava, sul lato sinistro rispetto all'ingresso.

Si avvicinarono al coperchio in legno e Charlie lo aiutò a sollevarlo. Jim puntò la torcia e videro i gradini che scendevano poco più in basso, nella stanza sotterranea piena di scaffali. Jim fece segno a Charlie di scendere e gli illuminò il percorso. Poi scese anche lui e si posizionò di fronte allo scaffale di sinistra.

Lo esaminò qualche istante alla luce della pila e...

«Uscite da lì con le mani sulla testa e senza fare bruschi movimenti. Un movimento sbagliato e vi faccio secchi tutti e due.»

La voce era emersa imperiosa da un fascio di luce fortissimo, abbagliante. Jim alzò d'istinto una mano a proteggersi gli occhi. Un attimo dopo la luce si abbassò.

«Cristo santo Jim, ma che cazzo ci fate qui?»

Jim aveva qualche fiammella gialla che gli danzava nel quadro visivo, ma nel riflesso di una torcia molto potente puntata verso terra riconobbe la voce e il viso del detective Robert Beaudysin. E vide con sollievo abbassarsi la canna della pistola che teneva puntata contro di loro.

Jim ringraziò il cielo che si trattasse di lui.

«Salve, Bob. Se togli via quella luce e scendi, appena mi sono ripreso dall'infarto ti spiego tutto.»

Il faro si spense e la torcia che Jim teneva in mano rimase l'unica fonte di illuminazione. Le gambe del detective apparvero a mano a mano che scendeva i gradini in legno finché dal riflesso non emerse il suo viso.

L'espressione non era delle migliori e Jim fu costretto a convenire che non c'erano molti motivi per aspettarsi un atteggiamento amichevole.

Robert si guardò intorno e allungò una mano verso l'interruttore.

«A questo punto mi sembra assurdo non usare una luce seria.»

Una lampadina nuda appesa al soffitto si illuminò, spargendo intorno un chiarore crudo. La stanza si rivelò per quello che era, uno sgabuzzino con utensili e attrezzature disposti con ordine sui ripiani degli scaffali.

«E spero che adesso mi spiegherai.»

«Mio nonno aveva dato delle cose da custodire a Caleb. Questa casa con tutto quello che contiene è ormai di proprietà della banca di Cohen Wells. Non ho nessun modo di dimostrare che quegli oggetti mi appartengono. Ma erano di mio nonno e desidero averli, a prescindere dal loro valore. Non sono qui per avidità, ma per rispetto.»

Jim indicò con la testa lo scaffale davanti a lui.

«Se ricordo bene, qui dietro c'è uno scomparto nascosto che Caleb chiamava "la cassaforte di famiglia". Dentro troverai un certo numero di bambole Katchina piuttosto antiche e altre cose di cui non sono al corrente ma che Charlie riconoscerà.»

Fece un gesto con la mano verso l'espressione ancora dubbiosa del suo amico.

«Basta scoprire come si apre.»

Tutti e tre si misero al lavoro. Le ricerche del meccanismo di apertura andarono avanti per circa una ventina di minuti, poi Robert si arrese.

«Ma sei sicuro che questo scomparto esista davvero?»

Jim aveva appena infilato la mano sotto un ripiano e aveva iniziato a percorrerlo con attenzione. A un certo punto trovò una scanalatura che non avrebbe dovuto esserci.

«Forse ho trovato.»

Infilò le dita nella fessura e tirò verso l'esterno.

Si udì uno scatto secco e il lato destro dello scaffale si scostò leggermente dal muro. Jim si fece da parte per permettere a Robert di aprire il battente per primo. Lo scaffale si mosse senza nessun rumore e rivelò l'apertura del piccolo vano che c'era dietro.

Sulla destra, appoggiate sul pavimento, c'erano quelle che all'apparenza sembravano delle piccole statue. Anche se quel magazzino sotterraneo sembrava particolarmente asciutto, erano state avvolte in un foglio di plastica da imballaggio per preservarle dall'umidità e dalla polvere. I colori che si intuivano smorzati dalla precaria trasparenza dell'involucro le catalogavano senza dubbio tra le opere d'arte del genere Katchina. Di fianco c'era una grossa busta in tela cerata marrone sulla quale una grafia spigolosa aveva scritto un nome con un pennarello nero.

Jim Mackenzie.

«Be', se non altro hai detto la verità.»

Le parole di Robert erano arrivate alle orecchie di Jim come un'assoluzione. Ringraziò il saggio Richard Tenachee che aveva avuto l'accortezza di evidenziare in quel modo l'appartenenza di quegli oggetti.

Sul lato opposto era appoggiato sul pavimento di legno un oggetto avvolto in una lisa coperta indiana. Sembrava molto vecchia, ma fra gli strappi e le macchie risaltavano bene i colori originari: rosso, blu, indaco, nero e bianco.

Robert la indicò e si rivolse a Jim.

«Anche questa è roba tua?»

«Non l'ho mai vista prima. Non credo fosse di mio nonno.»

«Questa è la coperta di un capo. Molto vecchia.»

Da che Robert li aveva sorpresi, era la prima volta che Charlie faceva sentire la sua voce. Li scansò e si inginocchiò davanti all'oggetto posato a terra. Appoggiò delicatamente la mano sul tessuto che l'avvolgeva.

Confermò il parere espresso poco prima.

«Molto vecchia. E appartenuta a un capo molto potente. Non era una cosa di Richard.»

Il vecchio prese a svolgere con cura quel delicato imballaggio per portare alla luce ciò che conteneva. Quando anche l'ultimo lembo cadde, l'attenzione di Jim e Robert era talmente fissata su quello che si era presentato ai loro occhi da non prestare attenzione all'espressione di Charlie.

Nessuno dei due lo vide impallidire. Nessuno dei due vide la reazione che lo spinse d'istinto ad allontanarsi di un palmo da quella cosa scintillante.

La voce del detective uscì dalla sua bocca nel soffio dello stupore.

«Santi del Paradiso. E che cos'è quest'affare?»

Davanti a loro era apparsa una grande ciotola di metallo. Dal colore e dalla consistenza tutto lasciava presupporre che si trattasse di un oggetto prezioso. La luce della lampadina strappava dei riflessi alla superficie che solo la magia dell'oro poteva generare. Intorno al bordo erano incisi dei segni, una specie di scrittura in una lingua che nessuno sul momento seppe individuare.

Era chiaro anche a una stima frettolosa e inesperta che il valore intrinseco doveva essere molto alto. Un eventuale valore archeologico lo avrebbe aumentato a dismisura.

Charlie mormorò qualcosa nella lingua Navajo. A Jim era parso di intendere due parole: *ásaa'* e *nahasdzáán*.

Ásaa'. Vaso.

Nahasdzáán. Terra.

Ma Robert lo coinvolse nella sua eccitazione da investigatore e pensò di aver sentito male.

«Ecco che cosa aveva scatenato la felicità di Caleb. Quest'affare deve valere una fortuna. Da dove può venire?»

Charlie si alzò e si allontanò dalla ciotola. Si appoggiò allo scaffale di fronte. Jim lo guardò e per la prima volta da che lo conosceva lo vide sconvolto.

«Charlie, stai bene?»

Il vecchio fece un breve cenno affermativo con la testa. Poi si tolse il cappello come se quel cerchio intorno alla testa fosse diventato una morsa insopportabile. Jim vide i suoi occhi sepolti tra le rughe percorsi da un timore che veniva da molto lontano.

Indicò la ciotola sul pavimento che rifletteva indifferente la luce.

«Il Vaso della Terra.»

«Il vaso della Terra? Che significa?»

Charlie non ebbe modo di replicare. Da qualche parte all'esterno del laboratorio arrivò distinto un rumore metallico e cadde sulle espressioni stupite di Robert e Jim.

Robert rimase un attimo in ascolto. Poi in un solo movimento afferrò la sua torcia ed estrasse la pistola.

«C'è qualcuno. Non muovetevi da qui.»

Jim e Charlie restarono soli nella luce impietosa di quella lampadina nuda, in silenzio, di fronte allo scintillio dell'oro, senza riuscire a guardarsi negli occhi.

Dal loro posto sottoterra sentirono delle voci senza la possibilità di riconoscerle. Poco dopo arrivò alle loro orecchie un rumore di passi. Infine la figura di Robert Beaudysin si affacciò nel vano della botola. Accanto a lui c'era un'altra persona. Nel riflesso della luce che veniva dal basso, Jim riconobbe il movimento dei capelli color mogano di April Thompson.

24

Adesso erano seduti tutti e quattro intorno al tavolo nella zona pranzo a casa di Jim.

Al centro del piano di legno era appoggiata la grande ciotola dorata, con la vecchia coperta indiana a fare da tovaglia. La luce del lampadario girovagava con riflessi biondi sulla superficie resa opaca dal tempo. Dopo che Robert aveva sorpreso April fuori dal laboratorio di Caleb, c'era stato un momento di giustificato imbarazzo generale. Tutti guardavano tutti come se non riuscissero a spiegarsi i motivi della loro presenza in quel posto e a quell'ora. Era chiaro che ognuno, per una ragione o un'altra, aveva diritto a delle spiegazioni. E che avrebbe dovuto darne molte di più. Avevano deciso di andare via da lì e parlare con calma in un luogo meno esposto alle bizzarrie degli eventi. Il cottage di Jim sulla Beal Road era sembrato il posto migliore.

Jim era stato autorizzato in via informale da Robert a prendere la busta e le Katchina che gli appartenevano. Aveva caricato le statue sul pick-up e si era infilato quell'involucro in tela cerata nella tasca interna del giubbotto. Per tutto il viaggio di ritorno Charlie era rimasto seduto sul sedile del passeggero in silenzio. Sembrava ancora scosso e Jim non se l'era sentita di chiedergli nulla.

Robert e April erano arrivati ognuno con la propria auto, seguendo il furgone.

Quando erano entrati, Silent Joe si era affacciato per un istante sulla porta della cucina. Li aveva guardati finché non aveva capito che la promessa o la minaccia di una passeggiata a piedi fino al Colorado non si sarebbe per il momento avverata. Jim gli aveva

dato del cibo e dell'acqua fresca e gli aveva aperto la porta di fianco all'acquaio per lasciargli libero lo sfogo del prato sul retro.

Robert si rivolse ad April. Era l'autorità costituita, per cui sembrò a tutti normale che fosse lui a reggere le fila.

«Adesso che siamo tranquilli, posso sapere che ci sei venuta a
fare a The Oak?»

«E voi?»

April non si era fatta intimidire. La lezione della difesa e del-
l'attacco l'aveva imparata da tempo anche lei.

«Ti devo ricordare che sono un poliziotto?»

La ragazza rispose come se la sfida fosse la cosa più ovvia del
mondo.

«E io sono una giornalista. Stavo svolgendo la mia inchiesta
sulla morte di due persone.»

«Potrei farti incriminare per...»

Jim si accorse che le cose stavano prendendo una brutta piega
e decise di intervenire.

«Robert, siamo tutti sulla stessa barca. Questo non è un caso
come gli altri. Le regole normali non valgono più.»

Il detective rimase un attimo perplesso, poi si rese conto che le
parole di Jim avevano una grossa percentuale di ragione.

Quando si rivolse di nuovo ad April il suo tono era diverso.

«Okay. Parla tu, adesso.»

April si rilassò e si appoggiò allo schienale della sedia.

«Ho capito che Jim ne sapeva molto di più di quanto non di-
chiarasse. E ho capito pure che sarebbe stato impossibile farlo
parlare. Così l'ho deciso seguito per vedere se ne veniva fuori
qualcosa. Quando ho visto che usciva di città e si fermava nei paraggi di The Oak, mi sono detta che avevo visto giusto. Ho atteso
che si fossero allontanati e sono salita fino alla casa. E vi ho sorpresi. Ecco tutto.»

Jim aveva notato che April non l'aveva mai guardato in faccia
mentre parlava. Forse quel fatto del pedinamento la faceva sentire in colpa. Ma lo aveva messo al sicuro da ogni responsabilità di

fughe di notizie e non aveva fatto cenno al loro incontro del pomeriggio.

Di questo le rese atto e gliene fu grato.

Per contro, l'ansia giornalistica di April era ben lontana dall'essere placata.

«Io ho detto tutto. Tocca a voi, ora.»

Il suo aspetto risoluto era sottolineato da riflessi negli occhi simili a quelli della ciotola che stava in mezzo al tavolo. Jim sentì qualcosa smuoversi dentro e avrebbe voluto prenderle il viso tra le mani e baciarla. Ma non era il momento e forse non era lui l'uomo. Dal canto suo Robert capì che non avrebbe potuto cavarsela con una storia qualunque.

Rassegnato, si alzò in piedi.

«April, siamo davanti a qualcosa che difficilmente si riesce a spiegare in modo razionale. Voglio la tua promessa formale che niente di quello che verrà detto in questa stanza sarà pubblicato.»

April rimase un istante a guardarlo in silenzio. Il detective le si mise alle spalle e la incalzò.

«Ce l'ho questa promessa, April?»

«Sì. Ce l'hai. Ma quando sarà il momento voglio l'esclusiva.»

Questa volta fu Robert a dover soppesare il pro e il contro e a dover sopportare la pressione di April. Con le stesse identiche parole e un accenno d'ironia come sovrapprezzo.

«Ce l'ho questa promessa, Robert?»

Il poliziotto cedette su tutta la linea.

«Sì, accidenti a te. Avrai la tua dannata esclusiva.»

«Molto bene. E adesso ditemi che succede.»

Gli sguardi erano fissi su April. Nessuno vide un piccolo compiaciuto sorriso correre come un lampo sulle labbra di Charlie. La Donna Cangiante aveva avuto la sua vittoria…

Robert tornò a sedersi sulla sedia. Jim gli cedette senza alcun rammarico la parola.

«Credo che tocchi a te, Bob.»

Il detective si concesse un attimo di concentrazione prima di parlare. Era difficile trovare parole convincenti per altri, quando non riusciva a trovarle del tutto nemmeno per se stesso.

Eppure la sostanza, da qualunque parte si girasse la faccenda, rimaneva inalterata.

«Ecco i fatti. Sono morte tre persone, tutte e tre nello stesso modo. Caleb Kelso, una prostituta di Scottsdale che frequentava di nome Charyl Stewart, e suo cugino Jed Cross...»

April reagì di scatto.

«Ma avevate detto che Jed era stato ucciso durante un tentativo di evasione.»

Robert si strinse nelle spalle cercando di minimizzare. Quell'interruzione lo obbligava a prendere in considerazione la parola *touché*.

«Ci è sembrata la soluzione migliore, piuttosto che divulgare una verità difficile da gestire. Se hai un attimo di pazienza, ne capirai il motivo.»

April rientrò nel silenzio e Robert rimase solo nell'asperità del suo racconto.

«A parte la Stewart che è morta all'aperto, nel cortile posteriore di The Oak, per gli altri due le cose sono un poco più complicate.»

«Vale a dire?»

«Sono due casi da manuale. Caleb è morto nel suo laboratorio, chiuso dall'interno, senza tracce di forzature o di effrazione. Jed Cross è morto nel cortile della prigione, durante l'ora d'aria, mentre era sorvegliato a vista da una guardia.»

«E quell'uomo che dice?»

Il poliziotto scosse la testa e chiuse nello stesso tempo una strada.

«Niente. È caduto dal muro di cinta e si è rotto una gamba. Le ultime notizie che ho non sono molto confortanti. È rimasto talmente scioccato da qualcosa che ha visto, che i medici non sono certi che possa rientrare in sé del tutto.»

Jim sentiva aleggiare nell'aria il senso incombente delle cose ignote. Quelle difficili da sopportare quando sono incubi notturni ma che si trasformano in belve feroci se sono ancora realtà nel sole del mattino.

«E come sono morti?»

Robert fece una pausa, come se nonostante tutto facesse fatica a rendersene conto.

«Tutti e tre i corpi avevano le ossa del corpo e del cranio completamente fratturate. In più punti, come se avessero subito una pressione enorme. Tipo una pressa o che diavolo ne so. E poi c'è la faccenda delle impronte.»

«Che impronte?»

Il detective eluse per il momento la domanda e continuò per la sua strada.

«Purtroppo, quando è morta la Stewart il temporale ha cancellato ogni traccia. Sono salito a The Oak per controllare nel laboratorio un particolare che per la sua bizzarria forse poteva essere sfuggito al momento delle rilevazioni per l'omicidio di Caleb.»

«Che cosa?»

Malgrado la decisione di mettere tutto sul tavolo, Robert ancora sembrava restio a parlare. Come se, nonostante l'assoluta follia della situazione, fosse possibile dire qualcosa che avrebbe potuto farlo credere pazzo.

Si decise con la rabbia della disperazione.

«Oh, va bene, Cristo santo. Non l'ho visto solo io, in fondo.»

Si appoggiò allo schienale della sedia. Fissò lo sguardo sulla ciotola come se fosse in grado di decifrare i geroglifici incisi sul bordo.

«Nel cortile della prigione c'erano delle impronte di piedi nudi sul terreno. Ma non erano impronte normali. Voglio dire che non erano impresse nel terreno come succede di solito...»

Si aiutò con la gestualità delle mani, per far meglio capire il concetto.

«Erano in rilievo verso l'alto. Come se qualcuno si fosse avvicinato camminando al contrario. Voglio dire, usando la parte sotterranea del suolo come pavimento.»

Jim intervenne e lanciò una fune all'amico per tirarlo via dalle sabbie mobili in cui si era infilato da solo.

«Credo ci sia anche da considerare l'atteggiamento del cane.»

April si trovò di colpo a dover gestire un'espressione sospettosa. Le stavano arrivando troppi dati e tutti insieme. Jim pensò che chiunque, in quella situazione, avrebbe reagito nello stesso modo.

«Il cane? Che c'entra il cane?»

Jim accettò il sollievo dipinto sul viso di Robert Beaudysin come un merito personale e proseguì il racconto in vece sua.

«Quando sono arrivato a casa di Caleb e ho scoperto il corpo, Silent Joe era terrorizzato. Non impaurito o intimorito. Era in preda a puro e autentico terrore. Nel momento in cui Jed Cross è stato ucciso, io mi trovavo nel parcheggio davanti alla Centrale di Polizia. Il cane ha iniziato a ululare e poi è salito di corsa sul furgone. Era di nuovo atterrito nello stesso modo e finché sono rimasto lì non ha più voluto scendere a terra. La stessa cosa è successa quando ho accompagnato Charyl Stewart nel suo sfortunato pellegrinaggio a The Oak.»

Guardò April negli occhi cercando di non andare da un'altra parte né con lo sguardo né col pensiero.

«Quella povera ragazza voleva vedere il posto in cui aveva vissuto Caleb. Si è allontanata per conto suo e mentre era nel cortile sul retro il cane si è messo a ululare. Quasi nello stesso istante lei ha iniziato a gridare. E ti posso dire che erano urla che non vorrei risentire. Non ho nemmeno avuto il tempo di capire che cosa sia successo. Trenta secondi dopo era morta.»

April si alzò dalla sedia come se una molla ce l'avesse spinta via a forza.

«Aspettate un momento. Credete davvero che io mi beva questa storiella? Io non so che cosa prendete, ma vi consiglierei di dimezzare la dose. Mi state dicendo che c'è in giro un assassino che arriva, stritola le sue vittime e sparisce nel nulla? E che, come se non bastasse, si fa annunciare dagli ululati di un cane?»

«Sì.»

Tutti e tre si girarono con un sincronismo perfetto verso Charlie. Quel monosillabo gettato dal vecchio nel calore della conversazione fece fermare il tempo. Era rimasto in silenzio per tutta la durata di quella titubante esposizione di fatti. Charles Owl Begay era un tipo sul quale gli occhi passavano e scivolavano altrove, non perché fosse un uomo insignificante, ma perché non faceva mai nulla per attirare lo sguardo. Adesso si trovava addosso l'attenzione che di solito si rivolgeva agli oracoli.

Il vecchio mormorò qualcosa nella lingua dei *Diné*. Jim non riuscì a capire bene che cosa avesse detto. Come già in precedenza nel sotterraneo a casa di Caleb, aveva inteso solo un paio di parole.

La prima era *nahasdzáán*, che nella lingua Navajo indica la terra, la seconda *biyáázh*, il temine che sta a indicare il figlio quando a parlarne è la madre.

«Che cosa significa, *bidà'i*?»

Charlie indicò con una mano la ciotola sul tavolo.

«Il Vaso della Terra. Non pensavo che esistesse davvero.»

Rimase un istante a riflettere, come se facesse fatica a credere ai suoi stessi pensieri. Poi si decise e li trasformò in parole, per quanto dissonanti fossero.

«Ne avevo sentito parlare, qualche volta. Era una leggenda che gli sciamani tramandavano a mezza voce tra di loro, un ricordo così tenue da non valere la pena di essere tenuto da conto. E adesso me lo trovo davanti. Si dice che sia prezioso non solo per l'oro di cui è fatto, ma per quello che rappresenta. È un presagio di morte.»

Jim di colpo realizzò il senso del modo di essere di Charlie, la ragione dei suoi frequenti periodi in solitudine nel deserto, la sua riservatezza, i suoi stati d'animo, le sue parole. Il senso di spazio che la sua presenza ispirava anche nelle stanze più anguste e nei luoghi più ristretti.

E si diede dello stupido per non averlo capito prima.

«Tu sei uno sciamano.»

Il vecchio sorrise vago tra disillusione e rughe.

«È un potere d'altri tempi, Tre Uomini. E consumato da un pessimo uso. Nessuno crede più a queste sciocchezze. Non è con qualche pugno di sabbia colorata e agitando qualche amuleto che si vincono i dèmoni degli uomini di adesso…»

L'ansia di Robert interruppe questo rendiconto tardivo tra Jim e Charlie. Era un poliziotto, e in quanto tale era costretto a essere un uomo pratico.

«Scusa, Charlie, poco fa hai detto che questo vaso è un presagio di morte. Ma un presagio è per sua natura un'ipotesi e tre persone morte sono una realtà. Che cos'è quest'affare in definitiva? E che cosa c'entra con i tre omicidi?»

«Il vaso è un oggetto sacro. E malvagio.»

Il poliziotto cedette all'evidente reticenza del vecchio. Per il momento preferì accantonare l'argomento e dedicare la sua attenzione a un aspetto della vicenda altrettanto significativo.

«Secondo te com'è finito nelle mani di Caleb?»

Charlie scosse solo un poco la testa.

«Non ne ho la più pallida idea.»

Robert si assunse il compito di riassumere i fatti per conto di tutti i presenti. Si alzò dalla sedia e si appoggiò a un mobile di fianco al tavolo. Iniziò a contare sulle dita. Jim capì che si trattava di un suo piccolo rituale per favorire la concentrazione.

Un dito…

«Bill Freihart ha visto Caleb il mattino precedente alla sua morte. A quanto ci ha riferito era piuttosto depresso. Sottolineo questo dettaglio non a caso, ma per un motivo ben preciso. Era salito fino al Ranch con il furgone e ha proseguito a piedi verso i Peaks. Aveva con sé il cane con arco e frecce per una battuta di caccia. Senza molte aspettative, dice lui. Non è tornato a prendere il furgone. Bill non si è insospettito perché Caleb l'aveva già fatto altre volte.»

Adesso Robert stava parlando per sé.

Due dita…

«Nel pomeriggio ha telefonato alla sua donna con un'aria euforica. Le ha detto che le sue preoccupazioni economiche erano finite. Addirittura l'ha invitata per un week-end a Vegas. Le ha parlato di una grossa somma di denaro in arrivo. Poco dopo è stato ucciso.»

Tre dita...

«Questo significa che quel poveretto ha trovato questo vaso in un posto imprecisato sulla montagna, il giorno stesso della sua morte. E che con tutta probabilità era più vicino a casa sua che non al Ranch, se ha deciso di rientrare a piedi e non è tornato a prendere il furgone.»

April gli tolse l'imbarazzo di constatare l'inutilità del quarto dito.

«Sì, ma che nesso c'è tra il vaso e la morte di Caleb e di quelle altre persone, ammesso che ci sia? Charlie?»

Jim conosceva bene il vecchio e lo sapeva per natura molto più incline al dialogo degli sguardi che a quello delle parole. Eppure in quel frangente i suoi occhi erano sfuggenti, come se fosse pentito di avere parlato d'istinto e di avere detto troppo.

«I soli elementi che ho a disposizione sono basati su una leggenda vecchia di cinquecento anni.»

Appoggiò sulla coperta consumata una mano che pareva avere la stessa età.

«Questa era la coperta di un capo. Dai disegni che riporta, direi che si trattava di un uomo molto importante, potente. Un uomo di potere politico ma tenuto in grande considerazione dalla sua gente anche per motivi diversi. Prima di poter dire altro ho bisogno di vedere il posto dove Caleb ha trovato il vaso.»

Robert si lasciò sfuggire un gesto che voleva essere sarcastico e riuscì solo a essere una dichiarazione d'impotenza.

«Certo. Avendo a disposizione un migliaio di uomini, in un paio di settimane possiamo passare al setaccio i Peaks. Sempre che il capo creda a questa storia e non ci faccia internare tutti. E che le risate di tutti i media dello Stato non facciano perdere la concentrazione agli agenti.»

Charlie continuava a lisciare con la mano la coperta appoggiata sul tavolo. Com'era già successo in precedenza, le sue parole produssero di nuovo il silenzio.

«C'è un modo per scoprire il posto in cui Caleb ha trovato il vaso.»

Alzò la testa e li guardò. Era la prima volta che Jim lo rivedeva sottoporsi al giudizio degli occhi.

«Caleb non era solo in quel momento.»

Jim iniziava a capire quello che il vecchio intendeva dire e soprattutto quello che aveva intenzione di fare.

«Il cane. Aveva con sé il cane.»

Il senso era chiaro, ma non poteva fare a meno di mostrarsi perplesso.

«Non vorrei sembrare pessimista, Charlie, ma io non conterei troppo su Silent Joe.»

Come se avesse compreso che si stava parlando di lui, al pronunciare del suo nome il cane spinse il muso otre la soglia della cucina. Parve rimanere un istante incerto se tornare sulla brandina lasciando agli uomini la sua indifferenza o sovvertire ogni pronostico sfavorevole. Infine si decise. Tranquillo e ciondolante avanzò fino al centro della stanza e si sedette sul pavimento di legno davanti a Jim.

Rimase in attesa, a fissarlo.

Jim allungò una mano e gli carezzò la testa.

«Okay, giovanotto. Sembra sia arrivato il momento di dimostrare al mondo che sei in grado di guadagnarti la pagnotta.»

Silent Joe sbadigliò e lo guardò con aria severa.

Jim lo prese come un rimprovero per il giudizio dubbioso espresso in modo affrettato poco prima. E la determinazione che, se il suo giorno di gloria era arrivato, lo avrebbe trovato pronto.

25

Lasciarono The Oak che il sole era salito da poco.

Dopo nemmeno un'ora di cammino, poco prima di entrare nel fitto della foresta, April girò lo sguardo verso la vallata in basso. Si vedevano ancora le tegole canadesi della casa di Caleb accanto allo sbuffo della grande quercia. Le loro auto parcheggiate nel cortile erano una macchia di colore nel grigio della ghiaia.

Era arrivata per prima all'appuntamento e, quando aveva fermato la macchina davanti alla casa, un leggero brivido le aveva percorso con unghie appuntite la schiena. L'aria era fresca e l'erba verde e il cielo azzurro come disegnati dai pastelli di un bambino. Subito dopo aveva pensato che i bambini non disegnavano persone stese a terra, uccise in un modo incomprensibile da un assassino che aveva la consistenza di un fantasma. Il brivido era diventato uno stato d'animo. Si era data della stupida ma non era riuscita a trovare il coraggio di scendere dall'auto.

E nella precaria protezione di quelle quattro mura di lamiera si era trovata in balia dei suoi pensieri.

L'incontro con Jim della sera precedente era stato uno sbaglio. Aveva per tutto il tempo cercato di fornirsi un alibi e di convincersi che era andata da lui con un intento giornalistico ma sapeva troppo bene che non era vero. In realtà aveva solo voglia di rivederlo, una volta tanto senza badare a spese, senza dover controllare il cartellino del prezzo. Adesso non era ancora quel momento ma era certa che quel momento sarebbe prima o poi arrivato, come tutte le cose ineluttabili che viaggiano in compagnia degli errori. Prima o poi ci avrebbe fatto i conti, ma non ora. Adesso era ancora nel tremore di quel bacio, dopo un tempo di attesa così lungo da sembrare escluso per sempre dall'elenco delle ore e dei giorni e degli anni. E nella riscoperta del suo corpo, nella sensazione che la vita potesse essere un'ipotesi anche solo plausibile davanti all'immobilità della pietra.

Qualcuno le aveva detto che nel corso dell'esistenza si ama una volta sola. Se era vero, la sua unica volta aveva il viso e il corpo di Jim Mackenzie. Senza nessun motivo valido, senza una sola ragione per potere avallare quel sentimento così ingombrante, senza alcuna possibilità di redenzione. Senza nemmeno la volontà di cercarla. Non si faceva illusioni né su di lui né sulla loro situazione. Sapeva che se ne sarebbe andato di nuovo e che lei sarebbe di nuovo rimasta sola. Quando era ancora la sua ragazza, ogni volta si trovava a guardarlo sorpresa che un uomo così bello potesse essere il *suo* uomo, e aveva commesso l'errore di credere che fosse per sempre. Ma questa volta era diverso. Aveva se stessa, aveva Seymour, aveva il suo lavoro. Aveva la sua vita costruita giorno dopo giorno con la fatica delle piccole cose che in quanto tali sono in realtà delle grandi imprese. Aveva la forza di vivere come l'ultimo ogni bacio che riceveva con la sensazione che fosse il primo.

Non era convinta che da qualche parte in lui ci fosse del buono, come pensava chiunque si innamorasse della persona sbagliata.

Non gli avrebbe permesso di interferire sulla realtà. Non gli avrebbe dato in pasto la sua vita, come aveva fatto in precedenza. Gli avrebbe solo concesso di distruggere dei sogni che non pensava di avere più la capacità di costruire. Era il perfetto equilibrio tra l'istinto e la ragione. Niente divideva l'amore tra esseri umani dal calore degli animali se non la sua percezione, la possibilità di sentire e di capire.

E la capacità di reagire.

Con Jim, la sofferenza era una certezza al pari dell'emozione.

Per questo non aveva nessuna paura di quell'uomo che nella sua vita era piaciuto tanto alle donne da non avere il coraggio di credere che avrebbe potuto piacere a una sola.

Il rumore delle ruote sul pietrisco l'aveva sorpresa e si era riscoperta una giornalista in attesa nel cortile di una casa dove erano stati commessi due omicidi. Jim che apriva la portiera del suo Ram e scendeva seguito da Charlie e dal cane aveva sovrapposto al pensiero la presenza. Quasi in contemporanea era spuntato dalla strada il muso dell'auto del detective Robert Beaudysin a chiedere il cerchio. Si erano ritrovati tutti nello spiazzo con i piedi sulla ghiaia a ricomporre intatta l'atmosfera della sera prima.

Avevano osservato in silenzio l'indolenza randagia di Silent Joe, che non pareva affatto coinvolto dal ritrovarsi nella sua vecchia abitazione. Robert lo guardava con un'espressione dubbiosa aggirarsi tra i cespugli per i suoi rituali canini da aria aperta. Forse giudicava improbabile l'ostinazione di riferire a Silent Joe delle prerogative che erano proprie della sua specie ma che a quell'esemplare nello specifico sembravano precluse.

La sola speranza che abbiamo sta tutta nel naso di un cane...

Era stato il suo pensiero, ma April era certa che in quel momento fosse il pensiero di tutti.

Quando era sembrato che avesse fiutato e irrorato e si fosse rotolato nell'erba a sufficienza, Jim aveva tirato giù dalla cabina di guida la coperta. Si era accucciato a terra e aveva parlato a Silent Joe. April era rimasta stupita e affascinata dal tono della sua voce, un tono che mai gli aveva sentito mentre si rivolgeva a un essere umano.

«Cerca, Silent Joe. Trova il posto dove era questa. Fai il bravo cane e cerca.»

Silent Joe aveva capito.

Aveva annusato per qualche istante il tessuto e subito dopo si era chinato a odorare il terreno. Poi aveva alzato la testa e si era avviato senza fretta verso il retro della casa. Per un poco lo avevano seguito trattenendo il fiato, ma quando lo avevano visto imboccare il sentiero che passava di fianco al laboratorio e saliva alla montagna, l'apnea era diventata un sospiro di sollievo. Il cane si era girato a guardarli, come per verificare che lo seguissero. Pareva sentire, in qualche modo, che quello era un grande giorno per lui. Era protagonista e sapeva di esserlo. Perfino la sua camminata era diversa, più fluida, meno occasionale.

Entrarono nel respiro verde degli alberi camminando in fila indiana. Jim apriva la strada, con uno zaino leggero sulle spalle. Calcolando che Caleb aveva compiuto il percorso nell'arco di un solo giorno, non avevano ritenuto opportuno portarsi appresso il necessario per un pernottamento. Solo una quantità sufficiente di cibo e di acqua.

April si girò. Charlie camminava dietro di lei, antico nei tratti e senza fatica nel corpo. E sul viso nemmeno uno dei pensieri che aveva dentro. Forse aveva timore di non trovare quello che stavano cercando, forse aveva il terrore di trovarlo. Robert chiudeva la strada, incredulo di quello che stava facendo e aperto a ogni eventualità che potesse scardinare il suo scetticismo.

Il solo punto di riferimento era Silent Joe. Camminava pochi passi davanti al gruppo, adeguandosi alla loro andatura, odorando e sentendo la strada che alcuni giorni prima aveva percorso nel senso opposto con il suo sfortunato padrone.

April cercava di non pensare all'euforia che Caleb aveva sentito cantare dentro di sé mentre trasportava sulle spalle la sua illusione di ricchezza. Senza sapere che stava contando, invece che i passi sulla via del ritorno, quelli che lo separavano da una fine orrenda.

Si concentrò su Jim che procedeva davanti a lei scegliendo il percorso più agevole tra i cespugli. Avanzò tenendo davanti agli occhi la sua figura atletica e i capelli neri e lucidi che gli cadevano sulle spalle, uguali a quelli di suo figlio.

Di nostro figlio...

Si trovò a immaginare come sarebbe stato bello se invece di un vecchio indiano e un poliziotto ci fosse stato Seymour tra di

281

loro, e tutti e tre fossero una normale famiglia americana con un cane bizzarro in gita sulle montagne e la più grande preoccupazione fosse rispondere alle domande incessanti di un bambino sugli animali e sull'ambiente che li circondava.

Continuò a camminare per circa tre quarti d'ora costruendo dentro di sé questo sogno al punto di farlo sembrare vero e sapendo nello stesso tempo che non lo sarebbe mai stato.

Poco dopo Jim decise di fare una sosta. Charlie si allontanò per conto suo nel folto dei cespugli e Robert si sedette in disparte su un masso muschioso all'ombra di un pino e si arrotolò una sigaretta. Erano tutti abituati a quel tipo di escursioni e nessuno di loro era particolarmente stanco.

Jim estrasse dallo zaino una barretta di energetico e una borraccia e li tese verso April.

«Tieni. Mangia questo e bevi un poco d'acqua anche se non hai sete. Ti aiuterà.»

April scartocciò la barretta e ne morse un pezzo. Aveva un buon sapore e non fece fatica a finirla. Un lungo sorso d'acqua lavò via il retrogusto dolciastro e la trovò pronta per riprendere la strada.

Jim abbassò la voce e si mise con il corpo tra lei e Robert per garantirsi un minimo di discrezione.

«April, per quanto riguarda ieri sera io...»

«Non serve che tu dica nulla.»

Fece per scansarlo e ritornare insieme agli altri. Jim la bloccò mettendole una mano sul braccio.

«No. C'è molto da dire, invece. Ci ho pensato tutta la notte.»

April gli girò le spalle e mosse qualche passo nella direzione opposta. Jim la raggiunse e rimase al passo di fianco a lei. Aveva la stessa voce di quando aveva parlato a Silent Joe due ore prima. Quella che non gli aveva mai sentito usare con nessun essere umano. Quella che sorprendeva e affascinava.

«Mi sono sentito per anni un ibrido, una specie di fenomeno da baraccone mezzo bianco e mezzo indiano nel quale nemmeno gli occhi avevano la possibilità di trovare un accordo. Ho sempre pensato che sarei passato in questo mondo senza lasciare traccia, perché nessuno è veramente in grado di farlo. Desideravo avere tutto e subito e bruciarlo il più in fretta possibile perché ero certo che non avrei avuto la possibilità di portare nulla con me. Non mi sono reso conto che stavo bruciando nello stesso modo anche tutte le cose che persone migliori di me mi offrivano senza chiedere nulla in cambio.»

Se April conosceva bene Jim Mackenzie sapeva quanta fatica gli costavano quelle parole e fu contenta di non dover rispondere nulla. Ignorava quale voce sarebbe uscita dalla propria bocca dopo avere attraversato il nodo che sentiva in gola.

«Adesso la presenza di Seymour ha cambiato tutto.»

Era certa che prima o poi quel momento sarebbe arrivato e ora provava rabbia e una tenerezza feroce e nessuna invidia per lui e nessun senso di rivalsa per lei.

«Quando me lo sono trovato davanti e ho capito chi era, nello stesso tempo mi è stato chiaro che lui rappresenta la mia traccia nella vita.»

Ancora April non disse niente.

«Non ho esperienza di sentimenti. Non ne ho mai provati per cui ho sempre cercato di sostituirli con delle passioni. Pilotare gli elicotteri, guidare macchine veloci, essere libero a tutti i costi. Per questo motivo adesso non so come definire il modo in cui mi sento. Ma dopo ieri sera, per la prima volta nella mia vita, quando mi sono trovato da solo ho sentito la mancanza di qualcuno.»

Jim si interruppe. Su un ramo passò il lampo grigio di uno scoiattolo. Sopra le loro teste volavano uccelli. Serpenti strisciavano senza rumore tra le rocce. Forse più in basso un cervo aveva sollevato la testa e stava annusando l'aria. April pensò che non c'era manifestazione di vita che potesse eguagliare la meraviglia di un attimo di silenzio dopo quelle parole.

«Non ti chiedo di perdonarmi perché non vedo un solo motivo per cui dovresti farlo. So però quello che ho intenzione di fare io.»

In quel momento Silent Joe li raggiunse e si mise di fianco a Jim. Alzò il muso verso l'alto, cercando il suo sguardo e forse una carezza. Jim sorrise e gli passò la mano sulla testa. April capì che quel cane gli voleva bene e che Jim voleva bene a lui.

La carezza passò rapida ma il sorriso rimase. E questa volta era per lei.

«Mi fermerò qui e ci sarò. So che è tardi e non mi faccio illusioni. Ma ci sarò per qualsiasi cosa tu e Seymour possiate avere bisogno. E spero che un giorno tu mi dia la possibilità di conoscerlo.»

April alzò la testa a guardarlo. Poi allungò le mani e gli tolse gli occhiali. Lo fissò a lungo senza cadere nella trappola dei suoi occhi.

La voce uscì ma il nodo si era dissolto. Il suo tono era fermo e sicuro come solo la verità sa essere.

«Se è uno dei tuoi trucchi e farai del male anche a nostro figlio, io ti inseguirò per tutta la terra e ti ucciderò.»

April lo superò e tornò a cercare la compagnia degli altri. Jim rimase per un istante a osservare la sua figura allontanarsi finché l'eco delle sue ultime parole non fu dissolto del tutto.

Poi si chinò e diede un colpetto con la mano sul fianco a Silent Joe.

«Vieni, giovanotto. Ti ricordo che abbiamo un lavoro da fare.»

Quando raggiunsero April, Charlie e Robert erano in piedi e pronti a partire. Jim fece di nuovo annusare la coperta a Silent Joe e il cane sembrò contento che il gioco riprendesse. Fece una rapida flessione sulle zampe anteriori e subito dopo si mosse seguendo una rotta che il suo naso sembrava tracciare con sicurezza.

Jim si augurò che fosse così.

Mentre il cane li portava a salire ancora verso il picco della montagna, si rese conto di camminare guardando la strada davanti ma ascoltando il passo di April dietro di lui. Gli piaceva sentire che c'era, lì e adesso. Gli piaceva pensare che c'era in assoluto.

Se farai del male anche a nostro figlio ti ucciderò...

Non aveva il minimo dubbio che ne sarebbe stata capace. Era contento che Seymour avesse accanto una persona come April. Era un bel punto di riferimento per un bambino, come sarebbe stata un bel punto di riferimento per qualsiasi uomo. Lui non lo aveva capito. Il fatto di averla portata a dire quelle parole era un'altra delle colpe che si sentiva gravare sulla coscienza.

Robert senza saperlo venne in suo soccorso. Approfittando di un tratto particolarmente sgombro, si affiancò e lo tolse dall'agguato dei suoi pensieri.

Si levò dal capo il berretto da caccia e si passò una mano tra i capelli.

«Dove pensi ci stia trascinando questo cane?»

«Davvero non lo so, Robert.»

«Ci sto pensando da quando siamo partiti e ancora non sono riuscito a trovare un solo motivo valido per questa spedizione.»

Jim indicò con la mano un punto sopra di loro. Come se avesse sentito le sue parole, Silent Joe si era fermato e si era seduto a terra, di fianco a quello che a prima vista sembrava l'ingresso di una caverna.

«Forse il motivo te lo ha appena trovato Silent Joe.»

Senza preavviso erano usciti dal fitto degli alberi e adesso si trovavano in una radura spoglia appoggiata sulla costa della montagna. Il terreno era roccioso e solo pochi cespugli stentati si disputavano con il terreno il diritto alla vita. In alto alla loro destra, un grosso pino era disteso a terra, spaccato in due nel senso della lunghezza. Poco sotto l'albero c'era un tratto di sassi rotolati verso il basso, privo di vegetazione. Il tronco semicarbonizzato fece loro capire quello che doveva essere successo. Un fulmine lo aveva colpito e abbattuto, scalzando le radici da terra e provocando una frana.

E doveva essere successo di recente.

Robert si arrese all'evidenza e al suo stesso stupore.

«Cristo santo, ci ha portati davvero. Non avrei scommesso un centesimo su quel cane.»

«E dire che conosci gli uomini. Per cui dovresti avere più fiducia nelle bestie.»

Raggiunsero quello spiraglio scuro aperto nel terreno con una certa eccitazione. Robert slacciò senza parere la lampo della giacca da montagna. Jim notò che sotto, appesa alla cintura, portava la fondina con la pistola. Il significato di quel gesto distratto non gli era sfuggito. D'istinto si girò a controllare che April fosse al sicuro vicino a lui. E vide che Charlie si era fermato poco sotto di loro. Immobile, fissava il foro d'entrata della caverna come un condannato alla fucilazione fissa il foro dei fucili puntati su di lui.

«Tutto bene, Charlie?»

Il vecchio fece un cenno d'assenso quasi impercettibile.

Poi si mosse. Mentre li superava diretto verso l'apertura della grotta disse poche parole con voce incolore.

«Fate entrare me, per primo. Voi aspettate qui.»

Nessuno fece obiezioni. Il tono e l'espressione di Charlie erano di quelli che non ne ammettevano. Senza un motivo preciso, tutti compresero che non poteva essere che così.

Charlie passò davanti al cane e gli fece una carezza rapida sulla testa. Pochi passi ancora e il buio della grotta se lo prese.

Rimasero fuori in silenzio e in attesa. Era difficile dire quale pesasse di più.

Dopo alcuni minuti che sembrarono gemelli degli anni, la figura di Charlie riapparve sulla soglia.

«Venite.»

Lo raggiunsero e lo seguirono all'interno. Silent Joe li guardò sfilare a uno a uno e rimase seduto dov'era, senza alcuna ansia di compagnia.

Si trovarono in una specie di corridoio che faceva da anticamera a una caverna non troppo grande ma che portava i segni della presenza umana. Sulle pareti erano tracciati dei graffiti e delle figure che si potevano riferire senza ombra di dubbio alla simbologia e alla mitologia dei nativi. Sul lato destro c'era una specie di giaciglio fatto di pelli consumate dal tempo e subito di fianco, a terra, c'erano i resti di un arco e di una faretra con delle frecce.

Charlie li fece fermare, coprendo in parte la vista dell'ambiente con il suo corpo.

«Questa caverna è un luogo sacro. È il posto dove uno sciamano veniva in meditazione e durante le sue visioni parlava con gli spiriti. Ci sono i suoi segni alle pareti e quello che rimane dei suoi oggetti e della sua borsa della medicina.»

Il suo viso, nella penombra, era una macchia scura sotto la tesa del cappello. Le sue parole erano per tutti, ma soprattutto erano rivolte a Robert.

«Vieni, uomo della legge. Oggi è un bel giorno per te. A distanza di tanti anni hai risolto un mistero.»

Charlie si fece da parte e tutti poterono con un solo sguardo abbracciare l'intera caverna.

Stesi sul pavimento c'erano due cadaveri scarnificati dal tempo e mummificati dall'umidità. Uno era appoggiato su un fianco e l'altro era steso a terra un poco più avanti in posizione prona, con la testa dalla parte opposta rispetto a loro. Gli anni parevano essere stati molto più clementi con i vestiti che con i corpi.

Charlie indicò con un gesto la spoglia più vicina.

«Questo che vedi è il corpo di un uomo che un tempo è stato un grande capo della nazione Navajo. Quando era vivo si chiamava Eldero.»

Lo stupore di tutti si concentrò nelle parole del detective, che fu il più rapido a esprimerlo.

«Vuoi dire *quell'*Eldero, il capo del villaggio di Flat Fields?»

Charlie confermò col suo silenzio quanto aveva appena detto. Si mosse e si avvicinò al secondo corpo. Infilò un piede sotto la spalla destra e con una spinta girò quei poveri resti al contrario.

«Eldero non era solo un capo. Era qualcosa di piu. Guardate.»
Tutti guardarono e tutti videro quello che il vecchio voleva
mostrare e tutti sentirono il gelo e il buio salire dalla terra a prendere possesso dello spazio intorno.

In terra davanti a loro, avvolto in vestiti polverosi, c'era il cadavere di un uomo con le ossa del cranio completamente fratturate.

Il yá yęę dǫǫ

Le origini

26

Stacy Lovecraft aprì la porta di legno, uscì dalla casa e ammirò il sole emergere dalle ombre dei pini sul lato orientale dei Peaks. Dall'interno lo seguì un buon profumo di uova, cipolle cotte con la pancetta e pane fritto. Quell'aroma invitante si perse nell'aria fresca del mattino e andò a eccitare l'olfatto di qualche animale selvatico nei paraggi. Ancora una volta benedisse la scelta che lo aveva convinto ad abbandonare la città per stabilirsi in quel posto incantato. Dappertutto dove girava lo sguardo c'era il senso dello spazio, dell'immensità, della costante presenza di Dio. E della grande ansia degli esseri umani che si affannavano per lasciare una traccia, anche minuscola, disposti a tutto per poter dire al cospetto dell'azzurra meraviglia del cielo: «Ecco, anch'io esisto».

Si girò a guardare il luogo dove lui e la sua famiglia vivevano.

Aveva costruito la sua prima casa sulla nuova proprietà addossata alla parete di roccia, con muri di pietra arenaria a secco e tronchi d'albero tagliati a metà e isolati con un'intercapedine di fango. Il tetto era stato realizzato nella stessa maniera, impermeabilizzato con paglia, assi e pece. La scelta era caduta su quella posizione perché, poco al di sopra, uno scolo naturale la proteggeva nella scarsa stagione piovosa deviando di lato l'acqua che scendeva dai fianchi della montagna. E perché aveva di fronte lo spettacolo sempre diverso del tramonto. Era una sistemazione abbastanza confortevole ma del tutto provvisoria. Aveva per quella soluzione per motivi di praticità. Dovendosi occupare solo di tre lati, costruire la casa era stato molto più rapido e agevole. Adesso la superficie dell'abitazione era sottodimensionata rispetto alle loro necessità, soprattutto in previsione dell'arrivo del bambino. Per il momento vivevano tutti ammassati nei due locali in cui aveva diviso il corpo dell'edificio, ma tra poco non sarebbe stato più possibile adattarsi alle nuove esigenze.

Dall'altra parte della spianata che si apriva davanti alla bassa costruzione, Thalena, sua nuora, stava risalendo il sentiero che portava alla sorgente reggendo un secchio pieno d'acqua in ogni mano. Anche da quella distanza si vedeva il riflesso della prima incerta luce sui suoi capelli neri e lucidi di bella donna indiana. Camminava senza sforzo apparente, nonostante il rigonfio evidente della pancia, segno inequivocabile di una gravidanza avanzata.

Kathe, sua moglie, uscì dal riquadro scuro della porta e rimase per un attimo sulla soglia. Si affiancò al marito e il suo sguardo si sovrappose al suo in direzione della ragazza.

Stacy sapeva già ciò che avrebbe detto.

«Thalena mi preoccupa. Ha la testa più dura di un montone. Non dovrebbe portare certi pesi nelle sue condizioni.»

Stacy sorrise e le circondò le spalle con il braccio.

«Quella ragazza appartiene a un popolo che ha usanze troppo diverse dalle nostre per accettare come buoni certi consigli di una mamma di Pittsburgh. Sono donne abituate a lavorare fino all'ultimo istante e a partorire strappando il cordone ombelicale con i denti. Se la obbligassimo diversamente si sentirebbe umiliata nel suo ruolo di moglie.»

Nel frattempo la ragazza era arrivata alla loro altezza, entrando nel cono d'ombra proiettato dalla montagna. Il riflesso sui suoi capelli si spense ma rimase accesa la luce dei suoi occhi neri come il carbone.

«Sarà, ma io sono abituata a dare una mano alle donne incinte.»

Kathe si sciolse dall'abbraccio del marito e si avvicinò alla nuora. Le prese un secchio dalla mano. La ragazza cercò di sottrarsi.

«Thalena, *ádaa áholyá*.»

Kathe Lovecraft esortò la giovane nuora ad avere cura di se stessa nel complicato linguaggio dei nativi. Stacy aveva manifestato grande sorpresa prima e grande ammirazione poi per la facilità con cui sua moglie aveva appreso a parlare con una certa proprietà quella lingua così difficile. L'idioma indiano era basato, oltre che sulle consonanti e sulle vocali e sulla loro pronuncia, anche sulle intonazioni. Un modo grave o uno acuto di pronunciare le parole poteva cambiarne completamente il significato.

La ragazza si decise e lasciò almeno un secchio alla sua *bizháá'ád jílíní*, la madre di suo marito.

«*Ahéhee'*, Kathe. Molto grazie.»

A differenza della suocera, Thalena non aveva ancora del tutto assimilato la lingua dei bianchi. Ma si esprimeva abbastanza bene e il suo accento dava all'inglese un suono del tutto particolare.

Le due donne portarono i secchi con l'acqua all'interno della casa. Stacy le seguì attratto dall'incentivo di una buona colazione.

Già molto prima dell'alba Thalena si era alzata e aveva iniziato a «fabbricare», come diceva lei nel suo strano inglese, a tratti dissonante ma sempre tenero e umoristico insieme. Dalla stanza in cui dormiva con Kathe e Linda, la loro figlia più piccola, Stacy aveva sentito il rumore delle stoviglie di coccio in cui impastava la farina con l'acqua per farne la pasta con cui preparare il pane fritto, una specie di tortilla alla moda dei Navajos.

Mentre la guardava muoversi con delicatezza, non si stupì che suo figlio l'avesse sposata, ma soprattutto che se ne fosse innamorato. Era abituata a vivere in un hogan o tra le pelli di un tepee, e tutto dell'architettura squadrata di quella casa pareva affascinarla, come il camino in pietra che sostituiva il foro di sfiato centrale delle costruzioni indiane. Se fossero rimasti a Pittsburgh, un ragazzo come Colin non avrebbe avuto problemi a trovare una fidanzata prima e una moglie poi. Anzi, una fidanzata quasi ce l'aveva, Lorraine Sunquist, una bella ragazza bionda con una fossetta che si apriva sulle guance quando sorrideva. Il che succedeva piuttosto spesso. Ma quando Colin le aveva proposto di sposarlo e di seguirlo nell'avventura che la sua famiglia aveva deciso di intraprendere nel Sud-Ovest, era sparita la fossetta e poi anche lei.

In questo esatto ordine.

Stacy pensò che suo figlio non aveva perso nulla. Thalena era una vera Donna Cangiante, come i Navajos definivano la loro donna ideale. In quelle terre dove tutto era ancora un po' precario e la civiltà esisteva più di nome che di fatto, una moglie qualunque era già un sufficiente regalo del destino. C'era gente che pur di avere una compagnia nelle notti fredde non andava molto per il sottile. Era arrivata dall'Est tutta una serie di donne con il viso segnato da trascorsi poco limpidi. Ma da quelle parti c'era acqua pura a sufficienza per lavare qualsiasi macchia da qualsiasi passato, purché fornisse in cambio voglia di lavorare e accudire un marito. Tuttavia una moglie attraente e dolce come Thalena, con la quale condividere le emozioni del cuore oltre che la vita dura del Sud-Ovest, si poteva considerare un autentico miracolo.

Sua nuora si avvicinò e gli pose davanti una porzione di uova e pane fritto croccante, con cipolle e pancetta a lato.

«Quando torna Coly?»

Stacy sorrise. Nonostante le divertite proteste di suo figlio, non c'era stato verso di farle pronunciare correttamente quel nome. Adesso alle orecchie di tutti quella piccola storpiatura suonava come una specie di vezzeggiativo.

«Domani, penso.»

Thalena assentì con il capo, come per assimilare meglio il concetto.

«Domani è un buon giorno.»

Kathe Lovecraft cercò gli occhi di suo marito e sorrise anche lei. Colin era salito con due aiutanti indiani ai pascoli alti. Avevano una mandria di vacche di razza Austin che contavano di vendere al servizio di approvvigionamento della Santa Fe Railway, che si occupava di nutrire il personale impegnato nei rilievi per la ferrovia.

Il buon foraggio dell'altura era determinante perché le bestie mettessero su carne e grasso e fossero belle pesanti al momento della vendita. Gran parte della previsione di sostentamento della famiglia risiedeva nell'allevamento di quei bovini. Avevano anche un discreto gregge di montoni, una mezza dozzina di cavalli e un paio di vacche da latte in una piccola stalla sul lato sinistro della casa, ma erano decisamente la parte meno incisiva del loro bilancio.

Per quando riguardava gli indiani, l'unione tra Thalena e Colin era stata per tutti un autentico colpo di fortuna. I rapporti fra le due etnie erano da sempre altalenanti, con momenti di tensione che sfociavano in autentici atti di guerriglia e relativa repressione e altri in cui si arrivava a uno stato di rilassamento che, nell'entusiasmo e nell'ipocrisia generale, veniva definito pace. Thomas Keam, l'Agente Indiano, aveva fatto molto in questa direzione. Aveva sollecitato dal governo un ampliamento del territorio della riserva verso settori dove fosse più facile procacciarsi il cibo. Più ricchi di animali da cacciare o meno soggetti al flusso migratorio delle cavallette che lasciavano il deserto dietro di loro. Grazie a lui, i Navajos stavano raggiungendo, dopo un passato di divisioni in bande più o meno numerose e più o meno bellicose, un senso di unità nazionale. Episodi come la Lunga Marcia e la prigionia a Bosque Redondo avevano fatto comprendere a tutti che l'unione significava maggiore forza e potere di rappresentanza.

Alla luce di questo cambiamento, Keam aveva invocato l'aiuto di Barboncito, Manuelito e Ganado Mucho, capi riconosciuti del popolo Navajo, contro gli autori delle frequenti razzie che potevano minare il processo di pace.

Il capitano Bennett, comandante di Fort Defiance, aveva portato l'imprimatur del governo di Washington, che aveva abbracciato questa politica autorizzando la nomina di tre rappresentanti fra le personalità eminenti delle tribù.

Quando Barboncito era stato eletto Capo Superiore dei Navajos, aveva scelto due vicecapi, Ganado Mucho e Manuelito, per occuparsi rispettivamente del settore occidentale e di quello orientale. Il trio poi era libero di indicare a seconda delle personalità i vari leader delle comunità di hogan.

C'era in aria il desiderio da parte del governo di rinsaldare il senso di unità nazionale e di sensibilizzare i capi accordando ad alcuni di loro un ruolo di emissari del potere federale. All'inizio del 1871, Barboncito era morto dopo una lunga malattia e Ganado Mucho gli era succeduto nel ruolo di capo superiore. A metà dell'anno dopo era stato costituito un corpo di polizia indiana, comandato da Manuelito e composto da centotrenta uomini al soldo del governo federale.

Era stato proposto a un nuovo capo, Eldero, di prendere il posto di Ganado Mucho nella guida del settore lasciato libero dal suo nuovo incarico. In tutto questo fermento di novità, Eldero aveva rifiutato di occuparsi della vita pubblica e di mettersi nella condizione di collaborare con l'uomo bianco. Era un uomo fiero, religioso e legato alle tradizioni del suo popolo. Oltre a essere un grande combattente era anche un uomo dello spirito e sentiva come pochi il legame con *Shimah*, la Terra, che per i nativi era un essere vivente, la sola e unica Madre di tutti. Secondo un'antica credenza, le gigantesche rocce che si ergevano tortuose e dolenti dal terreno non erano altro che dei mostri pietrificati che popolavano il pianeta prima della comparsa degli uomini. Eldero teneva alla sua gente e non aveva intenzione di metterne a repentaglio la vita nelle scorrerie che avevano caratterizzato gli ultimi anni, ma nemmeno di essere a contatto diretto con quelli che giudicava degli esseri incomprensibili e nei quali riponeva scarsa fiducia.

In base a uno dei tanti trattati, stipulati e troppo spesso disattesi con estrema facilità da entrambe le parti, sua moglie aveva avuto diritto a un appezzamento di terra confinante con quella dei Lovecraft. Eldero con la famiglia e alcuni uomini fedeli si era così ritirato a vivere nel piccolo territorio che il governo gli aveva assegnato.

Thalena era sua figlia.

Stacy lo aveva conosciuto quando con Colin era andato a chie
derla in moglie portando insieme alla richiesta i doni nuziali. Mentre la moglie di Eldero osservava compiaciuta una collana di per-
le di mare appartenuta alla madre di Kathe e le coperte soffici alla maniera dell'Est, lui aveva appena degnato di un'occhiata i due
cavalli e i montoni che erano stati sospinti dai due uomini bianchi
nei loro recinti alle spalle del piccolo gruppo di hogan.

Era rimasto seduto su un tronco davanti all'ingresso della sua
casa. Era la più grande e costruita con grande cura, come si conveniva a un capo. Accanto a lui un cane dal manto giallo stava ac
cucciato come se avesse acquisito col tempo lo stesso carattere del
padrone.

Secondo la regola, Thalena non era presente.

Stacy aveva abbandonato il gruppo delle donne e lo aveva raggiunto. Si erano guardati per un istante e fissando quegli occhi neri e profondi aveva provato un senso di vertigine che non avrebbe
più smesso di provare ogni volta che si era trovato in sua presenza. Non era una minaccia né un senso di pericolo. Era la sensazione che le impronte che quell'uomo lasciava sulla terra avessero
un peso diverso, come se comprendesse meglio degli altri il senso
di tutto ciò che lo circondava e avesse avuto il privilegio di trovare dentro di sé il modo migliore per farne parte.

Eldero gli aveva fatto segno di sedersi sul tronco, accanto a lui.

«Tuo figlio vuole Thalena per sé.»

Non era stata una domanda, ma un'affermazione. Stacy aveva
compreso che in quel momento nessuna diplomazia era possibile.
Non sarebbe stata un mezzo per comperare o vendere, come non
lo erano i doni. Solo la verità poteva essere accettata, perché sentiva che Eldero, in caso contrario, avrebbe capito.

«Mio figlio dice che Thalena può essere una buona moglie.»

«Potrebbe comperare una buona moglie dai mercanti messi-
cani, se volesse.»

«Mio figlio non vuole una buona moglie qualunque. Mio figlio
vuole Thalena.»

Stacy si trovò negli occhi altri occhi ardenti che lo fissavano nascosti tra un groviglio di rughe.

«Perché?»

«Mio figlio ama Thalena.»

Eldero si era sistemato sulle spalle la sontuosa coperta da capo che lo proteggeva, tessuta dalle donne della sua tribù nei classici colori rosso, blu, indaco, nero e bianco, impreziosita al centro un motivo a losanga e da triangoli ai quattro lati.

Aveva parlato di loro come se parlasse d'altro.

«E Thalena ama tuo figlio?»

«Sì.»

Era stata l'unica volta che Stacy gli aveva visto sul volto qualcosa che poteva assomigliare a un sorriso.

«L'amore è fatto di pioggia. Solo il vento sa quando e dove può arrivare. Ma se la Terra ama gli uomini senza chiedere niente in cambio, allora tuo figlio su questa stessa Terra può amare Thalena.»

Stacy era rimasto colpito dalla semplicità e dalla profondità di quella fede. E aveva capito che la conversazione era finita. Quell'uomo che riusciva a cambiare la soggezione in un senso di pace aveva accettato Colin come marito per sua figlia.

Si erano alzati. Eldero era leggermente più basso ma Stacy si sentiva sovrastato, lo vedeva svettare su di lui e su tutto quello che avevano intorno come e più dei Peaks. Si era girato verso il cane e l'animale si era alzato e messo al suo fianco. Stacy pensò che aveva reagito come se il suo padrone gli avesse dato un ordine a voce.

Invece non aveva emesso alcun suono.

Eldero aveva fatto girare lo sguardo per il campo, assorto. Per un istante Stacy aveva avuto l'impressione che stesse cercando di utilizzare con lui la stessa comunicazione senza parole che aveva usato con il cane. Poi gli aveva parlato e Stacy si era convinto che esattamente quella sarebbe stata la voce della Terra, se avesse voluto parlare agli uomini.

«Qual è i tuo nome?»

«Stacy Lovecraft.»

«Sei un uomo sincero, Stacy Lovecraft. E anche tuo figlio lo è.»

«Come fai a saperlo?»

Due sillabe, asciutte, precise, senza presunzione. Come se non potesse essere altrimenti.

«Lo so.»

E Stacy non aveva avuto il minimo dubbio che fosse vero.

Dopo, Colin e Thalena si erano sposati e, grazie a questa unione, non avevano avuto mai nessun problema con gli indiani. I due gruppi vivevano delle buone relazioni, senza invadere l'uno lo spazio dell'altro. Poco oltre il confine dei due appezzamenti, Stacy aveva sul proprio terreno una sorgente e aveva dato libero accesso a Eldero per abbeverare le sue bestie. In quella zona, possedere l'acqua era un privilegio per chiunque, ma soprattutto per gli indiani, ai quali era un diritto spesso negato. Questo aveva fatto un'ottima impressione sui membri della piccola comunità di nativi.

Dal canto suo, l'influenza di Eldero aveva evitato loro qualsiasi tipo di molestie. Una volta tre giovani Navajos dalla testa calda erano entrati nel loro territorio e avevano razziato mezza dozzina di montoni e due cavalli. Un paio di giorni dopo si erano presentati a restituirli, facendo le loro scuse e portando i saluti del capo.

Stacy stava finendo la sua colazione, quando Linda uscì dalla camera da letto. Era vestita di tutto punto ma si stava ancora stropicciando gli occhi. Si era alzata durante la notte per mungere le vacche e per quel giorno Kathe l'aveva lasciata dormire un poco più del solito. In quella casa, l'alba sorprendeva la famiglia Lovecraft già in piedi.

«Che ora è?»

«È ora che fai colazione, Bella Addormentata nel Bosco.»

«Perché non mi hai svegliata prima?»

«E come facevo? Dormivi così bene che non ci sono riuscito. Sono solo tuo padre, non il Principe Azzurro.»

Mentre si avvicinava alle assi che costituivano il tavolo, Stacy guardò con affetto la sua figlia minore, che era la copia conforme di sua moglie. La somiglianza tra di loro si limitava tuttavia all'aspetto fisico. Come carattere, invece, era più vicina a lui di quanto non fosse Colin. Il suo figlio primogenito, il maschio, rappresentava per lui l'orgoglio e la certezza della continuità. Linda invece era l'estensione a un'altra persona della tenerezza che provava per sua madre.

Dopo il loro trasferimento dalla città, aveva seguito con apprensione le fasi del suo adattamento alla nuova vita. E Linda aveva reagito in un modo che ancora adesso per Stacy aveva dell'incredibile. Aveva fatti suoi l'amore e la meraviglia per quello che la circondava e non passava giorno che non lo rendesse partecipe di una sua nuova scoperta.

Thalena fece per alzarsi e andare a prenderle il cibo. Linda doveva aver seguito la stessa scuola di pensiero della madre, perché posò una mano sul braccio di quella sua esotica cognata e la costrinse a rimanere seduta.

«Stai dove sei, *mamma*. Sono capace di fare da sola. Se sa che mi faccio servire, dopo chi lo sente *Coly* quando torna?»

Il rapporto tra le due ragazze era stato splendido fin dall'inizio. Thalena pareva affascinata dai capelli biondi di Linda. Spesso, nell'ora benedetta che precedeva il tramonto, si mettevano fuori dalla casa e la giovane indiana li cospargeva di un balsamo che ricavava dalle erbe del bosco e poi li pettinava a lungo, con delicatezza, come se fossero un bene prezioso di cui avere la massima cura.

Linda stava servendosi le uova quando arrivò da fuori il nitrito di un cavallo.

Stacy aggrottò le sopracciglia di fronte all'espressione di sorpresa delle donne. Era abbastanza improbabile che fosse Colin, il cui rientro era previsto solo per il giorno dopo.

Si alzò dal tavolo e si diresse verso la porta. Si fermò sulla soglia a osservare i nuovi arrivati.

Quattro uomini a cavallo erano usciti dalla foresta e stavano attraversando il tratto scoperto in direzione della casa. Non capitava sovente di ricevere visite, anche se talvolta qualcuno di passaggio si faceva ingolosire dal fumo che usciva dal camino e dalla promessa di una tazza di caffè caldo.

Rimase fermo in attesa che i visitatori si avvicinassero. Thalena uscì seguita da Linda e si misero al suo fianco. Stacy sapeva che Kathe aveva staccato il Winchester Yellow Boy che tenevano appeso sopra la precaria cappa in pietra del camino e dall'interno controllava la situazione.

Era tranquillo. Dal modo scoperto con cui si stavano appressando, non sembravano persone in cerca di guai. In ogni caso Kathe aveva dimostrato un'ottima pratica nell'uso di quell'arma e nessuno scrupolo a usarla in caso di necessità.

Adesso che erano vicini, Stacy riusciva a vederli in faccia. Tre erano bianchi e il quarto era un indiano, probabilmente un Hopi. Era di mezza età, per quanto fosse possibile attribuirgliene una. Era vestito alla moda dei bianchi, con una giacca di velluto tutta consumata, e da sotto il cappello floscio decorato da una piuma spuntavano ciocche di capelli grigi. Perfino da quella distanza, si riuscivano a scorgere sulle guance le cicatrici del vaiolo.

Malgrado avesse nella fondina della sella uno Sharps 45, portava a tracolla arco e frecce. Stacy sapeva che, nonostante il contatto con le armi da fuoco, gli indiani continuavano a preferire, in molte occasioni, le armi dei padri. Soprattutto quando il fragore di uno sparo avrebbe potuto mettere in allarme le vittime, uomini o animali che fossero.

L'uomo che cavalcava al suo fianco era anche lui armato. Dalla sella spuntava il manico di quello che sembrava un Henry e nella fondina appesa al fianco teneva una Remington Army 44. Era una bella pistola, e soprattutto molto efficace. E quel viaggiatore aveva l'atteggiamento di chi la sa usare. A dispetto dell'aria frizzante, era in maniche di camicia e a testa scoperta. Dietro le spalle, appeso con una fettuccia di cuoio, gli pendeva un cappello nero ornato di fregi d'argento.

Sebbene il loro modo di fare fosse in apparenza noncurante, Stacy li giudicò subito due uomini pericolosi.

Gli altri due bianchi non erano armati. Avevano delle facce abbastanza anonime e non sembravano persone particolarmente volitive. Rispetto agli altri, davano anche l'impressione di una maggiore pulizia e di una maggiore cura. Probabilmente non portavano armi perché si sentivano abbastanza difesi dalla presenza dei loro compagni di viaggio.

L'uomo senza cappello condusse il roano che montava fin quasi alla loro altezza. Gli altri si fermarono una ventina di piedi alle sue spalle, in attesa. Quando poté vederlo bene in viso, Stacy si accorse che era piuttosto giovane. La distanza e la barba scura lo avevano tratto in inganno. Aveva gli occhi infossati e sospettosi. Una cicatrice gli segnava la porzione di guancia che non era coperta dalla barba. Pensò che probabilmente se l'era fatta crescere per cercare di nascondere lo sfregio.

Nonostante un senso di disagio, si sforzò di essere cordiale verso quell'uomo.

«Salve. Sono Stacy Lovecraft. Se volete abbeverare i cavalli, c'è una sorgente alle vostre spalle. Se volete una tazza di caffè, ne abbiamo di appena fatto e ancora caldo.»

L'uomo senza cappello non ritenne opportuno presentarsi. Indicò con un cenno della testa Thalena.

«È tua moglie?»

Aveva una voce fredda, sgradevole, che ricordò a Stacy il suono di una lima che scorre sul ferro. Si sforzò di rispondere con un tono normale.

«No, è mia nuora. La moglie di mio figlio Colin.»

«È uno *squaw man*?»

Lo chiese con una voce che non riusciva a mascherare un leggero accento di disprezzo. Gli *squaw men* erano una categoria sociale molto screditata. Si trattava di bianchi che venivano accusati dalla comunità di essersi sposati a delle donne indiane per mettere le mani sulle terre che i trattati avevano assegnato loro.

E nella maggioranza dei casi quest'accusa corrispondeva alla realtà.

«No. Questa è la mia proprietà. Questa è mia figlia Linda e questa è Thalena, mia nuora e figlia del capo Eldero.»

Aveva pronunciato queste parole a voce abbastanza alta perché l'Hopi lo sentisse. I rapporti tra Hopi e Navajos non erano idilliaci, ma il nome di un personaggio come Eldero faceva in ogni caso una forte impressione. Come unica risposta l'indiano assentì leggermente. La sua espressione non era cambiata ma quel cenno del capo diceva che aveva assimilato l'informazione.

L'uomo senza cappello si sollevò in arcione e si diede uno sguardo intorno. Quando tornò a rivolgersi a Stacy, sembrava soddisfatto dell'esame.

«Uhm. Bella proprietà. Tanta terra per un uomo solo. Troppa, forse...»

«Giovanotto, non so chi siate e non mi interessa. E non mi interessa nemmeno che cosa siete venuti a fare in questo posto. Se non vi serve acqua per i cavalli, l'unica cosa che voglio è che giriate le vostre bestie e ve ne andiate dalla mia proprietà. L'invito per il caffè ritenetelo sfumato.»

L'uomo senza cappello si permise un accenno di sorriso nel quale aleggiava un sottile scherno.

«Niente più caffè, eh?»

Rimase un attimo silenzioso, come riflettendo. Poi, con gesto quasi distratto, portò la mano verso il fianco e la appoggiò sulla fondina.

«E se lo volessimo lo stesso, quel caffè?»

«Io non cred...»

Il rumore di uno sparo interruppe la risposta di Stacy. Uno sbuffo di polvere si sollevò davanti alle zampe del roano. La pallottola rimbalzò e si perse alla loro destra, invano inseguita da un sibilo spaventato che corse lontano.

Kathe uscì allo scoperto, il Winchester imbracciato che ancora fumava. Aveva gli occhi che mandavano lampi, e l'uomo senza cappello si trovò a osservare da distanza ravvicinata il foro della canna puntata verso la sua testa.

«Se volete lo stesso quel caffè, a diverse miglia da qui c'è una città in cui ne potrete trovare quanto ne volete.»

L'uomo senza cappello non mostrò la minima impressione. Nemmeno il suo cavallo ne aveva avuta, al rombo dello sparo. E nei suoi occhi non c'era paura, solo un vuoto che dava i brividi.

«Molto bene, signora. Questo è un posto dove i forestieri non sono i benvenuti, mi pare. Per cui credo che ci siamo detti tutto.»

Girò il cavallo e fece per andarsene. Gli altri avevano capito che la loro permanenza era finita e fecero la stessa cosa. Solo l'indiano non fece girare la sua cavalcatura ma la portò a indietreggiare per non offrire le spalle a un fucile spianato.

«No, giovanotto. Non ci siamo detti tutto.»

L'uomo senza cappello rimase un istante perplesso. Non disse nulla ma tornò a girarsi e chiese spiegazioni sollevando un sopracciglio in modo interrogativo.

«C'è la buona abitudine, davanti a delle signore, di presentarsi dicendo il proprio nome.»

L'uomo senza cappello sorrise. Era un sorriso tirato su denti già sporcati dal succo del tabacco da masticare.

Stacy, in un modo che forse aveva mediato da Eldero, sentì che quello era un essere malvagio.

«È vero, sono un autentico bifolco.»

Fece una pausa, quasi stesse meditando quale definizione dare di sé.

«Il mio nome...»

Tese una mano oltre le spalle e tirò il cappello nero con i fregi d'argento finché non arrivò ad averlo in testa. Poi il suo sorriso si accentuò, come se avesse deciso di fare un bello scherzo.

«Eccolo, il mio nome. Mi chiamo Wells, signora. Jeremy Wells.»

Girò il roano e raggiunse i suoi compagni di viaggio. Stacy e la sua famiglia seguirono i quattro con lo sguardo fino a che entrarono fra gli alberi al limitare della foresta e scomparvero alla vista. Tuttavia a Stacy rimase la netta sensazione, anche parecchio tempo dopo che se ne furono andati, che qualcosa di malato fosse rimasto ad aleggiare intorno alla loro casa.

27

«Questa non è per niente una buona notizia. E se non lo è per me, non lo sarà nemmeno per lei...»

La frase e lo sguardo che Clayton Osborne rivolse al suo interlocutore non lasciavano spazio a sottintesi. L'uomo che stava seduto con aria annoiata sulla sua scomoda sedia in una stanza sul retro del Big Jake's Trade Center non si scompose più di tanto alla velata minaccia.

Si chiamava Fabien Leduq ed era un ingegnere civile. Aveva occhi e carnagione chiari e capelli di un castano biondastro che davano al suo aspetto un che di albino. Era vestito in modo pratico ma con una certa ricercatezza tipicamente europea. Con forte accento francese parlava un inglese di chiara matrice anglosassone, non ancora contaminato dal suono nasale e dalle varie influenze linguistiche dell'idioma americano.

Dalla tasca interna della giacca in tela chiara estrasse un elegante portasigari in pelle. Lo aprì e tirò fuori un sigaro nero, lungo e sottile. Lo accese e soffiò il fumo in quell'ambiente che continuava a guardare con aria schifata. Bevve con evidente riluttanza un sorso del bicchiere di whisky che teneva in mano.

Fabien Leduq detestava quel posto in cui Clay Osborne si ostinava a dargli appuntamento.

Era una baracca piuttosto approssimativa, al limite della decenza, non solo per i suoi gusti ma per chiunque avesse un briciolo di senso del decoro. L'uomo soprannominato Big Jake l'aveva costruito senza nessuna velleità d'apparenza a una decina di miglia da quell'altro gruppo di catapecchie che nell'entusiasmo generale qualcuno aveva battezzato «New Town». Il Trade Center era piazzato in una situazione strategica e serviva come posto di scambio per una zona di circa trenta miglia di raggio. «Da Big Jake», diceva l'insegna, si poteva fare di tutto, scambiare di tutto e, con il necessario preavviso, trovare di tutto. In genere, però, erano perlopiù liquori e generi di prima necessità. Sementi, attrezzi, farina, fagioli, bacon, *pemmicam*, armi e munizioni. Una volta ogni due mesi un paio di puttane salivano da Fort Defiance insieme ai rifornimenti e si fermavano il tempo necessario per togliere il cerchio alla testa a tutti gli scapoli dei dintorni. Era pure successo, qualche volta, che qualcuna di queste donne ricevesse una proposta di matrimonio da qualche cliente e diventasse una cittadina permanente della zona.

Una di queste era stata proprio Bess, la moglie di Big Jake.

Leduq si alzò e raggiunse Osborne che stava guardando qualcosa al di fuori della finestra dai vetri sporchi a tal punto che il panorama sembrava avvolto nella nebbia. Un paio di mosche passeggiavano sul vetro, indifferenti alle vicende umane.

«Sbaglia a prenderla in questo modo. Io posso avere una certa voce in capitolo. Ma non posso arrivare al punto di far deviare il corso di una ferrovia. Non ora o non più, scelga lei.»

Clay Osborne si girò e lo fronteggiò con aria bellicosa.

«Ma una deviazione c'è già stata. O no?»

«Certo che sì. Però io non me la sento in questo momento di proporre un ulteriore cambiamento. Il consiglio d'amministrazione ha preso questa decisione in base a delle nuove perizie che sono state richieste all'esterno. Può anche darsi che abbiano dei sospetti su di me e sui nostri accordi. Per questo non ritengo opportuno spingere troppo in questa direzione.»

«Sono anni che sto lavorando a questa idea. Ho messo le mani su tutti i terreni che lei mi ha indicato. E ora mi sta dicendo che la ferrovia prenderà un'altra direzione?»

Leduq gli parlò con la pazienza che si usa con un bambino ostinato. A uso e consumo del suo punto di riferimento in quell'affare, spiegò una situazione che Osborne conosceva benissimo.

«Questo è un progetto che è nato una quindicina di anni fa. Gli ingegneri che mi hanno preceduto hanno avuto l'incarico dalla Santa Fe Railway di disegnare una ferrovia che seguisse il 35° Parallelo. Sulla carta hanno fatto un buon lavoro ma un poco frettoloso, direi, e senza ricognizioni sul territorio. Ora, alla resa dei conti, da un sopralluogo più accurato in questa zona è risultato che il dislivello del terreno è tale da far diventare economicamente non percorribile l'ipotesi di superarlo. È molto più facile far fare ai binari una deviazione verso est. Dove, oltretutto, da un punto di vista morfologico il suo progetto sarebbe molto più agevole da realizzare.»

Clayton Osborne era un uomo molto abile negli affari ma era privo anche della più elementare forma di istruzione. Aveva una certa difficoltà strutturale ad assimilare le parole che suonavano in modo ostico. Il termine «morfologico» lo metteva di cattivo umore e lo predisponeva in modo negativo verso il suo interlocutore. Il quale gli stava cacciando in gola i propri studi e la sua ignoranza.

«L'unica cosa che so è che io, adesso, mi trovo proprietario di terreni che non mi servono a nulla.»

Con un gesto distratto, Leduq molestò con la punta incandescente del sigaro una delle mosche che si attardavano sul vetro. L'insetto volò via non appena sentì avvicinarsi il calore.

«Ci vorranno almeno cinque o sei anni perché la ferrovia che la Santa Fe Railway sta costruendo arrivi fino a qui. Tramite me, lei è in possesso di informazioni riservate alle quali nessun altro ha accesso. Ha tutto il tempo per tracciare un nuovo piano d'azione e metterlo in esecuzione.»

Osborne restò silenzioso a guardare fuori dalla finestra opaca quello che riusciva a vedere. Molto probabilmente i suoi occhi fissavano tutto e niente e stavano già macchinando le contromisure.

Fin dal tempo del loro primo incontro, l'ingegner Leduq aveva imparato a non sottovalutare il cervello di quell'uomo. Era ignorante come una secchia di merda di cavallo, ma era in possesso di una innata e invidiabile capacità strategica. Il suo aspetto grossolano poteva trarre in inganno, ma questa era solo un'altra arma in suo possesso. Dei proprietari terrieri e degli speculatori con cui era in contatto, era di certo il meno attendibile fisicamente ma il più agile da un punto di vista mentale.

Leduq si era trasferito in America dall'Europa per una sua problematica legata a debiti di gioco contratti con una certa leggerezza e senza nessuna possibilità di poterli onorare. Era un uomo attraente e per le donne locali aveva il fascino di quel tanto di europeo che gli aleggiava intorno. Era riuscito, tramite un'amica della quale aveva buona cura, a entrare in contatto con il consiglio d'amministrazione della Santa Fe Railway e con i responsabili della costruzione della ferrovia, uno dei quali era, per l'appunto, suo marito. Aveva ottenuto l'incarico di sovrintendente logistico sul territorio e, d'accordo con il suo garante, si era messo in contatto con le persone giuste lungo le terre che la ferrovia avrebbe toccato. Era in possesso di informazioni confidenziali e che avrebbero permesso a chiunque ne avesse avuto accesso di guadagnare delle cifre molto rilevanti.

Questo accesso Fabien Leduq lo stava vendendo facendoselo pagare profumatamente.

Non sapeva se la ferrovia avrebbe portato prosperità e ricchezza in quel territorio dimenticato da Dio, pieno di gente rozza e di quegli orribili indiani, ma certamente ne stava portando parecchia nelle sue tasche.

Clayton Osborne uscì dal suo silenzio e pronunciò a sorpresa un nome.

«Arny.»

Leduq rimase perplesso.

«Arny chi?»

Osborne scosse la grossa testa e parlò senza guardarlo, come se stesse in realtà pensando ad alta voce.

«Thomas Keam ha fatto un buon lavoro. Troppo. Da queste parti è tutto pacifico grazie a lui. C'è una calma che non permette nessuna libertà di movimento. Ci vorrebbe un Agente Indiano un poco più energico e un poco più...»

Si interruppe per un istante. Leduq non avrebbe mai saputo quanto «poco più» avrebbe dovuto essere l'Agente Indiano ideale. Quando Osborne tornò a parlare, si rivolse al suo interlocutore come se solo allora si fosse accorto della sua presenza. Parlava veloce, con una certa eccitazione, come se le idee che gli si affollavano in testa fossero più rapide e pressanti di quanto le parole non riuscissero a sostenere.

«Ho conosciuto un certo Arny, su a Fort Defiance. William o Wilton, non ricordo. Si fa chiamare "Maggiore" ma in realtà si reputa un missionario ed è fermamente persuaso che Dio lo abbia mandato da queste parti per redimere tutti i peccati del Sud-Ovest. Ed è convinto che gli indiani siano i peccatori più ostinati e i più bisognosi dell'intervento divino. Una specie di profeta, insomma. Però tutto questo non gli impedisce di essere sensibile alle lusinghe del denaro. Molto sensibile...»

«Mi pare di aver capito che lei sa già dove mettere le mani.»

La voce di Osborne arrivava da un mondo di macchinazioni e avidità al quale nessuno poteva accedere.

«Certo che sì. Cerco sempre di fare in modo che niente mi possa sorprendere. Lavorerò in questa direzione. E in un'altra, molto più immediata. In questo momento c'è un mio uomo che se ne sta occupando.»

Il tono dell'ingegnere era decisamente più sollevato. La sua gallina dalle uova d'oro non avrebbe smesso di covare i suoi preziosi pulcini.

«Bene, penso che sia tutto. La saluto, signor Osborne. Se ha bisogno di me, sa dove e come trovarmi.»

Senza voltarsi, l'uomo immerso nei suoi pensieri davanti alla finestra fece un rapido cenno di saluto con la mano. Sentì il passo di Leduq che si allontanava, il rumore della porta che si apriva e si chiudeva. Rimase immobile finché non lo vide attraverso i vetri andarsene in sella al suo cavallo. Si staccò dalla finestra e raggiunse il centro della stanza. Il pavimento in legno risuonò sotto gli stivali dal tacco basso ma non ebbe modo di sentirlo. I progetti e l'ambizione si affollavano nella sua testa, ognuno nutrito dall'altro.

Quando la ferrovia fosse arrivata, quelle quattro casupole che adesso andavano sotto il nome pomposo di New Town sarebbero diventate una città vera. E quando la ferrovia fosse stata finita, sarebbe diventata un centro di prima grandezza. Osborne sapeva benissimo come andavano le cose. Era già successo diverse volte, in precedenza.

Prima sarebbero arrivati i coloni, quelli disperati e senza nessuna prospettiva né passata né futura, in cerca solo di un pezzo di terra fertile da coltivare e sudare con la promessa di un raccolto abbondante. Per molti di loro, l'unica terra di cui sarebbero venuti in possesso sarebbe stato il metro quadro in cui venivano sepolti. I superstiti sarebbero andati oltre, spinti da un'illusione che solo il mare poteva fermare e spegnere.

Non c'erano terre adatte per l'agricoltura, da quelle parti. Ma c'erano pascoli verdi e abbondanti. Ci sarebbero stati degli allevatori che si sarebbero insediati e avrebbero iniziato a servirsi della ferrovia per i loro traffici. Questo avrebbe fatto diventare New Town un ottimo affare per l'uomo che avesse avuto l'abilità di diventarne il padrone.

E quell'uomo voleva essere lui, Clayton Osborne.

Ma adesso tra lui e questo progetto c'erano delle persone che si frapponevano, i proprietari delle terre sulle quali avrebbe dovuto svilupparsi quella che nella sua testa già chiamava «Osborne City».

Quel Lovecraft, ad esempio, e quella canaglia di Eldero con i suoi indiani.

Finì il suo liquore d'un sorso e appoggiò il bicchiere sullo sgangherato tavolo sotto la finestra. Come per una reazione simultanea a quel gesto, la porta si aprì ed entrò Bess, la padrona di casa. Era una donna non più giovanissima, con i capelli tinti e un fisico tendente a debordare ma con un che di vitale nello sguardo che la rendeva comunque attraente.

«Sei solo?»

Osborne non rispose. Indicò con un gesto la stanza vuota per sottolineare l'evidenza.

L'atteggiamento della signora Big Jake cambiò di colpo. Si fece suadente, allusiva, mentre ricorreva a un tono di voce che prometteva tutto.

«Allora mi posso fermare io per qualche minuto...»

Attraversò la stanza con arte consumata, appoggiata a movimenti sensuali che nonostante la sua corporatura non riuscivano a essere ridicoli. Sempre guardando Osborne negli occhi raggiunse il tavolo e ci si sedette sopra. Sollevò a gonna e allargò le gambe. Emerse dal tessuto severo il pube peloso e la porzione di pelle bianca delle gambe grassocce nel punto lasciato libero dalle calze.

Osborne si sentì un groppo alla gola che non sarebbe riuscito a mandare giù con l'aiuto di nessun liquore.

«E tuo marito?»

«Mio marito sa che quando ci sei tu nei paraggi deve restare al suo posto.»

Spalancò del tutto le gambe e gli fece con le mani il gesto di avvicinarsi.

«Vieni qui e montami.»

Clayton Osborne sentì il brivido di un'erezione guizzargli nei pantaloni. Quella donna aveva il dono di eccitarlo a sangue. Di certo aveva il fuoco tra le cosce ma sapeva usare le parole come e meglio della mano e della bocca.

Si slacciò la cintura dei pantaloni e mosse pochi passi frettolosi. Il tempo di abbassarli e aveva già raggiunto la meta del suo viaggio tra le gambe della donna. Bess lo prese in mano e lo guidò dentro di sé. La sentì bagnata della sua voglia e questo ebbe il potere di aumentare la sua eccitazione. Mentre iniziava a muoversi, lei gli si avvinghiò al collo.

«Oh, sì Clay, fammelo sentire.»

Fu un momento breve, rapido, essenziale, senza rispetto, come era giusto che fosse.

Poi Osborne fece un verso che sembrava quello di una bestia ferita e riversò in lei tutto quello che aveva dentro mentre la mano di Bess scendeva sapiente a massaggiargli i testicoli. Si ritrasse di colpo, sentendo che le gambe gli cedevano.

«Cristo santo, Bess, io...»

La donna gli mise un dito sulle labbra.

«Shhh... Non dire niente.»

Estrasse un fazzoletto dalla tasca del grembiule e per asciugarsi se lo passò in modo sfacciato tra le gambe. I suoi occhi non lo avevano abbandonato un solo istante. Osborne ebbe un sussulto e sentì che sarebbe stato pronto per iniziare un'altra volta.

Con un sorriso Bess se ne accorse e frenò i suoi ardori.

«Non ora, Clay. Adesso devo andare.»

Scese dal tavolo e si ricompose. Sul suo viso non era rimasta traccia di quello che era appena successo. Raggiunse la porta e la aprì con noncuranza, ma prima di andarsene gli rivolse un sorriso ammiccante.

«Torna presto a trovarmi.»

Mentre il battente si chiudeva, Clayton Osborne si rese conto che da quando la loro relazione era iniziata non si erano mai baciati una sola volta.

Per quel che poteva si rimise in ordine e uscì all'esterno attraverso la porta che dava sul retro, senza preoccuparsi di andare a salutare Big Jake. Un poco per vergogna e un poco per presunzione. Con il denaro che gli lasciava ogni due mesi per i suoi approvvigionamenti, quell'uomo poteva accettare sia le corna che quella piccola scortesia.

Fuori, ad attenderlo, c'era Doug Collier, il suo soprastante. Quando lo vide uscire dall'edificio sciolse i cavalli dalla sbarra del corral a cui erano assicurati. Salì in arcione del suo e condusse per le briglie quello del boss fino davanti all'ingresso. Era alto e magro e portava un cappello a tesa rigida. Sopra i calzoni da lavoro indossava i gambali di pelle dei cow-boy.

«Andiamo a casa?»

«No, abbiamo un altro appuntamento a Pine Point.»

Era a poche miglia, una piccola collina caratterizzata dalla presenza solitaria di un grande pino alla sommità, un punto di riferimento preciso per gli uomini della zona e spesso un luogo di ritrovo.

Osborne salì a cavallo con una certa difficoltà. Si disse che non aveva più l'età per cavalcare una donna e poi cavalcare un cavallo subito dopo. Con un piccolo languore residuo allo stomaco al pensiero di Bess, diede di sprone e, imitato dal suo uomo, si avviò al piccolo trotto lasciandosi alle spalle il Big Jake's Trade Center e la sua focosa padrona. Procedettero in silenzio, uno di fianco all'altro. Collier aveva imparato a conoscere le espressioni del suo padrone e sapeva che in certi momenti non era il caso di provare a parlargli. Nella migliore delle ipotesi non avrebbe risposto.

A suo tempo non aveva prestato molta fede a quello che si diceva su Osborne. Raccontavano che si fosse fatto un'autentica fortuna durante la guerra di Secessione trafficando con identica passione patriottica sia con i Sudisti che con i Nordisti, vendendo alle due fazioni in lotta tutto quello che era possibile vendere, informazioni comprese. Alla fine della guerra, a prescindere dal risultato, lui aveva vinto. Si diceva che fosse un uomo avido e senza scrupoli. Ma d'altronde da quelle parti chi ne aveva? Collier era un uomo capace, secondo la convenienza, di credere a tutto o di non credere a niente. Da quando lavorava per Osborne si era sempre trovato bene. Riceveva il suo ottimo salario con puntualità e vitto e alloggio come d'accordo. Per il resto la sua scuola di pensiero poteva essere concentrata nell'assunto che tutto quello che succedeva a una spanna dal suo culo non lo riguardava.

Forse per questo era ancora vivo.

E aveva intenzione di restarlo il più possibile.

Quando arrivarono a Pine Point, le persone che dovevano incontrare li stavano già aspettando.

Collier era curioso ma non lo diede a vedere. Mentre si avvicinavano all'albero in cima alla piccola altura dov'erano in attesa due uomini a cavallo, riconobbe l'indiano. Ne aveva sentito parlare e sapeva che su a Canyon Bonito aveva ucciso da solo tre uomini che lo avevano infastidito. Sapeva che lo chiamavano «One Feather», per il vezzo di portare un cappello decorato con una piuma d'aquila e che era un Hopi. Lo aveva visto un paio di volte in giro da quelle parti e la sua faccia senza espressione gli aveva dato i brividi. Per il resto non sapeva molto e non era certo di volerne sapere di più. Quello che era con lui non lo conosceva, ma dalla compagnia che si era scelto e da come teneva l'arma nella fondina appesa al fianco non doveva essere un ciclamino.

Era giovane, portava la barba e aveva l'espressione di chi ha già più di una tacca sul calcio della pistola. Quando fermarono i cavalli davanti a loro, fu lui a rivolgersi a Osborne.

«Buongiorno, Clay.»

Ci fu una certa insofferenza da parte del boss.

«Wells, temo di doverti ricordare che per te io sono sempre e soltanto "il signor Osborne". Se saprai stare al tuo posto, andremo d'accordo. Io chiedo e pago e tu esegui. Invece di usare una confidenza che non ti è permessa, dimmi piuttosto se hai fatto quanto ti ho chiesto.»

L'uomo sul cavallo che era stato chiamato Wells non rispose alla ramanzina. In ogni caso, non ne sembrò molto impressionato.

«No, *signor Osborne.*»

Aveva calcato la voce mentre pronunciava l'ultima parte della frase a esclusivo beneficio del suo interlocutore. Adesso esibiva un sorriso che lo fece andare in bestia.

«E perché?»

Wells si strinse nelle spalle.

«Non ce n'è stato modo. I Lovecraft sono in apparenza una famiglia tranquilla ma molto decisa. I suoi uomini, quelli che mi hanno accompagnato, glielo potranno testimoniare.»

«Dove sono Lewis e Colman?»

«Gli ho dato il permesso di andare a casa.»

Osborne rimase un attimo stupito prima di sbottare, come se non credesse alle sue orecchie.

«Tu... gli hai dato... che cosa?»

Wells rimase impassibile.

«Ha sentito benissimo. Li ho lasciati liberi. Per i nostri discorsi preferisco non avere troppi testimoni. Credo di aver capito quello che ha intenzione di fare e mi è venuta un'idea migliore.»

Osborne sentì la rabbia montargli dentro. La sua voce si fece stridula mentre saliva di un tono.

«Tu non devi avere idee. Non ti pago per pensare ma solo per eseguire i miei ordini.»

L'altro rimase un attimo pensieroso, come se stesse riflettendo.

«Ho capito. Lei non vuole gente che pensi. È per questo che si porta appresso quella specie di scimmione che sta sul cavallo di fianco al suo?»

Tutto successe con una velocità tale che Osborne riuscì a rendersi conto dell'accaduto soltanto quando il corpo di Collier cadde a terra con una chiazza di sangue che si allargava sulla camicia. Prima aveva solo intuito con la coda dell'occhio il movimento che il suo soprastante aveva fatto per estrarre la pistola. Non aveva visto in pratica quello di Wells, tanto era stato rapido. C'era stato il rombo, poi un soffio di fumo e l'odore pungente della polvere da sparo.

Quando il fumo si era diradato, Wells era seduto tranquillo sul suo cavallo e la sua pistola era di nuovo nella fondina. Di diverso c'era solo il corpo di un uomo a terra e una sella vuota macchiata di sangue.

Wells era rilassato come se avesse appena bevuto un buon bicchiere di birra fresca. Osborne, per contro, non lo era per niente. Come sempre gli succedeva davanti a un morto.

«Vede, signor Osborne, che in definitiva mi sono appena guadagnato la mia paga?»

316

Quell'uomo di ghiaccio esibì un tono esagerato da bambino soddisfatto dei compiti fatti a modo.

«Lei oggi mi aveva ordinato di uccidere un uomo. E io l'ho fatto.»

Indicò con la testa il cadavere di Collier. Il sangue adesso si stava spargendo intorno al corpo steso su un fianco e tingeva di rosso gli aghi di pino.

«Con questo siamo pari.»

Clayton Osborne conosceva gli uomini e conosceva bene gli assassini prezzolati come quel Wells. Di certo aveva un progetto ben preciso in testa, altrimenti in quel momento i cadaveri sarebbero stati due.

Si decise a iniziare l'inevitabile trattativa.

«Cosa vuoi, Wells? Altro denaro?»

«No. O almeno, non quei quattro dollari che senz'altro ha in mente di offrirmi...»

Lasciò in sospeso un attimo la frase.

«Come le ho detto, lei ha un problema e io ho la soluzione. E sono certo che la troverà molto brillante.»

Osborne tirò un sospiro di sollievo. Quell'uomo non lo avrebbe ucciso. Non per quel giorno, almeno. Infine si trattava, come sempre, di una questione di denaro.

«E quanto mi costerà?»

Wells rispose con una conciliante alzata di spalle. Quel modo di fare schivo e noncurante non si addiceva molto a chi aveva appena ucciso un uomo.

«Oh, non si preoccupi, troveremo senz'altro un modo per metterci d'accordo.»

«Cosa significa "mettersi d'accordo"?»

Sulla bocca di Wells fiorì un sorriso che voleva essere candido e invece fece accapponare la pelle al povero signor Osborne.

«Significa che da oggi in poi siamo soci a metà, amico mio. Adesso posso chiamarti Clay?»

Mentre il sorriso di Jeremy Wells si allargava sulla sua bocca, Osborne si rese conto che in tutto quel tempo l'indiano chiamato One Feather non aveva mosso un solo muscolo del viso.

28

Colin Lovecraft guidò il cavallo con quanta più prudenza possibile giù per la scarpata. Si bilanciò con il peso del corpo sulla sella in modo da permettere alla sua cavalcatura di mantenere l'assetto migliore per la discesa. La pista che scendeva dai pascoli alti e che si avvitava sul lato sud dell'Humphrey's Peak era molto più agevole ma molto più lunga. Scendere da quest'altra parte era senz'altro un'imprudenza ma gli avrebbe fatto guadagnare almeno tre ore sul percorso previsto.

Abbarbicati al dirupo che adesso si estendeva in diagonale, c'erano pochi stentati alberi di rose selvatiche e mogano di montagna che si inventavano negli anfratti della roccia la terra necessaria a radicare. Poco più avanti, alla fine di una conformazione naturale scavata dall'acqua e dall'erosione del vento in modo da sembrare un sentiero, la vegetazione della foresta riprendeva possesso del suo territorio dopo quella pausa brulla e sassosa nel paesaggio.

Colin amava tutto quello che aveva intorno.

Gli alberi, il sole, il cielo, il profumo umido dei pini di montagna, la luce e le ombre che proiettavano sul suolo e sulle loro vite, da cercare e da scansare con eguale fatica. L'esistenza era dura ma immersa dentro a colori che esigevano sempre da lui il pedaggio di una seconda occhiata. Forse quel fascino non era così evidente per tutti. Per molti, quella era ancora una zona di passaggio frettoloso, un posto che l'istinto degli uomini di andare a vedere cosa c'era oltre non permetteva di considerare in tutta la sua vera essenza.

Colin non era così devoto come Stacy Lovecraft avrebbe voluto. Dio era un personaggio che faceva fatica a focalizzare, ma aveva talmente fiducia in suo padre da ritenersi un credente per interposta persona. Per cui, non sapeva bene di chi fosse la mano che aveva modellato e dipinto tutto quello che lo circondava ma era sicuramente un tipo che sapeva il fatto suo. E, secondo lui, aveva un occhio di riguardo per gli esseri umani che avevano un occhio di riguardo per quello che aveva creato.

Quando la sua famiglia aveva deciso quell'avventura, Colin ci si era buttato a capofitto, pieno di quell'ansia di scoperta e quel desiderio di nuovo che dovevano essere congeniti alla famiglia, considerando la rapidità con cui tutti si erano adattati a quel mutato stile di vita. Perfino sua madre, la più perplessa e legata alla loro vita cittadina, da quando si erano stabiliti lì sembrava rifiorita. Ricordava la sua salute cagionevole, il suo naso arrossato e i frequenti attacchi di tosse durante il periodo invernale, malanni che adesso erano un ricordo di Pittsburgh e del passato. Una volta aveva sorpreso una conversazione tra i suoi genitori. Stavano davanti a casa, uno di fianco all'altro, immersi nella luce del tramonto, che forse non riuscivano a cogliere in tutto il suo splendore distratti com'erano dal loro intatto volersi bene.

Lei si era avvicinata al marito, cercando la sua presenza mentre teneva gli occhi rivolti al blu intenso bordato di sole rosso all'orizzonte.

«Che bello. E dire che quando siamo partiti avevo una paura di questo posto come del diavolo.»

Stacy Lovecraft aveva sorriso e appoggiato una mano sulla spalla della moglie. L'aveva attirata contro di sé e l'aveva circondata con il braccio.

«Lo so. E ti ringrazio per essere partita lo stesso.»

«No, io ringrazio te. Da quando siamo arrivati qui non riesco a togliermi un pensiero dalla testa.»

«Quale?»

Sua madre aveva stretto le braccia intorno alla vita di suo padre. Era una donna alta ma minuta e accanto a lui sembrava ancora più sottile.

«Vorrei che lo avessimo fatto prima.»

Colin se ne era andato senza farsi sentire, per una specie di pudore a spiare quel momento di intimità. E poi non aveva ancora conosciuto Thalena. Non poteva ancora capire fino in fondo ciò che stavano provando in quel momento Stacy e Kathe Lovecraft.

Respirò a fondo e gli sembrò che l'aria portasse con sé il profumo della sua giovane moglie indiana. Sentì che lo stomaco gli dava un guizzo come se ci fosse dentro uno scricciolo dei cactus che stava battendo le ali per cercare di uscire. E doveva averlo anche nella testa, perché ogni volta che pensava a lei aveva l'impressione di sentirne uno cantare. Da quando Thalena era entrata nella sua vita, tutto era cambiato. Con lei aveva scoperto l'amore e aveva l'orgoglio di sapere che per lei era stata la stessa cosa. Di notte, quando in casa tutti dormivano, sua moglie si stringeva forte e gli guidava le mani sulla sua pelle ambrata e lui entrava dentro di lei con lo stupore timoroso che provava sempre quando entrava in una chiesa. Dopo, restava sveglio a sentirla dormire, con la sensazione che la notte fosse un posto meraviglioso perché aveva dentro il profumo dei pini e il canto degli uccelli notturni e il respiro docile di sua moglie che riposava appagata tra le sue braccia.

Il cavallo ebbe uno scarto che riportò la sua attenzione a quello che stava facendo. Oltre il ciglio della scarpata alcuni sassi scesero rotolando verso il fondo del dirupo. Mentre li osservava precipitare verso il basso, provò un leggero brivido al pensiero di quello che avrebbe potuto succedere se al posto di quei sassi ci fosse stato il suo corpo.

Si concentrò sul sentiero e poco dopo raggiunse la macchia rassicurante degli abeti e dei cespugli del sottobosco. Arrivò a una piccola radura poco oltre il ciglio e scese da cavallo. Pensò che sia lui che il suo solido animale si erano meritati una pausa. Prese la borraccia dalla sella e bevve un lungo sorso. Poi si tolse il cappello, versò all'interno un'abbondante quantità d'acqua e lo allungò verso il cavallo, che già ne aveva sentito l'odore e protendeva il muso.

Lo fece bere e dopo si sedette tranquillo su un tronco d'albero, masticando pezzi di carne secca che tagliava con il coltello che portava alla cintura mentre la sua cavalcatura provvedeva da sola al suo pasto quotidiano.

Colin Lovecraft si riteneva un uomo abbastanza fortunato da potersi definire felice.

Aveva deciso di anticipare di un giorno il suo ritorno a casa, visto che le bestie che componevano la loro piccola mandria erano in buone mani. Le aveva lasciate sui pascoli affidate alla cura dei loro due aiutanti indiani. Copper Pot e Juanito glieli aveva affiancati Eldero per dargli un aiuto e Colin riponeva in loro una fiducia piena. Sembrava incredibile l'ascendente che quell'uomo aveva sul piccolo gruppo di persone che aveva deciso di affidarsi a lui. Gli uomini e le donne che vivevano nel piccolo campo di Flat Fields davano tutti l'impressione di essere disposti a morire per Eldero, forse perché quella era la stessa sensazione che dal loro capo ricevevano in cambio.

Colin ripensò alla cerimonia di nozze con Thalena, un rito pagano pieno di spiritualità innocente, evocativa, propiziatoria. C'erano state danze e canti dal suono incomprensibile che a pelle celebravano la vita meglio di quanto Colin non avesse mai riscontrato in analoghe manifestazioni tra la civiltà della sua gente.

Poi, mentre Thalena era intrattenuta da un gruppo di donne vestite da Corn Maidens, le figure che simboleggiavano il cambiamento della condizione e la fertilità della terra, Eldero si era avvicinato a lui. Senza parlare, gli aveva indicato una direzione. Colin si era incamminato e lui lo aveva seguito, due ombre danzanti alla luce dei fuochi. Poco dopo si erano trovati fuori dal piccolo gruppo di hogan, illuminati a stento dal riverbero delle fiamme. A un certo punto, quell'uomo strano si era fermato e si era girato in modo da averlo di fronte. Gli aveva appoggiato le mani sulle spalle e lo aveva fissato a lungo. Occhi scuri, infossati magnetici, che parlavano una lingua silenziosa che Colin non era ancora in grado di capire. Poi, di colpo, aveva avuto l'impressione di essere risucchiato fuori dal corpo, come se Eldero avesse per un istante ordinato alla sua mente di uscire per entrare a occupare con la propria volontà il posto lasciato vuoto. In quello smarrimento, Colin si era trovato di fronte un viso tremolante che gli era parso di conoscere. Infine aveva capito che quel viso era il suo e che in quel momento stava vedendo il mondo attraverso gli occhi di Eldero.

Era una sensazione innaturale ma senza paura. Colin aveva avvertito a poco a poco un grande senso di pace scendere dentro di lui. Ora riusciva a sentirsi parte di tutte le cose che aveva intorno. Adesso era un filo d'erba ed era un albero e poi una nuvola e poi ancora se stesso, come se avesse appena superato un esame e la terra e l'erba e gli alberi e il cielo e le nuvole avessero accettato di comunicare con lui. Da fuori, aveva visto il suo volto atteggiarsi a un sorriso e, mentre si allargava pieno di beatitudine, si era ritrovato a sorpresa di nuovo padrone di sé a godere la sensazione meravigliosa che aveva acceso quel sorriso.

Sul viso di Eldero c'era la stessa espressione leggera, ma la voce era profonda quando gli parlò nel suo inglese stentato.

«Adesso hai visto. Adesso sai.»

«Cos'era?»

«Shimah. Lo spirito della Terra. Thalena è mia figlia e ne fa parte. Adesso anche tu. I vostri figli cammineranno nel mondo e saranno benedetti.»

Senza dire altro, Eldero si era girato ed era tornato verso il campo. Quando erano rientrati nella luce piena del fuoco, aveva visto Thalena rivolgere uno sguardo ansioso verso il padre. Non aveva notato l'espressione con cui Eldero aveva risposto alla muta interrogativa che sua figlia portava negli occhi. A Colin era sembrato di vederlo solo assentire leggermente. Forse era stato un movimento così minuscolo da essere difficile da decifrare, oppure una piccola illusione provocata dal tremolio del fuoco. Ma il viso di Thalena si era disteso in un sorriso e i suoi occhi brillavano. Dopo, si era seduto accanto a lei e non si era chiesto più nulla. Non riusciva a capire bene quello che era successo, ma doveva essere una cosa buona se sua moglie era così felice.

Da allora non aveva più avuto occasione di parlare da solo con il vecchio capo, ma di certo non avrebbe mai dimenticato quell'esperienza vissuta negli occhi di Eldero.

Colin si mise il cappello umido in testa, godendo del senso di fresco tra i capelli in attesa che il sole lo asciugasse. Si alzò dal tronco dove stava seduto e raggiunse il cavallo che pascolava docile poco più in là. Montò in sella e lo distolse senza problemi dal resto del foraggio che lasciava sul terreno. Doveva aver mangiato a sufficienza, perché bastò un colpo lieve sui fianchi e la strada verso casa era di nuovo davanti a lui.

In quegli spazi così ampi gli spostamenti erano interminabili, specie se fatti da soli. In quel caso, un uomo non aveva altra compagnia se non quella dell'animale che cavalcava e della sua fantasia e di una voce con cui cantare canzoni. Colin Lovecraft aveva una bella voce e fantasia da vendere, ma era tutta impegnata a «fabbricare» nella sua testa il momento in cui Thalena lo avrebbe visto e gli avrebbe gettato le braccia intorno al collo.

Passarono altre due ore prima che arrivasse nei paraggi di casa e furono due ore interminabili. Era giovane e l'impazienza della gioventù gli faceva scorrere la sabbia nella clessidra in modo molto più lento di quanto non girasse il sangue nelle vene.

Uscì dalla foresta, nella vasta spianata su cui la famiglia Lovecraft aveva costruito la sua precaria abitazione. Quello era stato il loro primo rifugio, un tetto finalmente, dopo mesi passati a dormire all'addiaccio senza altro riparo che la tela cerata di un carro quando pioveva. Di fronte a lui, poco spostata sulla sinistra, c'era la struttura in legno della casa nuova, che stavano a poco a poco costruendo. Più grande, più ampia, con camere luminose e un grande camino in pietra come era desiderio di sua madre.

Un posto dove vedere invecchiare i suoi genitori e veder crescere i suoi figli.

Poco importava che fossero mezzi bianchi e mezzi indiani.

Si stupì di non vedere fumo uscire dalla ciminiera di sfiato. Con tre donne in casa, il fuoco acceso era una costante, anche nei giorni più caldi dell'estate. Senza un motivo preciso, sentì qualcosa di freddo scendere nel petto e attenuare il piacere del ritorno.

Il fumo dal camino era un segno di vita. E adesso c'erano solo immobilità e silenzio.

Gli sembrò strano che nessuno fosse uscito nel cortile per dargli il benvenuto. Dalla piccola abitazione sul fianco della montagna non arrivava alcun segno di presenza umana. Diede un piccolo colpo con gli stivali ai fianchi del cavallo e aumentò l'andatura. Il sospetto che ci fosse qualcosa che non andava divenne una certezza. A mano a mano che si avvicinava la prospettiva gli apriva la visuale sul lato opposto della casa.

E poi lo vide.

Steso accanto a un cespuglio di salvia selvatica che Kathe Lovecraft cresceva sulla destra dell'abitazione, appoggiato su un fianco, c'era il corpo di un uomo con una freccia che gli spuntava dalla schiena. Colin lanciò un urlo che risuonò come un'eco di morte per tutta la vallata e spinse il cavallo al galoppo. Scese dalla sella ancora prima che la bestia si fermasse e si precipitò presso l'uomo che gli dava le spalle, pregando il Dio di suo padre che non fosse vero quello che in realtà già sapeva esserlo.

Stacy Lovecraft era morto con gli occhi aperti, la testa leggermente girata verso l'alto, come se avesse rivolto un ultimo sguardo d'addio alla montagna. Erano due stelle spente in mezzo al viso coperto di sangue, colato da profonde incisioni praticate sul cuoio capelluto. Colin si sentì rabbrividire di raccapriccio quando si rese conto che suo padre era stato completamente scotennato. E nello stesso istante ebbe la certezza che chi aveva compiuto quel gesto barbaro lo aveva fatto mentre era ancora vivo. In realtà, gli occhi di quel corpo martoriato che era stato suo padre avevano fissato fino all'ultimo negli occhi l'uomo che lo aveva ucciso.

«Thalena! Mamma! Linda!»

La voce uscì dalla gola nello stesso momento in cui il pensiero delle donne attraversò il suo cervello. Si rialzò in piedi e corse come impazzito verso la casa. La porta era aperta. Come raggiunse la soglia ed ebbe modo di vedere l'interno, l'orrore della certezza si impadronì del suo corpo e della sua mente. Kathe Lovecraft era riversa sulla schiena di fianco al camino. Teneva le mani intorno allo stelo della freccia che le aveva trapassato il petto nello stesso gesto con cui portava verso casa i fiori selvatici che raccoglieva vicino alla sorgente. Doveva essere stata colpita sulla porta ed essere arretrata barcollando fino al punto in cui era caduta. C'era una sedia a terra e sotto i suoi piedi frammenti del vaso di coccio che di solito stava sul tavolo. Aveva ancora i capelli in testa e Colin ringraziò il cielo e chiunque lo abitasse per averle risparmiato quello sfregio.

«Thalena! Linda!»

Ancora una volta nessuno rispose al suo richiamo. Arrivò con il fiato in gola fino alla porta dell'altra stanza. Era solo accostata e il battente di legno grezzo cigolò leggermente sui cardini mentre lo spingeva. Sua sorella era raggomitolata sul letto, come se dormisse, con la faccia rivolta verso di lui. Da una profonda ferita alla gola il sangue era sceso a imbrattare prima il vestito e poi la coperta sotto di lei. Sembrava impossibile che un corpo così piccolo potesse contenerne tanto da sembrare completamente immerso.

Colin sentì che stava per impazzire.

«Thalena!»

Gridò così forte da sentirsi bruciare la gola, nell'assurda speranza di vedere il corpo senza vita di Linda sobbalzare e sentire la voce di sua moglie rispondere. Tornò all'aperto, passando senza avere il coraggio di guardarlo accanto al cadavere di sua madre.

«Thalena!»

Chiamò di nuovo con lo stesso urlo disperato. E come risposta ebbe solo lo stesso silenzio. Mentre faceva correre come invasato lo sguardo in giro cercando una traccia di sua moglie, Colin si accorse che dal recinto mancava un cavallo, Metzcal, un piccolo baio dal carattere docile. Era il preferito di Thalena ed era quello che accudiva personalmente. Questo accese in lui una timida speranza. Non riusciva a capire ciò che era successo, ma probabilmente si era accorta in tempo del pericolo ed era riuscita a fuggire. Pensò con una stretta al cuore a Thalena che cavalcava a pelo in gravidanza avanzata e ai rischi che il bambino doveva aver corso. Ma perlomeno non era stesa a terra insieme agli altri componenti della sua famiglia, con il corpo trapassato da una freccia o la gola tagliata.

Colin aveva poco più di vent'anni ma si disse che non poteva sedersi e piangere, come la sua volontà urlante gli stava richiedendo in quel momento.

Cercò di calmarsi e di riflettere.

Le frecce che avevano ucciso suo padre e sua madre erano sicuramente Navajos. A occhio e croce erano lunghe circa due piedi. Per quel poco che ne sapeva, di quella misura ne usavano solo loro e gli Utes. Tutti gli altri indiani fabbricavano frecce più lunghe di quasi tre pollici. Gli sembrava strano che un qualunque Navajo avesse deciso di attaccare la famiglia della figlia di Eldero. Si chiese chi potesse aver compiuto quel massacro. Il tutto non doveva essere accaduto da molto, visto che il sangue delle ferite era ancora fresco.

Chiunque fosse, poteva essere ancora nei paraggi. Chiedendo mentalmente scusa ai corpi stesi a terra, decise che era più opportuno per il momento occuparsi dei vivi. Se fosse successo qualcosa anche a lui, non ci sarebbe stato nessuno ad aiutare Thalena. Si incamminò verso il cavallo e la sagoma rassicurante del fucile infilato nella fondina della sella.

Ora, per prima cosa, doveva trovare sua moglie, dovunque fosse.

Poteva avere bisogno del suo aiuto, poteva essere ferita oppure…

Obbligò con uno sforzo la sua mente a fermarsi alla prima eventualità.

Era così preso dai suoi pensieri che quasi non sentì il soffio della freccia che percorreva l'aria con il fruscio delle sue piccole ali. Un istante dopo si trovò a guardare stupito quella piccola asticciola di legno che gli aveva spaccato il cuore. Poi, con l'inesorabilità di un rituale, un piccolo rivolo di sangue gli uscì dalla bocca, mentre le ginocchia si piegavano e cadeva in avanti. Quando toccò il terreno la freccia si spezzò e il peso del corpo fece uscire dalla schiena quello che ne restava. L'ultima cosa che riuscì a pensare fu che non gli importava di morire purché Thalena avesse altro tempo per mettersi in salvo.

Rimase nell'aria un attimo di silenzio irreale, come se il sibilo di quel dardo in volo avesse preso il posto di ogni altro suono vitale. Infine, dalla macchia oltre il recinto dei cavalli, spuntò un cappello che portava una piuma come decorazione. L'indiano Hopi chiamato One Feather si alzò dal cespuglio in cui stava accucciato e si avvicinò al corpo steso a terra. Posò l'arco al suolo e si inginocchiò di fianco al cadavere per controllare che fosse morto.

Mentre l'indiano si rimetteva in piedi, l'ombra di un uomo si allungò sul terreno accanto a lui.

La voce di Jeremy Wells era piena d'irritazione mentre dava al cadavere di Colin un leggero calcio con lo stivale impolverato.

«Questo povero bastardo ha scelto il momento peggiore per tornare. Il peggiore per noi e per lui. Ha permesso alla ragazza di prendere un sacco di vantaggio.»

One Feather si chinò a pulire un coltello sporco di sangue sulla giacca dell'uomo che aveva appena ucciso.

«Possiamo seguire le sue tracce. Non è passato molto tempo. La prenderemo, se vuoi.»

Wells confermò la sua intenzione con tono secco.

«Certo che voglio. Ci ha visti in faccia e questo può compromettere tutto. Un vantaggio per fortuna lo abbiamo anche noi. Nelle sue condizioni non può spingere il cavallo al galoppo. E sicuramente si è diretta a Flat Fields, al campo di suo padre. Non dobbiamo permettere che ci arrivi in tempo per avvertire Eldero. Ci toglierebbe il favore della sorpresa.»

Mentre parlavano, altri due uomini erano usciti allo scoperto e si erano avvicinati. Erano armati e portavano in viso l'indifferenza per l'uccisione di altri esseri umani che solo la lunga pratica con la morte poteva portare. I loro nomi erano Scott Truman e Ozzie Siringo, ed erano ricercati in diversi Stati per una varietà di crimini inferiore solo a quella di Jeremy Wells. Con lui erano stati soci in affari in diverse occasioni e sapevano che non c'era mai da rimetterci. Quando li aveva chiamati con il miraggio di un'ottima sistemazione, vantaggiosa e definitiva, non si erano fatti pregare.

Se ci fosse stato da sparare e uccidere o altre cose del genere non se l'erano nemmeno chiesti. Semplicemente, lo avevano dato per scontato.

Wells li sentì arrivare e si girò verso di loro.

Truman, un uomo sulla quarantina con pochi capelli e lunghi baffi a spiovere ai lati della bocca, si rivolse al capo con aria quasi annoiata.

«Che si fa adesso?»

«Prendete i cavalli. Il lavoro qui non è ancora finito. Prima di tutto bisogna trovare la ragazza e chiuderle la bocca. Poi dobbiamo salire a Flat Fields e occuparci degli indiani.»

Ozzie Siringo sputò un grumo di saliva sporco del tabacco da masticare che gli gonfiava la guancia. Si pulì la bocca con la manica della camicia di cotone.

«Ci possono essere grane da quella parte?»

Wells scosse la testa, approfittando di quell'occasione per sgranchirsi i muscoli del collo.

«Non direi. Si tratta in tutto di una quindicina di persone, di cui la metà sono donne e bambini. E gli uomini non hanno quasi fucili. Prendendoli di sorpresa sarà ancora più facile che con questi poveracci.»

«Molto bene.»

Senza altri commenti, i due si girarono e si diressero verso il posto nascosto tra gli alberi in cui avevano impastoiato i cavalli.

Wells e One Feather rimasero soli. L'indiano guardava un punto imprecisato della montagna quando parlò sottovoce al suo complice bianco.

«Sbagli a sottovalutare Eldero.»

Wells lo guardò sorpreso. Conosceva quell'uomo a sufficienza per ritenerlo impermeabile alle emozioni. Nella sua voce, adesso, c'era qualcosa che sembrava preoccupazione. Se non si fosse trattato di One Feather, con chiunque altro l'avrebbe definita paura.

«Dici? È solo un vecchio con attorno quattro gatti spelacchiati che solo lui riesce ancora a definire guerrieri.»

One Feather piegò lo sguardo a terra e scosse la testa. La sua voce pareva attraversata dal timore delle parole che stava pronunciando.

«Tu non capisci. Eldero è un *brujo*.»

Wells sapeva un poco di spagnolo e conosceva il significato di quella parola.

«Un mago, intendi dire?»

L'indiano gli puntò sul viso i suoi occhi indecifrabili, come per rafforzare quello che stava per dire.

«Sì. Un mago molto potente.»

Jeremy Wells era un assassino e come tutti gli assassini era un uomo pratico. Per lui esistevano solo la causa e l'effetto. Un colpo di speroni e il cavallo partiva al galoppo. Qualche dollaro e una puttana si infilava nel tuo letto. Un colpo di pistola e un uomo cadeva morto a terra.

Nient'altro che causa ed effetto. Nella sua testa non c'era spazio per quelle sciocchezze che gli indiani si portavano in giro, tutte quelle fantasie sugli sciamani e gli spiriti e chissà cos'altro ancora.

Però questa volta sembrava diverso. Conosceva One Feather e adesso aveva negli occhi, se non la paura, una viva apprensione.

E c'era un profondo rispetto.

Nel frattempo, Ozzie e Scott erano usciti dalla protezione degli alberi e si stavano avvicinando a loro, portando ognuno un cavallo libero per le briglie.

Wells parlò in fretta, prima che i due arrivassero abbastanza vicini per poterli sentire.

«Se hai paura puoi restare qui. Ce ne occupiamo noi.»

Aveva pronunciato questa frase quasi con indifferenza, ma sapeva che l'Hopi non sarebbe uscito indenne dall'insinuazione. L'uomo che sapeva piantare una freccia in un cuore da cinquanta passi di distanza rimase un istante in silenzio.

Quando rispose, la sua voce era tornata incolore come sempre. Portava solo una lieve traccia di compassione per quell'uomo che non voleva credere.

«Io non ho paura. Sei tu che dovresti averne.»

Subito dopo, Ozzie Siringo guidò il cavallo di cui reggeva le briglie a fermarsi docile al suo fianco.

Mentre infilava il piede nella staffa e saliva in sella, ripensando alle parole di One Feather, Jeremy Wells non riuscì a impedirsi di provare uno strano senso di disagio.

29

Seduta in modo precario sulla schiena di Metzcal, Thalena stava spingendo il cavallo alla massima andatura che il suo stato di gravidanza le consentiva. Era abituata a cavalcare a pelo fin da bambina e per lei non rappresentava un grosso problema. Da quando Cochito, il suo unico fratello, era morto ucciso per errore da un soldato ubriaco, suo padre aveva ritenuto lei il maschio di famiglia e le aveva insegnato a cavalcare come un uomo. Si teneva aggrappata senza sforzo alla criniera e ringraziava nella sua mente la sicurezza e la forza di quel nobile animale al quale doveva la vita.

Tutto era avvenuto con una tale rapidità da lasciarla stordita. Era uscita dal lato sinistro della casa, dove tenevano in un piccolo deposito il mangiare per i cavalli e altre provviste, per evitare che cadessero preda delle razzie dei procioni. Reggendo un secchio pieno di biada si stava dirigendo verso il recinto per andare a occuparsi di Metzcal. Mentre si avvicinava allo steccato, aveva sentito il bambino scalciare con forza e subito dopo un forte senso di oppressione alla vescica.

Con un sorriso sulle labbra, si era detta che il figlio di Colin doveva avere un bel carattere, se ancora prima di nascere riusciva a metterla in difficoltà. Aveva superato la striscia di cespugli che costeggiava il lato destro della costruzione e, quando era stata abbastanza lontana per avere la sua intimità, aveva sollevato la gonna e si era accucciata a terra per orinare. Era una donna indiana, abituata a una vita all'aria aperta. Per risolvere certe necessità impellenti non aveva i problemi di Kathe e Linda, che avevano preteso e ottenuto che fosse costruito a una certa distanza dalla casa un piccolo rudimentale gabinetto fatto con assi di legno.

Dal suo punto tra i cespugli aveva visto suo suocero, *bizháá'ád jílíní* Stacy, uscire all'aperto e dirigersi verso il luogo dove stava lei alcuni istanti prima. Pochi passi e dal nulla era arrivata sibilando la prima freccia. Lo aveva colpito alla schiena e l'uomo si era accasciato su un fianco con un grido soffocato. Subito dopo, Kathe si era affacciata alla porta, forse richiamata dall'urgenza dolorosa di quel gemito. Una seconda freccia aveva colpito anche lei al petto. Per il contraccolpo era arretrata, sbilanciandosi verso l'interno. Poi il rumore di una sedia rovesciata e di un vaso che si rompeva.

Un uomo era arrivato correndo, silenzioso come la morte che aveva appena scagliato con le sue frecce. Era entrato veloce in casa, seguito da quell'altro. Poi aveva sentito Linda gridare spaventata e poi più nulla. Thalena si era infilata in bocca un pezzo della manica di camoscio della giacca e lo aveva morso fino a farsi dolere le mascelle pur di non correre il rischio di mettersi a urlare.

Li aveva subito riconosciuti. Erano due degli uomini che aveva visto il giorno prima, quell'Hopi dalla faccia butterata e il bianco con la barba dagli occhi cattivi. Vivendo in un campo indiano, Thalena era cresciuta nel continuo pericolo di incursioni. La prima cosa di cui preoccuparsi, in casi come quello, era di non farsi scoprire e di mettersi in salvo. Non sapeva perché quegli uomini avessero attaccato la casa, ma era certa del fatto che se l'avessero trovata avrebbero ucciso anche lei.

Tenendosi bassa in modo da essere protetta dai cespugli di salvia, aveva raggiunto il recinto dei cavalli e aveva aperto il cancello cercando di non far cigolare le cinghie di cuoio che facevano da cardini. Si era avvicinata a Metzcal e, tenendosi coperta con il corpo del cavallo, lo aveva guidato fuori dal corral. Mentre saliva a fatica in arcione sperando che il bambino non scegliesse proprio quel momento per muoversi di nuovo, altri due uomini erano usciti allo scoperto dalla foresta di fronte alla casa. Erano a piedi e Thalena aveva capito che i loro cavalli erano impastoiati a una certa distanza tra gli alberi, per evitare che un nitrito incontrollabile di una delle bestie potesse dare l'allarme. Per quanto poteva, si era tenuta bassa sulla schiena di Metzcal. Era abbastanza improbabile che quegli uomini non la vedessero e un colpo di fucile era un pericolo da non sottovalutare, anche da quella distanza.

Aveva spinto la sua cavalcatura al galoppo, chiedendo mentalmente scusa al bambino che era dentro di lei. Mentre si allontanava dal luogo di quel massacro senza saperne la ragione, Thalena aveva pensato con sollievo a Colin, che in quel momento era al sicuro sui pascoli, protetto dagli uomini che suo padre gli aveva affiancato. Non sarebbe tornato che il giorno dopo e c'era tutto il tempo per avvertirlo di quello che era successo perché non corresse pericoli.

Adesso si stava dirigendo ad avvertire Eldero. Lui avrebbe saputo che cosa fare. Thalena era convinta che quell'attacco non fosse che l'approccio a un obiettivo più grande e che, qualunque cosa avessero in mente quegli uomini, non era ancora finita. Pregò la sua protettrice, la Donna Ragno, di assisterla in modo che niente più di male arrivasse in capo a suo marito, a suo figlio e alla sua gente.

Per una serie di motivi decise di non dirigersi verso Flat Fields. Prima di tutto, quegli uomini sapevano chi era e senz'altro avrebbero pensato che quello era il posto più logico verso il quale si sarebbe diretta. In secondo luogo, la strada per il campo era lunga e difficile e inoltre Thalena sapeva che non ci avrebbe trovato suo padre. In quel periodo del mese Eldero saliva da solo alla montagna per parlare agli spiriti e invocare la loro protezione. Si fermava alcuni giorni in completo digiuno nel suo luogo sacro, che lei aveva visto una sola volta da bambina ma che sperava di saper ritrovare.

Per sua fortuna, il sole era ancora abbastanza alto e anche nell'intrico della foresta filtrava a sufficienza per fornirle un'indicazione precisa.

Fece fare una deviazione al cavallo, tenendo la luce sulla destra come punto di riferimento. Sapeva che gli zoccoli di Metzcal stavano lasciando sul terreno delle tracce che quell'Hopi era in grado di seguire senza problemi. A suo favore, poco sopra c'era un ruscello che Thalena aveva intenzione di risalire per un tratto, fino a un punto in cui avrebbe potuto uscirne avendo la garanzia di proseguire in una zona rocciosa.

Questo non avrebbe precluso all'indiano di scoprire prima o poi dove si era diretta, ma senz'altro lo avrebbe impegnato di più. Era solo un modo per guadagnare tempo e il tempo era il bene più prezioso in quel momento.

La pancia le dava un poco di fastidio e temeva che a causa dei sobbalzi potesse risentirne il piccolo. D'altronde non poteva impedirsi di correre per cercare aiuto. Aveva ancora negli occhi la visione di due persone trafitte come animali da una freccia e il grido spaventato di una ragazzina di tredici anni che...

Crescendo a fianco di un uomo come Eldero, Thalena era stata da sempre vicina alla sua saggezza, che gli derivava dagli uomini e dagli dèi. Come tutti gli indiani, sapeva che la morte era la parte contrapposta alla vita alla quale nessuno riusciva a sottrarsi. Come tutti loro, aveva imparato a convivere con la morte e a credere che era solo un ritorno verso Shimah, lo spirito della Terra da cui tutti gli uomini avevano avuto origine.

Tuttavia, la fede o la conoscenza non riuscivano a esserle d'aiuto mentre ripensava a quelle persone care che aveva lasciato stese senza vita in una casa che fino a poche ore prima era stata per tutti loro l'essenza della vita stessa.

Si concesse di piangere ora, perché sapeva che fra poco, di fronte a suo padre, non le sarebbe stato consentito farlo. Da quando era morto il suo unico figlio maschio, Eldero aveva riposto in lei tutte le aspettative che erano andate deluse con la scomparsa di Cochito.

Dopo, davanti a lui, non avrebbe pianto.

Ma adesso era solo una giovane donna in attesa del suo primo figlio alla quale degli uomini, senza che ne comprendesse il motivo, avevano tolto quasi tutto quello che possedeva. Lasciò che le lacrime le scorressero dagli occhi libere come la pioggia, che in quella terra di deserto e siccità, fuori dalla parentesi verde delle montagne, era considerata da tutti come una benedizione.

Vedendo il mondo attraverso il filtro dei rami e delle lacrime, raggiunse il ruscello. L'acqua che le usciva dagli occhi si mescolò all'acqua che scorreva ai suoi piedi e insieme lavarono via quell'attimo di scoramento.

Si costrinse a pensare a Colin, suo marito.

Il ricordo del suo viso le diede la forza che in quel momento le mancava. Doveva resistere e andare avanti, in modo che lui fosse orgoglioso del coraggio di sua moglie. Lei era la donna che lui aveva scelto e alla quale aveva dato il compito di mettere al mondo suo figlio, un figlio importante, che un giorno sarebbe stato un grande uomo e come tale avrebbe camminato in quel mondo con la fierezza e la saggezza di un capo.

Risalì il torrente fino a quando non raggiunse la zona alla destra del corso d'acqua dove si apriva il largo tratto roccioso sul quale gli zoccoli del cavallo avrebbero lasciato poche tracce difficili da decifrare.

Inoltre, quando fossero arrivati al ruscello, i suoi inseguitori avrebbero dovuto dividersi e percorrerlo nelle due direzioni per cercare di scoprire dove aveva toccato terra. Questo li avrebbe ancora di più rallentati. Si concesse un piccolo respiro di speranza e prima di uscire all'asciutto permise a Metzcal di abbeverarsi.

Adesso il percorso era più accidentato e non poteva permettere al cavallo l'andatura che la sua urgenza avrebbe voluto. Gli zoccoli risuonavano sulla pietra con un suono sordo che a Thalena sembrava più forte degli spari.

Nonostante tutti i suoi ragionamenti e la prudenza della sua condotta, non riusciva a impedirsi, ogni tanto, di voltare la testa e controllare il cammino alle sue spalle. Temeva da un momento all'altro di sentire rumore di zoccoli ferrati e di vedere spuntare dall'intrico degli alberi quattro cavalieri lanciati al suo inseguimento, guidati da un indiano che portava sul cappello una piuma e la morte come trofeo.

Proseguì finché non rientrò nella protezione della foresta. Dopo un tempo che le sembrò interminabile, raggiunse un tronco piegato a terra dalla forza del vento e dal peso della neve.

Quello era il segno che ricordava. Dopo aver costeggiato fino a quel punto la grande montagna mantenendosi sempre alla stessa altezza, fece una deviazione verso est e iniziò ad arrampicarsi in direzione della cima. Sapeva che su in alto, da qualche parte, c'era il luogo di meditazione di suo padre, il posto che Eldero definiva nel suo linguaggio segreto *Áá*, «Là». Tuttavia doveva prestare molta attenzione perché l'ingresso era nascosto in un gruppo di rocce che a uno sguardo distratto non ne lasciavano immaginare l'esistenza.

Era stata con suo padre in quel luogo anni prima, quando era solo una bambina. Ci era salita dividendo con lui la groppa di un cavallo. Nonostante la curiosità ingenua dell'infanzia, sentiva in qualche modo la sacralità del gesto che era chiamata a condividere. Quando erano arrivati alla meta, Eldero era sceso da cavallo ma l'aveva lasciata in arcione. Le aveva raccomandato, durante la sua assenza, di non posare i piedi al suolo per nessun motivo, come se la Terra in quel posto invece di essere una Madre fosse un pericolo.

Poi si era allontanato e dopo pochi passi verso l'alto era sparito in uno stretto passaggio fra due rocce. Se non avesse visto il corpo del padre entrare e dissolversi in quello spazio angusto, Thalena non avrebbe mai sospettato che in quel punto ci potesse essere un'apertura.

Eldero era stato via a lungo e, quando era tornato, il suo spirito, al pari del suo passo, sembrava più leggero. Era risalito a cavallo con agilità e le aveva circondato le spalle con le braccia.

Thalena aveva sentito i suoi vestiti ancora pieni del buio e del freddo della caverna e aveva avuto un brivido. Poi suo padre le aveva messo davanti al viso una mano aperta, sul cui palmo brillava un amuleto tondo in argento che riproduceva in un modo un poco approssimativo la figura di Kokopelli, il magico suonatore di flauto, il signore dell'abbondanza, quello che li avvertiva sdraiandosi sulla schiena dell'arrivo della carestia. Di certo era stato realizzato fondendo uno dei dollari d'argento che l'uomo che tutti chiamavano Washington aveva dato loro insieme alla terra.

Non vedeva il padre in volto ma aveva capito dal tono di quella voce profonda alle sue spalle che stava vivendo un momento importante.

«Questo è per te. Da oggi non devi toglierlo mai.»

L'aveva spinta leggermente in avanti e glielo aveva assicurato al collo con un piccolo laccio di cuoio. Lei aveva alzato le sue mani di bambina per sentire al tatto l'oggetto che scendeva appeso sul suo petto magro.

«Cos'è?»

«Protezione e fortuna. E tutto quello che tu credi che sia.»

Dopo quelle poche parole dai mille significati, aveva dato di sprone e si erano trovati sulla strada del ritorno. Thalena non era mai più tornata in quel posto che Eldero nella sua fantasia di saggio aveva battezzato semplicemente *Áá*, come se Là fosse il punto in cui iniziava e finiva il mondo. Parecchi anni più tardi, quando aveva sposato Colin, qualcosa le aveva ricordato quel pomeriggio. Dopo la cerimonia, suo marito le aveva chiesto la ragione e il significato di un dono di Eldero. Aveva aperto la mano e Thalena si era sentita proiettare indietro nel tempo vedendo sul palmo il luccichio di una piccola figura in argento quasi uguale a quella che ancora portava al collo.

Colin l'aveva guardata con i suoi occhi di ragazzo appena diventato uomo.

«Che cos'è?»

Le aveva rivolto la stessa domanda che lei aveva rivolto a un altro uomo tanto tempo prima. Gli aveva risposto con le stesse parole.

«Protezione e fortuna. E tutto quello che tu credi che sia.»

Si era alzata in punta di piedi e gli aveva allacciato al collo quell'amuleto.

«Da oggi non devi toglierlo mai.»

Colin aveva approfittato di quel gesto per cingerle la vita con le braccia e cercare di baciarla. Thalena si era ritratta con un sorriso compiaciuto, tra le risatine e gli ammiccamenti allusivi delle donne del campo che avevano assistito alla scena.

La strada adesso era fatta di luci e ombre, di tratti immersi nella foresta e di radure aperte ai raggi del sole. Continuò a salire finché alle sue orecchie non arrivarono le note morbide di un flauto di canna. Thalena si chiese chi potesse suonare una musica come quella in un luogo tanto sperduto, tuttavia decise di seguire l'indicazione che quelle note le fornivano. Passò con fatica attraverso dei cespugli intricati di rose di montagna che formavano una specie di barriera attorno a un gruppo di ontani.

Quando uscì allo scoperto, riconobbe il posto e lo vide.

Eldero stava seduto con le gambe incrociate su un masso. Teneva gli occhi chiusi e muoveva con agilità le mani sui fori del flauto che teneva in bocca. Era una musica lenta e dolce, dalla melodia semplice ma che sembrava comprendere ed essere compresa alla perfezione dalla natura che stava come in ascolto tutto intorno. Thalena si stupì moltissimo di quello che stava vedendo e sentendo. Non aveva mai saputo che suo padre fosse in grado di suonare. Non se lo sarebbe immaginato in nessun modo, e con quella capacità evocativa meno che mai.

Nonostante l'urgenza che sentiva batterle nel petto e nelle tempie, fece fatica a interrompere quel momento di contatto con qualcosa che riusciva solo a immaginare. Rimase per qualche istante in ascolto sul limitare di quello slargo roccioso, aperto come una ferita tra la vegetazione.

Poi Eldero sentì la sua presenza e aprì gli occhi.

La musica finì di colpo, lasciando solo il silenzio e i loro sguardi.

Da come si alzò, si accorse che suo padre aveva capito subito che qualcosa non andava. La sua presenza significava molte cose e nessuna poteva essere buona. Thalena spinse il cavallo a inerpicarsi fino al punto in cui il capo dei Navajos di Flat Fields stava in piedi, in attesa di sapere che cosa l'avesse portata fino a lì, con gli occhi già pieni del presagio.

Accettò senza vergogna il suo sostegno per scendere dalla groppa del cavallo.

Non appena toccò il terreno, il suo corpo sembrò svuotarsi di ogni energia e si appoggiò al conforto delle braccia del padre.

«Come hai fatto ad arrivare fino a qui?»

«Ricordavo la strada. Sapevo che ti avrei trovato in questo posto.»

L'espressione di Eldero si addolcì per un istante nel compiacimento per le qualità di quella figlia, così spiccate da non far rimpiangere quelle di nessun figlio maschio.

«Perché?»

«Sono tutti morti, *bizhé'*.»

Si sedettero l'uno accanto all'altra sul masso tiepido di sole e Thalena raccontò quello che era successo. Raccontò del giorno prima, quando quegli uomini erano venuti per la prima volta alla fattoria e di come Kathe li aveva cacciati minacciandoli col fucile. E poi raccontò, cercando di non far incrinare la voce dal pianto, di come erano tornati e di come avevano ucciso tutti i componenti della famiglia su cui avevano potuto mettere le mani.

Mentre stava per riferire di come si era salvata, sentì un dolore alle viscere, come se un ferro rovente le stesse attraversando le carni. Subito dopo, sentì l'interno delle cosce inondate di liquido. Capì che si erano rotte le acque e che il travaglio era iniziato.

Le arrivò una nuova fitta. Per resistere al dolore, si inclinò su un fianco, aggrappandosi alla spalla di suo padre. Mentre lui l'aiutava a sdraiarsi sul masso, Thalena pensò a Colin. Si disse che quel suo figlio dal carattere già ribelle aveva scelto il momento meno indicato per nascere.

30

Solo quando arrivò in prossimità del campo, Eldero vide i corvi.

In alto sopra Flat Fields giravano neri come profezie, disegnando virgole scure e spezzate in quello che restava d'azzurro nel cielo del tramonto. Sentì che quello che aveva temuto per tutto il tempo del suo spostamento da *Áá* fino al loro piccolo villaggio si era tramutato in realtà.

Nonostante si ripetesse che doveva essere prudente, non riuscì a impedirsi di spingere il cavallo al galoppo.

Quando erano iniziate le doglie, aveva assistito Thalena durante il parto. Era nata una bambina e lui e sua madre l'avevano aiutata a venire al mondo nella maniera che la pratica della vita nomade aveva insegnato loro. Dopo, l'avevano lavata con l'acqua del piccolo otre che Eldero teneva appeso alla sella del suo cavallo e l'avevano avvolta in una delle due coperte da capo che si portava appresso come simbolo del suo potere. Quando aveva visto che Thalena stava bene e che guardava con l'amore di una madre sua figlia nutrirsi al seno, si era alzato.

«Devo andare, adesso.»

Sia lui che Thalena sapevano che non era possibile fare altrimenti. Avevano già perso fin troppo tempo e questo poteva significare l'impossibilità di salvare delle vite.

«Vai. Io starò bene qui. Cerca Colin e digli di sua figlia.»

Le aveva lasciato le poche provviste di cui disponeva. Poi era uscito dalla caverna, era salito sul suo mustang ed era partito con tutta la velocità che il terreno permetteva e che il cavallo aveva nelle gambe. Per tutto il viaggio aveva continuato a chiedersi chi fossero quegli uomini e quale poteva essere la ragione di quell'inutile massacro. Dalle descrizioni di Thalena aveva individuato chi potesse essere l'Hopi che faceva parte di quel gruppo di assassini. One Feather era famoso sia per la sua abilità con l'arco che per la sua crudeltà e la sua indifferenza per la vita umana. Si raccontava che un giorno avesse tagliato i calcagni di un uomo, ci avesse infilato delle schegge di legno e poi lo avesse costretto a correre prima di ucciderlo. La presenza di One Feather fra le persone che avevano compiuto la strage lasciava il campo aperto a delle ipotesi che adesso il volo dei corvi riusciva solo a confermare.

Tenendosi al coperto tra gli alberi, giunse in vista del campo. Scese da cavallo e lasciò la bestia libera. Sapeva che non avrebbe fatto nulla che avrebbe potuto tradire la sua presenza. Si gettò a terra e spingendo davanti a sé il fucile si portò in una posizione in cui poteva con un solo colpo d'occhio abbracciare l'intero campo.

E vide solo dei morti.

Dappertutto, per un largo raggio intorno al piccolo gruppo di hogan, c'erano solo cadaveri. Uomini, donne, bambini, tutti sorpresi durante una normale e pacifica attività giornaliera e uccisi senza che avessero il tempo di reagire. Persino Bonito, il suo cane, giaceva riverso a terra. Riusciva a vedere anche da lì il suo corpo steso nell'erba, il pelo giallastro macchiato di sangue per una ferita poco sotto la spalla.

Cercò intorno segni che potessero rivelargli se chi aveva compiuto quel crimine fosse ancora nei paraggi. Dopo un poco si convinse che se ne erano andati, con ogni probabilità all'inseguimento dell'unica preda che ancora mancava alla loro furia.

Thalena.

Si alzò in piedi e uscì allo scoperto. Arrivò all'altezza della prima casa di fango e immediatamente il suo dolore divenne la sua collera. Mentre sfilava accanto al corpo di un bambino con la testa quasi scoperchiata da un colpo di fucile, promise a se stesso che i colpevoli di quell'eccidio avrebbero scontato la loro condanna tra sofferenze indicibili, in questa e nell'altra vita. Chiunque avesse potuto dar prova di tanta crudeltà non aveva diritto a una morte onorevole e a un'eternità di oblio. Nell'attraversarlo, passò accanto ai corpi di quelli che popolavano il suo piccolo villaggio. Erano tutte persone che conosceva da anni, che avevano fatto parte della sua vita e che speravano fosse di pace. E quando avevano avuto bisogno della sua protezione era lontano. Ora non poteva fare altro che essere lui a far parte della loro morte.

Si fermò un istante davanti al corpo di un uomo chiamato Little Joseph, uno dei più validi cavalieri che avesse mai conosciuto. Stava a terra, il petto squarciato da un colpo di arma da fuoco. Accanto alla mano destra c'era il suo coltello macchiato di sangue. Nella mano sinistra stringeva un brandello di stoffa, che sembrava un pezzo di una camicia da uomo.

Little Joseph doveva aver ferito uno degli aggressori, prima che questi avesse il tempo di estrarre la pistola e fargli quel buco nel petto dal quale gli spiriti avevano risucchiato la vita.

Eldero si chinò e raccolse dalla mano di un uomo morto quella piccola testimonianza del suo valore. Prese da terra il coltello sporco del sangue del suo assassino e lo pulì nella stoffa, che si macchiò per sempre di rosso.

Presto quel piccolo pezzo di tessuto gli sarebbe servito.

In quel momento qualcosa attrasse la sua attenzione, poco oltre il bordo esterno del campo, dalla parte opposta a quella da cui era arrivato lui. Si avviò di corsa verso il corpo steso a terra, sperando che i suoi occhi di uomo non più giovane lo avessero tradito e che in realtà non avesse visto quello che credeva di aver visto.

Ma quando arrivò all'altezza del cadavere, la sua vita ebbe un attimo di sospensione. Si disse che in quel momento sulla montagna c'erano due donne in attesa. Una non avrebbe mai più incontrato suo marito e l'altra non avrebbe mai conosciuto suo padre. Di fronte a lui, steso sulla schiena con gli occhi rivolti al cielo, il petto attraversato da una freccia, c'era il corpo di Colin Lovecraft, l'uomo bianco dagli occhi sinceri che sua figlia aveva sposato.

Si chinò sul cadavere del suo *baadaní*, suo genero. Gli passò le mani intorno al collo finché non sentì sotto le dita una striscia di cuoio. La fece scorrere sopra la testa di quel povero ragazzo e si trovò fra le mani l'amuleto d'argento con la figura di Kokopelli, uguale a quello che aveva dato un tempo a Thalena.

La pulì del sangue e la mise nella tasca del giubbetto.

Si rialzò sulle sue gambe di uomo.

Nonostante il dolore e la rabbia, a Eldero era rimasta freddezza a sufficienza per sentirsi perplesso. E la sua perplessità aumentò ancora di più quando poco oltre trovò il corpo dell'altro uomo bianco, quello che un giorno aveva detto di chiamarsi Stacy, quando era venuto a scambiare una promessa d'amore insieme a suo figlio. Lui era stato colpito alla schiena e dopo la morte era stato scotennato. A un paio di passi di distanza c'era un fucile e accanto al corpo c'era il cadavere di Many Steps, un altro degli uomini del suo campo, che stringeva ancora in una mano un coltello macchiato di sangue e nell'altra uno scalpo insanguinato.

Tutto sembrava troppo facile da capire per essere vero.

Cercando di ignorare le mosche e l'odore della morte, Eldero si sedette a terra con le gambe incrociate, raccolse la sua mente e chiese aiuto allo spirito che lo aveva sempre guidato. Un velo nero calò sui suoi occhi e per un istante vide...

...il vento portava l'odore dei cavalieri. Arrivavano da ovest, con il sole alle spalle. Sparavano prima di tutto ai pochi uomini presenti in grado di difendere il campo. Erano solo in quattro ma non avevano difficoltà ad avere ragione di loro, anche se Little Joseph riusciva a ferirne uno. C'era un indiano, che si muoveva freddo e rapido come la morte. C'era un uomo giovane, con la barba, che scendeva da cavallo e sembrava provare gioia nell'uccidere a sangue freddo tutte quelle persone inermi che correvano intorno a lui cercando di mettersi in salvo. Era lui che sparava al bambino e ancora lui che sparava a Bonito, il cane che era arrivato abbaiando con i denti digrignati ad assalirlo.

E poi era ancora lui che...

Com'era arrivata, la visione svanì, ma ormai Eldero aveva avuto le conferme di cui aveva bisogno. Thalena gli aveva detto che il suo *bizhá'ááð jílíní*, il padre di suo marito, era stato ucciso nella sua casa a molte miglia da lì. Non aveva parlato di Colin, ma Eldero aveva ragione di pensare che il ragazzo fosse tornato a casa guidato da una sorte cattiva. Era arrivato subito dopo la fuga di Thalena, appena in tempo per morire con la sua famiglia.

Ma se questo era avvenuto altrove, perché portare i cadaveri fino a lì?

E perché solo quelli dei due uomini?

Eldero conosceva gli esseri umani e sapeva di cosa erano capaci, talvolta. Una piccola luce si fece strada nel buio della sua ignoranza e a poco a poco divenne una luce forte abbastanza per rischiararla e dissolverla.

Forse riusciva a immaginare il motivo per cui quegli uomini si erano presi la briga di trascinare quei due corpi fino a Flat Fields.

Era tutta una messa in scena.

Le frecce che spuntavano dai corpi di Colin e suo padre erano frecce Navajos. Eldero era sicuro che, se fosse sceso alla casa dei bianchi a controllare quelle che avevano ucciso le donne, le avrebbe trovate uguali. Lo scopo era quello di far credere a un attacco della gente di Eldero in assenza dei due uomini e che questi successivamente, dopo esser tornati e aver visto quello che era successo, si fossero spinti fin lassù per ottenere la loro vendetta.

E che, durante il combattimento, tutti si fossero uccisi a vicenda.

Ecco il perché della presenza dei corpi dei due bianchi.

Ed ecco il motivo per cui nessuno doveva sopravvivere per raccontare una verità scomoda.

Se aveva visto giusto e lo scopo della finzione messa in piedi era quello, si trattava di un meccanismo che teneva la ragione come un arroyo l'acqua d'estate. Ma da quelle parti la giustizia dei bianchi, quando si trattava di indiani, non andava troppo a inseguire la volpe.

Specie quando c'era di mezzo l'uccisione di donne e bambini con la pelle chiara.

Quello che ancora gli restava ignoto era il motivo, ma rispetto a quanto era successo il motivo poteva anche essere dimenticato di fronte al desiderio di giustizia, quella vera, la sola possibile, la sola che desiderava applicare.

La sua.

Si alzò e tornò verso il suo cavallo, lasciando i corpi di quei poveri morti ai corvi. Si disse che i responsabili di quell'eccidio avrebbero pagato anche questo. Intanto, il sole stava calando oltre il bordo della grande montagna. Già l'aria era diventata più luminosa, come ogni sera quando si preparava ad assumere il colore della notte.

Aveva poco tempo.

Doveva fare in fretta, perché con il buio non sarebbe riuscito a seguire le tracce di quegli uomini. E lui voleva assolutamente trovarli. Ma sentiva il coraggio e il senso di giustizia combattere dentro di sé con la ragione.

Era solo e non poteva fare molto contro quattro uomini forti, decisi e bene armati. Non gli era concesso nemmeno di rischiare troppo perché, in quel momento, per Thalena e sua figlia era rimasto l'unico punto di riferimento.

Tornò alla macchia dove si era nascosto e trovò il mustang nell'esatto posto in cui lo aveva lasciato. Salì in groppa e prese a esaminare il lato ovest percorrendo linee parallele finché non trovò i segni del loro arrivo. Eldero sapeva distinguere meglio di chiunque altro le tracce che gli uomini e gli animali lasciavano a terra, quasi che la terra stessa si aprisse come un fiore all'alba per mostrare i suoi segreti a quel figlio così vicino alla sua essenza.

C'erano sul terreno impronte di quattro cavalli che scendevano lanciati al galoppo e nella loro sequenza c'era scritto tutto quello che era successo in quel posto. Gli zoccoli erano tutti ferrati, il che dimostrava che One Feather aveva assimilato senza problemi le abitudini dei bianchi. Dopo il massacro, due cavalieri si erano allontanati per andare a prendere altri due cavalli lasciati incustoditi tra gli alberi. Eldero vide le impronte circoscritte e pesanti della loro impazienza e della reazione impaurita agli spari. Poi erano tornati verso il campo guidando le bestie che sicuramente portavano i corpi dei due bianchi e che erano state impastoiate perché non fossero d'impaccio durante l'attacco.

Continuò a girare e infine trovò le tracce che i quattro avevano lasciato andandosene. Poco più in là c'era il corpo di una giovane donna che aveva cercato la protezione della foresta e che era stata colpita giusto prima di riuscire a raggiungerla.

Eldero la conosceva bene, come conosceva bene tutti.

Era la donna di Copper Pot, uno degli uomini che aveva affiancato al marito di sua figlia per la cura della mandria.

Scese da cavallo e raccolse una coperta che la donna aveva lasciato dietro di sé, forse per riuscire a correre più veloce. Chiedendo scusa alla morta, la raccolse e tornò con un movimento agile in groppa al cavallo.

Si allontanò senza voltarsi indietro. Dentro di sé pensava alla sua povera moglie, che era morta qualche tempo prima cercando in età non più giovane di mettergli al mondo un altro figlio maschio. Lei e il piccolo se ne erano andati insieme, come spesso succedeva in casi come quello. Aveva pianto la loro morte ma si disse che non avrebbe sopportato di vedere sua moglie e suo figlio stesi nell'erba massacrati dalla furia di un gruppo di assassini spietati.

Seguì le tracce che si dirigevano verso est, dalla parte opposta a quella da cui gli attaccanti erano arrivati. Dall'umidità della terra smossa capì che non dovevano avere un vantaggio eccessivo. Non aveva con sé ne acqua né cibo, ma questo non lo preoccupava minimamente. La pratica con la natura gli aveva insegnato a trovare nutrimento nei luoghi più impensati e il contatto con il suo spirito a ignorare le richieste del suo corpo. Continuò a seguire le tracce, perdendole e ritrovandole, finché non fu buio. Fece una piccola pausa, in attesa che la luna fosse abbastanza alta da fornirgli la sua luce pallida. Quando le pendici della montagna furono inondate di un chiarore che faceva tutto d'argento, si rimise in cammino, aiutato oltre che dalla luna anche dalla sua capacità di vedere nell'oscurità più profonda cose che nessun altro era in grado di vedere. Reggeva in mano il lembo di camicia insanguinata che aveva raccolto dalla mano rattrappita di Little Joseph. Questo lo poneva in contatto con chi aveva perso dalle vene quel sangue, *sentiva* come un legame la strada da percorrere per raggiungere quell'uomo.

E di conseguenza tutti gli altri...

Continuò per quasi tutta la notte, finché non vide sul fondo di una piccola valle che si apriva sotto di lui il tremolio di un fuoco tra gli alberi. Era stato acceso di certo in modo da evitare al massimo il riverbero, ma se ne stupì lo stesso. Quegli uomini dovevano sentirsi veramente sicuri di sé per permettere alle fiamme del bivacco di rivelare la loro presenza.

Il fuoco e l'acqua sono figli ribelli...

Questo disse la saggezza di Eldero, ma in quel momento fu contento che fosse così, perché in tal modo l'acqua e il fuoco diventavano suoi alleati. Scese da cavallo tenendo in mano la coperta che aveva preso alla squaw morta a un passo dalla salvezza. La tagliò con il coltello e avvolse gli zoccoli del cavallo.

Era una precauzione che gli avrebbe dato un piccolo vantaggio nel caso avesse dovuto attraversare un tratto roccioso. In ogni modo, a un certo punto avrebbe dovuto lasciare il mustang e proseguire a piedi, per evitare di mettere in allarme gli uomini accampati.

Avrebbe voluto avere con sé i guerrieri che guidava ai tempi i cui tutti erano liberi, molto prima che Barboncito morisse e Ganado Mucho prendesse il suo posto in quel suo ridicolo ruolo di capo comandato dai bianchi. E molto prima che Manuelito il Guerriero accettasse di diventare il condottiero di quella Polizia Indiana che non avrebbe mai assicurato alla giustizia nessuno degli assassini che aveva inseguito fino a lì.

In quegli anni lontani sarebbero scesi dalla montagna come le ombre della notte e in pochi istanti quegli uomini sarebbero morti e il giorno dopo il loro scalpo sarebbe stato appeso ad asciugare accanto alla porta dell'hogan della purificazione.

Allontanò da sé quel momento di rimpianto come una debolezza. Il passato era stato sepolto dentro la terra come un seme e bisognava muoversi raccogliendo solo i frutti del presente.

Eldero non pensava mai al futuro, per non dover pensare nello stesso tempo al destino della sua gente.

Lasciò il cavallo accanto al tronco di un enorme pino, avvolgendo semplicemente le briglie a un ramo basso. Quel semplice gesto avrebbe dato al cavallo l'ordine di non muoversi e lui non voleva, nel caso avesse dovuto andarsene con una certa urgenza, esser costretto a perdere tempo prezioso a sciogliere dei nodi.

Senza emettere il minimo rumore, si avvicinò alla luce del fuoco che vedeva poco sotto ammiccare tra gli alberi. Cercò di individuare il posto dove i quattro avevano assicurato i cavalli. Non temeva eccessivamente che le bestie lo sentissero arrivare. Prima di tutto era sottovento e poi era certo che quegli uomini abituati a uccidere e per questo a essere inseguiti, usassero dei cavalli addestrati a non rivelare la loro presenza.

Proseguì con una lentezza che solo la prudenza riusciva ad accettare. Finalmente giunse a una distanza sufficiente per poter osservare a suo agio gli uomini stesi intorno al fuoco.

E si disse che la sua prudenza era stata in parte inutile.

Accanto alle pietre erette a tronco di cono con una grossa lastra sulla sommità in modo da mascherare al massimo la luce, brillava il vetro di una bottiglia vuota. Eldero vide che era una bottiglia di whisky e capì che i quattro uomini addormentati nel tepore del fuoco erano completamente ubriachi.

Uno di loro addirittura russava come un maiale, con quei grugniti sordi che solo l'alcol può dare.

Eldero conosceva bene gli effetti di quel liquore e ricordava i danni che aveva portato a tutti gli indiani che ne erano caduti schiavi e che lo erano tuttora. Rendeva sciocchi gli uomini saggi, rendeva fragili come donne i guerrieri e rendeva coraggiosi in battaglia i pavidi, quel tanto che bastava per procurare loro una veloce e stupida morte.

Sentì una rabbia fredda montare dentro di lui. Quegli assassini erano così orgogliosi del loro misfatto da aver sentito la necessità di ubriacarsi per festeggiare. Erano così certi della loro forza da non immaginare che qualcuno potesse sfidarla.

E adesso, se avesse voluto, erano in suo potere...

Un tempo avrebbe imbracciato il fucile e li avrebbe uccisi tutti, uno per uno. O sarebbe morto nel tentativo di farlo. Adesso la saggezza doveva riempire il vuoto lasciato dagli anni trascorsi, altrimenti sarebbero trascorsi invano.

Thalena e la piccola erano sole sulla montagna e avevano bisogno di lui.

Per loro non doveva correre rischi. Specialmente ora, che aveva un'arma molto più efficace di un semplice colpo di fucile da usare contro quei maledetti.

Si distese a terra e osservò meglio la scena che gli si parava davanti.

One Feather era disteso su una coperta all'estrema sinistra del campo. L'Hopi dormiva riverso alla luce del fuoco, le guance butterate illuminate dal riverbero. Probabilmente aveva messo il cappello sul viso per proteggersi dal riflesso delle fiamme, ma muovendosi nel sonno lo aveva fatto rotolare poco più in là. Accanto a One Feather, messo di fronte rispetto al suo punto di osservazione, c'era un uomo che dormiva girato su un fianco. Eldero non riusciva a vederlo in volto ma riconobbe i vestiti. Era l'uomo giovane che nella sua visione sparava al bambino e a Bonito con dipinta in viso l'eccitazione per quello che stava facendo.

Frenando l'impulso di saltare subito in mezzo al campo e spaccargli il cuore con il suo coltello, Eldero fece scorrere lo sguardo per esaminare gli altri due.

Erano stesi uno accanto all'altro, in una posizione tale da dargli il fianco.

Uno dormiva a capo scoperto, con un braccio piegato sul viso a proteggere gli occhi. Non riusciva a vederlo bene in faccia ma non gli sembrava molto giovane. Sull'altro braccio, che teneva lungo il corpo, spiccavano la camicia strappata fino alla spalla e una fasciatura realizzata stracciando quello che restava della manica. La benda improvvisata era rosata dal suo sangue. Eldero capì che si trattava dell'aggressore a cui Little Joseph aveva fatto assaggiare la lama del suo coltello. Al momento era quello che gli interessava di meno. Di lui aveva già quanto gli serviva, per cui rivolse la sua attenzione all'altro.

Dal suo punto di osservazione era una sagoma avvolta in una coperta e nascosta sotto un cappello a tesa larga. L'uomo si era addormentato stringendo in mano il fazzoletto che di solito doveva portare al collo. Eldero si ritenne un uomo fortunato e non si chiese il motivo per cui lo avesse fatto. Forse perché temesse gli desse fastidio nel sonno o forse per qualche stupido scherzo tra uomini ubriachi.

O perché gli spiriti avevano guardato dalla sua parte.

Il particolare che lo interessava era che la mano si era aperta e ora quel piccolo lembo di tessuto rosso era alla sua portata.

Si avvicinò strisciando, chiedendo alla Terra di nasconderlo tra le sue braccia per quanto era possibile e di dargli come dono il silenzio e l'invisibilità. La Terra doveva aver ascoltato la sua preghiera, perché non il minimo segno della sua presenza arrivò agli uomini stesi.

Rimasero ignari a dormire, mentre un'ombra si avvicinava come senza esistere e protendendosi si impadroniva di due cappelli e un fazzoletto. Il senso di quel gesto divenne un trionfo nel petto di Eldero ma rimase senza significato per lo stupore argentato della notte.

Avrebbe avuto la sua giustizia e quegli uomini avrebbero pagato con la peggiore delle morti.

Portando il suo bottino uscì dal cerchio delle fiamme e poco dopo raggiunse senza problemi il cavallo, con un urlo di esultanza guerriera che gli percorreva silenzioso il petto. Mentre saliva in sella e si allontanava senza far rumore com'era arrivato, si disse che doveva fare in fretta.

Aveva ancora molta strada da fare, prima del sorgere del sole.

31

Quando Eldero arrivò in prossimità della caverna, il sole era già alto.

Nel percorso di ritorno non si era preoccupato di cancellare troppo le tracce, in funzione del vantaggio che ne avrebbe avuto. Quanto prima fosse arrivato ad *Áá*, tanto prima tutto sarebbe finito. Avrebbe solo avuto bisogno del tempo necessario per mettere in atto i suoi preparativi e da quel momento niente e nessuno avrebbe potuto interrompere quello che solo lui poteva iniziare.

Tutto si sarebbe compiuto in poche ore.

Dopo, di quegli uomini dall'anima nera come il posto che li aspettava sarebbe rimasto sulla terra solo il ricordo del male che avevano compiuto e per il quale avevano pagato il giusto prezzo.

Si avvicinò all'ingresso della caverna e chiamò il nome di sua figlia senza alzare troppo la voce. All'interno c'erano un arco e delle frecce che usava per cacciare quando saliva fin lassù. Thalena lo sapeva usare con una certa efficacia ed era ancora sconvolta per gli avvenimenti appena trascorsi. Non voleva che, oltre a tutto quello che aveva passato, avesse anche sulla coscienza la colpa di aver ucciso per errore suo padre. Inoltre riteneva la propria vita troppo preziosa per perderla prima di aver assolto il compito che si era prefisso.

Il viso di Thalena fece capolino tra le rocce. Quando si rese conto che il richiamo proveniva dalla voce di suo padre, uscì completamente allo scoperto. Eldero abbandonò il cavallo e in pochi agili passi la raggiunse.

«Come sta la bambina?»

«Bene. Hai visto Colin? Come mai non è salito con te?»

Eldero la guardò negli occhi senza dire una parola. Era lo stesso sguardo che le aveva rivolto quando le aveva dovuto annunciare la morte di suo fratello Cochito. Poi mise una mano nella tasca del giubbetto e tese alla figlia l'amuleto d'argento che aveva tolto dal collo di Colin.

Quando l'ebbe tra le mani, Thalena capì in un lampo ed emise un gemito soffocato. Spalancò occhi increduli e pieni di dolore e poi arretrò di un passo, mentre si portava una mano allo stomaco e l'altra alla bocca come se stesse per vomitare. Si girò di scatto e rientrò nella caverna. Eldero rimase fuori per darle agio di piangere quanto voleva, senza vergogna per la sua presenza. Attese per un tempo che alla sua fretta sembrò interminabile, pensando a quel giovane uomo al quale aveva concesso in sposa sua figlia e che gli dava una seconda volta la pena che si prova per la perdita di un figlio.

Eldero, Grande Capo della Nazione Navajo, per la prima volta nella sua vita da che era diventato uomo, si concesse il lusso delle lacrime.

Quando gli sembrò di aver dato a Thalena abbastanza tempo per piangere suo marito, si piegò di lato ed entrò anche lui nella caverna. La trovò addossata alla parete di roccia, seduta a terra con la bambina in braccio. La stava allattando, come se nutrire sua figlia fosse in quel momento l'unico gesto possibile per aggrapparsi ancora alla vita.

Thalena lo guardò con occhi puliti, senza lacrime. Se aveva pianto, nel suo sguardo non ne era rimasta traccia. Nella sua voce scorreva il coraggio con la forza di un fiume in piena.

«Si chiamerà Linda.»

Eldero pensò che lo spirito della Donna Ragno era presente nell'animo di sua figlia e sentì nel petto un moto di orgoglio. Sapeva che quello era il nome della piccola *bá'jíyéhé* bianca, la sorella del suo uomo.

Si disse che era giusto.

Per la vita di una donna consegnata alla notte, la vita di una donna venuta alla luce.

«Va bene.»

Attese che la piccola avesse finito di nutrirsi. Subito dopo la vide addormentarsi tra le braccia di sua madre. Thalena la fasciò per bene dentro la coperta e la pose con attenzione a dormire su un piccolo giaciglio che aveva realizzato con una pelliccia.

Poi si girò verso di lui. La sua voce era ferma.

«Com'è stato?»

Eldero sapeva a cosa Thalena si riferiva. Ma non era il caso di inorridirla con i particolari.

C'erano altre cose più urgenti da fare.

Scosse la testa per rafforzare le sue parole.

«Non c'è tempo. Devi andare, adesso.»

Thalena non chiese perché, chiese solo dove.

«Scendi la montagna e segui la pista a est. Devi proseguire verso Fort Defiance e raggiungere il campo di Herrero e dei suoi uomini. Lì sarai al sicuro.»

«Tu non vieni?»

«Sì. Ti raggiungerò appena possibile. Prima devo fare una cosa e devo essere solo per farla.»

Thalena non fece obiezioni. Sapeva che non era il momento dell'orgoglio. Se Eldero aveva detto quello, quello doveva essere. Raccolse le poche provviste e l'acqua e si preparò a partire. Prese in braccio la piccola avvolta nella coperta con le insegne di Eldero. Con una pelle di daino dipinta con figure rituali che stava a una parete della caverna fece un rudimentale marsupio per portarla appesa sul petto. Era certa che gli spiriti non avrebbero avuto niente da ridire se la loro immagine fosse stata usata per proteggere dal freddo e dalla sventura una giovane vita.

«Vado a prendere il cavallo.»

Eldero uscì dalla caverna e raggiunse il posto dove custodiva le bestie quando si ritirava sulla montagna per le sue meditazioni. Era una zona appartata, nascosta tra le rocce, dove erano abba-

stanza al sicuro dalla vista di chiunque si trovasse a passare per ca
so da quelle parti.

Accarezzò il muso di Metzcal per farlo stare tranquillo e calmare un moto di nervosismo. Poi gli gettò sulla schiena la sella leggera, la fissò e subito dopo assicurò al morso le briglie. Quando
tornò presso l'ingresso, Thalena era in attesa, con la bambina al
collo e lo sguardo già rivolto al viaggio che doveva compiere.

Eldero aspettò che scendesse fino a lui e le tenne la piccola
mentre saliva in groppa. Poi le tese quel minuscolo fagotto che era
sua nipote. Si assicurò che fosse ben salda al petto di Thalena e le
consegnò il suo fucile.

«Tieni. A me non servirà.»

Senza dire nulla, Thalena prese quell'arma come pegno dell'amore di un padre. Se per caso non si fossero più rivisti, quello era
l'ultimo momento che avrebbero avuto da ricordare. Si guardarono per un istante e nei loro occhi c'era tutto il rimpianto per quello che avevano perso.

Forse perché era appena diventata madre, Thalena sapeva
adesso ancora di più essere figlia.

«Vieni presto. Ti aspetteremo.»

«Vai.»

Thalena mosse la sua cavalcatura ed Eldero rimase in piedi di
fianco all'ingresso del suo rifugio segreto fino a che non la vide rivolgergli un ultimo sguardo prima di sparire tra gli alberi.

Poi rientrò deciso nella caverna e quando ne uscì reggeva in
una mano i cappelli, il brandello di camicia e il fazzoletto rubati
durante la sua scorreria della notte precedente. Nell'altra teneva
una ciotola di terracotta larga e bassa.

Appesa alla spalla come un'arma portava la sua borsa della
medicina, il segno del suo potere, il mezzo antico della sua ven
detta.

Appoggiò il suo carico al suolo e andò a raccogliere alcuni piccoli rami secchi al limitare della foresta. Li spezzò e li mise nella
ciotola. Aggiunse un po' di aghi di pino odorosi di resina e accese

il fuoco nel suo braciere improvvisato. Quando lo vide levarsi vivace, prese il coltello e tagliò un pezzo di ognuno dei due cappelli. Li tenne sospesi sulle fiamme finché non si incendiarono. Poi li lasciò cadere nel braciere. Lo stesso fece con un pezzo del fazzoletto e del lembo della camicia insanguinata che aveva trovato nelle mani di un morto a Flat Fields. Osservò il fumo scuro che si sprigionava da quei brandelli di stoffa mentre bruciavano con difficoltà. Dalla sua borsa della medicina prese un pizzico di polvere giallastra e la sparse sul braciere. Subito il fuoco si ravvivò. Il colore del fumo virò immediatamente verso il bianco sporco e si sparse per l'aria un leggero odore di zolfo.

Eldero rimase a smuovere con un bastoncino i residui e ad aggiungere altra polvere per aiutare la combustione fino a quando nella ciotola non rimase che cenere. Prese da terra una pietra arrotondata a un'estremità e usandola come un pestello la rese omogenea.

Rimase un istante a guardare il risultato, mentre ascoltava il suo cuore battere nel petto come un tamburo di guerra.

In quel momento, la cenere nel braciere comprendeva l'essenza di quattro uomini. Il sangue e il sudore e gli umori del loro corpo di assassini di donne, vecchi e bambini.

Non ci sarebbe stata pietà per loro.

Pose la ciotola davanti a sé e restò un quarto d'ora accucciato, con le gambe incrociate e gli occhi chiusi, pronunciando tra i denti una scarna cantilena, pochi versi ripetuti e sorretti dalla stessa melodia che Thalena aveva ascoltato uscire dal suo flauto. La musica era uguale ma le parole che la percorrevano chiedevano da parte di un figlio l'aiuto di Shimah, la Terra Madre di tutti gli uomini, per ottenere giustizia di un torto subito.

Nella sua mente passavano immagini del passato, momenti felici vissuti dalla sua gente all'inizio del tempo. Scene di vita e di caccia e d'amore e di danza, cieli azzurri e polvere del deserto, cespugli rotolanti nella spinta dell'aria e il verde della foresta, volti di uomini e di donne che erano già morti prima ancora che lui venisse al mondo ma che erano vissuti liberi in una terra che chiamavano con ogni diritto la loro terra.

A un tratto sentì come il levarsi di un vento, anche se l'aria intorno a lui era rimasta ferma. Ogni parte del suo corpo era avvolta da quel turbine immobile, al punto che ebbe per un istante la sensazione che si sarebbe alzato in volo, che sarebbe salito leggero nel turbine come una piuma per contendere all'aquila l'azzurro del cielo e la vista del mondo dall'alto.

Poi tutto si fermò e forse anche il tempo lo fece e il suo cuore che il tempo batteva.

Quando aprì gli occhi seppe che la sua preghiera era stata esaudita.

Guardò quella cenere figlia del fuoco e ricordo di uomini e seppe che ancora una cosa mancava.

Prese il coltello che aveva appoggiato in terra di fianco a lui. Lo impugnò saldamente e con la punta acuminata praticò un'incisione nel palmo della sua mano sinistra. Non provò alcun dolore mentre la lama scavava quel solco nella sua carne.

Il suo sangue venne fuori rosso di furia a conoscere il mondo.

Eldero tenne la mano sospesa sopra il braciere di terracotta e lasciò che alcune gocce cadessero a impregnare la cenere che stava sul fondo.

Adesso il patto era compiuto. Mancava solo un gesto e poi l'ombra nutrita dal seno della Terra sarebbe salita a portare agli uomini la sua giustizia. Sentendo dentro di sé l'esultanza e la tristezza per il suo potere, Eldero si alzò in piedi e portando con sé la borsa e il braciere rientrò nella caverna.

32

One Feather aveva paura e non riusciva a decidersi a uscire dal suo nascondiglio.

Aveva visto la donna allontanarsi a cavallo con un bambino al collo e l'aveva lasciata andare senza nessun tipo di problema. In quelle condizioni non sarebbe riuscita a viaggiare veloce e in poco tempo l'avrebbe raggiunta. Anche se lei aveva un fucile, ucciderla sarebbe stato facile come tutte le cose prive di onore.

Era arrivato in quel posto sulle montagne senza difficoltà. Quando la notte prima si era svegliato al campo con la vescica piena e la bocca ancora impastata per l'effetto del whisky, prima di alzarsi da terra e allontanarsi per orinare aveva teso la mano d'istinto a cercare il cappello.

Non lo aveva trovato. Si era messo a sedere e si era guardato intorno stupito. Eppure ricordava benissimo, nonostante i fumi dell'alcol, di averlo appoggiato sul viso, prima di cadere addormentato. Lo aveva cercato e aveva notato che anche il cappello di Wells mancava. Non lo usava mai per coprirsi la faccia dall'umido durante le notti di bivacco. Quell'uomo aveva una cura maniacale del suo copricapo. Ogni notte lo teneva appeso al pomo della sella messicana che usava come cuscino e lo sfregava di continuo con la manica della camicia per togliere via la polvere dall'argento dei fregi.

E adesso il pomo di quella sella era vuoto.

Anche il fazzoletto che Scott Truman aveva sventolato la sera prima fra le risate di tutti fingendo che fosse uno scalpo era sparito. Si era addormentato stringendolo fra le mani, bofonchiando qualcosa di indecifrabile ma che sembrava una specie di minaccia per chiunque osasse toccare il suo trofeo.

Di colpo One Feather si era sentito sveglio e lucido.

Aveva preso il fucile e si era alzato facendo scorrere lo sguardo nel buio tra gli alberi, oltre il cerchio visibile delimitato dalla luce del fuoco. Aveva toccato leggermente con la canna il fianco di Wells, che dormiva sulla sinistra rispetto a lui. Lui aveva aperto gli occhi subito e lo aveva guardato senza sorpresa, già vigile. La sua voce non recava traccia della sbornia della sera precedente.

«Che succede?»

«C'è stato qualcuno.»

Da sotto la coperta era emersa subito la sua mano che impugnava la Remington. Aveva masticato tra i denti una bestemmia e un attimo dopo erano in piedi tutti e due, proteggendosi le spalle a vicenda, le armi spianate e pronte a sparare. Era più che altro un riflesso condizionato. Entrambi sapevano che se qualcuno si era aggirato intorno al campo avrebbe avuto modo di ucciderli a suo piacimento mentre erano addormentati e senza difesa. Se non l'aveva fatto in quel momento, era abbastanza improbabile che fosse rimasto nei paraggi per sparare loro addosso quando erano ormai in allarme.

Dopo aver preso un tizzone acceso dal fuoco, One Feather aveva scavalcato il corpo di Ozzie che dormiva russando e si era mosso per alcuni passi, scrutando con attenzione il terreno con l'aiuto di quella esile fonte di luce.

«Qui. Vieni.»

Wells lo aveva raggiunto e lui gli aveva indicato al chiarore di quella torcia improvvisata un'impronta al suolo.

«Non sono stivali dei bianchi. Mocassini. Un uomo solo.»

Si erano guardati intorno. Poi, mentre Wells tornava accanto al fuoco a svegliare i compagni di viaggio, aveva esplorato i paraggi finché non aveva trovato il posto dove il loro visitatore notturno aveva lasciato il cavallo.

Qui era stato certo che si trattava di una sola persona.

Quando era tornato accanto al fuoco, un leggero chiarore a est disegnava tra gli alberi il contorno delle montagne. Adesso anche gli altri due erano in piedi e svegli e lo guardavano con occhi rossi e cisposi.

«Trovato qualcosa?»

Truman gli aveva rivolto la domanda facendo strusciare a fatica la lingua nella bocca impastata.

L'aveva ignorato e si era rivolto direttamente a Wells.

«Avevo ragione. Un uomo solo. E un cavallo senza ferri.»

Quel bianco che sapeva essere crudele quasi quanto lui aveva girato la testa verso la prima luce dell'alba.

«Tra poco ci sarà luce a sufficienza per seguire le tracce.»

Si erano guardati negli occhi. Wells aveva detto le parole che si aspettava da lui.

«Vai e uccidilo. Ci vediamo a Pine Point.»

Senza aggiungere altro, aveva raggiunto il posto dei cavalli ed era partito seguendo una pista ignota, che aveva alla fine come unica certezza la morte di un uomo. Le tracce erano evidenti e facili da leggere. Erano quelle di un uomo che non si curava di essere seguito e gli avevano facilitato parecchio il compito.

Le tracce lo avevano portato fino alla caverna nascosta tra le rocce. Non si era stupito nemmeno più di tanto nello scoprire che il visitatore notturno era Eldero. Solo, si era sentito pervaso da un sottile malessere. Quello doveva essere il suo luogo sacro, il posto in cui parlava agli spiriti. Tutti gli uomini di medicina ne avevano uno e One Feather sapeva che il vecchio Navajo era un *brujo* tra quelli più potenti.

Da un punto nascosto tra i cespugli, dopo che la ragazza se ne era andata, lo aveva visto tagliare con il coltello il suo cappello, quello di Wells, il fazzoletto di Truman e quello che sembrava un lembo della camicia di Ozzie. Ne aveva ricavato dei pezzi che aveva messo a bruciare in una ciotola di terracotta.

Era certo che stesse compiendo una delle sue magie.

C'era qualcosa di tenebroso in quel cerimoniale, qualcosa che mentre guardava sentiva correre nello stomaco e nelle gambe e nella testa. Mai nessuno era stato testimone dei riti segreti degli sciamani. One Feather conosceva la paura e sapeva come fare per vincerla.

Ma non quella.

Dal suo punto di osservazione avrebbe potuto mettere fine a tutto e spaccare il cuore a Eldero con una freccia sicura. Ma sapeva di trovarsi al cospetto di qualcosa che non poteva essere fermato con una freccia o un colpo di fucile.

Di certo Wells lo avrebbe deriso dei suoi timori e gli avrebbe chiesto se si stava trasformando in una stupida squaw. Ma Wells era solo un bianco e non aveva mai visto e dunque non poteva sapere.

Dopo che Eldero ebbe finito la sua pratica sconosciuta e fu scomparso nella caverna, lasciò trascorrere qualche istante prima di decidersi a seguirlo. Quando riuscì a farlo, fu solo perché la paura di essere chiamato vigliacco era più forte del timore oscuro che Eldero suscitava in lui.

Lasciò a terra l'arco e le frecce e si avviò verso l'ingresso dell'antro armato solo del coltello. Aveva appena visto il punto in cui Eldero si era infilato tra le rocce, eppure fece lo stesso fatica a trovarlo, tanto era nascosto.

Rimase qualche istante in attesa, tendendo l'orecchio.

Dall'interno proveniva il suono lento e sinuoso di un'antica litania cantata a mezza voce. Non riusciva a capire le parole, ma la voce di Eldero gli diede i brividi. Era la voce di un uomo in contatto con qualcosa che tutti gli altri esseri umani potevano solo immaginare nella sua forza e temere per la loro debolezza. La sua mano strinse l'impugnatura del coltello, come per attaccarsi all'unica certezza che aveva in quel momento.

Poi si girò di lato e infilò il corpo nello stretto passaggio.

Dopo pochi passi in un cunicolo scuro e angusto, raggiunse il corpo centrale della caverna, che si sviluppava verso destra rispetto all'ingresso. Si era aspettato di trovarsi al buio o tutt'al più la strada rischiarata dal bagliore di qualche torcia predisposta da Eldero. Invece, con sua grande sorpresa, si trovò nella luce. Da qualche parte, un'apertura dall'alto faceva filtrare pochi esili raggi di sole. E le pareti di arenaria li rifrangevano realizzando una specie di illuminazione naturale.

Si fermò un istante, nascosto dietro a una sporgenza formata da un grande masso che lo proteggeva alla vista e che prolungava sul lato destro il cunicolo d'ingresso. La voce di Eldero adesso era più forte ma ancora le parole della sua nenia erano incomprensibili. One Feather si rese conto che non si trattava di nessuna delle lingue indiane che conosceva. Probabilmente era un canto nella lingua degli antichi, quelli che avevano popolato la Terra prima di loro e che avevano lasciato la loro eredità di saggezza a pochi eletti per i giorni a venire.

Quel canto portava dentro di sé un cupo presagio di morte. E non era la morte che un uomo può dare a un altro uomo o da un altro uomo ricevere. Era il buio di una notte senza luna e senza stelle, ma soprattutto senza la promessa dell'alba.

Fece un profondo respiro e si sporse con cautela oltre il bordo di roccia.

Eldero era seduto a terra con le gambe incrociate, la schiena rivolta all'ingresso. Il suo corpo ondeggiava avanti e indietro come se la voce non provenisse solo dalla sua bocca ma dal suo essere intero.

One Feather non riusciva a scorgere quello che Eldero teneva a terra davanti a sé. Solo, a un certo punto, lo vide sollevare la ciotola di terracotta in cui stava la cenere prodotta durante lo strano rito compiuto all'esterno.

Quando Eldero abbassò le braccia e chinò il capo, One Feather si decise a entrare in azione. Lasciò il suo riparo e muovendosi silenzioso come se non avesse corpo, arrivò alle spalle di Eldero. Gli afferrò la testa con la mano sinistra e, chiedendo perdono agli spiriti, con la destra gli tagliò la gola.

Il canto si interruppe di colpo.

L'uomo che aveva ucciso cadde sul fianco sinistro, il sangue che sgorgava a fiotti dalle arterie tagliate a bagnare la terra. Prima di morire, Eldero ebbe la forza di girarsi, come per controllare l'identità del suo assassino.

Quando vide di chi si trattava, non sembrò sorpreso. Fece soltanto una cosa che portò un lungo brivido a correre su tutto il corpo di One Feather.

Sorrise.

Un istante prima di chiudere gli occhi e iniziare il suo viaggio verso il regno dei morti, gli lasciò come unico messaggio quel sorriso beffardo che rimase sul suo viso anche dopo che il suo spirito se ne fu andato.

One Feather si rialzò di scatto. Di colpo sentì il freddo percorrergli la carne e le ossa. Non avrebbe preso lo scalpo di quell'uomo che giaceva morto ai suoi piedi. Non ne avrebbe avuto alcun onore e sentiva che se lo avesse fatto la cattiva sorte avrebbe camminato di fianco a lui sulla pista fino alla fine dei suoi giorni.

Anzi, prima avrebbe lasciato quel posto e prima...

Poi vide quello che Eldero aveva davanti a sé.

A un passo dal corpo steso a terra, appoggiato su una roccia piatta, c'era un grande vaso di metallo giallo. One Feather si rese conto subito di che cosa si trattava. Il vaso era fatto di quello che i Navajos chiamavano *óóla* e che i bianchi nella loro avidità adoravano col nome di oro. Attorno al bordo correvano dei segni in una lingua che One Feather non riusciva a leggere. La poca luce giocava sulla superficie lucida. Bastava che muovesse leggermente la testa e il riverbero disegnava riflessi dal colore caldo e gradito agli occhi come quelli del grano maturo.

L'interno era pieno di una sabbia bianca, che dall'aspetto pareva finissima, quasi impalpabile. Sulla superficie spiccava la macchia scura della cenere che Eldero aveva versato dal braciere di terracotta. Erano i segni della vita e della morte, il bianco dell'alba e il buio della notte, il riflesso del sole sull'acqua e l'addio quando sparisce nelle profondità della terra.

Si avvicinò con il timore e la riverenza che un oggetto sacro ispira. Ma era stato troppo a lungo a contatto con i bianchi per non essere stato contagiato dalla loro stessa cupidigia.

Mise entrambe le mani sotto il vaso. Portava negli occhi, insieme al riflesso dell'oro, l'illusione della ricchezza che lo attendeva fra gli uomini.

Non riuscì mai a sollevarlo da terra.

Di colpo si ritrovò cieco, mentre una fitta insopportabile percorreva la sua testa con la lama di mille pugnali arroventati. Cadde sulle ginocchia, senza altra memoria che quel dolore che mai nell'esistenza di un uomo qualcuno aveva provato.

Non vide una leggera pioggia di terra cadere dal soffitto della caverna. Non la sentì coprire i suoi vestiti e le sue mani come un velo sottile. Sentiva solo nella carne quel dolore inumano con i suoi mille e mille e mille pugnali roventi e di fronte al quale anche la ragione cercava rifugio nella follia.

Scivolò a terra implorando dentro di sé una pietà che sapeva non ci sarebbe stata.

Tutto era durato pochi istanti. Ma quando la morte arrivò a portare il suo buio sollievo, gli sembrò che per quel viaggio avesse impiegato un tempo interminabile.

Áną'í

Il nemico

33

Nella caverna rimasero quattro persone mute.

Nessuno sembrava in grado di uscire da quel silenzio che escludeva qualsiasi certezza e lasciava spazio solo all'immaginazione più scura e a un sabba di ipotesi, una più folle dell'altra. Sembrava che il tempo fosse un particolare riferibile soltanto alle rocce intorno e alle radici che sbucavano dal soffitto della grotta e alla polvere sotto le scarpe. Ma non a quegli esseri umani in piedi accanto alla testimonianza di un crimine troppo vecchio e troppo difficile da decifrare.

Robert fu il primo a riaversi, davanti al teschio ghignante e frantumato del cadavere steso a terra.

«Cristo santo, c'è da diventare pazzi. Charlie, in nome del cielo, cosa significa tutto questo?»

Il vecchio Charles Owl Begay sembrava il più colpito da quella scoperta. Il viso era un blocco di pietra in cui le rughe sembravano scavate dalle lacrime.

«È una storia vecchia e incredibile. Una storia che non ha senso. O almeno credevo...»

Jim gli mise una mano sul braccio.

«Per quanto incredibile, adesso mi sembra il caso che tu provi a spiegarla, Charlie.»

Charlie si guardò intorno e poi scelse di sedersi su uno spuntone di roccia, prima di continuare il racconto.

«Per capire, bisogna andare indietro nel tempo. Al mito Navajo della creazione.»

Se capire era la cosa più difficile, spiegare era senz'altro la più faticosa.

«Secondo la tradizione, l'universo è concepito come una serie di mondi sovrapposti. All'inizio del tempo, nel primo di questi viveva in pace e in assoluta beatitudine il Popolo degli Insetti. Era composto da una dozzina di creature, maschi e femmine. Erano le libellule, le formiche, il maggiolino, lo scarabeo, la lumaca e le locuste. Vivevano nell'unica isola di quel mondo al centro della terra, immersi nella luce rossa che arrivava dal cielo, sotto la protezione di quattro dèi benevoli. Ma il Popolo degli Insetti era dedito alla fornicazione e all'adulterio, e quando gli dèi se ne accorsero, furono cacciati.»

Jim conosceva quella storia. Era il mito eterno del Paradiso Terrestre, del luogo meraviglioso che la stupidità e la smania di potere trasformavano in un ricordo precluso.

«Da un foro nella volta del cielo sbucarono nel mondo superiore, il mondo blu, abitato dal Popolo delle Rondini, dove tutte le case avevano l'entrata dal tetto. I nuovi arrivati andarono incontro alle Rondini con parole di fratellanza e le Rondini benevole come tali li accolsero. Ma dopo ventiquattro giorni il loro capo si accorse che un Insetto aveva sedotto la sua sposa. Furono cacciati anche da questo nuovo mondo e seguendo i consigli del Vento riuscirono tra mille difficoltà a raggiungere un ingresso al mondo superiore, il mondo giallo.»

Charlie chinò una mano a terra e raccolse un pugno della polvere fine che costituiva il pavimento della caverna. Mentre parlava la lasciò scorrere con un movimento fluido tra le dita.

«Qui abitavano le Cavallette e il rapporto del Popolo degli Insetti con loro non fu molto diverso dai precedenti. Anche da questo nuovo mondo furono costretti a fuggire e a raggiungere il mondo superiore, il mondo nero.»

Il pugno era vuoto, la sabbia finita.

«Era un mondo privo di sole, di luna e di stelle. Qui incontrarono degli uomini e delle donne che dissero loro di essere Kisani e gli mostrarono campi di mais, zucche e fagioli coltivati con cura nei dintorni dei villaggi. Li invitarono a fermarsi in quei luoghi e con loro il Popolo degli Insetti corresse il suo stile di vita e visse a lungo in pace. Poi un giorno apparvero loro quattro divinità dal corpo colorato. Una era rossa, una blu, una giallo e una nera. Fecero diversi prodigi ma il più importante fu la creazione, da una spiga di mais bianco e da una di mais giallo, di Primo Uomo e Prima Donna. Questi popolarono il mondo e il centro di partenza della civiltà è rappresentato da quel simbolo che è stato ripreso dai nazisti per la loro svastica, a significare il punto da cui tutto si è diffuso.»

Charlie fece una pausa. In qualsiasi altra situazione l'impazienza dei presenti avrebbe cercato di fargli saltare quei preamboli relativi a cose che più o meno erano a conoscenza di tutti. In quel momento, però, la voce del vecchio ricreava intatto in quella grotta il fascino dell'intera memoria di un popolo. Nello stesso tempo svegliava qualcosa con la quale non erano del tutto certi di volersi confrontare.

«Questa è la storia dei mondi sovrapposti. Ma al centro esatto di questi mondi c'era e c'è quello che viene chiamato Shimah, lo spirito della Terra. E attraverso quei passaggi comunica con l'esterno e comanda ogni cosa. Tutto quello che esiste in superficie, ogni sasso, ogni pianta, ogni corso d'acqua, ogni nuvola obbedisce alla Madre Terra e allo stesso modo crea il suo volere.»

Robert rimase in silenzio e si spostò di qualche passo verso l'uscita mentre estraeva dalla tasca il pacchetto del tabacco e le cartine.

April per la prima volta fece sentire la sua voce.

«Ma questa è solo una leggenda senza nessun fondamento. Che c'entra con Eldero?»

Charlie la guardò con occhi disillusi, come si fa con chi rifiuta di credere all'evidenza.

«Nessuna leggenda è senza fondamento, April. Eldero era un capo. Un capo molto influente anche se si era ritirato dalla vita pubblica e aveva scelto di vivere in pace con la sua piccola tribù sul territorio conosciuto come Flat Fields. Ma era anche un *brujo*, un uomo della medicina, un uomo cantante, chiamatelo come volete.»

Tutti sapevano quello che Charlie intendeva dire e nessuno chiese ulteriori spiegazioni.

«E con Shimah poteva parlare e poteva sentirlo rispondere. I racconti su di lui dicono che possedesse la Polvere dei Morti e fosse in grado di modellare e far vivere la sabbia, quella che secondo il mito rappresenta le ossa frantumate della Terra. Questo gli aveva dato un grande potere. E il suo potere aumentò quando venne in possesso del vaso.»

«E da dove arriva questo vaso?»

Charlie scosse la testa.

«Nessuno lo sa. Alcuni dicono che sia arrivato con gli Spagnoli e che sia il frutto delle loro scorrerie nell'America del Sud. Altri affermano che sia apparso direttamente a Eldero come dono di Shimah. Ma nessuno in realtà lo aveva mai visto. È un oggetto che nell'immaginario collettivo ha la stessa consistenza del Santo Graal. È una leggenda, e in quanto tale è confusa e decifrabile a fatica.»

Jim era incantato dalla proprietà di linguaggio di Charlie. Da quando lo conosceva non lo aveva mai sentito fare un discorso tanto lungo. Stava scoprendo solo ora quante meraviglie nascondesse la mente di quell'uomo che nella sua vita aveva sempre fatto di tutto per risultare invisibile.

April lo incalzò, intimorita ed eccitata insieme. Jim si chiese quanto il mestiere di giornalista potesse spingerla oltre il limite della sua paura di essere umano.

«E in cosa consisteva questo potere?»

Charlie per il momento non rispose. Si limitò a indicare i due cappelli appoggiati a terra. Uno portava come ornamento i resti di una piuma mangiata dall'umidità e spezzata verso la base. L'altro aveva intorno alla calotta un nastro decorato con dei fregi d'argento. Ognuno dei due cappelli era mancante di una porzione della tesa, come se fosse stata tagliata via di netto da un coltello affilato. C'era poi un brandello di un vecchio fazzoletto rosso e un pezzo di stoffa con una macchia scura al centro.

Charlie allungò una mano verso il frammento, lo prese e lo annusò. Lo tenne tra le dita con noncuranza, come se quell'esame sommario gli confermasse solo qualcosa che sapeva già.

«In ogni oggetto che un uomo possiede, in ogni indumento che indossa resta un poco della sua anima, una traccia della sua essenza vitale...»

Una pausa di un istante per mostrare a tutti il lembo di stoffa che rigirava tra le dita. Poi lo gettò di nuovo a far compagnia agli altri reperti.

«Del suo sangue. Il rito che Eldero ha compiuto qui, nel suo luogo sacro, è stato per vendicarsi di chi aveva ucciso la sua gente e la famiglia di sua figlia Thalena. Non so come ne sia venuto in possesso, ma sono certo che quegli oggetti appartenessero proprio a quegli uomini.»

Diede il tempo alle persone che seguivano attonite il suo racconto di realizzare i fatti fino a quel punto.

«Ecco che cosa è successo.»

Tutti si resero conto che Charlie non era più nella grotta con loro, ma stava rivivendo nella sua mente quello che era capitato in quello stesso posto più di cento anni prima. Qualcosa di indefinibile ma che la presenza dei due corpi in quella posizione stava a testimoniare.

«Eldero ha davanti a sé il vaso. Prende alcuni pezzi degli oggetti appartenuti agli uomini che vuole colpire. I cappelli, il fazzoletto, il lembo di camicia sporco di sangue. Li brucia in questa ciotola di terracotta che vedete a terra e unisce la cenere che ottiene alla sabbia che c'è nel vaso. Sta per concludere il rito ma quest'uomo lo sorprende e lo uccide prima che riesca a portarlo a termine.»

April aveva gli occhi lucidi e parlò con l'espressione di chi non riesce a frenare le parole.

«Che scopo aveva il rito? E che cosa c'era dentro al vaso?»

Il vecchio si strinse nelle spalle, come se una stanchezza improvvisa fosse arrivata a ricordargli la sua età.

«Non ha un nome preciso e nello stesso tempo ne ha molti. Il Guerriero Silenzioso, il Dormiente, il Figlio della Terra. Ma quello che più lo comprende è *Chaha'oh*.»

«E cosa significa?»

Jim rispose al posto di Charlie. Mentre lo faceva gli venne in mente il discorso che il vecchio gli aveva fatto il giorno prima. E si chiese se fosse stata solo una combinazione.

«*Chaha'oh*. L'Ombra.»

Charlie lo guardò assentendo con il capo.

«Sì, l'Ombra. È la Terra stessa che la genera e che la nutre e che le dà forza. Si muove senza sforzo e riesce a raggiungere ogni posto in cui la Terra è presente. Dalla Terra sale e nella Terra rientra e nei suoi recessi si nasconde. Come l'ombra di un uomo non può esistere senza l'uomo che l'ha generata, così *Chaha'oh* non può esistere senza la Terra. E il rito aveva lo scopo di portarlo in vita. Ma non è stato possibile…»

Fece un gesto vago che portava il senso spesso derisorio dell'ineluttabile. Poi si chinò di nuovo e prese un altro pugno di polvere da terra. A tutti quel gesto così semplice sembrò carico di minaccia.

«Il tempo è passato ma la forza di Eldero non è scomparsa. È solo rimasta addormentata in attesa che qualcuno arrivasse a risvegliarla. Quando Caleb è entrato nella caverna ha trovato un vaso prezioso pieno di qualcosa che per lui era solo sabbia e cenere. Per portarlo via ha rovesciato il suo contenuto a terra. E il cerchio si è chiuso. L'Ombra è stata creata.»

Jim si fece avanti, prevenendo la domanda che forse April non aveva il coraggio di fare.

«E qual è il compito di questa ombra?»

Charlie lo guardò un istante, come sorpreso che non avesse ancora capito. Poi disse una sola parola che passò a fil di spada tutti i presenti.

«Uccidere.»

Lasciò di nuovo a tutti il tempo di capire, il tempo di credere o non credere, il tempo interminabile che solo l'ignoto può generare. Infine indicò con la testa il cadavere steso a terra.

«E per primo ha ucciso quest'uomo.»

Jim si accucciò a terra ed esaminò attentamente il cadavere.

«Ma questo non è come gli altri. Come mai questo ha solo la testa e non tutto il corpo fatto a pezzi?»

«È difficile da spiegare. Quel vaso è nello stesso tempo una libertà e una prigione. Quello che c'era dentro, qualunque cosa fosse, non aveva la possibilità di andarsene. Probabilmente quest'uomo ha visto il vaso e per sollevarlo ci ha solo messo sopra il viso. Ed è bastato…»

Nel silenzio che seguì, ognuno ebbe modo di figurarsi secondo i propri dèmoni personali la scena di quella morte. April fu la prima a svegliarsi dall'ipnosi e si ribellò a quella verità con tutta la razionalità di cui disponeva in quel momento. Di certo non rientrava nelle sue intenzioni, ma aveva nella voce una leggera nota stridula.

«No, aspettate un attimo. Voi mi dovete spiegare che cosa significa tutto questo. Se c'è ancora un solo briciolo di senso logico in giro o si è perso del tutto. E mi avete anche chiesto una promessa formale di non scrivere nulla a proposito di questa storia. Ma cosa pensate che succederebbe se la scrivessi? Sentireste le risate dei miei colleghi da una costa all'altra. Dopo sarei costretta *io* a pagare il più scalcinato giornale d'America per poter buttare giù anche solo i necrologi.»

Jim si rivolse a Charlie con il tono evidente di chi non vuole ferire e che finisce per ottenere proprio l'effetto che intendeva evitare.

«Charlie, devi ammettere che questa storia è proprio difficile da accettare.»

Il vecchio sorrise e nonostante tutto Jim si sentì un idiota. Dovette ammettere che era un modo molto efficace per rimandare all'origine un colpo subito.

«Lo so. È molto più facile credere alle tue macchine che volano e alla magia di un computer che ti porta in un posto che non esiste chiamato Internet o di un apparecchio televisivo che ti fa vedere quello che succede dall'altra parte del mondo.»

April si intromise. Dopo lo sfogo precedente si sentiva in colpa e adeguò il suo tono a quello più soffice della conversazione.

«Quelle sono cose per le quali c'è una spiegazione.»

Charlie si girò di scatto, come se avesse quella risposta pronta da tempo.

«Per tutte le cose c'è una spiegazione. Sempre. Però non sempre è la più facile da accettare. È la paura che lo vieta, anche quando l'evidenza lo impone. Non ci credo dunque non esiste. Come se non credere agli elicotteri impedisse loro di volare o non credere nei televisori impedisse loro di mostrare le immagini.»

Chinò la testa a terra ma Jim si rese conto che continuava a parlare con lui, nel modo in cui avrebbe dovuto e voluto fare da anni.

«Le cose non sono così semplici, Tre Uomini. Non lo sono mai state. Scegliere la strada più facile è solo un modo un poco più onorevole per fuggire.»

Charlie si alzò in piedi e a Jim sembrò di colpo stanco. Non per la fatica o per il timore di quello che stava fronteggiando ma della sua delusione di vecchio indiano.

«Adesso puoi uscire di qui e fare finta che niente sia successo. Stasera ci sarà un programma in televisione, un elicottero che ti può portare dove desideri e qualcuno sull'altra riva di un computer con cui parlare. Ma questo non cambierà le cose…»

Il breve silenzio che seguì era il rumore del martello sui chiodi che insieme a lui inchiodava tutti alla medesima croce.

«*Chaha'oh* non avrà pace finché non avrà ucciso tutte le persone che a suo tempo Eldero gli ha indicato come obiettivi.»

April tentò un'ultima disperata obiezione prima del verdetto.

«Charlie, tutto è successo nel 1868. Quelle persone sono morte da tempo.»

Nonostante questo, il verdetto arrivò. Ed era una condanna.

«Allora ucciderà tutti i loro discendenti, tutti quelli che hanno lo stesso sangue nelle vene.»

C'era tuttavia un punto oscuro nell'aria. Jim lo espose a Charlie, non come ritorsione ma in cerca di una spiegazione.

«Charlie, c'è un dettaglio che non mi torna. Caleb Kelso e Jed Cross erano cugini e probabilmente i discendenti di una di quelle persone. Questo potrebbe spiegare la loro morte. Ma Charyl Stewart che cosa c'entrava?»

Charlie dovette concedere qualcosa.

«Ci ho pensato anch'io. Ma per quanto mi sia sforzato non sono riuscito a capire.»

«Questo te lo posso spiegare io.»

Robert accettò gli sguardi che nello stesso momento arrivarono su di lui. Era rimasto in silenzio per tutto quel tempo, in disparte, ascoltando le risposte di Charlie alle domande di April. Non era intervenuto perché erano le stesse che avrebbe voluto rivolgere in prima persona. Non proseguì finché non si fu acceso la sigaretta che aveva appena arrotolato. Il fumo salì lento verso il soffitto della caverna.

«In qualche modo c'entra anche lei. Stamattina, prima di partire, ho avuto i risultati dell'autopsia.»

Respiro. Brace nella penombra. Fumo verso chissà dove. E attesa.

«Charyl Stewart era incinta. E il bambino che portava in grembo era di Caleb.»

Lasciò il tempo per metabolizzare il significato di quello che aveva appena detto. Poi diede voce a quello che era il pensiero di tutti.

«Per cui, in un certo senso, anche lei aveva lo stesso sangue nelle vene.»

Arrivò di nuovo il silenzio e a tutti sembrò più minaccioso delle parole che lo avevano preceduto.

Charlie capì che Robert, la persona che aveva pensato più

difficile da convincere, era invece quella che con più agilità si era arresa all'evidenza. C'erano stati dei crimini, c'erano dei fatti inequivocabili e un accenno di spiegazione ai margini dell'incredibile.

Questo bastava a stabilire una base d'azione, per quanto effimera e friabile fosse.

Charlie si rivolse a lui.

«Nel laboratorio di Caleb il pavimento è di terra, il cortile dove è stata trovata la ragazza è terreno libero. Lo so perché ci sono stato. Ma sono certo che anche il cortile della prigione, quello dove hai visto le impronte, era in terra battuta.»

Robert cambiò argomento e questa fu la conferma sottintesa ai dubbi di Charlie.

«Come ci si può difendere?»

«Non c'è difesa. Il tempo degli uomini ha creato le sue barriere. L'asfalto, le case, le città. Altre ne ha create la natura, come la pietra. Ma ovunque ci sia terra viva, là può arrivare.»

«Che forma ha?»

«Sappiamo che lascia impronte da uomo. Ma non ha forma. O se ce l'ha, nessuno di quelli che lo hanno visto è vissuto a sufficienza per raccontarlo.»

Tutti pensarono alla stessa cosa. All'agente di guardia che era quasi impazzito per aver assistito all'orrore della morte di Jed Cross. E a Silent Joe, la cui percezione animale gli portava il terrore nel momento in cui l'ombra risaliva dal suo posto in fondo alla terra.

Jim si mise davanti a Charlie. Infine aveva capito quel vecchio uomo. Forse era tardi, ma avrebbe fatto di tutto per alleviargli il peso delle cose che sapeva.

«E come possiamo fermarlo?»

Charlie accettò con un cenno rapido degli occhi la buona intenzione di Jim. Ma non per questo riuscì a trovare sollievo per la sua impotenza.

«Non lo so. Il racconto degli anziani dice che la sola persona che può terminare tutto questo è la persona che lo ha iniziato. Ma come puoi vedere non è più in grado di farlo.»

Il gesto con cui indicò il corpo di Eldero portava in sé tutta la minaccia sempre incombente della morte.

Robert si prese il compito di riassumere i fatti, perché era quello a cui era affidato il compito di evitare che si ripetessero.

«Dimmi se ho capito bene, Charlie. In questo momento ci sono degli esseri umani che sono in pericolo di vita a causa di una vecchia maledizione indiana. Non è possibile fermare chi o che cosa li ucciderà. L'unico modo che abbiamo per proteggerli è trovarli e convincerli a mettersi in salvo nella maniera che gli indicheremo.»

Tutti potevano vedere il gioco dei muscoli sulle sue mascelle, mentre il vecchio Charles Owl Begay gli confermava quello che non avrebbe mai voluto sentire e che sapeva già avrebbe detto.

«Esatto. Sei un uomo della legge, Robert. Hai tutte le risorse a tua disposizione. La vita di un certo numero di esseri umani sta nelle tue mani. Ma se vuoi salvare quelle persone, prima di tutto devi sapere chi sono. E per saperlo devi scoprire chi ha compiuto in realtà il massacro di Flat Fields.»

Di nuovo il silenzio la fece da padrone, come sempre succede davanti all'incredibile. Comprendere a fondo quello che le parole del vecchio significavano, fu per ognuno di loro un viaggio lungo e difficile in un passato pieno di interrogativi. Lo squillo del telefono che Robert teneva nella tasca della giacca staccò il biglietto di ritorno. E il presente non era molto migliore.

Tutti ne ebbero la certezza non appena il detective attivò la comunicazione.

«Pronto.»

Una pausa lunga un giorno.

«Dimmi, Cole.»

Una pausa lunga un mese.

«Dove?»

Una pausa lunga un anno.

«Ho capito. Sono sulle montagne, adesso. Arrivo appena posso.»

Chiuse il telefono e rimase per un attimo a guardarlo, come se in quel posto fosse un oggetto di cui si faticava a credere l'esistenza. Poi, mentre lo infilava di nuovo in tasca, alzò il viso e disse quello che tutti sapevano avrebbe detto.

«Non so se sia davvero giusto chiamarlo così, ma *Chaha'oh* ne ha ucciso un altro.»

34

Il primo pensiero di April era stato per Seymour.

Sempre, quando si trovava di fronte a una dimostrazione del la ferocia umana, si preoccupava di suo figlio. Si chiedeva che cosa stesse facendo in quel momento, se fosse al sicuro, se fosse protetto anche solo dal sospetto che al mondo potessero esistere cose come quelle di cui era testimone. Chiunque si sedesse davanti a un televisore che trasmetteva un telegiornale o aprisse le pagine di un quotidiano, lo faceva con il presupposto inconscio che nulla fosse vero, che quelle immagini e quelle parole e quelle foto descrivessero qualcosa che apparteneva a un mondo ipotetico, irreale. Nel quale tutto quello che succedeva poteva capitare solo ad altre persone e in altri luoghi.

April invece sapeva fin troppo bene quanto era facile che tutto fosse qui e adesso.

Mentre camminavano, si girò a osservare quel gruppo di persone così eterogeneo che procedeva in silenzio, ognuno immerso in uno stato d'animo che non era molto dissimile da quello degli altri. Qualunque altro tipo di vicenda li avrebbe divisi. Robert era un poliziotto, lei una giornalista, due categorie codificate, protagoniste a loro modo del vecchio gioco delle guardie e dei ladri. Jim e Charlie erano due privati cittadini, la cui presenza non sarebbe stata presa nemmeno in considerazione al momento di valutazioni approfondite sulle indagini.

Questa volta era tutto diverso.

Nulla sembrava più appartenere all'ordine precostituito delle cose. Avevano lasciato la caverna sulle montagne e il suo macabro contenuto con un respiro di sollievo. Stavano procedendo con la sensazione liberatoria che ogni passo li allontanava da un luogo ostile, dove qualcosa di terribile aveva portato la mano di un uomo a scatenare qualcosa di più terribile ancora. Ma nello stesso tempo realizzavano di andare incontro a una minaccia tanto viva e reale quanto difficile non solo da comprendere ma perfino da accettare.

Ucciderà tutti quelli che hanno lo stesso sangue nelle vene...

Nella grotta, le parole di Charlie li avevano messi di fronte alla loro fragilità e alla loro ignoranza. All'inizio di quel terzo millennio si trovavano impauriti e spaventati nella stessa misura di un uomo antico che dal suo riparo roccioso osserva il fenomeno prodigioso di un fulmine e ascolta con il cuore in gola il rombo sotterraneo di un tuono. Portavano al seguito il telefono cellulare e la pistola e la bussola e indumenti che avrebbero fatto piangere dalla gioia uomini e donne vissuti prima di loro, eppure...

Avevano cercato disperatamente di non credere per non dover ammettere i loro limiti. Ma adesso April era costretta a tenere in conto lo sguardo circospetto con cui tutti accompagnavano ogni nuovo passo calpestato sul terreno e come ognuno teneva d'occhio Silent Joe e il suo comportamento.

La loro unica rivalsa era in pratica rappresentata da quel cane bizzarro e senza voce, che la trovava solo nel momento in cui l'orrore diventava presenza e dunque terrore. April sentiva tutto così assurdo e significativo insieme, nel momento in cui secoli di civiltà li avevano portati a doversi di nuovo affidare al mistero della percezione animale.

Dopo la telefonata che era arrivata a Robert si erano accorti di essere molto più vicini al Cielo Alto Mountain Ranch che non al campeggio di Caleb, il posto dove tutto era iniziato. Per questo motivo erano scesi verso ovest, con l'intenzione di raggiungere il villaggio e trovare un mezzo qualunque per arrivare in città.

Jim aveva lasciato a Charlie il compito di aprire la strada e si era affiancato a Robert in coda al gruppo. April aveva continuato a camminare con l'orecchio teso per ascoltare le loro parole. Non per carpire, ma per sapere. Non per la sua curiosità istituzionale di giornalista, ma per la sua ansia di donna aveva *bisogno* di ascoltare il loro discorso. Non sentiva la necessità di partecipare né di girarsi a guardarli. L'espressione dei visi la conosceva bene. Era quella bianca e spenta che doveva avere anche lei.

Jim.

«Chi è il morto?»

Robert.

«Curtis Lee.»

Jim.

«L'architetto?»

Robert. Secco, preciso, inesorabile.

«Sì.»

April conosceva bene Curtis Lee. Lo aveva intervistato per il «Chronicles» un paio di anni prima. Abitava poco fuori città, in una piccola vallata che correva parallela alla strada che scendeva verso Sedona. Nonostante la giovane età, era molto quotato anche a livello internazionale. Era un personaggio strano ma circondato dal fascino e dal carisma che trascende l'aspetto fisico e la collocazione temporale. A parte il suo design rivoluzionario che gli aveva meritato un paragone con i grandi innovatori del passato, si era fatto propugnatore in prima persona di un concetto di architettura molto rigoroso, di una creatività e una purezza senza concessioni al consumismo, ispirato a quello portato avanti da Frank Lloyd Wright nella sua casa di Taliesin West.

Quando l'aveva ricevuta nella sua abitazione, April si era trovata di fronte a un piccolo prodigio dell'inventiva umana. A parte le fondazioni, il pavimento e le mura perimetrali, all'interno le pareti vere erano pochissime. Tutte le divisioni di quella casa-esperimento erano realizzate usando intrecci e commistioni di piante e arbusti di ogni natura.

April non conosceva bene le varie tipologie del mondo vegetale ma aveva capito di essere al cospetto di qualche cosa di ambizioso e mistico in egual misura. Si era resa conto che le piante non erano state scelte a caso in base al loro valore estetico e decorativo, ma che c'erano alla base una conoscenza e uno studio profondo dell'anima di ogni albero e ogni arbusto.

L'insieme era così delicato e pieno di energia da azzerare quasi tutte le domande che si era preparata. Aveva camminato per quelle stanze molto più simili a serre, mentre Curtis Lee con voce noncurante illustrava i suoi concetti ispiratori con tale precisione da non necessitare nessun chiarimento. Il suo scopo dichiarato era quello di realizzare una casa che fosse viva non solo nelle forme ma anche nella sua essenza più intima. Che oltre alle tre dimensioni conosciute ne comprendesse anche una quarta: il tempo. Era un posto in continuo divenire dove il mutuo rapporto tra contenente e contenuto apportava benefici a entrambi. Ogni parte tecnica era stata trasformata in un concetto decorativo. Il complesso impianto di irrigazione, alimentato da una sorgente che sgorgava nella proprietà, era un vero e proprio oggetto d'arte. Le canalizzazioni raggiungevano ogni parte della casa con un'armonia che valorizzava nello stesso tempo anche il contesto. Persino l'emissione notturna di anidride carbonica delle piante era stata valutata, corretta e girata a vantaggio di quella forma biologica di edilizia.

April ricordava che quando era rientrata a casa sua, per un certo periodo si era trovata suo malgrado a considerare innaturale il luogo dove viveva abitualmente.

Adesso quell'uomo così brillante era morto, ucciso da un essere che traeva la propria forza da quella stessa terra che alimentava la vita delle sue piante. E lo aveva ucciso senza tenere in nessun conto la sua genialità. Aveva preferito obbedire a un ordine che veniva dal passato, il frutto di una preghiera che poteva anche non comprendere ma che era costretto a esaudire.

Alle sue spalle, Robert aveva abbassato leggermente la voce. Subito dopo April aveva capito perché. Non voleva farsi sentire da Charlie.

«C'è qualcosa di anomalo in questo nuovo omicidio. La modalità è la stessa ma il posto dove è stato trovato il cadavere non è uno spazio aperto. Curtis Lee è stato rinvenuto con tutte le ossa fracassate, ma è stato ucciso all'interno della casa ed era sul pavimento.»

Robert non era andato oltre e Jim non aveva replicato e lei non era intervenuta. Non perché non sentisse la necessità di chiarimenti, ma perché era consapevole che nessuno era in grado di darne.

Avevano proseguito il cammino con l'andatura più veloce che erano riusciti a sostenere e adesso erano in vista della piazzola dove stava parcheggiato l'elicottero blu del Cielo Alto Mountain Ranch.

Silent Joe, che fino ad allora aveva camminato in testa al gruppo come se fosse a conoscenza della loro destinazione e li stesse guidando, si fermò e si girò a guardarli. Forse si rendeva conto di cosa era depositario. Oppure fargli credito di un senso umano della percezione era eccessivo. Ma era anche riduttivo, alla luce dei fatti emersi, dato che il suo istinto si era rivelato più efficace della loro inutile ragione.

Quando Jim lo raggiunse, con una carezza piena di gratitudine sulla testa cercò di ricompensare tutti i meriti che aveva nei loro confronti. Al solito, Silent Joe accettò quel gesto come dovuto. Ma quando lui si chinò a guardarlo, April sarebbe stata disposta a giurare che, se un cane aveva la possibilità di sorridere, Silent Joe lo stava facendo in quel momento.

Scesero verso il villaggio, talmente provati nella mente da far passare in secondo piano la stanchezza fisica. Il sentiero si faceva più agevole a mano a mano che si avvicinavano.

Poco prima di affacciarsi nella radura in cui erano parcheggiate le macchine, sul tronco di un pioppo qualcuno con mano ferma aveva inciso un cuore e all'interno la scritta «Cliff ama Jane». April le passò di fianco con il pensiero amaro che quella scritta sarebbe sopravvissuta alle persone che l'avevano tracciata.

E anche al loro amore.

Dal parcheggio entrarono nella grande corte fra i cottage e salirono verso la Club House in cerca di Bill Freihart. Intanto April si guardava intorno con occhi nuovi.

Auto, case, musica, risate, speranze, uomini, donne, amore...

Tutto sembrava così lontano e banale, così inutile e fragile, adesso che l'odio e la vendetta sembravano gli unici motori del mondo e la morte senza difesa l'unica prospettiva. Bill si affacciò sul ballatoio indossando il poncho e lo Stetson che erano la sua divisa di lavoro al Ranch e da lì rimase a osservare quello strano gruppo che si avvicinava.

Jim gli parlò non appena fu in grado di farsi sentire senza dovere urlare.

«Bill, è un'emergenza. Prendo l'elicottero. Rispondo io di fronte a Cohen.»

Per rinforzare le sue parole, senza aggiungere altro Robert mostrò il distintivo.

Bill fece un gesto conciliante con le spalle.

«Per quanto riguarda il volo, sei tu il capo. Non mi devi dare nessuna spiegazione.»

April vide Jim girarsi verso di lei. Il tono della voce era solo per loro due.

«Io vado con Robert. Tu va' da Seymour.»

Non era un ordine, ma una preoccupazione. Quelle parole le fecero venire le lacrime agli occhi. Significava che per tutto il tempo anche Jim aveva pensato la stessa cosa. Non riuscì a replicare nulla. Fece solo un cenno di assenso con la testa mentre provava la sensazione riposante di non essere più sola.

Poi Jim si rivolse a Charlie. April ebbe la sensazione che tra quei due uomini legati da un comune sangue antico e da una civiltà comunque sopravvissuta ci fosse un rapporto nuovo.

«Tu stai insieme a loro, per favore. E prendete con voi il cane.»

«Va bene», rispose Charlie, come se non potesse essere altrimenti.

Infine Jim si chinò a parlare all'orecchio di Silent Joe.

«Senti giovanotto, voglio che tu vada con lei e che faccia il bravo ragazzo. È importante. Mi hai capito? Devi stare con lei e con il bambino.»

Il cane indietreggiò e si lasciò sfuggire un rapido starnuto, che era il suo modo inconsueto per assentire.

Jim si rialzò e April si trovò davanti una persona diversa da quella che era abituata a conoscere. Era un uomo che aveva amato e al quale aveva tolto anche il minimo accenno di stima. Disprezzando nello stesso tempo se stessa, perché nonostante tutto non riusciva a togliergli anche l'amore.

Ora capiva che stava facendo ogni sforzo per ritrovarsi. Aveva ancora paura di lui, ma se quello che diceva era vero, ci sarebbe stata occasione per tutti e due di acquistare la fiducia necessaria.

Si sporse e gli appoggiò le labbra sulla bocca.

«Fai attenzione.»

Il tempo di un rapido sorriso e Jim si era già allontanato ed era sparito sul sentiero tra gli alberi, seguito da Robert. Poco dopo sentirono levarsi il fischio della turbina del motore e il *flap flap* soffocato delle pale che si avviavano.

Rimasero lì fino a che l'elicottero non sbucò oltre il bordo frastagliato della vegetazione. Jim mantenne la macchina immobile, giusto il tempo per rivolgere uno sguardo oltre il riflesso del plexiglas. Poi fece compiere all'elicottero una virata e fu un proiettile blu inghiottito dall'azzurro del cielo.

April rimase ancora un istante in compagnia dell'eco delle pale che si allontanava e poi si girò, pensando di trovarsi di fronte Charlie. E invece trovò la bellezza senza tempo di Swan Gillespie.

35

Arrivarono alla casa dopo venti minuti, sorretti dal loro volo di locusta.

Prima di atterrare, con una virata da nord Jim condusse l'elicottero a una sommaria ricognizione del terreno. Anche a un rapido colpo d'occhio quella conca naturale si rivelava uno spot attendibile per la valle dell'Eden. Il grande spazio che circondava l'abitazione di Curtis Lee era il frutto di una tecnica geniale di progettazione dell'ambiente e di manutenzione accurata. Quella che ne risultava era una sensazione cromatica quasi tattile, come se quello su cui scorreva l'ombra dell'elicottero non fosse un posto reale ma un plastico sul quale gli elementi si potevano spostare a piacere.

Jim si chiese quante persone dovessero lavorare in quel posto per mantenere a un tale livello estetico i prati e le piante e tutte le altre essenze messe a dimora, con accostamenti che facevano pensare più all'arte di un pittore che non alla semplice tecnica di un giardiniere.

Oppure, se di tecnica si trattava, chi la gestiva l'aveva fatta uscire dai canoni abituali per farla diventare un'espressione di puro genio.

Sotto di loro c'era una costruzione di forma rettangolare sulla quale il tetto era in evidenza come un dosaggio molto equilibrato fra tegole e terrazzi piantumati, come se il suo ideatore avesse voluto privilegiare oltre che quella dal basso anche la vista dall'alto. Dove il verde non la faceva da padrone spiccava il rosso dei coppi, che in quel caso erano stati preferiti alle tegole canadesi o alle liste di legno. Il tutto era mosso con una simmetria e un'armonia che integravano perfettamente l'edificio nell'ambiente e che, nonostante le dimensioni ragguardevoli, lo facevano sembrare esso stesso un prodotto spontaneo della natura.

Jim sapeva che Curtis Lee all'inizio della sua carriera aveva progettato diverse case a Sedona, un agglomerato urbano abitato da gente ricca e con dichiarate ambizioni new-age. Ancora a distanza di tempo le costruzioni che portavano la sua firma risultavano le più originali e, cosa rara nel caso degli architetti molto innovativi, anche piuttosto comode da vivere.

Condusse l'apparecchio a posarsi senza sobbalzi sul prato soffice di uno spiazzo circondato da aceri giapponesi. Non aveva ancora toccato terra che il suo passeggero si era slacciato le cinture, aveva sfilato la cuffia e aveva aperto il portello. Jim spense i motori e lo imitò. Uscirono dalla cabina chinando d'istinto la testa per evitare il raggio d'azione delle pale, che coltivavano la loro inerzia in attesa di fermarsi.

Durante il viaggio non avevano quasi parlato, come se tacere fosse un mezzo per rimandare il senso di quello che avrebbero visto di lì a poco. Robert si era sintonizzato sulla frequenza della polizia e aveva avvertito per radio l'agente Cole che stavano arrivando via aria. Dall'alto avevano visto il poliziotto nella sua divisa blu scuro in piedi davanti all'ingresso della casa, il viso alzato verso il cielo a seguire il percorso dell'atterraggio.

Mentre si avvicinavano all'entrata, Jim ebbe modo di valutare ancora la portata di quel progetto che forse sarebbe stato meglio definire con il termine di «esperimento». In tutto il periodo in cui era stato al servizio di Lincoln Roundtree, aveva visto case di gente ricca, alcune delle quali costruite su progetti di architetti riconosciuti a livello mondiale. Non c'era niente che si potesse anche solo avvicinare a questa clamorosa esperienza abitativa.

L'unica nota stonata era rappresentata dalla presenza delle macchine della polizia e dell'ambulanza che avevano percorso su pneumatici una zona della proprietà che di solito era riservata ai soli piedi umani.

Quando raggiunsero l'agente Cole, sul suo viso non c'era la cauta meraviglia che Jim sentiva dentro per quello che lo circondava. Se c'era stata, si era dissolta nella scoperta di quello che la casa nascondeva al suo interno.

Robert non perse tempo in preamboli. E d'altronde Cole non sembrava averne bisogno.

«Com'è?»

«Come gli altri.»

Fine di ogni anche più fievole speranza.

«Merda. Dai, andiamo a vedere.»

Cole rivolse una rapida occhiata a Jim e subito dopo uno sguardo interrogativo verso il suo superiore. Che lo scaricò di ogni responsabilità per la presenza di un estraneo sul luogo di un delitto.

«Va tutto bene, Cole. Non ti preoccupare.»

Il giovanotto sembrò sollevato. Si girò e li precedette verso l'ingresso principale.

Mentre camminava li mise al corrente della situazione.

«Il dottor Lombardi è stato qui fino a qualche ora fa. Ha fatto le sue rilevazioni e ha detto che si dovrebbe usare il calibro per vedere le differenze tra gli altri omicidi e questo. Ora è andato via ma ha detto che per quanto riguarda lui il corpo si può rimuovere quando vogliamo.»

Il detective fece solo un cenno di assenso con il capo. Non si era aspettato niente di diverso, anche senza aver visto il cadavere.

Restavano solo le parole di Charlie a descrivere quello che stava succedendo.

Il cerchio si è chiuso. L'Ombra è stata creata...

Come superarono la soglia, la sensazione fu che lo spettacolo dell'esterno proseguisse all'interno senza soluzione di continuità. Su un pavimento in resina bianca trattata in modo da risultare come fosse sempre bagnata si sviluppava un insieme di scale e piante e arbusti e stanze sorrette da tronchi di alberi che si indovinavano vivi tra le poche pareti in muratura. Correvano, perfettamente inserite nell'ambiente, delle canaline sospese in un materiale che Jim non seppe riconoscere e che rappresentavano con ogni probabilità l'impianto d'irrigazione. Il tutto traeva chiara ispirazione dal concetto dell'acquedotto romano ma era interpretato alla luce della tecnologia attuale con sospensioni che ne snellivano l'impatto architettonico.

Jim aveva visto una volta su un settimanale un servizio su una casa realizzata alla sommità di un grande albero nel parco africano del Masai Mara. Aveva pensato guardando quelle foto che il concetto crudo di natura che ne derivava era scioccante in confronto alle loro abitazioni cittadine.

Ma la casa di Curtis Lee superava di gran lunga quella sensazione. Si chiese che tipo di cervello potesse avere l'uomo che aveva ideato, progettato e realizzato la meraviglia che gli stava intorno.

Passarono per un vestibolo le cui pareti di sinistra e di destra erano formate da bambù sovrapposti a papiri più bassi in modo da formare un movimento come se le fronde fossero costantemente mosse da un leggero soffio di vento.

«Per di qua.»

Seguirono l'agente Cole che li guidò verso una scala di una dozzina di gradini che saliva verso una piattaforma quadrata, sopraelevata rispetto al piano del pavimento di circa cinque piedi e dalla quale si sviluppava una nuova rampa di scale. Le strutture erano portanti in modo tale da far risultare il piano come sospeso e staccato dal proseguo lineare di quella serie di alzate e pedate.

Cole li precedette gradino dopo gradino fino a raggiungere la piattaforma.

E qui lo videro.

Il corpo scomposto di un uomo era steso in un quadrato di resina bianca. Solo la corporatura e quello che restava dei suoi lineamenti lo differenziavano dai cadaveri di Jed Cross e Caleb Kelso. Per il resto, il cranio deformato sotto una massa di capelli castani, gli occhi ravvicinati, la bocca storta e urlante fissata nell'ultimo grido erano il segno della stessa furia e della stessa forza implacabile, del passaggio di qualcosa di terribile e senza remissione.

Sapevano che se avessero sollevato un arto o girato il cadavere il risultato sarebbe stato lo stesso delle persone morte in precedenza. Ne avrebbero ricavato la sensazione che fosse privo di ossa e che lacerando la pelle avrebbero visto uscire dall'involucro di quello che era stato un uomo solo una polvere fine.

La vista delle prime vittime li aveva riempiti di orrore per quello che credevano frutto della deformazione di una mente umana. Ma adesso che sapevano la verità o che un vecchio indiano gliene aveva prospettata una probabile, non riuscivano più a difendere se stessi con le sole armi della logica. Erano costretti a ricorrere a qualche cosa di ancestrale, a un istinto di cui forse non erano più in possesso e che dovevano scavare dentro con frenesia e con timore per riportare alla luce.

Il piano su cui giaceva Curtis Lee era scontornato ai quattro lati da grandi contenitori pure in resina allineati al piano del pavimento e animati dalla grazia naturale di piante a basso fusto. Gli arbusti erano tenuti a bada da un'accurata potatura in modo che fungessero da parapetto naturale. Sopra ognuna delle aiuole arrivava dal soffitto, sospesa per mezzo di un gioco di tiranti, una canalina per l'irrigazione, dove l'acqua scorreva libera a vista senza la costrizione di tubazioni e gocciolatoi.

Robert rimase per qualche istante a fissare il corpo. Il cadavere era sporco di terra e adagiato a tratti su uno strato di humus che nella convulsione della morte quel poveretto aveva trascinato fuori dalle aiuole.

Jim si accorse che Cole guardava da un'altra parte. Forse alla scuola di polizia lo avevano preparato a molto, forse lui credeva di essere preparato a tutto, ma quello che aveva davanti agli occhi trascendeva ogni molto e ogni tutto che la mente umana riuscisse a ipotizzare.

«Chi lo ha trovato?»

L'agente sembrò contento di rientrare nei parametri di una normale indagine di Polizia.

«Theodore Felder, il suo avvocato. Ci ha chiamati lui. Curtis

Lee era appena arrivato a sorpresa dall'Europa. Gli aveva dato appuntamento a casa e nel momento in cui imboccava il vialetto che porta all'ingresso lo ha sentito urlare. Il tempo di arrivare fino a qui e lo ha trovato così.»

«Dov'è adesso?»

«Ho raccolto la sua testimonianza e quando ho capito che non ci avrei tirato fuori altro l'ho lasciato andare. È piuttosto anziano ed era anche leggermente sotto shock. I ragazzi hanno dovuto dargli un tranquillante.»

L'assenza di obiezioni fece capire all'agente di essersi comportato secondo le regole. Si rilassò ma il suo sguardo restava lontano dal pavimento.

«Ha detto che verrà domani in Centrale per parlare con lei.»

Il detective si lasciò sfuggire un sospiro di frustrazione. Se non altro Felder era una persona che conosceva la prassi, era uno che sapeva come muoversi e sapeva le domande. Ma di certo non le risposte, almeno in quel caso.

«Molto bene, Cole, molto bene.»

«Cosa facciamo con il corpo?»

«La Scientifica ha fatto tutto quello che doveva fare?»

«Sì.»

Robert rimase ancora un attimo in silenzio con gli occhi sempre fissi sull'uomo morto steso a terra. Jim sapeva cosa il suo amico stava pensando. Il problema non stava in quello che la Scientifica poteva o doveva fare, il problema in quel caso stava solo nell'inadeguatezza della definizione di «scientifica».

«Penso che lo possiamo rimuovere. Dopo mettete pure i sigilli intanto che io mi do uno sguardo in giro.»

L'agente prese il walkie dalla cintura e si mise in contatto con gli altri uomini. Arrivando, Jim non aveva visto nessuno, per cui c'era da ipotizzare che fossero alle macchine in attesa del loro arrivo.

Magari a chiedersi che cazzo stesse succedendo in quella città.

«Okay, ragazzi, si sbaracca.»

Poco dopo entrarono gli infermieri con la barella e si avvicinarono al corpo. Aprirono un sacco di cerata verde e lo infilarono dentro. Jim pensò con amarezza che il colore di quel sacco era di certo l'unico tipo di verde che l'architetto non avesse preventivato di introdurre nella sua casa. Il rumore di una zip di plastica che serrava i suoi denti fu il commento funebre della tecnologia alla memoria di Curtis Lee.

Quando il pavimento rimase libero, il detective si accorse che dai lati era inclinato in leggera pendenza verso il centro e che in mezzo a quella piccola quantità di terra smossa spiccava il foro di uno scarico. Sicuramente serviva a lavare il pavimento dai residui dell'irrigazione. Dato che non c'era un attacco sotto, sia lui che Jim ipotizzarono che fosse nascosto nel pavimento e scorresse mascherato nelle ringhiere. Questo era un'ulteriore prova, se necessario, della creatività dell'uomo che aveva ideato quella meraviglia.

Jim era rimasto in silenzio fino a quel momento. Mentre gli uomini si allontanavano lasciandoli soli in cima alla scala, Robert si decise a chiedere il suo parere.

«Che cosa ne pensi?»

«Mi chiedo una cosa. Anzi due.»

«Vediamo se sono le stesse che mi chiedo io.»

«Prima di tutto che cosa c'entra l'architetto Curtis Lee con Caleb Kelso e Jed Cross... Tra di loro non c'era nessuna parentela, nessun vincolo di sangue, a quanto mi risulta.»

«E dunque?»

«Dunque si può presumere che ci sia un'altra persona a cui fare riferimento. Forse chi indossava il cappello con i fregi d'argento o quello con la piuma. O il proprietario del fazzoletto rosso.»

«Per cui?»

«Se Lee era un discendente di uno di quegli uomini, scavando nel suo passato si può avere una traccia, un'indicazione che ci porti verso quello che è successo davvero a Flat Fields. Ma soprattutto verso dei nomi.»

Robert iniziò a scendere la scala. Da sempre camminare lo aiutava a riflettere. Jim lo aveva capito quando si erano incontrati in quattro a casa sua. Lo seguì rimanendo indietro di un gradino.

«La cosa sta in piedi. Qual è l'altro tuo dubbio?»

«Se quello che Charlie ci ha detto è vero, se *Chaha'oh* ha bisogno della Terra per trarre forza e vivere, come ha fatto a salire i gradini e arrivare su questa piattaforma per uccidere Curtis Lee?»

«Se c'è una risposta, darei un anno di stipendio per saperla.»

La risposta c'era e fu proprio il genio di Curtis Lee a dargliela senza spendere un solo dollaro. Avevano da poco superato la soglia della porta d'ingresso, quando dall'interno arrivò un rumore di acqua che correva nelle gronde. Probabilmente da qualche parte un temporizzatore aveva dato il via a un ciclo di irrigazione.

Robert e Jim si guardarono e riconobbero uno sul viso dell'altro la stessa intuizione. Jim si sentì percorso da un brivido all'idea che quello che avevano ipotizzato fosse vero.

«Cole!»

Il detective non dovette chiamare una seconda volta. Il giovane agente sbucò alla loro destra, da dietro l'angolo della casa. Si accorse della loro eccitazione e anche senza sapere il motivo ne fu contagiato.

«Cole, da che cosa è alimentato l'impianto d'irrigazione?»

L'agente rimase un istante perplesso per la natura della domanda. Fece un gesto possibilista con le spalle.

«Credo da una sorgente d'acqua naturale sul lato opposto della casa.»

«Credi o ne sei certo?»

Era un ragazzo sveglio. Anche se non sapeva perché, capì subito che quella congettura doveva essere al più presto sostituita da una certezza.

«Vado a verificare.»

Cole si allontanò correndo veloce. Il detective Robert Beaudysin e il suo occasionale pilota rimasero soli con un'ipotesi e uno stupore al pensiero che potesse essere confermata.

«Non può essere che così, Robert. È passato da lì. La sorgente sale dal sottosuolo. Attraverso l'impianto d'irrigazione ha raggiunto la terra dei contenitori e quando Lee è arrivato sulla piattaforma lo ha preso e lo ha ucciso.»

«Sì, questo è plausibile. Non c'è altra spiegazione. Ma se le cose stanno davvero così, come ha fatto ad andarsene?»

Jim rimase invischiato nella stessa obiezione che si rivolgeva da solo. Ma la verità è sempre più semplice di qualunque astrusa supposizione. Arrivò d'un lampo e così forte che il detective lo vide impallidire di colpo.

«Quella terra sul pavimento. Non se n'è andato, Robert. È ancora qui!»

Il detective realizzò subito quello che intendeva dire. Con un sincronismo perfetto si girarono e rientrarono di corsa all'interno della casa. Con tutta la velocità e l'ansia di cui erano capaci fecero a ritroso il percorso appena fatto. Salirono volando i gradini come se fossero quelli della scala che portava al Paradiso.

Ma quando arrivarono sopra, si trovarono davanti un anticipo del loro personale inferno terrestre.

Di certo era un particolare che era stato previsto dal progettista della casa. Probabilmente il timer agiva, oltre che sull'ora, anche sul flusso dell'irrigazione. Il maggiore o minore getto aveva il compito di far muovere le canaline e posizionarle per l'irrigazione o per il lavaggio del piano.

Davanti ai loro occhi increduli un ultimo beffardo getto d'acqua limpida cadde dall'alto e raggiunse le profondità della terra attraverso il foro di scarico posto al centro di un pavimento perfettamente pulito.

36

April guidava verso casa continuando a ripetersi che non era vero niente.

Che tra poco una voce fuori scena avrebbe gridato «stop!» e si sarebbero accese le luci e qualcuno sarebbe arrivato a spiegare che era tutto uno scherzo. Che cose del genere erano frutto di pessima letteratura o peggior cinema e che nulla di simile era possibile nel mondo che faceva volare gli elicotteri e percorreva i sentieri inesistenti di Internet e viveva nutrendosi delle immagini di un televisore. Ma se girava solo un poco lo sguardo, la presenza di Charlie e di Silent Joe bastava a rammentarle che l'impossibile stava succedendo davvero. E il pensiero incombente di quattro persone uccise in un modo atroce per le colpe dei loro padri aveva un senso di tragedia e di beffa insieme.

Era la vecchia legge del taglione, quella che per ogni occhio esigeva un occhio e per ogni vittima voleva una vittima. E tutti i figli che quattro assassini senza pietà avevano messo al mondo e i figli dei loro figli finché il sangue non avesse placato un dolore e una rabbia così forti da sopravvivere al tempo e alla dissolvenza della morte.

Silent Joe sul sedile posteriore dell'auto che avevano avuto in prestito da Bill Freihart si mosse per sistemarsi meglio. Era salito senza ritrosie, indolente e asimmetrico, compreso nel suo incarico, come se per lui fosse una sine cura andare con quella ragazza che il suo padrone gli aveva raccomandato. Si era sistemato, si era leccato le labbra con una lingua rosea, aveva starnutito e l'aveva guardata con l'occhio malizioso di chi non avrebbe disdegnato uno spuntino.

April gli aveva sorriso. Era incredibile come quell'animale riuscisse a farsi capire anche senza il dono della parola.

«Stai tranquillo, cane. Quando arriviamo a casa mangeremo qualcosa tutti quanti.»

La lunga camminata fino alla sommità dell'Humphrey's Peak, la scoperta della caverna e del suo contenuto e il ritorno a passo di marcia forzata dopo la telefonata arrivata ad annunciare un nuovo omicidio avevano fatto passare in second'ordine le normali regole alimentari. D'altronde, le cose con cui erano venuti in contatto sulla montagna non erano di quelle che riconducessero a un buon rapporto con il proprio stomaco. Nessuno di loro aveva sentito la mancanza del cibo.

Immediatamente prima della partenza dal Ranch aveva telefonato a Seymour, a casa di Carel Thorens. Per concedersi quella gita fuori programma sulle montagne, aveva affidato suo figlio al loro vicino di casa, approfittando del suo giorno libero. Era sembrato contento di passare un poco di tempo con il suo giovane compagno di nautica. E anche Seymour aveva accettato con entusiasmo la proposta. Li aveva lasciati in piedi davanti alla casa con un saluto dal finestrino e un sorriso sulle labbra. Ma dopo era venuta in contatto con troppe cose gelide e adesso quel sorriso era un fiore di ghiaccio. Aveva composto il numero con un'ansia giustificata solo dal suo senso protettivo di madre.

Carel aveva risposto al secondo squillo.

«Ciao, Carel. Sono April. Come va?»

«Tutto okay. Abbiamo verniciato e impermeabilizzato tutto il pomeriggio. Stiamo sistemando la barca sul carrello.»

La sua voce aveva il timbro sereno di chi non sa. April lo aveva invidiato molto in quel momento.

«Dove siete?»

«Nel mio box.»

Nonostante si stesse dicendo che le sue preoccupazioni erano sovradimensionate, non era riuscita a impedirsi di provare un caldo senso di sollievo al pensiero di un solido pavimento di cemento.

«Molto bene. Aspettatemi lì che sto arrivando.»

Trainando dietro all'auto il loro piccolo strascico di polvere, arrivarono alla fine della Gravel Highway. April condusse la macchina a sinistra sulla Fort Valley Road e si incanalò docile nel traffico della sera verso Flagstaff. Le macchine avevano già acceso i fari. E anche da molte case le finestre erano una luce viva e una presenza rassicurante. Oltre i vetri c'era gente impegnata nelle pratiche che componevano la vita a tessere di tutti i giorni. Mangiare, bere, ridere, leggere un libro, fare l'amore, parlare molto per arrivare a non parlare di nulla. Tutto, anche quello che prima aveva giudicato banale, le sembrava lontano e invidiabile in quel momento.

Uno sbuffo del cane le ricordò i suoi compagni di viaggio e la riportò all'interno dell'auto. Si girò verso Charlie. Il suo profilo era un tratto scuro nel controluce del vetro. La sua presenza l'unica barriera possibile contro la minaccia che si muoveva all'esterno, qualunque nome avesse.

Tornò a occuparsi della strada. Gli parlò senza guardarlo in viso.

«Tu vedi le cose, vero Charlie?»

«Sì.»

Aveva pronunciato quel monosillabo senza enfasi ma anche senza nessuna benevolenza verso se stesso.

«Non deve essere bello.»

«No. Non lo è.»

C'era tutto il significato della solitudine nella sua voce. E tutta la fatica del mondo. Quella immobile, senza sudore, che crea una stanchezza contro la quale non c'è riposo.

April provò un istintivo moto di affetto per quel vecchio indiano. E lo sovrappose come un sentimento nuovo al rispetto che gli doveva.

«Non riesco a ipotizzare come possa essere.»

«È come non poter mai chiudere gli occhi perché le immagini continuano ad arrivare lo stesso. È come continuare a sognare anche durante il giorno o essere svegli durante il sonno. Nel mondo ci sono troppe cose da sapere per un uomo solo, da questa e da quell'altra parte.»

April trattenne il fiato. Era una giornalista ed era abituata a fare domande. Non era abituata a temere le risposte. Quella era un'intervista con la paura. Quella che ogni uomo porta dentro di sé quando viene al mondo e che trascina, cercando di ignorarla, fino alla fine dei suoi giorni.

Chiedere e pentirsi di averlo fatto furono compresi nello stesso istante.

«Com'è, sapere?»

«A volte è un grosso peso da portare.»

Di colpo decise che non voleva sentire altro, se aveva il miraggio di poter dormire qualche minuto, la prossima notte. Cambiò argomento con la ragionevole certezza che Charlie avrebbe indovinato il motivo.

«Tu sai di Jim e di me? Sai che Seymour è suo figlio?»

Il vecchio al suo posto accanto la finestrino fece un breve cenno di assenso con il capo. La sua pelle era la roccia rossa e striata di un antico canyon. La sua espressione pareva incisa nello stesso materiale.

«Sapere è anche questo.»

Per un breve tratto rientrarono nel silenzio. Poi, a sorpresa, Charlie uscì dal suo riserbo abituale.

«Lui è diverso, adesso. Sta trovando una strada. Con fatica ma la sta trovando. Non è più lo stesso uomo che è partito da qui molto tempo fa.»

Le parole di Charlie erano come miele per April. Lacrime di sollievo scesero contro la sua volontà sulle guance e le lasciò scorrere senza pudore. Ma nonostante tutto non volle cedere all'illusione e si impose di credere solo al senso comune, cinico per sua natura.

«Le persone non cambiano, Charlie.»

Il vecchio si girò a guardarla.

«Hai ragione. Nessuno cambia. A volte però qualcuno si ritrova.»

Fece una pausa, come se avesse bisogno di raccogliere le parole. Ma April capì che era solo un attimo di riflessione, per valutare fino a che punto poteva rivelarsi senza spaventarla.

«Tu sei una donna forte. Tuo figlio non è stata una condanna per te, ma una scelta, perché il tuo amore è stato più forte di tutto. Per questo non ti sei mai perduta, anche nei momenti in cui hai creduto di esserlo…»

April non ebbe il coraggio di chiedergli com'era arrivato a percepire con tanta precisione le cose che stava dicendo di lei. Ma, in qualche modo, glielo aveva già spiegato lui stesso, pochi istanti prima.

Sapere è un grosso peso da portare…

Charlie continuò il suo breve viaggio nelle loro storie di esseri umani.

«Tre Uomini ha sempre vissuto illudendosi di riuscire a negare quello che è. Ma nessuno ci riesce mai davvero. Anche quando ha scelto di seguire la strada più facile, dentro di lui ha sempre saputo di essere nel torto. Per questo non sa perdonarsi, perché non è mai riuscito ad avere il coraggio di seguire la sua natura.»

Si girò a guardarla e April per un attimo giurò di aver visto i suoi occhi luccicare di commozione nella penombra, mentre parlava.

«Ma ora questo coraggio lo ha trovato. Ed è soprattutto merito tuo.»

Nel frattempo avevano raggiunto la città e April stava conducendo l'auto fra le luci accese sulla strada. Percorse le vie dove la gente si muoveva aspettando con ansia di vivere. Si trovò a dover combattere un senso di nausea al pensiero che qualcuno tra loro stava invece aspettando di morire.

E lei era una delle poche persone che sapeva come, anche se non sapeva chi.

Percorse la Columbus Avenue e al semaforo girò a destra sulla Leroux Street. La seguì per un tratto per poi svoltare di nuovo a sinistra sulla Cherry Avenue e andare a imboccare la San Francisco, che era senso unico verso nord. Poco dopo arrivò a fermarsi davanti alla sua casa, una piccola villetta dalla facciata in legno chiaro che faceva parte di un gruppo di abitazioni inserite nel verde e nel respiro degli olmi.

Un tempo aveva guardato con compiacimento quelle case ordinate, ognuna circondata da un piccolo appezzamento di terra ben curato dove le aiuole e gli arbusti la facevano da padroni. Ma adesso era tutto diverso. Quello che fino ad allora era stato un privilegio, si era trasformato in una minaccia. Con l'unica difesa dell'istinto di un cane.

«Siamo arrivati.»

«Bene. È bello qui.»

Charlie aprì la portiera. Seymour e Carel dovevano essere alla finestra ad aspettarli, perché uscirono subito dalla casa di fianco, una costruzione più grande in mattoni rossi. Vennero sorridendo verso l'auto e April presentò Charlie a Carel e a suo figlio, studiando con apprensione il modo in cui i due entravano in contatto. E quando li vide sorridere capì che il figlio di Jim era entrato nei pensieri del vecchio indiano esattamente come il padre.

April si rivolse a Seymour con il fare misterioso che eccita i bambini, perché sanno benissimo che di solito cela una bella sorpresa.

«Abbiamo un ospite. Vieni.»

Andò verso la parte posteriore della vettura. Seymour la seguì, e quando April spalancò la portiera riconobbe immediatamente il cane.

«Ma questo è Silent Joe. Come mai è con te?»

«È una lunga storia. Adesso questo signore credo che abbia fame. E anch'io ho un certo appetito.»

April guardò l'orologio.

«È tardi e non ho nessuna voglia di mettermi a cucinare.»

Girò lo sguardo su suo figlio.

«Hamburger o pizza?»

Seymour gettò le braccia in alto e si mosse come se da uno spalto stesse incitando dei gladiatori nell'arena.

«Pizza! Pizza! Pizza! Pizza!…»

April sedò quell'impeto che sembrava più legato al moto perpetuo che alle manifestazioni di un bambino.

«Molto bene. Allora, in attesa di comperargli del cibo adatto, adesso tu darai una sontuosa scatola di spaghetti a questo cane e ti metterai un paio di jeans e una maglietta puliti. Dopo, pizza per tutti.»

«Evviva! Vieni Silent Joe.»

April seguì l'entusiasmo di Seymour, lasciando Carel e Charlie a fare conoscenza. Sparirono all'interno della casa e subito il cane in compagnia del suo nuovo riferimento per il cibo si diresse verso la cucina.

April rimase in piedi nel piccolo vestibolo, guardando allo specchio il suo viso segnato. Adesso che l'ansia per Seymour si era placata, la stanchezza era arrivata di colpo a reclamare il suo tributo.

Sulla mensola di fianco al telefono c'era una copia del «Chronicles» vecchia di qualche giorno. In prima pagina c'era una foto a colori di Swan e un articolo che celebrava il ritorno a Flagstaff della star di Hollywood. April provò a immaginare quale senso di riverenza e di soggezione potesse ispirare la sua bellezza agli occhi di un uomo.

Swan Gillespie era uno di quei prodigi della natura che quando ha occasione di mescolare con accuratezza i suoi geni produce degli autentici capolavori. La madre era cinese e il padre, che nessuno in città aveva conosciuto, doveva essere una persona di colore. Su Yen Gillespie era arrivata in città con quella bambina di cinque anni e aveva messo in piedi una lavanderia. Nessuno l'aveva quasi notata. Ma quando la bambina era cresciuta gli occhi di tutti erano stati costretti anche controvoglia a puntarsi sulla figlia.

Swan aveva scorrazzato nei sogni di tutti i maschi della zona e infine era diventata la ragazza di Alan Wells, figlio di Cohen Wells. E questo, in un certo senso, l'aveva dichiarata off limits.

Almeno finché Jim Mackenzie non l'aveva pensata diversamente...

Al Ranch, quando a sorpresa si era girata e se l'era trovata davanti, le era sembrato che il tempo per lei non fosse passato. La sensazione di fragilità che emanava era rimasta immutata e la maturità aveva solo aggiunto un poco di mistero al suo fascino innato.

L'imbarazzo la faceva sembrare nascosta, come se cercasse di essere di fronte a lei e nello stesso tempo di rimanere in disparte.

«Posso parlarti un attimo, April?»

April sentiva l'ansia spingerla alle spalle come una mano che la costringeva a correre verso casa. Swan aveva visto la sua titubanza e l'aveva fraintesa.

«Ti prego. È importante.»

«Va bene.»

Erano scese dal ballatoio e si erano allontanate per il cortile verso gli hogan, nella parte superiore del Ranch.

«Vorrei dirti qualcosa a proposito di quello che è successo tra me e Jim.»

April l'aveva interrotta, con l'indulgenza che solo la fretta sa dare.

«Swan, è una storia vecchia. Non c'è niente da spiegare. È tutto passato.»

«No. Tu non sai come vorrei che tutto fosse passato davvero. Invece certe cose non finiscono mai, almeno fino a quando non scopri il perché...»

La pausa che era seguita aveva dato ad April l'impressione che quel discorso Swan l'avesse già fatto nella sua testa molte volte.

«Non è stata una storia di sesso ma molto peggio, se possibile. Jim aveva bisogno di denaro per poter prendere il suo brevetto e io desideravo solo andarmene perché qui mi sentivo soffocare. Avevo i miei sogni, o almeno credevo che fossero tali. Stavo con

Alan e mi sembrava una prigione. Poi Jim ha ricevuto quella proposta...»

«Che proposta?»

«Cohen Wells gli ha offerto ventimila dollari per portarmi a letto in modo che Alan lo venisse a sapere e si staccasse da me.»

April si era trovata come sospesa sul vuoto per quello che stava sentendo. E per la perfidia di quell'uomo che si presentava al mondo come l'integerrimo Cohen Wells.

«Anch'io avevo bisogno di quel denaro per andare a Los Angeles. Jim me ne ha parlato e ci siamo messi d'accordo. Abbiamo combinato quella faccenda al motel e per pura combinazione Alan ci ha scoperti subito. Pensa che allora mi è persino sembrata una fortuna.»

Era rimasta soprappensiero di fronte alle vere spiegazioni che la vita concede solo molto tempo dopo. Poi aveva confessato la sua colpa.

«Ci siamo divisi i soldi e ognuno è andato per la sua strada.»

Si era girata e l'aveva guardata negli occhi. E aveva aggiunto la sua pena.

«Da allora non sono mai più stata felice.»

Senza riuscire a spiegarsene la ragione, April aveva capito che Swan Gillespie era sincera. Si trovò a pensare a loro quattro, ognuno con il suo destino attaccato come un'ombra alle suole delle scarpe, a seguirlo illudendosi di guidarlo.

Swan e Jim erano due persone che potevano avere tutto quello che gli serviva solo grazie al loro aspetto fisico e all'influenza che esercitavano sulla gente. Nessuno di loro due aveva tenuto il conto delle cose che era costretto a ignorare, a soffocare, a sopprimere, nel momento in cui aveva deciso di vivere in quel modo. Erano così occupati ad avere tutto senza fatica che si erano dimenticati che crescere è frutto soprattutto di quella.

Come a confermare il suo pensiero, Swan aveva detto con altre parole le stesse cose.

«Certo, ho avuto il successo. Mi sono attaccata a quello perché non avevo nient'altro. Ma le sole cose belle che ho vissuto sono quelle che ho vissuto con Alan e ho scoperto grazie a lui.»

April iniziava a capire quello che Swan stava cercando di dirle. E provava una grande pena per lei.

«L'hai visto?»

«Sì.»

«E cos'è successo?»

«Non gli ho detto niente di quella storia. Non posso raccontargli di suo padre. Non posso tornare dopo tanto tempo e distruggere quel poco che gli resta. Specie adesso…»

La vita di Alan era passata rapida nella mente di tutte e due come se fosse stata un susseguirsi di immagini della loro stessa vita.

«Lui come sta?»

«È cresciuto. Era un ragazzo meraviglioso e io non l'ho capito. Adesso so che è diventato un uomo fantastico, anche se non sono certa che sappia di esserlo. O che voglia esserlo, il che sarebbe più grave. Avrebbe potuto distruggermi e non l'ha fatto. Me ne sono resa conto solo dopo che me ne sono andata. E…»

Aveva fatto un sorriso amaro nel quale era riuscita a rappresentare l'eterna beffa dell'esistenza.

«Sono una donna ricca e famosa. Posso avere tutti gli uomini che voglio. Non pensi sia buffo che io mi sia scoperta innamorata dell'unico uomo dal quale ho fatto di tutto per farmi odiare?»

April non conosceva il nuovo Alan. Ma se era il diretto risultato del ragazzo che si era presentato a casa sua una sera, sapeva che non sarebbe stato mai capace di odiare. Nessuno al mondo e meno che meno Swan.

Solo di soffrire senza farlo vedere.

Le persone non cambiano. Ma a volte si ritrovano…

Aveva ragione Charlie. Jim e Swan non erano cambiati. Semplicemente avevano cercavato di essere diversi da quello che la vita li portava a essere. Per paura, per gioventù, per ansia di vita, per quel maledetto vizio di non sapere…

Aveva accolto tra le braccia come una vecchia amica il corpo e il pianto di Swan Gillespie, e quando era partita dal Ranch l'aveva vista in piedi nello specchietto posteriore, una figura esile e sola, alla ricerca anche lei della sua piccola redenzione. E aveva ancora nelle orecchie il «grazie» soffocato che aveva mormorato tra le lacrime nei suoi capelli.

«Mamma, io sono pronto.»

La voce di suo figlio la sorprese. Seymour arrivò di corsa dalla cucina con addosso dei vestiti puliti, seguito dal passo a dondolo di Silent Joe. Era incredibile la capacità di legare di quel cane. I due sembravano essere compagni da sempre. E April era ben lieta che fosse così.

«Va bene, vai fuori e aspettami in strada. Io devo fare una telefonata.»

Prese l'elenco del telefono e cercò un numero sulla guida. Dopo tanti anni ancora lo ricordava a memoria. Si accorse che non era cambiato, anche se dopo tutto quel tempo c'erano molte probabilità che lo fosse. Questo le sembrò un buon auspicio.

Compose il numero e il telefono prese a suonare.

Poco dopo qualcuno dall'altra parte attivò la comunicazione e una voce femminile si sovrappose al segnale di linea.

«Wells Mansion. Come posso aiutarla?»

«Buonasera. Sono April Thompson e sono una vecchia amica del signor Alan. Ho bisogno urgente di parlare con lui.»

Una piccola pausa canonica seguita da un professionale riserbo.

«Un attimo. Vedo se è in casa.»

La persona che aveva risposto la mise in attesa. Mentre ascoltava la musica di sottofondo e aspettava di sentire la voce di Alan, si chiese che parole doveva usare per convincere un eroe a non avere paura.

37

Alle undici di sera Jim Mackenzie e il detective Robert Beaudy-sin erano di fronte al senso amaro della sconfitta. Dopo che quello che chiamavano *Chaha'oh* era riuscito ad andarsene e a tornare nelle profondità della terra per colpa della loro lentezza, li aveva pervasi una frustrazione dalla quale era stato difficile riaversi.

L'agente Cole aveva fiutato quell'atmosfera di disfatta ma aveva preferito tenersene ai margini. Sentiva che c'era nell'aria qualcosa di strano. La presenza come parte attiva sul luogo di un delitto del testimone di un crimine precedente era una cosa del tutto fuori dagli schemi. E la diceva lunga sul fatto che quell'indagine avesse dei tratti molto particolari.

Non era riuscito a capire perché fosse così importante sapere se l'impianto di irrigazione fosse alimentato da una sorgente naturale piuttosto che dall'acquedotto. Né il motivo della frenesia che a un certo punto aveva invaso il detective e quel suo amico pilota dagli occhi strani. Ma aveva imparato dalla sua poca esperienza che con i superiori ogni domanda poteva essere una domanda di troppo. Per cui si limitava a rispondere se era interrogato e a obbedire se qualcuno gli comandava qualcosa.

«Merda.»

Mentre uscivano all'aperto, Robert aveva smozzicato quella sola parola anche se Jim era certo ne avesse in mente di peggiori.

«Che si fa adesso?»

Il poliziotto aveva tratto un sospiro che affondava le sue radici nella prassi quotidiana.

«Adesso tutto rientra nelle normali procedure di polizia, amico mio.»

«Vale a dire?»

Robert aveva fatto un gesto circolare che comprendeva tutta la casa.

«Prendere su tutte le documentazioni che troviamo in questa baracca vegetale e farci i coglioni a frange a forza di studiarle.»

Approfittando delle condizioni di luce ancora buone, Jim aveva riportato il Bell alla pista d'atterraggio del Cielo Alto Mountain Ranch, mentre Robert si faceva aiutare da Cole a caricare sulla macchina tutto il materiale che era possibile e necessario portare via.

Per un accordo tacito quanto spontaneo, nessuno dei due aveva proposto di fermarsi in quella casa per esaminare i documenti in loco. Erano due uomini del loro tempo e sapevano vivere nel mondo che li circondava. Ma adesso si trovavano di fronte a qualcosa che trascendeva le loro capacità di semplici esseri umani, qualcosa che non capivano e che, nonostante qualunque spiegazione, non sarebbero riusciti a capire mai.

E che temevano.

Si erano dati appuntamento nel cottage di Beal Road dove abitava Jim. Era un posto tranquillo dove nessuno li avrebbe disturbati. Robert aveva convenuto che sarebbe stato difficile spiegare la presenza nel suo ufficio di un estraneo alla Polizia. D'altro canto non se l'era sentita, visto l'andamento della faccenda, di rinunciare all'apporto di un interlocutore dell'acume di Jim.

E qualche ora dopo stavano davanti a un tavolo carico di fogli e scatole, cercando ancora di capirci qualcosa. Poco per volta dai documenti in loro possesso e dalle note biografiche dell'architetto erano riusciti a ricostruire il suo passato. Ma non avevano trovato niente di significativo.

La famiglia si era insediata a Flagstaff molto dopo il verificarsi dei fatti che avevano dato origine a tutta la vicenda. Il nonno materno di Curtis era un commerciante di origine polacca. Il suo vero nome era Lentbowski e dopo il fallimento della sua attività era arrivato in città subito dopo la seconda guerra mondiale da un piccolo paese del Massachusetts. Aveva cambiato il suo nome in Lee e si era adattato a fare un poco di tutto finché non aveva trovato dei finanziamenti ed era riuscito ad aprire con un certo successo una piccola attività di catering. La figlia Catherine aveva sposato tale Fred Bowlton, assicuratore di Santa Fe, che si era a sua volta spostato a Flagstaff e aveva aperto un'agenzia in città. Alternandosi tra polizze contro i fulmini e la grandine e preventivi per i salatini e le tartine dell'altra attività di famiglia. Finché un bel giorno era sparito, irretito dalle discutibili grazie di una cantante country conosciuta all'Orpheum, il teatro dietro il Weatherford Hotel. La moglie non era sembrata molto dispiaciuta ma in ogni caso non si era più legata a nessuno. Tanto il vecchio Lentbowski quanto la signora Bowlton-Lee se ne erano andati all'altro mondo in rapida successione e il giovane Curtis era rimasto il solo membro della famiglia a calpestare il suolo dell'Arizona. In un secondo tempo aveva scelto il nome della madre come nome d'arte ed era diventato ancora in giovane età un architetto di fama internazionale.

Stop.

Non c'era nessun legame tra lui, la sua famiglia e qualunque cosa potesse avere una relazione con quei posti e quello che era successo a Flat Fields più di cento anni prima.

Jim gettò l'ennesimo certificato sul tavolo ingombro di fogli.

«Eppure un nesso ci deve essere. E sono sicuro che se lo troveremo, avremo la possibilità di completare il quadro.»

Robert non era meno desolato di lui.

«Credo perdipiù che sia necessario sbrigarci. Se non riusciamo ad arrivare a un risultato, è possibile che il mio capo mi sollevi dal caso. O peggio, che arrivi l'FBI da Phoenix a reclamarne la giurisdizione. Temo che sarebbe piuttosto imbarazzante spiegare a chiunque quello che sta succedendo.»

«Credi che ci sia questo pericolo?»

Robert assentì e disse un nome.

«Cole.»

Jim non riusciva a capire. E probabilmente ce l'aveva scritto in faccia.

«Non fraintendermi. È un bravo ragazzo e sono convinto che abbia fiducia in me. Probabilmente mi è anche affezionato. Ma non credo che arriverà a mentire. Se qualcuno dovesse rivolgergli delle domande, non rischierà la carriera per coprirmi.»

Indicò i fogli e le scatole in giro per la stanza.

«E tutto questo, credimi, è molto fuori dalle prassi ordinarie.»

Jim riusciva a comprendere fino a sazietà i problemi del suo amico. Si alzò e andò a prendere un paio di birre dal frigo. Attraverso la porta aperta di fianco all'acquaio ingombro di piatti, si vedeva il terreno a prato del giardino. Non riusciva a guardarlo senza provare un'avvisaglia di pericolo, come se da un momento all'altro sulla superficie dovessero emergere delle impronte di piedi nudi e dirigersi minacciose verso di lui. Impronte come quella che avevano trovato in uno dei contenitori pieni di terra a casa di Curtis Lee.

Inoltre c'era un altro aspetto fondamentale della vicenda, a proposito del quale non erano riusciti a farsi la minima idea. L'ordine, ma soprattutto la frequenza, con cui l'ombra sceglieva le sue vittime. Sentivano alitare sul collo il fiato dell'urgenza. Dovevano capire e dovevano farlo presto se volevano evitare che arrivasse una nuova chiamata e subito dopo trovarsi di fronte a un altro cadavere, steso a terra con le ossa frantumate e il volto ridotto a una maschera di cera sciolta.

Appoggiò una bottiglietta di birra davanti a Robert, che si era proteso ad aprire un altro scatolone.

«Accidenti, qui ci sono solo delle ricevute e delle bollette.»

Jim si sentì male. Robert gli aveva insegnato che, nel corso di un'indagine su un caso complicato come quello, nessun dettaglio andava trascurato. Non era dato sapere da che particolare sarebbe arrivato il lampo che portava alla soluzione. Per cui ogni cosa andava esaminata come se fosse quella da cui poteva arrivare l'illuminazione.

Pezzo dopo pezzo tirarono fuori ed esaminarono ricevute, estratti di conto corrente, atti di proprietà, bollette della luce e del telefono. C'erano anche le copie autentiche di alcuni dei più importanti progetti portati a termine dall'architetto nel corso della sua carriera.

Molti recavano la sua firma autografa.

Jim pensò che dopo la sua morte prematura quei documenti sarebbero stati un piatto molto goloso sulla tavola dei collezionisti di un certo tipo di reperti. Su quel piano c'erano molte migliaia di dollari sotto forma di tavole tecniche che testimoniavano il genio di un artista contemporaneo. Si vergognò un poco per quel pensiero.

Si chiese se coloro che avevano rinvenuto il materiale di Leonardo da Vinci dopo la sua morte si fossero sentiti nello stesso modo, se avessero pensato più al denaro che ne potevano ricavare che non all'espressione di un intelletto superiore.

Prese il pacco dei progetti e si alzò per spostarli e lasciare libero il piano.

«Strano.»

La voce di Robert lo sorprese alle spalle. Si girò e lo vide osservare un pacco di ricevute legate con l'elastico che teneva in mano.

«Che cosa c'è di strano?»

«Queste sono ricevute di versamento.»

Il detective tolse l'elastico e le appoggiò davanti a sé sul tavolo. Prese a esaminarle a una a una.

«Sono le contabili di un accredito mensile su un conto corrente aperto presso la First Flag Savings Bank a nome della signora Gwendolyn Lee, effettuato da una banca di Barbados per un importo che direi piuttosto consistente. E poi...»

Robert si prese il tempo di sfogliare velocemente i rettangoli bianchi.

«Poi da un certo punto il versamento viene fatto a nome del signor Curtis Bowlton Lee. E qui…»

Il poliziotto si trovò in mano un foglio piegato in quattro che stava impilato insieme alle ricevute. Lo aprì e lo scorse velocemente.

«Questa è una lettera dello studio legale dell'avvocato Theodore Felder. Non riesco a leggere bene la data ma deve essere di parecchio tempo fa. Viene annunciato alla suddetta signora Gwendolyn Lee un versamento mensile fino al raggiungimento del trentesimo anno di età del figlio Curtis.»

Robert posò la lettera e andò a esaminare direttamente il tagliando in fondo alla pila.

«Infatti l'ultima ricevuta porta un timbro di sette anni fa. Curtis oggi aveva trentasette anni per cui le date collimano.»

«Sembrerebbe una specie di borsa di studio.»

«Le borse di studio di solito arrivano dai college oppure da enti governativi. Non penso che Barbados possa essere considerato tra questi.»

«E allora cosa può essere?»

«Non lo so. Ma credo sia il caso di fare una rapida ricerca presso la banca e presso l'avvocato Felder, anche se non penso che verremo a capo di niente. Ci sono di mezzo troppi segreti bancari e professionali. Se è stato fatto questo giro per il denaro significa che l'ordinante del bonifico non intendeva essere rintracciabile. E vedrai che non lo sarà.»

Di certo Robert si sentiva a disagio nel ruolo di Cassandra, ma Jim si fidava troppo dell'esperienza del suo amico per arrivare a delle conclusioni personali diverse.

Jim si sedette e continuò a bere la sua birra.

Robert si appoggiò allo schienale della sedia e si massaggiò il collo indolenzito. Il suo tono di voce smise di essere quello di un poliziotto e divenne quello di un uomo intimorito di fronte a qualcosa di terribile e sconosciuto.

«Jim.»

«Sì.»

«Ci pensi mai a dopo?»

Jim aveva capito benissimo quello che intendeva dire Robert. Era la stessa domanda che avrebbe potuto e voluto rivolgere lui, sapendo di ottenere la stessa risposta approssimativa.

«Tutte le volte che sto per salire su un elicottero. È un pensiero che non mi abbandona mai. Poi quando mi stacco dal suolo passa tutto e resta l'esaltazione del volo. Ma so che è solo rimandato alla volta successiva.»

«E qual è la tua idea?»

Jim fece un gesto con le spalle.

«Prima pensavo che fosse solo un fatto di ignoranza. O meglio, di non conoscenza. Gli uomini, per un loro istinto innato, hanno sempre cercato di eliminare la paura elevando al grado di divinità le cose che andavano oltre le loro possibilità di capire. Con diversi livelli di evoluzione hanno adorato il fulmine, il tuono, la pioggia, il sole, la luna. Quando sono stato in Egitto e in Grecia e mi sono trovato davanti i templi dedicati a Ra o a Giove, ho pensato che erano stati eretti con la stessa fede con cui sono state costruite le nostre cattedrali centinaia di anni dopo.»

Jim fece una pausa e si guardò le mani che sapevano portare una macchina volante a centinaia di piedi di altezza.

«Dove la conoscenza si fermava qualcuno ha cercato di andare oltre con la magia. Ho sempre pensato che era più utile a chi la praticava che non a chi doveva goderne i benefici. Ma adesso…»

Adesso era tutto diverso. La realtà era diventata una sentenza impugnabile e l'impossibile un valido sostituto. Si trovavano costretti a rivedere le loro vecchie convinzioni presuntuose e non riuscivano a trovare nulla da proporre in cambio.

E sepolta da qualche parte in fondo alla terra c'era un'ombra in grado di spegnere vite e certezze.

Robert fu il primo a riscuotersi.

«Bene. Continuiamo. E vediamo cosa c'è qui dentro.»

Si avvicinò a due scatole rettangolari di cartone cerato blu, piuttosto voluminose, prese dallo studio dell'architetto Lee. Sollevò il coperchio della prima.

«Ma guarda...»

Jim si avvicinò a vedere che cosa avesse stupito il detective. All'interno erano impilati degli stampati ingialliti dal tempo, ognuno avvolto in un foglio di carta velina opaca. Robert tirò fuori con delicatezza quello che stava in cima e lo tolse dalla sua protezione.

Era un avviso di taglia. La qualità della carta e della stampa e la cura con cui era conservato facevano pensare che fosse un originale. Davanti ai loro occhi lo stato del New Mexico offriva una ricompensa di cinquecento dollari d'argento per la testa di William Bonney detto Billy the Kid, ricercato per furto e omicidio.

«Be', penso che questa roba abbia un certo valore.»

«Senz'altro. Però non mi sembra molto in linea con la personalità di Curtis Lee.»

«Mi sa tanto di una di quelle collezioni che appassionano da ragazzini. Di quelle che fanno sorridere al ricordo e diventano nido per la polvere in qualche soffitta.»

Esaminarono a uno a uno gli avvisi che c'erano nelle due scatole. Passarono davanti ai loro occhi nomi e date e crimini e promesse di denaro in cambio della vita o della morte. Molti li conoscevano. Erano nomi famosi della storia della frontiera mescolati ad altri sconosciuti ma portatori dello stesso carico di colpe e della stessa condanna a vivere braccati.

Jeff Kingston, Emmet Dalton, Bill Doolin, Tom Evans, Scott Truman, Ozzie Siringo...

Guardando quei visi riprodotti in modo approssimativo dalle tecniche fotografiche di quei tempi, si trovarono di fronte un'epoca molto diversa da quella che veniva celebrata in posti come il Cielo Alto Mountain Ranch. Un'epoca senza gloria e senza eroi in cui uomini morivano con un colpo di fucile alla schiena e in particolare gli indiani venivano massacrati nei loro accampamenti sulle montagne.

Quando tirarono fuori l'ultimo bando si accorsero che sul fondo della seconda scatola ce n'era una più piccola. Robert la tirò fuori e sollevò il coperchio.

All'interno c'erano delle fotografie originali, nella classica tiratura a seppia dei vecchi ritratti. Se le divisero e le fecero passare davanti agli occhi a una a una. Anche qui si trattava di uomini e donne e bambini e frammenti di storia che adesso erano sepolti sottoterra o sotto le scorie del tempo.

Poi successe.

Jim si trovò fra le mani una foto e rimase senza fiato.

«Robert.»

Il detective sollevò la testa e dall'espressione di Jim capì subito che stava per accadere qualcosa di importante. Prese la foto che l'altro gli tendeva e quando i suoi occhi ci caddero sopra realizzò il motivo dell'eccitazione del suo amico. E fu di colpo coinvolto nello stesso stato d'animo.

Era il ritratto di due persone, che fissavano impacciate l'obiettivo con una timidezza che di certo non avevano avuto nel momento di salire a cavallo o sparare a un altro uomo.

Il primo era un indiano di età indefinibile, il viso fissato nell'immagine e scavato nella pietra, con la pelle butterata e una piega crudele della bocca. In testa portava un cappello floscio ornato da quella che sembrava essere una piuma d'aquila...

Il secondo era più giovane, poco più di un ragazzo. Era alto e aveva la barba. Ma agli occhi di Jim e Robert il viso era passato subito in second'ordine rispetto a un altro dettaglio. L'uomo portava in testa un cappello nero che intorno alla calotta aveva un nastro coperto di fregi d'argento.

«Cristo santo, ma questo è...»

Jim lo interruppe, solo per aggiungere stupore allo stupore.

«Esatto. È il cappello che abbiamo trovato nella caverna. E ti dirò di più...»

Jim si sedette sulla sedia ma Robert non riuscì a fare altrettanto.

«Io so chi è quest'uomo.»

«Cazzo. E chi è?»

A Jim arrivò di colpo tutta la stanchezza della giornata. E il sollievo molle per aver finalmente trovato una traccia riusciva a cancellare anche l'eccitazione.

«Ho visto il suo ritratto appeso su una parete solo pochi giorni fa. È Jeremy Wells, il nonno di Cohen Wells.»

38

Alan Wells non aveva nemmeno provato a dormire.

Stava seduto su una poltrona nella sua stanza, immerso nella penombra azzurrata di un televisore al quale aveva tolto l'audio. Le immagini si materializzavano sul monitor senza il supporto della voce e tutto diventava quello che in realtà era. Un inutile e muto muovere di bocche nel disperato tentativo di far sentire parole che nessuno ascoltava.

Si era ritirato nella sua stanza dopo aver cenato da solo. Mentre si stava per sedere a tavola, suo padre era arrivato e si era affacciato sulla porta della sala da pranzo in compagnia di altri due uomini. Erano entrati per salutarlo e Cohen Wells con visibile orgoglio aveva presentato il figlio ai suoi ospiti.

«Ciao, Alan. Tutto bene?»

«Sì.»

«Vorrei presentarti due persone.»

Anche se aveva notato nel tono asciutto di Alan una leggera insofferenza per quell'intrusione, aveva proseguito per la sua strada. Come sempre, d'altro canto.

«Ricordi Colbert Gibson, vero?»

«Certo.»

Gibson si era fatto avanti, la mano tesa, cordiale e falso nella stessa misura.

«Salve Alan, come va?»

Era riuscito a essere diplomatico, quando il suo desiderio istintivo sarebbe stato quello di mandare quel mestierante della politica a farsi fottere.

«Bene.»

Aveva ricambiato la stretta. Gibson non era cambiato per niente, solo un poco di grigio alle tempie. Era un bell'uomo e si muoveva come chi è conscio di esserlo. Alan lo aveva incontrato diverse volte, quando era il direttore della loro banca. Prima che una serie di appropriazioni indebite non gli facesse ottenere, invece che la galera, la promozione a sindaco.

Suo padre aveva spinto davanti a lui il secondo uomo.

«E questo è Dave Lombardi. Si ostina a voler fare il medico legale, quando è uno dei più grossi intenditori di cavalli della zona.»

La stretta di Lombardi era forte e asciutta, il viso abbronzato, i capelli sale e pepe lasciati un poco al caso. Ma gli occhi, se cercati, non avevano la forza di sostenere lo sguardo. Alan non era riuscito a capire se dipendesse dal carattere o dall'imbarazzo di trovarsi di fronte a un uomo che portava alle spalle una storia come la sua.

Poi aveva deciso per tutte e due le cose

Suo padre si era ritratto e aveva guadagnato la porta.

«Bene, non ti disturbiamo oltre. Tu cena pure. Devo fare due chiacchiere con questi amici e poi purtroppo mi tocca uscire di nuovo. Ci vediamo domani.»

Gibson e Lombardi lo avevano salutato con una deferenza che andava divisa in eguale misura tra lui e suo padre e si erano diretti in compagnia del loro ospite verso lo studio. Alan aveva pensato che gli «amici» dovevano avere, ognuno per un motivo diverso, una giusta dose di apprensione al pensiero di una riunione con Cohen Wells. Ricordava benissimo in che contesto aveva visto di recente i loro nomi. Tutti e due apparivano con pesanti note di biasimo nel suo libro nero. Ed erano note che avrebbero potuto avere come conseguenza il fallimento o la prigione.

Vedendoli andare via, si era chiesto come mai suo padre li avesse convocati a casa invece di riceverli alla banca. Non era riuscito a formulare nemmeno un'ipotesi, perché era arrivata Shirley con l'annuncio di una telefonata. Con aria dubbiosa gli aveva proposto la chiamata di una certa April Thompson. Era rimasto in silenzio e aveva speso qualche istante per decidere se voleva parларle o no. Infine aveva autorizzato la governante a passargli la comunicazione.

La voce di April era uscita dal telefono, docile e affettuosa come la ricordava.

«Ciao, Alan. Sono April. Come stai?»

«Bene, direi. E tu?»

«Decorosamente. Sono sempre di corsa, come il mio mestiere richiede. Me lo sono scelto io, per cui non ho molto da recriminare.»

«Tuo figlio come sta?»

«Cresce. E con la sua età mi dà tutti i parametri della mia.»

Alan aveva ritenuto sufficienti i convenevoli, che tra di loro erano più appuntiti di quanto non avrebbero dovuto.

«Scusa April, se è per la tua intervista io...»

«No, non è per questo che ti ho chiamato.»

Una pausa, forse per cercare le parole. E infine erano arrivate quelle giuste. Le più semplici.

«Ho visto Swan, poco fa. Abbiamo parlato.»

«Capisco.»

«Abbiamo parlato di te.»

«Questo lo capisco un po' meno. Ci sono migliori argomenti di conversazione al mondo.»

C'era ostilità nella sua voce e April l'aveva percepita. Non era contro Swan o contro di lei o contro il mondo, ma contro se stesso.

«Alan, Alan, Alan... vuoi fermarti un attimo?»

Era il tono affettuoso di una sorella maggiore con il fratello giovane e incorreggibile.

«Ci sono di mezzo anch'io in questa storia, ricordi? So come sei stato perché sono passata per la tua stessa strada. Quello che è successo ci ha segnati tutti, che lo volessimo o meno. Non sto a raccontarti storie. Solo vorrei darti un consiglio per quella vecchia amica che ero e che sono tuttora. Qualunque cosa abbia fatto quella ragazza, ti prego di credere che l'ha pagato a sufficienza. Io penso che sia arrivato il momento di un poco di pace, sia per lei che per te.»

Avrebbe dovuto seguire la regola secca del basta così e arrivederci. Invece era solo un uomo alle prese con il rebus eterno dei sentimenti. Quelli che possono portare ferite alle quali non si può ovviare con delle protesi.

E come tale aveva preferito il percorso troppo breve dell'illusione.

«Cosa dovrei fare, secondo te?»

«Se provi ancora qualcosa per Swan, dalle una seconda occasione. E dalla anche a te stesso.»

Era rimasto in silenzio, per offrirle modo di chiudere il discorso.

«So che un uomo nella tua situazione ha il terrore di scambiare la compassione per amore. Ma tu non commettere l'errore opposto. Non scambiare l'amore per compassione.»

Poche parole rapide, per non fare sentire alla donna dall'altra parte che gli tremava la voce.

«Ci penserò. Grazie in ogni caso, April. Buona serata.»

Senza darle la possibilità di aggiungere altro, aveva chiuso la comunicazione.

Si era pentito quasi subito di quel congedo telegrafico che doveva essere suonato alle orecchie di April come una fuga. Ma da allora non aveva smesso un attimo di rimuginare su quella conversazione.

C'era stato un momento in cui avrebbe dato la vita per Swan e l'avrebbe rischiata per Jim. Poi tutto era precipitato e si era trovato a rischiarla per dei ragazzi che in pratica non conosceva. Ma che gli avevano dato di più di quelli che un giorno aveva chiamato amici.

Adesso si trovava di nuovo in compagnia dei pensieri che sembravano la fotocopia di quelli di tanto tempo prima. Si era detto più volte che il passato era passato e come tale si era abituato a maneggiarlo e a smontarlo. Ma ora che ogni cosa si stava a poco a poco ricostruendo nel presente, sembrava la preparazione perfetta di una delle beffe abituali dell'esistenza.

Si rendeva conto che nella sua situazione pensare ancora a Swan era il sistema migliore per farsi del male. Ma questa volta c'era un vantaggio. Con l'amarezza dell'ironia riusciva ad aggiungere che per la prima volta, se male era, aveva il privilegio di potenerselo fare da solo.

Si alzò dalla poltrona e si avvicinò al letto per chiamare Jonas e farsi aiutare per la notte. Si era appena seduto e stava per prendere il telefono quando l'apparecchio iniziò a suonare.

Aveva accordato a Shirley il permesso di ritirarsi e sapeva che suo padre quando vedeva qualcuno dei suoi collaboratori non prendeva nessuna telefonata. Per un attimo ebbe la tentazione di non rispondere. Poi rassegnato tirò su il cordless e attivò la comunicazione.

«Alan Wells.»

«Alan, sono Jim.»

Istintivamente guardò l'orologio. Era quasi mezzanotte.

«Ciao, che ti succede a quest…»

Un tono concitato lo investì e lo interruppe.

«Non ho tempo di spiegarti ora che succede. Credo che non saprei nemmeno bene come farlo. Ma c'è una cosa che ti devo dire e mi devi credere sulla parola. Sei in pericolo di vita.»

«In pericolo di vita? Ma cosa stai dicendo? Sei impazzito?»

«Credimi sulla parola e mi devi promettere che non uscirai di casa. Anche se ti sembra una stupidaggine, rimani in un posto dove tu possa avere un pavimento sotto i piedi. Non andare assolutamente in giardino per nessun motivo. Promettimi che lo farai.»

«Jim, hai bevuto per caso?»

Ci fu un fruscio che indicava un passaggio di cornetta. Poi dal telefono emerse una voce profonda che non conosceva.

«Signor Wells, sono il detective Robert Beaudysin della polizia di Flagstaff. Mi sente?»

«Sì.»

«Le assicuro che non è uno scherzo. Visto che lei è un militare, glielo dico in un altro modo. Questa non è un'esercitazione. Faccia come dice il suo amico. E avverta suo padre. Corre lo stesso pericolo anche lui. Il tempo di arrivare e siamo da lei.»

Clic.

Il tono perentorio e l'ansia nelle voci rimasero nelle orecchie di Alan anche dopo che la comunicazione era stata chiusa. Eppure non riusciva a credere a quello che aveva appena sentito.

Lui e suo padre in pericolo di vita? E perché mai? E soprattutto, da dove arrivava la minaccia? Quella storia del pavimento e del giardino suonava davvero un poco assurda. D'altro canto non credeva che Jim si sarebbe sbilanciato in una telefonata del genere se non fosse stato davvero convinto della necessità di metterlo in allarme. Per un istante fu tentato di chiamare la Centrale di Polizia per assicurarsi dell'esistenza di un detective Robert Beaudysin, ma decise subito di non farlo.

Alan era stato addestrato a convivere con il pericolo. E il pericolo si presentava sovente abbinato a una condizione di emergenza. Era la componente stessa del lavoro del soldato, la sua materia prima. E la mancanza di sangue freddo il primo nemico. Non aveva paura perché sentiva che, se quello che gli avevano appena annunciato era vero, non c'era tempo per averne. Finché restava in casa non c'era problema, avevano detto.

Molto bene.

Per cui decise che per prima cosa doveva muoversi e avvertire suo padre. Dopo, nel caso, avrebbe avuto tutto il tempo per ridere di se stesso e di arrabbiarsi con chi aveva montato tutta quella storia.

Afferrò le stampelle che stavano contro il muro di fianco al letto e si mise in piedi. Grazie a Wendell stava cominciando a prendere confidenza con le protesi e il percorso fino allo studio di suo padre fu molto più agevole di quanto non sarebbe stato solo una settimana prima.

Quando si trovò davanti alla porta e spinse il battente, si ac corse che era arrivato troppo tardi. La luce era spenta e la stanza era vuota.

La riunione era stata consumata piuttosto in fretta e alla fine i tre uomini erano usciti. Era talmente immerso nei suoi pensieri che non aveva sentito i rumori delle auto che se ne andavano, anche perché la sua stanza era dal lato opposto della casa rispetto al parcheggio.

Accese la luce ed entrò nello studio.

Si avvicinò alla scrivania e si sedette con un'agilità nuova che lo sorprese. Rimase un attimo perplesso, indeciso sul da farsi. Non aveva la più pallida idea del posto dove suo padre avesse intenzione di andare, una volta uscito di casa. Sicuramente non era con l'autista, perché Jonas la sera era a sua disposizione.

L'unica speranza era che fosse in macchina con Colbert Gibson o quel Dave Lombardi e che fosse ancora in loro compagnia. Non aveva i loro numeri di cellulare ma era certo che Beaudysin, non appena fosse arrivato, avrebbe avuto i mezzi per rintracciarli.

In quel momento un piccolo dettaglio colse la sua attenzione. Sul piano della scrivania davanti a lui c'era una scatola di medie dimensioni in legno di cedro con degli intarsi in argento. Dall'aspetto sembrava uno di quei contenitori di sigari che fungevano anche da umidificatori. Doveva essere arrivato di recente, perché ricordava benissimo che l'ultima volta che era stato lì non c'era. Trovò l'oggetto fuori contesto in quella stanza, dato che suo padre non fumava e detestava che lo facesse chi si trovava in sua presenza.

Probabilmente era stato un omaggio al presidente della First Flag Savings Bank da parte di qualcuno che sperava di fare affari con lui. O che li aveva già fatti.

Tese la mano e alzò il coperchio. All'interno non c'erano sigari ma uno di quei piccoli registratori digitali da taschino. Di certo era stato messo sulla scrivania per annotare a voce pensieri e brevi appunti o dettare lettere da far trascrivere il giorno dopo a qualche segretaria. Si accorse che il led rosso era acceso, il che significava che una registrazione era in corso. In un primo momento si chiese perché suo padre avesse deciso di incidere la conversazione che aveva avuto con il sindaco e quell'altro tipo che gli aveva presentato come un medico legale. Poi arrivò alla conclusione che la cosa doveva essere avvenuta in modo fortuito. Il coperchio della scatola aveva sotto una serie di protuberanze in corrispondenza delle spugnette che andavano imbevute d'acqua per mantenere i sigari alla giusta temperatura.

Alan riusciva a immaginare quello che era successo. I tre erano entrati nello studio. Com'era prevedibile, suo padre si era seduto al proprio posto dietro la scrivania e i suoi due ospiti nelle poltroncine di fronte. Poi aveva iniziato a parlare e nel corso della conversazione aveva distrattamente aperto e chiuso il portasigari. E una delle sporgenze sotto il coperchio aveva premuto sul pulsante e fatto partire la registrazione.

In un'altra circostanza avrebbe chiuso la scatola e se ne sarebbe andato, pensando che non erano affari suoi. Ma adesso, dopo le parole urgenti di Jim e dopo i file che aveva visto su Gibson e Lombardi sul computer, le cose assumevano un aspetto diverso.

Tirò fuori il registratore, lo spense e tornò all'inizio. Poi premette il pulsante che avviava la riproduzione. Attraverso la piccola cassa dell'apparecchio, nonostante la qualità della registrazione per l'ostacolo del legno, un dialogo avvenuto poco prima in quella stanza ebbe luogo una seconda volta con una nitidezza sorprendente.

Alan riusciva a riconoscere le voci senza nessun problema.

Cohen.

«Niente?»

Gibson.

«Ho fatto perquisire la casa un'altra volta. Niente.»

Cohen.

«Merda. Siete stati troppo precipitosi a far fuori il vecchio. Ci siamo levati di torno un grosso oppositore al progetto del Ranch, ma invece di eliminarlo del tutto abbiamo solo spostato il problema. Avreste dovuto trovare prima il documento.»

Lombardi.

«Io non c'entro niente. Ho solo dato un'indicazione sulla strada da seguire. Un'iniezione di etere era il sistema migliore per far sembrare la morte dovuta a un attacco cardiaco. Tenachee era vecchio e una simile diagnosi ci stava tutta. Poi ho fatto io l'autopsia e ho confermato la tesi. Sapendo che il corpo sarebbe stato cremato non c'era da aspettarsi nessun tipo di complicazione.»

Cohen. Insofferente.

«E invece ci sono state, perché quello psicopatico di Jed Cross era così ansioso di ammazzare qualcuno che si è preoccupato solo dopo di trovare il documento. E infatti non l'ha trovato.»

Gibson. A proprio discarico.

«Non guardarmi così, Cohen. Lo abbiamo deciso insieme. Jed aveva fatto tanti altri lavori per noi, più o meno puliti e si era sempre comportato bene…»

Cohen. Sbrigativo.

«Va bene, va bene, tanto adesso non ci possiamo più fare niente. Con il vecchio, almeno.»

Gibson. Preoccupato.

«Cosa intendi dire?»

Cohen. Spazientito.

«Rifletti un attimo prima di parlare. Quel Jim Mackenzie è l'unico erede e pare evidente che non sa niente di quella carta. Altrimenti, affamato di soldi com'è, si sarebbe già presentato a battere cassa. Ho persino dovuto assumerlo, per potere controllare da vicino se saltava fuori qualcosa. Ma ora il rischio è troppo grande. E se per un caso fortuito dovesse succedergli qualcosa, tutto sarebbe finito. E il documento resterebbe a marcire nel posto dove suo nonno l'ha nascosto.»

Gibson. Una nota di panico nella voce.

«Non credo che sia una strada percorribile un'altra volta.»

Cohen. Determinato.

«Tutte le strade sono percorribili, al mondo.»

Lombardi. Il timbro un poco più alto del normale.

«Cohen, sii ragionevole. Non è possibile tirare troppo la corda.»

Cohen. Padrone di tutti nella sua collera.

«Non urlare, idiota. Ti vuoi mettere in testa che non posso correre rischi? Devo avere la certezza che nessuno verrà mai a reclamare dei diritti su quella proprietà. Non posso mettermi nella condizione di dover trattare. Chiunque non venga da Marte, appena si accorgesse di quello che ha in mano chiederebbe una montagna di denaro.»

Pausa di riflessione per tre. Poi ancora Cohen, di nuovo freddo e padrone di sé.

«No. L'unico modo è questo. Bisogna cercare una persona che se ne occupi. Quello di solito guida elicotteri. E sappiamo tutti che sono delle macchine molto fragili. Ne cadono ogni giorno in ogni parte del mondo. Oppure inventatevi qualcos'altro, basta che si arrivi a un risultato.»

Nell'approssimativa riproduzione di quel piccolo apparecchio, il silenzio che c'era stato poco prima nella stanza sembrava più profondo di quello attuale.

Poi ancora Cohen. Avvolgente, allusivo, convincente.

«Se mettete a posto questa cosa, dopo non dovrete più preoccuparvi. Tu riavrai indietro la tua confessione e tu...»

Una pausa. La sua testa di certo si era girata verso Lombardi.

«Tu avrai cancellato il tuo debito. Mi pare onesto come patto.»

Silenzio e riflessione, questa volta solo per due.

Poi un rumore di poltrona smossa. Subito dopo il riscontro di altre. Fine della riunione.

Cohen. Situazione in pugno e...

«Allora siamo d'accordo. Tenetemi informato.»

...già altrove.

«Scusate se non mi trattengo ma ho da fare. C'è una certa signorina a Sedona che aspetta una mia visita.»

Passi. Silenzio. Gelo.

Alan ebbe la sensazione fisica di sentire alle orecchie il rombo di qualcosa che crollava. Tutto quello che aveva passato nella vita gli sembrava niente rispetto a quello che il caso gli aveva servito sotto forma di un registratore sul piano di una scrivania. Sapeva che suo padre non era un santo. Nessun uomo d'affari lo è mai. Occorrevano determinazione e mancanza di scrupoli per farsi largo a gomitate nel mondo della finanza.

Ma quello che aveva scoperto lo privava di quella parte della vita che non si dovrebbe mercanteggiare mai. Quello era l'uomo che da bambino era stato il punto di riferimento, quello che si vestiva da Babbo Natale per mettere i doni sotto l'albero, quello che gli era stato insegnato a considerare il migliore uomo della terra.

Adesso tutto era cancellato, annullato, distrutto momento dopo momento da ognuna delle parole uscite da quell'apparecchio.

Alan pensò che nessuno dovrebbe mai arrivare a conoscere cose come quelle che lui aveva scoperto quella sera. Nessuno al mondo meritava di sapere che il proprio padre è un assassino.

39

Quando Jim e Robert arrivarono in casa preceduti da Jonas, Alan li stava aspettando seduto sul divano in salone. Indossava una tuta da ginnastica, e le stampelle in alluminio che Jim ricordava erano appoggiate alla seduta di fianco a lui. Lo trovarono in attesa ma stranamente non in ansia. Sul suo viso non c'era la minima traccia del motivo per cui i due visitatori notturni erano lì. Sembrava stanco e assente, lontano come se tutta quella storia non lo riguardasse o, peggio, che non gliene importasse nulla. Si era aspettato di trovarlo in compagnia di Cohen e si stupì di trovarlo da solo.

Robert doveva avere avuto lo stesso pensiero, perché saltò ogni tipo di convenevoli, alla luce della forza maggiore.

«Suo padre non c'è?»

«No. È uscito.»

Jim intervenne, perché non fosse solo di fronte a Robert.

«Non sei riuscito ad avvertirlo?»

Alan scosse la testa.

«No. L'ho lasciato che era in corso una riunione qui a casa con il sindaco e un certo Dave Lombardi, un medico legale.»

Robert guardò Jim con aria interrogativa. Anche lui si era chiesto che cosa significasse quella visita. La presenza del sindaco era comprensibile. Quella del coroner trovava meno giustificazioni. Alan non si accorse della loro perplessità e proseguì per la strada che aveva davanti. O meglio, che gli avevano messo davanti.

«Mi ha detto che dopo sarebbe uscito. Quando mi avete telefonato e sono sceso, non c'era già più. Ho provato al cellulare, ma è spento.»

«Pensi che sia rimasto con Gibson e Lombardi?»

«Non penso. Credo che abbia una relazione con una donna di Sedona. E mi pare di aver capito che avesse intenzione di andare da lei.»

«Merda.»

Il detective si alzò. Rimase in piedi in mezzo alla stanza ma nella sua mente era già operativo.

«Per trovarlo devo andare alla Centrale e mettere in moto qualche meccanismo. E per farlo devo essere lì.»

Tirò fuori un taccuino dalla tasca della giacca.

«Mi servono delle informazioni.»

Alan capì subito quello che il poliziotto intendeva dire.

«Guida una Bentley Continental blu o una Porsche Cayenne metallizzata con targa dell'Arizona. Non so quale delle due abbia preso, ma se guardate nel garage lo scoprirete. Indossava un completo grigio scuro.»

«Non potrebbe essersi cambiato?»

«Forse, ma non credo. La sua camera è vicino alla mia e l'avrei sentito arrivare.»

Ancora una volta Jim lo trovò fuori sintonia rispetto alla situazione di emergenza che si trovavano a fronteggiare. Parlava come se facesse fatica a formulare le parole e il suo sguardo scendeva a terra un po' troppo sovente.

Alan indicò una porta sul lato sinistro del salone.

«Alla fine di quel corridoio c'è il suo studio. Se vi serve una sua foto, su un piano della libreria ne potete trovare di recenti.»

«Molto bene.»

Robert uscì dalla stanza e rimasero soli.

Jim si sedette sulla poltrona davanti al divano, le gambe aperte, le mani protese nel vuoto.

«Alan, so che quello che ti sto per dire non sarà facile da accettare. E per certi versi ti chiediamo di credere sulla fiducia. È una storia che è iniziata molto tempo fa.»

Con Robert avevano deciso di dire ad Alan molto ma non tutto. La realtà era già difficile per loro che avevano seguito passo per passo tutta la vicenda. Sarebbe stato uno sforzo tremendo cercare di convincere qualcuno estraneo ai fatti che quella era davvero la verità.

«Abbiamo ragione di pensare che il tuo bisnonno Jeremy Wells sia stato, con altre tre persone, l'autore del massacro di Flat Fields. Adesso tutti i discendenti di quelle persone corrono un pericolo mortale. C'è qualcuno che li sta uccidendo a uno a uno.»

Alan lo fissava e ascoltava. Jim aveva l'impressione che i suoi occhi fossero su di lui ma che il suo sguardo passasse oltre senza vederlo. Con quelle parole si accorse di essere riuscito a riportare la sua mente nella stanza, di fronte a lui e ai fatti che gli stava esponendo.

«Ma com'è possibile?»

Jim allargò le braccia e in quel gesto c'era tutta la loro impotenza.

«Non lo sappiamo, e questo è l'aspetto più importante. Però sono già morte quattro persone. Dobbiamo fare il possibile per evitare che succeda di nuovo. E abbiamo bisogno del tuo aiuto.»

«Che cosa posso fare io?»

«Dobbiamo sapere anche noi quello che l'assassino conosce. Di certo avrai della documentazione che riguarda la tua famiglia. Dobbiamo metterci le mani e vedere se riusciamo a scovare una traccia che ci faccia capire chi c'era con Jeremy Wells a Flat Fields.»

Jim estrasse dalla tasca la foto che aveva preso dalla collezione di Curtis Lee. La tese ad Alan.

«Abbiamo trovato questa. È probabile che l'indiano che è con lui nella foto sia uno dei...»

Jim si corresse subito. Nonostante tutto faceva fatica a dire la parola «complici» di fronte ad Alan.

«È probabile che sia uno dei responsabili di quel fatto. Dovremmo cercare chi sono gli altri due.»

Alan rimase ancora un attimo a osservare la foto. Jim si accorse che l'accenno al bisnonno e ai suoi possibili trascorsi non era passato senza fare danni. D'altronde non era di certo il tipo di cose che si apprendono a cuor leggero. Si sentì in colpa per essere stato proprio lui a dargli quella notizia. Infine Alan prese le stampelle e si alzò dal divano con una certa disinvoltura. Per un istante Jim aveva pensato di tendergli la mano per aiutarlo ma si era trattenuto in tempo.

«Vieni con me.»

Alan si avviò verso la porta oltre la quale era sparito Robert. Il detective ne uscì mentre stavano per raggiungerla. Si fece da parte per farli passare.

«Ho trovato quello che mi serviva. Adesso devo scappare. Qui vai avanti tu, Jim. Sai benissimo cosa devi cercare. E se scopri qualcosa fammi sapere subito. Buonasera, signor Wells.»

Senza attendere risposta, si allontanò attraversando il salone con passo rapido. Se c'era ancora nell'aria qualche dubbio da parte di Alan, l'urgenza che il poliziotto aveva nella voce e nel comportamento sarebbe bastata da sola a fugarlo.

Mentre lo seguiva verso lo studio, Jim pensò che il suo amico non aveva manifestato la minima curiosità nel vederlo coinvolto di persona in un'indagine di polizia dalla quale di solito i normali cittadini erano esclusi. Poi si ricordò che Alan era un militare e che di fronte a una situazione di emergenza era addestrato ad agire contro l'obiettivo primario e solo dopo rivolgersi domande superflue.

Superarono la porta dello studio e Jim si trovò in un ambiente che ricordava come arredamento l'ufficio di Cohen alla banca. Oppure era l'idea della sua presenza che in qualche modo li rendeva simili. Il padre di Alan era una persona per certi versi molto discutibile, ma bisognava rendergli merito di una forte personalità e di un grosso carisma.

Con la sua andatura condizionata dalle stampelle, Alan raggiunse una libreria in metallo che occupava l'intera parete di sinistra e che poggiava su una serie di moduli dalle ante scorrevoli. Si fermò davanti a quello centrale. Lo indicò con la mano e si fece da parte.

«Apri qui.»

Jim si chinò e fece scorrere senza fatica e senza rumore l'anta sulle guide.

All'interno vide appoggiata sul piano una serie di volumi che a prima vista avevano l'aspetto di album fotografici.

«Prendi quelli.»

Jim estrasse i volumi rilegati in cuoio e li andò a depositare sul piano dello scrittoio. In totale gli album erano otto e anche piuttosto voluminosi, per cui fu costretto a farlo in due volte. Nel frattempo Alan si era seduto sulla sedia del padrone, dietro la scrivania.

Faceva effetto vederlo nel posto che di solito si identificava con la figura del padre. Di certo un giorno sarebbe diventato il proprietario di tutto e quel posto gli sarebbe spettato di diritto. Ma Jim sapeva che non sarebbe stato mai come Cohen. Forse non era una grande fortuna per gli affari, ma lo era di certo per Alan.

«Qui ci sono tutte le foto e i documenti che mio padre è riuscito a trovare per testimoniare il passato della nostra famiglia.»

Jim prese a esaminarli e si accorse che ogni volume portava una data. Dopo una breve ricerca, aprì quello relativo al periodo che gli interessava. Su dei fogli di carta marrone erano fissati, con una tecnica fotografica databile con facilità, momenti di una storia che tutti da quelle parti si affannavano a esaltare e a mettere come un vanto sotto i riflettori. Per evidenziare solo l'aspetto epico ed eroico si cercava in ogni modo di lavare via le macchie dal ritratto. Con risultati più o meno attendibili.

Jeremy Wells apparve immediatamente in sella a un cavallo e davanti a una costruzione che portava le insegne del Big Jake's Trade Center in compagnia dello stesso indiano. In una delle due immagini aveva in testa il cappello nero con i fregi d'argento. Nella pagina successiva c'erano solo altre due foto. Nella prima era con un uomo di mezza età, piuttosto grosso di corporatura, che guardava l'obiettivo con aria non del tutto serena.

Alan si accorse della sequenza che Jim stava guardando e spiegò il momento e le persone.

«Non sappiamo bene di dove fosse originario Jeremy Wells. Sappiamo che arrivò qui poco prima dei primi coloni. Per intenderci, quelli che festeggiarono il 4 luglio del 1876 issando la bandiera americana su un pino. Per questo quando fu fondata la banca le dettero il nome di First Flag Savings Bank. Quello che è con il mio bisnonno si chiama Clayton Osborne. Fino a che non è morto è stato il suo socio.»

Alan non disse di che cosa era morto Clayton Osborne e Jim non lo chiese. Ma sapevano tutti e due che, alla luce della personalità che si stava delineando, un sospetto qualunque poteva essere giustificato.

Jim si concentrò sulla seconda foto. Raffigurava tre persone sullo sfondo di una ferrovia in fase di costruzione. Jeremy Wells era un poco più vecchio. L'aspetto era più florido e la barba era molto più curata delle immagini precedenti. Appena vide gli altri due, Jim ebbe un lampo di memoria. Li aveva appena conosciuti, anche loro in versione più giovane. Nella collezione di avvisi di taglia di Curtis Lee i due apparivano con il nome di Scott Truman e Ozzie Siringo. E i loro bandi di cattura erano dello Stato del Wyoming.

Tirò fuori la foto dal suo alloggiamento e la tenne in mano, continuando a guardarla.

«Questi chi sono?»

Alan scosse la testa.

«Non li conosco. Fino a oggi ho pensato che fossero dei dipendenti della ferrovia, ma dopo quello che mi hai detto non ne sono più così certo.»

Jim non si accorse del tono amaro di Alan. Il suo cervello era occupato a ragionare veloce. Che ci faceva Jeremy Wells in compagnia di due criminali? E soprattutto di due ricercati di una zona molto lontana da quella? Arrivò alla conclusione che li conoscesse da tempo e che, quando aveva avuto bisogno di gente senza scrupoli che agisse senza fare troppe domande, li aveva chiamati. E dato che la ferrovia era arrivata solo parecchio tempo dopo l'impresa di Flat Fields, questo significava che si erano fermati in città.

Jim non ricordava nessuno con quel nome. Truman era abbastanza comune, ma Siringo era inusuale ed era certo di non aver mai incontrato a Flagstaff e dintorni qualcuno che si chiamasse in quel modo. C'era l'eventualità che si fossero fermati e che per evitare grane avessero cambiato nome.

Era tutto un poco fumoso ma Jim sentiva di avere imboccato la strada giusta.

«Forse questa può essere utile. Posso tenerla?»

«Certo.»

Jim infilò la foto nella tasca della giacca e continuò a esaminare l'album. Ma, a parte la foto dei tre uomini, non ne venne fuori nient'altro di interessante. Erano immagini nelle quali l'età del soggetto cresceva gradatamente e ritraevano solo scene di serena vita familiare.

«Okay, ho finito.»

Quando alzò gli occhi, Alan lo stava guardando con aria strana. Jim ebbe la sensazione curiosa che il suo atteggiamento fosse quello di una persona che si sente in colpa. E per quel che ne sapeva, era l'ultimo atteggiamento che Alan Wells potesse avere in sua presenza.

L'uomo seduto sulla poltrona del comando gli indicò un piccolo apparecchio simile a un iPod che stava appoggiato sul piano della scrivania davanti a lui. A uno sguardo più attento si accorse che si trattava di uno di quei piccoli registratori portatili che si usano per i memo.

«Jim, c'è una cosa che devi sentire.»

Allungò la mano e premette un pulsante.

«Penso che tu non faccia fatica a riconoscere le voci. La più importante, almeno.»

Per la terza volta in poche ore, in quella stanza risuonarono le stesse crudeli parole. Ascoltarono in silenzio, impietriti. Adesso Jim capiva perché Alan, al loro arrivo, gli era sembrato assente e distratto. Aveva appena sentito la registrazione e aveva dovuto fare i conti con il fatto che suo padre era responsabile di un omicidio. E l'essere venuto a conoscenza che il suo bisnonno era della stessa risma non aveva di certo migliorato le cose.

Jim non arrivò a chiedersi a che documento si facesse riferimento nella registrazione. Sentì una rabbia fredda invaderlo e salire minacciosa verso Cohen Wells e gli uomini che lo avevano spalleggiato in quello che aveva fatto e che erano pronti di nuovo a essere suoi complici in quello che si proponeva di fare. Ma soprattutto la rabbia vera era rivolta a se stesso. Quando il vecchio Richard Tenachee era in pericolo lui era lontano, indifferente e lontano. E la colpa per la sua morte a quel punto la doveva dividere in eguale misura il suo assassino.

«Fa male, vero?»

Alzò lo sguardo e si trovò davanti gli occhi di Alan. Tutto quello che era stato tra di loro sembrava di colpo esile e senza costrutto. Il passato era stato fatto a pezzi e divorato dal presente, adesso che si trovavano uno di fronte all'altro a dividere i due lati della stessa pena.

«Sì, hai ragione. Fa male.»

Alan indicò con la testa il registratore e disse una parola. Jim si accorse che non si era aspettato niente di diverso da lui.

«Fermalo.»

Rimasero in silenzio ancora un istante, tutti e due pensando a che cosa quelle parole significavano. Per quelli che avevano intorno ma soprattutto per loro. Poi Jim si riscosse. Il motivo per cui lui e un poliziotto erano venuti in quella casa e che li aveva sospinti con passo impaziente tornò a reclamare il suo diritto all'urgenza.

«Mi dispiace ma devo andare, Alan. Mi raccomando, anche se ti può sembrare assurdo, non uscire di casa per nessun motivo. Qui sei al sicuro. Appena saprò qualcosa ti farò sapere.»

Indicò il registratore sul tavolo.

«Posso prenderlo?»

«Certo. Fanne quello che ritieni opportuno.»

Infilò in tasca il piccolo apparecchio elettronico e stava per raggiungere la porta quando Alan lo vide fermarsi. Si girò verso di lui, pensieroso. Ebbe l'impressione che tra di loro non tutto fosse stato detto e che Jim stesse valutando se colmare o no quella lacuna.

Quella era una sera di valanghe. Il sasso posto in cima alla vetta stava scendendo a valle trascinando con sé tutto quello che trovava sul suo cammino. Stava alla loro forza di uomini non farsi travolgere.

«C'è una cosa ancora che ti devo dire, Alan. Forse non è la serata giusta, o forse sì. Ma tu sei un uomo superiore a me e la saprai valutare nel modo migliore. E perdonarmi, se ci riesci.»

Dopo tanti anni, rivelò ad Alan Wells la verità su quello che era successo tra lui e Swan Gillespie. Quando finì di parlare, Jim sentì disegnarsi dentro un sollievo che cercava da tanto tempo. E mentre usciva dalla stanza, a sorpresa scoprì sul viso del suo amico lo stesso sollievo.

Alan rimase da solo. Restò a lungo a fissare la porta dalla quale Jim era sparito. Parole e pensieri erano una danza forsennata nella sua testa.

Ripensò ad April, alla sua voce piena di un affetto senza tempo.

Ma tu non commettere l'errore opposto. Non scambiare l'amore per compassione...

E subito dopo la voce di Jim. Un affetto nuovo e vero e la medesima ansia.

Non uscire di casa per nessun motivo...

Alan guardò l'orologio al polso e si decise, nonostante l'ora. Forse il pericolo c'era davvero oppure era solo un eccesso di precauzione da parte di Jim. Ma lui un motivo per uscire ce l'aveva ed era l'unica cosa che in quel momento poteva tenerlo in vita.

Prese il telefono e compose il numero della stanza di Jonas, l'autista. Sapeva che l'avrebbe trovato ancora sveglio.

«Dica, signor Wells.»

«Mi serve la macchina. Dobbiamo uscire.»

L'ora era abbastanza insolita ma Jonas non fece obiezioni. Il suo stipendio non ne prevedeva.

«Molto bene, signor Wells. Dove andiamo?»

«È un bel tratto di strada, lo so, ma dobbiamo arrivare fino al Cielo Alto Mountain Ranch.»

40

Jim guidava verso la casa di April.

Quando le aveva telefonato al cellulare, aveva risposto subito, segno che non stava dormendo. Quella era una notte in cui nessuno pareva trovare non solo il sonno, ma anche un minimo accenno di pace. C'erano troppe cose nell'aria, troppe minacce e troppi passi che si avvicinavano nel loro incomprensibile rovescio. C'erano dappertutto luci elettriche accese e insegne che lampeggiavano e fari di macchine in corsa ma non erano forti a sufficienza per fugare l'oscurità.

«Ciao. Sono Jim. Tutto bene?»

«Sì, tutto a posto. Cosa è successo?»

«Molte cose. E nessuna bella. Però abbiamo delle novità. Ho bisogno di vederti. Dove abiti?»

Jim se la immaginò alla luce di una lampada sul comodino, appoggiata sul letto in attesa di una chiamata che infine era arrivata.

Se avessi capito prima non avrei bisogno di chiedere. Adesso sarei con lei a dividere le telefonate che arrivano improvvise nel cuore della notte...

Ma non poteva trasmettere i pensieri ed era costretto nel limite angusto delle parole.

«Sto sulla San Francisco. Poco dopo l'incrocio con la Elm Avenue. È un piccolo cottage in legno chiaro accanto a una costruzione più grande in mattoni rossi.»

«Bene. Sto uscendo adesso da casa di Alan a Forest Highlands. Dammi il tempo di arrivare.»

Aveva chiuso il Motorola e lo aveva gettato sul sedile del passeggero. Si era immesso sulla strada, quasi deserta a quell'ora della notte. Adesso guidava alla luce dei pochi fari e il viaggio di ritorno verso Flagstaff gli sembrava senza fine e senza scopo.

La rivelazione che Cohen Wells aveva ordinato l'uccisione di suo nonno era un pensiero che non gli dava tregua. Continuava a ripetersi che se fosse stato presente avrebbe capito, avrebbe reagito, avrebbe impedito. Questo era un altro rimorso che non sarebbe mai riuscito a diventare un rimpianto, era una nuova certezza infida, qualcosa che al pari del grande uccello bianco avrebbe portato per sempre sulla spalla. Ora che si sforzava di essere uguale a quei Tre Uomini che il vecchio Richard Tenachee aveva predetto, iniziava a comprendere che il perdono più difficile è quello che un uomo deve riuscire a trovare per se stesso.

E poi c'era la storia del documento. Non riusciva a immaginare di che cosa si trattasse. Cohen nel suo discorso farneticante aveva indicato lui come l'unico erede. Per cui doveva essere per forza relativo a qualcosa di proprietà di suo nonno. Ma Jim non aveva mai saputo niente a proposito di un qualunque oggetto o immobile di valore che gli fosse appartenuto, a parte la collezione di bambole Katchina.

Questo pensiero stava per innescare di nuovo il meccanismo del senso di colpa quando il telefono prese a suonare. Lo individuò nel buio grazie al display luminoso, lo aprì e lo portò all'orecchio.

«Pronto.»

«Jim, sono Robert. Trovato niente?»

«Sì, forse una piccola cosa. C'è una foto di Jeremy Wells con due persone che ho riconosciuto. Stavano fra gli avvisi di taglia che abbiamo trovato a casa di Curtis Lee. Se sono stati loro i complici di Jeremy, è probabile che dopo si siano fermati in città e abbiano cambiato nome.»

«Questa potrebbe essere una svolta.»

«Non sono così ottimista, ma non abbiamo altra strada, per il momento. Dovresti fare delle ricerche su questi due nomi. Segnateli.»

«Un attimo.»

Un rumore di fogli smossi inframmezzato dalle solite parole poco edificanti di un uomo alla ricerca veloce di una biro che scriva.

«Dimmi.»

«Scott Truman e Ozzie Siringo.»

Attese che Robert finisse di scrivere. Non ebbe bisogno di ripetere una seconda volta.

«Siringo mi sembra abbastanza bizzarro. L'unico che ricordi con questo nome è un agente della Pinkerton che aveva preso parte alla caccia del Wild Bunch. Ma in ogni caso un cognome del genere non l'ho mai sentito da queste parti.»

«È la stessa cosa che ho pensato io. Vedi cosa riesci a fare. Tu come stai andando?»

«Ho scoperto perché *Chaha'oh* ha ucciso Curtis Lee.»

Non c'era orgoglio nella voce di Robert, solo stanchezza.

«E come hai fatto?»

«Ho tirato giù dal letto l'avvocato Felder. Ho seguito la stessa linea d'azione che abbiamo adottato con Alan Wells. Gli ho detto molto ma non tutto. E gli ho spiegato che di fronte alla minaccia per la vita di esseri umani, nel più stretto riserbo anche i segreti professionali potevano essere violati.»

«E allora?»

«Ricordi le ricevute di versamento prima alla madre e poi al figlio? Era Cohen Wells che mandava il denaro. Curtis Lee è suo figlio.»

«Cosa?»

«Proprio così. Ha avuto una relazione con la signorina Lee e il frutto è stato il piccolo Curtis. Cohen era già sposato e non poteva buttare all'aria il suo matrimonio. A quell'epoca aveva ancora ambizioni politiche e la sua immagine pubblica ne sarebbe stata distrutta. D'accordo con l'avvocato Felder hanno trovato un tipo che stava affogando nei debiti e l'hanno convinto a sposarla a suon di dollari. La faccenda di fronte alla gente è stata sistemata ma il nostro amico ha sempre pensato di lontano al sostentamento del suo figlio illegittimo.»

«Curtis sapeva chi era in realtà suo padre?»

«Felder dice di no. All'inizio aveva accettato il denaro che gli arrivava tutti i mesi come una specie di borsa di studio. Recentemente aveva manifestato il desiderio di andare a fondo della faccenda, ma ormai...»

Jim ebbe un rapido pensiero per quel poveretto, avviato a una carriera luminosa e arrivato dall'Europa giusto in tempo per trovare una morte orrenda nella sua città natale.

Robert emise mandato di cattura per se stesso e la condizione in cui si trovava.

«Meno male che per il momento la notizia di questo nuovo omicidio non è trapelata, altrimenti sono sicuro che in qualche modo traverso avrei alle calcagna anche il signor Wells, oltre al mio capo e a tutti i media.»

Jim riusciva a capire la sua frustrazione. E sapeva che non era per gli scricchiolii della sua poltrona, ma per l'impossibilità di reagire in un modo qualunque alla minaccia che stavano fronteggiando.

Cambiò discorso per dargli un poco di sollievo, ammesso che un sollievo fosse possibile.

«Con Cohen come sta andando?»

Jim aveva deciso di non dire niente di quello che aveva scoperto su di lui. Per il momento preferiva tenerselo per sé, almeno finché non avesse deciso come comportarsi.

«Ho distribuito le foto e i dati ai nostri agenti e al comando della polizia di Sedona. Se Wells ha laggiù una relazione con una donna, ha usato molta discrezione. Nessuno ne sa niente. E inoltre non sappiamo quale possa essere il raggio d'azione di *Chaha'oh* per poterlo veramente definire al sicuro a quella distanza. Per cui l'unica speranza è che una pattuglia lo incroci per strada e riesca ad avvertirlo.»

Rimasero un attimo in silenzio, due persone che pensavano allo stesso uomo con differenti intenti.

Poi Robert tornò a essere il poliziotto che era. Presente, acuto ed efficace.

«Tu dove stai andando, adesso?»

«Pensavo di fare un salto da April e mostrarle la foto che ho trovato. Può darsi che nell'archivio del "Chronicles" ci sia qualcosa che possa metterci sulla strada giusta.»

«Ottima idea.»

Ancora un silenzio, che questa volta era figlio solo dell'uomo dall'altra parte. Ma Jim sapeva che Robert stava arrivando alla domanda che si era posto diverse volte da solo.

«Jim, c'è una cosa che non riesco a smettere di pensare.»

«Dimmi.»

«Non so se riusciremo a trovare le persone che sono l'obiettivo di questa ombra maledetta prima che le uccida tutte. Ma nel caso riuscissimo, dopo che facciamo?»

Jim fu contento di non vedere in faccia Robert e fu contento che Robert non potesse vedere in faccia lui.

«Non lo so. Per quanto mi sforzi di immaginare, davvero non lo so.»

Sentivano tutti e due che la conversazione era finita e che necessitavano di tempo in solitudine per cicatrizzare quel sentirsi inermi e senza voce.

«Va bene. Vedo come vanno le cose qui e se è il caso ti raggiungo a casa di April.»

«A dopo, allora.»

Jim chiuse la comunicazione e gettò di nuovo il telefono sul sedile di lato. La tentazione di spegnerlo era forte, ma non era proprio quello il momento di eliminare i contatti con il mondo. Entrò in città. Superò il semaforo che lampeggiava, seguì la Route 66 fin dopo la stazione e poi girò a sinistra sulla San Francisco.

La percorse lentamente, come avrebbe fatto un turista in un posto che non conosceva. Quella era la città dove era nato e in cui era cresciuto e nella quale sarebbe cresciuto suo figlio. L'aveva sentita ostile solo perché lui era ostile nei suoi confronti. Ma adesso era tutto diverso. Come tutti, non poteva sapere nulla a proposito del suo futuro. Ma di una cosa era certo. La regola dell'altrove non valeva più.

Poco dopo l'incrocio con la Elm, trovò la casa che gli era stata indicata. April doveva essere in attesa alla finestra, perché non appena fermò il Ram davanti alla porta la vide uscire. Si era cambiata e indossava una tuta azzurra che anche nella luce incerta della strada faceva a gara con i suoi occhi.

Era a piedi nudi.

Rimase sulla soglia finché Jim non arrivò alla sua altezza. Tenne aperta la porta per farlo entrare. Poi chiuse il battente, si avvicinò d'un passo e appoggiò il viso al suo petto.

«Jim, che bello rivederti.»

La circondò con le braccia e la strinse a sé. Si rese conto che i loro corpi aderivano alla perfezione, come se fossero stati disegnati per farlo non dalla fisicità del caso ma dal genio di un architetto come e meglio di Curtis Lee. Forse era sempre stato così ma lui non se ne era mai accorto prima. Respirò il suo profumo buono, ascoltando pensieri e brividi arrivare da un posto che non conosceva.

Parlò nel rame dei suoi capelli e nell'incertezza di quello che sentiva.

«April.»

«Sì.»

«C'è una cosa che ti devo dire. Non ne so molto di certe cose, ma credo che grazie a te sto imparando molto velocemente.»

Là staccò dal suo corpo per avere modo di guardarla in viso. E di farsi vedere. Pregò che i suoi occhi dai colori diversi riflettessero tutti e due nello stesso modo quello che aveva dentro.

Poi lo disse.

«Ti amo.»

April rimase un attimo sospesa, come se l'aria intorno a lei non fosse sufficiente o troppo rarefatta per riuscire ad arrivare nei polmoni. Poi una lacrima che da sola valeva cento lucide notti di pianto le scese scivolando sulla guancia.

«Anch'io ti amo, Jim. In tutto questo tempo non ho mai smesso un solo istante, anche quando mi davo della stupida perché avevo mille motivi per odiarti. Quando nonostante tutto di notte non riuscivo a dormire perché avevo ancora voglia di te. E ho vissuto dieci anni della mia vita sognando ogni giorno di ascoltare dalla tua voce queste parole.»

Si baciarono e quel bacio era colla e tutto in un attimo e finalmente. Era la strada di casa e l'arrivo dopo l'attesa e niente prima e niente dopo.

Era l'unico modo concesso agli uomini e a loro due per truffare il tempo.

Quando smisero di baciarsi, rimasero ancora abbracciati a lungo senza staccarsi. Sapevano che non era possibile riavere indietro dieci anni in un unico momento, ma non riuscivano a decidersi a farlo.

Il rumore di una porta che si apriva li ricondusse al mondo e alle sue ragioni.

Collegato al piccolo ingresso quadrato, c'era un soggiorno illuminato solo da una lampada su un tavolo. Sulla parete di sinistra c'era una porta e davanti c'era Charlie. Stava in piedi nella luce ambrata e sul viso la stanchezza di quel giorno e la solitudine di sempre.

Jim sentì un'ondata d'affetto per quel vecchio indiano e nello stesso modo ebbe la sicurezza che lui lo avesse sentito. Ma il momento passò subito perché la presenza di Charlie riportò con sé quello che significava. Una rincorsa troppo breve per un salto troppo lungo, un inseguimento a luce spenta cercando di raggiungere quello che non si poteva afferrare.

Si staccò a malincuore da April e tenendole il braccio sulle spalle raggiunse il vecchio.

«Ciao, Charlie. Grazie per essere rimasto qui.»

«È per te e per loro, Tre Uomini. Hai scoperto qualcosa?»

Jim vide che sul viso di April urgeva la stessa domanda.

Con un sospiro, Jim si sedette su un divano rosso accanto alla lampada. Cercando di mettere le cose nel loro ordine, raccontò come meglio sapeva tutte le cose che erano successe in quelle ore e tutte le piccole scoperte a cui erano giunti. Raccontò della morte di Curtis Lee e di come si erano fatti sfuggire la possibilità di imprigionare l'entità che avevano battezzato *Chaha'oh*. Disse del legame di sangue dell'architetto con Cohen Wells, che spiegava il motivo per cui anche lui era diventato una vittima. Raccontò delle foto e degli avvisi di taglia e degli uomini che aveva riconosciuto e che erano la sola debole traccia su cui potevano contare.

Poi fece una pausa. Infine, con un gesto che sembrava costargli una fatica immensa, tirò fuori dalla tasca della giacca il registratore e lo posò sul tavolino basso davanti al divano.

«E poi ho scoperto questo.»

Premette il tasto play e fece ascoltare quello che c'era inciso. Le parole contro la vita che si muovevano per la stanza si riflettevano a una a una sul viso di April e Charlie. Anche a Jim suonarono come nuove, perché riusciva a cogliere sfumature di crudeltà e di indifferenza che gli erano sfuggite al primo ascolto.

Alla fine erano tutti muti, ognuno cucendo un diverso vestito per la stessa rabbia.

La prima a riscuotersi fu April. E diede sfogo alla sua incredulità.

«Ma è pazzesco. Cohen Wells non può avere fatto questo.»

«Chi possiede molte cose, ne vorrà avere delle altre. E poi altre ancora. E diventerà presto un uomo che non si ferma davanti a nulla pur di soddisfare la sua avidità.»

La voce di Charlie era arrivata calma come se non avesse sentito nulla di quello che invece aveva appena sentito. Sia April che Jim capirono che era il suo modo di essere e che il suo tono era quello di un uomo che sapeva. E che nessuna definizione migliore era mai stata data a proposito di Cohen Wells.

April si rivolse a Jim.

«Che intendi fare?»

«Ancora non lo so. Per adesso c'è un'altra cosa di cui preoccuparsi.»

Jim abbandonò l'incerto per il certo.

«Avete un grosso archivio fotografico al giornale?»

«Enorme. Praticamente da quando è stato fondato nel 1875 fino a oggi.»

Jim estrasse dalla tasca la foto che aveva trovato a casa di Alan.

«Dovresti vedere se trovi un riscontro su questi due uomini. Forse erano loro con l'indiano e Jeremy Wells a Flat Fields. I loro nomi all'epoca erano Scott Truman e Ozzie Siringo. Erano ricercati nel Wyoming. È possibile che si siano fermati in città e che per questo abbiano scelto di cambiare identità.»

April prese in mano il rettangolo sbiadito e si sedette accanto a lui sul divano, in modo da essere a favore della luce della lampada.

Jim la vide osservare la foto e subito dopo sbiancare.

«Oh, no.»

«Che c'è?»

April alzò il viso e aveva l'espressione di chi si sforza di non credere.

«Gli altri due non li ho mai visti. Ma questo so chi è...»

Mise il dito su una delle tre figure nell'immagine.

«Io lo conosco come Lincoln Thompson ed era il mio bisnonno.»

Tutti realizzarono in un lampo quello che le parole di April significavano. Ma non riuscirono ad aggiungere nemmeno una sillaba, perché da qualche parte all'esterno un cane iniziò a ululare. Jim capì subito che cosa stava succedendo e si alzò di scatto, come se il divano si fosse di colpo acceso.

«Questo è Silent Joe. Dov'è Seymour?»

Anche April in un attimo fu in piedi. Aveva il terrore dipinto sul viso.

«Nella sua stanza.»

«Dov'è?»

«Di qua.»

Si lanciò verso il corridoio in fondo al salotto con tutta la rapidità di cui disponeva. Jim la seguì e un breve percorso all'interno di una piccola casa gli sembrò la più grande distanza del mondo.

April raggiunse una porta e la spalancò. Si protese all'interno per accendere la luce. Jim la affiancò sulla soglia e sentì nello stesso momento la protezione e la presenza di Charlie alle sue spalle. Quando ebbe modo di gettare lo sguardo nella camera, per la prima volta nella sua vita ebbe la certezza che si potesse impazzire per l'ansia.

Sotto i suoi occhi c'era una normale stanza di un ragazzino di dieci anni, con colori di poster ai muri e ruote di roller-skate in vista e giocattoli e vestiti bene ordinati su una sedia. Sulla parete di fronte alla porta, una tendina svolazzava desolata davanti a una finestra aperta.

Al centro della stanza il letto di Seymour era vuoto.

Fuori, il cane continuava a ululare.

41

Mentre saliva verso il Ranch, Alan non riusciva a smettere di pensare. Stava sprofondato nel sedile posteriore dell'auto e a ogni sobbalzo sulle sospensioni sentiva il tintinnio metallico delle stampelle che urtavano una contro l'altra. Le aveva appoggiate di fianco a sé per poterle toccare col semplice gesto di allungare la mano. Erano il ricordo della sua condizione, il suo essere presente a se stesso, i suoi appunti di viaggio.

Intorno, la vegetazione era un disegno astratto illuminato in corsa dai loro pochi fari, una luce appena sufficiente per creare penombra e lasciare libero il campo all'immaginazione. C'erano fantasmi dappertutto, fuori e dentro quella macchina troppo lucida che saliva verso l'alto con una scia di polvere che subito il buio inghiottiva. E la verità che Jim gli aveva rivelato poco prima su quanto era successo in passato non aveva fatto altro che disegnarne di nuovi.

Erano successe troppe cose e tutte insieme. Stava cercando a fatica di mettere il suo cervello in condizione di poterle accettare e catalogare. Per quanto cercasse di concentrarsi su una sola, la sua mente restava aperta e vittima di fatti che si erano succeduti a un ritmo da cui pareva non esserci difesa. Gli sembrava a tratti tutto così assurdo e poi confuso e subito dopo incredibile. E non appena una sensazione aveva finito il suo corso, tutto ricominciava da capo. April e i suoi consigli da amica e da donna, Jim nuovo e ansioso in un inspiegato allarme di morte, suo padre sprofondato al centro della terra da quella conversazione registrata.

E poi c'era Swan.

Continuava a ripetersi che era un errore quello che stava facendo. Per l'ora, per l'uomo che era, per la donna che era lei, per l'illusione che inseguiva. Eppure, durante quel viaggio, per la prima volta dopo tanto tempo si sentiva di nuovo vivo. Aveva davanti agli occhi il loro ultimo incontro con la lucidità del tempo presente. Sentiva nella mente le loro parole come se stessero risuonando in quel momento nell'abitacolo dell'auto.

«Allora posso tornare, qualche volta?»

«Swan, va tutto bene. Eravamo ragazzi e abbiamo fatto degli errori. Tu, Jim, io. L'unico perdono che devi cercare è quello che viene da te stessa. Non c'è nulla per cui tu debba pagare. Non c'è nulla che ti obblighi a tornare.»

«Non basta il fatto che a me farebbe piacere?»

Ricordava i suoi occhi lucidi mentre girava le spalle e se ne andava via, quando avrebbe voluto alzarsi e inseguirla e abbracciarla e cancellare quelle lacrime per ora e per sempre. Se alzarsi non avesse significato andare da lei camminando a quattro zampe con l'umiliazione di un animale ferito. Se alzarsi non avesse comportato il rischio di cadere, ancora e di nuovo, in tutti i sensi.

Tin, tin...

Il rumore delle stampelle cancellò il viso di Swan e il senso di vuoto che provava ogni volta che la guardava e la pensava. Arrivarono le parole di April, costrette nell'angustia di una linea telefonica, che avevano portato nella loro semplicità un vuoto ancora più grande, un'insaziabile fame d'aria, come l'affacciarsi affannato sul bordo di un precipizio. Quando le rocce sul fondo sono un richiamo e un avviso di pericolo nello stesso tempo.

Non commettere l'errore opposto. Non scambiare l'amore per compassione...

Sì, erano successe davvero troppe cose. Troppe cose e troppe ferite. E aveva bisogno di credere alle parole di April e a quello che i suoi occhi avevano visto e che per timore non avevano ritenuto possibile. Ne aveva bisogno se anche tutto fosse durato il solo tempo del viaggio. In quel momento e in quella macchina c'era più vita nel pensiero di Swan che in tutti gli anni trascorsi senza vederla.

Arrivarono all'insegna del Ranch e Jonas condusse la grossa Bentley Continental al bivio a destra senza perdere velocità né aderenza.

Tin, tin...

«Va tutto bene, signor Wells? Vuole che rallenti?»

Alan intuì più che vederli gli occhi del suo autista che lo spiavano dallo specchietto retrovisore.

«No, Jonas. Così è perfetto.»

L'uomo al volante non aggiunse altro e tornò a concentrarsi sulla strada. Alan rimase un istante a considerare la sua sagoma robusta nella penombra dell'abitacolo. Era una persona preziosa, sia come autista che come aiuto per un uomo nelle sue condizioni. Oltre che la manualità e l'esperienza per il suo passato da infermiere, aveva abbastanza sensibilità per capire quando poteva parlare e quando doveva stare zitto.

Era una dote preziosa e quella era un'occasione in cui si faceva apprezzare.

Ancora un tratto di strada che sembrava senza fine e che portava dentro di sé il terrore che finisse. Che arrivasse il momento in cui si sarebbe trovato Swan di fronte, senza in realtà sapere bene cosa dire e cosa fare.

Senza sapere soprattutto che cosa avrebbe detto o fatto lei.

Giunsero in prossimità del Ranch e la palizzata di cinta iniziò a scorrere di fianco alla macchina. Era parecchio tempo che Alan non ci andava e si stupì nel constatare quanto si era ampliato.

Cohen Wells era davvero uno che faceva le cose in grande.

Sia nel bene che nel male...

Jonas rallentò e portò la Bentley Continental a fermarsi nel parcheggio riservato al personale. Scese dall'auto lasciando i fari accesi e venne ad aprire la portiera dalla sua parte per aiutarlo a scendere. Alan era appena riuscito a mettersi in piedi che una figura di uomo uscì dall'ombra e si affiancò al cofano dell'auto.

«Buonasera, signori. Cosa posso fare per voi?»

Alan si accorse che era una delle guardie del servizio di sicurezza. Non c'erano mai stati problemi di sorta al campo, ma agli ospiti del Cielo Alto Mountain Ranch faceva piacere pensare che ci fosse qualcuno che vegliava sui loro sonni. Il fatto che fosse comparso al loro semplice arrivo significava che il servizio valeva la spesa.

Alan sistemò le stampelle alle braccia e si mosse verso l'uomo, frapponendosi tra lui e Jonas.

«Buonasera. Sono Alan Wells e...»

L'agente non lo fece finire.

«Mi scusi signor Wells, non l'avevo riconosciuta. In cosa posso esserle utile?»

Alan lo considerò meglio, nel riflesso ipotetico della luce dei fari. Aveva più o meno la sua età e i tratti tipici del sano ragazzo dell'Arizona. Era alto e chiaro di capelli e il bomber scuro della divisa che indossava sembrava pieno di un fisico atletico. Al fianco aveva una fondina con una pistola automatica che nella penombra Alan non seppe riconoscere. La sua voce traboccava di autentica ammirazione. Ebbe la netta impressione che fosse dovuta ai suoi trascorsi di soldato e non al fatto che fosse il figlio del proprietario.

Lasciò che questa impressione si allargasse dentro di lui come un segno di buon auspicio.

«Come ti chiami?»

«Alan, signore. Come lei.»

Anche questo dettaglio insignificante venne catalogato nel quadro delle cose a favore.

«Devo vedere una persona che risiede qui.»

Se c'era stato un pensiero relativo all'ora, Alan-come-lei non lo diede a vedere. E men che meno obiettò qualcosa.

«Sai qual è il cottage della signorina Gillespie?»

«Certo. È appena arrivata.»

«Appena arrivata?»

Alan-come-lei si strinse nelle spalle.

«È andata all'aeroporto di Phoenix a prendere il suo fidanzato che tornava con il volo di mezzanotte da Los Angeles. Il signor Freihart le aveva proposto di mandare un mezzo del Ranch ma lei ha insistito per andarci personalmente.»

Fece una piccola pausa. Giusto il tempo per decidere quanto era strana la gente del cinema.

«Forse non sono fatti miei, ma quando sono arrivati litigavano piuttosto pesantemente. Ho dovuto pregarli di abbassare la voce per non disturbare gli altri ospiti.»

Alan rimase in silenzio. Poi si rivolse a Jonas.

«Credo sia meglio che torniamo a casa.»

L'autista si avvicinò di un passo, mettendolo al riparo dallo sguardo dell'agente.

«Signor Wells, posso permettermi una parola?»

«Certo.»

Jonas abbassò il tono di voce a sufficienza per essere inteso solo da Alan.

«Forse mi costerà il lavoro, ma le devo dire quello che penso. Abbiamo percorso diverse miglia per arrivare fino a qui. Immagino che un uomo come lei non vorrà farsi spaventare da pochi passi in più...»

Alan rimase un attimo a soppesare le parole del suo autista. Poi si trovò a sorridergli nella penombra. Jonas aveva ragione. Non aveva fatto tutta quella strada per farsi spaventare. E infatti, a rifletterci bene, non lo era.

«Credo che seguirò il tuo consiglio, Jonas. Il che significa che non ti costerà il posto.»

L'uomo gli sorrise di rimando nel buio.

«Molto bene, signor Wells. Da lei non mi sarei aspettato niente di meno.»

Alan si rivolse alla guardia, che attendeva in piedi la fine di quella conversazione che per lui era una serie indistinta di bisbigli.

«Tu sai qual è il cottage della signorina Gillespie?»

«Certo.»

«Ti dispiace accompagnarmi?»

«Assolutamente no. È un po' lontano da qui. Per motivi che può capire, alla signorina Gillespie è stato dato il cottage più grande e più isolato per garantirle la massima riservatezza.»

Si girò e si incamminò verso il campo.

«Prego, faccio strada.»

Attraversarono in silenzio il cortile davanti alla Club House, illuminato solo da esili luci appese sopra le porte dei bungalow. Procedevano con calma, perché i due uomini che lo accompagnavano avevano adeguato il passo alla sua velocità. Mentre le vedeva sfilare ai lati, Alan pensò che ogni porta chiusa era un sonno e ogni sonno era un sogno. E che per ogni sogno c'era un risveglio. Si chiese come sarebbe stato il suo. Salirono verso l'alto, superarono il gruppo di hogan e pochi minuti dopo raggiunsero un cottage posto su un terrazzamento che di giorno offriva una splendida vista sulle montagne.

Due finestre erano illuminate. E c'erano voci all'interno che superavano la barriera dei vetri e della porta di legno.

Alan procedette verso l'ingresso dell'elegante costruzione, studiata con cura per darle un aspetto primitivo. I suoi due accompagnatori lo lasciarono al limitare del cortile segnato ai lati da uno steccato di legno e da lì in poi proseguì da solo. Arrivò a forza di stampelle davanti all'uscio, sentendo il suono indistinto crescere di volume fino a diventare parole. Rimase sulla soglia, in attesa e in ascolto, vergognandosi per quello che stava facendo, senza tuttavia riuscire a impedirsi di farlo.

Era la voce di un uomo quella che sentiva adesso. Soffiava parole piene d'ira e di risentimento.

«Tu verrai a Los Angeles con me. Ho già investito troppo denaro in questa faccenda. Non permetterò che degli stupidi capricci mandino all'aria mesi di lavoro.»

Arrivò precisa e puntuale una risposta. E questa volta era la voce di Swan. Alan da fuori la sorprese carica di determinazione.

«Ti ho già detto che non verrò.»

Ancora la voce maschile.

«Invece verrai, a costo di spingerti a calci nel tuo bel culo, se necessario. Hai un contratto con me e te lo farò rispettare. Non mi interessa nulla se hai dei pruriti contro natura. Ma non commettere l'errore di mettermi di mezzo. Se ti vuoi scopare quel mezzo uomo, per quanto mi riguarda sei libera di farlo ma…»

La voce si interruppe di colpo, bloccata dal suono secco di uno schiaffo. Poi una frase sibilata tra i denti.

«Brutta puttana.»

E infine la reazione violenta. Swan emise un gemito soffocato e subito dopo ci fu il rumore di un corpo che cadeva trascinando con sé una sedia.

Alan si appoggiò alla stampella sinistra e con la mano destra provò la maniglia. La porta era aperta. Spinse il battente che si aprì con violenza, fino ad andare a sbattere con un rumore secco contro il muro.

Vide Swan stesa a terra che si proteggeva il viso con la mano e un uomo chino su di lei che la stava strattonando per un braccio e cercava di rimetterla in piedi. Quando l'uomo si girò verso di lui Alan lo riconobbe. Era Simon Whitaker e lo aveva visto un sacco di volte sui giornali. E nei suoi brutti pensieri, da che era diventato il compagno di Swan.

Alan fece un paio di passi ed entrò nella stanza.

Quando lo vide, il viso di Swan si illuminò.

«Alan!»

Whitaker abbandonò il braccio della ragazza e avanzò per fronteggiarlo.

«E adesso ci mancava solo questo storpio.»

Si avvicinò ad Alan con la bava alla bocca.

«Vattene fuori dai coglioni, mezza sega.»

Senza preavviso, Alan lo colpì. Si appoggiò alla stampella sinistra, abbandonò la destra a terra e con tutta la rabbia di cui disponeva sferrò un pugno al centro del viso congestionato dall'ira che aveva davanti. Tutti quei mesi di esercizio usando esclusivamente le braccia lo avevano irrobustito e accresciuto la sua forza. Sentì il suo pugno superare la carne e il rumore secco del naso che si spaccava e vide l'uomo barcollare e portarsi le mani alla faccia e cadere all'indietro.

Alan non riuscì a frenare lo slancio e perse l'equilibrio. La stampella gli scivolò dal braccio e si trovò riverso sul corpo dell'uomo che aveva colpito. Aveva agito d'istinto, senza ragionare. Sperò che l'altro non avesse la possibilità o la volontà di reagire ma fu costretto a ricredersi. Simon Whitaker era un osso duro. Nonostante il colpo fosse uno di quelli che fanno mancare il fiato, ebbe la forza di spingerlo via fino a farlo rotolare sulla schiena e girarsi. Si tirò su con il busto, si mise a cavalcioni sul suo corpo e gli bloccò le braccia sotto il peso delle ginocchia. Senza dargli la minima possibilità di difesa gli fece scorrere sul viso un terribile manrovescio.

Poi gli strinse le mani intorno al collo. Alan sentiva il caldo del suo fiato e grosse gocce di sangue che cadevano dal naso rotto a imbrattargli il viso.

«Adesso ti faccio passare la voglia di fare l'eroe, pezzo di merda.»

Sentì la voce di Swan che arrivava da molto lontano.

«Simon, smettila! Lascialo stare!»

Alan non riusciva a respirare. Capiva che se non avesse fatto qualcosa, presto non sarebbe stato più in grado di reagire. Inarcò il bacino per quel che poteva e si divincolò finché non riuscì a liberare il braccio destro. Sollevò la mano fino al volto di Simon e prese tra l'indice e il medio il naso fratturato. Strinse con tutta la forza che aveva, imprimendo una rotazione prima verso destra poi verso sinistra. Quel che restava della cartilagine si sbriciolò, mentre con un grido l'uomo si spingeva all'indietro lasciandolo libero.

Simon Whitaker si alzò in piedi barcollando. Il sangue gli usciva a fiotti dal naso e scendeva rosso a inzuppare la camicia. Il dolore doveva essere molto forte, ma era anestetizzato dalla rabbia.

Fece scorrere lo sguardo in giro finché trovò quello che cercava. Su un tavolo di legno alle sue spalle era appoggiata una bottiglia di whisky. La prese per il collo e la spezzò sul bordo del piano. Nella stanza ci fu un'esplosione di vetro e liquido tutto intorno. Poi Alan lo vide venire verso di lui con il moncone aguzzo e tagliente che scintillava nel pugno.

«Sei morto, stronzo.»

Una voce arrivò tranquilla dalla porta a bloccare la sua avanzata.

«Se fossi in lei io mi fermerei dove si trova, signore. Altrimenti mi costringerà a farle in testa un buco più grosso del collo della bottiglia che tiene in mano.»

Alan si girò e vide sulla soglia Alan-come-lei che stringeva nel pugno una .45 di un modello che ancora non seppe riconoscere. Calcolò che la canna fosse puntata verso la testa di Simon Whitaker. Infatti, quando il regista arrivò a osservare il foro nero dell'arma, realizzò che non era il caso di andare oltre.

Lasciò cadere a terra quel che restava della bottiglia.

«Okay, per adesso sono arrivati i soccorsi. Ma non finisce qui.»

Swan gli si parò di fronte. Aveva gli occhi che scintillavano.

«Sì, invece. Finisce qui, Simon. In tutti i sensi. Hai picchiato una donna e un uomo decorato, un invalido eroe di guerra. Se quello che è successo stasera si venisse a sapere, avresti contro la stampa e l'opinione pubblica di tutta l'America. Con me a fare da testimonial. Per cui credo ti convenga mollare il colpo e metterci una bella pietra sopra, ringraziando di cavartela in questo modo.»

Poi gli girò le spalle e si inginocchiò accanto ad Alan, che era riuscito a sollevarsi su un fianco appoggiandosi all'avambraccio.

«Come stai?»

«Io bene. E tu?»

Swan sorrise. Si portò una mano alla guancia che iniziava a

gonfiarsi e al livido che di certo sarebbe apparso il giorno dopo.

«Oh, è solo un occhio nero. Tutte le attrici a Hollywood ne desiderano uno. È in assoluto l'ultima moda.»

Anche Alan si trovò suo malgrado a sorridere.

Jonas entrò nella stanza e li guardò. Capì che, per quanti danni avessero subito quella ragazza e l'uomo steso a terra di fianco a lei, la miglior medicina sarebbe stata lasciarli da soli. Si avvicinò a quell'altro, che era rimasto in piedi solo nel senso letterale del termine e che continuava a lanciare intorno sguardi velenosi di collera e a perdere sangue dal naso.

«Se mi promette che non farà altre mattane, si può andare al pronto soccorso. Qui al Ranch ce n'è uno ben fornito. Vediamo che cosa si può fare per quel naso.»

Gli mise una mano sul gomito per accompagnarlo fuori. Whitaker si divincolò con malagrazia. Ma dopo aver lanciato un'ultima occhiata alle persone che lasciava dietro di sé, seguì Jonas e la guardia fuori dal cottage.

Swan e Alan rimasero soli.

Lei si sedette accanto a lui e gli passò una mano sul viso, in una carezza che la sua pelle dolorante si bevve come la sabbia del deserto si beve l'acqua.

Ad Alan sembrò di non avere mai sentito una voce dolce come quella.

«Non ce la fai proprio a non fare l'eroe, vero?»

«Pare di no.»

Alan pensò che forse stava dormendo e quelli erano solo la sua porta e il suo sonno e il suo sogno. Ma la carezza sembrava non finire mai. E la voce era sempre la stessa.

«Allora bisognerà che d'ora in poi ci sia io a tenerti a bada, se non vogliamo correre altri rischi.»

Alan ebbe infine il coraggio di alzare gli occhi e guardarla. Per la prima volta da quando la conosceva, si trovò davanti il viso di una donna innamorata.

Non ebbe tempo di aggiungere nulla, perché Swan si chinò su di lui e lo baciò. Un attimo prima di perdersi nel suo profumo e scordare tutto il resto, pensò che era troppo bello per essere solo un sogno.

Si disse che forse era morto e quello era il paradiso.

42

Jim correva come non aveva mai fatto in vita sua e gli sembrava di essere immobile.

Aveva nelle gambe il torpore degli incubi mentre sfilava con il passo sicuro della luce piena sotto i rami degli alberi e accanto ai cespugli illuminati solo dal lontano riverbero dei lampioni. Dietro di sé, da qualche parte i rumori della corsa di April e di Charlie, ognuno a misura della sua forza e della sua età. Ma la loro era una presenza lontana, quasi irreale. Nella sua testa c'era una voce che incitava lui e solo lui a correre, a fare presto. E stava ubbidendo a quel richiamo come se fosse l'unica cosa in grado di mantenerlo in vita, perché era l'unica cosa che poteva mantenere in vita suo figlio. Sentiva in un modo che non riusciva a spiegarsi che alla fine di quella corsa c'era qualcosa che lo aspettava e che nessun altro al posto suo avrebbe potuto capire e combattere.

Intanto, l'ululato di Silent Joe non accennava a smettere.

Nella sua mente si inseguivano con la cadenza di un avanti veloce le immagini della morte di Charyl Stewart. Ricordava benissimo che tutto si era svolto in pochissimo tempo e subito dopo il cane si era calmato. E purtroppo aveva ancora negli occhi lo stato in cui aveva trovato quella povera ragazza. L'idea del corpo di Seymour steso a terra con le ossa frantumate e il viso deformato gli trasmise nuove energie e gli fece ritrovare un poco del fiato che lo sforzo fisico gli stava tagliando.

Seguendo il ritmo forsennato della sua andatura e della sua ansia, attraversò il parco che si stendeva alle spalle della casa di April. Era uno dei piccoli polmoni di verde cittadino, che venivano curati in modo da sembrare incolti per dare l'impressione che la natura circostante la città continuasse anche al suo interno.

Era poco più di un fazzoletto di terra ma in quel momento gli sembrava sterminato.

Nella semioscurità, una grande gabbia vuota che probabilmente aveva contenuto qualche animale selvatico per una breve esposizione gli si parò davanti. Tutta la zona era cintata e non era possibile attraversarla. Lasciando un'imprecazione rabbiosa dietro di sé, fu costretto a una deviazione rispetto alla linea retta che stava percorrendo verso il punto da cui provenivano gli ululati. Erano solo coriandoli di tempo che non rappresentavano nulla nella vita di ogni giorno, ma in quel frangente potevano essere quelli che separavano un bambino da una morte orrenda.

Poco per volta, passo dopo passo, sentiva che si stava avvicinando. Nonostante avesse il cuore che batteva nelle orecchie col tonfo cupo di un timpano, si costrinse ad accelerare. I muscoli erano cosparsi di brace ardente e gli pareva di avere una lama conficcata nel fianco, ma la corsa era ormai staccata dalla sua volontà. Se anche avesse ordinato alle sue gambe di fermarsi, era certo che non gli avrebbero ubbidito.

C'era una sola cosa che lo salvava dalla disperazione. Se il cane non smetteva il suo lamento significava che *Chaha'oh* non aveva ancora avuto soddisfazione.

In quel preciso istante Silent Joe smise di ululare.

Il silenzio che seguì era buio come la notte, mortale quanto il suo significato.

Jim ebbe di rimando per un attimo la sensazione di cadere nel vuoto e di svenire.

No, no, no, no...

Sgranando nella testa un rosario di quel solo monosillabo, continuò a correre sentendo la vita uscire a ogni respiro dai suoi polmoni e la ragione uscire attimo dopo attimo dalla sua mente. Confusa nel ronzio ormai continuo alle orecchie, arrivò alle sue spalle la voce di April che chiamava suo figlio.

«Seymour!»

Di colpo, come se avesse ubbidito a un segnale, il cane iniziò ad abbaiare furiosamente.

Jim interpretò quel cambio di registro come una risposta alle sue preghiere. Da che Silent Joe stava con lui, non glielo aveva mai sentito fare. Si rese conto che, nella sua condizione mentale, qualunque appiglio per non far cadere la speranza sembrava solido come roccia. Eppure non riusciva a fare a meno di considerare quel dettaglio come un fatto positivo.

Sapeva di essere vicino al luogo da cui provenivano i latrati. Si trovò davanti una sequenza di cespugli. Non provò nemmeno ad aggirarli. Senza neanche pensare di rallentare, si infilò nella macchia. Intuì, più che sentirli, i rami che gli laceravano la camicia e che gli graffiavano le braccia e il viso. In quel posto e in quel caso, nella sua immaginazione tutto andava oltre. Quelle erano mani nemiche che lo trattenevano, erano unghie adunche che lo frenavano cercando di non fargli raggiungere il luogo dove suo figlio era in pericolo. Si strappò da quell'insidia senza curarsi se dietro di lui qualche brandello della sua pelle restava appeso a uno dei rami.

Sbucò dai cespugli come da un parto difficile.

E finalmente li vide.

Un lampione, abbastanza vicino da illuminare in qualche modo la scena, gli permise di cogliere in un attimo la situazione. Aveva raggiunto una radura che serviva come spazio giochi per i bambini. Sulla sinistra, sotto il lampione, c'erano delle costruzioni colorate, alcune altalene e uno scivolo per le attività dei più piccoli.

Davanti a lui, un poco spostata sulla destra, era stata realizzata per i più grandi una casa sull'albero.

Era di legno e portava un'insegna sullo stile dei vecchi pionieri con scritto «House on the Tree». Un'altra insegna avvertiva che quel gioco era riservato ai bambini di età superiore ai dodici anni. Oltre ad avere a lato una normale scaletta d'accesso, sul davanti era stata appesa una fune annodata che permetteva ai ragazzini di salire e di scendere.

Attaccato alla fune c'era Seymour.

Vivo.

Sotto di lui, Silent Joe si stava agitando come in preda a una furia incontenibile. Mostrava i denti digrignati e abbaiava e ringhiava all'indirizzo del bambino. Era evidente che il cane lo aveva sorpreso con il suo attacco mentre stava scendendo dalla fune. E adesso Seymour non aveva più la forza per risalire e la presenza del cane gli impediva di calarsi a terra.

Jim ebbe un riflusso di sollievo così forte che per poco non lo fece vomitare. I polmoni sembravano due spugne secche senza possibilità ulteriore di accettare e fornire aria. Chissà dove riuscì a trovare ancora fiato a sufficienza per chiamare il nome di suo figlio.

«Seymour, non ti muovere.»

Jim si stupì che la sua poca voce fosse riuscita a superare il frastuono dei latrati. Seymour girò la testa e lo vide.

Lo riconobbe subito.

«Jim, Silent Joe mi vuole mordere.»

Fu contento di non trovarlo troppo spaventato.

«Reggiti forte. Arrivo.»

Si avvicinò all'albero per soccorrere Seymour e calmare l'impeto del cane. Mentre era a metà strada il suo sguardo cadde a terra. E gli sembrò che un'ombra scura arrivasse da chissà dove per prenderlo e portarlo in un mondo di tenebra da cui nessuno era mai tornato.

Alla base dell'albero era stato realizzato un fondo di sabbia piuttosto esteso per attutire eventuali cadute. E sulla superficie morbida, letali alla vista come la scia di serpenti velenosi, c'erano delle impronte di piedi nudi. Risultavano nitide nel loro assurdo rilievo, nello stesso modo contrario in cui erano state lasciate altre volte. Solo che nei casi precedenti erano la testimonianza immobile di una presenza passata.

Adesso apparivano in movimento, come se qualcuno dall'altra parte del suolo e della ragione avesse sentito la presenza della sua vittima e si muovesse intorno all'albero in attesa del momento giusto per colpire. Era la traccia visibile della morte stessa, che non teme il tempo perché dal tempo proviene, proprio come quell'ombra antica venuta ad assolvere un compito di vendetta che le era stato assegnato tanti anni prima.

E capì, con un senso di gratitudine per quell'animale infinito che era Silent Joe, il motivo del suo attacco a Seymour. Era stato l'unico mezzo a sua disposizione per spaventarlo e impedirgli di scendere dall'albero. Forse perché sapeva, nella non logica del suo istinto, che se avesse toccato il suolo per lui sarebbe stata la fine.

Sentì alle sue spalle il rumore del passo di April che si affacciava alla radura. Jim ebbe un attimo di incertezza. La scoperta che era una diretta discendente di uno degli uomini che avevano compiuto il massacro di Flat Fields metteva anche lei nel quadro delle possibili vittime. Ignorava tutto quello che era possibile ignorare sull'entità a cui si trovava di fronte. Non sapeva se, una volta fallito il bersaglio del bambino, *Chaha'oh* si sarebbe avventato su di lei. Ma scelse di andare verso Seymour, perché sapeva che era la stessa cosa che avrebbe scelto anche April.

In quel momento Seymour perse la presa.

Nella sua ottica accelerata dall'orrore, Jim vide come al rallentatore il corpo di suo figlio cadere verso il basso. Vide i capelli neri muoversi intorno alla sua testa e le braccia agitarsi e il leggero sbuffo di polvere che sollevò nell'impatto con la sabbia.

E vide le impronte dirigersi rapide verso di lui.

Si lanciò con tutta la velocità che il suo corpo di uomo gli permetteva e riuscì a raggiungere il bambino in tempo. Lo prese in braccio e lo strinse a sé, orgoglioso di quel primo contatto con suo figlio, disposto a dare la vita purché lui non perdesse la sua.

I passi dell'Ombra erano a pochi metri da loro.

Sentì la paura stringergli il cuore in una morsa peggiore di qualsiasi maledizione. Mentre attendeva quello che non conosceva, il grido gli uscì dalla gola come se non avesse una volonta propria.

«*Doo da!*»

Senza accorgersene, aveva gridato un «no!» perentorio utilizzando d'istinto la lingua Navajo.

Ancora un passo e poi le impronte si fermarono.

Ci fu quel silenzio sospeso che precede la tempesta, quando il vento è immobile e le nuvole si rincorrono in attesa dello scroscio del primo lampo e il rombo del primo tuono.

Non accadde più nulla.

Nessun'altra impronta a percorrere il suolo, nessun ululato, nessun segno di morte.

Jim Tre Uomini Mackenzie sentì un sospiro arrivare da un posto che ignorava esistesse e lacrime scendere con la stessa trasparenza dai suoi bizzarri occhi di due colori.

Tenne suo figlio stretto a sé riuscendo solo a pensare che era salvo.

Lo tenne in quel modo per tutto il tempo passato e per quello che sperava gli fosse concesso.

Lo tenne in quel modo e per sempre finché l'ansia di April glielo permise.

Quando arrivò accanto a loro, mise a terra Seymour e si fece da parte, perché nel loro abbraccio non era compreso.

«Seymour, ma cosa ti è saltato in mente?»

«Non lo faccio più, mamma. Te lo prometto.»

Si allontanò di qualche passo e li lasciò a essere loro due, perché il tre per il momento non era un numero contemplato. Dall'altra parte della radura, Charlie era in piedi e osservava in silenzio la scena. Jim non sapeva quello che aveva visto e se aveva una spiegazione. Ma se esisteva, sarebbe arrivato il momento anche per quella.

Silent Joe nel frattempo si era calmato. Si avvicinò con passo esitante, come se non fosse del tutto certo che quell'essere che si ostinava ad andare in giro a due zampe avesse capito che cosa era realmente successo. Quando vide che Jim si inginocchiava e gli apriva le braccia con un sorriso, venne a cercare le sue carezze e il contatto con il suo corpo.

Appoggiò la testa al suo petto e rimase immobile.

Mentre gli corrispondeva come sapeva tutta la gratitudine di cui era capace, Jim gli vide fare una cosa che quello strano cane non aveva mai fatto prima.

Silent Joe, l'indifferente, stava scodinzolando.

43

Charlie e Jim entrarono nella casa di Beal Road in silenzio.

Appena dentro, senza dire niente Jim andò ad accendere quante più luci era possibile. Il chiarore all'interno diede subito un senso di sicurezza e le ombre che si creavano erano solo dei segni scuri sulle pareti e sul pavimento e niente altro. Fuori era ancora notte e nessuno di loro due aveva idea di quando sarebbe finita. Nella loro mente sapevano che non sarebbe bastato il sorgere del sole per cacciare l'oscurità.

Avevano lasciato April a mettere a letto Seymour. Il bambino aveva spiegato con voce contrita che non riusciva a dormire e che era uscito con il cane a giocare alla casa sull'albero, cosa che di solito gli era preclusa per via dell'età. Non si era reso conto del pericolo che aveva corso. Per quanto ne sapeva, era solo responsabile di una disubbidienza che era stata scoperta e che per il momento sembrava essere filata via liscia.

Jim gli aveva spiegato che non doveva avere più paura di Silent Joe. Gli aveva detto che non aveva davvero intenzione di morderlo ma che si era comportato in quel modo solo per proteggerlo. Seymour era seduto sul letto e lo aveva guardato con aria tranquilla.

«No, non ho paura. So che Silent Joe è un bravo cane.»

Non aveva chiesto come mai Jim si trovasse lì a quell'ora. Forse perché la sua attenzione era stata subito attratta da qualcosa di più singolare. E infine si era deciso a tirarla fuori.

«Sei strano, tu. Hai gli occhi di due colori.»

Jim gli aveva sorriso.

«Certo. È per il mio lavoro. Tu sai che io piloto gli elicotteri?»

«Davvero? E cosa c'entrano gli occhi?»

«Uno serve per tenere d'occhio la terra, l'altro per tenere d'occhio il cielo.»

Seymour lo aveva guardato un attimo perplesso. Poi la sua espressione si era allargata in una piccola smorfia astuta.

«Ho capito. Mi stai prendendo in giro.»

«Io? No. Quando verrai con me in elicottero vedrai se non è vero.»

Seymour non aveva detto nulla ma aveva guardato la madre per chiedere conferma. April aveva dato con un cenno del capo il suo tacito consenso. Come conseguenza c'era stata un'esplosione di eccitazione pura. Seymour aveva iniziato a rotolarsi sul letto, con quell'energia pulita che solo la felicità dei bambini può generare.

«Evviva. Vado in elicottero, vado in elicottero.»

Quella era stata la prima vera conversazione che Jim aveva avuto con suo figlio. Quando era uscito dalla camera, Silent Joe era sdraiato tranquillo su un tappeto sotto la finestra. April era seduta sul letto di Seymour e stava cercando di calmare la sua frenesia. Prima che chiudesse la porta, lei lo aveva guardato. E Jim aveva pensato che quello che c'era in quegli occhi e in quella stanza valeva da solo la certezza di avere vissuto.

Nel soggiorno aveva trovato Charlie in attesa. Il viso del vecchio indiano sembrava stanco ma il suo corpo era dritto come sempre. Jim si era chiesto come riuscisse a sopportare tutte quelle fatiche e quelle emozioni alla sua età.

«Charlie, credo che dobbiamo parlare. Ma non qui.»

Il vecchio aveva capito che in quel momento era l'unica cosa che potevano fare.

«Va bene.»

Erano usciti e avevano fatto senza dire nulla il breve viaggio fino al cottage di Jim. Adesso erano uno di fronte all'altro seduti al tavolo. Sapevano tutti e due che cosa le ultime scoperte significassero. Alan, April, Seymour erano in pericolo, insieme ad altra gente. E lo sarebbero rimasti finché non avessero trovato una soluzione. A Jim non restava come ultima speranza che attaccarsi a quello di cui Charlie poteva essere a conoscenza.

Poco o tanto che fosse.

«Che succede, *bida'i*? C'è qualcosa che non so e che invece dovrei sapere?»

Charlie disse poche parole. Nel suo tono c'era molta più certezza di quanto Jim riuscisse a sperare. E anche una stanchezza improvvisa nella voce.

«Guarda tra le essenze di tuo nonno.»

Nel succedersi degli eventi si accorse di avere trascurato del tutto le bambole e la busta cerata che aveva trovato a casa di Caleb, in quella che lui definiva con ottimismo «la cassaforte di famiglia».

La mia eredità...

Si alzò e andò in camera da letto a controllare le Katchina, ancora appoggiate sul fondo dell'armadio e avvolte nei loro fogli trasparenti di plastica da imballaggio. Tra i vari involucri, ne scoprì uno che in un primo tempo gli era sfuggito. Come consistenza era diverso dagli altri. Al tatto era morbido e non sembrava contenere una statuetta. Lo prese e si avvicinò alla poltrona, dove era appoggiata la sua giacca di jeans. La sera in cui avevano trovato i pochi averi di suo nonno, aveva infilato la busta nella tasca interna del giubbetto. Poi non l'aveva più indossato e la busta era rimasta dimenticata, passata in second'ordine rispetto ai fatti molto più gravi che erano arrivati a richiedere ben altra attenzione.

Jim tornò nella stanza dove stava Charlie e appoggiò i due oggetti sul tavolo. Fu costretto a usare le forbici per aprire la busta. Nonostante le dimensioni, all'interno c'era solo un documento composto di alcune pagine. Tutto il resto era imballaggio per preservare quei fogli dall'umidità. Jim lo estrasse con delicatezza e lo scorse rapidamente.

Sembrava piuttosto vecchio.

Era un allegato al trattato del 1872 fra gli Stati Uniti d'America e la Tribù degli Indiani Navajos che assegnava a un capo chiamato Eldero, per sé e per i suoi discendenti, una vasta area di terreno attorno al luogo conosciuto con il nome di Flat Fields.

Jim si rese conto di avere sotto gli occhi qualcosa di importante. Quelle poche pagine avevano il potere di fugare diverse zone d'ombra. Il territorio assegnato a Eldero era compreso nella proprietà attualmente riferita al Cielo Alto Mountain Ranch. Se quel documento diceva il vero, Cohen Wells avrebbe dovuto pesantemente ridimensionare i suoi sogni di espansione.

Jim sollevò la testa a cercare gli occhi di Charlie.

«Questo è il documento di cui si parlava nella registrazione. Che cosa c'entra con mio nonno e con me?»

Come risposta, Charlie indicò l'altro pacchetto appoggiato sul tavolo.

«Forse dovresti aprire anche quello.»

Jim dovette di nuovo utilizzare le forbici. Lo fece prestando attenzione a non danneggiare il contenuto. A mano a mano che l'involucro si apriva, quattro occhi videro venire alla luce i colori e il tessuto di una vecchia coperta indiana. Jim la spiegò delicatamente, stendendola sul tavolo. I disegni erano gli stessi di quella che Caleb aveva trovato nella caverna sui Peaks, il segno del potere di un capo indiano chiamato Eldero. Avvolti all'interno c'erano due amuleti, fatti a mano da un artigiano molto abile. Erano due medaglioni, probabilmente ricavati da dollari d'argento, che portavano in rilievo la figura di Kokopelli, il suonatore di flauto, il protettore benefico del Popolo.

Jim ancora cercò conforto in Charlie.

«Cosa significa?»

Charlie lo guardò, come stupito che ancora non capisse.

«Quello che vedi è quello che significa.»

Il vecchio si alzò e si mise dietro di lui. Gli appoggiò una mano sulla spalla. Per quel leggero contatto, Jim sentì la sua presenza come mai l'aveva sentita prima.

«Tu sei il discendente diretto di Eldero, Tre Uomini. Dopo quello che successe a Flat Fields, la figlia Thalena si è rifugiata con la sua bambina appena nata presso Herrero il Fabbro, un capo che viveva con la sua gente sulla pista di Fort Defiance. Eldero è rimasto solo e ha messo in piedi il suo rito di vendetta, quello che avrebbe portato quegli uomini e tutti i loro consanguinei a pagare le loro colpe con una morte orrenda.»

La mano si staccò ma il contatto con lo spirito di Charlie rimase. Le sue parole incidevano la pietra e nello stesso modo risuonavano nella mente di Jim.

«Linda, la figlia di Thalena, era la madre di Richard Tenachee, il tuo *bichei*, tuo nonno.»

Charlie fece una pausa, per permettergli di assimilare quello che gli stava dicendo.

«Perché non mi avete mai detto niente?»

«Perché tu non c'eri. Non ci sei mai stato, neanche quando stavi ancora qui. La tua mente correva altrove e non c'era modo di tenerla a freno. Con tuo nonno abbiamo pensato che era giusto lasciarti seguire la tua strada e la libertà per le tue scelte.»

Jim colse in quelle parole tutta la malinconia per il passato e per l'impossibilità di accedere al presente.

«D'altronde non eri il solo a pensarla così. Vedevamo cosa succedeva intorno a noi. Vedevamo le cose cambiare poco per volta. Fino a trovarci di fronte dei ragazzi indiani che dovrebbero avere l'orgoglio dei capi e invece non sanno chi sono. Che vanno in giro vestiti come quegli stupidi rapper che si vedono alla televisione, quelli che si atteggiano a uomini duri. E invece è tutta una finta, come i loro vestiti. Abbiamo talmente dimenticato chi siamo che siamo costretti a metterci un costume, molto più pesante da portare di quello che mettiamo per far contenti dei turisti.»

C'era la sconfitta e la resa sul viso del vecchio Charles Owl Begay.

«Siamo tanti. Potremmo essere una sola voce possente. E invece siamo solo un coro di voci fievoli e sommesse.»

Jim realizzò d'un tratto quello che le parole dell'uomo di fronte a lui nascondevano.

«Tu sapevi tutto. Lo hai saputo fin dall'inizio. E non hai detto niente.»

«Ho pregato ogni dio in grado di ascoltare le mie preghiere perché tutto si fermasse. Per trovare il modo di aiutarti...»

Jim si trovò di colpo ad alzare la voce.

«Aiutare me? Sono tutte quelle povere persone morte che avresti dovuto aiutare.»

C'era incredulità nelle parole di Charlie.

«Davvero ancora non capisci, Tre Uomini?»

E c'era dolore nella sua voce per quelle che pronunciò subito dopo.

«Al centro di tutto ci sei tu.»

«Io?»

«*Chaha'oh* non può vivere senza la Terra ma nello stesso modo trae forza dall'uomo che l'ha creata. Eldero non vive più ma tu hai dentro di te il suo spirito e il suo sangue. Tu adesso sei quell'uomo, Jim. *Chaha'oh* non è un'ombra qualsiasi. È la *tua* ombra.»

Jim tentò di rigettare quelle parole come un'accusa infondata.

«Non è possibile.»

«Sì che è possibile. Hai avuto quattro dimostrazioni che è possibile. Una per ogni persona che *Chaha'oh* ha ucciso. E lo farà ancora, fino a che non avrà portato a termine il compito che gli è stato assegnato.»

Sembrava che Charlie facesse più fatica a parlare di quanto costasse a Jim ascoltare.

«Tutto è iniziato quando sei arrivato. Caleb è morto quello stesso pomeriggio. Alla prigione eri nelle vicinanze quando *Chaha'oh* ha ucciso Jed Cross. E di nuovo eri con la ragazza su a The Oak, quando se l'è presa. Sei tu che gli dai forza perché, anche se non lo sai, possiedi uno spirito profondo come la Terra.»

472

Jim ricordava il senso di oppressione che lo aveva preso nei momenti a cui si riferiva Charlie. La sensazione soffocante che la sua mente attraversasse una nuvola scura così grande da negare il sole. Ricordò che Silent Joe, quando aveva trovato il corpo di Caleb, aveva emesso senza preavviso il suo lamento disperato. Adesso se ne spiegava la ragione. L'Ombra era ancora presente e di nuovo in attesa.

Charlie, se ancora ne aveva bisogno, gli diede l'ultima prova.

«Non so se ti sei reso conto di quello che è successo al parco, stasera. Quando avevi in braccio tuo figlio e temevi per la sua vita, hai gridato a *Chaha'oh* di fermarsi e lui lo ha fatto.»

Jim tentò un'ultima disperata ribellione.

«Lo posso fare ancora.»

«No.»

Quel monosillabo risuonò all'interno della stanza come un verdetto di morte. Charlie tornò a sedersi davanti a lui. Adesso dimostrava tutta la sua età. Erano le cose che era costretto a dire a renderlo vecchio.

«*Chaha'oh* ha il potere di imparare. Ecco perché è riuscito a prendersi Curtis Lee in quel modo così ingegnoso, nonostante tu fossi lontano. Cresce e poco per volta riuscirà a muoversi senza guida. Tra poco non avrà più bisogno di te. E continuerà a uccidere.»

Jim si alzò di scatto.

«È assurdo.»

«Ancora pensi che sia assurdo? Eppure sei disposto a credere in quello che la scienza ti propone, che è praticamente la stessa cosa: la creazione di un'intelligenza artificiale in grado di evolversi e di imparare dai suoi stessi errori.»

«Lo hai detto tu stesso. Quella è scienza. Qui stiamo parlando di magia.»

«E non sarà forse una magia quando da una macchina nascerà una macchina in grado di capire che è viva?»

Il vecchio fece un gesto vago.

«Anche qui c'è una spiegazione, da qualche parte. Solo che l'uomo non è stato abbastanza forte e intelligente per riuscire a trovarla. Non è stato abbastanza umile.»

Jim si avvicinò alla finestra e guardò fuori dai vetri. Un'altra alba indifferente stava iniziando a colorare il cielo. La luce sarebbe arrivata ad accendere l'azzurro ma il mondo che conosceva, con tutte le sue illusioni e le sue presuntuose certezze, dopo quella notte era scomparso per sempre.

Pensò a Seymour e April che non sarebbero stati mai più al sicuro. Pensò ad Alan che avrebbe continuato a correre il rischio di pagare con la vita colpe non sue. Pensò a se stesso e al peso che avrebbe dovuto portare sulle spalle fino alla fine dei suoi giorni.

Senza girarsi, rivolse a Charlie l'ultimo disperato appello.

«Come si può fermare?»

La voce arrivò come un soffio da qualche punto lontano mille miglia.

«Solo la persona che ha iniziato il rito può portarlo a termine.»

In quel momento, assurdo come solo il caso sa essere, il telefono cellulare prese a suonare. Solo poco tempo prima sarebbe sembrato a Jim un fatto normale. Adesso risultava solo un ridicolo intermezzo per bambini tra parole di morte.

Jim si avvicinò al mobile su cui aveva appoggiato l'apparecchio. Lo prese e lo aprì.

«Pronto.»

«Jim? Sono Cohen Wells.»

«Salve, Cohen.»

La voce del banchiere salì rapida di un tono.

«Salve un cazzo. Che cos'è questa stronzata che mi ha appena detto Alan? Mi vuoi spiegare perché lui e io saremmo in pericolo di vita?»

Jim rimase un istante a riflettere. Era chiaro che Alan aveva finalmente comunicato in qualche modo con suo padre. Ma era altrettanto chiaro che non gli aveva detto nulla della registrazione.

Quando gliel'aveva consegnata, aveva lasciato a lui il compito di decidere in proposito.

«Allora?»

La voce di Cohen Wells cercò di metterlo alle corde. Della cordialità dei loro incontri precedenti non era rimasta traccia. Jim si ricordò le sue parole senza pietà incise in un piccolo registratore. Dall'altra parte di quella piccola magia moderna che teneva all'orecchio c'era l'uomo che aveva ucciso suo nonno e che aveva intenzione di uccidere anche lui.

E di colpo seppe che cosa doveva fare. Tutto si fece chiaro, al punto che Charlie si stupì di vedere un sorriso stendersi sulle sue labbra.

«Ce l'ho io, Cohen.»

«Ce l'hai tu che cosa?»

«Quello che sta cercando da tempo. Il documento di proprietà di Eldero.»

Wells realizzò subito che cosa le parole di Jim significavano. E che sarebbe stato inutile far finta di cadere dalle nuvole. La sua voce si fece cauta.

«E cosa intendi fare?»

«Discuterne con lei.»

Una pausa per soppesare i pro e i contro. Poi l'avidità ebbe il sopravvento, esattamente come Jim aveva immaginato.

«Molto bene, ragazzo. Dove e quando?»

«Ora. Conosce un posto chiamato Pine Point?»

«Certo.»

«Molto bene. Io sono a casa. Mi dia il tempo di arrivare.»

Cohen Wells riappese senza aggiungere altro. Jim si accorse che per tutta la durata della conversazione aveva trattenuto il fiato. Cercò nuova aria per i suoi polmoni e le parole giuste da dire a Charlie, che dal suo posto lo osservava senza capire.

Andò a sedersi davanti al vecchio e lo fissò dritto negli occhi. Charlie Owl Begay, sciamano del popolo Navajo, si trovò davanti lo sguardo di un guerriero.

«Ascoltami con attenzione, Charlie. Ti devo parlare e non ho molto tempo.»

Jim avvicinò la sedia al tavolo e abbassò un poco la voce.

«Ci sono alcune cose che devi fare per me.»

44

La canoa scendeva lenta seguendo il corso del fiume.

Jim aveva accettato in tutti i sensi l'eredità del suo vecchio nonno indiano. Adesso, quando pensava al Colorado, anche nella sua mente era semplicemente *il fiume*. Pagaiava percorrendo l'acqua e i ricordi con lo stesso movimento fluido e continuo. Nella sua mente c'era limpido il viaggio compiuto tanti anni prima sotto lo stesso sole e sotto lo stesso cielo azzurro, quando era poco più che un bambino. Era tutto talmente chiaro e simile e quieto che aveva l'impressione, se avesse girato la testa, di trovare il vecchio Richard Tenachee seduto sul sedile della canoa alle sue spalle. Con una mano a sfiorare il pelo dell'acqua e un'espressione serena sul suo viso antico da pellerossa. E si disse che forse c'era, anche se lui non riusciva a vederlo. Quando era uscito, dopo aver parlato con Charlie, aveva preso dal box della casa di Beal Road quella canoa che qualcuno aveva messo al riparo in attesa di tempi migliori. L'aveva trascinata fuori e l'aveva appoggiata senza fatica sul piano di carico del Ram. Non era in legno come quella con cui aveva fatto lo stesso percorso con suo nonno, tanti anni prima. Era in plastica gialla e non portava sulla prua la figura stilizzata di Kokopelli. Ma Jim aveva imparato che le cose non sono del tutto quelle che appaiono. Sono lo sguardo e il cuore degli uomini a renderle diverse.

Era salito in macchina e aveva raggiunto guidando con calma il luogo del suo appuntamento. L'alba era ormai un ricordo quando era arrivato a Pine Point, ma sulla strada non c'era nessuno. La Porsche Cayenne di Cohen Wells era già parcheggiata poco lontano dal grande pino solitario che da tempo immemorabile aveva dato il nome alla località. Quando lo aveva visto arrivare con il Ram, il banchiere era sceso dall'auto, lasciando la portiera aperta. Non aveva detto niente a proposito della canoa che c'era sul cassone. Di certo le sue priorità erano altre e non comprendevano eccessivi convenevoli. In quel momento era lì per trattare un affare e da perfetto uomo d'affari era ansioso di concluderlo alle migliori condizioni.

«Salve, Jim.»

«Cohen...»

Il banchiere aveva cercato di condurre la trattativa secondo le sue regole. Che comprendevano anche una giusta dose di adulazione.

«Mi fa piacere che tu abbia deciso di incontrarmi. Significa che in ultima analisi sei l'unico furbo in famiglia. Dov'è?»

Jim sapeva benissimo a cosa voleva alludere. Aveva ignorato la domanda e come risposta ne aveva offerta un'altra. Senza giri di parole.

«Era il caso di uccidere mio nonno?»

Era rimasto sorpreso ma non aveva cercato di negare.

«Come hai fatto a saperlo?»

«Questo non ha importanza. Lo so e basta. E lo sa anche Alan.»

«Menti.»

«No. E questo lo sa benissimo lei.»

Jim era rimasto impassibile a osservarlo. Sul viso di Cohen Wells si era disegnata la diffidenza. Si vedeva con chiarezza che stava esaminando la situazione alla massima velocità consentita dal pensiero. Di certo si stava chiedendo quali conseguenze avrebbero potuto avere sulla sua vita le ultime affermazioni di Jim. Se non era corso alla polizia a denunciarlo, significava che c'era il margine per una trattativa. Nella sua testa, Alan non doveva essere un problema perché riteneva che di certo un figlio non si sarebbe messo contro il padre.

Si era rilassato. Aveva deciso che non era il caso di tentare depistaggi e aveva calato la maschera.

«Richard Tenachee era un vecchio testardo. Non era nelle mie intenzioni che succedesse ma c'erano troppi interessi in ballo. Non devo rendere conto solo a me stesso. C'è altra gente in questo affare, gente che è meglio non contrariare...»

Cohen Wells, mentre parlava, si era spostato sotto l'albero. Per via della caduta di resina, l'erba finiva dove iniziava la proiezione al suolo delle fronde. Il terreno era scuro e cosparso di aghi di pino. Qua e là emergevano dal suolo tratti delle radici secolari.

Ormai Cohen aveva perso ogni titubanza. Era certo di avere in pugno la situazione, un'altra volta.

«Ma se sei qui, in qualche modo lo hai capito anche tu che non potevo fare altrimenti. Questo fa di te una persona molto interessante. Adesso dobbiamo solo stabilire una cifra. So che a te i soldi non danno fastidio e in questo caso ce ne sono molti sul piatto. L'unica cosa che ti chiedo è di darmi quel documento. E questo farà di te una persona molto ricca.»

Il banchiere aveva calcato la voce sull'ultima frase. Jim si era stupito della calma con cui era riuscito a rispondere.

«Se sono qui non è per il denaro. Lei non lo sa, ma sono morte delle persone, in questo periodo. Persone che a parte Jed Cross non avevano nessun'altra colpa se non quella di essere nate. E tra queste c'è anche suo figlio.»

«Ma cosa dici, ho parlato poco fa con Alan e non...»

Jim lo aveva interrotto.

«Non sto parlando di Alan. Sto parlando di Curtis Lee.»

Se il banchiere aveva accusato il colpo, questa volta non lo aveva dato a vedere. Era abituato al gioco duro e il gioco duro non prevedeva di scoprirsi mostrando emozioni. Ma Jim era certo che dentro di lui non era rimasto indenne alle sue parole.

Non gli aveva dato il tempo di replicare.

«Le sembrerà un concetto banale, ma ci sono dei posti e dei momenti in cui il denaro non serve a nulla.»

Mentre parlava, Jim aveva avvertito una sensazione conosciuta. Solo che questa volta non portava con sé angoscia di nuvole oscure ma uno strano e innaturale senso di pace. Aveva guardato alle spalle di Cohen Wells e poco più in là, al margine del terreno senza erba, aveva visto disegnarsi un'impronta.

Aveva accettato quel fatto come naturale e si era detto che non poteva essere diverso. Ora che sapeva non aveva più timore. Ora che sapeva, invece di combattere da solo, poteva chiedere aiuto.

Jim aveva riportato lo sguardo sull'uomo davanti a lui. In un modo che non sapeva spiegarsi, Cohen Wells aveva letto nei suoi occhi una condanna.

E la voce di Jim l'aveva pronunciata.

«Ci sono posti e momenti in cui si arriva a pagare tutto. Sono contento di essere io a dirglielo, Cohen. Il suo momento è adesso e il suo posto è qui.»

Quando aveva visto le impronte avvicinarsi veloci, aveva girato le spalle e se ne era andato.

Dentro di sé aveva sentito un grido di esultanza, quasi nello stesso momento in cui Cohen Wells aveva iniziato a urlare. Era salito sul Ram, aveva avviato il motore ed era partito senza nemmeno voltarsi indietro.

Aveva preso la strada per Page e aveva raggiunto la breve strada sterrata sotto la diga. Niente sembrava cambiato. Solo l'acqua del fiume era nuova, a misurare il tempo che per le rocce sembrava non passare mai. Aveva messo in acqua la sua insensata canoa di plastica ed era partito seguendo la corrente, usando la pagaia solo per correggere la rotta, come aveva imparato da suo nonno.

Un pesce saltò fuori dall'acqua alla sua destra. Nel silenzio quel rumore bastò a fargli recuperare luogo e ora. Girò lo sguardo e vide dei cerchi pigri disegnarsi sulla superficie calma del fiume. Un attimo e poi la leggera corrente scompose quelle perfette geometrie.

Mentre viaggiava sotto la protezione delle rocce sospese sul fiume e sul tempo, nella sua testa aveva chiare le parole che suo nonno gli aveva detto in quello stesso posto tanti anni prima.

Oggi devi superare una prova, Táá' Hastiin. Purtroppo a volte non è possibile scegliere il momento in cui combattere. Possiamo solo farlo con coraggio quando ci viene chiesto...

Suo nonno non poteva sapere che lui ci avrebbe messo tanto a capirle. Ma adesso era tornato e aveva compreso e aveva trovato la sua strada.

Quando raggiunse l'Horseshoe Bend, condusse la canoa docile alla pagaia a toccare terra con un leggero sobbalzo sulla riva sabbiosa sotto la parete di roccia. Tutto era familiare, come se dall'inizio del tempo quella massa incombente si fosse specchiata nell'acqua verde del fiume in attesa di vederlo infine arrivare.

Scese e respirò l'ombra e l'umidità della riva.

Poi fece quello che aveva visto fare molte volte a suo nonno.

Si tolse la camicia e rimase a torso nudo. Stracciò l'indumento, ne ricavò una striscia sottile e se lo avvolse intorno al capo, alla maniera degli anziani. Il sole era caldo nonostante la stagione. Il vento che da sempre rotolava cespugli e cancellava le tracce degli uomini, ora correva sibilando gentile nella gola. Era una voce che aveva voluto dimenticare ma che adesso ascoltava chiedendo coraggio e un segno per seguire il suo cammino.

Non era più un indiano e non era più un bianco.

Solo un uomo alla ricerca di quello che aveva perduto.

Dall'alto delle rocce c'erano gli occhi di mille e mille uomini che lo guardavano. Erano i padri e i loro padri e i padri dei padri fino a che la mente riusciva a tenerne il conto. Gli stessi che avevano iniziato la scalata di quella parete come ragazzi e che erano arrivati alla cima con la consapevolezza di avere imboccato la via per essere uomini.

Qualcuno non ce l'aveva fatta ed era morto. Ma il coraggio era anche quello. Era la consapevolezza che l'insuccesso fosse comunque il frutto di un tentativo. Che talvolta è meglio perdersi sulla strada di un viaggio impossibile che non partire mai. E che ogni uomo, anche quando è solo, ha comunque la sua anima come compagna di viaggio.

Alzò la testa e cercò con gli occhi la strada migliore.

La parete era per la maggior parte liscia, ma sulla destra c'era un tratto da cui saliva in diagonale il leggero rilievo di una costa di roccia. Vide che a tratti si aprivano fessure e si protendevano appigli a sufficienza per tentare la scalata. Si avvicinò e appoggiò un piede e tese un braccio e la sua mano afferrò una sporgenza di roccia.

Da quel momento tutto divenne facile.

Dentro di sé scoprì una forza diversa che pareva crescere con il crescere della fatica e che per ogni tratto guadagnato alla parete lo incitava a procedere e a salire ancora. Sentiva con il vigore del corpo e della certezza che in ogni supporto per il piede, in ogni appiglio per la mano c'erano le tracce di uomini appesi con lo stesso intento alla stessa roccia. Erano frammenti immobili di una storia in continuo movimento, le testimonianze di un'audacia antica e all'apparenza inutile. Ma indispensabile per ogni uomo che desiderava arrivare a guardare il mondo dall'alto con occhi nuovi.

A metà strada perse per un istante l'appoggio di un piede ma non la sicurezza. Le sue mani erano solide nella presa e la montagna non era sua nemica. Sentì alle sue spalle e sotto di lui un rumore di sassi che cadevano verso il basso rimbalzando sulla roccia. Capì che era solo un suono per il silenzio e non una minaccia.

Trovò un nuovo appoggio come un fatto naturale e riprese a salire.

Davanti agli occhi c'erano per la sua esultanza i visi delle persone a cui da sempre voleva bene senza essere mai arrivato a comprendere quanto.

Il vecchio Charlie, capace di essere quello che era. Alan, che non aveva bisogno di scalare nessuna montagna per sapere di essere un uomo. Swan, che infine lo aveva capito. April, che aveva amato pur senza capire.

E Seymour, il suo patto con il tempo, la sua piccola immortalità.

Ogni nome era un sorriso, ogni viso il ricordo di una sua passata vergogna. Ma adesso tutto era diverso. Adesso sapeva chi era e cosa poteva fare per chiudere un cerchio lasciato aperto molto tempo prima e fermare per sempre le impronte che si disegnavano rapide al suolo.

Continuò a salire finché la sua mano raggiunse il bordo e seppe che ce l'aveva fatta. Con calma ma senza fatica sottrasse il corpo al vuoto e rimase un istante ad ascoltare il battito del suo cuore e il soffio affannato del suo fiato.

Quando la fatica divenne un ricordo e il cuore di nuovo amico nel petto si alzò in piedi.

Sotto di lui il fiume scorreva verde come solo nel sogno di un uomo è possibile, tra sculture di roccia fatte d'acqua e di vento, quello stesso vento che appoggiava mani fresche al suo corpo lucido di sudore. Qui aveva riportato alla terra le ceneri di suo nonno, aveva restituito al suo spirito le ali di un grande uccello bianco che per tutti era da sempre l'unica certezza.

Quello era il posto.

«Ci sono, *bichei*.»

Mormorò queste poche parole e rimase per un attimo immobile sopra l'abisso aperto come un invito sotto di lui.

Infine Jim Tre Uomini Mackenzie, Navajo del Clan del Sale, si lasciò pendere verso il vuoto, finché non sentì che il vuoto lo accoglieva nel suo non esistere come un figlio troppo a lungo atteso. Allora aprì le braccia, alzò il viso a cercare il cielo e si diede una leggera spinta in avanti. Quando i suoi piedi abbandonarono la roccia, il sorriso sul suo volto era quello di un uomo che guardava quello che aveva di fronte.

E mentre volava come non era mai riuscito a fare prima, nella luce amica del sole i suoi occhi erano dello stesso colore.

Hagoonę
Addio

45

La macchina abbandonò la strada principale e dopo un breve tratto in discesa si fermò con un leggero molleggio davanti al campo da football. Swan Gillespie era alla guida e Alan era seduto di fianco, protetto dalle cinture di sicurezza. Negli ultimi tempi aveva fatto enormi progressi con le protesi. Adesso, appoggiato sul sedile di dietro, c'era solo un bastone.

Rimasero un istante a osservare l'area di gioco, dove un gruppo di ragazzini era impegnato in una partita che per il momento non prevedeva un'abilità da professionisti, ma di certo dava mostra di un agonismo entusiasta che era difficile riscontrare nelle partite degli adulti. Swan cercò di capire quale di loro fosse Seymour, ma le divise, le imbottiture e i caschi rendevano i giocatori tutti uguali.

Poco più in là, in piedi vicino alla recinzione, c'era April. Accanto a lei, immobile, Silent Joe seguiva con attenzione le fasi del gioco, muovendo solo la testa per seguire gli spostamenti di Seymour nel corso della partita. Forse non era del tutto convinto che quei personaggi strani che si scagliavano sul suo nuovo padroncino non avessero cattive intenzioni e sembrava tenersi pronto a intervenire.

Swan si girò verso Alan.

«Mi aspetti qui?»

Alan sorrise.

«Sì. È meglio non impressionare quei ragazzini con l'arrivo di Robocop. Salutali tu da parte mia.»

In realtà Alan aveva capito che Swan avrebbe preferito restare sola con April. La ragazza si sporse ad appoggiargli un bacio leggero sulla guancia e scese dalla macchina. Mentre si avvicinava, April sentì la sua presenza e si girò verso di lei. Quando la raggiunse aveva sulle labbra un sorriso.

«Ciao, Swan.»

«Ciao, April.»

Gli altri genitori erano talmente presi dagli eventi della partita e dalle gesta dei loro figli da non riconoscere sotto il berretto e gli occhiali scuri una delle più famose star del mondo.

Swan indicò con un cenno della testa i giocatori in campo.

«Come va?»

«Oh, bene. Seymour non ha nessun talento per questo gioco. Aspetto solo che lo capisca.»

«E tu come stai?»

April si strinse nelle spalle. Swan le vide ancora negli occhi la presenza giornaliera delle lacrime. Erano le stesse che ogni tanto sorprendevano anche lei. E nessuna delle due poteva sapeva quando sarebbero finite.

«Sto.»

April si accorse che Alan, dal finestrino aperto dell'auto parcheggiata poco lontano, le stava offrendo un gesto di saluto agitando un braccio. Rispose allo stesso modo, sentendo un nodo di tenerezza per il suo vecchio amico. Il tempo dava il giusto valore alle cose. Alla luce di quello che avevano appena trascorso, le vecchie vicende fra loro quattro erano lontani dissapori da adolescenti.

Parlò senza girarsi.

«State partendo?»

«Sì. All'aeroporto c'è un aereo che ci aspetta.»

April tornò a cercare i suoi occhi per quanto poteva sotto gli occhiali scuri.

«Il film su Flat Fields come sta andando?»

«Quello che è successo con Simon non ha creato un buon rapporto tra me e la Nine Muses. A questo punto non credo che lo gireranno mai e comunque non lo farò io.»

«Mi dispiace.»

«E di che? Ho più offerte di quante ne possa soddisfare. Ho ricevuto anche una proposta dall'Europa. Sembra che lassù ci sia qualcuno disposto a scommettere che oltre a una bella faccia io possa avere anche del talento. Vedremo.»

«E Alan?»

«Lui verrà con me.»

April fece una piccola pausa. Poi abbassò impercettibilmente il tono della voce.

«Lui sa che tu lo ami davvero?»

«Lo saprà. Glielo dimostrerò ogni giorno finché riuscirà a non scordarlo mai.»

April sentì nelle parole di Swan l'amore e la determinazione. Pensò che erano due ottimi punti di partenza per poter progettare una vita a due.

Rimasero un istante a guardarsi in silenzio. Poi Swan sorrise come solo lei sapeva fare e le due donne si abbracciarono.

«Buona fortuna.»

«Anche a te e al tuo uomo.»

Swan si staccò e senza dire altro girò le spalle e si diresse con il suo bel passo di donna verso la macchina. Mentre la guardava allontanarsi, April si chiese quanto tempo sarebbe trascorso prima di incontrarla di nuovo.

E che persone sarebbero state in quel momento.

Era passata una settimana dalla morte di Jim. Il suo corpo era stato rinvenuto proprio sotto la parete più alta dell'Horseshoe Bend. Chi lo aveva trovato aveva riferito che sul suo viso c'era distesa un'espressione serena. Charlie aveva permesso loro di vederlo solo quando era stato ricomposto. Lo aveva vegliato nello stesso modo di suo nonno, come si conviene a un capo e a un uomo di molto onore. Poi, come il vecchio Richard Tenachee in precedenza, anche Jim era stato cremato e il giorno dopo, durante un breve volo in elicottero sul Grand Canyon, April aveva disperso al vento le sue ceneri. Charlie era seduto accanto a lei. In onore di quello che considerava suo nipote, aveva accettato di salire su un elicottero per la prima volta nella sua vita. In quel momento, nonostante il rumore delle pale lo aveva sentito intonare a mezza voce un vecchio canto di addio nella lingua amica dei *Diné*. Mentre guardava quello sbuffo grigio che era stato un uomo disperdersi nel cielo per tornare alla terra, non era riuscita a trattenere le lacrime. Si era imposta di non farlo, ma non riusciva a cancellare il rimpianto per averlo perso nel momento stesso in cui l'aveva ritrovato.

E sapeva che quello che non era stato tra di loro le sarebbe mancato per sempre.

Charlie le aveva spiegato tutto. Le aveva detto con dolore e orgoglio nella voce come Jim avesse capito di essere l'unico in grado di fermare il corso di quella furia arrivata dal tempo e che lo aveva fatto nel solo modo possibile, senza pensare a nient'altro che alla loro sicurezza.

Il vecchio indiano le aveva consegnato il documento di proprietà del terreno su a Flat Fields, stilato dal governo degli Stati Uniti nel nome di Eldero e dei suoi discendenti. Per legge apparteneva a Seymour, ma d'accordo con il Consiglio delle Tribù si stava studiando il modo per farla diventare una zona protetta collegata al territorio della riserva.

Il cadavere di Cohen Wells era stato trovato a Pine Point, con tutte le ossa spezzate e il viso contorto in una maschera d'orrore. La sua morte aveva fatto scalpore ma gli eventi successivi ne avevano fatto molto di più. Quando era venuto a galla che era il responsabile dell'omicidio di Richard Tenachee, nessuno aveva pianto per lui. Anche se in un modo diverso, April aveva avuto la sua esclusiva. Il suo era stato il primo articolo sull'arresto del sindaco Colbert Gibson e Dave Lombardi. Aveva consegnato al detective Robert Beaudysin la registrazione trovata nello studio del banchiere e i due, messi di fronte all'evidenza, avevano subito confessato. Questo successo del poliziotto aveva fatto un poco passare in secondo piano il mistero irrisolto delle altre morti. Erano in pochi a sapere che non ce ne sarebbero state altre e che il tempo avrebbe portato a far archiviare quegli strani omicidi tra i casi insoluti.

Era così assorta nei suoi pensieri da non accorgersi che la partita era finita. Si trovò suo figlio di fianco, accaldato e rosso in viso nella divisa gonfia di imbottiture che deformavano in modo innaturale il suo corpo di bambino. Al suo fianco c'era Silent Joe, che aveva preso il suo ruolo di guardia del corpo con molta serietà e non lo abbandonava un attimo. Il bambino teneva il casco in una mano e con l'altra indicò la figura di donna che stava salendo in macchina.

«Chi era quella?»

«Swan Gillespie.»

Seymour spalancò gli occhi per la sorpresa.

«Swan Gillespie l'attrice? Tu conosci Swan Gillespie?»

April si trovò a sorridere per la spontaneità di quell'entusiasmo.

«Sì, è una vecchia amica.»

Seymour si girò di scatto. Riuscì solo a cogliere il riflesso del sole sul vetro posteriore dell'auto che se ne andava. Si grattò la testa, incerto su come far tesoro di quella conoscenza.

«Capperi. Quando lo dirò a scuola schiatteranno tutti d'invidia.»

Si incamminarono e April gli mise un braccio intorno alle spalle.

«Com'è andata la partita?»

Sui tratti regolari di Seymour si dipinse un'espressione dubbiosa.

«Bene, credo. Ma ti devo dire una cosa...»

«Che cosa?»

Il bambino si fermò e alzò il viso. La guardò come se fosse preoccupato di darle una delusione.

«Sai, non penso proprio di esserci tagliato per il football. Credo che mi piacciano di più i cavalli. O forse gli elicotteri, non so ancora.»

April scosse la testa e si mise a ridere.

«Molto bene. In attesa di prendere questa importante decisione, credo sia il caso che ti cambi e ti faccia una doccia. Io ti aspetto in macchina.»

«D'accordo. Faccio in un attimo. Vieni Silent Joe.»

April guardò suo figlio allontanarsi di corsa in compagnia del suo bizzarro cane. Di solito uno spogliatoio non era un posto in cui gli animali fossero ammessi, ma April sapeva che non ci sarebbe stato verso di trattenerlo.

Il modo in cui Seymour aveva accettato il suo scarso talento per quello sport l'aveva riempita di tenerezza. Ne aveva parlato solo poco prima con Swan e il momento di quella piccola presa di coscienza era arrivato prima di quanto si aspettasse. Ce ne sarebbero state altre e altre ancora e April aveva tutte le intenzioni, quando sarebbe successo, di essere presente. Lo doveva al ricordo di un uomo che aveva infine trovato la forza per essere addirittura migliore dei tre uomini che un vecchio capo indiano aveva predetto per lui. Lo doveva a se stessa e soprattutto a Seymour, che sarebbe cresciuto accanto a lei ricordandole in continuazione il viso e il corpo di Jim e quello che aveva fatto per tutti loro.

E un giorno sarebbe arrivato anche il momento di parlargli di suo padre. Con questa certezza si avviò con calma verso il posto dove aveva parcheggiato la macchina.

Da un punto alle sue spalle, come il suggello di un patto, arrivò attutito il fischio del treno.

Sembra che nelle ricerche per ogni nuovo romanzo io allarghi in modo invidiabile la mia cerchia di amici. Non so quanto i miei scritti siano importanti per la letteratura ma so quanto queste persone sono importanti per me. Così voglio prima di tutto ringraziare Raquel e Joe Sanchez, deliziosi proprietari dell'altrettanto delizioso Aspen Inn di Flagstaff. Sono gli unici personaggi veri di questa storia. La loro collaborazione ma soprattutto la loro amicizia sono state un supporto nel passato e un conforto per il futuro.

A loro voglio unire Vanessa Vandever, la bella rappresentante dei Navajos, che è stata preziosa per cercare di capire il complesso mondo di questo popolo affascinante e fiero e nella consulenza per le citazioni nella lingua dei *Diné*.

A tutti e tre grazie di cuore per aver sopportato la mia presenza, le mie continue domande e la mia cucina...

E poi:

Gloria Satta, incantevole donna e deliziosa giornalista che mi ha fatto trovare un nuovo amico, vale a dire

Carlo Medori che, nonostante viva a New York, si può considerare l'ultimo vero uomo di frontiera.

Franco Di Mare che fra un reportage sotto le bombe e l'altro, ha trovato un poco di tempo per me. Forse chiedendosi quale delle due situazioni fosse più pericolosa...

Alessandro Zanardi, alla cui figura gigantesca è ispirato il personaggio di Alan Wells.

Massimo Anselmi per avermi presentato Leone, baldo rappresentante della creativa razza meticcia italiana e disarticolato ispiratore della figura di Silent Joe.

Samuel Rossi del Time Out per le notizie sugli archi, che fino a poco tempo fa erano per me un legno e un pezzo di corda in mano a Robin Hood.

Claudio Pianta, che mi ha sorretto con la sua consulenza mentre facevo volare gli elicotteri.

Marcello Bargellini del Centro Ufficio Elba per l'assistenza indomita ai computer che nelle mie mani sembrano addirittura squagliarsi.

Francesca Martino e la Photomovie per l'immagine di copertina.

Andy Luotto per un posto chiamato Là.

Inoltre i componenti del mio staff di lavoro storico:

Alessandro Dalai, audace editore che, al pari del leggendario Nando Meliconi, viene ormai detto «L'americano»

Cristina Dalai, leggiadra autolesionista

Mara Scanavino, l'unica vera ragazza copertina

Antonella Fassi, dalla voce che sa danzare nei fili del telefono

Paola Finzi, redattrice *on the sea*

Alberto Lameri, provvido amanuense Navajo

con il penitente e flagellante Gianluigi Zecchin a espiare le colpe di tutti.

Piero Gelli, il mio editor della prima ora, la cui naturale eleganza nel dire, nel portamento e nelle sembianze fa sembrare David Niven un personaggio dei Simpson.

Tecla Dozio, da me costretta a leggere e innaffiare, per avere nella stessa settimana il suo prezioso parere e un prato verde. Il risultato è stata la conferma di una ghiotta amicizia.

Per motivi personali voglio includere Cristina Garetti e Cicci Tuminello di Asti. Loro sanno perché.

Un commento a parte per il sempre più acuminato Piergiorgio Nicolazzini, che continua a dividere con me questa avventura letteraria con la professionalità di un agente e con il trasporto dell'entusiasmo e dell'amicizia vera.

E infine mia moglie Roberta che, mentre io sono impegnato a scrivere le discutibili pagine dei miei romanzi, riesce a tratteggiare giorno dopo giorno le belle pagine della nostra storia.

Come sempre succede, a parte quelli citati, i personaggi di questa vicenda sono frutto di fantasia e fanno parte del mio patrimonio letterario, del quale lascio agli altri quantificare il valore. Le persone che ho ringraziato fanno invece parte di un patrimonio personale che ai miei occhi possiede un valore inestimabile.

I riferimenti storici sono stati ricavanti da diverse fonti in loco ma nella maggior parte da *Storia dei Navajos 1540-1996* di Jean-Louis Rieupeyrout pubblicato da Xenia Edizioni, da *Navajo – Popolo della Terra* di Ruth M. Underhill edito da Mursia e da *Alla conquista delle grandi praterie* di Jon E. Lewis pubblicato da Piemme. Un altro valido supporto è stato fornito dal Conversational Navajo Dictionary di Garth Wilson.

INDICE

Giorgio Faletti

IO UCCIDO

Un dee-jay di Radio Monte Carlo riceve, durante la sua trasmissione notturna, una telefonata delirante. Uno sconosciuto, dalla voce artefatta, rivela di essere un assassino. Il fatto viene archiviato come uno scherzo di pessimo gusto. Il giorno dopo un pilota di Formula Uno e la sua compagna vengono trovati morti e orrendamente mutilati sulla loro barca.

Inizia così una serie di delitti, preceduti ogni volta da una telefonata a Radio Monte Carlo con un indizio «musicale» sulla prossima vittima, e ogni volta sottolineati da una scritta tracciata col sangue, che è nello stesso tempo una firma e una provocazione: Io uccido…

Per Frank Ottobre, agente dell'FBI in congedo temporaneo, e Nicolas Hulot, commissario della Sûreté Publique, inizia la caccia a un fantasma inafferrabile. Alle loro spalle una serie di rivelazioni che portano poco per volta a sospettare che, di tutti, il meno colpevole sia forse proprio lui, l'assassino. Di fronte a loro un agghiacciante dato statistico. Non c'è mai stato un serial killer nel Principato di Monaco. Adesso c'è.

pp. 688
€ 8,90

Giorgio Faletti

NIENTE DI VERO TRANNE GLI OCCHI

Nome: **Jordan Marsalis** - Statura: **1,86** - Occhi: **Azzurri** - Capelli: **Sale e pepe** - Età: **37** - Mezzo di locomozione: **Ducati 999** - Indirizzo: **54 West 16esima Strada** - Grado: **Ex tenente del NY Police Department** - Città: **New York**

Nome: **Maureen Martini** - Statura: **1,72** - Occhi: **Neri** - Capelli: **Neri** - Età: **29** - Mezzo di locomozione: **Porsche Boxster** - Indirizzo: **Via della Polveriera 44** - Grado: **Commissario della Polizia di Stato** - Città: **Roma**

Queste due persone, così lontane e differenti da non avere apparentemente nulla in comune, si troveranno unite di fronte a un lucido e spietato assassino che si diverte a comporre i corpi delle sue vittime come personaggi dei Peanuts. La prima è il pittore maledetto Jerry Kho, pseudonimo di Gerald Marsalis, figlio del sindaco di New York e nipote di Jordan. Ne seguiranno altre due, collegate fra di loro da una misteriosa e indecifrabile logica.

Sullo sfondo di una Roma assolata e distratta e di una sfavillante e cupa New York, dove tutto agli occhi appare vero ma nulla è come sembra, fra incomprensibili messaggi e istantanee di orrori, i due protagonisti saranno travolti nell'affannata ricerca dell'omicida, fino alla scoperta della sua e della loro verità.

In questo romanzo, Giorgio Faletti affina le sue capacità di scrittore di trame avvincenti e nerissime da cui fa filtrare ad arte il tenue chiarore della sua vena poetica.

pp. 500
€ 8,90

Super Tascabili

Stampato nel settembre 2007
per conto di Baldini Castoldi Dalai *editore* S.p.A.
da *Mondadori Printing* S.p.A.
Stabilimento Nuova-Stampa - Cles (TN)